# 塵之書

三部曲

## ◆祕密聯邦◆

（II）

# The Book of Dust

Volume Two

## The Secret Commonwealth

菲力普・普曼——著　王翎——譯

PHILIP PULLMAN

# 目次

# 主要人物簡介

- 萊拉：聖蘇菲亞學院的學生，自幼成長於約旦學院，近年與守護精靈潘拉蒙漸行漸遠。
- 麥爾肯·波斯戴：鱒魚旅店經營者之子，十一歲那年拯救萊拉倖免於洪災。現為杜倫學院的學者，祕密為奧克立街工作。他的精靈是隻貓，名叫阿斯塔。
- 艾莉絲·帕斯洛：十五歲那年與麥爾肯一起守護萊拉。她的精靈是隻狗，名叫班。
- 漢娜·瑞芙：聖蘇菲亞學院的學者，專精真理探測儀的符號研究，負責奧克立街的情報工作。她的精靈是隻狨猴，名叫賈斯伯。
- 葛倫妮絲·戈德溫：奧克立街的現任局長，她的精靈是隻麝香貓，因感染熱帶性熱病而癱瘓，擁有超群的記憶力。
- 克朗·范·特塞爾：曾與萊拉前往極地的吉普賽老人。他的精靈是隻大貓，名叫索芙納克斯。
- 馬瑟爾·狄拉莫：居正館的祕書長，積極派人追查萊拉的下落，他的精靈是隻雪鴞。
- 奧維耶·波奈維爾：傑若德·波奈維爾之子，年紀與萊拉相當。受雇於狄拉莫，他的精靈是隻雀鷹。
- 賽門·塔博：牛津大學的哲學家，以《不變的欺騙者》在學界受到推崇，他的精靈是一隻藍色的金剛鸚鵡。
- 格弗理·布蘭德：暢銷小說《越呼似密人》的作者，他的精靈是隻德國狼犬，名叫柯希瑪。
- 威爾：萊拉少女時代的戀人，兩人被迫分隔於不同維度之中，難再相見。

# 重要名詞簡介

- 守護精靈：類似靈魂伴侶，人類獨有，性別通常與主人相反。童年時，守護精靈能反映主人的情緒和感情而變換成各種動物；成年後則不再變形，定型為代表主人性格的一種動物。人和守護精靈形影相隨，一同行動，共享思緒感受，兩者一旦隔絕超過一定距離，雙方內心都會感受到強烈的「分離痛」。
- 真理探測儀：一種貌似時鐘或羅盤的儀器，以罕見合金製成，藉由指針指向的符號，解讀者可以推測真相或預測未來。
- 塵：一種神祕的基本粒子，各領域專家都尚未掌握其貌，教誨權威極力反對各種對「塵」的研究。
- 教會風紀法庭：教誨權威底下處理異端問題的機構，又稱「ＣＣＤ」，影響力滲透平民百姓的日常生活。
- 居正館：教誨權威體制下的其中一個單位，由狄拉莫所領導，全名是「神聖旨意振揚聯盟」。
- 奧克立街：隸屬政府的特務機構，又稱「特別調查局」，負責捍衛國家民主與言論思想自由，與教會風紀法庭為敵。

# 作者前言

《祕密聯邦》是「塵之書三部曲」的第二部。主要角色是蓮花舌萊拉，原名萊拉．貝拉克，也是前作「黑暗元素三部曲」的主角。事實上，整個三部曲以她的名字起頭，也以她的名字收尾，故事中的萊拉年約十一、十二歲。

在《塵之書三部曲I：野美人號》中，萊拉還是小嬰兒。雖然全書以萊拉為中心發展，但故事中大部分的行動與一個叫做麥爾肯．波斯戴的男孩有關，男孩約莫十一歲。

在本書中，時間快轉到二十年後，麥爾肯和萊拉都是成人了，「黑暗元素三部曲」的事件發生在十年前，《野美人號》中的事件則發生在更久以前。

事件有其後果，過去所做的事造成的效應，有時候要到很長一段時間之後才會完全顯現。同時，世界繼續運轉；權力和影響力或轉移，或增強，或減弱；成年人的煩惱以及關注的課題與他們小時候未必相同。如我先前曾說的，萊拉和麥爾肯都不再是孩童了。

菲力普．普曼

「凡可信之事，皆真實之相。」

——威廉·布雷克

# 第一章
# 月光與血案

在聖蘇菲亞學院狹小宿舍寢室的窗台上，曾以貝拉克為姓氏的蓮花舌萊拉的守護精靈潘拉蒙躺臥著，盡可能什麼都不去想。他清楚感覺到身旁密合不良的推拉窗框縫隙灌入的陣陣冷風，窗戶旁書桌上石腦油燈散發的溫暖燈光，萊拉手中的筆在紙上的刮擦，以及室外的一片漆黑。當下他最渴望的，就是寒冷和黑暗。他躺在那裡，翻來覆去，一會兒俯趴，一會兒仰躺，讓後背或腹側感受寒冷，外出的渴望益發強烈，甚至壓過他不願跟萊拉說話的抗拒心理。

「打開窗戶。」他終於開口。「我想出去。」

萊拉手中的筆停住不動；她將椅子向後推，站了起來。從窗玻璃中，潘拉蒙可以看見她的倒影浮現於牛津的夜色之上，還有她不悅的神情。

「我知道妳要說什麼。」他說：「我當然會小心。我又不笨。」

「有些方面你是很笨。」她說。

她伸手越過他向上推開窗戶，將最近的一本書立在窗口撐住。

「別——」他開口說。

「別關窗，對，潘，就讓我坐在這裡等潘回家，等到全身凍僵。我一點都不笨。你去啊，走啊。」

潘拉蒙游身向外，竄入覆滿學院牆壁的常春藤裡。只有極其輕微的窸窣騷動聲傳入萊拉耳中，但一會兒之後就悄無聲息。潘不喜歡他和萊拉對彼此說話——或者該說，「不對」彼此說話的方式；事實上，這是他們一整天裡第一次開口對話。但是潘不知道該怎麼辦，萊拉也不知道。

沿牆面往下途中，潘用尖銳如針的利齒咬住一隻老鼠，想著要不要吃了牠，但還是給老鼠一個驚喜，放牠走了。潘拉蒙趴臥在粗壯的常春藤枝上，沉浸於周遭各種各樣的氣味、陣陣漫無定向的風，和開闊無垠的夜。

但他有兩件事必須留神。一是覆在他喉頭上那塊奶油白的毛皮，在他松貂外形的一身紅褐毛皮上，很不妙地顯得特別醒目。不過埋頭前行並不難，飛快奔跑也不難。另一個他之所以必須小心的原因就嚴重多了。任何人看到他，都不會認為他是松貂，他從各方面看起來都像一隻松貂，但他是守護精靈。很難說明差異究竟為何，但在萊拉的世界，任何人一看就知道，就像能確知咖啡聞起來的味道，或紅色是什麼顏色。

而一個與自己的守護精靈分離的人，或一個形單影隻、身旁沒有人在的守護精靈，很怪異，很恐怖，不可能存在。沒有任何凡人能和守護精靈分離開來，不過據說女巫可以做到。萊拉和潘所具備的分離能力非常獨特，是他們八年前在冥界付出極大代價換來的。自從經歷那場奇異的冒險，回到牛津之後，他們不曾向任何人提起，而且嚴格保守祕密；但有些時候，尤其最近時常發生，萊拉和潘不得不逃離彼此。

此刻潘避開陰影，穿過修剪得齊整的廣闊大學公園邊緣的灌木叢和深草叢，所有感官感受著夜晚，他移動時將頭放低，悄無聲息。那晚稍早下了一場雨，他腳爪下的土地踩起來柔軟潮溼。當他來到一片溼泥地旁，壓低上半身將喉頭和前胸浸在溼泥裡，以掩去那塊可能害他洩露行蹤的奶油色毛皮。

離開公園後，他趁著人行道上沒有路人，極目所見僅遠處有一輛車的時候，如飛箭般奔越班伯里路，接著他溜進馬路對側其中一座大宅的庭園裡，穿過樹籬，越過圍牆，鑽過柵欄，橫越草坪，直奔僅在數條街外的耶利哥和運河。

一抵達運河旁滿是泥濘的拉船路，潘拉蒙就比較安心了。他可以隨時躲進灌木叢或深草叢裡，也可以如火苗沿著引線延燒般飛快竄上樹梢。牛津市這塊半荒野區域是他最喜歡的地方。他從前曾游遍牛津重重交織的每片水域——不只是運河，還有寬闊的泰晤士河主流和支流查威爾河，以及從主流分出流往磨坊提供動力或為景觀湖泊供水的無數溪流，有些溪流流入地下隱沒不顯，直到流經此地某座學院圍牆下方或彼處某個墓園或釀酒作坊後方才現身。

其中有一條溪流與運河平行，潘來到溪流與運河之間僅剩拉船路相隔處，橫越一座小鐵橋，沿溪水朝向下游，來到廣闊開放的社區菜圃，北邊是進行牛隻交易的牛欄市場，西邊是位於火車站旁的皇家郵政站。

滿月當空，從疾飄而過的流雲之間，可窺見幾顆星星閃爍。月光讓潘的處境更形危險，但他喜愛置身一片銀白清晰之中，躡步穿越社區菜圃，悄悄滑過一株株球芽甘藍或花椰菜，滑過洋蔥葉或菠菜葉片，如暗影般靜默無聲。他來到工具棚屋旁，一躍跳上硬質焦油紙屋頂趴下，視線越過開闊的原野投向郵政站。

這似乎是全市唯一還醒著的地方。潘和萊拉以前來過不只一次，他們一起來的，一起看來自北方和南方的火車駛入，噴著蒸氣停在月台，同時工人將一袋袋信件和包裹卸下，放在輪子很大的籃筐推車裡，再將推車推往以金屬壁板築起的巨大棚屋，往倫敦和歐陸的郵件會存放在此等待分類，以便及時送上晨間出發的飛行船。飛船停泊在近處，船首船尾皆以纜繩繫泊，纜繩抽擊繫泊杆，發出劈啪鏗鳴聲響，船身在風中擺動晃蕩。月台上，繫泊杆上，以及皇家郵政站建物門口上方，一片燈火通明；鐵路貨車行駛於鐵道側線上鏗鏘作響，某處有一道金屬門轟然關閉。

潘從餘光瞥見自己右側的菜圃裡有些動靜，緩緩轉頭去看。一隻貓沿著一排甘藍菜或青花菜匍匐前進，目標是一隻老鼠；但不等貓一躍而出，一團比潘的身形還大的白色形影寂靜無聲自空中飛掠而下，抓起老鼠後又向上飛高，遠離貓爪撲抓的範圍。貓頭鷹飛回天堂廣場後方其中一棵樹上，拍動雙翅時並未發出任何聲響。貓坐下來，似乎在思考整件事，接著又回到蔬菜之間狩獵。

月亮升到空中更高處，夜空中幾乎清朗無雲，月光更顯明亮了，潘從工具棚屋屋頂居高臨下，可以看清菜圃和牛欄市場的每個細節。在月光下，溫室、稻草人、鍍鋅鐵牛欄、雨水儲水桶，或彎折腐朽，或直挺挺且漆色簇新的圍籬，以及繫組起來有如梯皮帳篷光裸營柱的豌豆架，一一靜默佇立，看似為一齣鬼魂出演的戲劇搭建的舞台布景。

潘悄聲問：「萊拉，我們究竟怎麼了？」

無人應答。

郵務列車已卸貨完畢，此時發出一聲短促的汽笛鳴響後便開始移動。列車並未駛上行經菜圃之後向南橫越河流的鐵道路線，而是緩緩向前開動，再緩緩倒車駛入一條鐵路側線，拖動的貨車車廂發出巨大的鏗鏘聲響。一團團蒸氣自火車頭上方冒出，被寒風吹散如縷如絲。

在河流對岸的樹林後方，另一列火車正要駛來。這列火車不是郵務列車，不停靠郵政站，會再向前行駛三百碼左右開進火車站裡。是來自雷丁的區間慢車，潘猜想。他聽到火車駛入月台停靠，遠處傳來蒸氣的嘶嘶聲和列車煞停時的刮擦悶響。

還有什麼在動。

潘的左邊有一座橫跨河水的鐵橋，在河岸旁蘆葦茂密處，有一個男人行走其間——或者該說在趕路，行色匆匆、鬼鬼祟祟的樣子。

潘立刻游身溜下工具棚屋頂，靜悄悄穿過洋蔥田和甘藍菜園，朝男人的方向奔去。他穿過圍籬間隙，鑽過生鏽的鋼製水槽下方，來到社區菜圃邊緣，立起身體透過一塊圍籬條板的破口窺看圍籬後方長滿青草的原野。

男人正朝皇家郵政站的方向走去，移動時謹慎小心，走到河岸上一棵柳樹旁與郵政站柵門相距約一百碼處時停住，幾乎就在潘蹲伏於菜圃圍籬下方的位置正對面。就連潘的銳利雙眼，也幾乎無法辨識出男人在陰影中的身形；如果潘將視線別開一會兒，可能就完全看不出男人身在何處。

接著，毫無動靜。男人彷彿消失無蹤。一分鐘過去，然後又一分鐘過去。在潘身後的城市裡，遠方的鐘聲響起，每次敲響兩下：凌晨零點半。

潘掃視河邊的樹林。在柳樹左邊間隔一小段處立著一棵老橡樹，冬日裡樹葉落盡，光禿的枝枒蕭索荒寂。而在右邊——

在右邊，另一道人影正爬過皇家郵政站的柵門。剛出現的這個人向下跳，沿著河岸匆匆走向柳樹，先前的男人在那裡等候。

有一會兒光景，月亮在雲後隱沒，潘在暗影中從圍籬底下鑽過，卯足全力連跑帶跳橫越濡溼的草地，途中他盡量將身體放低，提防著那隻貓頭鷹，提防著躲起來的男人，直奔橡樹而去。一抵達橡樹旁，他就伸出腳爪攀住樹皮竄到樹上，他奮力向上爬到高處的一段枝枒，在月亮露臉時，從這裡剛好可以清楚看到柳樹。

從郵政站出來的男人正匆匆朝柳樹趕來。快要走近時，他放慢腳步，朝陰暗處窺看，第一個男人很快站出來，輕聲說了個字。第二個男人以同樣的語調回應，接著兩人都遁入黑暗之中。他們的位置太遠，潘沒辦法聽清楚他們說什麼，但兩人的語調中有種共謀的意味。他們是事先約好在這裡見面。

兩人的守護精靈都是狗，某種獒犬和某種短腿犬。狗精靈沒辦法爬樹，但嗅得出潘的氣味，潘於是朝身下的粗寬樹枝貼得更近。他聽得出兩人在悄聲說話，但還是完全聽不清對話中的字句。

在郵政站以鎖鏈捆住的高聳圍欄和河流之間，有一條小路從社區菜圃旁的開闊原野延伸通往火車站。無論從聖艾比教堂堂區，或從煤氣廠附近的河岸旁緊挨彼此的成排屋宅前的狹窄街道過來的人，要前往火車站都自然會走這條小路。與樹下的兩個男人相比，在橡樹樹梢上的潘可以看見小路更深處，他比他們先看見有人從車站的方向走來：一個獨行的男人，大衣衣領向上翻起禦寒。

接著，從柳樹下的陰影處傳來一聲「噓」。樹下的兩人也看到剛出現的人了。

那天稍早，在日內瓦聖彼得大教堂附近一棟優雅的十七世紀風格宅邸，兩個男人在談話。他們在三樓一間四壁放滿藏書的房間裡，房間窗口外的街道在冬日午後的昏暗光線下十分靜謐。房內有一張桃花心木長桌，桌上擺置吸墨紙、便箋本、幾枝鋼筆和鉛筆，還有冷水壺和玻璃杯，兩人分別坐在柴薪生起的火堆兩旁相對的扶手椅上。

主人馬瑟爾·狄拉莫是某個組織的祕書長，該組織是以所在宅邸的名號「居正館」為人所知，兩人就是在這座宅邸中見面會談。狄拉莫的年紀大約四十出頭，戴著眼鏡，儀容一絲不苟，剪裁合宜的西裝完美搭配他的深灰髮色。他的守護精靈是一隻雪鴞，她停棲在他的扶手椅椅背上，一雙黃眼定睛望著另一個男人手指間反覆穿梭盤纏的緋紅色蛇精靈。訪客是皮耶·畢諾。六十多歲的他頸上繫著白色教士領，一派肅穆，他是教會風紀法庭首席大法官，該法庭是教誨權威轄下負責維持法紀和治安的主要機關。

「如何？」畢諾說。

「又有一名羅布泊研究站的科學家失蹤。」狄拉莫說。

「為什麼？你手下的特務怎麼說？」

「官方說法是，這名下落不明的科學家和他的同伴在河道裡迷路，河道位置會無預警改變，而且變化快速。那個地方環境嚴苛，任何人離開研究站都必須找嚮導帶路。但是我們的特務回報，有傳聞說他們過了湖泊區進入沙漠。當地傳說那裡有黃金——」

「該死的當地傳說。這些人研究的是實驗神學，是植物學，他們是科學家。他們在找的是玫瑰，不是黃金。不過你剛剛說什麼來著，其中一個人失蹤了？另一個人呢？」

「他曾回到研究站，但之後又立刻啟程到歐洲。這人叫做赫索。我上週向你提起過，但也許你太忙了沒聽見。我的特務認為他身上帶了研究玫瑰用的實驗樣本，還有一些文件。」

「我們的人逮捕他了嗎？」

狄拉莫強自按捺的樣子幾乎顯而易見。「如果你記得的話，皮耶，」他停頓了一會兒才開口，「我本來有可能在威尼斯就將人扣住。是你的人否決我的意見。讓他到英國，再跟蹤他以得知其目的地。

命令是這麼說的。好吧，他現在已經抵達英國，我們今晚就會將他攔下。」

「那些樣本材料，你一到手就立刻向我報告。再來，另一件事：那個女孩。你對她了解多少？」

「真理探測儀——」

「不，不，不。老氣過時，模稜兩可，太多揣測之詞。給我事實，馬瑟爾。」

「我們有一位新的探測儀解讀者，他——」

「噢，對，我聽說了。新方法。有什麼勝過老方法的地方嗎？」

「時代在變，理解之事也必須改變。」

「這話的意思是？」

「意思是，關於那個女孩，我們發現了一些之前尚不明朗的事。她似乎在法律上以及其他方面受到某種保護。我打算先從撤掉她身邊的防禦網開始，保持低調，無聲無息，或許可以說完全不著痕跡。等到她脆弱無助，就是採取行動的時候。屆時——」

「謹慎，」畢諾說，同時站起身來，「謹慎過頭了，馬瑟爾。大大失誤。你得有魄力些，採取行動。找到她，逮住她，把人帶來這裡。不過隨你的意思辦吧。這次我就不否決你的意見了。」

狄拉莫站起身，和訪客握了握手，送對方離開。只剩他獨自一人時，精靈飛到他的肩頭，他們站在窗邊目送首席大法官大陣仗離去，一名侍從提著他的公事包，另一名侍從撐傘遮擋剛剛開始飄落的雪花。

「我真不喜歡被人打斷。」狄拉莫說。

「我不覺得他注意到了。」他的精靈說。

「噢，總有一天他會意識到的。」

從火車站走出來的男人移動速度很快，不到一分鐘就接近柳樹旁，接著另外兩個男人出手。其中一個人踏出來，猛揮木棍重擊男人的膝蓋，他一下子倒在地上，驚駭得不停呻吟。接著另一個人撲到男人身上，手裡一根短棒落在男人的腦袋、肩頭和手臂。

三人不發一語。受害男人的精靈是一隻小鷹，她飛到半空中，哀鳴著猛力撲翅，因為她的人類受到連番重擊，益發虛弱，一次次向下跌落。

但接著潘拉蒙看見刀刃在月下反射出的寒光一閃，來自郵政站的男人大喊一聲跌倒在地，另一名攻擊者一次又一次重擊，受害者終於靜止不動。每一下重擊，潘都聽在耳裡。

男人死了。第二個男人站起來，望向他的同伴。

「傷到哪裡？」他低聲問。

「天殺的！他砍斷了我的大腿肌肉。渾帳。你看，血流得跟殺豬一樣。」

男人的精靈是混種獒犬，在他身旁的地上抽搐哀鳴。

「站得起來嗎？」殺手的聲音粗啞低沉，鼻音濃重，說話帶著利物浦口音。

「你覺得呢？」

兩人的聲音幾乎和耳語一樣輕細。

「身體還能動嗎？」

第一個男人試著撐住地面將身體帶起。又傳來一聲痛苦悶哼。第二個男人伸出一隻手，第一個男人奮力站起來，但顯然只剩一條腿還聽使喚。

「這下怎麼辦？」他說。

月光照耀下，所有人明晰可見：殺手，沒法走路的人，以及死者。潘的心臟撲通狂跳，聲音之大，他覺得他們一定也能聽見。

「你這蠢貨。沒看見他拿了把刀嗎？」殺手說。

「他動作太快了——」

「是你身手太差。閃開。」

第一個人踉蹌退後一、兩步。殺手彎下腰，抓住死者的腳踝，將屍體向後拖進燈心草叢。

接著殺手再次現身，不耐煩地示意另一人湊近。

「靠在我身上。」他說：「還真想把你丟在這兒自生自滅，該死的麻煩透了。現在我得再回來把他處理掉，該死的月亮還愈來愈亮。他的包包呢？他不是帶了包包嗎？」

「他哪有帶什麼包包。他啥都沒帶。」

「他應該有帶的。該死。」

「貝里會跟著回來幫忙。」

「他多嘴又太緊張。把手臂伸過來我們這邊，來呀，動作快。」

「噢老天——小心點——啊啊啊，會痛……」

「閉上你的嘴，盡量動作快。我管你痛不痛。該死的閉嘴就對了。」

第一個男人將手臂圈住殺手雙肩，一拐一拐走在他身旁，兩人慢慢走過橡樹下方，沿河岸往回走。潘望向下方，草地上一灘鮮血在月光下殷紅閃耀。

他一直等到兩個男人步出視線範圍，才準備跳下樹，但在他移動之前，燈心草叢裡男人陳屍之處有一些動靜，一團鳥兒大小的蒼白東西撲飛起來，忽而摔落又再度向上飛高，失敗後又摔落，挾著迴光返照的最後一絲氣力直朝潘飛來。潘嚇得動彈不得。如果那個男人已經死了……但是他的精靈看起來也不像還活著──那他能做什麼？潘準備好要戰鬥，要逃跑，要暈倒，但轉眼間她就在他身旁的樹枝上，掙扎著停住，幾乎就要摔落，潘必須伸出爪子抓住她。她渾身冰冷，還活著，但活不久了。那個男人還沒死透。

「幫忙，」她悄聲道，話聲斷斷續續，「幫我們──」

「好，」他說：「好──」

「要快！」

她險些摔落，奮力振翅向下飛入燈心草叢。頃刻間，潘一溜煙竄下橡樹樹幹，朝她身影消失處奔躍而去。躺在燈心草叢中的男人氣若游絲，他的精靈拚命將身體貼緊他的臉頰。

潘聽到她說：「精靈──分離──」

男人微微轉頭，發出呻吟聲。潘聽到骨頭磨軋碎骨的聲音。

「分離？」男人呢喃。

「對──我們學會的──」

「算我今天走運。在口袋裡。喏。」他費盡力氣抬起一隻手，碰了一下自己的外套右側。「把它拿出來。」他低聲說。

潘努力不要弄痛男人，同時掙扎抗拒著觸碰其他人類身體的莫大禁忌，伸出口鼻頂開外套，發現內側口袋有一只皮夾。

「對了。拿走它。別讓他們拿到。要怎麼做，全看你和……你的……」

潘拉扯了一下，但皮夾不動，因為外套被男人的身體壓住，而他無法移動；但在艱難的幾秒鐘之後，潘終於拉動皮夾，將它拖出來放到地上。

「現在就拿走它……趁他們回來之前……」

蒼白的守護精靈已經幾乎不成鷹形，只剩一縷白影仍撲騰著，拚命貼緊男人的肌膚。潘痛恨看人死去，因為不願看到他們守護精靈的遭遇：宛如燭焰熄滅一般消散。他想要安慰那可憐的精靈，她知道自己即將消失，而她唯一想做的，是感受這輩子都和她在一起的人類身軀最後一絲溫暖。男人急促淺吸一口氣，接著漂亮的鷹精靈完全消失，不復存在。

而潘現在得帶著皮夾一路回到聖蘇菲亞學院，回到萊拉床邊。

他咬緊皮夾，沿燈心草叢邊緣賣力前進。皮夾不重，但是咬著走很笨拙，更不妙的是，它浸滿另一個人的氣味：汗味，古龍水，菸草味。咬著皮夾感覺太貼近萊拉以外的人了。

直到抵達環繞社區菜圃的圍籬，他才停下來休息片刻。嗯，他得慢慢來。夜還很長。

沉睡中的萊拉忽然驚醒，彷彿突然墜落，感覺十分明晰：發生了什麼事？她伸手想找潘，才記起他不在房裡，他出什麼事了嗎？距離她第一次在夜裡獨自就寢，已是許久之前，而她對此深惡痛絕。噢，他就是這麼愚蠢，非要獨自外出，但他不肯聽勸，不願罷休，總有一天他倆都會付出代價。

她清醒了一分鐘，但睡意再次襲捲全身，她很快地屈服了，闔上雙眼。

潘爬進寢室時，報時兩點鐘的牛津鐘聲此起彼落。他將皮夾放在桌上，活動一下嘴巴放鬆痠痛的下顎，接著抽開萊拉幫他立起擋在窗口的書。他知道是那本名為「越呼似密人」的小說，而他覺得萊拉在這本書上放太多心思了。他讓書掉落在地板上，仔細地清潔全身，再將皮夾推進書櫃裡藏起來。

接著他輕輕一躍，跳上萊拉的枕頭旁。從窗簾隙縫灑落的月光下，他伏低身體，凝望她的睡臉。她的臉頰泛紅，深金色的頭髮濡溼；從前曾無數次對他輕聲細語，親吻他，也親吻過威爾的雙唇緊抿；眉心忽而蹙起，忽而鬆開，如同天上的雲朵在強風吹送下來來去去——在在述說著有些事情不對勁，述說著一個在他眼中愈來愈難以企及的她，就好像他在她眼中一般。

潘不知道該怎麼辦。他唯一能做的，是貼近她的肌膚躺下。至少她的肌膚仍舊溫暖可親。至少他們都還活著。

## 第二章

# 他們的衣服散發玫瑰香氣

萊拉醒來時，聽見報時八點的學院鐘聲響起。才剛朦朧醒轉的幾分鐘，還未有思緒介入之前，她感受到諸多愉悅美好，其一是她的精靈毛皮圍在頸項旁的溫暖感覺。從她有記憶開始，這種耳鬢廝磨互相珍惜的感覺就是她人生的一部分。

她躺在床上，試著不動念，但思緒如潮水般湧入。意識一點一滴流淌——有篇論文要寫完，衣服還沒洗，要是不在九點鐘前趕到食堂就會沒早餐可吃——從四面八方不斷流入，沖蝕著睡意的沙堡。接著漾起目前為止最大的一波漣漪：潘和她之間的疏離隔閡。有什麼橫亙在她和潘之間，他們都不完全清楚是什麼，她和潘是彼此唯一可以傾訴的對象，但如今，他們卻做不到了。

她推開毯子下床，渾身打顫，因為聖蘇菲亞學院對於暖氣的使用格外吝嗇。她就著小洗手台快速盥洗，熱水先是抗議般沖擊晃動管線一番才屈尊流出，接著穿上格紋裙和淺灰色套頭毛衣，這兩件差不多是她僅有的乾淨衣物了。

從頭到尾，潘都躺在枕頭上裝睡。他們年紀還小的時候，從來不是這樣，從來不是。

「潘。」她疲倦地開口。

他必須跟她一起出門，她也知道他會，潘站起身伸展四肢，讓她將他抱到肩上。她離開房間，步下樓梯。

「萊拉，我們來假裝在跟彼此說話。」他悄聲說。

「我不知道假裝是不是過日子的好方法。」

「總比不假裝來得好。我想告訴妳我昨晚看到的事。很重要。」

「你回來的時候為什麼不說？」

「妳睡著了。」

「我沒有，我就跟你剛剛一樣清醒。」

「那妳為什麼不知道我有重要的事要告訴妳？」

「我不知道。我感覺得到出了事。但是我知道得跟你吵半天才能讓你告訴我，老實說……」

潘沒說話。萊拉走下房間樓梯最後一階，被潮溼冷冽的早晨空氣包圍。有一、兩個女孩正朝食堂走去；更多女孩正要離開，她們吃完早餐，踩著輕快的步伐要開始做早上的正事，去圖書館，或聽教授講課，或去小班制課堂接受導師指導。

「噢，我不知道，」她將話說完，「這樣好累。吃完早餐再告訴我。」

萊拉走上階梯進入食堂，自己盛了些粥，端著粥碗到其中一張長桌旁的空位坐下。周圍和她年紀相若的女孩吃著炒蛋、粥或吐司，有人興高采烈地閒聊，有人看起來一臉呆滯，或疲憊，或心事重重，有一、兩個女孩在看信，或只是面無表情地用餐。其中很多人她都認得，有些知道名字，有些打過照面；有些是朋友，她們的和善或機智令她珍惜；有些只是點頭之交；有幾個稱不上敵人但她知道自己絕對不會喜歡的女生，因為她們勢利，或傲慢，或冷漠。她覺得身處這個學術社群，在或聰穎、或勤學、或長舌的同儕環繞下，幾乎就像在家，就像在其他任何地方一樣。她應該要很開心的。

在粥裡拌入牛奶時，萊拉留意到坐在對面的女孩。她名叫米莉安．雅伯斯，深色頭髮，容貌標緻，頭腦夠好反應也快，只要有念書，課業就能過關；有一點愛慕虛榮，但是個性很好，不介意別人拿這一點取笑。她的松鼠精靈席亞斯緊揪住她的頭髮，看起來大受打擊，米莉安在讀一封信，一手掩嘴，面無血色。

沒有其他人注意到。米莉安將信放下時，萊拉探身越過桌面問她：「米莉安？發生什麼事？」米莉安眨了眨眼，吁了口氣，彷彿剛剛醒轉，她將信向下撥進懷裡。「家裡的事，」她說：「太蠢了。」她的精靈爬到她懷裡信件旁邊，米莉安大費周章擺出滿不在乎的樣子給四周的同學看，卻白費工夫，她們根本就沒注意。

「有什麼我能幫忙的嗎？」萊拉問。

潘鑽到桌下去找席亞斯。兩個女孩都能感覺到她們的精靈在對話，無論席亞斯告訴潘什麼事，萊拉都很快就會知情。米莉安望著萊拉，一臉無助。再過一下，她可能就會大哭起來。

萊拉站起身說：「我們走。」

女孩正處於一種，無論來自任何人的任何決定，都能讓她像在怒海中抓到救生圈一樣緊緊攀住的狀態。她跟著萊拉走出食堂，將她的精靈緊緊抱在胸前，隻字不問要去哪裡，如同羊羔跟隨在後。

「我真是受夠了吃粥、冰冷吐司跟乾巴巴的炒蛋，」萊拉說：「在這種情況下，只有一件事可做。」

「是什麼？」米莉安問。

「去喬治的店。」

「但我有一堂大班課要上——」

「不對。講課的人有一堂大班課要上，但是妳沒有，我也沒有。而且我想吃培根煎蛋。來吧，邁開步伐。以前參加過女童軍嗎？」

「沒有。」

「我也沒參加過。也不知道我為什麼問起。」

「我還有一篇論文要寫——」

「妳認識誰沒有論文要寫的嗎？還有好幾千位女士先生有論文要趕，沒有的話就太不上道了。而喬治的店等著呢。卡戴納咖啡館還沒開，不然我們可以去那裡。來吧，好冷。妳要穿大衣嗎？」

「要──那我們就快一點……」

她們跑上樓拿大衣。萊拉的是一件破舊的綠色大衣，尺寸有點小。米莉安的是一件海軍藍喀什米爾羊毛大衣，完全合身。

「要是有誰問妳為什麼沒去上課或缺席專題討論，妳可以說妳心情不好，好心的萊拉帶妳出來散步。」萊拉在她們經過門房小屋走出去時說。

「我從來沒去過喬治的店。」米莉安說。

「噢，走嘛。沒去過怎麼行呢。」

「我知道店在哪裡，只是……我不知道。我只是覺得那不是我們該去的地方。」

喬治的店是室內市集裡的一家咖啡館，很多顧客是市場攤商和來自周圍區域的工人。

「我年輕的時候就常去那裡。」萊拉說：「我是說，真的很年輕的時候。我以前常在店外晃來晃去，直到他們給我一個小圓麵包打發我走。」

「妳？真的嗎？」

「小圓麵包，或是挨一巴掌。我還在那裡打工過一小段時間，洗碗盤、泡茶、沖咖啡。那時候九歲吧，我想。」

「妳爸媽讓妳──噢天啊。抱歉，對不起。」

關於萊拉的背景，她的朋友群只知道她的雙親家世都很顯赫，在她年紀還小時就過世了。朋友們對此事的了解，是萊拉為此傷心欲絕，從不談起家裡的事，所以她們自然會有各種揣想。米莉安當下無比自責。

「不是的，當時是約旦學院在照顧我。」萊拉開朗地說：「要是他們知道，我是說要是約旦學院的人知道，我想他們肯定會大吃一驚，但他們接著就會忘了這回事，而我無論如何還是會繼續去打工。我以前是想做什麼就會去做。」

「沒有任何人知道妳在做什麼嗎？」

「管家羅斯黛太太知道。她還滿嚴厲的，我老是挨罵，但她知道罵我也沒用。有必要乖巧守規矩的時候，我還是能做到。」

「妳在那裡待了多久——我是說，妳幾歲的時候開始——抱歉。我不是有意要刺探妳的隱私。」

「我最早的記憶，就是第一次被帶去約旦學院。我不知道自己那時候幾歲——很可能還是小嬰兒。我被一個高大的男人抱在懷裡。當時是午夜，颳著暴風雨，閃電打雷，還下著傾盆大雨。他騎在馬上，將我裹起來放在斗篷裡。然後他用手槍大力敲一扇門，門打開了，裡頭溫暖明亮，他將我交給另一個人，我想他親了我一下，然後就騎上馬離開了。他很可能就是我的父親。」

米莉安大受感動。其實萊拉不太確定有沒有騎馬的部分，但她就是喜歡。

「實在太浪漫了。」米莉安說：「那是妳出生以來最早的記憶？」

「最早的記憶。從那之後，我就……住在約旦學院。一直都住那裡。妳最早的記憶是什麼？」

「玫瑰的香氣。」米莉安立刻回答。

「什麼？是某個地方的花園嗎？」

「不是。是我父親的工廠。他們製作香皂和其他產品的地方。我坐在他的肩膀上，我們在裝瓶廠裡。無比濃甜的香氣……男人的衣服總是散發玫瑰的香氣，他們的妻子得清洗衣服才能去掉香味。」

萊拉知道米莉安家很富有，財富來自香皂、香水等產品。米莉安擁有種類繁多的香水、香膏和洗髮精，她的朋友們最愛的活動就是試用各種新產品。

萊拉忽然意識到同伴在啜泣。她停下來，挽住米莉安的手臂。「米莉安，怎麼啦？是因為那封信？」

「我爸爸破產了，」米莉安聲音發顫，「全完了。」

「噢，米莉安，你們打算怎麼辦？」

「我們不會——他們不可以——他們要把房子賣了，我得離開學院——他們付不起……」

她沒法再說下去。萊拉伸出雙臂，米莉安靠在她身上，抽泣起來。萊拉可以聞到她的洗髮精香味，猜想裡頭可能也加了玫瑰。

「別哭了。」她說：「妳知道有補助和特別獎助金和……妳不一定要離開，會有辦法的！」

「但是一切都要不一樣了！他們要把所有東西都賣掉然後搬去……我不知道……丹尼得離開劍橋而且……而且一切都變得好可怕。」

「我敢說其實沒有聽起來那麼可怕。」萊拉說。她從眼角餘光瞄見潘在悄聲跟席亞斯說話，她知道他也在講類似的話。「這當然很令人震驚，吃早餐的時候讀信得知這樣的事。但是人總會撐過來的，不騙妳，有時候事情結果沒有妳以為的那麼糟。我敢說妳不必離開學院。」

「但是大家都會知道……」

「那又如何？不是什麼可恥的事。總會有人碰上家裡出事，那也不是他們的錯。如果妳勇敢應對，大家反而會佩服妳。」

「再怎麼說，不是我爸的錯。」

「當然不是。」萊拉說，她毫無頭緒。「就像經濟史課堂上他們教我們的——景氣循環。大勢所趨，難以抵擋。」

「事情就這麼發生了，沒有人預料到。」米莉安伸手朝口袋裡摸索。她拿出摺得皺巴巴的信念出聲來：「供應商近來變得蠻不講理，雖然爸爸跑了拉塔基亞好幾趟，但到處都找不到好的材料來源——顯然大藥廠搶在其他人之前把所有東西都買光了——我們根本束手無策——實在太糟了……」

「什麼的供應商？」萊拉問：「玫瑰？」

「對。他們向那裡的花田買花，再將花蒸餾或什麼的。精油，玫瑰精油，類似那樣的東西。」

「不能用英國的玫瑰嗎？」

「我想不行。只有那個地方的玫瑰才行。」

「或用薰衣草，有很多很多。」

「他們——我不曉得！」

「我在想，那些男人可能會失業，」萊拉在她們轉彎步上正對柏德里圖書館的寬街時說：「衣服散發玫瑰香氣的男人。」

「很有可能。噢，太慘了。」

「真的。但是妳能熬過去的。等我們待會坐下，就來規畫一下，看看有什麼是妳能做的，列出所有的選項，所有的可能性，然後妳就會覺得好過一點了。等著瞧。」

在咖啡館，萊拉點了培根煎蛋和一品脫杯的紅茶。米莉安除了咖啡什麼都不要，但萊拉還是要喬治送來一個葡萄乾小圓麵包。

「她不吃的話，我會吃。」她說。

「妳們學院裡不供吃喝啊？」喬治問，他的雙手是萊拉這輩子看過動作最敏捷的手，切片，塗奶油，倒茶，灑鹽，打蛋。小時候她無比崇拜他能一次打三顆蛋在平底鍋裡，不濺出一點蛋白，從不弄破蛋黃，更不會混到一丁點蛋殼碎片。有一天她自己練習，用掉整整兩打雞蛋。她為此挨了一巴掌，但得承認是她自己活該。這些日子以來，喬治對她比較客氣。萊拉還是沒練成打蛋的伎倆。

萊拉向喬治借了一枝鉛筆和一張紙，畫出三欄，一欄標出「待辦的事」，下一欄標出「待查的事」，第三欄標出「別再煩惱的事」。接著她、米莉安和她們的兩隻精靈邊吃東西，邊在欄位裡寫下提議和想法。米莉安吃完葡萄乾麵包，等到她們幾乎寫滿整張紙時，她終於感覺輕鬆了一些。

「妳看，」萊拉說：「來喬治的店永遠是個好主意。聖蘇菲亞的早餐很崇高，至於約旦學院……」

「我敢說不像我們學院那麼莊嚴肅穆。」

「用奢華無比的銀製保溫鍋盛裝燻魚香料飯或香料羊腰子或醃魚，必須維持年輕男士熟悉的格調才行。很棒，但我可不想天天吃。」

「謝謝妳，萊拉。」米莉安說：「我覺得好多了。妳說得很對。」

「那妳現在要做什麼？」

「去找貝爾博士。然後寫信回家。」

貝爾博士是米莉安的導師，類似為學生指點迷津的心靈導師。她個性直率但人很好，會知道學院能幫上什麼忙。

「很好，」萊拉說：「再告訴我事情進展。」

「我會的。」米莉安保證。

米莉安離開之後，萊拉又坐了幾分鐘，和喬治閒聊幾句，滿懷遺憾地拒絕聖誕節假期來打工的提議，喝完品脫杯裡的茶。但最終還是到了她和潘拉蒙獨處的時刻。

「他跟你說了什麼？」她問，指的是米莉安的精靈。

「她真正擔心的是她男友。她不知道怎麼告訴他，因為她覺得自己如果沒錢，對方就不會喜歡她。男生在主教學院，某個貴族家的子弟。」

「所以我們花了大把時間和力氣，她甚至沒跟我說她最擔心的事？我還真是搞不懂。」萊拉說，邊拿起她的破舊大衣，「她男友如果真這麼覺得，那種人也不值得交往。潘，對不起。」話甫出口，她自己嚇了一跳，潘也是。「之前你想告訴我你昨晚看到什麼，我一直沒空回應。」離開時，她向喬治揮手。

「我看到有人被殺。」他說。

# 第三章
# 行李寄物櫃

萊拉站住不動。他們在室內市集入口旁的咖啡豆進口商店鋪外面，空氣中瀰漫烘焙咖啡豆的香味。

「你說什麼？」她問。

「我看到兩個男人襲擊另一個男人，然後殺了他，就在皇家郵政站附近的社區菜圃那裡……」

慢慢走出市場街返回聖蘇菲亞學院途中，潘告訴她整件事的經過。

「他們似乎知道分離的事，」他說：「被殺的男人和他的精靈。他們也能做到。她一定看到我在樹枝上，所以她直接向上飛——呃，花很大的力氣，因為她的人類受傷了——她不會害怕或什麼的，我是說，不怕看到只有我獨自出現，不像大部分的人的反應。被殺的男人也一樣。」

「那皮夾呢？現在在哪裡？」

「在我們的書架上。放在德文字典旁邊。」

「你剛剛說他說了什麼？」

「他說：『拿走它。別讓他們拿到。要怎麼做，全看你和……你的……』然後他就死了。」

「全看我們。」她說：「嗯，我們最好看看那個皮夾。」

她們開了聖蘇菲亞學院寢室裡的煤氣燈，在桌前坐下，因為天色陰沉，光線晦暗，又打開小小的琥珀電氣燈。

萊拉從書架上取下皮夾。是簡單的一折式皮夾，沒有扣鈕，比她的手掌大不了多少。皮革原本具有凸起紋理，像是摩洛哥山羊皮，但紋理大多已磨損，變得油膩平滑。從前可能是褐色的，但如今已接近黑色，有幾處留著潘的利齒咬銜過的痕跡。

她聞得出來，一股似有若無，微微刺鼻辛辣的味道，像是男人用的古龍水混雜著汗味。潘伸出一爪在鼻前揮了揮。她仔細檢查皮夾外側是否有任何記號或花押字，但什麼都沒有。

她打開皮夾，裡頭再普通平常不過。有四張鈔票，總共是六美金和一百法郎，不是大數目。在下一層內袋裡，她找到一張巴黎到馬賽的回程火車票。

「他是法國人嗎？」潘問。

「還不知道。」萊拉說：「你看，有照片。」

她從皮夾下一層內袋裡取出一張因拿取頻繁而破爛不堪的證件，證明了皮夾主人的身分，證件相片裡的男人臉孔看來約莫四十歲，一頭黑髮鬈曲，蓄著稀疏的八字鬍。

「是他。」潘說。

證件是由英國皇家外交部發給英國公民安東尼．約翰．羅德里克．赫索，由出生年月日可知他三十八歲。守護精靈相片裡是一隻類似小鷹的猛禽。潘盯著相片，熱切又滿懷憐憫。

接著萊拉找到一張她認得的小卡片，因為她自己的皮夾裡也有一張一模一樣的：柏德里圖書館閱覽證。潘驚訝得輕呼出聲。

「他一定是大學裡的人。」他說：「那是什麼？」

另一張卡片，由大學植物系發出，證明羅德里克．赫索博士是植物學系教員。

「他們為什麼攻擊他？」萊拉問，並不期望會有答案。「他看起來很有錢嗎？或是帶著什麼東西之類的？」

「他們確實提到……」潘說，他努力回想。「其中一個人——殺人凶手——他發現那個人沒帶包包時很驚訝。聽起來他們好像預期他會帶著包包。但是另一個人，受傷的那個，懶得研究這事。」

「那他帶了包包嗎？還是公事包，或行李箱，任何東西？」

「沒有。什麼都沒帶。」

接下來找到的紙片對摺了好幾次，沿著摺痕還貼了膠帶加固。紙片上標著：「通行許可」（LAISSEZ-PASSER）。

「那是什麼？」潘問。

「一種護照，我想……」

證件是由鄂圖曼帝國高門政權國土安全部發行，發行地是君士坦丁堡。證件以法文、英文和安那托利亞文載明：來自英國牛津的植物學家安東尼．約翰．羅德里克．赫索獲准於鄂圖曼帝國疆域通行，有關當局應給予必要之協助與保護。

「鄂圖曼帝國有多大？」潘問。

「非常大。從土耳其到敘利亞、黎巴嫩、埃及，到利比亞，還有再往東幾千英里的土地，我想是這樣。等等，還有一張……」

「後面還有另一張。」

另外兩張證件分別由疆域包括大夏和粟特的突厥汗國，以及中國華夏天朝的新疆省發出。證件內容與鄂圖曼帝國發行的通行許可大致相同，形式也雷同。

「都過期了。」萊拉說。

「但新疆那張的有效日期比突厥那張早。表示他是從那裡來的，花了……三個月。很漫長的一段路。」

「裡頭還有東西。」

萊拉的手指觸到放在內側夾層裡的另一份文件。她將文件抽出來，打開來卻發現是與其他證件截然不同的東西：一本宣傳搭乘芝諾比雅號郵輪前往黎凡特行程的小冊子，由皇家東方郵輪公司發行，英文說明承諾將帶旅客進入「一個浪漫旖旎、陽光普照的世界」。

「一個滿是絲綢與香水的世界，」潘念道：「處處可見織錦地毯、可口蜜餞和大馬士革鋼鑄刀劍，在繁星密布的蒼穹之下，迷人美眸眼波流轉……」

「隨著卡羅．彭梅里尼和他的小夜曲沙龍樂團的浪漫樂音翩翩起舞，」萊拉念道：「沉浸於地中海靜謐海水上的月光呢喃……月光要怎麼呢喃？皇家東方黎凡特郵輪旅行是通往美好世界之途……等等，潘，你看。」

小冊背面是時刻表，列出郵輪於不同港口的抵達日和出發日。這艘船會在四月十七日週四離開倫敦，在五月二十三日週六回到南安普敦，中途於十四個城市停靠。有人將五月十一日週一的日期圈起來，芝諾比雅號會在那一天停靠士麥那，日期旁還畫了一條線連到草草寫下的幾個字：**蘇萊曼廣場安塔利亞咖啡館，上午十一點**。

「一場約會！」潘說。

他從桌面躍向壁爐架，前爪抵著牆在壁爐架上站起，研究掛在牆上的日曆。

「不是今年——等等——是明年！」他說：「日期和星期幾對得上。時間還沒到。我們要怎麼辦？」

「嗯……」萊拉說：「我們真的應該把皮夾交給警方。我的意思是，這麼做毫無疑問，對不對？」

「對。」潘說，他跳回桌上。他將文件轉個方向，更仔細地研讀。「皮夾裡就只有這些嗎？」

「我想是的。」萊拉再次翻看，將手指伸進夾層裡。「不對——等等——這裡還有東西……硬幣嗎？」

她將皮夾開口倒轉朝下搖晃。掉出來的不是硬幣，而是一把附有圓形金屬標籤的鑰匙，上面刻了編號三十六。

「看起來像是……」潘說。

「對。我們看過類似的……我們拿到過類似的一把。什麼時候的事？」

「去年……火車站……」

「行李寄物櫃！」萊拉說：「他在寄物櫃裡放了東西。」

「是他們覺得他應該帶著的包包！」

「一定還在那裡。」

他們睜大雙眼望向彼此。

然後萊拉搖了搖頭。「我們應該把皮夾送交警方。」她說：「能做的我們都做了，我們檢查皮夾找出主人是誰然後——然後……」

「唔，我們可以把皮夾送到植物園，研究植物科學的地方。他們會知道他是誰。」

「沒錯，但是我們知道他被殺了。這種事真的應該報警。我們一定要去，潘。」

「嗯哼。」他說：「是吧。」

「但我們若不先記下一些資訊實在沒道理。像是他的行程日期，在士麥那的約會……」

她一一抄下。

「全部就這些了嗎？」他問。

「對。我會試試看將它們全部放回原位，然後我們就去警察局。」

「我們為什麼要這麼做？說真的？為什麼要把這些資訊都抄下來？」

她望著他片刻，然後轉頭看向皮夾。「只是好奇。」她說：「是不關我們的事，只不過我們知道皮夾是怎麼出現在燈心草叢裡，那就關我們的事了。」

「他確實說了全看我們。別忘了這點。」

她將燈火熄了，鎖上房門，皮夾放進口袋，和潘一起前往位在聖阿爾達特街的警察總局。

二十五分鐘後，她們在值班櫃台前等候，執勤巡佐在和一個男人周旋，男人想要釣魚執照，但不願接受執照是由河川管理當局而非警方核發的事實。他長篇大論據理力爭，萊拉只好在唯一一張椅子上坐下，準備等到午餐時間。

潘坐在她懷裡，眼觀四面。另外兩名警察從裡頭的辦公室出來，走到櫃台旁停下腳步對話，潘轉過頭去看他們，不過片刻，萊拉感覺到他的爪子深深摳進她的手裡。

她不動聲色，因為知道他馬上就會告訴她是什麼事，他也這麼做了，一溜煙竄上她的肩頭悄聲說：「是昨晚我看到的那個人。他就是凶手。我很確定。」

潘指的是兩名警察裡個子比較高、塊頭比較大的那個。萊拉聽到他對另一人說：「不對，算加班，完全合法。一切依法辦理，毋庸置疑。」

他的聲音粗礪沉厚十分難聽，講話帶著利物浦腔。同時，想要釣魚執照的男人準備掉頭離開並告訴執勤巡佐：「好吧，如果你很確定，我也沒別的選擇。但我要白紙黑字寫清楚。」

「今天下午再過來，值班的同事會給你一份寫清楚整件事的文件。」巡佐說，朝另外兩名警察使了個眼色。

「好吧，我會再來的。我不會放棄。」

「不，千萬別放棄，先生。小姐妳好，有什麼需要我幫忙的嗎？」

他望向萊拉，另外兩名警察也在看。

萊拉站起身說：「我不知道是不是要來這裡，有人偷了我的腳踏車。」

「是的，要來這裡沒錯，小姐。請填寫這張單子，我們再看看有什麼我們能做的。」

她接下他遞來的紙張後說：「我有點趕時間，可以晚點再把單子帶過來嗎？」

「隨時歡迎，小姐。」

她求助的事項不怎麼有趣，巡佐轉過頭去，加入關於加班的對話。片刻之後，萊拉和潘出了警局，再次回到街上。

「我們現在怎麼辦？」潘問。

「當然是去寄行李的地方。」

但是萊拉想先到河岸看看。她們穿越卡爾法克斯的十字路，朝城堡的方向走去，她和潘再次理清事情的來龍去脈，雙方對待彼此極盡客氣專注，幾乎到了讓人痛苦的地步。萊拉在街上或店裡看到的其他人，以及每個她在市場裡攀談的人，和他們的守護精靈相處都一派輕鬆自適。咖啡館老闆喬治的精靈是一隻浮誇賣弄的老鼠，她坐在喬治圍裙的胸前口袋裡，對周遭一切大發議論、冷嘲熱諷，跟萊拉小時候看到的她一樣，她喜歡喬治，喬治對她也一樣。只有萊拉和潘對彼此不滿。

所以他們非常努力。他們前往社區菜圃，察看第二名攻擊者曾爬過的皇家郵政站周圍高聳的柵門，和受害者從火車站出來行走的小路。

那天是市集的開市日，除了鐵路側線上鐵道車輛轉換軌道的聲響，和皇家郵政站裡有人用鑽具或研磨機具修理機械的噪音，萊拉還聽見遠處牛欄裡牛群的哞哞叫。到處都是人。

「可能會有人注意到我們。」她說。

「有可能。」

「那就裝成邊走邊胡思亂想的樣子慢慢逛過去。」

她緩緩轉頭打量四周。他們站在河流和社區菜圃之間的區域，一片偶有人照料的開闊原野，民眾夏季時會來散步或野餐，或在河岸洗澡，或踢足球。牛津這一區不是萊拉的地盤，她的盟友大多是再往北走半英里的耶利哥的頑童。她從前和聖艾比教堂這一帶的孩子打了好幾場仗，在那段前往北地甚至拋下她的原生世界之前的日子。時至今日，即使她已經是二十歲的年輕人，念過書，是聖蘇菲亞學院的大學生，但此刻身處敵境，她還是感覺到久遠之前的恐懼又回來了。

她緩緩移步，橫越草地走到河岸旁，努力擺出一副可能是在做任何事，但絕不是在找凶殺案現場的樣子。

他們停下腳步，觀看一列載滿煤塊的火車慢慢從他們右側駛向跨越河面的木橋。火車過橋時一定會放慢速度。他們聽到載煤貨車沉重地駛上橋梁，注視火車一甩尾拐入左側通往煤氣廠的支線，一旁的主建物裡，熔爐日以繼夜熊熊咆哮。

萊拉問：「潘，假如他沒有被那兩個人攻擊，那他會走去哪裡？這條小路通到哪裡？」

他們正站在社區菜圃的南側邊緣，也是潘最早看到兩個男人躲在柳樹下時所在的位置。望向河水時，兩棵樹就在他們正前方大約一百碼處。如果男人並未遭到攻擊，順著小路走會再沿河岸走到河流彎曲向左的地方。不待討論，萊拉和潘慢慢朝這個方向移動，想看看男人原本要去的地方。

小路沿著河岸直接連通一座跨越溪河的步道橋，而步道橋則通往煤氣廠周圍狹窄街巷間成排背對背緊靠彼此、沒有後院的房屋，以及聖艾比教堂堂區一帶。

「所以這就是他原本要去的地方。」潘說。

「就算他不知道。就算他只是沿著小路走。」

「而且另一個男人肯定是從這裡來的——不是從郵政站出來的那個。」

「從這裡可以去任何地方，」萊拉說：「聖艾比堂區的老街巷弄錯綜複雜，再到聖阿爾達特街和卡爾法克斯……去哪裡都可以。」

「但是我們不會知道了。猜不出來的。」

來到溪河上的步道橋盡頭，他們都心知肚明為什麼有這番對話。他們都不想去看男人遇害的地點。

「再怎麼說，我們還是應該去。」萊拉說，而潘說：「對。走吧。」

他們回頭沿著河岸信步前行，走向柳樹和橡樹，那裡的燈心草生長茂密，小路上滿是泥濘。萊拉隨意環顧四周，但是沒看到不懷好意或有威脅性的人，只有幾個小孩在上游較遠處的溪邊玩耍，幾個男人打理分配到的社區菜圃，還有一對老夫婦挽著手走在小路前頭，手裡提著購物袋。

他們走過老夫婦身旁，老夫婦在萊拉道「早安」時點頭微笑。接著他們來到橡樹下方，潘從萊拉肩頭上躍起，指給她看他那晚趴臥的樹枝處，然後又跳下來，游身沿草地朝柳樹奔去。

萊拉跟著他，在地面上搜尋打鬥的痕跡，但是只看到青草跟有人踩踏過的爛泥，和小路上其他處沒什麼不同。

「有人過來嗎？」她問潘。

他跳上她肩頭環顧周圍。「有一個女人帶了小孩和購物袋越過步道橋走來。沒有其他人。」

「我們看一下燈心草叢。差不多是這裡，對嗎？」

「對。就是這裡。」

「你說他把死者拖進水裡？」

「拖進燈心草叢，但沒有一直拖進水裡。無論如何，至少我看到的時候沒有。很可能是他之後回來做的。」

萊拉走到小路外，步下長滿燈心草的斜坡。燈心草叢很深，斜坡很陡，走離小路只不過六英尺，從原野上任何一處就再也看不見她的身影。腳步很難踩穩，鞋子也毀了，但萊拉保持住平衡，蹲低身體，小心翼翼觀察周圍。有些燈心草被壓彎了，莖梗斷折，有什麼東西被向下拖拉經過溼泥地，很有可能是和男人身材差不多大小的東西。

但看不出任何有人陳屍的跡象。

「我們不能在這裡逗留太久，」她說，手腳並用爬出草叢，「會真的顯得很可疑。」

「那去車站吧。」

沿著郵政站旁的小路行走時，他們聽見主教學院的大鐘敲響十一點鐘，萊拉才想起此刻她應該在聽課，是這學期最後一次大堂演講課。不過安妮和海倫會去上課，可以跟她們借筆記；也許莫德林學院那個俊美羞澀的男孩會跟之前一樣坐在教室後排，也許她可以去坐在他旁邊看看會怎麼樣。一切都會回復如常。只不過，只要那把寄物櫃鑰匙還在她的口袋裡，一切都不再如常。

「以前是妳很衝動，」潘說：「是我一直拉住妳。我們現在不一樣了。」

萊拉點點頭。「嗯，你知道，凡事都在變……我們可以等，潘，等那個警察下班的時候再回去聖阿爾達特街。像今天晚上，也許大約六點。他們不可能全都是共犯，一定還有正直的警察。這不是……不是什麼順手牽羊，是謀殺。」

「我知道。我看到了。」

「也許我們這麼做，干擾警察辦案，反而是讓殺人凶手逍遙法外。那是不對的。」

「那是另一回事。」潘說。

「什麼？」

「妳以前很樂觀。妳以前覺得無論我們做什麼，最終一切都會平安無事。就算在我們從北方回來以後，妳還是這麼認為。現在妳很小心，很焦慮……很悲觀。」

她知道他說得對，不對勁的是他聽起來像是在控訴她，彷彿是她的錯。

「以前我年紀還小。」她只擠得出這麼一句。

潘沒有答腔。

萊拉和潘都不再言語，直到抵達火車站，萊拉才開口：「潘，過來吧。」他立刻跳到她雙掌上。她將他放上肩頭，低聲說：「你得負責留意後頭。可能有人在監看。」

在她走上通往入口的階梯時，他轉身就定位。「別直接走向寄物櫃，」他低語，「先去翻翻雜誌。我來看看周圍有沒有人在監看。」

她點頭，走進火車站大門之後左轉，慢慢晃到書報攤旁。她拿起一本又一本雜誌翻看，同時潘觀察每個男人和女人，他們或排隊買票，或坐在桌旁喝咖啡，或查看時刻表，或向服務台人員詢問事情。

「所有人似乎都有事做。」他低聲說：「我看不出有誰只是在閒晃。」

萊拉伸手將口袋拿好寄物櫃鑰匙。「我要過去了嗎？」她問。

「好，過去。但別急。只要自然地走過去，邊走邊看時間或到站離站告示牌什麼的……」

萊拉將雜誌放回原位，轉身離開書報攤。她覺得或許有一百雙眼睛在監看，但她努力擺出漫不經心的樣子，腳步輕快踩過地板到了售票大廳對面，來到行李寄物櫃所在處。

「目前為止一切安全。」潘說：「沒人在看。現在就動手。」

編號三十六的寄物櫃位在及腰高度。萊拉轉動鑰匙打開櫃門，發現裡頭有一個破舊的帆布背包。

「希望不會太重。」她喃喃道，接著拎出背包，將鑰匙留在門上。

背包很重，但她輕鬆地將背包一甩扛在右肩。

「真希望我們能做到跟威爾一樣。」她說。

潘明白她的意思。威爾．帕里擁有一種令北方女巫都驚詫不已的隱身能力，女巫也是用同樣的方法讓自己隱而不現：讓自己顯得平凡無趣，到幾乎完全不會引人注意的程度。威爾一輩子都在練習，因為他要避免被警官和社工之類的人瞧見，他們可能會問這個男孩為什麼沒去上學，一經調查就會發現他的母親深受各種不真實的恐懼和執念困擾，最後可能導致威爾被迫和他摯愛的母親分開。

威爾曾告訴萊拉他不得不採取這種生活方式，要保持不被人發現有多麼困難，萊拉先是很驚愕竟然有人能如此孤寂地生活，接著被他的勇氣感動，然後就對於女巫會如此敬佩威爾的隱身技巧一點也不驚訝。

她揣想著，一如平時她常做的，威爾現在在做什麼，他的母親是否平安，還有他現在長什麼樣子……然後潘低喃：「到目前都很好，但再走快一點。車站階梯上有個男人在看我們。」

他們已經走到車站前廳，計程車和巴士在此接送乘客。萊拉想著威爾，幾乎沒注意到他們走了多遠。

「他長什麼樣？」她平靜地問。

「大塊頭。戴黑色羊毛帽。精靈看起來像獒犬。」

她稍微加快腳步，朝海斯橋街和市中心前進。

「他在做什麼？」

「還在看我們……」

回約旦學院最快的路無疑是直走，但風險也最大，因為從海斯橋街再到喬治街，她的行蹤會完全暴露無遺。

「他還看得到我們嗎？」她問。

「看不見，被旅館擋住了。」

「那抓穩了。」

「妳要——」

萊拉忽然衝到馬路對側，閃身躲到運河上船隻停靠卸煤的碼頭周圍欄杆下面。她毫不理會停下來看她的人群，飛奔繞過蒸氣起重機，衝到運河管理局建築後方，再向外跑橫越通往喬治街馬房的狹窄街道。

「看不到他。」潘說，拉長頸子張望。

萊拉繼續跑進舷牆巷，夾在兩堵高牆間的巷道比她雙手打開的寬度寬不了多少。在這裡沒人看得到她，如果碰上麻煩，她會孤立無援……但她來到巷底，急轉向左，沿著位在聖彼得聖堂後方的另一座馬房跑出來，到了新廳堂街，街上熙來攘往，全是逛街購物的行人。

「目前一切順利。」潘說。

過街到對面，接著轉進休伊巷，是克拉倫登旅館旁的一條陰溼小巷。一個男人正慢條斯理地朝大垃圾桶裡傾倒垃圾，他的笨拙母豬精靈趴在他身旁的地上啃蕪菁。萊拉從她身上跳過，嚇得男人向後退，叼在嘴裡的香菸掉了下來。

「喂！」他嚷嚷起來，但萊拉已經跑進了穀物市場，這裡是牛津店家集中的大街，行人和載貨車輛穿梭如織。

「繼續看著。」萊拉說，上氣不接下氣。

她衝到馬路對側，跑進金十字旅店旁一條通往室內市集的巷弄。

「我得慢下來。」她說：「重死我了。」

她以正常速度步行穿越市集，在潘看著後方時，注意前方來人，努力調勻呼吸。現在只剩下一小段路了：出了市場街，然後左轉走上土爾街，再走五十碼就是約旦學院。只剩不到一分鐘的路程。她控制住全身每條肌肉，鎮定地慢慢步向學院的門房小屋。

他們正要進去時，一個人從門房小屋裡走了出來。

「萊拉！嗨，妳這學期一切都好嗎？」

是一頭紅髮、身材魁梧、親切隨和的歷史學家波斯戴博士。他不是萊拉有興趣交談的對象。他在幾年前離開約旦學院，搬到位在寬街另一側的杜倫學院，但偶爾會回到約旦學院處理事情。

「很好，謝謝。」萊拉語調平板。

同時一群大學生走進來，正要去上課或聽大班演講。萊拉毫不理會，但他們全都盯著她看，她也心知肚明他們會這麼做。他們甚至在走過時全都靜默不語，好像十分害羞。等他們全都經過後，波斯戴博士已經放棄等待萊拉更完整的回答並轉向門房，她也就走開了。兩分鐘後，她和潘已經置身一號樓梯頂端小小的起居室，她鬆了一大口氣，將背包拋到地板上，鎖上房門。

「嗯，現在我們得負起責任了。」潘說。

## 第四章
# 學院銀器

「出了什麼差錯？」馬瑟爾．狄拉莫質問。

祕書長站在居正館辦公室裡，問話的對象是一名打扮隨興的年輕人，深色頭髮，身材纖瘦，正一臉陰鬱、渾身緊繃臥在沙發上伸直兩腳，兩手插在口袋裡。他的鷹精靈朝狄拉莫怒目而視。

「如果你雇用蠢材……」訪客說。

「回答我的問題。」

年輕人聳了聳肩。「他們搞砸了。沒用的傢伙。」

「人死了嗎？」

「似乎是。」

「但是他們什麼都沒找到。他帶了包包或行李箱之類的嗎？」

「沒辦法看那麼仔細。但我想沒有。」

「那就再看一次。認真點看。」

年輕人懶洋洋地擺了擺手，好似在驅走這個主意。他皺著眉頭，雙眼半閉，白皙的前額上微微沁出一層汗水。

「身體不舒服？」狄拉莫問。

「你知道因為使用新方法受到影響，害我神經無比緊繃。」

「你拿了很高的報酬，代價就是要忍受這些。無論如何，我告訴過你不要用新方法。我不信任新方法。」

「我會再看，對，好吧，我會看，但不是現在。我需要先復原才行。但是可以告訴你一件事：現場有目擊者。」

「目擊這次行動？什麼人？」

「不曉得，無法判斷。但是有其他人目擊了一切。」

「特務發現了嗎？」

「沒有。」

「你能告訴我的就這些？」

「我知道的就這些，可以得知的就這些。只不過……」

他並未說下去。祕書長很習慣他這種作態，捺住性子等待。最後年輕男子開口接下去：「只不過我想，有可能是她。那個女孩。先聲明，我沒看見她，但有可能。」

他說這句話時仔細地觀察狄拉莫。他的雇主坐在書桌前，在一張印有頭銜的專用紙箋上寫下一、兩句話，再將紙箋摺起，蓋上鋼筆筆蓋。

「拿著，奧維耶。拿去交給銀行。然後休息一下，吃好一點，保持體力。」

年輕人先打開紙箋讀了一遍才將它放進口袋，他不發一語便離開了。但他留意到了他之前曾看過的事：聽到他提起女孩時，馬瑟爾．狄拉莫的雙唇顫抖。

萊拉將背包放在地板上，一屁股坐進老扶手椅。

「波斯戴博士過來的時候，你為什麼要躲起來？」她問。

「我沒有。」潘拉蒙說。

「你有。你一聽到他的聲音，就飛快竄到我的大衣裡。」

「我只是不想擋路。」他說：「我們把背包打開來看看。」他仔細打量背包，吸吸鼻子推開扣帶。

「絕對是他的。同樣的氣味。不是米莉安父親製造的那種古龍水。」

「唔，不能現在打開，」她說：「我們要在二十分鐘內回到聖蘇菲亞學院去見黎珀森博士。」

每一名大學生在學期末都必須與各自的導師會面晤談：導師評估學生表現，提醒學生加緊用功，對優良表現予以褒獎，開出建議假期閱讀的書單。萊拉之前還不曾錯過任何一次晤談，但要是她不快點……

她站起身，但潘不動。

「我們最好把它藏起來。」他說。

「什麼？沒人會進來這裡！放這裡很安全。」

「我是認真的。想想昨晚那個男人，有人為了得到背包不惜殺了他。」

萊拉明白事情嚴重性，拉開老舊的地毯。木條地板下方有一個他們以前用來藏東西的空間。雖然要硬擠，但他們總算把背包塞了進去，再把地毯鋪回去。萊拉飛奔下樓時，聽見約旦學院的鐘聲報時十一點四十五分。

他們趕在最後一分鐘前抵達，坐下聆聽黎珀森博士評估他們表現時還滿臉通紅，渾身發熱。萊拉的表現顯然不錯，已經開始理解複雜的地中海和拜占庭政治，但還是有可能誤以為表面上了解事件就等同深切理解檯面下的運作原則。萊拉用力點頭表示贊同。她自己也可能寫得出相同的評語。導師是一位年輕女性，一頭金髮削剪得莊重嚴肅，精靈是隻金翅雀，她有些疑心地看著萊拉。

「一定要念點書，」她說：「梵科潘的著作很棒。休斯—威廉斯的書裡有一章講黎凡特地區貿易寫得很好。別忘了——」

「噢，貿易，對了，黎珀森老師，黎凡特地區貿易——抱歉讓我插個嘴——那裡買賣的一直都是玫瑰、香水之類的東西嗎？」

「還有菸草，自從發現菸草之後。中世紀時，玫瑰油或者玫瑰精油最主要的產地是保加利亞。但是巴爾幹戰爭，還有鄂圖曼帝國對於貨物往來行經博斯普魯斯海峽加徵的稅金，都讓產業處於困境，而且氣候也變得不太一樣，保加利亞的花農發現最好的玫瑰比以前更難栽種，所以產業慢慢東移了。」

「您知道產業現在處於困境可能是為什麼嗎？」

「現在處於困境嗎？」

萊拉簡短地說起米莉安的父親，和他無法為工廠找到材料來源的難題。

「很有意思。」黎珀森博士說：「妳看，歷史還未結束，而是時時刻刻在發生。我想現今的問題可能主要在於區域政治，我會研究一下。祝妳假期愉快。」

秋季第一學期「米迦勒學期」期末照例會舉行幾次儀式，每個學院的儀式都不同。聖蘇菲亞學院對於所有儀式大抵抱著不以為然的態度，以一種「勉為其難」的姿態，在無可避免需要慶祝儀式時，提供比平常稍微豐盛一點的晚餐。另一方面，約旦學院則舉行「奠基者盛宴」，排場極盡隆重奢華，滿桌盡是珍饈佳餚。萊拉年紀小的時候總是滿心期待奠基者盛宴，不是因為她獲邀參加（她並未受邀），而是因為有機會幫忙擦亮銀器賺幾枚堅尼金幣。這份差事已經自成傳統，在很快和聖蘇菲亞的幾個朋友一起吃過午餐之後（席間米莉安的精神似乎振奮了不少），萊拉快步趕往約旦學院的餐具室，總管卡森先生正將餐盤取出，有碗，有盤子，有高腳杯，還有一個大錫罐，裡頭裝著瑞佛斯牌拭銀粉。

總管身為位階較高的僕人，負責照管所有學院儀式、盛大晚宴、銀器，以及院長休息室和室內所有的奢華用品。以前全牛津最令萊拉害怕的人就是卡森先生，但是卡森先生近來出人意料地開始表現出一絲和善跡象。她坐在鋪了綠色粗羊毛檯面呢布的長桌旁，用一條溼布朝錫罐裡沾了點拭銀粉，開始擦亮碗盤和高腳杯，直到銀器的表面在石腦油燈光下似乎全都靈動欲融。

「做得很好。」卡森先生說，他將一只碗捧在掌間翻來覆去，檢視無懈可擊的完美光澤。

「這些總共值多少啊，卡森先生？」她問，伸手拿起最大的一個餐盤，是一個直徑整整兩英尺的大淺盤，中央有一個碗形的凹陷處。

「無價。」他說：「無可取代。現在不可能買到類似的了，因為全都已經停產。他們的技藝失傳了。那一件，」他望向萊拉正在擦亮的巨大銀器，「已經有三百四十年的歷史，和兩枚堅尼金幣疊起來一樣厚。它的價值完全無法用金錢來衡量。還有，」他嘆了口氣，「這次盛宴很可能是最後一次拿出來用了。」

「真的嗎？它是做什麼用的？」

「妳不曾在整場宴會從開始坐到結束，對嗎，萊拉？」老人說：「在食堂裡用餐過好幾次——很常坐在主桌——但是不曾從頭到尾出席整場盛宴，我說得對嗎？」

「呃，我不會受到邀請，」萊拉誠心誠意地說：「那樣不對。後來我就一直不被准許進入休息室，其他就別提了。」

「嗯哼。」卡森先生面無表情。

「所以我從來沒看過這個大盤子是用來做什麼，是上甜點時裝松露巧克力用的嗎？」

「試試看把它放下來。」

萊拉將大盤放在呢布上，由於底部呈圓凸狀，大盤斜傾著，一側笨拙地歪靠在桌面。

「看起來怪彆扭的。」她說。

「因為它不是用來放在桌上的，是讓人端著的。這是玫瑰水皿。」

「玫瑰水？」萊拉抬頭望向老人，忽然滿心好奇。

「沒錯。食用完肉類料理，在換地方吃甜點之前，我們會端著玫瑰水皿到桌旁各處。總共有四只，這是最精緻的一只。是讓先生們和賓客沾溼餐巾或洗淨手指，就看他們喜歡怎麼用。但是我們現在弄不到玫瑰水了。剩下的這次盛宴還夠用，用完就沒了。」

「為什麼會弄不到？到處都有種玫瑰啊。院長的花園裡就種滿了玫瑰花！您肯定可以做出一點玫瑰水吧？我敢說我可以。鐵定不怎麼難。」

「噢，英格蘭玫瑰水是不缺。」總管說，他從門上的架子取下一只沉重的細頸瓶。「但很稀薄，一點都不渾厚飽滿。最上等的玫瑰水來自黎凡特，或是更遠的地方。來——聞聞這個。」

他拔開瓶口的瓶塞。萊拉彎身到打開的容器上方，嗅到無數朵曾經盛綻的玫瑰花濃縮而成的芬芳，如此深刻的甜美和力量，甚至完全超越了甜美，逸脫本身的極端繁複，進入單純潔淨的純粹和美麗之境。彷彿陽光本身的氣味。「噢！」她說道：「我懂您的意思了。只剩下這些了？」

「我手裡的就只剩這些。我想主教學院的內務總管艾利斯先生那裡還剩幾瓶。但是艾利斯先生呀，他可是把它們看得緊緊的。我可得想個法子討他歡心才行。」

卡森先生的語調毫無起伏，萊拉從來不確定究竟他話裡開玩笑的比例有多高。但是玫瑰水的事太有意思了，不能輕易放過。

「您剛剛說是從哪裡來的，上等的這種？」她問。

「黎凡特地區。特別是敘利亞和土耳其，就我所知。有某種方法可以區別不同產地的差異，但是我從來都分不出來。不像葡萄酒，也不像托考伊酒或波多酒——每一杯的滋味都無比豐富，一旦你摸熟了門道，就不會將一支酒認錯成另一支，更不可能將一種酒認錯成另外一種。但是你有舌頭和味蕾來辨認葡萄酒，沒錯吧？可以用整個口腔去感受。辨認玫瑰水，卻只能靠一股香氣。不過我還是確信有人能分辨出差異。」

「為什麼愈來愈稀少？」

「我想是蚜蟲。萊拉，妳全都擦好了嗎？」

「只剩下這只燭台還沒擦。卡森先生，玫瑰水的供應商是誰？我的意思是，您跟誰買的？」

「一家叫做賽吉威克的公司。妳為什麼突然對玫瑰水這麼感興趣？」

「我對任何事都感興趣。」

「妳是這樣沒錯，我都忘了。嗯，妳最好拿著這個……」他打開一個抽屜，拿出一只比萊拉的小指大不了多少的玻璃瓶，交給她拿著。「拔開軟木塞，」他說：「然後拿穩。」

她照做了，而卡森先生無比小心，一手穩穩拿起細頸瓶將玫瑰花水注入小瓶子裝滿。

「好了。」他說：「少這麼一點也不妨事，既然妳不會受邀參加盛宴，也不准進入休息室，那妳或許可以收著這個。」

「謝謝您！」她說。

「那快些，繼續擦。噢——如果妳想知道黎凡特和東方地區等等的事，最好去問杜倫學院的波斯戴教授。」

「噢對，我可以問他。謝謝您，卡森先生。」

她離開總管的餐具室出來，漫步走入冬日的午後。她意興闌珊地望向寬街另一側杜倫學院的建築物；波斯戴教授正在他的研究室，她可以橫越馬路過去敲門，他無疑會歡迎她的到來，滿懷真摯熱心地請她坐下，並滔滔不絕解釋黎凡特地區的歷史，而不到五分鐘，她會但願自己不曾沒事找事。

「你說呢？」她問潘。

「不去。我們隨時可以去找他，但是我們不能告訴他背包的事。他只會說交給警方，我們就必須說沒辦法，然後……」

「潘，怎麼了？」

「什麼？」

「你有什麼事瞞著我。」

「沒有。我們去看看背包裡有什麼。」

「現在不行，得再等等。我們還有正事要做，別忘了。」萊拉提醒他。「如果我們今天就打開來看，之後能做的事就更少了。」

「好吧，那我們至少把背包帶在身邊。」

「不行！留在那裡就好，很安全的。一放假我們就會回去，假期期間都待在那裡，如果把背包帶到聖蘇菲亞，你就會整天煩我要我打開來看。」

「我才不會煩妳。」

「你真該聽聽你自己在說什麼。」

回到聖蘇菲亞學院後，潘假裝睡著，而萊拉檢查期末報告的參考書目，同時再次思索背包的事；接著她換上僅剩的一件乾淨連身裙，下樓吃晚餐。

一起吃著水煮羊肉時，有些朋友努力遊說她跟她們一起去市政廳的音樂會，一名俊美年輕鋼琴家要演奏莫札特。在正常情況下，萊拉會覺得很誘人，但她這時有心事，吃完米布丁之後就悄悄溜走，穿上大衣，沿著寬街走到一家叫做「白馬」的酒館。

年輕淑女獨自進入酒館並不是常見的事，但萊拉由於當下的心情使然，完全不想當淑女。無論如何，她是來找人的，而且很快就找到了。白馬酒館的吧台很窄小，為了確認要找的人在不在，萊拉得努力推擠穿過傍晚湧入的大批受薪階級，一路擠進酒館深處的小包廂。小包廂在學期中會擠滿大學生，因為白馬酒館和一些其他專屬「鎮民」或專屬「紳民」的酒館不同，這是鎮民和學校師生都會光顧的地方，但已是歲末時節，大學生要到一月中旬才會再度現身。不過萊拉此時不屬於紳民：當天晚上她屬於鎮民的一員，只是鎮民。

而在小包廂裡的正是狄克．歐瓊德，他與比利．華納和兩個萊拉不認識的女孩一起。

「嗨，狄克。」她說。

他的臉一亮，是張好看的臉孔。他的一頭黑色鬈髮富有光澤，有一雙大眼，潔淨的眼白襯著墨黑燦亮的瞳仁；五官精緻立體，皮膚是健康的金褐色，那種拍照會很上相的臉孔，相片裡不會有任何模糊或斑駁；此外，臉孔上瞬息變換的表情之下，都隱藏著一抹笑意，或者無論如何可說是一絲興味。他在喉間繫了一條藍白點點手巾，是吉普賽人的風格。他的守護精靈是一隻嬌小健美的雌狐，她欣然站起和潘打招呼；他們一直都很喜歡彼此。萊拉九歲時，狄克是另一幫市集一帶男孩的領頭，她以前最崇拜他能將痰啐得比任何人都遠。最近這段時日，萊拉曾和他交往一陣子，時間不長但熱烈激情，而分手後仍維持朋友關係。她是由衷高興能在酒館找到他，但絕不會在其他女孩在場時顯露出來。

「最近上哪去啦？」狄克說：「好幾個星期沒見著妳人了。」

「有事要忙，」她說：「有人要見，有書要念。」

「嗨，萊拉。」比利說，他是個和氣討人喜歡的男孩，打從小學起就是狄克的跟班。「最近好嗎？」

「嗨，比利。還有位子讓我坐嗎？」

「她誰啊？」其中一個女孩說。

他們全都無視她。比利朝長凳另一側挪了挪，萊拉坐下來。

「嘿，」另一個女孩開口：「妳硬擠進來啥意思？」

萊拉也無視她。「狄克，你現在沒在市集工作了？」她問。

「沒，無聊得要死，老子不幹了，扛著馬鈴薯四處轉，還要堆甘藍菜。現在我在郵政站工作。妳要喝什麼，萊拉？」

「獾啤酒。」她說，內心雀躍。她沒記錯他的工作。

狄克站起來，擠過其中一個女孩出去，她抗議道：「狄克你幹麼？她是誰？」

「她是我女朋友。」

他望著萊拉，眼裡帶著懶洋洋的笑意，她大膽淡定回望他，帶著共謀意味。接著狄克就走開了，女孩拿起手提包追過去，口中喃喃埋怨。萊拉不曾正眼看她。另一個女孩問：「他叫妳什麼？蘿拉？」

「萊拉。」

比利說：「這位是愛倫。她在電話交換站工作。」

「噢，是哦。」萊拉說：「你現在做什麼，比利？」

「在大街的亞寇特樂器行工作。」

「賣鋼琴？我不知道你也會彈鋼琴。」

「我不會，我只負責搬。像今天晚上在市政廳有一場音樂會，那裡的鋼琴很爛，他們就跟我們店裡租了一台，很棒的。我們要三個人一起才搬得動，但是一分錢一分貨。妳來有什麼事？考試都考完了？」

「還沒。」

「什麼考試？妳是大學生？」女孩問。

萊拉點點頭。狄克拿著半品脫獾啤酒。另一個女孩已經走了。

「噢，半品脫。謝謝你幫我點半品脫，狄克。」萊拉說：「早知道你錢不夠，我應該請你幫我點一杯白開水。」

「瑞秋呢？」女孩問。

狄克坐下。「我沒幫妳點一品脫，是因為在報紙上看到這麼一篇報導，」他說：「說女人不應該一次喝那麼多酒，對她們來說太烈，而且會讓她們因產生怪異的色欲和渴望而發狂。」

「這麼說來，喝太多會讓你擔心應付不來。」萊拉說。

「哦，我應付得來，只是為無辜的旁觀者著想。」

「瑞秋走了嗎？」另一個女孩說，努力想望穿人群。

「你今晚看起來很吉普賽。」萊拉對狄克說。

「最好看的一面不炫耀怎麼行，妳說是吧？」他說。

「你都是這麼標榜的嗎？」

「妳還記得我阿公是吉普賽人吧，裘吉歐．巴班特，他長得也很帥。他再過幾天會在牛津——我幫妳介紹。」

「我受夠了。」女孩對比利說。

「啊，別這樣嘛，愛倫……」

「我跟瑞秋一樣要走了。愛來不來，隨便你。」她說，她的椋鳥精靈在她站起身時在她肩頭上撲拍翅膀。

比利看向狄克，狄克聳聳肩；於是比利也站起身。

「拜拜，狄克。再會，萊拉。」他說，跟在女孩身後走出擁擠的酒館。

「嗯，真想不到。」狄克說：「只剩我們了。」

「跟我說說郵政站的事。你負責什麼工作？」

「那是英國南部主要的郵件分揀站。郵務列車運送郵件過來——都裝在密封的大袋子裡——我們打開袋子，將郵件按照寄往的不同區域分類。然後把郵件放進箱子拿出來，不同顏色的箱子代表運往不同區域，全送上其他列車，或是往倫敦的飛行船。」

「這要做整天嗎？」

「白天做到晚上，二十四小時不休息。妳問這做啥？」

「我自有理由。也許我會告訴你，也許不會。你輪哪一班？」

「這週輪夜班。今晚十點要上工。」

「那邊有沒有一個人——很壯的大塊頭——他週一晚上，就是昨晚，有去上班，然後腿受了傷？」

「好奇怪的問題。那裡有幾百人在上班，特別是一年中的這個時節。」

「我想是的……」

「但我想我剛好知道妳說的是誰。有一個塊頭很大、長得很醜的傢伙，他叫貝尼．莫里斯。今天稍早，我無意中聽到別人說他跌下梯子摔傷腿。沒摔斷脖子還真可惜。有趣的是他昨晚來上班，總之是輪第一班，排班時間才到一半，他就閃人了。至少半夜以後就沒人看到他。然後今天下午我聽說他腿斷了還是啥的。」

「瞞著其他人溜出郵政站容易嗎？」

「嗯，可以從大門出去又不被人看見。要爬過圍欄也不難——也可以穿過去。怎麼回事，萊拉？」

狄克的精靈賓蒂輕巧躍上長椅到他身旁，睜著晶亮的黑眼珠注視萊拉。潘特在桌面上萊拉手肘附近處。他們都聚精會神聆聽對話。

萊拉向前傾身，壓低聲音。「昨天晚上，過了半夜，有人爬過郵政站靠社區菜圃那一側的柵門，沿著河走去和另一個躲在樹叢裡的男人會合。接著第三個人沿著小路從火車站的方向走來，遭到他們攻擊。他們殺了他，將屍體藏進燈心草叢裡。屍體今天早上已經不在那裡，我們去看過了。」

「妳怎知道的？」

「因為我們看到了。」

「怎不去報警？」

萊拉長長啜了一口啤酒，同時目不轉睛盯著狄克的臉。然後她放下啤酒杯。「我們沒辦法。」她說：「有很充分的理由。」

「妳們到底在那裡幹麼？三更半夜的？」

「偷採歐防風。我們在那裡做什麼不重要。我們在那裡，而且看到了。」

賓蒂望著潘，潘回望她，擺出和萊拉本人同樣天真無辜的表情。

「還有那兩個男人——他們沒看見妳？」

「要是他們看見了，他們也會追殺我們。但重點在於——他們沒想到那人會反擊，但那人帶了刀子，割傷了其中一個男人的腿。」

狄克驚訝得眨了眨眼，上半身微微向後靠。「妳剛剛說，妳看到他們將屍體推進河裡？」

「總之是拖進燈心草叢裡。然後他們走向通往煤氣廠的步道橋，一個人幫忙扶著另一個腿受傷的。」

「如果屍體還在燈心草叢裡，他們就得稍晚再回去，想辦法把它處理掉。在那裡誰都有可能發現。小孩子會在河邊玩，小路上隨時都有人來來去去，至少白天是這樣。」

「我們不想留下來看後續發展。」萊拉說。

「也是。」

她喝乾啤酒。

「再來一杯？」他問。「這次幫妳點一品脫。」

「不了，謝謝。我待會就要走了。」

「另一個人，不是受傷的那個，是先去等的那個人。妳看到他的樣子了嗎？」

「沒有，沒看清楚。但是我們聽到他的聲音了。這就是──」她環顧周圍，確定還是沒有人注意到他們──「這就是為什麼我們不能去報警。因為我們聽到一名警察跟別人說話，聲音是一樣的。完全一樣的聲音。殺死男人的就是那個警察。」

狄克撮起雙唇作吹口哨狀，但並未吹出聲音。他喝了長長一口啤酒。「好吧。」他說：「真是尷尬。」

「我不知道該怎麼辦，狄克。」

「那最好什麼都別做。就忘了這回事吧。」

「我做不到。」

「因為妳一直在想這件事。想想別的事。」

她點點頭。這是狄克所能給她最好的建議了。忽然間，她確實想起了別的事。

「狄克，聖誕節期間皇家郵政會多雇一些人，對嗎？」

「對啊。妳想打工？」

「嗯，有可能。」

「直接去郵局裡問他們吧！滿好玩的，不過提醒妳一聲，工作很辛苦。沒空當偵探到處查案。」

「不是。我只是想感受一下那地方是什麼樣子。無論如何，不是要長期打工。」

「妳確定不再喝一杯？」

「我確定。」

「妳今晚接下來還要做什麼？」

「有事要忙，有書要讀……」

「留下來陪我。我們在一起會很開心的。妳把其他女生趕跑了，又要留下我自己一個人？」

「我沒有趕跑她們！」

「妳把她們嚇傻了。」

萊拉感到一陣羞愧。她臉頰開始泛紅，自己明明很輕易就能友善對待那兩個女孩，剛剛卻毫不客氣，她感到愧疚不已。

「下次吧，狄克。」她說。要說出口委實不易。

「妳每次都說下次。」他說，仍然快活隨和。他知道不用花多久就能找到另一個女孩陪他度過夜晚，一個沒有什麼好引以為恥，而且與自己的精靈相處融洽的女孩。他們在一起會很開心的，如他所說。有那麼一會兒，萊拉羨慕起另一個不知名的女孩，因為狄克不只外表好看，更是體貼的好伴侶；但她接著記起，他們在一起幾週之後，她就開始覺得侷促受限。她的人生中有一些部分是她全心關切的，但狄克漠不關心，或單純一無所悉。比如，她絕不可能向他談起潘，談起「分離」的事。

她站起身，然後彎腰吻了他一下，狄克吃了一驚。「你不會等太久的。」她說。

他露出微笑。賓蒂和潘碰了碰鼻子，接著潘躍上萊拉的肩頭，他們穿過酒吧離去，踏上寒冷的街道。

她向左轉到一半，又停下腳步，思索了一秒鐘，掉頭橫越街道，回到約旦學院。

「現在要做什麼？」潘在她向小屋窗口裡的門房揮手時問道。

「背包。」

他們安靜地走上樓梯回到從小住的房間。她一進房就將門鎖上，扭開煤氣爐，將地毯捲起，撬開地板。一切都和他們離開時一樣。

她取出背包，拿到扶手椅旁的燈光下。潘蜷縮在小桌上，同時萊拉解開背包的扣帶。她非常想告訴潘她覺得多麼不自在，心中五味雜陳，有罪惡感，有哀傷，有讓人沖昏頭的好奇。但是對談如此艱難。

「我們要跟誰說這件事？」他問。

「看我們找到什麼再決定。」

「為什麼？」

「我不知道。也許不是看找到什麼。我們就……」

萊拉並未費心把話說完。她將背包頂蓋向後摺起，看到一件摺得齊整、已變了色的白襯衫和一件深藍色粗羊毛衣，兩件都經過多次縫補，衣服下面是一雙已嚴重磨損的草編涼鞋，和一個尺寸與大本《聖經》相若的錫盒，用幾根粗橡皮筋綑住。盒子很重，她將盒子拿在手上翻倒過來，聽不出內容物是並未晃動，或只是未發出聲響。盒子原本用來裝土耳其菸草葉，但上面的圖樣已幾乎磨損殆盡。她打開盒子，發現裡頭有幾個小瓶子和封起的硬紙板小盒，其間的空隙以棉花緊緊填塞。

「也許是和植物研究有關的東西。」她說。

「只有這些嗎？」潘問。

「不。還有他的盥洗用品包什麼的。」

用褪色帆布製成的用品包裡頭有剃刀及刮鬍刷，和一條快擠盡的牙膏。

「還有其他東西。」潘說，瞇眼瞧著背包裡。

萊拉伸手摸到一本書——兩本書——然後拿了出來。兩本書都是用她看不懂的語言寫成，讓她有些失望，不過其中一本從插圖看來像是植物學教科書，而另一本從頁面排版方式看來，像是一首長詩。

「還有別的。」潘說。

在背包底部，她發現一疊文件，於是全部取出，裡頭有三、四份學術期刊文章抽印本，全都和植物學有關，一本破舊的小筆記本，快速翻看一下可知本子裡記著姓名和遍布歐洲各處甚至以外地區的地址，還有寥寥數張有手寫字跡的紙頁。這些紙頁滿是摺痕還沾了污漬，上面的字是用一枝筆跡很淡的鉛筆手寫的。期刊抽印本都是拉丁文或德文，但手寫紙頁上的文字萊拉一瞥就知道是英文。

「如何？」潘問：「我們要看嗎？」

「當然。不過不要在這裡。房間裡的光線糟透了。真不知道我們以前怎麼能在這裡做事。」

她將紙頁摺起，放進衣服內側的口袋，再將其他東西全放回背包，接著打開門鎖準備離去。

「請問妳會讓我一起看嗎？」他問。

「老天，你能不能饒了我？」

走回聖蘇菲亞學院的路上，他們不曾再說一句話。

# 第五章
# 史特勞斯博士的日誌

萊拉自己泡了一杯熱巧克力，在壁爐前的小桌旁坐下，就著近處的燈光細看背包裡的文件。其中有幾張橫行紙——看起來像是從一本練習簿撕下來的——滿滿的全是鉛筆字跡。潘坐在離萊拉夠近看得到紙張的地方，刻意與萊拉的手臂保持距離。

## 摘錄自史特勞斯博士的日誌

塔什布拉克，9月12日

駱駝夫小陳說他進過喀拉瑪干。他一進去就想辦法深入沙漠中心。我問他那裡有什麼。他說那裡有僧人看守。他是用這個詞，但我知道他在思索要用哪一個更貼切的字詞來描述他們。「像士兵，」他說：「但他們是僧人。」

但他們在那裡看守什麼？是一棟建築物。他不清楚裡頭有什麼。他們不讓他進入。

什麼樣的建築物？有多大？什麼樣子？大得像是一座巨型沙丘，他說，全世界最大的，用紅色石頭蓋的，非常古老。不像是人蓋的建築。像是山丘囉，或是一座大山？不是，方方正正就像一般建築物。但是不像房屋或住人的地方。像一座廟？他聳聳肩。

那些警衛，他們說什麼語言？所有的語言，他說。（我敢說他的意思是他所知的所有語言，那還真不少——小陳和很多其他駱駝夫一樣，熟悉十幾種語言，包括漢語和波斯語。）

塔什布拉克，9月15日

再次見到小陳。問他之前為什麼想進喀拉瑪干。他說他從前聽說過很多故事，傳說裡頭藏著無盡的金銀財寶。很多人嘗試過，但大多數人走不了多遠就放棄了，因為「厄坷途旅」過程無比痛苦，他們如此稱呼。

我問他是如何克服痛苦。他說，就靠想著黃金。

「後來找到了嗎？」我問。

「看看我，」他說：「看看我們。」

他衣著破爛，瘦得和骷髏一樣。他的雙頰凹陷，深陷的眼眶周圍滿布皺紋，兩手斑斑污漬。連稻草人都穿得比他體面。他的精靈是隻沙鼠，幾乎渾身光禿，裸露的皮膚多處病變滲液。其他駱駝夫都躲著小陳，他們似乎很怕他。獨來獨往的生活方式顯然很適合小陳。其他人也開始躲著我，多半是因為我和小陳打交道。他們知道他有分離的能力，對此十分害怕，避之唯恐不及。

他不擔心他的精靈嗎？如果她迷路了，他該怎麼辦？

他可能得去「亞坎亞蒼勒克」找她。我只會一點點阿拉伯文，赫索告訴我字詞的意思是「藍色旅館」。我問小陳，但他只是一直回答：亞坎亞蒼勒克，藍色旅館。那這個藍色旅館在哪裡？他不知道在哪裡，只知道是守護精靈會去的地方。無論如何，他說，他的精靈很可能不會去那裡，因為她跟他一樣想找到黃金。聽起來像在開玩笑，因為他是笑著說的。

萊拉望向潘，看見他目不轉睛急切地盯著紙頁。她繼續往下讀：

塔什布拉克，9月17日

我們愈深入研究，愈覺得羅布玫瑰（Rosa lopnoriae）應該是親代，而其他品種如塔吉克玫瑰（Rosa tajikiae）等等應該是子代。某方面來說，幻視現象以使用羅布玫瑰最為顯著。而離喀拉瑪干愈遠，就愈難栽種羅布玫瑰。即使能夠調節環境條件複製沙漠的土壤、氣溫和溼度等等，複製出基本上可說是一模一樣的環境，羅布玫瑰的個體還是長不好，很快就枯死。我們缺了什麼東西。其他變種一定是混種繁殖出來的，是為了培育出至少具有羅布玫瑰的部分特質但又能在其他地方生長的植株。

問題是如何將一切都寫下來發表。當然會先寫成科學論文，但是我們都不能對牽涉更廣的隱涵意義視而不見。關於玫瑰的真相一旦公諸於世，就會引來全世界瘋狂投入研究甚至利用剝削，而我們——這個小小的研究站——即使還沒遭到完全抹煞，也將被排擠在外。還不只如此：考量到光學現象觀察所得揭露的本質，毫無疑問將會掀起宗教和政治上的爭鬥、恐慌、迫害，就如同黑夜緊接著白日之後到來。

塔什布拉克，9月23日

我問小陳能不能帶我進喀拉瑪干。答應要付他黃金。赫索也會來。我很害怕，但是避無可避。我以為很難說服卡萊特讓我們試試看，沒想到他很贊同。他跟我們一樣能夠看出此事的重要性。無論如何，這裡的一切都無望了。

塔什布拉克，9月25日

謠傳由此往西約一百五十公里的庫倫山和阿克賈發生暴動。那裡的玫瑰園遭到山區來的人縱火，玫瑰叢被連根掘開——至少傳聞如此。我們認為只有小亞細亞出現這種特殊事件。如果這裡也受波及，就不妙了。

明天我們要進喀拉瑪干，情況許可的話。凱莉亞求我別去，赫索的精靈也哀求他。她們很害怕，當然，老天，我也很害怕。

塔什布拉克，9月26日

如此折磨人的痛苦，幾乎難以用言語形容，專制霸道凌駕一切。但說起來又不是痛，也不比痛更痛。一種椎心刺骨的苦楚和悲傷，一種疾病，一種恐懼，一種幾乎致死的絕望。以上皆是，不同的強烈程度。身體感受到的痛苦在不到半小時之內就減緩了。我不覺得痛維持更久的話我還忍得住。至少凱莉亞……太痛苦了，我說不出口。我做了什麼？我對她做了什麼，我的靈魂？我回頭，看見她兩眼睜得那麼大，看起來那麼驚駭。

我寫不下去。

我這輩子做過最糟糕，也是最有必要的事。祈禱還有以後讓我們能團聚，而她能夠原諒我。

這一頁的內容到此結束。萊拉感覺到手肘旁有動靜，潘抽身退開。他在桌子邊緣趴下，背對著她。她的喉頭一緊，即使知道該對他說什麼，她也不可能說出口。

她閉上雙眼，過了一會兒才睜眼繼續讀：

進入該區後已前進四公里，我們停下休息以恢復體力。這裡簡直是地獄。赫索一開始受到影響，非常不舒服，但比我更快復原。小陳反而很愉快。當然他之前已經歷過了。

景色無比荒涼。沙丘廣大無垠，在丘頂只看得見更多沙丘還有遠方更多更多的沙丘。熱氣炙人難忍。眼角閃現幻象，不知怎麼的，所有聲響似乎都放大了；風吹過散沙，發出令人難以忍受的搔抓尖鳴聲，彷彿有百萬隻昆蟲就住在最上面一層沙子底下，也住在皮膚底下，這些恐怖的昆蟲就在看不見的地方過著不斷嚙嚼撕咬的生活，不僅啃蝕人的五臟六腑，也啃蝕構成世界的物質本身。但這裡沒有生命，沒有動物，寸草不生。只有我們的駱駝似乎無動於衷。

幻象，假如可以說是幻象，在你正眼看去時消失無蹤，但在你別開眼神時又立刻重組。它們似乎是憤怒的鬼神作出威嚇手勢的圖像。讓人幾乎無法承受。赫索也在受苦。小陳說我們應該不斷向神明祈求寬恕，口裡喃喃念誦他想教我們的一套請求神明開恩赦罪的禱祠。他說幻象是西牟鳥的面相，一種龐然巨鳥。很難聽懂他在說什麼。

該動身上路了。

喀拉瑪干，稍晚

前進速度緩慢。我們搭起帳篷過夜，不顧小陳建議我們繼續前進。我們一點力氣也沒有了。必須休息恢復一下體力。小陳會在天亮前叫醒我們，這樣就能在一天中最涼快的時段移動。噢，凱莉亞，凱莉亞。

喀拉瑪干，9月27日

折磨人的夜晚。幾乎一夜沒睡，惡夢不斷，全是酷刑、分屍、開腸剖肚——不得不眼睜睜看著的殘酷景象，沒辦法逃開或閉上眼，一點忙都幫不上。不停被自己的叫聲驚醒，嚇得不敢再入睡，但還是忍不住睡著。噢天啊，希望凱莉亞不會跟我一樣受到折騰。赫索也處於類似狀態。小陳喃喃抱怨，到別處睡下以免被我們吵醒。

他在東方地平線上露出最稀微的一道晨光時叫醒我們。早餐是乾燥無花果和薄薄幾條駱駝肉乾。我們在炙熱暑氣冒出前，騎上駱駝出發。

行至中午，小陳說到了。

他指著東方，我猜是指向喀拉瑪干沙漠最中央處。我和赫索瞇起眼，抬手遮擋陽光望向一片眩光之中，但什麼都沒看到。

現在是下午了，一天中最熱的時段，我們在休息。赫索用幾條毛毯搭起一座簡陋的篷子提供一點遮蔭，我們和小陳全都躺下，小睡了一會兒。沒有作夢。駱駝收折四腿，閉上眼睛，面無表情地打起盹來。

痛苦已經消退，跟小陳說的一樣，但內心最深處仍然受了傷——有一種苦楚無止無休在拉扯。會有停止的一天嗎？

喀拉瑪干，9月27日

再次上路。在駱駝背上寫的。小陳不再確定前進方向。問他在哪裡，他說再走。還有一段路要走，但到底是哪條路就不得而知。從昨晚開始他就沒看到路了。問他，他也說不清究竟看到什麼。我假設是紅色建築，但是我跟赫索都沒看到，除了無垠無際單調得讓人受不了的沙子，沒看到一點別的顏色。

無法估算行進距離。沒走多少公里；再走一天，我想肯定會抵達這個荒僻地方的中心。

喀拉瑪干，9月28日

這晚好些了，感謝上天。夢境很複雜，令人困惑，但是沒那麼血腥。睡得很沉，黎明前才被小陳叫醒。

現在我們看得到了。一開始像是幻象，閃爍晃動，飄浮在地平線上。接著看起來像是生出了基座，與地面牢牢相接。現在它就在那裡，扎實無疑——如同要塞堡壘或是巨大飛行船機庫的建築物。距離還很遠，看不清任何細部，沒有門窗，也沒有防禦工事，什麼都沒有。就只是一個偌大的長方塊體，暗紅色的。中午剛過後寫下的，之後我們就爬到赫索搭的遮篷下面，在要命的熱氣中休息。醒來後，就要走最後一段路。

喀拉瑪干，9月28日，晚上

我們來到建築物前，遇到僧人／士兵／守衛。他們似乎是前述的綜合體。沒拿武器，但是體格魁梧威猛，表情頗具威脅性。他們看起來不像西歐人，不像中國人，也不像韃靼人或俄國人；膚色蒼白，黑髮，圓眼；或許最像波斯人。他們不講英語——至少我和赫索試圖跟他們搭話時，他們不理不睬——但是小陳一講話，他們很快就有所回應，我想他們講的是塔吉克語。他們身穿樣式簡單的長罩衫和寬鬆長褲，衣褲都是和建築物一樣的暗紅色，腳趿皮涼鞋。他們似乎沒有守護精靈，但我和赫索當下已顧不上為此驚慌害怕。

透過小陳傳話，我們詢問能否進入建築。立刻被斬釘截鐵地否決。我們問裡頭是在做什麼。他們交頭接耳一陣子，然後表示拒絕告訴我們。問了更多問題，全都得不到有幫助的回答，其中一位比較健談，急促地向小陳說了整整一分鐘的話，給了我們暗示。從他滔滔不絕的話語中，我跟赫索都聽出來了，講到好幾次「琚薇」，在好幾種中亞語言中都是指「玫瑰」。小陳在對方講話時朝我們看了好幾眼，但對方講完後，小陳只說：沒用的，別待在這，沒用的。

他剛剛說玫瑰怎麼了？我們問。小陳只是搖頭。

他有提到玫瑰嗎？

沒有。沒用的。得走了。

守衛緊盯著我們，視線從我們身上移到小陳，再從小陳移回我們身上。

然後我想到可以試試其他方法。我知道羅馬人以前到過中亞的一些地區，我在想不知道當地是不是還殘留一些他們的語言。我用拉丁文說：我們無意傷害你或你的同胞。可否讓我們知曉你們在此地守護何物？

對方立刻有所反應並理解。健談的那個馬上用同樣語言回答：你帶來什麼作為代價？

我說，我們並不知道必須付出代價。我們很憂心，因為我們的朋友失蹤了。我們認為他們可能來到這裡。你見過任何跟我們一樣的旅人嗎？

我們見過許多旅人。如果他們經歷「厄坷途旅」前來，那他們就付出了代價，可以進入。只進不出嗎？並非如此。但他們若是進入，可能不會離去。

那你能不能告訴我們，我們的朋友是否在這棟紅色建築物裡？

他聽了之後回答，若他們在此處，則不在彼處，而若他們在彼處，則不在此處。

聽起來像某種公案對話，特定形式的語句經過太多次複述，語句的意義早已消耗殆盡。由此我至少得知別人也問過類似的問題。我試著換個問題。

我說，你提到代價。你是指交換玫瑰的代價嗎？

不然還能交換什麼？

也許交換知識。

我們的知識不適合你們。

什麼樣的代價會令你們滿意？

一命。答案令人不安。

我們之中有人必須死？

我們全都會死。

不用說，幾乎毫無助益。我試著問另一個問題。為什麼我們沒辦法在沙漠以外種植你們的玫瑰？

唯一得到的回應是一臉鄙夷的神情。接著他就走開了。

我問小陳，你知道有誰進去過嗎？

他說，知道一個人。他沒有回來。沒有人回來。

我和赫索大感挫折，退回小小的遮蔭處討論該怎麼辦。討論過程痛苦至極，不停鬼打牆，沒有結果。迫切絕對的考量逼得我們進退維谷：一定要調查他們的玫瑰，但進入調查之後絕對不可能回得來。

於是我們再一次更深入地檢視。為什麼有必要調查玫瑰？因為玫瑰告訴了我們關於「塵」的本質。如果教誨權威聽說了喀拉瑪干有什麼，他們會不惜一切防止消息走漏，要做到這一點，他們會來到這裡摧毀紅色建築和裡頭的一切；而他們有足夠的軍隊和武器可以做到。最近在庫倫山和阿克貢發生的動亂就是他們在操縱——毋庸置疑。他們愈來愈靠近了。

所以我們必須調查，而結果無可避免，就是我們之中有一人必須進入建築，另一人必須帶著我們目前獲得的資訊回去。沒有其他變通方法，沒有。而我們做不到。

還是沒見到我們的守護精靈，儲備的食物和飲水愈來愈少。沒辦法再待在這裡了。

最末有一段記事，看筆跡是不同人寫的：

這一夜稍晚，史特勞斯的凱莉亞到了。她筋疲力竭，驚懼不已，受了傷。隔天她和史特勞斯進入紅色建築，我和小陳折返。麻煩離我們更近了。我跟泰德．卡萊特一致認為，即使目前所知少得可憐，我仍應立刻出發。祈求神讓我找到思翠拉，希望她會原諒我。R. H.

萊拉將紙頁放在桌上。她覺得頭暈，好像瞥見塵封許久的回憶，某件事情無比重要，卻被千百天來日復一日的平凡生活掩埋。是什麼讓她大受撼動？紅色建築——周圍的沙漠——說拉丁文的守衛——埋藏得這麼深，她甚至不確定究竟是真的，或是夢，或是關於一個夢的記憶，或甚至是一個她小時候愛聽、堅持要人在她睡前講了又講的故事，然後遭她擱置一旁，完全遺忘。她知道一些關於沙漠裡紅色建築的事。而她渾然不知那是什麼。

潘蜷縮在桌面上，睡著了，或在裝睡。她知道為什麼。史特勞斯博士所寫和守護精靈凱莉亞分離的描述，馬上喚起了萊拉自己在冥界湖岸對潘的殘忍背叛，當時她為了找好友羅傑的鬼魂，不得不拋棄潘。不管時間過了多久，在她心裡始終懷著罪疚和羞恥，即使到她壽終的那一日仍無比鮮明強烈。

或許那道傷口，就是他們如今形同陌路的原因之一。傷口從未癒合。世界上沒有其他人能聽她傾訴，除了女巫部族的女王席拉芬娜．帕可拉；但是女巫不同，而無論如何，自從那趟極地旅程結束之後，多年來她都不曾再見到帕可拉。

噢，可是……

「潘？」她輕喊。

沒有任何回應。他似乎睡熟了，只是她知道他並沒有。

「潘，」她接著說，聲音仍然很輕：「你說的那個被殺的男人……日誌裡講到的男人，赫索。他跟他的精靈可以分離，你是這麼說的對吧？」

靜默。

「他一定是從喀拉瑪干沙漠出來之後又找到她的……那裡一定是像女巫年少時會去的，一個精靈不能進去的地方。所以也許還有其他人……」

潘一動不動，一言不發。

萊拉疲憊地別過頭。但她的視線被書架旁地板上的某個東西吸引住了，她用來抵住讓窗戶開著的書，被潘不屑地扔在地上。她不是把書放回書架上了嗎？一定是他又把書扔下來。

她站起身要把書放回原位，潘看見就說：「妳為什麼不扔了那垃圾？」

「因為它不是垃圾。希望你不要跟任性的小孩子一樣，只是不喜歡這本書就把它亂扔。」

「那是毒藥，會毀了妳。」

「噢，成熟點吧。」

她將書放在書桌上，他跳到地板上，渾身毛髮豎起。他坐下來瞪著她，尾巴來回橫掃地毯，渾身散發輕蔑不屑。她有一點退縮，但還是將雙手按在書上。

上床就寢時，他們連半句話都沒再說。他睡在扶手椅上。

# 第六章 羅斯黛太太

想到日記內容，和「厄坷途旅」一詞的意義，萊拉就難以入睡。那表示和前往紅色建築的旅程有關，也可能和「分離」有關，但她太疲倦了，只覺得一切都很不合理。遭到謀殺的男人能夠和精靈分離，而從史特勞斯博士寫下的內容看來，完整不曾分離的人似乎不可能進入紅色建築。「厄坷途旅」會是當地某種語言用來描述「分離」的字眼嗎？

思索這件事最好的方法是和潘對話，但潘卻疏離難以企及。讀到在塔什布拉克的兩個男人與精靈分離的記述，讓潘感到難過，憤怒，恐懼——也許都有——而她也有同樣感受，但他們後來又因為那本潘恨透了的小說而分神。他們對於太多事情的意見不合，而那本書更是劇毒。

《越呼似密人》是由德國哲學家格弗理．布蘭德所著的小說，在歐洲甚至以外地區蔚為風潮，尤其受到聰敏的年輕讀者喜愛。這部小說轟動整個出版界：足足九百頁長，還取了一個拗口難念的書名（至少萊拉直到知道原文書名中ch的發音和k一樣以後才會念），風格冷肅毫不妥協，完全沒有任何能和浪漫愛情沾上一點邊的情節，卻有高達數百萬本的銷量，影響整個世代的思想。書中講述一名年輕人出發去將神殺死並成功的故事。但有一點很不尋常，這部小說具有與萊拉讀過的任何一本書截然不同的特質：布蘭德筆下的世界裡，人類沒有精靈。他們是真的隻身一人。

萊拉和很多年輕人一樣，著迷於故事的力道，主角棄絕任何妨礙純粹理性的一切事物，言詞如擲地震天，在她腦中回聲鏗然。即使是尋找神並殺了祂的任務，也是以最極致激烈的理性來表述：像神這樣的存在是不理性的，而將祂抹除是理性的。就喻況語言，無論隱喻或明喻而言，都不留一絲痕跡。小說最末，主角從山上眺望旭日，在別的作者筆下可能代表全新的啟蒙時代初綻光明，破除迷信和黑暗，但敘事者鄙視此類常見的象徵手法並反其道而行。全書最後一句寫道：「別無他義，僅此而已。」

與萊拉同輩的年輕人將這句話看做某種進步思想的試金石，對於任何過度情緒化的反應，或任何想對某件事賦予意義的企圖，或任何無法用邏輯合理化的論點，時下風尚就是回以一句「別無他義，僅此而已」。萊拉曾不只一次在對話時引用這句話，也感覺到潘在她這麼做時，不屑地撇過頭去。

讀完史特勞斯博士的日誌隔天一早，萊拉和潘醒來，依舊因為對於《越呼似密人》的歧見而滿腹怨懟。萊拉換衣服時說：「潘，你這一年來是怎麼了？你以前從來不會這樣。我們以前從來不會像這樣。我們以前會對事情有不同的意見，但不會賭氣到天荒地老——」

「妳難道看不出來它對妳有什麼影響，看看妳自己這副態度？」潘搶話道。他站在書櫃上面。

「什麼態度？你在說什麼？」

「那個男人帶來的影響簡直惡毒。妳看不出來卡蜜拉怎麼了？或是貝利奧爾學院那個男生——叫什麼來著，蓋伊什麼的？他們自從開始讀那本叫『越呼』還什麼鬼的書，所有言行都變得傲慢又討人厭，忽視他們的守護精靈，假裝他們不存在。我看得出來妳也一樣。某種絕對主義——」

「什麼？你說的話一點道理都沒有。你拒絕去了解那本書，卻覺得你有權利批評——」

「不是權利，是我有責任！萊拉，妳在封閉妳的心智。我當然了解那本該死的書。妳了解的，我完全了解。事實上我很可能了解得比妳更多，因為我在妳讀那本書的時候可沒有連常識，或分辨對錯的意識或什麼的都拋到腦後。」

「你是因為故事裡不寫守護精靈才一直焦躁不安？」

潘怒目相向，再次跳到書桌上。萊拉向後退開，她完全知道他的牙齒有多尖。

「你要怎樣？」她說：「咬到我認輸？」

「妳看不出來嗎？」他再問一遍。

「我看得出這是一本極具力量，而且知識層面引人入勝的書。我能夠理解理智、理性、邏輯如何吸引我。不——不是吸引——是它們說服了我。不是一時的情感衝動，純粹是關於理智——」

「凡是和情感有關的衝動就一定是短暫的，是嗎？」

「你這樣的行為——」

「不，妳沒有在聽我說，萊拉。我不認為我們之間還有一丁點共識。我就是受不了眼睜睜看妳變成凡事過度簡化、只講冷冰冰邏輯的魔人。重點是妳變了。我不喜歡這樣。該死，我們以前總會互相提醒要小心這種事——」

「你認為全都要怪一本小說？」

「不對，還要怪那個姓塔博的男人。他也一樣可惡，只不過是懦夫式的可惡。」

「塔博？賽門．塔博？潘，你能不能想清楚點？這兩個人的思想根本南轅北轍，完全是兩個極端。塔博認為世間沒有真相，而布蘭德——」

「妳沒看《不變的欺騙者》裡那一章？」

「哪一章？」

「上週妳在讀，而我忍得很痛苦的那一章。顯然妳根本沒讀進去，但是我看懂了。他在那一章裡假裝守護精靈只不過是——他寫什麼來著？——不具獨立實體的心理投射。就是這句。雄辯滔滔有理有據，文筆優雅迷人機智詼諧，滿滿傑出的悖論。妳知道我在說哪一章。」

「但你真的是沒有任何獨立存在的實體。你知道的，如果我死了——」

「妳也沒有，妳這蠢蛋。如果我死了，妳也會死。無話可說了吧？」

萊拉別過頭，氣得說不出話來。

賽門．塔博是牛津大學的哲學家，最新著作《不變的欺騙者》在大學裡引發熱議。《越呼似密人》十分暢銷，但遭書評家斥為垃圾，主要吸引年輕讀者，而《不變的欺騙者》則大獲文學評論者好評，以典雅文風和詼諧機智備受稱頌。塔博是激進的懷疑論者，真相甚至真實，在他眼中都只是彩虹一般的附帶現象，不具任何終極的意義。在他優美迷人的字句之中，一切實在的事物都流動四散、支離破碎，宛如自溫度計流瀉出的水銀。

「不對。」潘說：「他們沒什麼不同。只是同一枚硬幣的正反面。」

「就只是因為他們那樣描寫守護精靈——或者完全沒寫。他們沒有給你們足夠的戲分——」

「萊拉，我真希望妳能聽聽自己在說什麼。妳很不對勁，中了邪還是什麼的。這些人很危險！」

「迷信。」她說，這時心裡認真瞧不起潘，她為此痛恨自己，卻停不下來。「你沒辦法冷靜不帶感情地看事情，就只好什麼都貶低辱罵。這樣很幼稚，潘。碰到反駁不了的論點，就把它說成某種邪惡或魔法——你以前相信要很清楚地看事情，現在卻困在迷信和魔法的迷霧裡。你只因為沒辦法理解一些事就害怕。」

「那些我完全理解。問題在於妳不理解。妳以為那兩個江湖郎中是思想深刻的哲學家，妳被他們催眠了。妳讀他們寫的荒誕無稽言論，覺得是知識界最新的成就。他們在騙人，萊拉，都在騙人。塔博以為用一些悖論招搖撞騙就能讓真相消失不見。布蘭德以為死不認帳否認到底就能達到目的。妳知道我覺得妳對他們這麼著迷其實是為什麼嗎？」

「你又來了，講一些根本不存在的事。你繼續啊，想講什麼就講。」

「妳不只是站在某個立場。妳心裡有點信了那些人，那個德國哲學家和另一個人，就是這樣。妳表面上夠聰明，但在心底天真得要命，竟然有點相信他們的謊言都是真話。」

萊拉搖頭，攤手，大惑不解。「我不知道能說什麼。」她說：「但是我相信，或有點相信，或不相信，都是我自己的事，跟其他人無關。這樣挖洞窺探別人的靈魂——」

「但是我不是其他人！我是妳！」潘一轉身，再次跳上書櫃，居高臨下怒目瞪著萊拉。「妳故意讓自己遺忘。」他說，怨怒交加。

「啊？現在我真的不懂你在說什麼了。」她說，打從心底感到困惑。

「妳在遺忘所有重要的事。而且妳想相信的事物會殺死我們。」

「不對。」她說，努力保持語調平穩。「潘，你弄錯了。我只是對不同的思考方式有興趣。這就是念書作研究時會做的。念書時要做的其中一件事，是去了解一些想法，試著用別人的眼光去了解一些想法，去了解和別人相信同樣的事物是什麼感覺。」

「可恥。」

「什麼？哲學嗎？」

「如果哲學說我不存在，那沒錯，哲學很可恥。我確實存在。我們全部，所有的守護精靈，還有其他東西——其他妳的哲學家所謂的實體——我們存在。相信荒謬無稽之談會殺死我們。」

「你知道嗎，如果你說這些是荒謬無稽，那你甚至還沒開始從知識層面去涉入，就已經投降了。你放棄理智論辯，連試都不試，那你乾脆不爽就丟石頭好了。」

潘轉身背對萊拉。去吃早餐時，他們不曾再交談。這天又會是沉默無語的一日。潘原本想告訴萊拉一件事，關於背包裡那個記滿姓名和住址的小筆記本；但現在他不再想和萊拉分享。

吃完早餐後，萊拉審視了一下整堆待洗衣物，重重嘆了口氣，開始著手清洗。聖蘇菲亞學院有一間擺滿機器裝置的洗衣間，年輕小姐們可在此洗衣服；不像約旦學院的年輕男士有僕人代勞，在聖蘇菲亞學院，親自洗滌衣物不假他人之手是一項咸認有益女學生人格發展的活動。

洗衣間裡只有萊拉一人，她在學院裡的朋友大多回家過聖誕節了，會把衣物帶回家洗。萊拉是孤兒，唯一的家又是男子學院，之前曾讓幾位友人好生同情，因此她有幾年曾去不同的女孩家裡過聖誕節，饒富興味地認識朋友家的房子，接受朋友家招待，互相交換禮物，也參與所有家庭遊戲和出遊活動。有時候她在朋友家會遇到某個兄弟，彼此打情罵俏一番；有時候她感到被過度強烈的溫馨歡樂隔絕在外；有時候她得忍受別人對於她不尋常身世背景的露骨探問；而她終究會回到平和靜謐的約旦學院，學院裡只有幾名學者和僕人，她滿心愉悅歸來，這裡是她的家。

學者待她相當友善，但是疏遠、不易親近，而且各自埋首於研究。僕人關注的是重要立即的事物，例如飲食，或禮貌，或能讓她賺一點零用錢的打雜差事，像是擦亮銀器。經過多年後，約旦學院的僕人之中，與萊拉的關係有所變化的是羅斯黛太太。大家稱她為「管家」，但大多數學院其實並未設置「女管家」一職；她的部分職責是確保年幼的萊拉衣著打理得乾淨整齊，懂得說請和謝謝等等，而其他學院並沒有萊拉這樣的孩子。

如今她負責照管的孩子已經能自己打理儀容，應對進退也學得還可以，羅斯黛太太也就比從前溫柔許多。她是寡婦——年紀很輕時就守寡，膝下無子——而她也已融入成為學院的一分子，讓人幾乎無法想像沒有她在的約旦學院。沒有人曾想過要確切定義她的角色或詳列她的職責，如今也不可能這麼做：即使是新官上任三把火的財務主管，在嘗試一、兩次之後，也不得不保持風度敗下陣來，承認羅斯黛太太的權力和重要性。但羅斯黛太太從不是為了弄權而掌權。財務主管和其他所有僕人都清楚，所有學者和院長本人也清楚，羅斯黛太太總是將自身的影響力用於鞏固學院和照顧萊拉。萊拉年滿二十歲時，也開始了解這一點。

所以萊拉養成三不五時拜訪羅斯黛太太的習慣，在她的起居室閒話家常，尋求建議，或贈送一些小禮物。婦人的辛辣言詞比起萊拉童年時毫不遜色，當然萊拉有一些絕不可能告訴她的事，但她們盡可能成為朋友。萊拉年幼時曾以為一些人看起來高高在上、無所不能、永不衰老，長大才發現，其實他們並沒有她以為的那麼老，管家也不例外。羅斯黛太太只要願意，還是很容易就能生兒育女。但是當然，她們的對話絕不會觸及這個話題。

拖著乾淨衣物回到約旦學院，又再跑一趟搬回所有假期需要的書籍，然後萊拉前往市集，用擦銀器賺的錢買了一盒巧克力，於羅斯黛太太在起居室喝茶的時間登門拜訪。

「哈囉，羅斯黛太太。」她說，親了親管家的臉頰。

「怎麼啦？」羅斯黛太太問道。

「沒事啊。」

「別想騙我。妳有心事。那個狄克．歐瓊德害妳不開心？」

「不是，我跟狄克分了。」萊拉邊說邊坐了下來。

「很帥的小子，可惜了。」

「是啊，」萊拉說：「這我不能否認。但我們無話可說了。」

「沒錯，有時候是會這樣。親愛的，燒個水吧。」

萊拉將放在壁爐爐石上的老舊黑色大水壺移到爐火上支起的小鐵架，同時羅斯黛太太打開她收到的巧克力。

「噢，太棒了。」她說：「梅蒙特的松露巧克力，沒想到他們供應給奠基者盛宴之後還會有多的。妳最近忙些什麼？跟我聊聊妳那票光鮮亮麗的有錢朋友。」

「有幾個朋友現在沒那麼有錢了。」萊拉說，她告訴羅斯黛太太米莉安父親遇到的麻煩，以及她如何從卡森先生那裡聽到關於同一件事的不同看法。

「玫瑰水，」羅斯黛太太說：「我祖母以前會做。她會用一個紅銅的大平底鍋，在裡頭裝滿玫瑰花瓣和泉水然後煮滾，再用什麼蒸餾法收集蒸氣。叫什麼名字就不管了，就是讓蒸氣經過很多玻璃管再變成水，這樣就行啦。她也會做薰衣草水。我倒覺得麻煩得不得了，直接去鮑斯威百貨就有古龍水可買啦，價格也不貴。」

「卡森先生給我一小瓶他的特殊玫瑰水，它的味道──怎麼說呢，非常濃郁豐富。」

「玫瑰精油，他們是這麼稱呼的。也可能是完全不同的東西。」

「卡森先生說不知道為什麼現在很難買到了。他說波斯戴博士會知道。」

「那妳為什麼不去問他？」

「呃……」萊拉作了個鬼臉。

「怎麼啦？」

「波斯戴博士大概不會覺得我很好相處。」

「為什麼？」

「幾年前他想幫我上一些課的時候，我對他很沒禮貌，大概吧。」

「妳說『大概』，是什麼意思？」

「我們就是處不來。妳得喜歡教課的老師，我想。就算不喜歡他們，至少要有一點交集。我和他沒有任何交集。他在的時候，我覺得很彆扭，我想他也有同感。」

羅斯黛太太沏好茶。她們又閒談了一會兒，聊學院廚房裡的勾心鬥角，是關於大廚和甜點師傅之間的糾紛；聊羅斯黛太太最近買了一件冬季大衣，而萊拉自己該買一件新大衣；聊萊拉在聖蘇菲亞學院的其他朋友，和她們如何仰慕最近才來牛津表演的英俊鋼琴家。

有一、兩回，萊拉想告訴羅斯黛太太命案、皮夾和背包的事，但又忍住了。除了潘以外，沒有人能幫她，但感覺她和潘似乎有好一陣子不會再深入談論任何事情。

羅斯黛太太不時瞥一眼潘拉蒙，他趴在地板上裝睡。萊拉知道她在想什麼：這麼冷漠是怎麼回事？你們兩個為什麼不跟對方說話？但要在潘耳力能及的範圍討論這件事並不容易，令人十分遺憾，因為萊拉知道管家的明智見地能夠發揮一些影響力。

她們聊了約莫一小時，萊拉正準備告別離去時，有人敲了一下起居室的門。來者不等邀請入內的回應就逕自開門，萊拉吃了一驚。緊接著她更吃驚了，因為來訪的是波斯戴博士。

幾件事同時發生。

潘好像嚇到似的，猛然坐起來跳到萊拉懷裡，萊拉下意識伸出雙臂抱住他。波斯戴博士意識到屋裡有訪客，說著：「噢──萊拉──我真的很抱歉──」這句話讓萊拉推測出他很習慣進入起居室，而管家和他是好朋友，他以為管家是獨自一人在家。

接著他轉向羅斯黛太太道：「艾莉絲，抱歉。我晚點再來。」而她對他說：「別傻了，麥爾。坐下。」他們的精靈──她的是狗，他的是貓──無比親密熟悉地互碰鼻子。潘狠狠瞪著他們，萊拉幾乎感覺到雙手下方的皮毛裡竄著一股琥珀電流。

「不了。」波斯戴博士說：「遲些再說也不要緊，晚點見。」

萊拉在場令他很困窘，這一點顯而易見，而他的精靈此時目不轉睛盯著潘，專注得有些古怪。潘在萊拉懷裡渾身顫抖。波斯戴博士轉身離去，他的身形太龐大，走廊幾乎容納不下。他的精靈尾隨在後。門關上時，萊拉感覺到潘毛皮裡的電流彷彿盆中的水流洩一空。

「潘，發生什麼事？」她問：「你怎麼了？」

「晚點告訴妳。」潘囁嚅著。

「你們稱對方艾莉絲？麥爾？」萊拉問，轉向羅斯黛太太。「到底是怎麼一回事？」

「妳別管啦。」

萊拉以前從沒看過羅斯黛太太尷尬困窘，在此之前，她還可能會發誓說這是不可能的事。但管家轉身撥弄爐火時，雙頰甚至泛起了紅暈。

「我甚至不知道妳的名字是艾莉絲。」萊拉接著說。

「妳要是問我，我就會告訴妳。」

「還有麥爾……我從不覺得他是麥爾。我知道他的名字第一個字母是M，還以為他叫做瑪土撒拉。」

羅斯黛太太已經恢復從容鎮定。她坐回椅子上，雙手交疊放在腿上。「麥爾肯．波斯戴，」她說：「是妳這輩子能認識最勇敢最棒的人，丫頭。要不是他，妳現在也不會在這裡了。」

「什麼意思？」萊拉滿心困惑。

「我老是跟他說應該要告訴妳了，但總是等不到對的時機。」

「告訴我什麼？妳到底在說什麼？」

「一些在妳很小的時候發生的事。」

「呃，什麼事？」

「讓我先跟他談談吧。」

萊拉面露不滿。「如果是跟我有關的事，就應該告訴我啊。」她說。

「我知道。妳說得對。」

「那為什麼——」

「讓我來吧，我會跟他談。」

「那還要等多久？再等二十年嗎？」

從前的羅斯黛太太可能會說：「不准用那種語氣跟我講話，小鬼。」同時附上一巴掌。但現在這位羅斯黛太太，這位艾莉絲，只是溫柔地搖搖頭。「不會的。」她說：「我可以一五一十講給妳聽，但要他同意我才會說。」

「很明顯是讓他覺得尷尬的事。不過再怎麼樣也沒有我尷尬吧，誰都不應該明知道其他人的事卻瞞著不講。」

「沒有什麼會讓誰丟臉的事，別再自以為是了。」

萊拉再待了一會兒，但是愉快友好的氣氛已不復見。她親吻管家的臉頰道別之後離開。橫越約旦學院幽暗的中庭時，萊拉想過，到馬路對側的杜倫學院當面質問波斯戴博士，但腦海中一浮現這個念頭，就感覺肩頭上的潘渾身顫抖。

「很好，」她說：「你得老老實實告訴我發生什麼事，沒別的選擇。」

「先進去再說。」

「為什麼？」

「可能會有人聽見。」

進入從小住的起居室之後，她將門在身後關上，此時學院鐘聲響起，報時六點。她讓潘跳落地板，自己坐進塌陷的扶手椅，再打開桌燈讓房間亮起，周遭頓時一暖，彷彿活了起來。

「說吧。」她說。

「我跑出去那天晚上……妳沒有感覺到什麼嗎？沒有醒過來？」

她回想著。「有，我醒來了，只醒來一下子。我以為是因為你目睹了謀殺案。」

「不是。我知道不是那時候的事，因為妳醒來的話我能感覺到。是在之後，我帶著那個人的皮夾回聖蘇菲亞的路上。是……我……好吧，我被人看見了。」

萊拉覺得心頭向下一沉。她早該知道這總有一天會發生。看著她的表情，潘有些瑟縮。

「不過重點是，看到我的不是人。」他說。

「你這句話到底什麼意思？那是誰？」

「是一個精靈。另一個精靈，跟我們一樣分離了。」

萊拉搖頭。一點道理都沒有。「沒有任何人跟我們一樣，除了女巫以外。」她說：「還有那個死掉的人。你看到的是女巫的精靈嗎？」

「不是。」

「是在哪裡被看見？」

「在大學公園。她……」

「她？」

「她是波斯戴博士的精靈，那隻貓。我忘了她的名字。這就是為什麼剛剛——」

萊拉覺得喘不過氣。她好一會兒說不出話來。

「我不相信。」她終於開口：「我就是不相信。他們能夠分離？」

「那時候只有她在。然後她看到我了。但我本來不確定是她，直到剛剛他走進房裡我才確定。妳看到她看我的樣子了。或許她也是直到剛剛才確定是我。」

「但是他們怎麼能夠……」

「有人知道分離的事。其他人。那個遭到攻擊的男人，他的精靈要我去他身邊的時候，她就告訴他說，我和我的人類分離了。他知道那是什麼意思，還告訴我要把皮夾帶給我的……帶給妳。」

意識到波斯戴博士的精靈肯定看到了什麼樣的景象，萊拉心口又是重重一擊。

「她看見你帶著皮夾跑回聖蘇菲亞，一定認為是你偷了皮夾。他們會當我們是小偷。」她向後一靠陷在椅子裡，舉起雙手掩著臉。

「我們也是逼不得已。」他說：「我們知道自己不是小偷，他們得相信我們。」

「噢，就這樣輕輕帶過？我們什麼時候要告訴他們？」

「那我們告訴羅斯黛太太。告訴艾莉絲。她會相信我們。」

萊拉疲憊得說不出話。

「我知道現在不是很好的時機……」潘開口，但沒把話說完。

「說得真是對極了。噢，潘。」

萊拉感到前所未有的失望，潘感受到了。

「萊拉，我——」

「你要等到什麼時候才要告訴我？」

「我當然打算告訴妳，可是——」

「現在別管了，什麼都別說。我得換衣服了。現在我真的，真的，真的不要知道比較好。」

她無精打采進了寢室，挑了一套連身裙換上。再次交談之前，他們得先和院長一起吃完一頓飯。

在假期間，或像這樣的晚上，約旦學院的晚餐不像學期間那麼正式。依照留在學院內的學者人數而定，有時候甚至不在食堂供餐，而是改到備餐室樓上的小間用餐室。

無論如何，萊拉通常比較喜歡和僕人們一起用餐。這是她的獨特地位附帶的特權之一，可以在構成學院複雜生態的不同圈子之間自由穿梭。一名正式學者有可能會自覺和廚房僕役或門房相處有點不太自在，或因為他人的反應如此感覺，但她和他們，或園丁、雜工相處，就跟和較高級的僕侍如卡森先生或羅斯黛太太相處，或與院長和他的賓客相處一樣自在。有時候這些賓客——政客或商人或高級公務員或朝廷大臣——帶來別開生面的知識和見聞，與學有專攻的學者所知很不相同，學者所鑽研的確實深奧，但也很狹隘。

為數不少的外來訪客對於學院裡有個年輕女孩感到吃驚，她是如此有自信，迫切想聽到他們對於世界的看法。萊拉學會了如何傾聽、回應和鼓勵這些人洩點口風，再多說一點原本不打算說的話。她很驚訝地發現這些精明世故的男人——還有女人——之中有許多人，似乎很享受透露一點小祕密讓她一窺某次政治角力或某件商業併購背景的刺激感。她自己不需要以這種方式獲得的資訊，但心知有時候學院的某位學者會在附近傾聽，也許是一位經濟學家或哲學家或歷史學家，而他們會很感激她幫忙揭露靠他們自己絕不可能獲致的啟示。

對於萊拉的外交手腕，甚至萊拉的存在，唯一一個介意的人似乎是學院院長，新院長，就如有些人心裡仍這麼看待他（或許永遠如此）。老院長特別關照萊拉，也一直堅持她不屬於學院一分子——或屬於學院一分子，但不會一直待在學院——但仍有權繼續在學院過著不尋常的生活。老院長已在一年前過世，高齡辭世的他備受眾人敬仰甚至喜愛。

新院長是華納．哈蒙德博士，他不是約旦學院的人，甚至不是牛津的人，而是出身製藥界的商人。他從前曾是表現傑出的化學學者，之後成為一家醫藥龍頭大廠的董事長，大幅擴張藥廠勢力並提高營收。如今他又回到學術界，沒人能說他不屬於學界；他的學術成就無可挑剔，精通五種語言，言行舉止無懈可擊，刻意浸淫吸收約旦學院的歷史和傳統之舉更令人無從非難；但有些年長的學者覺得，他太完美了，簡直不像真的，揣想學院院長一職大概不會是他職涯的真正巔峰，只是通往更宏大前途的墊腳石。

約旦學院諸事之中，有一樁新院長還未想透，是萊拉。哈蒙德博士從來不曾看過像她這樣古怪又冷靜自適的年輕人。她居住在學院裡，好像只是隻選擇在教堂屋頂林立的滴水嘴獸間一隅築巢的野鳥，而今學院裡所有人都對她關愛有加，呵護備至。他對此事很感興趣，便明查暗訪，詢問資深學院成員。在學期結束前一週，他發了一紙訊息給萊拉，邀請她在奠基者盛宴結束翌日到院長宅邸和他共進晚餐。

萊拉有一點困惑，但不太在意。新院長當然會想和她講話，或更有可能聽她講話，無疑她有很多對他有幫助的事情可以告訴他。當她從卡森先生口中得知只有她一人受邀時，有點驚訝，但卡森先生無法告知她院長有何打算。

哈蒙德先生十分親切地歡迎她。他一頭白髮，身材纖瘦，戴著無框眼鏡，身上的灰色西裝剪裁精緻。他的精靈是一頭嬌小優雅的猞猁，和潘一起坐在壁爐前的小地毯上隨意閒談，魅力十足。院長請萊拉喝雪利酒，問起她的課業，在哪裡念過書，在聖蘇菲亞學院的生活；他對萊拉私下向漢娜．瑞芙夫人學習解讀真理探測儀的事很感興趣，告訴萊拉，他被公司派去慕尼黑出差時見過漢娜．瑞芙，而他有多麼景仰瑞芙夫人，以及她如何在某段複雜協商中扮演舉足輕重的角色，協助一筆與近東地區某個偏遠角落進行的國際交易順利完成。聽起來不太像漢娜會做的事，萊拉心想；她得問問她。

晚餐由一名萊拉以前沒看過的院長私人僕役伺候，用餐時她試著詢問院長以前的事業、背景來歷等等。其實這些談話只是出於禮貌，她已經作出結論，院長人很聰明，很客氣，但很無趣。她有一點好奇院長是單身漢或鰥夫；看得出來沒有哈蒙德太太。老院長終身未婚，但不婚並不是擔任院長的要件。賢淑的妻子和年幼的兒女會讓這個地方活潑許多，而哈蒙德博士條件夠好，年紀也夠輕，能夠為自己增添討人喜歡的家庭成員。但他以高超技巧迴避萊拉的問題，讓萊拉完全不曾察覺他覺得這些問題侵犯隱私。

接著甜點送上桌，晚間會面的目的逐漸明朗。

「萊拉，我一直想了解妳在約旦學院的地位。」院長開口道。

她感覺到極其細微的激動情緒，像是地底一陣震動。

「很特別的地位。」他接著說，語氣溫和。

「是的，」她說：「我很幸運。可以說是我父親將我託在這裡，而他們就……呃，勉為其難接受我。」

「妳現在幾歲了？二十一？」

「二十。」

「妳父親，艾塞列公爵。」他說。

「沒錯。他是學院的學者。凱恩博士，老院長，有點像是我的監護人。」

「可以這麼說，」他說：「雖然這樣的安排看來一直不具有法律上的效力。」

萊拉吃了一驚。他為什麼會想查清楚這件事？「有關係嗎？」她小心翼翼地說：「既然老院長都過世了？」

「沒有。但有可能會影響事情未來的發展。」

「我不太懂您的意思。」

「妳知道自己生活費的來源嗎？」

地底又震動了一下。

「我知道我父親留了一筆錢。」她說：「我不知道有多少，或者存放在什麼地方保管。我從沒想過要問這些事。我想我一定是覺得一切都……沒問題。我要說的是……我想我是覺得……哈蒙德博士，我能問為什麼我們要討論這個嗎？」

「因為學院，以及我身為院長，可說是妳的『代位父母』，代行照顧義務，但是以非正式的方式，因為妳從來不曾實際具備『受監護人』身分。照管妳直到成年是我的責任。有一筆資助妳生活的存款，用來支付妳的生活費、住宿費等等，但這筆錢並不是妳父親留下的，是凱恩博士的錢。」

「是嗎？」萊拉覺得自己幾乎像個蠢蛋，彷彿這是她理應從頭到尾都清楚的事，而她完全無知無覺。

「所以他從來沒有告訴過妳？」院長問。

「一個字都沒提。他告訴我，我會受到照顧，不用擔心。所以我不擔心。某方面來說，我覺得整個學院的人……都算是在照顧我。我覺得自己屬於這裡。我還很年輕，不會去懷疑什麼……我用的錢一直以來都是他的？不是我父親的？」

「如果我弄錯了，相信妳一定能糾正我，但就我所知，令尊是獨立進行研究的學者，生活捉襟見肘。他失蹤的時候妳幾歲來著，十三歲？」

「十二歲。」萊拉說，喉頭發緊。

「十二歲。凱恩博士可能是那時候決定預留一筆存款來資助妳。他不是有錢人，但錢還夠用。這筆錢由學院的律師群管理，他們謹慎地運用，固定付款給學院支付妳的房租和生活費等等。但是萊拉，我必須告訴妳，本金孳生的利息一直不足。凱恩博士似乎持續用他自己的收入提供補助，而他原本交託律師用來資助妳的那筆錢已經耗用殆盡。」

萊拉放下手中的湯匙。焦糖布蕾忽然變得難以下嚥。「什麼……抱歉，但是太突然了。」她說。「當然。我了解。」

潘已經跳進她懷裡。她的手指梳過他的毛皮。「所以意思是……我得離開？」

「妳現在念大學二年級？」

「對。」

「這學期結束之後還有一年要念。很遺憾沒有早點跟妳說清楚，萊拉，讓妳有點心理準備。」

「我應該要自己開口問的。」

「以前妳年紀還小，小孩子總是以為一切都理所當然。完全不是妳的錯，讓妳承擔妳絕不可能預知的後果也很不公平。我有個提議。接下來會由約旦學院資助妳，讓妳完成在聖蘇菲亞學院的學業。至於學院放假期間，妳當然可以繼續住在我們約旦學院，畢竟這裡是妳唯一的家，妳可以一直住到大學畢業。據我了解，妳除了寢室之外還可以使用另一間房間？」

「是的。」她說，發現自己的語調出乎意料地平靜。

「嗯，這樣我們就會有點小麻煩。妳知道的，大學生，我們學院的年輕人，很需要從樓梯上去最上層的房間。這是那些房間原本的用途，也一直都預備這麼分配。妳現在住的房間可以讓兩名大一學生入住，而他們目前必須住校外，這樣並不理想。最不得已的情況下，我們可以退一步問妳能不能只住一間房間，如此就能空出另一個房間讓一位學生入住，但這樣安排會很不妥當……」

「同一個樓梯間現在就住了其他大學生。」萊拉說：「一直都有其他大學生住著。以前就不會不妥當。」

「但不是在同一層。行不通的，萊拉。」

「我只有放假時回來住。」她說，開始聽起來很絕望。「學期中我都住在聖蘇菲亞學院。」

「當然。但只要房間裡還放了妳的個人物品，別的年輕人就不可能把房間當成自己的空間。萊拉，學院能另外提供一個房間——很小間，我得承認——在廚房樓上，目前是當成儲藏室。財務主管會派人整理一下，將那個房間空出來，讓妳念書期間可以住在裡面。直到畢業之前，妳都可以像從小那樣住在學院裡，房租和放假期間的三餐，都由我們來負擔。但妳必須理解，以後事情就會是這樣。」

「我懂了。」她說。

「能否問一下——妳還有其他家人嗎？」

「沒有。」

「妳母親——」

「她跟我父親同時失蹤了。」

「令堂娘家還有親戚嗎？」

「我從沒聽說過。不過——我想她可能有個弟弟。有人曾經跟我說過。但我對他一無所知，他也從來沒有跟我聯絡過。」

「這樣啊，很遺憾。」

萊拉試著舀起一口甜點，但她的手在發抖。她擱下湯匙。

「要不要來點咖啡？」他問。

「不了，謝謝。我想我或許該走了，謝謝您邀請我吃晚餐。」

他站起身，一頭白髮，身著精美的灰色西裝，慎重其事，莊重高雅，滿懷同情。他的精靈前來站在他身旁；萊拉站起身時也將潘抱在臂彎。

「您希望我立刻搬出去嗎？」她問。

「假期結束之前，妳可以的話。」

「好的。我可以。」

「對了，萊拉，還有一件事。妳以前習慣在食堂用餐，習慣接受學者們的殷勤對待，習慣自由來去，好像妳自己也是學者。已經有好些人向我發聲，我得說我也贊同，妳這樣的行為有失體統。妳以後就跟僕人一起生活，也可以說，以僕人的身分生活。以後妳不適合再跟所有學者平起平坐。」

「當然不會。」她說。她肯定是在作夢。

「很高興妳能了解。有些事妳可能需要想想。如果對妳有所幫助，隨時歡迎來找我聊聊或提出任何問題。」

「好的，我知道。謝謝您，哈蒙德博士。對於自己屬於哪裡，以及多久之內必須搬離，我現在完全沒有疑問了。我只是很抱歉自己這麼久以來造成學院的麻煩。要是凱恩博士之前能夠像您一樣將事情解釋得清楚明白，我也許就會早一點明瞭，自己其實為學院帶來了很大的負擔，也就不會讓您陷入不得不向我說明的窘境。晚安。」

語調平板，睜大雙眼一臉天真無辜，萊拉心底暗暗慶幸這一套依舊有效，因為院長完全不知該如何回應。

他僵硬地微微頷首，她一語不發轉身離開。

她沿著學院中庭周圍緩緩走回去，停下腳步，抬頭望向寢室那扇靠近方正宿舍樓塔的小窗口。

「嗯。」

「真殘忍。」

「不知道。要是錢都花光了……我不知道。」

「我不是指那個。妳知道我的意思，僕人那一段。」

「當僕人也沒什麼不對。」

「好吧，還說有好些人向他發聲呢。我才不信學院裡有哪個學者會希望我們遭受這種對待。他只是在卸責。」

「嗯，潘，這樣也無濟於事，你知道吧？抱怨對事情毫無幫助。」

「我不是在抱怨。我只是——」

「好了。有太多事讓人難過。像是房間……我們都知道廚房樓上那個小房間，房裡甚至沒有窗戶。但是我們早就應該清醒了，潘。我們從來沒有想過錢的事，除了幫忙擦銀器賺點零用錢之類的。當然會有開銷……三餐和住宿的錢，都要花錢……一直有人在幫忙付錢，而我們卻連想都不去想。」

「他們讓錢用到一點不剩卻不告訴我們。他們應該早點講的。」

「是啊，我想他們應該先講的。但是我們也早就應該想到要問……問錢是誰付的。我確定老院長說過，艾塞列公爵留了足夠的錢，我很確定。」

她的四肢軟弱乏力，爬樓梯時踩空兩、三次才回到房裡。她覺得渾身受創，震顫不已。一躺到床上而潘蜷縮在枕頭上，她立刻熄燈，動也不動躺了許久才入睡。

## 第七章

# 漢娜·瑞芙

翌日早晨，萊拉想到要下樓吃早餐，心裡既忐忑又覺得難為情。她溜進僕人的用餐室，自己盛了粥，沒有東張西望，只在有人和她打招呼時微笑點頭。她覺得自己好像醒來之後發現身披枷鎖卻無法掙脫，從此走到哪裡都必須一直背負，就像是恥辱的標記。

吃完早餐，她心神不寧行經宿舍，不想回到樓上曾是她的家的小房間裡，覺得黯然心碎，精神和氣力幾乎喪失一空，甚至難以將她跟狄克說過的計畫付諸實行，去郵政站找寒假的短期打工。門房喊她，她轉過身。

「有給妳的信，萊拉。」他說：「妳想要現在拿還是晚點再來？」

「現在就拿好了。謝謝。」

是一個普通信封，上面寫著她的姓名，字跡清楚俐落，她認出是漢娜·瑞芙夫人的筆跡。她心中微微湧出一股感激，因為她把夫人當成真正的朋友，但這股感激之泉馬上又凍結：夫人是不是要告訴她必須開始付真理探測儀研讀課程的學費？她該怎麼辦？

「傻瓜，打開來看。」潘說。

「對。」她說。

裡頭的卡片寫著：親愛的萊拉，今天下午可否來見我？有要事。漢娜·瑞芙。

萊拉木然地看著卡片。今天下午？她是指哪一天的下午？她不是需要在昨天將信寄出嗎？但卡片上的日期是今天。

再看了一次信封，她先前沒注意到信封上並沒有貼郵票，也沒注意到左上角寫著「專人遞送」四個字。

她轉向門房，他正在將其他信件放入成排的信箱櫃。「比爾，信是什麼時候送到的？」

「大約半小時前。專人遞送。」

「謝謝……」

她將信件放進口袋，慢慢往回走橫越學院中庭，進入學者花園。大多數樹木都光禿禿的，空蕩的花圃看起來死氣沉沉，只有高大的雪松看起來還活著；不過它看起來也像睡著了。又是另一個平靜灰暗的日子，連寂靜本身都像是一種天氣現象；不只是平淡無事所致，而是比花園，比學院，比生命更宏大的一種正面的存在。

萊拉踏上通往花園盡處邊堤的石階，來到一個可以俯瞰拉德克利夫廣場的地點，在一張歷史悠久的長椅上坐下。

「妳知道的。」潘說。

「什麼？」

「我們房間門上的鎖不可靠。」

「我看不出來哪裡不可靠。」

「因為『他』不可靠。」

「噢，真的嗎？」

「真的。我們完全猜不到他昨天晚上會說那些話。巧言令色，八面玲瓏，他是個偽君子。」

「他的精靈跟你說了什麼？」

「擺出長輩架子，說教老半天。一點都不重要。」

「嗯，我們別無選擇。」她說，發現要吐出字句無比艱難。「他要收回我們的房間。我們不能算是學院的一員，錢又用完了。他得要……得要想辦法還有……噢，我不知道，潘。一切都太悽慘了。我現在好煩惱，漢娜不知要跟我說什麼。」

「唔，這麼想就太蠢了。」

「我知道很蠢。不過這點也沒有什麼幫助。」

潘踱著步子走到長椅末端，躍過長椅跳上矮牆，牆外往下三十英尺處就是廣場的鋪石地面。萊拉感到一陣戰慄，但她無論如何不會向潘承認。他在牆頂覆面石層上假裝腳步顛簸，磕磕絆絆，搖晃蹣跚，接著，看萊拉毫無反應，腹部往下一沉擺出人面獅身獸的姿勢，前腳向前伸出，高高昂起頭凝視前方。

「一搬出去就回不去了，」他說：「我們不可能再回到那裡。我們會變成外人。」

「對，我知道。我全都想過了，潘。」

「那我們該做什麼？」

「哪時候？」

「一切都結束的時候。等我們離開以後。」

「找份工作。找地方住。」

「很簡單嘛。」

「沒什麼事會是簡單的。不知道，也可能很簡單。但大家都必須這麼做，我是說搬離家裡，出外生活自立門戶。」

「對大部分的人來說，他們總是有家可回，那個家會歡迎他們回去，而且很高興知道他們在忙些什麼。」

「嗯，他們這樣很好。我們不一樣，從以前就一直如此。你知道的。但是我們不要大驚小怪，或是抱怨，一秒都不要，也不要嚷嚷他們對我們很不公平。沒有不公平。他會讓我們再住一年多，即使錢已經用完了，他還會付聖蘇菲亞學院的學費，已經不止是公平了。其他的——嗯，就看我們自己了。無論如何，本來就應該這樣。我們不可能在學院裡住一輩子，不是嗎？」

「我看不出來為什麼不行。學院有我們是錦上添花，有我們在，他們該引以為榮才是。」

這句話讓她微笑起來，即使笑容只維持了片刻。

「不過你對房間的看法也許是對的，潘。我是說房間門鎖。」

「噢。」

「真理探測儀……」

「這只是我要說的其中一樣東西。以後我們就不是在自己家裡，我們得記住這點。」

「其中一樣東西？還有什麼其他的？」

「背包。」潘堅定地說。

「對，當然了！」

「假如有人進去四處查看，發現那個背包……」

「他們會覺得是我們偷的。」

「可能更糟。要是他們知道那件凶殺案……」

「我們需要把它放在更安全的地方。真正的保險箱。」

「漢娜有一個。我是說保險箱。」

「對。但要告訴她實情嗎？」

潘沉默半响。接著他說：「羅斯黛太太。」

「艾莉絲。另一件怪事。什麼都變了……像是腳下踩的冰層破碎裂開來。」

「我們肯定以前就知道她叫艾莉絲。」

「對，但是聽到他叫她艾莉絲……」

「也許他們是情侶。」

這句話蠢到不值得回應。

他們在原地又坐了幾分鐘，然後萊拉站起身。

「那我們回去讓事情更保險一點。」她說，他們出發返回住處。

學期間每週以及假期間，他們會三不五時前往拜訪漢娜．瑞芙。萊拉通常會隨身攜帶真理探測儀，因為那是她們研習的主題。思及自己從前大剌剌帶著真理探測儀去北極甚至其他世界，又粗心大意讓人偷走真理探測儀，而她和威爾如何小心謹慎冒著莫大風險將它偷回來，她忍不住對自己的自信和運氣感到詫異。此刻，她覺得自己擁有的這些特質似乎所剩無幾。

她在原本藏背包的地方動了些手腳，再將桌子拉來壓住小地毯以妨礙所有搜索行動，確認過真理探測儀以及赫索的皮夾都在包包裡安置妥當，才步行前往漢娜．瑞芙位在耶利哥的小房子。

「她不可能是想叫我們再上一堂課吧。」萊拉說。

「我們也不可能惹上麻煩。至少我希望不會。」

雖然還未接近傍晚，瑞芙博士已經點亮小起居室裡的數盞燈，室內瀰漫溫馨歡快的氣氛，抗衡外頭愈漸深濃的灰暗。萊拉數不清自己曾幾次坐在這個房間裡，潘和漢娜的精靈賈斯伯在壁爐上靜靜交談，而她和瑞芙博士翻查研讀十幾本、甚至更多的古老書冊，再次嘗試解讀真理探測儀，或只是坐著閒聊……她敬愛這位個性溫和又有學問的女士，敬愛她的一切和她的生活方式。

「坐吧，親愛的。別憂心忡忡的。」漢娜說：「沒有必要憂心。不過我們確實有些事要談談。」

「我一直在擔心。」萊拉說。

「我看得出來。不過現在先談談院長——華納．哈蒙德。我知道妳昨晚和他一起吃晚餐。他跟妳說了什麼？」

萊拉一點都不覺得驚訝。夫人的洞察力一向敏銳神準，甚至有些玄妙神祕，或者說，要不是萊拉早知道漢娜擅長解讀真理探測儀，她肯定會為夫人的洞察機先大吃一驚。儘管如此，她心中還是稍稍震了一下。

她敘述與院長共進晚餐的經過，盡可能鉅細靡遺。漢娜仔細聆聽，直到萊拉說完都不發一語。

「不過他還講到一件事，我剛剛忘記了，現在才想起來。」萊拉總結。「他說他認識妳，說是在某個外交場合遇過妳。他沒有講得很仔細——只說妳非常聰明。妳認識他嗎？」

「噢，對，我們見過。我見過他好幾次，知道要特別小心提防。」

「為什麼？是他說話不老實？還是很危險或什麼的？我不知該如何是好，說真的。」萊拉坦言。「我覺得腳底的地面好像在向下沉，我沒辦法跟他爭辯，一切都讓人太震驚了……不管怎麼樣，妳對他了解多少？」

「我要告訴妳一些事，是一些真的應該保密的事。但是因為我非常了解妳，相信妳會答應我的請求守住祕密，也因為妳現在身處某種危險……啊——我等的人來了。」

門鈴響起，她站了起來。萊拉靠在椅背上，覺得頭暈目眩，渾身抖顫。狹小門廊上傳來說話聲，接著漢娜．瑞芙回來了，身後是——

「波斯戴博士。」萊拉說：「還有……羅斯黛太太？妳也來了？」

「叫我艾莉絲，傻孩子。」管家說：「現在不同以往了，萊拉。」

「嗨，萊拉。」波斯戴博士說：「坐著別動，我待在這兒就好。」

波斯戴博士在艾莉絲身旁沙發上坐下，那副身軀在小房間裡顯得有點太過龐大，同時潘潛到萊拉腿後。波斯戴博士的臉寬闊紅潤，笑容可掬，像一張農夫的臉；他的頭髮是紅金色的，正是他的貓精靈的毛色；他有一雙大手，十指互扣；他將手肘撐在膝頭向前傾身——她覺得自己似乎可以捕捉到他的笨拙，雖然他從未有過任何笨拙舉止。她回想起幾年前，他接獲指派要當她的地理和經濟史家教，這整件事是如何尷尬困窘徹底失敗，兩個人都對這項一無所成的差事深惡痛絕，但誰都不想說出口。當時他應該要早一點有所作為，開口喊停，畢竟他是大人，但她知道自己個性難纏，有時候更是莽撞無禮，而她得負比較大的責任；他們只是用錯了方式相處，事已至此無可挽回，最後只能喊停。從此之後，他們見到對方時，表現得極盡客套友善之能事，能不碰面就不碰面，若真有必要，見面時間愈短，雙方愈是如釋重負。

但想到艾莉絲前一天說過關於波斯戴博士的話——而現在，看到他們都和漢娜夫人友情深厚，從前這三個人看起來甚至像是完全不知道彼此存在……嗯，過去這幾天真的有很多怪異的連結和關係浮上檯面。

「我不知道你們三個人互相認識。」她說。

「我們——噢，十九年前就是朋友了。」他說。

「是真理探測儀教我怎麼找到麥爾肯。」漢娜說，她用托盤端著茶和餅乾走進起居室。「那時候他大概才十一歲左右。」

「去找他？妳是因為他不見了才去找他嗎？」

「我是在尋找一個遺失的東西，真理探測儀指示我去找麥爾肯，東西是他找到的。後來我們就算是成了朋友。」

「原來如此。」萊拉說。

「是我很幸運。」他說：「好吧，妳們剛剛聊到哪裡？」

「萊拉剛剛告訴我院長昨晚對她說的話。他告訴她說，她的生活開銷不是用她父親的錢支付，跟她以為的不一樣，而是用凱恩博士的錢。萊拉，是真的。老院長不想讓妳知道，但他確實付了所有的錢。妳的父親什麼錢都沒留下。」

「而妳早就知道？」萊拉問：「妳一直都知道？」

「是的，我一直知道。」漢娜說：「我沒有告訴妳，因為老院長不希望我說。除了這個之外——」

「妳知道嗎，我實在很痛恨這樣。」萊拉脫口而出。「我這輩子都被人蒙在鼓裡。他們不告訴我艾塞列是我爸爸、考爾特夫人是我媽媽。想像一下妳有一天發現了，原來全世界都知道，只有妳一個笨蛋不知道。漢娜，不管凱恩博士跟妳說了什麼，不管妳答應他什麼，妳都不該瞞著我。不應該。我應該早點知道的。這樣我才會清醒面對，才會想到錢的事，想到要問該問的問題，然後發現錢已經快用光了。這樣一來我昨天晚上就不會那麼錯愕了。」

她以前從來不曾這樣跟她的老朋友講話，但她知道自己是對的，而漢娜也知道，她垂下頭來。

波斯戴博士說：「我得幫漢娜說話，萊拉，我們並不知道新院長要做什麼。」

「他根本也不應該這麼做。」艾莉絲說：「打從這個人上任，我就沒信任過他。」

「他的確不該這麼做。」漢娜說：「事實上，萊拉，老院長還在的時候，艾莉絲就一直很想告訴妳。妳不要怪她。」

「等妳滿二十一歲，」波斯戴博士說：「等妳在法律上具有行為能力，能夠處理自己的事務時，一切都必須開誠布公，我知道漢娜原本打算在妳生日之前及時告訴妳。他搶先我們一步。」

「你們？」萊拉說：「還有這一切——到底『一切』是什麼？抱歉，波斯戴博士，但是我不懂。這些事跟你也有關係嗎？還有那天——羅斯黛太太，艾莉絲，她說起你的事——也讓我大吃一驚，理由一樣。你知道一些和我有關，但連我自己都不知道的事，根本不該這樣。所以事情跟你又有什麼關係？」

「是我們今天下午要告訴妳的其中一件事。」他說：「這就是為什麼漢娜要我過來。我就開始講了？」他轉頭詢問漢娜，她點頭。「如果我遺漏了任何重要的事，我相信漢娜會提醒我。」

萊拉向後靠，渾身緊繃。潘爬到她懷裡。艾莉絲望著他倆，一臉嚴肅。

「一切大約是從漢娜剛剛提到的那個時候開始，」波斯戴博士開始講述，「我找到了本來是要給漢娜的東西，而漢娜找到了我。那時我差不多十一歲，和我父母一起住在格斯陶的鱒魚旅店……」

接下來的故事發展之離奇古怪，完全出乎萊拉的意料，聆聽這段往事感覺像是立足山頂之上，隨著風吹散陣陣雲霧，眼前顯露出不過幾分鐘前還完全不在預料中的全景。其中有些部分完全新穎陌生，但也有部分過去曾在霧中若隱若現，如今一切都攤在陽光下清楚分明。在她的記憶中曾有一晚，有人在月光照亮的花園裡來回踱步，將她抱在跟前悄聲說話，旁邊有一隻巨大的豹踏著步子安靜伴隨。記憶中還有一晚在另一座不同的花園，樹木上燈光閃爍，一陣陣純粹歡欣的笑聲此起彼落，還有一艘小船。還有一場暴風雨和黑暗中響起的如雷敲門聲；但波斯戴博士的敘述中沒有馬……

「我以為有一匹馬。」萊拉說。

「沒有馬。」艾莉絲說。

「艾塞列駕駛一架旋翼機載我們來這裡，他降落在拉德克利夫廣場。」麥爾肯接著說：「他將妳放在院長的臂彎裡，提出要申請學院庇護。當時那條法律還未被廢止。」

「什麼是學院庇護？就像字面上的意思？」

「是保護學者免於遭受迫害的法律。」

「可是我不是學者！」

「真巧，院長當時正是這麼說。所以妳的父親說：『你就必須培養她成為學者，不是嗎？』然後他就離開了。」

萊拉靠在椅背上，胸口滿漲，腦中一陣天旋地轉。太多事讓她不知所措！她完全不知道要先問什麼問題。

剛才一直默默傾聽的漢娜，傾身向前為爐火添了一塊木柴。接著她站起身，拉上窗簾阻隔外頭的黑暗。

「呃，」萊拉說：「我想應該……謝謝你。我不是有意聽起來很不知感恩或什麼的。謝謝你在洪水中救了我，還有你做的一切。這一切都太古怪了。還有真理探測儀——這一個——」

她伸手進背包裡將它掏了出來，打開黑色天鵝絨布，讓真理探測儀平躺在膝上。它在燈光下熠熠閃爍。

「那個姓波奈維爾的男人，跟他的土狼精靈一直追你們的人，真理探測儀以前是他的？」她問。「讓人好難接受。他是從哪裡得來的？」

「我們是很後來才得知的。」漢娜說：「他是從波希米亞一座修道院偷來的。」

「那——是不是應該物歸原處？」萊拉說，但想到要失去這件至寶，失去這件幫助她找到路進入和離開冥界、告知她有關威爾的真相（「他是殺人犯」）讓她信任威爾、救了她和威爾的命、找回熊王的盔甲，還做到其他一百件了不起的事的儀器，她的心一沉，雙手不由自主握緊真理探測儀，將它安全地收回包包。

「不用。」漢娜說：「那些修士是從一名錯估情勢投宿修道院的旅人那裡偷來的。我曾花了一個月的時間調查妳的真理探測儀的來源，看起來它過去幾世紀以來，都在不同的小偷之間轉手。麥爾肯將它塞進裹著妳的毯子裡時，是數百年來第一次有人將它以誠實正當的方式轉手。我想這麼做打破了規律。」

「有人從我身上把它偷走過，有一次。」萊拉說：「我們不得不把它偷回來。」

「它是妳的，除非妳決定將它送人，否則它這輩子都屬於妳。」波斯戴博士說。

「還有你剛剛講的那些其他的事……那個妖精，你是說真有一個妖精？還是只是你想像……？不可能是真的吧？」

「是真的。」艾莉絲說：「她叫黛安妮亞。她把妳抱在胸前餵奶給妳喝。妳喝過妖精的奶水，要是麥爾肯沒騙過她帶我們逃走，妳就永遠跟她在一起了。」

「洪水讓很多怪事都在光天化日之下現形。」麥爾肯說。

「可是你以前為什麼不告訴我？」

他看起來有一點羞愧。他的表情多麼生動，萊拉心想，看起來好陌生；彷彿成了她以前從沒見過的人。

「我們——我跟艾莉絲——總是告訴彼此，有一天我們會告訴妳的，」他說：「但是一直都找不到對的時機。此外，凱恩博士要我們兩個保證絕不會跟妳提到波奈維爾或任何跟他有關的事。這是學術庇護的一部分。我們那時不懂，但後來懂了。都是為了保護妳。但世道變得很快。接下來就讓漢娜來說明。」

「第一次遇見麥爾肯時，」夫人說：「我做了相當魯莽的事。後來證明他所處的地位很有利於蒐集我感興趣的資訊，我也鼓勵他這麼做。他有時候會在他父母經營的酒吧或其他地方聽到一些事，值得注意的事。他後來幫我跑腿捎信息，或將其他訊息帶來給我。他告訴我，有一個叫做聖亞歷山大聯盟的可憎組織，他們招募學童向教誨權威告密，出賣自己的父母。」

「聽起來……」萊拉說：「不知道，就像間諜故事之類的。令人有點難以置信。」

「是很難相信。重點是當時政治上的許多論戰和鬥爭都必須掩人耳目、隱姓埋名地進行，那段時間危機四伏。」

「那是妳們在做的嗎？政治活動？」

「諸如此類的事一直都有，時至今日仍從未停歇，從一些方面來看，現今情況甚至更加艱困。舉個例子：目前國會正在審理一項『矯正過往異例法案』，法案名義上是單純的廢除措施，旨在廢止許多如今不再適用、與現代生活脫節的過時法規，例如神職人員特權，或特定的倫敦同業公會得以捕食鷺鳥和天鵝的權利，或早已不存在的修道院教團卻仍在徵收什一稅的規定——都是多年以來無人使用的古老特權。但在眾多待廢止的冷僻條文之中，還夾帶了學術庇護權的法規，也就是至今仍保護著妳的規定。」

「保護我什麼？」萊拉發現自己的聲音抖顫。

「保護妳不受教誨權威傷害。」

「但他們為什麼會想傷害我？」

「我們不知道。」

「可是為什麼國會裡沒有人注意到這件事？難道沒有人出聲反對嗎？」

「這次立法程序很複雜，拖了很久——我的消息來源告訴我，倡議推動法案的是日內瓦一個新興的組織：居正館。支持他們的人比我們一開始以為的還多，我相信他們和教會風紀法庭有關聯。無論如何，他們的手腕很高明，妳得具備老鷹的銳眼和蝸牛的耐心才能和這樣的對手抗衡。原本有一位國會議員貝納德．克羅比帶頭反對立法，但他最近意外身亡，據說是出了車禍。」

「我在報紙上讀到過，」萊拉說：「就發生在牛津。他被車撞，司機肇事逃逸。該不會他其實是遭人謀殺？」

「恐怕是如此。」波斯戴博士說：「我們知道發生了什麼事，但是沒辦法在法庭上舉證。重點在於，自從艾塞列公爵將妳放進院長懷裡之後就一直保妳平安的庇護權，如今在有人刻意為之的情況下，慢慢失效瓦解了。」

「而新院長昨天晚上對妳說的話，」漢娜說：「正好印證了這一點。」

「所以他——哈蒙德博士——他站在另一邊？先不管算是哪一邊。」

「他不是學者。」艾莉絲肯定地說：「只是個商人。」

「沒錯。」波斯戴博士說：「他的背景脫不了關係。我們還不確定一切是如何扣連，但是法案通過的話，就會讓公司企業有機會毫無限制大肆取得許多資產，例如一些所有權從未明確劃定的資產。如果有任何爭議需要裁決，終究是有錢有勢的人得利。就連格斯陶修道院遺址也可能遭到拍賣。」

「那天才有人去修道院量來量去。」艾莉絲說。

「哈蒙德博士昨晚跟妳說的種種改變，只是更大變局中的一部分，讓妳的處境更加危險。」漢娜說。

萊拉一時難以言語。她抱緊潘拉蒙，凝望爐火。「但他確實說……」她很平靜地開口，音量逐漸加大。「他確實說學院會支付我之後念書的費用……讓我完成在聖蘇菲亞學院的學業……所以他圖的是什麼？他想要我念完畢業取得學位，還是——還是——還是什麼？我真的搞不懂——我沒辦法接受。」

「事情恐怕不只如此。」漢娜說：「凱恩博士留給妳的那筆錢——哈蒙德說已經用完的那筆錢——讓麥爾肯告訴妳吧。」

「凱恩博士年邁時經常犯糊塗，」波斯戴博士說：「總之金錢跟數字不是他的強項。事情經過應該是，他確實保留了相當大的一筆錢——我們不知道確切數字，但多半還剩下不少——只是他被人說服將錢拿去投資基金，而基金破產了。就單純破產了——管理不善或是遭人刻意虧空。不管哈蒙德博士的說法是什麼，總之錢並不是由學院律師管理。事實上，律師很努力想要勸阻老院長投資基金，但他當然還是得照客戶的意思辦事。妳可能知道學院律師是誰：個子很高，現在年紀也很大了。他的精靈是一隻紅隼。」

「噢對！」萊拉記得他：她以前從來不確定他是誰，但他待她很慈祥親切，真心地關心她從小到大過得好不好。

「他們時間算得真好。」艾莉絲插話。「剛好是老院長開始糊里糊塗的時候，可憐的老傢伙。開始忘東忘西……」

「我記得。」萊拉說：「太令人難過了……我很愛他老人家。」

「很多人都敬愛他。」漢娜說：「但只要他開始沒辦法處理事情，就必須由律師來擔任法定代理人。要是在那個階段凱恩博士想要拿錢去投資不良的基金，律師也許還能阻止。」

「等等，」萊拉開口，「艾莉絲剛剛說『他們時間算得真好』，妳們該不會是說一切都是刻意為之——該不會是說他們，另一邊——他們故意讓老院長的錢血本無歸？」

「看起來很像是這樣。」波斯戴博士回答。

「可是為什麼？」

「為了打擊妳。而妳甚至完全不知情——呃，直到現在。」

「他們那時候就……老院長還在世的時候——他們那時候就有意要傷害……」

「對。我們也是剛剛才發現，也是因為這件事，我們才會找妳來告訴妳一切。」

當下萊拉真的愕然無語。潘拉蒙代替她發言。

「可是為什麼？」他問。

「我們毫無頭緒。」漢娜說：「基於一些緣故，另一邊需要讓妳變得很脆弱，而為了一切美善寶貴的事物，我們需要妳安全無事。但不是只有妳一個人，還有其他學者也接受學術庇護。這一直是學術和知識自由的保證，但看起來似乎正遭人摧毀。」

萊拉將手指埋入髮間拂過。她一直在想那個直到剛才都從未聽說過的男人，他的精靈是三腳土狼，而他在她還不滿一歲時就鍥而不捨執意要抓走她。

「那個姓波奈維爾的男人，」她問：「他也是另一邊的人嗎？所以他才想要抓我？」

艾莉絲臉上閃現一絲輕蔑憎惡的表情，轉瞬即逝。

「他是一個複雜的人，處在複雜的情勢。」漢娜說：「似乎是間諜，但獨立行事，很像是獨立學者。他原本是實驗神學家和物理學家，全憑一己之力進入教誨權威日內瓦總部的核心，發現一大批非常特殊的資料。都在麥爾肯救起的背包裡——」

「偷走的。」他說。

「好吧，偷走的。麥爾肯把背包一路帶回牛津。但是波奈維爾可說是成了叛徒；他精神不正常，有偏執狂或什麼的……他對妳非常執著，基於某種原因，對還是嬰孩的妳很執著。」

「我想他是想把妳當成籌碼。」波斯戴博士說：「不過後來——唉，最後他似乎真的瘋了，喪心病狂。他……」

看到他深沉痛苦的神情，萊拉吃了一驚。他正直直凝望艾莉絲，而她正以同樣的表情回望。似乎有那麼一會兒，波斯戴博士難以啟齒。他低頭盯著地毯。

艾莉絲開口了，嗓音粗啞：「這是另一個很難告訴妳的原因，親愛的。聽我說，波奈維爾強暴我。他本來有可能作出更可怕的事，但是麥爾肯……麥爾肯趕來救我……他做了他唯一能做的事。那時候我們一點氣力都不剩，以為生命就要走到盡頭，一切都那麼可怕，那麼……」

她沒辦法再說下去。她的精靈班將頭倚在她懷裡，她哆嗦著手摩挲一雙狗耳朵。萊拉想要伸出手臂抱住她，但是動彈不得，在她腳邊的潘渾身僵硬。

「他唯一能做的事？」她輕聲說。

麥爾肯的精靈阿斯塔說：「麥爾肯殺了他。」

萊拉愕然無語。波斯戴博士仍然低頭盯著地板。他用掌根揉了揉雙眼。

艾莉絲說：「那時他把妳裹得好好的放在船上，但不想留下妳孤單一人，所以阿斯塔留下來陪妳，而麥爾肯到波奈維爾……攻擊我的地方，讓阿斯塔留在船上照顧妳。」

「你們分離了？」萊拉問：「你真的殺了他？」

「整件事都令人憎恨。」

「你那時候幾歲？」

「十一歲。」

只比當時的威爾年紀小一點，她心想，在真理探測儀告訴她威爾是殺人犯的時候。她以前所未有的全新眼光看待波斯戴博士。她想像一個身材結實的紅髮男孩殺死一名經驗豐富的情報員，接著她也看出另一個似曾相識之處：威爾殺死的人也是效忠自己國家情報組織的祕密探員。會有其他關聯和呼應等待發掘嗎？真理探測儀可以告訴她，但是，天啊，得花上多久的時間！從前她解讀得多麼迅速，隨著她撥動轉盤上的指針，手指和心智像是相互競逐一般，而她如此篤定地踏下一階又一階相互關聯的意義，進入真相所在的黑暗之中！

漢娜說：「我們也必須思考如何保護它的安全。」

萊拉眨了眨眼。「真理探測儀？妳怎麼知道我在想什麼？」

「妳的手指在動。」

「噢，」她說：「我得隱藏一切才行。以後我的一言一行都得刻意低調……我真的不知道。壓根沒想過曾發生這麼多事。我不知道該說什麼……」

「潘拉蒙會幫妳。」

但是漢娜並不知道她和潘之間這些日子以來的緊繃情況。萊拉不曾向任何人說起；畢竟，誰會理解呢？

「時間不早了。」波斯戴博士說：「如果想吃點晚餐，最好準備動身回市中心。」

萊拉感覺好像已經過了一星期之久。她緩緩站起身，擁抱艾莉絲，對方緊緊回抱她親吻她的臉。漢娜站起身，同樣和萊拉擁抱親吻，萊拉也回吻她的臉頰。

「現在我們是盟友了，」漢娜說：「千萬別忘記。」

「不會的。」萊拉說：「謝謝你們。老實說，我還是頭暈腦脹的，太多我以前不知道的事了。」

「是我們的錯，」波斯戴博士說：「以後我們必須彌補，但是我們會做到的。妳今晚會在學院食堂用餐嗎？」

「不會，我必須跟僕人一起用餐。院長把話講得很明白。」

艾莉絲喃喃道：「混帳東西。」萊拉聽了微微揚起嘴角。艾莉絲接著說：「我要去鱒魚旅店，那我們之後再見囉。」

她出發前往格斯陶，接著萊拉和波斯戴博士動身要回市中心，他們穿過耶利哥仍然熙來攘往擠滿購物人潮的街道，燈光明亮的店鋪讓人感覺溫暖安全。

「萊拉，」他說：「我希望妳別忘了我的名字是麥爾肯，還有羅斯黛太太的名字是艾莉絲。」

「得花一點時間才能適應。」

「我想會有很多事需要適應。以僕人身分生活的事——是他們故意設計要羞辱妳的。有妳一起同桌用餐，所有學者都覺得非常可貴，就算我現在是在杜倫學院，我還是一清二楚。」

「他說有好些人向他發聲，表示我在食堂用餐之類的行為有失體統。」

「他在撒謊。就算真有人跟他這麼說，也絕不會是學者。」

「無論如何，如果他想做的是羞辱我，」她說：「他不會成功的。跟朋友一起用餐根本不算什麼羞辱，他們就和我的家人一樣。如果他看不起我的家人，那是他自己的損失。」

「很好。」

有大約一分鐘左右，兩人都不發一語。萊拉心想她在這位麥爾肯面前大概永遠輕鬆自在不起來了，不管他十九年前做了什麼。

接著他說了一句話，讓她覺得益發困窘。

「呃——萊拉，我想妳跟我還有其他事情要討論，對嗎？」

# 第八章
# 小克拉倫登街

「精靈。」她低聲說。他幾乎聽不清她的聲音。

「對。」他說：「那天晚上妳跟我一樣大吃一驚嗎？」

「肯定的啊。」

「有任何人知道妳和潘拉蒙可以分離嗎？」

「在這個世界沒人知道。」她說，接著她艱難地嚥下一口口水。「北方的女巫，她們可以和自己的精靈分離。我最開始知道分離的事，是認識了一位叫做席拉芬娜・帕可拉的女巫。我見到她的精靈並且跟他對話，但是很久以後我才見到女巫本人。」

「我也遇過一名女巫，她和她的精靈一起，是在大洪水那時候。」

「聽說有一個城市，地名是阿拉伯文……已經變成廢墟的城市。裡面住著不跟人類在一起的精靈。」

「我想我也聽說過，但不確定該不該相信。」

他們再往前走了一小段路。

「可是還有其他的事——」萊拉正要開口，但他也在同一時間說：「我在想有一件——」

「抱歉。」她說。

「妳先說。」

「你的精靈看到潘拉蒙，他也看到你的精靈，只是他直到昨天才確定是她。」

「在艾莉絲家。」

「對。只不過……噢，實在太難啟齒了。」

「回頭看。」他說。

她轉過頭，看見他早已感覺到的景象：兩個精靈並肩而行，交頭接耳，熱切地對談。

「好吧……」她說。

他們走到了小克拉倫登街轉角，沿著街道往前數百碼就是寬闊的聖吉爾斯學院林蔭大道，再走個十分鐘左右就是約旦學院。

麥爾肯說：「妳有空嗎？要不要一起喝一杯？我想我們需要一個比路邊更能輕鬆談話的地方。」

「有，」她說：「好吧。」

小克拉倫登街在金枝玉葉的牛津富家子弟眼中是個時髦的享樂地點。街上林立著頂級服飾店、精品咖啡廳和雞尾酒吧，懸於半空的彩色琥珀電子燈串讓整條街看起來像是屬於另一個截然不同城市的一隅——麥爾肯不可能會知道萊拉此刻為何眼眶泛淚，即使他確實注意到她眼角的淚光：她憶起了荒廢的喜咯則，燈光熠熠耀眼，空蕩，寂靜，富有魔力，是她第一次遇見威爾的地方。她抹去淚水，不發一語。

他帶頭走進一間仿義大利風格咖啡館，裹著稻草瓶套的葡萄酒瓶裡燭光閃爍，餐桌上鋪著紅色格紋桌巾，牆上貼滿顏色鮮豔的旅遊主題海報。萊拉不安地左顧右盼。

「這裡很安全。」麥爾肯低聲說：「在一些地方談話會有風險，但在『卡布里之月』就不用擔心。」

他先問萊拉要不要來點奇揚地紅酒，待她首肯之後便點了一瓶。

在試酒和倒酒時，萊拉說：「我有一些事得告訴你。我會努力保持思路清晰。現在我知道你和你精靈的事，我就可以跟你說，但是不能告訴其他人。只不過我最近幾天聽到太多事，有點暈頭轉向的，所以拜託你，如果我開始語焉不詳，請打斷我，我可以再講一遍。」

「沒問題。」

萊拉從潘週一晚上的經歷講起：襲擊，凶殺，男人將皮夾交給潘帶回來給她。麥爾肯聽了無比驚愕，但他並未有所懷疑：確實會發生這類事情，他非常清楚。但有一點顯得很古怪。

「受害者和他的精靈知道分離的事？」他問。

「對。」潘說，他在萊拉手肘旁。「他們不像多數人看到我就大驚失色。事實上，他們也能夠分離。她一定是在他被襲擊的時候看到我在樹上，覺得應該可以信任我。」

「於是潘就將皮夾帶回聖蘇菲亞學院給我……」萊拉繼續說。

「阿斯塔就是在那時候看到我。」潘插話。

「……不過還有其他事要忙，我們直到隔天早上才有機會查看。」

她提起自己的包包放到懷裡，從中取出皮夾傳給他。他注意到潘留在皮夾上的齒痕，也注意到那股潘認為是便宜古龍水的氣味，不過麥爾肯覺得似乎比古龍水再狂野一點，比較像是其他味道。他打開皮夾，在萊拉說話時逐一拿出內容物：柏德里圖書館證、大學教職員證、通關文件，一切都如此熟悉；他自己的皮夾裡也曾放過非常類似的文件。

「他是要回到牛津，我想，」萊拉說：「因為看通關文件，就能追溯他從新疆到這裡的旅程。如果沒有被人襲擊，他很可能是要去植物園。」

麥爾肯在皮夾上聞到另一絲似有若無的氣味。他將皮夾湊近鼻前，彷彿有極遙遠的事物如鐘聲響起，又如陽光照在積雪皚皚的山峰上閃閃發光，但只不過電光石火之間，一瞬即逝。

「他還有說其他話嗎？那個被殺的男人？」

他向潘提問，潘努力思索後回答：「沒有。他沒辦法再說什麼，他快死了。他要我從他的口袋裡取出皮夾，告訴我把它帶給萊拉——我是說，他不知道名字，但他說帶給你的……我想他覺得可以信任我們，因為他知道分離的事。」

「你們有帶著皮夾去找警方嗎？」

「當然有，這是我們隔天早上第一件事。」萊拉說：「但是我們在警察局裡等的時候，潘聽到其中一名警員講話。」

「他就是第一個殺手，沒受傷的那個。」潘說：「我聽出他的聲音，很好辨認。」

「所以我們問一些完全無關的事之後就離開了。」萊拉接著說：「覺得不應該將皮夾交給殺死男人的凶手本人。」

「很明智。」麥爾肯說。

「噢，還有另一件事。那個腿受傷的男人，他叫做貝尼．莫里斯。」

「妳怎麼會知道？」

「我有認識的人在郵政站工作，我問他那裡有沒有人腿受傷。他說有，是一個叫做貝尼．莫里斯，長得很醜的大塊頭，聽起來就像我們看到的人。」

「那然後呢？」

「皮夾裡，」萊拉小心翼翼地說：「有一把行李寄物櫃的鑰匙——你知道，就是火車站寄物櫃用的那種。」

「妳怎麼處理？」

「我想不管櫃子裡放了什麼，我們應該去拿回來。所以——」

「別告訴我你們真的去拿了？」

「對。因為他都託付給我們了，皮夾，還有裡頭的東西。所以我們覺得應該要去拿回來，在殺死他的兩個人發現並且親自去找之前，幫忙照管他的東西。」

「凶手知道他帶了某種行李，」潘說：「因為他們一直在討論他有沒有帶包包，是不是掉在路上，是不是確定真的沒看到他帶包包什麼的。聽起來像是有人告訴他們會有行李。」

「寄物櫃裡有什麼？」麥爾肯問。

「一個背包。」萊拉說：「藏在我在約旦學院房間的地板下面。」

「現在就在那裡？」

她點頭。

他拿起酒杯一飲而盡，然後站起來。「走，我們去拿。萊拉，東西放在那裡，會讓妳的處境非常危險，我絕對沒有誇大。走吧。」

五分鐘後，萊拉和麥爾肯從寬街拐進土爾街，約旦學院正門就位在這條狹窄巷道上的宿舍樓塔下方。在他們走向宿舍半途中，有兩個身穿無標誌工作服的男人，正步出大門朝大街的方向移動。其中一個人肩上扛著一個背包。

「就是那個。」萊拉低聲說。

麥爾肯正準備拔腿追上他們，但是手臂一下就被萊拉抓住。她抓扣得很大力。

「等等，」她說：「別出聲，不要引他們回頭。我們進去就好。」

「我可以抓住他們！」

「沒必要。」

兩個男人快步走開。麥爾肯有好多話想說，但他忍著不開口。萊拉相當冷靜，事實上她好像在暗暗為了什麼而得意。他又朝兩個男人看了一眼，才跟著她走進宿舍，她正在跟門房說話。

「他們說要來幫妳搬家具，萊拉，但我只看到他們走出去。其中一個人背著什麼東西。」

「謝了，比爾。」她說：「他們有說是哪邊派來的嗎？」

「他們給我一張名片——在這兒。」

她拿名片給麥爾肯看。上面寫著：「傑．克羅斯搬家公司」，地址在牛津以北幾英里的基德靈頓。

「聽說過克羅斯搬家公司嗎？」麥爾肯問門房。

「從沒聽說過，先生。」

他們爬了兩段樓梯來到她的房間。麥爾肯自從大學畢業之後就不曾踏入這個樓梯間，但一切似乎沒什麼變。在最上面一層，樓梯之間的小平台兩側各有一個小房間，萊拉打開右側房間鎖起的門，開了燈。

「老天。」麥爾肯說：「我們真應該早五分鐘過來的。」

房間裡一片混亂。椅子翻倒，書架上的書本扔得滿地板都是，書桌上論文紙張被翻得亂七八糟。小地毯被人向後抽開拋到角落，一塊地板條板被取了起來。

「唔，他們找到了。」萊拉說，望著地板。

「原本藏在下頭？」

「我最喜歡的藏寶地點。別一臉哀怨，他們肯定會搜找鬆動的地板條。不過真想看看他們打開背包時的表情。」

萊拉這會兒滿面笑容。許多天以來，她的雙眼裡第一次不再暗影幢幢。

「他們會找到什麼？」麥爾肯問。

「兩本歷史系圖書館借來的書，我去年念經濟史做的所有筆記，一件縮水我穿不下的毛衣，還有兩罐洗髮精。」

麥爾肯大笑。她檢視散落一地的書，拿起其中兩本遞給他。

「這些是本來放在背包裡的書，我看不懂。」

「這一本看起來像是用安那托利亞文寫的，」麥爾肯說：「內容跟植物學有關……而這一本是塔吉克文。好，很好。還有什麼？」

從書桌上和半片地板上散亂的大疊論文裡，萊拉挑出一個和其他文件夾很類似的硬紙板文件夾。

麥爾肯坐下來將文件夾打開。

「我過去寢室看一下。」萊拉說，走向樓梯平台另一側。

文件夾標籤上的字跡是萊拉的。麥爾肯猜她是把自己的論文抽出來，把死者的文件放進去，確實如此，看起來像是用鉛筆寫下的某種日誌。但他還來不及細看，萊拉就帶著一個老舊的錫製菸草盒回來，盒子裡裝了約莫十幾個軟木瓶塞塞住的小瓶和幾個硬紙板小盒。

「這也是原本在背包裡的，」她說：「但我想不出來裡頭是什麼。樣本？」

「萊拉，這麼做很聰明，但妳是真的處在危險之中。他們不知用什麼方法，已經得知妳是誰，至少知道妳目擊了謀殺案，他們很快就會知道背包裡的東西在妳手上。我不確定妳該不該繼續待在這裡。」

「我沒別的地方可去。」她說：「除了聖蘇菲亞學院，他們大概也已經知道那裡。」

她說這句話時平鋪直述，並不是在尋求同情。他從前幫萊拉上課時見過那股令他記憶猶深、明擺著刁蠻難纏的神情，仍潛伏在她雙眼深處。

「嗯，我們想想辦法。」他說：「妳可以借住漢娜家。」

「那會讓她也陷入危險，不是嗎？他們一定知道我們有來往。無論如何，我記得她妹妹聖誕節假期要來找她，就不會有空的房間了。」

「妳有可以投靠的朋友嗎？」

「我以前曾去過幾個朋友家過聖誕節，但那是因為她們邀請我。我不曾主動開口過，現在如果自己開口好像不太對。而且……我不知道。我只是不想害其他人也……」

「好吧，但顯然妳不能再待在這裡。」

「我以前覺得這裡是全世界最安全的地方。」

萊拉一臉茫然。她撿起一個靠枕緊緊抱在胸前，麥爾肯尋思著：為什麼她不是抱住她的精靈？於是他的注意力終於集中在他留意到卻未看清的一件事：萊拉和潘拉蒙不喜歡彼此。他十分詫異，心中忽然一緊，很憐憫他們。

「聽我說，」他說：「還有我父母在格斯陶開的酒吧，鱒魚旅店。我相信妳能待在那裡，至少假期期間可以暫住。」

「我能在那邊工作嗎？」

「妳是要問——」麥爾肯有一點困惑。「妳是要問那裡能不能讓妳安靜念書？」

「不是。」她說，語帶不屑但眼神卻顯得認真。「是要問能不能在酒吧或廚房打工，得賺點生活費。」

他看出她是如此有骨氣，也因為院長向她揭示她以為有的那筆錢其實不存在而無比震驚。

「如果妳想幫忙，我相信我爸媽會很開心。」他說。

「那太好了。」她說。

比起周圍大多數人，他更了解她有多麼固執；但他揣想有多少人注意到她在不設防時展露的孤寂神情。

「那就別浪費時間，」他說：「我們今晚就過去。等妳準備好就出發。」

「我還得整理……」她朝房中揮了揮手。「沒辦法就這樣放著不管。」

「把書放回書架，然後家具歸位就好——寢室也被翻得亂七八糟？」

「對。我的衣服被丟得滿地都是，床也翻倒過來……」

她的聲音哽咽，眼中閃著淚光。說到底，是遭到入侵了。

「聽我說，」他說：「我來把書放回架上，整理書桌上的論文，這裡的家具也交給我整理。妳去打包一些衣物，床就別管了。我們會告訴比爾，說搬家公司的人是趁亂打劫的竊賊，他應該腦袋清楚些擋著別讓他們進來。」他從門後的大衣掛勾上取下一個棉製購物袋。「我能用這個裝背包裡的東西嗎？」

「當然可以。我去裝些衣服帶走。」

他撿起落在地板上的一本書。「妳在讀這個？」他問。是賽門．塔博的《不變的欺騙者》。

「對，」她說：「我還有點懷疑，不確定要不要相信。」

「作者聽了應該會很高興。」

他將三個資料夾、兩本書和幾個小瓶和小盒裝進購物袋。當天稍晚它們就會在漢娜的保險箱裡。他還得聯絡奧克立街，也就是他和漢娜皆隸屬的情報單位祕密分支，然後再去植物園一趟，不管那些是什麼樣本，那裡的人現在一定在等不幸的赫索博士把它們帶回去。

他站起來，開始將書放上書架，這時萊拉進了房間。

「好了嗎？」他問：「書我就隨意放了，恐怕之後妳得再自己分類。」

「謝了。很高興回來房間的時候有你陪我。把背包裡的東西掉包耍了他們一回是很不賴，但是我沒想到感覺會這麼噁心難受——我不知道。想到他們的手亂碰我的衣服……」

潘之前在跟阿斯塔低聲交談。阿斯塔稍後會告訴麥爾肯他們的對話內容，潘無疑清楚這一點；萊拉也心知肚明。

「老實說，」麥爾肯說：「我們乾脆一個字都別跟比爾說。他會想報警，我們就得解釋為什麼不能報警，他就會記住這件事甚至有所猜想。最好什麼都別說。如果他問起，就說那兩人是搬家工人沒錯，但是他們搞錯日期了。」

「要是警方真的介入，他們順藤摸瓜，就會發現我知道凶殺案的事……可是不管怎麼說，他們到底怎麼追查到背包下落的？沒有人跟蹤我們。」

「另一邊有一個真理探測儀。」

「那他們肯定有一名厲害的解讀者。這是很特定的地址，很難讀出這種細節。我得假定隨時有人在監視我了，簡直令人作嘔。」

「沒錯，確實是。但現在先讓我送妳去格斯陶吧。」

她撿起《不變的欺騙者》，確定書籤還夾在原位之後，將書放進背包裡一併帶走。

見到兒子帶著萊拉出現，波斯戴夫婦一點都沒有不耐煩的意思。他們立刻答應讓她住進鱒魚旅店，替她安排一間舒適的客房，並答應讓她在酒吧或廚房打工，視她在哪裡更有用處而定，總歸而言，他們似乎是全世界最和藹可親的一對父母。

「畢竟呀，是他把妳帶走的。」波斯戴太太說著，將一盤燉牛肉放在廚房餐桌上萊拉前方。「也應該由他把妳帶回來才對。都過了快二十年了！」

波斯戴太太身材高大，膚色有點像麥爾肯，也是暖色調，雙眼湛藍明亮。

「我也是不久前才聽說的。」萊拉說：「我是說被帶走的事。那時我年紀太小，什麼都記不得。小修道院在哪裡？離這裡很近嗎？」

「就在河的對岸，但現在是廢墟了。在洪水中毀壞得太嚴重，修復的費用太過高昂。而且，那天晚上死了好幾位修女；剩下的人數不足，沒辦法繼續運作了。妳大概不記得費內拉修女，或是班尼狄塔修女？不，妳那時候實在太小了。」

滿嘴食物的萊拉搖了搖頭。

「班尼狄塔修女是負責人，」波斯戴太太接著道：「大部分時間是由費內拉修女照顧妳。她是妳能遇過最可愛的老太太，麥爾肯打從心底愛她——他回來發現她走了之後簡直悲痛欲絕。噢，我想我絕不會原諒他，那陣子讓我擔心得不得了，就這樣消失不見——我們以為他被洪水沖走了，還有妳，還有艾莉絲。好消息是他的獨木舟也不見了，也許他來得及坐上獨木舟，我們那時想，就還抱著一線希望，直到他回來，鼻青臉腫，渾身是傷，還中了一槍，精疲力竭的……」

「中槍？」萊拉問。燉牛肉很美味，她也飢腸轆轆，但她更急著聽麥爾肯的媽媽能告訴她的每件事。

「手臂中槍，現在還看得到疤。他整個人累壞了——全身力氣都耗盡。回來以後睡了三天。事實上之後還大病一場，我猜是洪水太髒了。燉牛肉好吃嗎？要不要再來顆馬鈴薯？」

「謝謝，很好吃。我不懂的是，為什麼我從來不知道這些事？我是說，我當然不會記得，但為什麼沒人告訴我？」

「好問題。我想一開始太傷腦筋怎麼照顧妳——我是說學院要傷腦筋。都是學者的發霉老地方，從來沒有孩子到處亂跑，沒有人知道發生什麼事，艾莉絲又不打算告訴他們。他們跟艾塞列公爵帶妳去約旦學院的事，麥爾是怎麼跟妳說的？」

「我今天下午才第一次聽說。我還在努力調適……您也知道，我一直只認識羅斯黛太太，不知道她是『艾莉絲』。從我小時候她就一直在，幫我梳洗乾淨，教我該有的禮節。我以前以為……唔，我不知道自己以前以為什麼。我想我以前以為她一直在那裡。」

「老天，不是的。我來告訴妳——約旦學院的老院長，凱恩博士老人家——他要我和瑞格去學院見他，差不多是大洪水退去六個月之後。我們完全不知道要談什麼事，但是那天下午我們換上最體面的衣服去了學院。那時是夏季。院長在花園請我們喝茶，說明來龍去脈。麥爾和艾莉絲似乎做了他們打算要做的事，帶妳去找艾塞列公爵，去他們認為可以保妳平安的地方。我這輩子從沒聽過有誰那樣魯莽蠻幹，我也讓麥爾知道我覺得他那樣做真的很不智，但我那時其實很以他為榮，現在還是。妳可千萬別告訴他，記住了。

「無論如何，艾塞列公爵似乎申請了什麼保護——庇護——」

「學術庇護。」

「對啦——為妳申請的。他告訴院長說，他得將妳培養成學者，讓妳能名正言順獲得庇護。然後凱恩博士看向麥爾和艾莉絲，他倆渾身溼透，衣服破爛，身上髒兮兮的，還血跡斑斑，他問：『這兩位又該怎麼處理？』艾塞列公爵回答：『你必須珍惜並愛護他們。』之後就離開了。

「於是凱恩博士就照著公爵的話做了。他安排麥爾去念拉德克利夫中學，幫忙付學費，麥爾後來錄取成為約旦學院大學生。艾莉絲不是念書求學的料，但是腦袋清楚，聰明伶俐反應很快。院長提議讓她在學院服務，她很快就接手照顧妳。她很早結婚——洛傑．羅斯黛——是木匠——迷人的男孩，正直穩重。他在工地發生意外過世了，艾莉絲不到二十歲就守寡。麥爾肯划他以前那艘獨木舟去倫敦途中發生很多事，我也不清楚，他跟我透露不到一半——說我聽了會嚇得不得了——倒是有件事，他跟艾莉絲自從那次回來之後變成死黨了。兩個人一有機會就湊在一起，形影不離的，直到他後來去念書。」

「以前不是嗎？」

「以前是死對頭。艾莉絲奚落麥爾，他就來個相應不理，兩個人恨透了對方。艾莉絲很會欺負人的——別忘了她大麥爾四歲，在那年紀算是差了一大截。艾莉絲以前很愛嘲笑他，捉弄他——有一次我不得不數落她幾句，但麥爾從來不抱怨，雖然他以前拿髒杯盤進來給艾莉絲洗的時候會嘛著嘴——像這樣。後來那年冬天，修女讓艾莉絲去小修道院工作，幫忙照顧妳，讓可憐的費內拉老修女可以輕鬆一點。哎呀，妳一下就把燉牛肉給吃光啦，要再來一點嗎？」

「不了，謝謝您。我吃這麼多剛剛好。」

「來點烤李子？我加了點利口酒在裡頭。」

「聽起來很棒，麻煩您了。」

波斯戴太太盛了一些烤李子，在上面淋了最濃稠的鮮奶油。萊拉轉頭看潘有沒有瞧見——在他們冷戰之前，他常常取笑她胃口驚人——但他正坐在地板上和波斯戴太太的獾精靈談話，年邁的獾精靈毛色已顯斑白。

波斯戴太太又坐了下來。「麥爾肯跟我講了一些約旦學院新院長的事。」她說：「他待妳很惡劣。」

「嗯，其實啊，我真的不知道他對待我是不是很惡劣。我好困惑，一下子發生了好多事……我是說，如果真如他所說，支付我的生活費的那筆錢用光了，我沒辦法質疑什麼，因為除了他的說法，其他的我完全不知情。嗯，麥爾肯，他跟您說了院長要我搬離房間的事嗎？」

這是她第一次用麥爾肯的名字稱呼他，一下子覺得很怪。

「他說了，真是卑鄙可恥的行為。學院就跟阿里巴巴一樣有錢，根本不需要為了區區一個大學生收回妳的房間。竟然就這樣把妳趕出住了一輩子的地方！」

「不管怎麼說，院長當家作主，而我……我不知道。好多事都好複雜，我覺得自己好像無所適從。以前的我有自信多了……」

「萊拉，妳想在這裡住多久都可以。空間充足得很，多一雙手也能幫我們不少忙。原本有個小妞說聖誕假期要來我們這裡打工，後來決定去鮑斯威百貨，只能祝她好運囉。」

「我兩年前在那裡打過工，一刻也不得閒。」

「她們一開始覺得百貨公司光鮮亮麗，香水啊乳液啊有的沒的，哪知道全是在作苦工。」

萊拉意識到她在鮑斯威百貨打工時，肯定曾賣過一些米莉安家的產品，但她那時還不認識米莉安，完全不會注意到。大學時期的友情世界，以及在聖蘇菲亞學院平靜節儉的生活，忽然間離她無比遙遠。

「就讓我來幫忙洗碗盤吧。」她說，不一會兒雙手手肘以下全浸在滿是泡泡的洗碗水，感覺像在家一樣自在。

那晚萊拉做了一個夢，夢裡有一隻貓在月光照亮的草坪上。一開始她興趣缺缺，但她突然認出那是威爾的精靈克札娃，一驚之下幾乎醒轉（潘拉蒙自然也驚醒了），貓精靈筆直橫越草坪，用頭摩蹭萊拉伸出的手。威爾以前從不知道自己有守護精靈，直到在冥界的湖岸旁，他的精靈從他心裡硬生生被扯了出來，就如同潘被硬生生扯離萊拉。如今在夢中的自己看來，萊拉正憶起一些彷彿屬於另一個時空的前塵往事，也或許是屬於未來的事，其意義就如她和威爾曾共同體驗到的喜樂一般撼人心神。日誌裡的紅色建築也出現在夢裡，她知道裡頭有什麼！她明白了自己為什麼一定要去那裡！裡頭的知識是她所知一切的一部分，無可撼動。在她記憶中的夢境裡，他們四個彷彿昨天才一起在謬爾發的世界裡漫步，那段時間愛意環繞洋溢，她發現自己在夢裡淚流滿面，醒來時枕頭已被淚水浸溼。

骨，令人著迷痴醉的愛。

萊拉努力回想夢中的每個情景，但景象每分每秒不斷流失。最後只留下那股深刻濃烈，銘心刻

潘在近旁瞧著，但一言不發。

麥爾肯拉響漢娜家的門鈴。兩分鐘後，他們坐在壁爐旁，他將凶殺案、皮夾、背包和萊拉待在鱒魚旅店的事都告訴她。漢娜默默聆聽並不插話。他很擅長敘述事件，講述每件事的分量恰到好處，以最有效率的方式排出先後。

「袋子裡有什麼？」她問。

「啊哈。」他將袋子放在兩腳之間。「首先，有幾篇論文。我還沒空仔細看，但是晚上會翻拍一份黑影照片。這兩本書——一本安那托利亞文的植物學書籍，還有這本。」

她接過另一本書。書本裝幀簡陋，經過修補但作工不佳，紙頁粗糙易破，排版並非出自專業。有些跡象顯示曾被反覆翻閱：書封紙板經人摸過後油膩膩的，好幾張書頁邊角參差，還有許多頁上面有鉛筆寫下的評註，用的是和書籍相同的語言。

「看起來像詩，」她說：「但我看不出是什麼語言？」

「是塔吉克文，」他回答：「內容是篇名為『賈罕與珞珊娜』的史詩。我只看得懂這麼多，沒辦法全部看懂。」

「那另外一些文件是什麼？」

是史特勞斯博士的日誌，記錄他進入喀拉瑪干沙漠期間的見聞。

「我認為日誌是整件事的關鍵所在。」麥爾肯說：「我過來之前，在羔羊與旌旗酒吧停留了一會兒，在那裡看完日誌。妳也該看看，不會花很久時間。」

她接下整捆文件，滿心好奇。「你說那個可憐人是植物學家？」

「明天我會去植物園，看看他們能告訴我什麼。在背包還有一些小瓶子——在這裡——和一些小盒子，裡頭裝的看起來也像種子。」

她拿起其中一個小瓶，拿高湊著燈光察看，嗅聞一下，然後念出標籤上的文字。「*Ol. R. tajikae*……*Ol. R. chashmiae*……字不太清楚。『Ol.』可能是指油，我想——拉丁文『oleum』……『R.』是Rosa，玫瑰。」

「跟我想的一樣。」

「這些就是種子，你覺得呢？」她輕輕搖響其中一個裝樣本的小盒。

「我想是的。我還沒時間打開盒子。」

「我們來看看……」

盒蓋很緊，得使很大的力氣才打得開。漢娜小心翼翼將內容物倒入掌中：幾十顆細小的種子，形狀不規則，顏色黃中帶灰。

麥爾肯讀出盒蓋標籤上的文字：「*R. lopnoriae*……有意思。妳認得出來嗎？」

「它們看起來像是玫瑰種子，但是我可能是因為其他東西才這麼認為，不過它們確實看起來很像玫瑰的種子。你為什麼覺得有意思？」

「品種的名字。我想植物學家帶著種子大概沒什麼好大驚小怪的，但我隱約記得跟這有關的一些事情。也許這是奧克立街該管的事。」

「我也是。我週六會見到葛倫妮絲——要去參加湯瑪斯．納君特的追思會。我會跟她談談。」

「好。」麥爾肯說：「無論如何，牽涉到凶殺和竊案，肯定很重要。漢娜，妳對羅布泊了解多少？」

「一座湖，對嗎？還是沙漠？總之，是在中國某處。嗯，我從來沒去過。不過幾個月前才聽別人提到過，跟某些事情有關……怎麼樣？」

「那附近有一座科學研究站，主要是做氣象學研究，但也進行幾個其他學門的研究。無論如何，他們損失了幾名科學家，原因不明，人就這樣不見了。我確實聽說與『塵』有關的傳聞。」麥爾肯說。

「我想起來了。是查爾斯．凱普思跟我說的。」

查爾斯．凱普思是英國教會的高階神職人員，也是奧克立街的祕密盟友。他處在很大的風險之中，一旦遭教會發現他叛教，將會被施予極嚴厲的處分，宗教法庭作出的判決不得上訴，而且只接受一種辯護理由：不敵惡魔的誘惑。查爾斯．凱普思冒險將情資洩露給奧克立街，不但有可能葬送自己的職涯、自由，更有可能犧牲自己的性命。

「所以教誨權威對羅布泊有興趣，」麥爾肯說：「可能也對玫瑰有興趣。」

「你要把東西帶去植物園？」

「對，但我會先翻拍所有文件的黑影照片。還有，漢娜……」

「什麼事？」

「我們得把奧克立街的事一五一十告訴萊拉。她目前太脆弱了，是時候讓她知道哪裡可以尋求援助和保護，奧克立街可以提供給她。」

「今天下午我差點就跟她說了。」她說：「但當然，我沒說。不過我想你說得對，我們必須告訴她。你知道嗎？整件事讓我想起好久以前的另一個背包，你從傑若德．波奈維爾那裡拿到、帶給我的那個。裡頭有好多資料！我從沒有看過那麼豐富的寶庫。還有她的真理探測儀。」

「說到真理探測儀，」他說：「另一邊竟然有辦法這麼快查出萊拉和背包的下落，我很擔心。這並不尋常，對嗎？」

漢娜一臉憂慮。「算是證明我們的猜測無誤。」她說：「好幾個月前就開始有傳聞討論，說是有一種解讀真理探測儀的新方法。非常不正統，偏向實驗性質。新方法靠的是摒棄經典方法，採用所謂單一視角觀看方式，我沒辦法詳細解釋是怎麼運作，因為我只試了唯一一次，就感受到強烈的不適。很顯然，如果能用新方法，那麼會更快得到答案，而且幾乎不需要書籍。」

「有很多人在用這種新方法？」

「就我所知，在牛津沒有人用，大家普遍持反對態度。使用新方法的發現大多數是在日內瓦提出，那裡有一個年輕人很有天分。而且你絕對猜不到——」

「萊拉呢，她用新方法嗎？」

「我想她試過一、兩次，但是沒什麼成效。」

「抱歉，我打斷妳的話了。妳剛剛說我絕對猜不到什麼？」

「日內瓦那個年輕人的名字。他叫做奧維耶・波奈維爾。」

# 第九章 煉金師

看完史特勞斯博士的日誌，漢娜立刻同意麥爾肯的看法，認為應該盡速讓奧克立街看過。於是，麥爾肯花了大半夜拍攝赫索背包裡文件每一頁，以及兩本書書名頁的黑影照片。他將底片膠捲放入冷藏箱，凌晨四點多，將近五點時才上床就寢。

在睡著之前，阿斯塔問：「她的手槍還在嗎？」

所有層級與漢娜相同的奧克立街特務都必須接受徒手搏鬥訓練，並且每年接受一次射擊測驗。漢娜看起來是個滿頭白髮的溫和學者，她也確實是；但她備有武器，也有自衛能力。

「她把手槍放在她家保險箱裡。」麥爾肯說：「我敢說她寧可不把它拿出來。」

「應該放在手邊近處才對。」

「唔，那妳去跟她說。我試過了。」

「那個奧維耶．波奈維爾，我們要怎麼做？」

「目前不能做什麼，只能揣測。是兒子？波奈維爾可能有兒子。又一件待查明的事，再看看奧克立街有什麼消息。」

用完早餐後，麥爾肯將底片膠捲交給一名可靠的技師沖洗顯影，沿著大街一路走到植物園。這天天色灰暗陰沉，空氣中有雨水的氣味。行政大樓的窗口被燈光照得亮晃晃的，透出的亮光照在大樓後方紫杉樹的粗壯樹幹。

一名祕書起初告訴他園長很忙，需要事先預約才能會面，但一聽他說是為了羅德里克．赫索博士的事前來拜訪，態度立刻轉變。事實上，她看起來大為震驚。

「您知道他在哪裡？」她問，她的精靈是一隻波士頓㹴犬，他的頸背毛髮豎直，發出幾不可聞的嗚咽聲。

「這就是我來要和園長討論的。」

「當然。抱歉，不好意思。」

她離開辦公桌前，走進裡頭一間房間，精靈在她腳跟旁輕快小跑。過了一會兒，她走出來說：「亞諾教授現在可以見您。」

「謝謝。」麥爾肯說，他走進房間。祕書在他進去後將門關上。

園長是年約四十的女性，金髮，身材苗條，一臉嚴厲。她站在房間裡，她的蜂鳥精靈在上方半空盤旋了一會兒才落在她的肩頭停佇。

「你知道羅德里克．赫索博士的什麼事？」她立刻質問。

「我還希望您能跟我說些他的事，我所知道的全在這裡。」麥爾肯說，並將購物袋放在擺設井然有序的辦公桌上。「我在一個公車站牌旁發現的，像是有人忘記拿走。附近沒有人，我等了幾分鐘看失主會不會回來拿，但是沒人回來。所以我想最好看看東西是誰的，裡頭有一個皮夾。」

亞諾教授看見皮夾，快速察看了一下。

「我發現他是植物園的研究團隊成員，」麥爾肯接著說：「因此我想可以把東西送過來。」

「你剛剛說公車站牌？在哪裡？」

「亞平頓路上，在往市區方向那一側。」

「什麼時候的事？」

「昨天早上。」

她放下皮夾，拿出其中一個資料夾，很快掃視一下裡頭的文件，接著同樣看了另外兩個資料夾。麥爾肯站著等她開口。最後她望向他，似乎正掂量他有多少斤兩。

「抱歉，祕書沒有告訴我你的姓名。」她說。

「她沒有問。在下是麥爾肯．波斯戴，我是杜倫學院的學者。不過她剛剛聽我提到赫索博士的名字，一臉驚嚇，您也是。我猜想，這些全都是真的？大學教員證件都是真的？真的有一位赫索博士，他也是您研究團隊的一員？」

「抱歉，博士——博士對嗎？」他點頭。「波斯戴博士，我真的是嚇了一大跳。請——請坐。」

他坐在面向辦公桌的椅子上。她也坐下來並拿起電話話筒：「我需要來點咖啡。」她說，並朝麥爾肯挑了挑眉毛示意，他點頭。「瓊安，麻煩妳送兩人份的咖啡過來。」

她再次拿起皮夾，將證件、文件和現金取出，全都整齊地擺放在吸墨紙板上。

「你為什麼不——」她才開口又停住，改口問道：「你想過將東西交給警方嗎？」

「我做的第一件事是打開皮夾查看，發現一個名字，我看證件上寫著他在這裡工作，就打算直接送過來，省得問來問去。此外，我不由得感到好奇，因為我翻看皮夾時瞄到一個地名，以前剛好去那個地方待過一陣子，不知道赫索博士是作什麼研究？」

「哪個地方？」

「羅布泊。」

園長這下表現出高度關切。事實上，她面露狐疑，甚至滿懷戒心。「你在那裡做什麼？」她問。

「抱歉，這話聽起來好像在指控你。」

「我去那裡找一座陵墓。我研究歷史，長期關注絲路主題。我沒找到那座墓，但倒是找到一些其他東西，也算是不虛此行。我能問赫索博士在中亞做什麼嗎？」

「嗯，他是植物學家，當然了，所以說……那裡有一座研究站，是我們跟愛丁堡大學和萊頓大學一起資助的。他在那裡工作。」

「為什麼去那裡？我不記得羅布泊周圍有生長很多植物——幾棵白楊，幾種草——我想有檉柳……」

「一來，當地的氣候條件——謝謝妳，瓊安，放著就好——在更北和更西的地方都很難複製，特別是我們這邊就位在一片廣大海洋邊緣。再來還有土壤——裡頭有一些少見的礦物質——還有當地人掌握的知識。他們在那裡栽種的花卉——在其他地方怎麼也種不起來。」

「那赫索博士呢？他回到牛津了嗎？我只是在想——我知道不關我的事——妳為什麼戒心這麼重？」

「我是擔心赫索才起了戒心。」她說：「事實上，他失蹤了。我們認為他死了。」

「真的？你們什麼時候開始這麼認為？」

「幾週前。他從站點消失了。」

「『站點』？」

「我們稱研究站為『站點』。研究站在塔什布拉克。」

「羅布泊附近那個地方？他失蹤了？」

她表現得愈來愈侷促不安，手指輕輕敲著辦公桌：指甲修得很短，他注意到對方指縫裡甚至有一點泥土，可能她在他來訪之前正在研究植物。

「聽我說，波斯戴博士。」她說：「很抱歉，我似乎一直顧左右而言他。其實我們和站點之間通訊很慢，也不怎麼可靠，我們收到關於赫索博士的消息顯然有誤。還好拿到這個——這些東西——很好——因為也許表示他還活著，但我本來以為——當然，如果是赫索把東西帶回牛津——要是他能親自回來就太好了……我無法想像怎麼會有人把東西留在公車站牌旁。我確信他絕不會這麼做，一定是其他人……我真的想不通，希望他還……非常謝謝你，波斯戴博士，謝謝，謝謝你把東西送來。」

「妳現在要怎麼辦？」

「你是問這個？這些東西？」

她的驚慌失措另有緣故，但同時也因為向他這個陌生人洩露事實而驚慌。她的精靈緊守在她的肩頭，始終睜著雙眼肅穆地盯著麥爾肯。麥爾肯回望他，努力擺出一副溫和無害、熱心助人的模樣。

「跟玫瑰有關，對吧？」他問。

她眨了眨眼。她的精靈別過頭，將頭臉埋進她的髮間。

「你為什麼這麼問？」

「兩個東西。一是樣本，種子和玫瑰油。另一個是那本紅色封面、很破舊的那本書，是塔吉克文寫成的史詩《賈罕與珞珊娜》，是講一對愛侶尋找玫瑰花園的故事。赫索博士的研究與玫瑰有關嗎？」

「對，沒錯。」她說：「我沒辦法再跟你談下去了，因為，呃，有好多事等著我處理——研究生論文，這邊還有塔什布拉克那邊的工作，還有我自己的研究……」

她是他這輩子遇過最不會撒謊的人。他為她感到遺憾；她不得不在震驚狀態下幫自己找理由辯護。

「我就不再打擾您了。」他說：「謝謝您盡力說明。如果基於任何緣故，您覺得有需要和我聯絡……」他將一張名片放在辦公桌上。

「謝謝你，波斯戴博士。」她說，和他握了握手。

「如果有任何消息，請務必讓我知道。我現在覺得自己對赫索博士的事也有點責任。」

他離開大樓，走入植物園裡坐下，微弱的陽光滑過矮樹叢的光禿枝幹，兩個年輕人正在溫室附近忙著園藝工作。

「剛剛應該告訴她的。」阿斯塔說。

「我知道。但是會牽連到萊拉，還有警方，凶手是警方的人。」

「但是那個警察不是以公務身分行動，麥爾，拜託，潘看到的那個警察被收買了。警方應該知道發生了什麼事，知道這個人的作為。」

「妳說得對，我心裡也很不好受。」

「可是？」

「我們很快就會告訴她，很快就會告訴他們。」

「要等到什麼時候？」

「等我們多知道一些之後。」

「我們要怎麼多知道一些？」

「還不確定。」

阿斯塔閉上雙眼。麥爾肯暗想，要是萊拉沒有冒險獨自從車站取走背包就好了；但是那時誰幫得了她？顯然不是他，那時他沒辦法。一旦目擊凶殺案又決定不報警，一切就真的得靠自己了。

思緒又再次回到她身上。阿斯塔趴在他身旁的木椅座位上，擺出人面獅身獸的姿勢，雙眼半閉，同時麥爾肯揣想著萊拉在鱒魚旅店不知過得如何，不知道安不安全，還有其他一大堆問題，但還不想面對環繞最核心的問題。幾年前他教的那個陰沉暴躁、目空一切，態度談吐都讓人難以領教的少女，現在已經完全改頭換面了嗎？她似乎比以前更加猶豫徬徨，沉默寡言，缺乏自信。她看起來很孤單，鬱鬱寡歡的，對任何事都很冷淡。還有她和她精靈的關係十分怪異，冷漠疏離……但他們先前在小餐館談話時，她幾乎是坦誠相對，把他當成朋友；而她成功藏起背包內物品時，喜悅得發出小小一陣笑聲，無憂無慮；無論如何，都令人欣喜。

核心問題揮之不去。思緒去而復返，而他無能為力。

他很清楚自己笨拙得像頭牛，也意識到他們之間所有懸殊的對比——他的成熟和她的年少，他的碩大魁梧和她的纖細苗條，他溫吞而她性急……他可以望著她幾小時也不會倦。她的長睫毛大眼，明澈閃爍的湛藍，比任何人都靈動多變；她如此年輕，但他已經可以看見她臉上的笑紋，憐憫的皺紋，專注的皺紋，將在未來年復一年累積加深，讓她的臉龐更加豐富，更加充滿活力。而在她嘴角兩側，已經出現了一處微笑時拉出的細小皺痕，就在皮膚之下似有若無，含苞待綻。她的頭髮是如乾草般的深金色，短短的有些凌亂，但總是柔軟富有光澤：在他幫她上課時，有一、兩次從她肩後傾身查看她的作業，無意間嗅到微微的一絲髮香，不是洗髮精的香味，而是年輕溫暖的女孩氣味，他立刻抽身退開。那時，他們還是師生，任何想法都是非分之想，就連還未完全成形的念頭都被他的意識斷然排除。

但四年過去，這些想法——想到萊拉，仍是非分之想嗎？渴望用雙手捧住她的臉龐，捧住她溫暖的雙頰溫柔地拉近自己，仍是非分之想嗎？

他以前曾經陷入愛河，他知道自己是怎麼一回事。但是他以前愛過的女孩和女人都和他年紀相仿，大多數，唯一例外的一次是女方年長許多，年齡差距的情況剛好倒過來，他所知的一切在這個情況下全都派不上用場。而她此刻碰到困難又身陷險境，如果再為了他的個人情感去打擾她，簡直罪無可恕。但事實明擺在眼前。他，麥爾肯．波斯戴，現年三十一歲，愛上她了。他根本不敢想像她會有一丁點愛他的可能。

偌大的植物園裡靜謐無聲，遠處兩名年輕植物專家的交談話聲，耙子規律的刮磨聲，他的精靈的呼嚕聲，再加上他自己睡眠不足又心煩意亂，讓他更難以抵擋閉起雙眼盼望夢見萊拉的誘惑；於是他站了起來，對阿斯塔說：「走吧。我們回去忙一點事。」

那天晚間十一點，波斯戴夫婦在床上低聲談話。這是萊拉借住鱒魚旅店的第二個晚上，她在自己的房間裡。在廚房幫忙的女孩、侍童和吧台助手都回家了。店裡沒有客人。

「我搞不懂她。」瑞格．波斯戴說。

「萊拉嗎？什麼意思？」

「她表面上似乎很開朗，妳知道的，嘰嘰喳喳，和氣友善。但有時候又會安靜下來，表情變得完全不同，好像接到什麼壞消息。」

「不對，」他太太說：「不是這樣的。她看起來不像嚇壞了。她看起來很孤單，看起來好像她已經習慣了，不再有什麼別的期望，但那就是她的個性，憂鬱。」

「她也幾乎不跟她的精靈說話。」他說：「就好像他們根本是兩個不同的人。」

「她還是小寶寶的時候可開心了，又笑又唱，活潑愛玩……別搞錯啊，那是之前，你懂的。」

「在麥爾肯出外那一趟之前。嗯，他在之後也變了，還有艾莉絲。」

「但是他們兩個不是小小孩了，可以預期他們會受到比較大的影響。她那時只是小嬰兒，什麼都不會記得的。現在學院確實對待她很惡劣，那是她的家——還以為他們會對她好一點。她會有一點消沉，也是在所難免。」

「我在想她有沒有親戚？麥爾肯說她父母很久以前就去世了。」

「就算她有叔叔姑姑阿姨舅舅或堂表兄弟姊妹，我對他們也不以為然。」波斯戴太太說。

「為什麼？」

「他們老早老早以前就應該聯絡她了。把小女孩跟一群老學究關在一起過日子，這種生活也太不正常了。」

「也許她有親戚，但他們不關心她。這樣的話，她還是一個人比較好。」

「有可能。不過跟你說一件事——她工作很認真，我得特別找些事讓她做。她做了一些原本交給寶琳的差事，做得比寶琳更快更好，要是我不交代別的事給萊拉做，寶琳就會被晾在一邊了。」

「我們不需要她幫我們工作。她可以以客人的身分住下來，很歡迎她，我是這麼想的啦。」

「我也這麼想，親愛的，但不是為了我們，是為了她。她有學院的課業要顧，但是她需要覺得自己是有用的人。我在想有沒有什麼別的事，是如果她不做，就根本沒人做得成的事。」

「對耶，也許妳說得對。我來想想。晚安了，老伴。」

他翻過身。她讀了五分鐘偵探小說，發現眼皮直往下墜，於是熄了燈。

漢娜．瑞芙並不知情，其實萊拉一直在試用解讀真理探測儀的新方法。新方法並非人盡皆知，絕少有人公開討論真理探測儀，但它在不同的專家小圈圈之中卻引發熱烈揣測。

她擁有的真理探測儀，是麥爾肯在傑若德．波奈維爾的背包裡找到之後，趁艾塞列公爵將嬰兒萊拉交到約旦學院院長懷裡時，塞進了裹著她的毯子裡。院長在萊拉十一歲時將探測儀交給她，她帶著它展開前往北極和更遠處的偉大旅程。一開始她憑直覺就能加以解讀，彷彿是全世界最自然的事；但不久之後，她失去了這樣的能力，轉盤上的象徵符號之下所有的連結和相似性不再如從前在她眼中那樣清楚明瞭。

失去這種能力是莫大的痛苦。得知憑藉勤奮研究仍有可能重拾一部分過去的能力，勉強算是一種慰藉，縱然極其稀薄；但她現在如果要解讀，就需要歷代學者記錄他們研究象徵符號和彼此之間關聯所得的書籍。簡直是天壤之別！就好像原來具有如雨燕般在空中輕巧飛翔的能力，失去後獲得的補償只是撐著枴杖一跛一跛走在地上。

這一點也是憂鬱的成因之一。波斯戴太太說對了：萊拉近來處在憂鬱狀態，而自從和潘之間生了嫌隙，她就再也沒有對象可以談心。多麼荒謬無稽，她倆明明是同一個人，卻覺得對談如此困難，甚至難以忍受對方靜默無語待在身旁。萊拉發現自己愈來愈常悄聲向一個幻影說話——身處另一個不可企及的世界、某個在她想像中可能是威爾的幻影。

嶄新的探測儀解讀方法有助於轉移注意力，正中萊拉下懷。一開始只是耳語謠傳，沒有人知道是誰提出或源自哪裡；但接著開始出現傳聞，不只在理解方面出現了驚人進展，還有革命性的理論提出，甚至有解讀者達到讓書籍從此顯得多餘冗贅、振奮人心的重大成就。而萊拉開始祕密進行實驗。

在格斯陶的第二晚，她坐在床上，曲起膝蓋，裹著毛毯保暖，雙手輕捧真理探測儀。客房上方傾斜的天花板低垂，牆面貼著小花圖案壁紙，床前鋪了一張老舊磨損的小地毯——在在皆讓他們感覺十分舒適有親切感，而她身旁石腦油燈溫和的黃光，讓房間感覺起來比溫度計顯示的實際氣溫更加溫暖。潘坐在燈下，以前他會蜷縮在她胸前，窩得暖呼呼的。

「妳在做什麼？」他問，語氣帶著敵意。

「我要再試一次新方法。」

「為什麼？上次妳試完就覺得不舒服。」

「我在探索。測試看看。」

「我不喜歡新方法，萊拉。」

「為什麼？」

「因為妳用新方法時看起來好像迷失了，我找不到妳在哪裡。而且我也不覺得妳知道自己在哪裡。妳需要更多想像力。」

「什麼？」

「要是妳再多一點想像力就好了。但是——」

「你在說什麼？你是在說我沒有想像力？」

「妳在試著不用想像力過活，我要說的是這個。又是那些書，一本說想像力不存在，另一本說反正想像力不重要。」

「沒有，不是……」

「唔，妳如果不想聽我的意見，就別問我。」

「可是我沒有……」她不知道要說什麼，心中覺得大受挫敗。他只是面無表情望著她。「我該怎麼辦？」她說。

她想說的是我們之間該怎麼辦。但他如此回應：「唔，妳要能想像才行。但就妳的狀況而言，不怎麼容易，是不是？」

「我不……我真的沒有……潘，我真的聽不懂你在說什麼，跟你講話簡直是雞同鴨講。跟你說的無關……」

「妳剛剛到底想找什麼？」

「我現在也不確定了，你把我搞糊塗了。但有什麼事不對勁，我想我是想看看能不能找出是什麼線索。」

他別開眼神，尾巴緩緩左右擺動，接著乾脆轉過身，跳上印花棉布覆面的老扶手椅，蜷縮起來睡覺。

沒有想像力？試著不用想像力過活？萊拉這輩子從來沒想過自己的想像力會是什麼樣子。要是她曾想過，有可能會覺得自己的那一面有比較多是在潘身上展露，因為她很務實，實事求是，腳踏實地……但她是怎麼知道的？其他人似乎認為她是這樣的人，或至少他們把她當成這樣的人來相處。有幾位她可能會形容為想像力豐富的朋友：她們機智風趣，或者語出驚人，或者常常在幻想。她難道不是那樣嗎？顯然不是。她壓根沒料到，被說成沒有想像力竟會讓她覺得這麼受傷。

但是潘是因為那些書才這麼說的。是真的，《越呼似密人》的敘事中，對所有具藝術氣息，或寫詩，或談論「精神性靈」的角色都抱以輕視不屑的態度。格弗理．布蘭德是想傳達想像力本身毫無價值嗎？萊拉不記得他在書中是否曾直接提及，她得再翻書查查。至於賽門．塔博，他的著作《不變的欺騙者》裡從頭到尾都是想像力的展現，以一種魅惑迷人但冷酷無情的方式玩弄真相。效果令人神魂顛倒，神迷目眩，彷彿世間無所謂責任，無所謂後果，無所謂事實。

她嘆了口氣，手中輕輕捧著真理探測儀，讓兩手拇指撥動轉輪，感受熟悉的重量，手中翻來覆去把玩，漫不經心地看著探測儀在燈光照耀下閃動的反光。

「嗯，潘，我試過。」她說，但口氣很平靜。「你也試過，試了一下子。你無論如何不肯繼續，一點都不感興趣。那我們要怎麼辦？我們不能這樣下去。你為什麼那麼討厭我？我為什麼討厭你？我們為什麼受不了彼此？」

她這下子睡意全消，完全清醒，鬱悶不樂。

「好吧，」她悄聲說：「反正現在也沒差了。」

她坐起來一些，更專注地捧著真理探測儀。新方法跟經典方法有兩點不同。一是指針在刻度盤上的位置，經典方法要求解讀者透過讓三根指針分別指向不同符號來建構出一個問題，藉此確切定義想要知道的某件事，但使用新方法時，是讓三根指針都指向由解讀者選定的某一個符號。在接受經典方法訓練的解讀者眼中，這種作法除了不穩定之外，根本離經叛道，嚴重悖離傳統；三根指針構成的三角形十分穩定，讓解讀者得以按部就班進行有所本的探詢，然而新方法採取單一錨定點的方式，長指針會飛速亂轉，隨之浮現的是狂亂難以預測的意義混沌。

第二個不同點與解讀者的態度有關。經典方法要求解讀者保持謹慎警醒但放鬆的心境，需要勤加練習才能做到，畢竟解讀者必須保留一部分的專注力用於在書籍中查找每個符號的多重意義。然而使用新方法完全不需要書籍，解讀者必須完全放棄控制，進入一種被動觀視的狀態，其中的一切變動無定，萬事皆可能。這就是為什麼漢娜和萊拉之前試用新方法時，才開始沒多久就必須中止，她們嚴重暈眩不適。

當下，萊拉坐在床上思索著，心中憂慮。

「會出什麼岔子嗎？」她輕聲自問，接著又說：「我可能會從此迷失，再也回不來……」

是的，有這樣的風險。沒有固定的視角或堅實的立足點，可能就像在驚濤怒海中溺水。

懷抱著混雜了絕望與抗拒的心情，她撥動轉輪直到三根短針都指向馬匹符號。她也不知道為什麼。接著她手捧真理探測儀並闔上雙眼，讓自己的心神向前墜落，如潛水者自高峻懸崖一躍而下。

「不要尋找穩固之處——進入流動之中——隨波逐流——讓它湧流貫穿全身——流進又再流出——無固無實——無有觀點……」她喃喃自語。

刻度盤上的符號圖像飛轉著朝她撲面而來，掠過她周身後又再次飛轉而去。她忽而頭上腳下，忽而騰飛衝天，忽而直沉入恐怖深處。她幾乎半輩子知之甚詳的符號圖像，或以陌異眼光居高臨下朝她瞪視，或隱沒於迷霧之中。她讓自己飄流，漂浮，滾落，無所攀附。周遭忽而漆黑幽暗，忽而耀亮刺眼。她置身無邊無際的平原之上，碩大月亮照耀之下，已成化石的象徵物星羅棋布。她置身動物呼號、人類尖叫，與驚慌鬼魂竊竊私語迴盪的森林裡，藤蔓向上攀爬纏裹太陽，將太陽向下拉入原野，原野中一頭憤怒的黑色公牛鼻息呼哧，蹄子蹬踺。

在諸般一切中，她漂浮，毫無意圖，拋開任何人類的感受。場景輪番鋪展開來，平庸的，柔和的，驚怖的，她盡收眼底，饒有興致但陌然疏離。她揣想著自己是不是在作夢，是的話又有什麼關係，還有她如何區分哪些重大有意義，哪些又瑣碎偶發不足道。

「我不知道！」她呢喃。

她已經開始感受到可怕的暈眩不適，是使用新方法無可避免的後果。她立刻放下真理探測儀，不斷深呼吸，直到噁心感消退。

一定有更好的方法，她想。肯定發生了某件事，不過太難判斷是什麼了。她思索著，如果身邊有幾本書籍可查，她會問什麼問題，她可以翻閱古老的權威書籍查詢如何建構問題和解讀答案，她立刻意會到，她會問夢裡的那隻貓，她是威爾的精靈嗎？是的話，這一切又有什麼意義？

不過，思考這件事讓她很不自在。接納了布蘭德和塔博的書中分別以不同方式傳達的普遍懷疑論之後，她嚴格拒斥夢的世界和所有玄奧神祕的意義。全是些幼稚的東西，毫無價值的垃圾。

但真理探測儀本身不就是進入那個世界的一種方式嗎？她陷入天人交戰。

儘管如此，月光照亮的草地上那隻暗影色的貓……

她再次拿起探測儀，將三根指針全轉向代表所有守護精靈的鳥兒符號。她再次閉上雙眼，將探測儀揣在懷裡，放鬆下來捧著它。她試著召喚那個夢的氛圍，事實上並不難：夢的氛圍像精緻的香水一樣，在她的意念中縈繞不去。貓精靈如何喜悅自信地朝她走來，伸出頭讓萊拉用指節摩娑；她的毛皮感覺起來如何像是滿盈著真摯愛意；她如何知道精靈是克札娃，能夠碰觸克札娃是因為她深愛威爾，如何知道威爾一定就在附近……

場景頓時一變。恍惚中，她置身於一座優美的建築物中，在一道走廊上，從走廊朝窗外望去是狹窄的中庭，停在裡頭的一輛豪華轎車於冬日陽光下閃閃發光。走廊兩側的牆面上了油漆或水膠漆，在冬季下午的微弱陽光下呈現灰綠色。

貓精靈又現身了！

或者……這次只是一隻貓，冷靜地坐著，望向她。不是克札娃。萊拉在希望和失望交煎之下朝貓靠近，貓轉身踱步離去，走向一扇打開的門。萊拉跟在後面。她在門口看見門裡是一個四壁都是書牆的房間，室內有一個年輕人捧握著真理探測儀，那是——

「威爾！」她高喊。

她不由自主。他的黑髮，剛毅的下巴，雙肩緊繃的樣子——接著對方抬起頭看她，但他不是威爾，是另一個人，年紀和她相當，瘦削，凶暴，傲慢。他的精靈不是貓，是一隻雀鷹，精靈停棲在他坐的椅背上，一雙黃眼瞪著她。克札娃去哪兒了？萊拉四下張望，貓已經不見了。在萊拉和年輕人之間閃過一絲了然於心又帶著猜疑的火花，但他們意會到的是不同的事情：他認出她是他的雇主馬瑟爾．狄拉莫出於某種緣故迫切想找到的女孩，而他父親的真理探測儀就在她手上，而她認出他是新方法的發明者。

對方還來不及反應，萊拉便伸手將兩人之間的門關上。

接著她眨了眨眼，轉了轉頭，發現自己還在鱒魚旅店的溫暖床鋪上。揣想令她虛弱無力，驚嚇的情緒令她直打哆嗦。對方乍看竟跟威爾如此相像——最初那一瞬間，她心中無比歡喜！然後是失望難受，緊接而來是震驚錯愕，她意識到那是什麼地方、他在做什麼，還有他是什麼人。那隻貓去哪裡了？她究竟為什麼會在那裡？她在引導萊拉找到那個年輕人嗎？

她並未注意到，潘在床邊的椅子上坐直起來注視著她，渾身緊繃。

她將真理探測儀放在床頭，伸手去拿鉛筆和紙。趁著腦海中的異象還未完全消失，振筆疾書，盡可能寫下所有記得的事。

潘注視她一、兩分鐘之後，安靜地再次蜷縮回扶手椅上。他已經好幾個晚上不曾睡在她的枕邊。

直到萊拉停筆熄燈，潘才動了動身體，接著他再等了一會兒，直到平穩的鼻息聲傳來，確認萊拉已然熟睡。他從當成藏匿處的一本較大書冊中取出先前夾藏的破損小筆記本，將筆記本緊緊咬在齒間後躍上窗台。

他已經檢查過窗戶，不是上下推拉式的，而是一側用鐵製窗鉤扣住的橫拉窗，所以他不需要萊拉幫忙也能打開。片刻之後，他已經立在戶外的古老石磚上，他縱身跳上了一棵蘋果樹，飛掠越過草坪，輕快蹦跳過了橋，很快就在開闊的渡口草原上自在撒腿飛奔，朝著在夜空下益顯灰白的聖巴拿巴教堂鐘樓而去。他飛奔穿過一群睡著的小馬，引得牠們不安地動來動去。也許前一年他曾在其中一匹的背上踩踏騰躍，爪子深陷其中，讓可憐的生物瘋狂撒蹄飛奔，最後才將他甩下來，而他在草地上著陸，樂得哈哈大笑。這件事萊拉一無所知。

正如她對他咬在齒間的小筆記本也一無所知。這是原本在赫索博士背包裡的小筆記本，裡頭寫滿姓名和地址，他將本子藏起來，因為他在本子裡瞄見她未曾注意到的東西；藏起來之後，他一直等不到跟她說起這件事的適合時機。

他繼續向前飛奔，輕巧靜悄，全無倦意，直到抵達沿著草原東側邊緣流過的運河。他沒有冒著損及筆記本的風險游過運河，而是悄無聲息穿越草原，來到連通沃爾頓威爾路和耶利哥街巷的小橋。從現在開始，他必須非常小心；還不到半夜，有幾家酒吧還開著，如果朝那個方向前進，沿途街角的黃色街燈會讓他無所遁形。

於是他轉而沿著拉船路行進，動作靈敏迅捷，不時停下腳步，眼看四面耳聽八方，直到左側出現一扇鐵條柵門。他不一會兒就穿過柵門，進入老鷹鐵工廠的廠區內，龐大的廠房建築在他身後巍然聳立。一條狹窄小路通往另一扇柵門，出了柵門就是賈克森街，街上有一排專為鐵工廠或附近費爾通訊社的員工建造的連棟小磚房。潘停留在柵門內建築物的陰影裡，因為有兩個人在街上談話。最後其中一人打開一扇門，兩人互道晚安，另一個人朝著沃騰街走去，腳步虛浮不穩。潘再等了一分鐘，接著溜過柵門，跳過最後一棟磚房前的矮牆。

潘躲在地下室的小窗口旁，裡頭燈光很暗，加上煙霧瀰漫，塵埃滿布，根本無法看清楚。他仔細聆聽，想分辨出某個男人的聲音，一下子就聽出來了，有個粗啞嗓音以平易語調說了一、兩句話，一個較細柔悅耳的嗓音出聲回答。

他們在裡頭，而且在工作，他只需要知道這些。他輕敲窗戶，說話聲戛然而止。一團深暗形影躍上狹窄窗台向外窺探，片刻後向一旁挪開，好讓男人打開閂住的窗戶。

潘溜進窗內，向下跳到地下室的石頭地板上，與貓精靈相互致意，對方濃黑色的毛皮深暗得像是能吸收光線。房間中央的巨大熔爐裡爐火熊熊燃燒，散發強猛熱氣。地下室似乎是鐵匠鍛造鋪和化學實驗室的綜合體，爐灰沾得處處漆黑，蛛網厚結。

「潘拉蒙。」男人說：「歡迎。好一陣子沒見到你了。」

「梅可平斯先生。」潘說，他張開口讓咬住的筆記本落下以便說話。「你好嗎？」

「還能活動。」梅可平斯說：「就只有你來？」

他大約七十歲，臉上皺紋密布、皮膚斑駁，可能是歷經歲月滄桑，或是空氣中瀰漫的煙霧所致。潘和萊拉在數年前因為一名女巫和她的精靈涉入了古怪事件，而第一次遇見塞巴斯蒂安‧梅可平斯。自此之後，他們前來拜訪了幾次，逐漸熟悉他愛冷嘲熱諷的脾氣，實驗室裡無以名狀的鏗哩哐啷聲響，他對於種種怪奇事物的淵博知識，以及他的精靈瑪莉的耐心和善。她和梅可平斯知道萊拉和潘能夠分離。設局陷害他們讓他認識萊拉的女巫從前和他曾是情侶，他清楚女巫具有的能力。

「對。」潘說：「萊拉……呃，她睡了。我想問你一件事，希望不會打斷你工作。」

梅可平斯戴上一只久經耗損的防護手套，調整冶煉爐邊緣一個鐵製容器的擺放位置。「可以擺著加熱一陣子。」他說：「坐下，孩子。我抽個菸，我們聊聊。」他從一個抽屜拿出一小根方頭雪茄點燃。潘喜歡菸草的氣味，不過懷疑在這樣的環境中是否還聞得出來。煉金師坐在板凳上，直接看著他。「很好，筆記本裡寫了什麼？」

潘叼起筆記本讓煉金師拿去看，接著告訴他凶殺案和之後發生的事。梅可平斯凝神細聽，瑪莉坐在他的腳旁，專注地望著潘。

「我之所以藏起筆記本，」潘最後說：「還有我之所以把它帶來，是因為裡頭有你的名字，這個有點像地址簿的本子。萊拉沒注意到，但我注意到了。」

「我來看看。」梅可平斯說。他戴上眼鏡，精靈跳到他懷裡，他們一起審視小本子裡的人名、精靈名字以及他們的地址。每組姓名地址都是由不同人寫下的。姓名地址並非按照字母順序排列，在潘看來更像是照地理位置排列，從東到西，東起某個叫做花剌子模的地方，西迄愛丁堡，涵蓋大多數歐洲國家地區的城鎮。潘私底下研究過三、四次，卻找不出任何暗示其中連結的線索。

煉金師似乎在找尋幾個特定的姓名。

「你的名字是唯一地址在牛津的一組。」潘說：「我只是在想你會不會知道這份名單。還有他為什麼帶著這份名單。」

「你說他可以和他的精靈分離？」

「就在他臨死前，對，她飛到樹上請我幫忙。」

「你為什麼還沒告訴萊拉這件事？」

「我……就似乎一直找不到適當的時機。」

「太不幸了。」梅可平斯說：「我想你應該把本子交給她。很珍貴的東西。這種名單有個名字，叫做『啟迪襄贊之管鑰』（clavicula adiumenti）。」

他指著封底內側一對小小的打凸字母，就在書脊底部附近：C. A.。小本子久經翻閱磨損，破爛不堪，字母已經幾乎看不清了。接著他翻頁到大約本子中間處，從背心口袋取出一枝短鉛筆，將本子橫過來之後，在裡面又寫了些東西。

「那是什麼意思？」潘問。「『啟迪襄贊……』這些人是誰？你全都認識嗎？我看不出人名之間有什麼關聯？」

「你看不出來的。」

「你寫了什麼？」

「沒寫到的名字。」

「你為什麼要把本子橫過來寫？」

「當然是因為頁面太小寫不下。我再說一次，把本子交給萊拉，跟她一起回來這裡，我再告訴你本子是什麼意思。等你們都在，我才要講。」

「不太容易。」潘說：「最近我們幾乎不講話。我們一直在爭吵，很可怕，但就是吵個不停。」

「你們在吵什麼？」

「上一次——就剛剛的事——是在吵想像力。我說她沒有想像力，她很生氣。」

「你很驚訝嗎？」

「沒有。」

「你們為什麼要吵想像力的事？」

「我現在甚至都搞不清楚了。很可能我們講的根本不是同一件事。」

「除非你能明白想像靠的不是信口胡謅，而是體認感知，否則永遠弄不清楚什麼是想像力。你們還吵些什麼？」

「什麼都吵。她變了。她讀了一些書……你聽說過格弗理．布蘭德嗎？」

「沒有。不過別告訴我你對他的看法，告訴我萊拉會怎麼說。」

「嗯哼，好吧，我盡量……布蘭德是哲學家。他們說他是『威登堡的賢者』，或有些人這麼稱呼他。他寫了一本大部頭小說《越呼似密人》。我甚至不知道書名是什麼意思，書裡根本沒有提到。」

「可能是指住在呼似密地區以外的人，也就是指裏海以東地區，現在稱為花剌子模。而——」

「花剌——什麼？我記得名單裡就有那個地名。」

梅可平斯再次打開本子，點了點頭。「沒錯，在這裡。那萊拉覺得這本小說如何？」

「她有點像是被小說催眠。自從她——」

「你說的都是你覺得怎麼樣。告訴我如果我是問她，她會怎麼說。」

「好吧。她會說這部小說具有——呃——視野宏觀——力道千鈞……書中世界令人完全信服……不像她讀過的其他任何小說……呃，從嶄新觀點檢視人類本質，動搖她先前的所有想法，並且……讓她以全新的視角看待人生……類似這樣，大概吧。」

「你語帶調侃。」

「我實在忍不住。我恨這本書。角色個個自私得可怕，對任何人類情感視而不見——他們要不是傲慢霸道，就是怯懦狡詐，要不然就是矯揉造作，附庸風雅，一無是處……在他的世界裡，唯一有價值的就是理性。作者理性過頭，簡直失去理智。除了理性之外，其他任何事物都微不足道。對他來說，想像力毫無意義，令人不屑一顧。他描寫的整個宇宙，只有枯燥兩字可言。」

「如果他是哲學家，為什麼寫了一部小說？他認為小說是適合哲學的形式？」

「他還寫了好幾本別的書，但就只有這本最出名。我們還沒——萊拉還沒看過他的其他作品。」

煉金師將雪茄菸灰彈進熔爐裡，凝望爐中火焰。他的精靈坐在他腳邊，雙眼半閉，發出穩定的呼嚕聲。

「你知道有任何人和自己的精靈互相厭恨彼此嗎？」過了一分鐘後，潘發問。

「比你以為的還要普遍。」

「就算是沒辦法分離的人也會這樣？」

「對他們來說可能更糟。」

潘心想：沒錯，有可能更糟。爐火上的鐵製容器開始冉冉冒出蒸氣。

「梅可平斯先生，」他問：「你現在在忙什麼？」

「我在熬湯。」煉金師回答。

「噢。」潘說，接著意會到老人是在開玩笑。「說真的，是在忙什麼？」

「我如果說『場』，你知道是什麼意思嗎？」

「像是磁場？」

「對。但像磁場，意謂很難偵測。」

「這有什麼功用？」

「我在努力想像。」

「可是你如果──喔，我懂了。你的意思是你在努力感知。」

「沒錯。」

「你需要特殊的設備嗎？」

「利用一些非常昂貴的設備，占用廣大空間，消耗無比大量動力，還是可能辦到。但我在自己有限的實驗室裡只能將就。一些金箔，幾面鏡子，明亮光源，有很多零零星星的東西我得自己發明。」

「行得通嗎？」

「當然行得通。」

「記得我們第一次遇見你的時候，你告訴萊拉說，如果你告訴大家自己是在實驗點鉛成金，他們會覺得你在浪費時間，就懶得弄清楚你到底在做什麼。」

「對，我是說過。」

「你那時候是想尋找這個場嗎？」

「對。現在我找到了，我想研究，到底每個地方的場都是一樣的？或者各有不同？」

「地下室裡所有的東西你都會用到嗎？」

「它們都有用處。」

「那你在鐵鍋裡煮什麼？」

「煮湯，我告訴過你了。」

他站起身來過去攪拌。潘忽然覺得疲憊。他學到一些東西，但未必有用；而現在他還得長途跋涉穿越渡口草原才能回去，還得再把本子藏起來，還有——找時間——告訴萊拉這件事。

「『……管鑰』。」他說，努力想記住，梅可平斯補充：「『啟迪裏贊之管鑰』。」

「『啟迪裏贊之管鑰』。我要離開了，謝謝你跟我說明。祝你喝湯愉快。」

「告訴萊拉，要盡快，然後跟她一起回來。」

黑貓精靈起身和潘互相輕碰鼻子，潘隨後離去。

# 第十章
# 林奈室

翌日早上，有一封信由人親送至杜倫學院，收件人是麥爾肯。他在門房小屋就拆信來看，信頭的發信單位寫著：牛津植物園園長辦公室，他繼續往下讀：

親愛的波斯戴博士：

關於昨天提及赫索博士和其研究，我自覺應對您更加坦誠。事實是情勢變化迅速，比表面上看來更為緊急。我們已邀集關注此事的各方，將召開一場小型會議，我在想您是否能於百忙中抽空出席。您對於相關地區以及您所尋得物件的所知甚豐，也許能對我們的討論有所助益。因事態嚴重緊急，故冒昧來信相邀。

會議訂於今晚六點，就在植物園中舉行。如您能出席（我由衷希望您會前來），請於抵達大門後詢問林奈室怎麼走。

誠摯的

露西・亞諾

他看了一下信上的日期，是當天早上寫的。阿斯塔停在門房櫃台窗口上和他一起讀完後說：「我們應該告訴漢娜。」

「趕得上嗎？」

上午十點左右有一場學院會議要出席。他朝門房小屋裡瞄了一眼，裡頭時鐘顯示的時間：九點五分。

「可以，我們還來得及。」他說。

「我是問她那邊。」阿斯塔說：「她今天早上要去倫敦。」

「沒錯。我們動作得快了。」麥爾肯說，阿斯塔向下跳到地上，在他身後輕快小跑。

十分鐘後他拉響漢娜．瑞芙家的門鈴，三十秒後她來應門讓他進去，口裡問道：「你看到《牛津時報》了？」。

「沒有。怎麼回事？」

她遞來報紙。是前一天發行的晚報，已經翻到第五頁，新聞標題寫著：「伊弗里船閘驚現浮屍：警方稱非溺斃」。

他很快瀏覽新聞內容。伊弗里船閘位在潘目擊凶案的地點再往下游約一英里處，守閘人發現一具年約四十歲男性的屍體，男子生前遭到殘酷毆打，由遺體外觀判斷，在落水前就已經死亡。警方已列為謀殺案並展開調查。

「肯定是他。」麥爾肯說：「可憐人。好吧，現在露西．亞諾應該得到消息了，也許她要說的就是這個。」

「你在說什麼？」

「我來是要給妳看這個。」他說，將信件遞給她。

「情勢變化迅速。」漢娜讀著。「沒錯，很可能真是如此。她很謹慎。」

「沒提到警方。如果遺體上找不到東西證明他的身分，他們不會知道他是誰，她也可能還不知情。妳知道任何她的事嗎?見過面嗎?」

「我跟她還算認識。認真執著、情感豐沛的女性,有時候幾乎到了悲苦的程度,或者只是我自己的感覺,沒什麼這樣想的理由。」

「不要緊,只是大局的一部分。無論如何,我要去參加她召開的會議。妳覺得妳在倫敦會見到葛倫妮絲嗎?」

「會,她肯定會在。我一定會讓她知道這事。」

她從衣帽架拿起大衣。「萊拉過得還好嗎?」她在他替她拿著大衣讓她穿上時詢問。

「很消沉。我倒不覺得意外。」

「告訴她如果有一個鐘頭左右空檔時來找我一下。噢對了,史特勞斯博士進入沙漠的旅程,和那座紅色建築……」

「怎麼樣?」

「『厄坷途旅』的意思——你有什麼頭緒嗎?」

「恐怕沒有。不是塔吉克文,至少就我所知。」

「噢,好吧,我在想真理探測儀能不能釐清它的意義。再見了。」

「請代我問候葛倫妮絲。」

葛倫妮絲.戈德溫是奧克立街的現任局長。漢娜加入組織時擔任局長的湯瑪斯.納君特已在這一年稍早過世,漢娜準備要去參加他的追思會。戈德溫夫人原是校級軍官,數年前因為感染熱帶性熱病導致她的精靈癱瘓,不得不退伍,但她的判斷依舊周全大膽,而她的精靈的記憶力也仍然敏銳超卓,鉅細靡遺。麥爾肯對她敬佩有加。她如今寡居,唯一一個孩子因感染了和她同樣的熱病而過世,她是奧克立街第一位女局長；她的政敵一直以來想等她犯錯，卻只是徒勞無功。

追思會結束後，漢娜找機會跟她談了十分鐘的話。她們坐在飯店大廳裡一個安靜的角落，奧克立街的其他人員在大廳裡喝飲料。漢娜快速簡報她所知的一切，關於謀殺案、背包、史特勞斯博士的日誌，和麥爾肯受邀參加一場倉促召開的會議云云。

年約五十開外的葛倫妮絲．戈德溫個子矮小精壯，深灰色頭髮打理得樸素俐落。她的臉部肌肉活潑，表情多變——漢娜常覺得她的表情有點太過豐富，就一位身居局長高位的人來說，面無表情莫測高深可能比較有利。戈德溫的左手溫柔地撫摸她的精靈，他是一隻麝香貓，正趴在她懷中專注聆聽。

漢娜報告完後，她問：「那個女孩——蓮花舌萊拉，對嗎？很特別的名字。她現在在哪裡？」

「住在麥爾肯的父母親家裡。他們在河邊經營一家酒吧。」

「她需要人保護嗎？」

「是的，我想她需要。她……您知道她的背景嗎？」

「不知道。有空再告訴我，但不是現在。看起來麥爾肯必須出席這場會議——這確實屬於奧克立街的事務。和實驗神學有些關聯；我們只知道這麼多。有一個人名叫……」

「布魯斯特．納皮爾。」她的精靈以幽魂般的聲音說道。

「就是他。一開始引起我們注意的，是他幾年前發表的一篇論文。篇名是什麼？」

「〈玫瑰油用於偏光顯微鏡之功效〉，」戈德溫的精靈說：「發表於《萊頓顯微鏡研究學會會議論文集》，納皮爾與史蒂文生共同掛名作者，兩年前發表。」

他說話十分費勁，話聲微弱，但咬字清晰。雖然不是第一次見識，漢娜仍再次為他的絕佳記憶力驚嘆。

「您和納皮爾聯絡過嗎？」漢娜問。

「不是直接聯絡。我們很謹慎低調地查過他的背景，完全沒問題。就我們所知，教誨權威還沒有注意到他的論文指出的意涵，我們也不想過分張揚以免引起他們注意。麥爾肯遇到的事只是再次顯示已經有些動靜，很高興妳能告訴我。妳說背包裡所有文件他都留了一份黑影照片？」

「是的，我想他週一前會將東西送到您那裡。」

「很期待收到。」

大約同一時間，萊拉正在和到鱒魚旅店廚房幫忙的女孩交談。十七歲的寶琳漂亮害羞，很容易臉紅。潘在廚房餐桌下面和她的老鼠精靈說話時，寶琳在切洋蔥，萊拉在削馬鈴薯皮。寶琳問她和麥爾肯是怎麼認識的。

「噢，他以前教過我幾堂課。」萊拉說：「不過我那時候對所有人的態度都很惡劣。我從來沒想過他還會在學院以外的地方生活，我以前還以為他們晚上會把他收進餐具櫃裡。妳來這裡工作多久了？」

「去年開始的，只是打打工。後來布蘭達要我多排幾小時的班，而我……我也在鮑斯威百貨打工，週一和週四。」

「真的？我也在鮑斯威百貨打過一陣子工。我在餐廚部門，很辛苦。」

「我在男裝配件部門。」

她切好洋蔥，放進置於爐台上的一口大燉鍋裡。

「妳在煮什麼？」萊拉問。

「準備燉鹿肉的料。大部分是讓布蘭達來做，她會加一些特殊的辛香料，我不知道是什麼。其實我還在學。」

「她每天都會做一種大分量料理嗎？」

「以前會。主要是烤肉料理，串在烤叉上的大塊烤肉。後來麥爾肯建議要有點變化，他會想到一些很棒的點子。」她又臉紅了，轉身攪拌鍋裡的洋蔥，浸在油脂中的洋蔥滋滋作響。

「妳跟麥爾肯認識很久了？」萊拉問。

「是啊，我想是啦。我小時候他……我以為他……說真的我也不知。他一直對我很好。我以前以為他會在瑞格退休以後接下酒吧，但是不知怎麼的，現在我不這麼覺得了，真的。他現在比較像個教授。我不常見到他。」

「妳想經營酒吧嗎？」

「噢，我不行啦。」

「可是會很好玩的。」

寶琳的精靈小跑竄上她肩頭，在她耳邊說悄悄話，女孩低下頭，輕輕搖了搖頭，讓深色的鬈髮甩落下來掩住她漲紅的雙頰。她最後一次攪拌洋蔥，蓋上鍋蓋，這才移開一些遠離熱氣。萊拉表面上渾不在意，其實暗暗留心觀察；她著迷於女孩困窘的模樣，很抱歉自己說的話讓她難為情，卻仍不明就裡。

一會兒之後，她和潘坐在露台上望著河水流過時，潘才告訴她。

「她愛上他了。」他說。

「什麼？愛上麥爾肯？」萊拉不敢置信。

「如果妳沒有老是沉浸在自己的思緒裡，一下子就能看出來了。」

「我沒有。」她說，但聲音聽起來自己都覺得很沒說服力。「可是……他肯定太老了吧？」

「很明顯，她不這麼認為。無論如何，我不覺得他對她有意思。」

「是她的精靈告訴你的？」

「根本用不著明講。」

萊拉心中震動，卻不知道是為什麼。不是什麼令人震驚的事，只是……呃，是波斯戴博士耶。但話又說回來，他現在不一樣了。甚至穿著打扮也變得不一樣。回到自家的鱒魚旅店，麥爾肯會穿格子襯衫，將袖子向上捲起，露出布滿金色汗毛的前臂，配上厚挺棉布背心和燈心絨長褲。看起來像個農夫，她心想，幾乎完全沒有學者的樣子。在水手、農場工人、盜獵者和四處旅行兜售的推銷員來來去去的世界裡，他看起來從容自適。冷靜沉著，魁梧壯碩，和善親切，他似乎打從出生以來就是這個地方的一部分。

他當然是。難怪他送起酒水如此老練專業，跟陌生人或老顧客都無話不談，處理任何狀況都游刃有餘。前一天晚上，兩名顧客玩牌起了爭執幾乎大打出手，而萊拉來不及注意到，麥爾肯就已經將他們請到酒吧外了。她不確定和新的麥爾肯相處會不會比和舊的波斯戴博士來得輕鬆自在，但她看得出來他是值得尊敬的人。不過說到愛上他……？她決心以後要避免再提起他，她喜歡寶琳，不希望再說什麼話讓她尷尬。

將近六點時，麥爾肯抵達植物園，行政大樓有一個窗口亮了燈；除此之外，整棟樓一片漆黑。門房窗口的百葉窗板已經關起，他在窗板上輕輕敲了敲。

他聽見裡頭有些動靜，窗板邊緣透出的光逐漸成形，似乎有人提著燈靠近。

「園區關門了。」裡頭傳來聲音。

「我知道，但我來參加亞諾教授召開的會議，她要我詢問怎麼去林奈室。」

「先生貴姓？」

「敝姓波斯戴，麥爾肯．波斯戴。」

「我看看……有了。大門開著，上到第二層樓，林奈室就在右手邊第二間。」

行政大樓的大門面向植物園區。大樓裡光線昏暗，僅有樓梯頂端的一盞燈照明，從他前一天見到亞諾教授的園長辦公室沿著走廊再往前走，就是林奈室。他敲了敲門，室內低沉的談話聲戛然而止。門開了，露西·亞諾站在門口。麥爾肯想起漢娜的用詞：悲苦。正是她臉上的表情，他立刻明白她已經聽說了發現赫索遺體的消息。

「希望我來得不算晚。」他說。

「不晚，請進來吧。我們還沒開始，但是沒有其他人要來了……」

除了她以外，會議桌旁坐了五個人，室內僅有兩盞低垂的琥珀電子燈照亮桌面，四周的角落半陷黑暗。他認識其中兩人，一位是聖艾德蒙學院專門研究亞洲政治的學者，另一位是神職人員查爾斯·凱普思。麥爾肯知道他是神學家，但是漢娜曾告訴他凱普思是奧克立街的祕密盟友。

麥爾肯在桌旁找位子坐下，露西·亞諾也坐了下來。

「人都到齊了。」她說：「我們開始吧。也許有人還沒有聽說，警方昨天在河裡發現一具屍體，已確認死者身分是羅德里克·赫索。」

她說話時刻意平抑聲調，但麥爾肯感覺她的聲音裡有一絲抖顫。會議桌旁有一、兩人低喃幾字表示震驚，或是同情。她接著說：

「我請各位前來，是因為我認為我們需要分享各自所知的資訊，並決定下一步要怎麼做。我想各位還不認識彼此，想請大家先簡單自我介紹。查爾斯，從你開始好嗎？」

查爾斯·凱普思年約六十歲上下，個子矮小，儀容整齊，頸間戴著白色教士領，他的精靈是一隻狐猴。「查爾斯·凱普思，薩克萊講座神學教授。」他說：「我在這裡是因為我認識羅德里克·赫索，我曾在他以前工作的地區待過一陣子。」

坐在他旁邊的女子年紀與麥爾肯相若，面容蒼白，一臉驚惶，她說：「安娜貝爾．米納，研究植物科學。我——我以前跟赫索博士合作研究玫瑰，在他去……羅布泊之前。」

下一個輪到麥爾肯。「麥爾肯．波斯戴，歷史學家。我在一個公車站牌旁發現放了文件的袋子，裡頭剛好有赫索博士的大學教員證，我就把東西送到這裡來了。我跟凱普思教授一樣，曾在同一個地區工作過，所以很好奇。」

坐在他隔壁的是一名五十幾歲的男子，身材瘦長，髮膚顏色較深，有一隻鷹精靈。他向麥爾肯點點頭後開口：「提摩．葛札里安，研究領域是中亞歷史和政治。在赫索博士出發之前，我們討論了幾次該地區的事。」

下一個有著砂色頭髮的男人說話帶有蘇格蘭口音：「我叫布魯斯特．納皮爾，第一篇關於玫瑰油用於顯微鏡功效的論文，就是我和我的同事瑪潔麗．史蒂文生一起發表的。考慮到此後發生的一些事，今早接到露西的消息，我就有所警覺，但也非常希望能深入了解。我和葛札里安教授一樣，赫索博士上次在牛津時，我和他談過話。得知他的死訊，我非常震驚。」

最後一位是一個比麥爾肯略為年長的男子，淡色頭髮十分稀疏，下巴突出。他的神情肅穆。「拉爾斯．約翰生。」他說：「我曾擔任塔什布拉克研究站的主任，後來由泰德．卡萊特接任。羅德里克生前就在研究站工作。」

露西．亞諾說：「謝謝各位。我就開始說了。警方今天早上來找我，問我能不能去指認河裡發現的死者身分。他們發現一個姓名標籤，就在他的——在死者的襯衫內側，從他的姓名查出和植物園有關係，員工名冊很快就能調閱。我跟他們去了，沒錯，是他，是羅德里克。我希望以後再也不必做類似的事。他很明顯是遭人謀殺。奇怪的是，行凶動機似乎不是為了搶劫財物。昨天早上，波斯戴博士——」她望向他，「在亞平頓路發現一個購物袋，裡頭有羅德里克的皮夾和其他幾樣東西，他送到我這裡來。坦白說，警方似乎意興闌珊，我猜他們覺得只是隨機襲擊的案子，沒什麼意義。但是我請各位前來，是因為各位各自掌握了一些資訊，我們需要所有的資訊才能夠，呃，進一步去了解，究竟發生了什麼事，還有目前有什麼事是持續發生。事實上……我想我們的處境都不再安全。我要先請各位輪流發言，接著我們開放讓大家討論……布魯斯特，你能告訴我們你那邊一開始是怎麼回事嗎？」

「沒問題。」他說：「幾年前，我的實驗室裡一名技師注意到，操作某一台顯微鏡時會碰上問題，她請我查看。有一個鏡頭運作有問題，但是情況很不尋常。各位知道鏡片上沾到一個髒污或油漬會是什麼樣子——觀察的視野範圍會有一部分模糊不清——但我們碰到的情況不同。在她觀察的樣本周圍，反而出現了一圈有色邊紋，相當清晰易辨。並不模糊，非常清楚；我們能夠觀察到的都格外清晰分明，而且還多了一圈有色邊紋，它——呃，會移動，還會閃爍。我們調查發現，是顯微鏡的前一位使用者觀察中亞某地區某種玫瑰的樣本時，不小心碰到鏡頭，將樣本中微量的油沾在鏡片上。老實說，操作的技術不太好，會有這樣的結果倒是很奇妙。我拿下鏡頭放到一旁，因為想看看到底發生什麼事。我靈機一動，就請朋友瑪潔麗．史蒂文生來看看。瑪潔麗是粒子物理學家，她在一、兩個月前跟我聊過一些事，我覺得她會對這個有興趣。她在研究魯薩可夫電場。」

麥爾肯感覺到會議桌周圍微微湧現一股緊張悚慄的氣氛，也許是他自己的感受。所有人一言不發，一動也不動。

納皮爾繼續說：「也許有人以前沒聽說過，魯薩可夫電場和相關的粒子都是所謂『塵』現象的不同面向，當然除非獲得教誨權威的特別授權，否則不得任意談論。露西向我保證過，各位都了解我們的行動以及談話，全都因此受到限制。」

他說這番話時直直望向麥爾肯。

麥爾肯面無表情地點頭，納皮爾接著說：「簡單地說，我和瑪潔麗．史蒂文生發現，鏡頭上的油讓我們能夠看到先前只有理論描述的魯薩可夫電場的各種效應。過去十年甚至更久以來就有種種謠傳，說曾經有人看到類似的東西，但是所有紀錄都遭到有系統地摧毀抹除，下手的——呃，我們都知道是誰。現在的問題是，我們的發現要保密？還是公諸於世？這項發現太重要了，不能閉口不談，但是大聲張揚的風險也許太高。我們該在哪裡發表？萊頓顯微鏡研究學會沒什麼影響力，會議論文集也乏人問津，所以我們投了一篇論文給他們，幾年前刊登出來。一開始沒有什麼反應。但最近我和瑪潔麗的實驗室都遭人闖空門，手段很高明，也有人前來盤問，我們推測是和國家安全或情報單位的相關人員。他們行事低調隱密，但是問的問題很尖銳，不屈不撓，說真的讓人不敢大意。他們問什麼，我們全都據實以告。我想我目前能說的就是這些了。不過還可以補充一點，瑪潔麗現在在劍橋工作，我過去兩週都沒有接到任何她的消息。她的同事不清楚她在哪裡，連她先生也不知道。我非常擔心她。」

「謝謝你，布魯斯特。」露西．亞諾說：「很有幫助，很清楚，也讓我們提高警覺。波斯戴博士，你能告訴我們你知道的事嗎？」

她看向麥爾肯，一臉肅穆。他點頭。

「如亞諾教授剛剛告訴各位的……」他才開口——忽然傳來一陣輕巧急促的敲門聲。

所有人都回頭看。露西．亞諾本能地站起身來，臉色蒼白。「是誰？」她問。

門開了。門房很快走進來說：「教授，有幾個人想找妳。可能是CCD，教會風紀法庭。我跟他們說妳在洪堡室開會，但是他們很快就會過來樓上了。他們手裡沒搜索令——說他們不需要。」

麥爾肯立刻問：「洪堡室在哪裡？」

「在大樓的另一側。」露西．亞諾回答，聲音幾不可聞。她渾身顫抖。其他人仍待在原位不動。

麥爾肯對門房說：「做得很好。現在我希望你帶著除了我、查爾斯和園長以外的其他人離開植物園，從側門出去，趕在那些人搞清楚發生什麼事之前。你能做到嗎？」

「是的，先生──」

「那麼其他幾位先生，請跟著走。盡量別發出聲音，但動作要快。」

查爾斯．凱普思看著麥爾肯。其他四人站起身，跟在門房身後離開。露西．亞諾緊抓門框，望著他們匆匆走向走廊另一端。

「最好回來坐著。」麥爾肯說，他正在重排椅子位置，擺出他們從未離座的樣子。

「很高明。」凱普思說：「那麼我們該在他們抵達的時候談些什麼好？」

「他們是什麼人？」園長說，聽起來心慌意亂。「真的是教會風紀法庭派他們來的嗎？你們覺得呢？他們會想找什麼？」

麥爾肯說：「保持冷靜。不管是妳做的或我們在做的，既沒有錯也不犯法，也絕對不關CCD的事。我們就說，我來這裡是為了要把袋子送來給妳，想說妳可能有赫索的消息。我不知道河裡的死者是赫索，直到妳告訴我，我才知道，就如妳剛剛告知的。查爾斯在這裡，是因為我之前去找他討論羅布泊地區的事，向他提起赫索的那袋東西，他提到他認識赫索，於是我們決定一起到這裡來。」

「你剛剛問我羅布泊的什麼事？」凱普思問，一派氣定神閒。

「還真巧，我剛剛問的，正好是會議正常進行的話你原本要講的。你本來要說什麼？」

「其實只是當地人的民間傳說，巫醫知道這種玫瑰。」

「真的？他們知道些什麼？」

「它們來自──我是說玫瑰──喀拉瑪干沙漠中央，傳說是這樣的，在其他地方都種不活。如果在眼裡滴一滴玫瑰油，就能看見異象，但是必須抱著無比的決心，因為油會造成劇烈刺痛。我聽說是這樣。」

「你自己沒有試過？」

「當然沒有。關於沙漠的傳說，是必須和自己的守護精靈分離才能進入。這是世間其中一處古怪的地方——我相信西伯利亞還有一處，也許在亞特拉斯山區也有一處——讓精靈覺得非常不適或痛苦，無法進入的地方。所以各位可以想見，取得玫瑰要付出相當高昂的代價，無論就個人或錢財方面。」

「我以為和精靈分離會沒命。」露西．亞諾說。

「顯然未必如此。但是會遭遇極為可怕的痛苦。」

「那就是赫索生前在調查的嗎？」麥爾肯說，心裡完全清楚答案會是什麼，但是很想看看她是否知情，或者會否坦誠相告。

但她還來不及回答，就響起一聲敲門聲，比門房來時大聲多了。室內的人還未及回應，門就逕自打開。

「亞諾教授？」

說話者是一個身穿深色大衣，頭戴短簷紳士帽的男人。站在他身後的另外兩個男人也作類似打扮。

「我是。」她說：「你是誰，有什麼事？」聲音沉著穩定。

「我聽說妳在洪堡室。」

「噢，我們換到這裡了。你有什麼事？」

「我們想要問妳幾個問題。」他說，向前一步踏進室內。另外兩個男人跟隨在後。

「等等。」麥爾肯開口。「你還沒回答亞諾教授的問題。你是誰？」

男人掏出皮夾，打開來展示一張證件。證件以大寫粗體印著CCD三個字母，赭紅底色襯著海軍藍色的字樣。

「我是哈特連，」他說：「哈特連上尉。」

「好，找我有什麼事嗎？」露西．亞諾說。

「你們在這裡討論什麼？」

「民間傳說。」查爾斯．凱普思說。

「誰問你了？」哈特連說。

「我以為是你問的。」

「我是問她。」

「我們在討論民間傳說。」她的語調毫無起伏。

「為什麼？」

「因為我們是學者。我對植物和花卉的民間傳說有興趣，凱普思教授是民間傳說跟相關領域的專家，而波斯戴教授是歷史學家，他對這個領域也有興趣。」

「有一個叫羅德里克．赫索的人，你們對他知道多少？」

她閉上雙眼，過了一會兒才睜開，然後回答：「他曾是我的同事，我們也是朋友。今天早上我被通知去指認他的遺體。」

「你認識他嗎？」哈特連問凱普思。

「對，認識。」

「你呢？」他轉向麥爾肯。

「不認識。」

「那你為什麼會把他的東西送到這裡，剛好就在昨天？」

「因為我發現他在這裡工作。」

「哦，為什麼不交給警方？」

「因為我不知道他死了。我怎麼會知道？我以為他不小心把東西忘在那裡，最簡單的方法就是把東西直接送回他的工作地點。」

「東西現在在哪裡？」

「在倫敦。」麥爾肯說。

露西．亞諾眨了眨眼。保持鎮定，麥爾肯心想。他看見另外兩個男人之中的一人從會議桌較遠的一端向前傾身，雙手按在桌子邊緣。

「露西．亞諾教授跟我一起檢視了袋子裡的東西，我才第一次聽說他失蹤的消息，我們想，請教皇家民族學學會的專家應該比較理想。有很多研究材料都和民間傳說有關，我對民間傳說涉獵甚少，昨天就將東西交給一個朋友請他帶去倫敦。」

「你的朋友叫什麼名字？他能作證嗎？」

「他在這裡的話當然可以。但他出發去巴黎了。」

「這個專家，在什麼——什麼來著？」

「皇家民族學學會。」

「姓什麼？」

「理察茲——理察森——之類的。我不認識他本人。」

「你們不覺得你們處理這東西，要命的還真有點輕率大意？都牽連到一樁命案了？」

「如我剛剛所說，我們當時並不知道已經出事。要是我們知道，自然會將東西直接送交警方。不過亞諾教授說她跟警方提到時，警方並不感興趣。」

「你們為什麼想了解？」查爾斯．凱普思問。

「我的工作就是了解各種事物。」哈特連說：「赫索在中亞做什麼？」

「做植物學研究。」露西．亞諾說。

有人遲疑地敲了敲門，門房向室內張望。「抱歉，教授。」他說：「我以為您在洪堡室，我四處找您。原來這幾位先生已經找到您了。」

「是的，謝謝你，約翰。」她說：「他們剛問完問題。你能送他們出去嗎？」

哈特連一臉狐疑望著麥爾肯，之後緩緩點了點頭，轉身離開。另外兩個人跟在他身後離去，並未將門關上。

麥爾肯伸出一根手指抵著雙唇：噓。等默數到十之後，他關上門，躡手躡腳走到其中一個男人曾傾身靠向的會議桌邊緣處。他揮手示意另外兩人也靠過來看。他蹲下來，查看桌面底側邊緣，指著大小與他的拇指末端指節相若的一個霧黑色物體，看起來似乎是被嵌塞在底側。

露西．亞諾屏住呼吸，麥爾肯再次用手指抵著雙唇。他用一枝鉛筆的筆尖輕觸黑色物體，它碎步挪動到沿著桌腳旁的角落。麥爾肯先抖開手帕捧在下方，接著用鉛筆將這個活物挑撤起來。他一把抓住它，用手帕緊緊包住，活物在裡頭不斷發出嗡嗡聲響。

「那是什麼？」露西輕聲問。

麥爾肯將包起的手帕放到桌上，除下一腳的鞋子，用鞋跟重重擊打這隻活物。「是間諜蠅。」他低聲說：「他們培育出的新世代體型愈來愈小，記憶力也愈來愈好。它會聽我們接下來說了什麼話，再飛回去一字不漏複述給他們聽。」

「從沒見過這麼小的。」查爾斯．凱普思說。

麥爾肯確定它死透了，才將它丟到窗外。「我本來以為可以先不管它，讓他們浪費時間去竊聽。」他說：「但是這樣一來，就必須留意大家在這裡說了什麼話，會很費事。此外，它可以四處移動，永遠沒辦法確定它在哪裡。最好還是讓他們以為它只是故障失效了。」

「我還是第一次聽說有皇家民族學學會。」凱普思說：「那些文件怎麼辦？現在到底在哪裡？」

「在我辦公室。」露西・亞諾說：「還有一些樣本——種子——諸如此類的東西……」

「總之，不能留在這裡。」麥爾肯說：「那些人下次再來，一定會帶著搜索令。能讓我把文件帶走嗎？」

「何不讓我帶走？」凱普思說：「別的不說，我對文件內容很有興趣。我們威克罕有很多地窖，不缺藏東西的地方。」

「好吧。」她說：「我同意，謝謝你。我不知道該怎麼辦。」

「你不介意的話，」麥爾肯說：「我想帶走那本塔吉克文的史詩，有一些細節想確認。你聽過《賈罕與珞珊娜》？」他向凱普思問起。

「他帶了一本，對嗎？這倒怪了。」

「對，我想查出為什麼。至於CD，等他們發現沒有什麼民族學學會，他們會直接來找我。」麥爾肯說：「到了那時候，我會想到別的說詞。我們走吧，現在就去拿東西。」

下午時萊拉沿著河邊散步，潘氣惱不悅地隨行。他不時想開口說些什麼，但萊拉完全沉浸在冬日孤寂疏離的氛圍中，最後他只好拖慢步伐，盡可能在不引人懷疑的情況下遠遠跟在她身後，什麼都沒說出口。

午後向晚的天光在樹下逐漸濃稠鬱結成一片灰暗朦朧，空中充滿霧氣，幾乎凝成毛毛細雨，萊拉發現自己竟暗暗期待，希望回去時麥爾肯會在鱒魚旅店。她想要問他……噢，她記不起來了；會想起來的。她也想看看寶琳和他相處的樣子，看看潘的荒謬想法是不是真的。

但是麥爾肯沒有來，她也不想問他人在哪裡以防——她也不知道以防什麼。她懷著憂鬱挫折的心情上床就寢，睡前甚至什麼都不想讀。拿起《越呼似密人》隨意翻開，但是曾經令她如痴如醉的雄心豪情，如今看來似乎遙不可及。

而且潘不肯靜下來。他在小房間裡來回踱步，一會兒躍上窗台，一會兒聽著門邊動靜，一會兒在衣櫥裡東摸西找，直到最後她開口：「噢老天，能不能去睡你的覺。」

「我不睏。」他說：「妳也不睏。」

「那你能不能別動來動去？」

「萊拉，為什麼跟妳說話這麼難？」

「什麼？」

「我有一件事必須跟妳說，但是妳讓我覺得好難開口。」

「我在聽。」

「妳沒有。沒有好好地聽。」

「我不知道我要怎麼做才叫做好好地聽。我猜是要運用我沒有的想像力？」

「我不是這個意思。無論如何——」

「你就是這個意思。你已經說得再清楚不過。」

「好吧，後來我又想了想。我昨天晚上外出的時候——」

「我不想聽。我知道你出去了，我知道你跟某個人講了話，我完全沒興趣。」

「萊拉，是很重要的事。請妳聽我說。」

他跳到床頭小桌上。她沒有說話，只是退後躺到枕頭上，望著上方的天花板。

最後她說：「說啊？」

「妳這樣使性子，我沒辦法講。」

「噢，你真的是讓人很受不了。」

「我在努力想一個最好的辦法要——」

「你就講啊。」

沉默。

他嘆了口氣，然後說：「妳記得我們在背包裡面找到的所有東西……」

「然後？」

「其中一樣是裡頭有很多姓名地址的筆記本。」

「怎麼樣？」

「我看到一個名字，妳沒看到。」

「誰的？」

「塞巴斯蒂安．梅可平斯。」

她坐起來。「在哪裡？」

「在筆記本裡，我剛剛說過。唯一一組在牛津的姓名地址。」

「你什麼時候看到的？」

「在妳翻看的時候。」

「你為什麼不告訴我？」

「我以為妳自己一定看得到。總之，最近很難跟妳講事情。」

「噢，你不要這麼蠢行不行？你可以早點跟我說啊。本子在哪裡？麥爾肯拿走了嗎？」

「沒有。我把它藏起來了。」

「為什麼？本子現在在哪裡？」

「因為我想查出為什麼裡面有他的名字，梅可平斯先生。昨晚我出門是拿本子去給他。」

萊拉怒不可抑，幾乎嗆咳起來。有那麼一會兒，她覺得喘不過氣。渾身不停顫抖。潘全都看在眼裡，他從床頭桌上跳開，跳到扶手椅上。

「萊拉，妳要是不聽我說，我就沒辦法告訴妳他說了——」

「你這個骯髒鼠輩。」她說，幾乎啜泣起來，聽不出自己的聲音，也沒辦法制止自己惡毒咒罵，甚至不知道自己為什麼惡言相向。「你這個騙子、小偷，你那天晚上就對不起我，竟然不小心讓她——他的精靈，那隻貓——你讓她看見你帶著皮夾，現在又做這種事，偷偷摸摸背著我——」

「因為妳不肯聽！妳現在還是沒在聽！」

「我不聽。因為我沒辦法再信任你了。你現在對我來說只是個該死的陌生人，潘。我真的說不出我有多痛恨你做這種事——」

「我要是沒有問他，我絕對——」

「而我以前——噢，我以前多麼信任你——你是我的一切，像是我依托的磐石，我可以……你竟敢這樣背叛我——」

「背叛！聽聽妳自己講的話！妳以為我會忘記妳在死者的世界是怎麼背叛我的嗎？」

萊拉覺得好像被人一腳踹中心窩。她頹倒在床上。「別說了。」她低語。

「那是妳這輩子做過最可惡的事。」

她完全清楚他在說什麼，她的思緒一下子飛回冥界的湖岸，那時她為了去找好友羅傑的鬼魂，必須拋下潘。

「我知道。」她說。在如重錘擊落的心跳聲中，她幾乎聽不見自己的聲音。「我知道很可惡。你也知道我為什麼那麼做。」

「妳知道妳會這麼做，還不告訴我。」

「我當時不知道！我怎麼會知道？我們是最後才聽說你不能跟我們一起走。我們是一起的，我們會一直在一起，我是這麼以為，也想要這樣，永遠都在一起。可是那個老人告訴我們，說你不能再往前——威爾甚至不知道他有精靈，他也必須做同樣的事，拋下他的一部分——噢，潘，你該不會覺得一切都是我的計畫？你真的覺得我會那麼殘忍？」

「那妳為什麼從來不問問我？不問問我有什麼感覺？」

「但是我們以前談過了。」

「那是因為我自己提起。妳從來都不想知道。」

「潘，這樣說很不公平——」

「妳根本就不想面對。」

「我很愧疚。我必須這麼做，我覺得羞慚痛苦，但不去做也會讓我羞愧萬分，之後我一直覺得很有罪惡感，如果你不曾意識到的話——」

「那老人划船載你們進入黑暗處的時候，我覺得自己被撕扯得四分五裂。」他說，聲音抖顫。「幾乎殺死我。可是最糟糕的，比痛苦還可怕的，是拋棄。妳竟然就這樣把我一個人拋下。妳知道我是怎麼望著、盯著、拚命喊妳，在妳朝深處移動時用盡力氣不讓妳消失在視線裡？最後我還能看到的，是妳的頭髮，我能看到的最後一樣東西，直到最後黑暗也將它吞沒。我一直在想只要能看到一點點，只要能看到妳的頭髮的一點點光澤，只要能看到妳身上最微弱的一點點光就夠了，只要它還在，我就能看見。我就會在那裡，動也不動地等待。只要知道妳在那裡，我可以看到妳。只要還能看到，我絕不會移動半步——」

他住口不語。她在啜泣。「你以為我……」她努力想說，但是泣不成聲。「羅傑。」她好不容易擠出兩字，但僅止於此，已悲泣失聲。

潘坐在桌上，望著她好一會兒，接著一下不由自主猛扭過身，好似他也在流淚；但是雙方都一言不發，也不朝彼此靠近相觸。

她躺臥在床上蜷縮成一團，雙臂抱頭，不停落淚直到激動的情緒平緩下來。

等到終於能坐起身來，她揩去頰上的淚水，看到他背對她躺臥著，渾身緊繃不停顫動。「潘。」她說，嗓音因剛哭完而沙啞。「潘，我真的明白，我那時候就恨自己，只要我活著一天，我永遠都會恨自己。我恨自己身上每一個不是你的部分，而我活著就必須忍受。有時候我覺得，如果我能自殺而不會害死你，我也許會動手。我真的很不快樂。什麼幸福快樂，我不配，我自己知道。我知道──在冥界──我知道我做了很殘忍的事，但是讓羅傑自己在那裡也不對，而我……做了全世界最可惡的事。你說得一點都沒錯，對不起，我是真心誠意覺得對不起你。」

他一動也不動。夜裡一片寂靜，她可以聽見他也在啜泣。

然後他說：「不只是因為妳那時候做了什麼，還有妳現在在做的。我那天告訴過妳了，妳的那種思考方式，是在殺死自己，也會殺死我。妳明明活在一個彩色的世界，卻只想看到黑白。格弗理・布蘭德就像施了什麼妖法，讓妳忘記妳以前熱愛的一切，所有神祕奧妙的事物，所有陰影籠罩的地方。妳看不出他跟塔博兩個人描述的世界有多麼空虛嗎？妳不會真的認為宇宙就像他們描述的一樣枯燥乏味吧？不可以！妳中了咒語──肯定是。」

「潘，沒有什麼咒語。」她說，但是聲音好小，小得她希望他不會聽到。

「對啦，也沒有什麼冥界，」他說：「只是小孩子在作夢。其他的世界，奧祕匕首，女巫，在妳想相信的世界裡，沒有這些東西容身的餘地。妳覺得真理探測儀是怎麼運作的？圖像符號有那麼多層意義，想怎麼解讀都可以，所以說實在的根本沒有任何意義吧？至於我呢，我只是心智耍的小把戲，只是風吹過空洞頭骨發出的尖嘯聲──萊拉，我真的覺得我受夠了。」

「你說這話什麼意思？」

「還有，別再對著我呼氣。妳滿嘴都是大蒜的臭味。」

她心中又是羞憤又是悽楚，背過身去。雙方各自躺在黑暗中啜泣。

翌日早晨萊拉醒來，潘已不見蹤影。

# 第十一章 結

迷霧重重，蛛網纏結。它們盤據她的思緒，盤據整個房間，也盤據她醒轉前置身的夢境。

「潘。」她輕喊，幾乎認不出自己的聲音。「潘！」

沒有回應。沒有腳爪竄過地板條板的踩踏聲，也沒有輕如飛羽般地一躍落在床鋪上。

「潘！你在做什麼？你在哪裡？」

她衝向窗邊，大力拉開窗簾，眼前是如灰藍珠光般的熹微晨曦下的小修道院廢墟。外頭的廣大世界依舊：不見迷霧，不見蛛網，也不見潘。

在房間裡嗎？他躲在床下，在櫥子裡，還是在衣櫃上面？當然不是。這不是在玩遊戲。

接著她在床邊的地板上看到自己的背包。背包本來不是擱在那裡的，上面是潘跟她提過的那本赫索的黑色小記事本。

她拾起記事本。本子已經磨損，沾有許多污漬，許多頁的頁角都向後摺起。她很快翻閱，此時她也跟潘之前一樣，看出照著本子中的地址似乎可以追溯一段旅程，從神祕的花刺子模到愛丁堡勞恩市場的一棟屋宅。本子裡也有塞巴斯蒂安・梅可平斯在牛津賈克森街的地址，就如潘說過的。為什麼她沒留意到這個名字？為什麼她在潘藏起本子時沒注意到潘在做什麼？到底還有多少事情是她疏忽沒注意到的？

這時，一張便條紙掉了出來。她顫抖著雙手很快抓起紙片。

潘的腳爪天生不適合拿筆，但他可以用咬著鉛筆的方式寫字。

便條上寫著：

**我去找妳的想像力**

只有這句話。萊拉坐了下來，覺得全身輕飄飄的，無從遮掩，支離破碎。

「你怎麼可以這麼……」她輕聲說，不知道怎麼幫問題結尾。「我這樣要怎麼活……」

她的鬧鐘響了，告訴她時間是早上六點半。酒吧裡很安靜：波斯戴夫婦很快就會起床準備早餐，生火，做每天早上要做的事。這種事她怎麼說得出口？而且麥爾肯不在。她本來可以告訴他的。他什麼時候會回來？他一定很快就會回來。還有事情待辦，他必須回來。

但她接著又想：我怎麼能對他們開口？現在這樣，要怎麼出現在他們面前？太可恥了。沒有什麼會比這樣更羞愧難堪。這些她幾乎全不熟識卻願意收容她，而她也開始很喜歡的人——她怎麼能強迫他們接受像自己現在這種半人半鬼的恐怖樣子？強迫寶琳接受？強迫艾莉絲接受？強迫麥爾肯接受？只有麥爾肯會理解，但現在甚至是他也可能覺得自己噁心可憎。而且她還滿嘴大蒜味。

萊拉本來可能流淚啜泣，但恐懼令她麻痺。

**躲起來**，她心想。**逃走**，**躲起來**。她的思緒四處飛掠，飛入過去，飛進未來又快速退回，再次飛入過去，找到一張她記得、深愛且信任的臉孔：克朗爺爺。

克朗爺爺現在年事已高，不曾離開沼澤區，但依舊健朗警醒。萊拉和他不時會通信。最重要的是，他會明白她現在的處境。但是她要怎麼去找他？她的記憶猶如一隻困在房間裡的鳥兒，撲翅衝向腦海中一幀幀影像，撞上一、兩天前的晚上在白馬酒館的一幕。狄克．歐瓊德，和他用吉普賽圓點手帕在頸間繫成的領結。他提到他的阿公——叫裘吉歐什麼的——他是不是說他阿公現在在牛津？狄克在郵政站上夜班，那麼他白天應該會在家……

就這麼辦。

她很快換上最保暖的衣服，將另外一些衣物、黑色記事本和其他幾樣東西全都塞進背包裡，環顧讓她開始覺得像在家一樣無比自在的小房間，然後悄無聲息地走下樓。

在廚房裡，她找到紙筆留下字條：**抱歉——真的很抱歉——真的很謝謝你們——但我必須離開。我無法解釋。萊拉留。**

兩分鐘後她再次沿著河岸步行，眼神專注地望著眼前的小路，連帽大衣的兜帽拉起蓋在頭上。如果遇見任何人，她必須裝作沒看見。如果守護精靈夠嬌小，一般人多半會讓精靈待在口袋裡或釦起的外套裡層。她有可能就是這麼做。現在還很早，如果她快步走開，就不會引起別人懷疑。

但即使走得很快，走到狄克與家人同住的博特利路還是要走將近一小時，她聽見城市的鐘聲響徹整個渡口草原，噹噹鳴響的鐘聲讓她更感無助——幾點了？七點半？八點半？一定還不到。她在想狄克上夜班幾點會下班。如果他晚上十點開始上班，那應該再不久就會下班回家。

走到賓西巷時，她放慢腳步。今天會相當晴朗，此刻陽光普照，空氣清新。賓西巷從渡口草原接往博特利路，這是由西邊進入牛津的主要道路。這時差不多是大家起床出門工作的時間。她希望別人各有各的煩惱和憂慮，忙得無暇仔細看她；她希望自己看起來很無趣，就像威爾讓自己看起來的樣子，就像女巫隱形時所做的，讓所有人僅僅瞥向他們一眼之後就立刻將他們遺忘。她也可能是女巫，她的守護精靈遠在數百哩之外的凍原。

這個念頭支撐著她走到博特利路，在此橫越馬路之前必須先抬頭確認路線，要走通往另一邊的窄小街道才對。她去過歐瓊德家三、四次，雖然不記得門牌號碼，但她記得前門的樣子。

她敲門。狄克現在應該在家……應該吧？但要是他不在家，她就必須向他的母親或父親說明自己的情況，他們人都很好，可是……她幾乎要轉身離開，但這時門開了，是狄克。

「萊拉！妳在這裡做什麼？妳還好嗎？」他一臉疲憊，似乎才剛下班回到家。

「狄克，你一個人嗎？還有別人在家嗎？」

「怎麼了？發生什麼事？只有我和我奶奶在家。進來吧。等等……」他的雌狐精靈在他身後不停後退，還輕輕號叫了一聲。他將精靈抱了起來，接著就明白發生了什麼事。「潘去哪了？萊拉，發生什麼事？」

「我遇上麻煩了。」她說，難以保持語調平穩。「拜託你，可以讓我進去嗎？」

「當然，當然可以……」

他向後退，在小小的門廳留出空間，她很快踏進門廳，將身後的門關上。她可以看出狄克眼中閃過種種的憂急焦慮，但是他毫不畏縮。

「他走了，狄克。他就這樣離開我了。」她說。

狄克伸出一根手指抵著嘴唇並望向樓上示意。「到廚房來。」他低聲說：「奶奶還醒著，她糊塗了，很容易受到驚嚇。」

他再次望向她，彷彿不確定她是誰，接著帶頭沿著狹窄走廊走進廚房，溫暖的廚房滿溢煎培根的香味。

她說：「很抱歉，狄克。我需要幫助，我在想——」

「妳先坐下來。要喝點咖啡嗎？」

「好，謝謝。」

他在水壺裡裝滿水，放到爐台上燒水。萊拉在爐火一側的木頭扶手椅上坐下，將背包緊緊抱在懷裡。狄克在另一把扶手椅上坐下。他的精靈賓蒂跳進他懷裡，緊挨著他坐下，渾身顫抖。

「對不起，賓蒂。」萊拉說：「我很抱歉，我不知道他為什麼離開。或許該說我知道，但是很難解釋。我們——」

「以前我們一直在想你們能不能做到。」狄克說。

「什麼意思？」

「分離。我們從來沒有看過妳這麼做，但就是覺得，要是有任何人能辦到，妳一定可以。他什麼時候離開的？」

「昨天夜裡。」

「沒留個字條什麼的？」

「不算有……我們一直在吵架……很難受。」

「妳不想待在原來的地方等嗎？也許他會回來？」

「他短時間內是不會回來的。也許再也不會回來了。」

「也很難說。」

「我想我得去找他，狄克。」

樓上傳來一聲微弱的呼喊。狄克望向門。「我最好去看看奶奶想要什麼。」他說：「我一下子就回來。」

賓蒂搶在他前面衝出門。萊拉坐定不動，閉上雙眼，努力保持呼吸平順。狄克回來時，水壺裡的水剛好煮滾。他在兩個馬克杯裡各加一匙咖啡粉和一點牛奶，問萊拉要不要加糖，接著在杯子裡分別加水，遞給萊拉一杯。

「謝謝。奶奶還好嗎？」她問。

「只是年紀大，糊塗了。她睡不好，所以一定要有人在家陪著她，免得她爬下床，一不小心弄傷自己。」

「你記不記得那天晚上在白馬你跟我提到阿公……奶奶是他的妻子嗎？」

「不是。奶奶是我父親的母親。我媽那邊的家族才是吉普賽人。」

「你說阿公他現在在牛津？」

「對，沒錯。他送東西到城堡磨坊船塢，但他再不久就要離開了。怎麼會問起？」

「他能不能……你覺得我可以去找他嗎？」

「妳要的話當然可以。等我媽回家，我陪妳一起去。」

萊拉還記得，狄克的母親在伍斯特學院當清潔工。「那會是幾點？」她問。

「大約十一點。但她可能會晚一點到家，她會去買個菜什麼的。妳為什麼想找我阿公？」

「我得去沼澤區，去那裡找一個人。我需要請教他有沒有什麼好方法，可以前往沼澤區又不被發現或抓到或……我只是想聽聽他的建議。」

狄克點頭。他本人看起來不怎麼像吉普賽人，頭髮蓬亂，雙眼因疲憊而紅腫。他啜了口咖啡。

「我也不希望害你惹上麻煩。」她補充。

「和妳那天晚上告訴我的事有關嗎？有人在河邊被殺的事？」

「很有可能。但我還沒看出之間的關聯。」

「對了，貝尼．莫里斯還是沒來上班。」

「噢！對，腿受傷的那個人。你沒有把我說過的事告訴其他人吧？」

「有啊，我還在要命的食堂牆上貼了好大一張公告。妳把我當成什麼人了？我不會出賣妳的，小妞。」

「你不會的，這我知道。」

「但這事很嚴重，對嗎？」

「對，沒錯。」

「還有其他人知道嗎？」

「有一個人，是波斯戴博士。麥爾肯．波斯戴。他是杜倫學院的學者，很久以前教過我。但是他知道是因為……噢，事情太複雜了，狄克。但是我信任他。他知道一些其他人不知道的事……可是我沒辦法告訴他潘離開了。我就是做不到。我跟潘，我們一直在爭吵。很可怕。我們對於一些重要的事永遠意見不合，感覺就像被分成兩半……又發生了這件謀殺案，我的處境忽然變得很危險，我想有人知道潘目擊了凶殺案。我在波斯戴博士父母開的旅店借住了幾晚，但是——」

「是哪間旅店？」

「鱒魚旅店，在格斯陶。」

「他們知道潘……不見了嗎？」

「他們不知道。我一早在其他人起床前就離開了。我真的很需要前往沼澤區，狄克。可以拜託你帶我去見你阿公嗎？」

樓上又傳來喊叫聲，還響起重物落在地板上的撞擊聲。狄克搖搖頭，匆匆走出去。

萊拉焦躁難安，根本坐不住。她站起身，望向廚房窗外齊整小院子裡的鋪石地面和種了香草植物的園圃，再望向廚房牆上附有白金漢宮前衛兵交班儀式圖片的月曆，接著又望向擱在瀝水板上的平底鍋，鍋裡的培根油脂已經開始凝結。她覺得想哭，但是深呼吸了三次並用力眨眼睛。

門開了，狄克回到廚房。「奶奶現在完全清醒了，要命。」他說：「我得送一些粥去給她喝。妳確定不在這裡再待一下子嗎？他們不會知道的。」

「不了。我真的得上路了。」

「好吧——那妳帶著這個。」他遞上他的藍白圓點領巾，也可能是和之前那條很類似的，領巾打成一個複雜的結。

「謝謝。可是要做什麼？」

「這個結，是吉普賽人的結，表示妳在尋求幫助。拿去給我阿公看，他的船是葡萄牙少女號。他很高大健壯，長得很帥，跟我一樣，妳一定認得出來。他叫做裘吉歐．巴班特。」

「好。謝謝你，狄克。希望你奶奶能好起來。」

「最後只會以一種方式結束，可憐的老人家。」

萊拉親了他一下，她打從內心喜歡他。「下次見……等我回來以後。」她說。

「妳打算在沼澤區待多久？」

「需要待在那裡的話，希望能待多久就待多久。」

「妳之前說的那位先生叫什麼來著？什麼什麼博士。」

「麥爾肯．波斯戴。」

「噢對。」他陪她走到門口。「沿著賓西巷往前走，經過最後一棟房子之後，右手邊有一條小路，穿過一小片樹林之後就會到河邊。走過老木橋，再往前走一小段就會到運河。向左沿著拉船路一直走，就會到城堡磨坊。祝妳好運。把大衣裹得緊緊的，也許他們就會認為他……妳懂的。」

他親了她一下，匆匆給她一個擁抱之後送她出門。萊拉看見賓蒂眼中的同情，但願能摸摸這頭嬌小美麗的雌狐，只為了滿足再次觸碰守護精靈的渴望；但那是不可能的。

萊拉可以聽見樓上傳來老婦人的顫聲呼喊。狄克關上門，萊拉再次置身室外無從躲避。

她走回依舊繁忙的博特利路，接著橫越馬路往河邊前進。她拉上兜帽低頭前行，沒多久就來到狄克剛剛提到穿越樹林的小路和老木橋。河流朝左右兩側徐緩延伸，上游經過渡口草原，下游則流向牛欄市場和謀殺案案發地點。舉目所及杳無人跡。萊拉過了橋，沿著水草甸之間滿是泥濘的小路繼續走，來到成排船舶停泊的運河旁，有些船隻的錫煙囪管正冒出煙氣，有一艘船上一隻原本狂吠不止的狗在她走近時陡然停住，牠一定是感覺到有什麼不對勁，因而掉過頭，偷偷摸摸竄到船的另一端，喉間發出嗚咽聲。

再往前走一小段，萊拉看見一個女人在船上拉起的一條繩子上晾衣服，她開口詢問：「女士，早安。我在找裘吉歐．巴班特先生，葡萄牙少女號的船主，您知道他可能在哪裡停泊嗎？」

女人轉向她，原本對任何陌生人滿心猜疑，又因為萊拉對不認識的吉普賽人正確使用敬稱而有些軟化。

「他在更上游。」她說：「在船塢。但是他今天要出發了，妳可能會撲空。」

「謝謝。」萊拉說，在女人注意到任何不對勁之前快步向前走。

船塢範圍沿著運河另一側的開闊空間一路延伸，直到聖巴拿巴教堂的鐘塔底下。船塢區十分繁忙；有一間麥爾肯二十年前曾買過紅色油漆的雜貨鋪，有各種工作坊，一個乾船塢，一間鐵匠鋪，和各式各樣的重型機具。吉普賽人和陸上人家不分彼此，合作修復船體，或重新粉刷屋頂油漆或裝設舵柄，而所有繫泊的船隻中最大、裝飾也最豪華的一艘，是葡萄牙少女號。

萊拉橫越小鐵橋，沿著碼頭走到船邊。一個高大的男人正跪在駕駛艙裡，拿著扳手矮下身要修引擎，他的袖子捲起，露出紋有刺青的手臂。萊拉在船邊停步時他並未抬頭，但披著一身蓬鬆如獅鬃的黑色混銀色毛皮的荷蘭毛獅犬精靈站了起來，咆哮出聲。

萊拉朝船走近，冷靜警醒，步履穩定。

「早安，巴班特先生。」她說。

男人抬起頭來，萊拉彷彿看見狄克的五官——放大一些，老邁一些，更粗礪，更強壯，但無疑與狄克十分神似。他一聲不吭，只是皺起眉頭並瞇起雙眼。

萊拉從口袋中拿出領巾，小心翼翼用雙手捧著，打開雙手展露繫好的結。

他望著結，表情從懷疑變為憤怒。他氣得整臉漲成暗紅。「妳是從哪拿的？」他問。

「您的孫子狄克大約半小時前給我的。我去找他，因為我遇上麻煩，需要幫助。」

「旁邊放著，上船來。別東張西望。從船邊跨進來，到下面船艙去。」

他在一條油膩的破布上抹了抹雙手。她走進船艙客廳之後，他也跟了進來，並將身後的艙門關上。

「妳怎麼認識狄克的？」他問。

「我們只是朋友。」

「是他惹出來的嗎？妳肚子裡的麻煩？」

萊拉一下子聽不懂他的意思。接著她漲紅了臉。「不是！不是那種麻煩，我還不至於那麼不小心。是……我的精靈——。」

她沒辦法說完整句話，只覺得無比脆弱，彷彿她的苦難忽然變得噁心可怖而且無從遮掩。她聳了聳肩，拉開大衣，雙手一攤。巴班特將她從頭到腳打量一遍，臉上忽然失去血色。他向後退了一步，緊緊抓住門框。

「妳不是女巫？」他問。

「不是。我只是人類，就這樣。」

「老天，那妳出了什麼事？」他問。

「我找不到我的精靈。我想他離開我了。」

「那妳覺得我能幫妳什麼？」

「我不知道，巴班特先生。但我想安全前往沼澤區不被別人發現，我要去見一個老朋友，他叫克朗．范．特塞爾。」

「法德．克朗！他是妳朋友？」

「我在大約十年前跟他和法王一起去過北極。我們遇到熊王歐瑞克．拜尼森的時候，克朗爺爺跟我在一起。」

「妳叫什麼名字？」

「蓮花舌萊拉。這是熊王賜給我的名字，在此之前我叫萊拉．貝拉克。」

「噢，妳為什麼不早說？」

「我剛剛不是說了嗎？」

在那一瞬間，她以為對方會因為她沒大沒小而賞她一巴掌，但他的臉色頓時開朗起來，雙頰也恢復血色。巴班特就如他的孫子所說是個英俊的男人，但他當下心煩意亂，甚至有點畏懼。

「妳這麻煩，」他問：「是什麼時候開始的？」

「就是今天早上，他昨晚還跟我在一起。但是我們大吵一架，我醒來以後就發現他不見了。我不知道該怎麼辦。後來我想起吉普賽人，還有沼澤區和克朗爺爺，我想他不會排斥我，他會了解的，而且他可能有辦法幫忙我。」

「我們現在還是會聊起去北方那趟旅程。」他說：「法王很早以前就過世了，但那次行動場面真是浩大，完全不用懷疑。法德．克朗這幾年很少下船了，頭腦還很清楚，人也很開朗。」

「真高興聽你這麼說。但我也許是在帶給他麻煩。」

「他不會介意的。但妳原本該不會打算就這樣過去吧？妳沒有精靈是能去哪裡？」

「我知道會很困難。我沒辦法待著，沒辦法待在原本借住的地方，因為……我會害他們也惹上麻煩。平常太多人進進出出，我再躲也躲不了多久，也會連累他們，因為CCD也可能來追捕我。我只是碰巧從狄克那裡聽說您在牛津，我在想也許……我不知道。我只是不知道還能去什麼地方。」

「妳沒地方可去，我看得出來。唔……」

他看向窗外繁忙的船塢區，接著低頭望向自己那隻大荷蘭毛獅犬精靈，她冷靜地與他對望。

「我想，」巴班特說：「如果不是約翰．法那趟大老遠把吉普賽小孩救回來，我們可能永遠都見不到這些小孩了。我們欠妳人情。我們族人也因此和一些女巫結為好友，以前可從沒發生過。我接下來幾週沒有工作，這陣子沒什麼買賣。妳以前坐過吉普賽人的船嗎？妳肯定坐過。」

「我曾經坐可斯塔媽媽她們家族的船去過沼澤區。」

「可斯塔媽媽呀？她可絕不讓任何人在船上閒晃盪。妳會煮飯和打掃船上嗎？」

「我會。」

「那麼歡迎登船，萊拉。船上現在就我一個人，我上個女朋友跑上岸就沒再回來。別擔心——我不是要找人替代，再怎麼說，妳對我來說年紀也太小了，我喜歡有點歷練的女人。如果妳幫我煮飯打掃洗衣服，躲好別讓陸上人家見著，我就幫忙帶妳去沼澤區。怎麼樣？」

他伸出油油的手，萊拉毫不遲疑和他握手。

「成交。」她說。

在萊拉與裘吉歐．巴班特握手的同一時刻，馬瑟爾．狄拉莫正在居正館的辦公室裡，他用鉛筆尖碰了碰一個小瓶子，將瓶子推開，又轉了轉瓶子。天氣晴朗，陽光灑落在桃花心木書桌的整個桌面，照得小瓶子閃閃發光；小瓶子高度不超過他的小指長度，瓶口用軟木塞塞住，瓶身上半段還留著滲出來的泛紅封蠟。

他拿起小瓶子，舉高就著陽光細看。他的訪客靜靜地等待，一個外表像韃靼人但穿著破舊歐洲服裝的男人，瘦削的臉頰有曬傷的痕跡。

「出了名的油就是這個？」狄拉莫問。

「我是這麼聽說的，先生。我能做的就是將商人說的告訴您。」

「是他主動找你的？他怎麼知道你對油有興趣？」

「我去阿克奇找過，向商人、駱駝商販和貿易商都打聽過。最後有個男人來到我的桌前——」

「你的桌前？」

「買賣是在茶館裡進行的。你挑一張桌子，讓大家知道你要交易的是絲綢、鴉片、茶葉或是看別人手頭上有什麼可賣。我扮成會醫術的人當掩護，有些賣家拿了什麼藥草、精萃、精油、果實、種子之類的來找我，我買了一些做做樣子。收據都在這裡。」

「你怎麼知道這是你在找的東西？瓶子裡的可能是任何東西。」

「狄拉莫先生，容我向您稟告，這是來自喀拉瑪干的玫瑰油。我很樂意等您測試之後再付款。」

「噢，當然，我們當然會測試。但是你為什麼如此肯定？」

訪客靠在椅背上，雖然疲憊仍很警覺地捺著性子。他的精靈是一條身側有連續紅色菱形圖紋的砂灰色大蛇，蛇精靈在他的雙手上游移，在十指間穿進穿出，不停盤繞。狄拉莫感覺得出對方焦慮不已但強自壓抑。

「我親自測試過。」訪客說：「依照賣家的指示，我用小指指尖沾了極小的一滴然後碰觸自己的眼球。一碰就會立刻產生驚人劇痛，所以賣家堅持跟我一起離開茶館，到我住的旅館裡測試。我又痛又驚嚇，忍不住放聲大叫。我想馬上把眼睛洗乾淨，但是賣家建議我待著不動，別去管它，說洗眼睛只會讓疼痛範圍擴大。顯然巫醫，那些用油的人，就是這麼做的。大概過了十或十五分鐘之後吧我想，疼痛最劇烈處開始減緩，接著我就開始看見《賈罕與珞珊娜》長詩裡描寫的那些景象。」

狄拉莫原本在記下訪客所說的內容，聽到這裡他停筆，舉起一隻手。「什麼長詩？」

「一首叫《賈罕與珞珊娜》的長詩，詩中講的是一對愛侶尋找玫瑰花園的冒險經歷。他們經歷了重重考驗，在鳥禽之王的帶領之下進入玫瑰園，非常幸運地看見種種異象，異象就像玫瑰花瓣一樣層層綻放，揭露一項又一項的真理。過去將近一千年來，中亞很多地區的人都很崇仰這首長詩。」

「這首詩有翻譯成任何歐洲語言嗎？」

「我想有一個法文譯本，但據說翻譯得不是很精確。」

狄拉莫記了下來。「那你在這種油的影響下看到什麼？」他問。

「我看到商人周圍出現一圈光輪或光暈，是由閃亮的光粒組成的，每顆光粒都比麵粉顆粒更小。在他和他的麻雀精靈之間，有很多光粒在持續流動，是雙向的，在他們之間來回流動。我看見這個景象時，開始相信自己所見無比深刻真實，是看過之後絕不可能否認的。之後異象逐漸消失，我確定玫瑰油是真的，所以付錢給賣家，然後想辦法來到這裡。我帶了買賣契約——」

「放在書桌上。你跟任何人提起過這件事嗎？」

「沒有，先生。」

「這也是為了你自己好。你買到這瓶油的城鎮——在地圖上指出來給我看。」

狄拉莫站起來從桌上取來一份摺起的地圖，在遠道來訪的旅人前面攤開來。地圖中的區域大約四百公里見方，北邊和南邊都有山脈分布。

訪客戴上一副古老的金屬線框眼鏡後才盯著地圖細看。他手指輕觸了一下地圖上靠近西側邊緣的一個點。狄拉莫看了看，接著將注意力轉向東側，目光上下逡巡。

「喀拉瑪干沙漠的位置比地圖上顯示的要再往東南一點。」旅人說。

「離你提到的城鎮阿克奇有多遠？」

「差不多五百公里。」

「所以在往西那麼遠的地方還有人販賣玫瑰油。」

「我放出消息讓大家知道我想要什麼，也作好準備耐心等待。」旅人邊說邊取下眼鏡。「賣家是特地來找我的。他也可以立刻賣給藥廠，但是他是有誠信的人。」

「藥廠？哪一家？」

「有三、四家，西方的公司。他們開出很高的買價，但我還是想辦法買下這份樣本。買賣契約——」

「會付錢給你的，再回答我幾個問題。瓶口的封蠟是誰封的？」

「我封的。」

「瓶子一路上都由你保管？」

「片刻不離身。」

「這油有所謂的保存期限嗎？它的特性會不會消退？」

「我不知道。」

「買家是誰？這個賣家的顧客是些什麼人？」

「先生，他不只賣這種油，也賣其他產品。只不過是些普通的商品，您了解的，治療用的草藥，烹飪用的香料之類的，任何人都會買這些東西。我相信這種特別的油主要是巫醫在使用，但在塔什布拉克有一個研究機構，那個地方——」他戴上眼鏡，再次瞇起眼睛端詳地圖——「跟沙漠一樣，剛好不在地圖上。那個賣家曾有幾次把油賣給那裡的科學家，他們很希望能取得這種油，付款很迅速，不過出的價錢沒有藥廠那麼高。我應該說，以前曾經有這麼一個機構，到最近就沒有了。」

狄拉莫坐直身體，動作並不大。「以前？」他說：「說下去。」

「是賣家警告我的。他告訴我他最近一次去那個研究站時，發現那裡的人陷入極大的恐懼，因為有人威脅他們，如果不中止研究就要摧毀整個研究站，他們收拾東西準備撤離。但是我在離開阿克奇到這裡的途中，聽說研究機構已經遭人摧毀。所有還留在研究站的人，不管是研究人員或當地工作人員，來不及逃走的就是遭到處死。」

「你什麼時候聽說的？」

「不久之前。但沿途消息傳得很快。」

「摧毀研究站的是什麼人？」

「山區來的人。我只知道這麼多。」

「哪個山區？」

「往北、往西和往南都有山脈，往東，只有沙漠，世界上最可怕的沙漠。山道隘口很安全，或者說曾經很安全，因為以前行走的人多，現在就不見得了。所有山區都很危險。誰知道住在山區的是什麼樣的人？山區是妖魔鬼怪住的地方，和它們當鄰居的人肯定凶殘冷酷。還有那些厄勾狼鷹，旅人聽到關於這種鳥的故事包準嚇得屁滾尿流。」

「我對那些山區的人有興趣。大家都怎麼說他們？他們有組織嗎？有人帶頭嗎？知不知道他們為什麼摧毀塔什布拉克的研究站？」

「據我所知，是因為他們認為那裡的研究對神明大不敬。」

「那他們信什麼宗教？怎麼樣是對他們的神明大不敬？」

商人搖頭，兩手一攤。

狄拉莫緩緩點了點頭，手中的鉛筆輕點一小疊摺起有污漬的紙張。「這些是衍生的相關費用？」

「沒錯。當然還有買油的請款單據。如果可以——」

「你明天會收到款項。你依照我的建議入住林布蘭特飯店嗎？」

「沒錯。」

「待在飯店。不久就會有信差過去付錢給你。容我提醒你，別忘了我們幾個月前簽訂的合約。」

「噢對。」旅人說。

「對，沒錯。如果讓我知道你跟其他人談論這次交易，我將援引保密條款到各地的法院向你提告，不只要拿回所有付給你的錢，還要你額外付出大筆賠償金。」

「我記得這項條款。」

「那就話不多說。祝你有個美好的上午。」

訪客鞠躬致意後離去。狄拉莫將小瓶子放進書桌抽屜裡之後上鎖，然後反覆思索商人告訴他的消息。對方講話時看著他的樣子有些蹊蹺，有一點詫異，也許是起了疑心，也許是心裡有什麼疑問。很難解讀。其實關於這些山區來的人，狄拉莫已經掌握不少情報，他向商人問起只是想要了解其他人知道多少。

不要緊。他寫了一封短信給物理神學研究院院長，接著將注意力轉回占據他大部分時間的任務：舉行在即的教誨權威代表大會。這是一場史無前例的全體大會，這種特殊的油以及塔什布拉克發生的事，都會是討論研商的重點，不過只有極少代表會知道。

麥爾肯幾乎一整天都忙於處理學院事務，直到下午天空逐漸烏雲密布，他離開研究室後鎖上門，出發前往格斯陶。他急著想告訴萊拉在植物園的聚會經過以及他得知的一切，不只是要提醒她小心，他也想看看，她在得知事情經過並領會其中隱涵的意味之後會露出什麼表情。她的情感如此激烈生動，在他看來，她比他認識的任何人都更貼近整個世界的脈動。他不清楚自己這個想法究竟是什麼意思，他也不可能向任何人透露，當然最不可能的就是向她透露；但是僅只看著就令人迷醉。

氣溫直降，半空中甚至隱約出現飄雪的跡象。當他打開鱒魚旅店廚房的門走進去，熟悉的暖意和熱氣圍裹著他，像是表達熱烈歡迎。但是他的母親停下手邊擀的麵團抬起頭時，卻一臉焦慮緊繃。

「有看到她嗎？」她立刻問。

「看到萊拉？什麼意思？」

她朝著萊拉留下的字條點頭示意，字條仍放在餐桌中央。他一把抓起字條很快看過去，再緩慢地重讀一遍。

「就這樣？」他問。

「樓上還有一些她留下的東西，看起來她把背得動的都帶走了。她肯定是在一大早還沒人起床之前就離開了。」

「她昨天說了什麼嗎？」

「她只是看起來很煩惱。你爸爸覺得她悶悶不樂。但看得出來，她很努力想開心起來。不過她話很少，早早就回房睡覺。」

「她什麼時候走的？」

「在我們起床之前就離開了。只有在餐桌上留下字條。我原本想說她可能會去杜倫找你，也許去找艾莉絲……」

麥爾肯衝上樓，進了萊拉之前暫住的客房。小桌子上還有她的書，還留下其中幾本；被子摺整齊了，其中一個抽屜裡還有一些她的衣物。別無他物。

「可惡。」他說。

「我在想……」窗台上的阿斯塔說。

「什麼？」

「我只是在想，她是跟潘拉蒙一起走掉？還是她認為潘拉蒙走掉了，才離開去找他？我們知道他們相處得不是……他們沒有……他們在一起時不怎麼開心。」

「但是潘拉蒙會去哪裡？」

「就只是獨自外出。他以前經常這麼做，就像我第一次看到他的時候。」

「可是……」他困惑不已，滿心憤怒，感受到印象中已許久不曾體驗的沮喪挫折。

「不過她一直很清楚，他會回來的。」阿斯塔說：「也許他這次就沒回來了。」

「艾莉絲那裡。」他立刻說：「我們現在就過去。」

艾莉絲正在總管的會客室裡喝晚餐餐後酒。

「波斯戴博士晚上可好？」總管站起身說：「跟我們一起喝杯波特酒嗎？」

「下次我很樂意奉陪，卡森先生，」麥爾肯說：「但現在有點急事。我能和羅斯黛太太說句話嗎？」

艾莉絲看到他的表情，立刻站了起來。他們向外走到四方形中院，在食堂階梯旁的燈光下低聲談話。

「發生什麼事？」她問。

麥爾肯簡短說明，並拿出字條給她看。

「她帶了什麼東西走？」

「背包，一些衣服……沒有其他線索。她這幾天有來找妳嗎？」

「沒有。要是有就好了。早知道我就逼她坦白她和她那精靈到底出了什麼事。」

「是啊……我看得出來有些不對勁，但有太多緊急的事要討論，不是和她對話時能提起的話題。

所以妳知道他們過得不太開心？」

「不開心？他們根本受不了彼此，看了真叫人難受。她在鱒魚旅店過得如何？」

「他們看得出萊拉心情不佳，但是萊拉什麼都沒跟他們說。艾莉絲，妳知道她跟潘拉蒙可以分離的事嗎？」

艾莉絲的精靈班低吼一聲，緊緊偎著她的雙腿。

「她從來沒提過。」艾莉絲說：「但是他們從北方回來之後，我就覺得他們有什麼地方不太一樣。我以前常想，她好像被什麼纏住了，心裡有陰影之類的。怎麼問起這個？」

「只是覺得可能是潘走掉了，她才想出去找他。」

「她肯定覺得他去了很遠的地方。如果他只是去樹林裡跑一跑，天亮之前就該回來了。」

「跟我想的一樣。如果萊拉跟妳聯絡，或妳接到任何關於她的消息……」

「沒問題。」

「學院裡還有其他可能和她說得上話的人嗎？」

「沒有。」她很肯定地回答：「自從她被新院長掃地出門之後就沒有了，混蛋。」

「艾莉絲，謝謝妳。別在外面待太久免得著涼。」

「我會告訴老朗尼．卡森說她失蹤了。他很疼萊拉，所有僕人都疼她。唔，原本的老班底。哈蒙德找來的幾個新人誰都不搭理，這裡已經不同以往嘍，麥爾。」

兩人很快擁抱了一下，他隨即離開。

十分鐘後，麥爾肯敲響漢娜．瑞芙家的門。

「麥爾肯！請進。有什麼——」

「萊拉失蹤了。」他說，隨手關上身後的門。「今天早上她在我爸媽起床之前離開了，一定是一大清早走的。她留下這張字條，沒人想得出來她去了哪兒。我剛剛去問了艾莉絲，但是——」

「去倒兩杯雪利酒來，先坐下。她帶了真理探測儀嗎？」

「在房間裡沒看到，我想她一定帶走了。」

「如果她打算回去，她可能會留下真理探測儀。她覺得留在那裡比較安全的話。」

「我以為她覺得待在那裡很安全。我本來今晚要跟她談談，告訴她在植物園碰到的事……我甚至還沒告訴妳，對吧？」

「和萊拉有關係嗎？」

「有關係。」

他告訴她會議上發生的事和他從中得到的情報，以及CCD派人來的事。

「錯不了。」她說：「絕對是奧克立街的事務。你還會再去見她嗎？」

「露西．亞諾嗎？——會。也會再見到其他人。可是漢娜，我想請妳幫忙——妳能用妳的真理探測儀找出萊拉的下落嗎？」

「可以，當然可以，但是不會很快有結果。她現在有可能在任何地方。從她離開到現在已經過了多久？差不多十二小時？我很樂意開始探問，但是探測儀一開始只能給我一個大方向。改成詢問她為什麼離開，而非去哪裡，可能比較容易。」

「那就這麼做吧。凡是幫得上忙的都好。」

「找警方呢？要不要報警說她失蹤了？」

「不行。」他說：「警方放在她身上的注意力愈少愈好。」

「我想你說的大概沒錯。麥爾肯，你是不是愛上她了？」

這個問題令他猝不及防。「這到底——怎麼會冒出這個問題？」他說。

「因為你講到她的樣子。」

他覺得臉頰熱燙。「這麼明顯嗎？」他問。

「只有我看得出來。」

「我不由自主，完全無能為力。這絕對是禁忌，無論從道德層面或——」

「從前，是的，但現在已經不是了。你們都是成年人。我只想說，別讓自己的判斷受到影響。」

他看得出來漢娜暗自後悔向他問起。他從小就認識漢娜，全心全意信任她；至於她最後的忠告，他認為是他聽她講過最不明智的一句話。

「我會努力的。」他說。

# 第十二章 死月

萊拉很快就習慣與裘吉歐．巴班特共處，生活得頗為舒適。他對於整潔衛生並不吹毛求疵；萊拉推想他的上一任女朋友無比熱愛打掃擦洗，而他樂得過著隨興一點的生活。萊拉掃乾淨地板，將船上廚房維持得一塵不染，他對此十分滿意。至於煮菜，萊拉在約旦學院的廚房學了幾招，她會做巴班特最愛的那種有滿滿餡料的派和燉菜：他對精緻醬汁或花稍甜點興趣缺缺。

「如果有人問起妳是誰，」他說：「我們怎麼說呢，就說妳是我兒子亞貝托的女兒。他娶了陸上人家的女人，住在康瓦爾一帶，好幾年沒在水上跑船了。妳就叫做安妮吧，這樣就行啦，安妮．巴班特，多好的一個吉普賽名字。至於精靈……唔，船到橋頭自然直。」

他讓萊拉住在前側船艙，窄小的空間十分寒冷，他擺了一個石腦油爐子進去才變暖和。夜裡，萊拉縮在被窩裡，就著身旁的石腦油燈光專注研究真理探測儀。

她沒有嘗試新方法，因為新方法令她不安。她只是望著指針，任憑自己的思緒飛掠盤旋，與其說是朝洶湧怒海出航，其實更像是平靜海面上隨波逐流。她在能夠控制的情況下盡可能擺脫自己能意識到的所有意圖，什麼都不問，什麼都不想，讓心念從太陽或月亮或公牛圖案上方飄過，向下俯瞰每個圖案，以同等注意力將圖案的所有細節納入眼底，深深凝望穿入無比幽深的象徵意義範圍，從如今她無比熟悉的初階層級，到更底層甚至再往下即隱於黑暗中的層級。她在高牆圍起的花園上空盤旋許久，讓所有自然、秩序、天真、守護、豐饒和許許多多其他意義的關聯和涵義從她身旁漂過，宛如精巧的水母，它們或金色或珊瑚色或銀色的萬千觸手在透明汪洋中漂動擺盪。

在意識漂浮的過程中，她不時感覺到一下輕扯，知道是她誤認為威爾的年輕人在尋找她。她讓自己放鬆，不去對抗，甚至也不予忽略，只是漂浮，此時拉扯的感覺消失了，就像一根小小的棘刺勾在旅人的袖子上，但過了一會兒，等旅人繼續前行時就脫落了。

她一直在想潘拉蒙：他安全嗎？他會去哪裡？他留那張充滿不屑的簡短字條是什麼意思？他要表達的一定不是字面上的意思吧？好殘忍，他好殘忍，她自己也好殘忍，全都陷入一團亂，可怕透頂的一團亂。

她幾乎不曾想起牛津。她想過要寫封短信寄給漢娜，但寄信並非易事：巴班特白天很少停船，通常晚上才在遠離任何可能設有郵局的村落的偏僻水域靠岸。

巴班特很好奇為什麼CCD對萊拉有興趣，但是萊拉不斷堅稱她毫不知情，他心知問不出來後也就不再追問，不過他有一些吉普賽人和沼澤區的事要講給她聽，在他們啟程後的第三天晚上，河岸草地上的霜逐漸硬實，船上廚房的老爐灶裡生起熊熊爐火，他在萊拉煮晚餐時坐下來和她談話。

「CCD那班人，他們看吉普賽人不順眼。」他告訴她：「但是他們還不敢太過分，怕惹我們生氣。每次他們想進入沼澤區，我們就天殺的引他們進沼澤和不通的水道，確保他們永遠出不來。有一次他們想硬闖沼澤區，來了好幾百人，槍炮什麼的全都帶上了。不過看起來那些迷魂火和鬼火精——妳聽說過嗎？它們會在沼澤地裡發出光芒，引誘原本走在安全路徑的無辜旅人走錯路——總之，它們聽說CCD來了，所有迷魂火都亮了起來，到處閃爍，CCD的人被搞得七葷八素昏頭轉向，一半的人淹死了，另一半的氣壞了，也被嚇跑了。那也是快五十年前的事嘍。」

萊拉不確定CCD五十年前是否存在，但她並沒有開口挑語病。「所以說幽靈精怪都跟你們同一陣營囉？」她問。

「對抗CCD的時候，它們跟吉普賽人是同一陣營，沒錯。我可提醒妳啊，他們選了一個月裡最不吉利的日子，那些CCD的人。他們來的那晚是沒有月光的夜晚。大家都知道，月亮隱沒的時候，所有妖魔鬼怪魑魅魍魎全都出籠，它們會對善良的男男女女造成很大的傷害，吉普賽人和陸上人家都不放過。有一次它們把她抓了起來，妳知道吧。把她抓起來，還殺死她。」

「抓了誰？」

「月亮。」

「誰抓了她？」

「貝戈妖。有人說它們爬上天去，把月亮拉下來，只不過沼澤區裡沒有那麼高的地方；也有人說月亮愛上一個吉普賽男人，下凡和他同床，還有人說她是主動從天上下來的，因為她聽說了很多貝戈妖趁著沒有月光時作怪的恐怖傳聞。總之，有一天晚上她下來了，在沼澤泥塘之間行走，周圍是各種各樣的邪惡生物，邪鬼、赫布林妖精、猼格妖、犬精、巨怪、水精、食屍鬼、火龍獸，它們鬼鬼祟祟跟在她身後，直直走進了沼澤區最黑暗無光的地方，那裡叫做濛昧沼。她走著走著，絆到一塊石頭扭到腳，斗篷被一株懸鉤子勾住，匍匐在後的精怪魔物於是一擁而上發動攻擊。它們將月亮女士拽進冰冷水窪和陰森骯髒的老泥塘，裡頭爬來爬去的盡是些幽暗恐怖的無名怪物。她躺在那裡，渾身冰冷僵硬，發出的古老月光可憐兮兮的，好小好微弱，而且愈來愈暗淡。

「話說啊，沒過多久有個吉普賽人經過，他是因為摸黑走錯了路無意中走過來的，他感覺腳踝被一雙溼滑的手抓住，還有冰冷的爪子在他的腿上搔抓，他嚇得要命。而且他要命的啥都看不見。

「突然，他看到什麼了。水裡頭有個小小的光暈在發亮，一閃一閃就像是柔和的銀色月光。他一定喊出聲來了，因為水裡的正是月亮女士本人，將死的她聽見喊聲，於是坐了起來，就在那一刻，她的光芒照亮四周，所有食屍鬼、猼格妖和哥布林全都逃之夭夭。周遭就跟白天一樣明亮，吉普賽男人將路看得清清楚楚，他找到路走出濛昧沼，安全地回到家。

「但這時候，月光又完全消失了。那些黑夜裡出沒的妖魔鬼怪在她躺的地方上面放了一塊大石頭。吉普賽人的生活變得愈來愈混亂。在濛昧沼裡爬來爬去的無名怪物跑出來，抓嬰兒，抓小孩；鬼火精和迷魂火大舉出動，泥塘、草澤、流沙裡到處都是鬼火，還有更多講了包準嚇死人的事，死人、食屍鬼、骷髏鬼、無骨妖夜裡全跑出來，爬進屋裡，蜂擁上船，伸著手指摳窗戶，在船舵上纏雜草，就算在屋裡拉上窗簾，只要透出一點點光，它們就把眼睛朝窗戶死貼上去。

「於是大家去找一個有智慧的女人，問她該怎麼辦。她說，找到月亮，就能解決所有麻煩。那個曾迷路的男人忽然想起來之前遇到的事，他說：『我知道月亮在哪裡了！她被埋在濛昧沼！』

「於是一群男人整隊出發，帶了燈籠、火把和燒紅的烙鐵，還扛著鏟子、鋤頭和鶴嘴鎬，準備去把月亮挖出來。他們問那位睿智的女人，月亮不再發光的話要怎麼找到她，女人回答，找一具上面放了蠟燭的大石棺。她要他們每個人在嘴裡含一顆石頭，提醒他們途中絕不能開口說話。

「於是呢，他們就一直走，直到濛昧沼的深處，感覺有溼黏滑溜的手想抓他們的腳，耳中傳來嚇人的低語和嘆息聲，但是他們接著來到放了一塊古老石頭的地方，石頭上點著一根用死人油脂做的蠟燭。

「他們搬開石頭蓋，死了的月亮就躺在那裡，一張奇異美麗的女人臉孔冰冷僵硬，雙眼緊閉。然後她張開雙眼，一道清澈銀光亮了起來，有那麼一分鐘，她只是躺在那裡，看著在她四周圍成一圈的吉普賽男人，他們手上還拿著鏟子鋤頭，嘴裡含著石頭，所以沒有人開口說話；接著她說：『小子們，我也該醒來了，謝謝你們大家找到我。』此時周圍響起成百上千下細微的呼咻聲響，原來是駭人的精怪全都逃竄回泥沼底下。下一刻，月亮已經高掛半空中，道路在月光照耀下清楚得跟在白天一樣。

「所以嘍，我們的地盤就這麼回事，所以誰如果想進沼澤區，最好跟吉普賽人有點交情。沒人同意就擅自闖進來，就等著被貝戈妖和食屍鬼抓去。妳看起來似乎一點都不信。」

「我信啊。」萊拉抗議。「只是太不可思議了。」

當然，萊拉完全不信。但是如果有人信了這類無稽之談才覺得心安，即使《越呼似密人》的作者會皺起眉頭大感不屑，她還是覺得出於禮貌不應質疑。

「現在年輕人都不信祕密聯邦。」巴班特說：「滿腦子都是什麼化學啊，測量啊，講到什麼他們都有一套解釋，大錯特錯。」

「什麼是祕密聯邦？」

「妖精、鬼怪和鬼火精的世界。」

「呃，我從來沒看過鬼火精，不過我看過三個鬼魂，而且我小時候喝過妖精的奶水。」

「妳小時候喝過啥？」

「我小時候喝過妖精的奶水。二十年前大洪水時發生的。」

「那時候妳那麼小，哪可能記得。」

「對，我完全不記得，是當時在場的人告訴我的。那妖精來自泰晤士河，她想要留下我，只不過他們用計騙過她，她只好讓我走。」

「泰晤士河啊？那妖精叫什麼名字來著？」

萊拉努力回想麥爾肯跟她說過的話。「黛安妮亞。」她說。

「沒錯！要命啊，沒錯，正是她的名字。這可不是隨便誰都能知道，妳知道就表示真有此事，原來是真的啊。」

「我還要跟你說另一件事。」她說：「是可斯塔媽媽告訴我的，她說我的靈魂裡藏著巫火。小時候我想當吉普賽人，學著用吉普賽人口音說話，可斯塔媽媽笑我，說我絕不可能成為吉普賽人，因為我是火一般的人物，而我的靈魂裡藏著巫火。」

「可斯塔媽媽如果這麼說，肯定沒錯，我可不會跟她唱反調。妳在煮什麼？」

「燉鰻魚。差不多煮好了。」

「那就上菜吧。」他說，為自己和萊拉都倒了啤酒。

用餐時萊拉問：「巴班特先生，您聽說過『厄坷途旅』這個詞嗎？」

他搖頭。「不是吉普賽人的用詞，這我可以確定。」他說：「可能是法文。聽起來有一點點像法文。」

「那您聽說過一個叫做藍色旅館的地方嗎？和守護精靈有關係的地方？」

「噢，這我倒是聽說過。」他說：「在黎凡特的某處，那地方，其實不是真的旅館之類的。一千年前，也許更久以前，那是一個偉大的城市，有神殿、宮殿、市集、公園、噴泉，漂漂亮亮的什麼都有。有一天，匈人出了大草原一路向南橫掃——北方的那片大草原遼闊得似乎無邊無際——他們屠殺了城市裡的所有人——男人、女人、小孩，全都不放過。接下來幾百年，城市空無一人，因為大家都說那裡很邪門，我一點都不驚訝。就算是為了摯愛或金銀財寶，也沒人肯去。又有一天，有一名旅人——有可能是吉普賽人——去那裡探險，回來之後說了一則古怪的故事，他說那個地方是很邪門沒錯，但沒有鬼，只見到很多守護精靈。也許人死掉以後，守護精靈就去了那個地方，也許就這麼回事。我也不知為什麼那裡叫做藍色旅館，不過肯定有什麼緣故。」

「會不會跟祕密聯邦有關？」

「肯定有關係。」

兩人就這樣閒聊打發時間，同時葡萄牙少女號持續航行，離沼澤區愈來愈近。

在日內瓦，奧維耶．波奈維爾開始感到挫折。新方法拒絕向他揭露任何與萊拉有關的資訊。一開始明明不會這樣，他已經窺探她不只一次了；但如今彷彿有什麼連結斷開，有一條線頭鬆脫了。

不過，他對新方法了解得更多了。例如，新方法可說只能以現在式運作。新方法能夠揭露事件，但無法揭露事件的成因或後果。經典方法帶來的觀點比較全面，代價是很費時而且需要費心鑽研，而且必須採取特定的解讀方式，讓波奈維爾幾乎失去耐心。

而此時，他的雇主馬瑟爾．狄拉莫將所有注意力都放在即將到來的教誨權威全體成員大會。由於舉行大會是狄拉莫本人的主意，也由於他無意揭露召開大會的真正目的，只是全心全意規畫籌備讓大會達成表面上的目標，也由於一切牽涉到大量的複雜政治運作，波奈維爾這段時間比起之前可說處於無人監督的狀態。

於是他決定嘗試新方法之外的另一種用法。他有一張萊拉的黑影照片，是狄拉莫給他的：萊拉和其他年輕女子的合照，她們全都身穿學位袍服，顯然是在大學的某個活動場合拍攝的。她們站在燦爛的陽光下面對相機，站姿莊嚴正式。波奈維爾將照片上的萊拉連臉帶身體剪下，把照片其他部分扔了；不用留著，因為照片裡其他人太像英格蘭女生，一點都不迷人。他覺得如果盯著照片裡的萊拉，手裡握著真理探測儀，也許有助讓心神聚焦於她人在哪裡的問題。

於是，隨著籠罩城市的暮色漸沉，他吞下幾顆暈車藥以防噁心反胃，接著在小公寓裡坐定，轉動三根轉軸到貓頭鷹的圖案，將全副心神放在有萊拉影像的相紙殘片上。但還是沒用，或者效果不如他所預期。其實確實出現了大量的混亂影像，每個影像只在片刻顯得清晰，之後又變得模糊不清，而他可以清楚看見，影像中人在那片刻當下看起來很像是萊拉。

波奈維爾瞇起眼，對抗無可避免的暈眩感，努力想讓影像聚焦久一點。影像的畫質類似黑影照片，都是單色影像，有些褪色或起了皺摺，有些是相紙上的圖像，有些是剪報圖片，有些是在光線充足時以專業手法拍下的，也有一些非正式的影像似乎由不太會用相機的人拍攝的，影像中的萊拉在大太陽下瞇著雙眼。有一些影像看起來像是在萊拉不知情時偷拍的，照片裡的她或坐在咖啡館裡若有所思，或與一個男孩手牽手同行，或左右張望準備橫越馬路。影像顯示萊拉從童年開始到較近期的每個成長階段，每張都可以看到她的守護精靈。從較後期的影像可以明顯看出，她的精靈定形為某種大型囓齒類動物：波奈維爾最多只能看出這點。

他全身陡然一晃，似乎恍然大悟自己看到了什麼。那些影像的確是黑影照片，全都釘在一塊板子上，他可以看見板子頂端有一塊向後摺起的布幕，所以照片平常很可能全都被遮蓋住。周圍背景的一些細節逐漸浮現：板子斜靠在一面貼了淺色花卉圖案壁紙的牆上；牆面旁有一扇窗戶，富光澤的綠色絲質窗簾被拉了開來；窗簾是由下方書桌上一盞琥珀電氣燈的燈光照亮；但他是透過誰的雙眼觀看呢？他憑印象感覺是某個意識，但是——

有東西在動——一隻手動了，令波奈維爾全身又是一晃，噁心欲嘔，視角倏忽反轉，他看到眼前有一團模糊糊像是張著雙翅的白色形體飛掠而過，擾動了板子上的照片——倏忽而過——是隻鳥——片刻之間看清是隻白色貓頭鷹，然後牠又飛走了……

狄拉莫！

那隻貓頭鷹是狄拉莫的精靈。那隻手是狄拉莫的手。花卉圖案壁紙，綠色絲質窗簾，貼滿照片的板子，全都在狄拉莫的公寓裡。

雖然波奈維爾出於某種緣故沒辦法看到萊拉本人，但他可以看到她的照片，因為他是全神貫注想著一張她的照片而非她本人……他在電光石火之間全都想通了，同時向後躺靠在扶手椅上，閉上雙眼，不停深呼吸想平息噁心不適的感覺。

原來馬瑟爾．狄拉莫蒐集了無數張萊拉的照片。他從來不曾提到過。

沒有人知道。他原本以為他的雇主對萊拉感興趣是基於工作需要，或有什麼政治上或其他理由。但這很私密。很怪異。是種偏執。

這一點倒是很值得知道。

接下來要問：為什麼？

波奈維爾對他的雇主所知甚少，主因是他並不感興趣。也許該來深入了解一番。新方法幾乎派不上用場，而且會引發讓他很想嘔吐的劇烈頭疼，因此波奈維爾這陣子都不願考慮使用真理探測儀。他得出去四處打聽：化身偵探。

對於萊拉可能會去哪裡，麥爾肯和阿斯塔毫無頭緒，他們一遍又一遍回想與萊拉在卡布里之月和小克拉倫登街的對話。

「貝尼．莫里斯……」阿斯塔說：「那時忽然講到這個名字。」

「對，沒錯。那時候是在講什麼……」

「某個在郵政站工作的人——」

「沒錯！是受傷的那個人。」

「我們可以試試理賠金那招。」她說。

查閱過牛津市黃頁電話簿和選民登記名冊，他們找到一個在聖艾比教堂堂區裡派克街上的地址，是一棟籠罩在煤氣廠陰影之下的建築物。翌日下午，麥爾肯偽裝成皇家郵政的人事經理，敲了敲整排連棟房屋其中一棟的門。

他等了一會兒，無人應門。他側耳細聽，只聽到煤氣廠另一側鐵路貨車轉軌駛入側線的哐鎯聲。

他再次敲門。屋裡還是無人回應。一節節貨車開始輪番卸貨，將載運的煤塊倒入鐵軌下方的滑道。

麥爾肯等到整列貨車駛過，遠處如雷般的轟隆聲響停歇，轉軌的空洞哐鏘聲再次響起。他敲了第三次門，接著聽見屋裡有人一跛一跛行走的笨重腳步聲，門開了。

站在門口的男人身材矮壯，睡眼惺忪，周身散發一股濃重的酒味。他的精靈是一隻混種獒犬，她從男人腿後吠了兩聲。

「莫里斯先生嗎？」麥爾肯微笑著詢問。

「誰找我？」

「您的大名是莫里斯，貝尼．莫里斯嗎？」

「是又怎樣？」

「哦，我這邊是皇家郵政人事部門——」

「我沒法工作。醫生開了證明給我。看看我這個樣子。」

「我們對您受傷一事並無疑義，莫里斯先生，完全沒有。我來是要協助處理您的保險理賠金給付事宜。」

一陣短暫靜默。

「保險理賠金？」

「沒錯。所有員工都享有職業災害保險，您的薪資就有一部分用於投保，只要填張表格即可申請給付。我能進去嗎？」

莫里斯站到一旁，麥爾肯踏進狹窄的門廊，將門在身後掩上。煮甘藍菜味、汗味、刺鼻菸草味混合著濃濃的酒味撲鼻而來。

「我們可以坐下來談嗎？」麥爾肯說：「我需要拿一些文件給您看。」

莫里斯打開一扇門，門後的客廳很冷，滿是灰塵。莫里斯擦亮一根火柴，點燃掛在牆壁托架上的網罩煤氣燈。網罩透出些微泛黃燈光，但很微弱，沒辦法照亮太大的範圍。莫里斯從一張簡陋的破桌子下面拉出一把椅子坐下，刻意顯示自己做這些動作無比艱難，每動一下都承受莫大疼痛。

麥爾肯在他對面的椅子上坐下，從公事包裡抽出一些文件，拔開鋼筆的筆蓋。「好的，那麼我們只需要釐清您受傷的細節。」他語氣輕快地說：「當時是如何受傷的呢？」

「噢，對。我那時候在外頭的貨車場裡幹活，清理一條排水槽。梯子滑開了。」

「您沒有用撐架固定嗎？」

「噢，有啊，我每次都會用撐架固定梯子。常識嘛，對吧？」

「但梯子還是滑開了？」

「對，那天下雨溼答答的，所以我才會去清排水槽，裡頭啊，全都是青苔和污泥，水都排不出去了。全都從廚房窗戶外面嘩啦啦噴下來。」

麥爾肯在紙上寫了些字。「當時有任何人協助您嗎？」

「沒有。就我一個。」

「啊，是這樣的，」麥爾肯以憂心忡忡的口吻說：「如需給付全額理賠金，我們需要確認客戶──也就是您──作足了所有防範意外事故的安全措施。而工作上使用梯子時，通常必須由另外一人扶住梯子。」

「喔，呃，好吧，吉米在。我的搭檔吉米．特納，他當時跟我一起。他一定是回站裡一下子。」

「我了解了。」麥爾肯邊說邊寫。「您能不能告訴我特納先生的住址？」

「呃──當然可以。他住在諾福克街──幾號我不記得了。」

「諾福克街。這樣就行了，我們會去找他。您摔下來的時候，是特納先生去叫人來幫忙的嗎？」

「對……這個，呃，理賠金……大概會是多少錢？」

「有一部分要看意外傷害的性質，我們稍後就會談到。也要看您可能會必須休息幾天無法工作。」

「噢對。」

莫里斯的精靈盡可能緊挨著他的椅子坐著。阿斯塔注視著她，犬精靈已經開始躁動，轉頭別開目光。她的喉嚨深處開始隱約發出咆哮，莫里斯下意識伸手去抓她的耳朵。

「醫生建議您在家休息多久呢？」麥爾肯問。

「噢，差不多兩週。看情況。可能很快復原，也可能慢一點。」

「有道理。現在來談談您的傷口。您究竟受了什麼傷？」

「什麼傷？」

「您身上的傷。」

「噢，對。呃，我一開始以為是摔斷腿，但是醫生說是扭傷。」

「是傷到腿上哪裡？」

「呃——膝蓋。我左邊膝蓋。」

「膝蓋扭傷？」

「有點像是摔下來的時候扭了一下。」

「了解。醫生幫您仔細檢查了嗎？」

「有。我搭檔吉米扶我進去站裡，對，然後他去找了醫生來。」

「醫生來了以後就檢查傷口？」

「他是這麼做沒錯。」

「他說是扭傷？」

「對。」

「呃，是這樣的，現在我覺得有點困惑，因為根據我得到的消息，您是遭到嚴重割傷。」

阿斯塔看見男人抓住精靈雙耳的那隻手揪得更緊了。「割傷，」莫里斯說：「對，我是被割傷的，對。」

「是割傷也是扭傷？」

「周圍有玻璃碎片。上週我修理了一面窗戶，那裡一定還有碎玻璃……不過你又是從哪得來的消息？」

「你的一個朋友給的。他說你膝蓋後方有很嚴重的割傷。是這樣子，我實在想不通您怎麼會是那個部位被割傷。」

「哪個朋友？叫什麼名字？」

麥爾肯在牛津市警局有認識的人，是童年時期的友伴——從前是個文靜溫順的孩子，如今已是誠懇正直的大人。麥爾肯曾向他問起，是否認識聖阿爾達特街警察局一名話聲混濁粗啞、帶有利物浦口音的警員，但沒有說明原因。麥爾肯的朋友一下就知道是在問誰，他的表情也透露了對此人的評價。他告訴麥爾肯該名警員的姓名。

「喬治．派斯頓。」麥爾肯回答。

莫里斯的精靈忽然尖聲吠叫，站了起來。阿斯塔四足已經站穩，尾巴緩緩地左右擺動。麥爾肯自己仍靜坐不動，但是他清楚周圍物品的擺設位置，清楚桌子可能多重，莫里斯哪條腿上有傷，他將身體重心一半放在椅子上，一半放在雙腳，隨時準備一躍而起。在極短的片刻間，麥爾肯和阿斯塔都聽到極輕極微，彷彿來自無盡遙遠之處一眾狗群的吠叫聲。

莫里斯一直到剛剛仍漲紅的臉孔霎時變得慘白。

「不，」他說：「等等，等等。喬治．派斯——我不認識什麼喬治．派斯頓。他是誰？」

莫里斯本來有可能翻臉動粗，只不過麥爾肯依舊神色自若，面露關切，讓他困惑不已。

「他說他跟您很熟。」麥爾肯說：「其實，他說您受傷時他也在場。」

「他沒有——我跟你說過了，跟我一起的是吉米．特納。喬治．派斯頓？從來沒聽過這個人。我不知道你在說什麼。」

「噢，是他來找我們的，您先聽我說，」麥爾肯邊說邊不著痕跡地仔細觀察對方神色，「他急著告訴我們您是真的受傷，不希望讓您在薪水上有所損失。他說是很嚴重的割傷——是被刀子割傷的——但奇怪的是，他完全沒有提到梯子。也沒有說您扭傷。」

「你是誰？」莫里斯質問。

「讓我給您一張名片。」麥爾肯說，他從胸前口袋掏出一張名片遞上，上面寫著皇家郵政保險理賠人員亞瑟．唐納森。

莫里斯瞄了一眼名片，皺起眉頭，將名片擱在桌上。「那他到底怎麼說，這個喬治．派斯頓？」

「他說您受傷很嚴重，是有正當理由才無法前去工作，而您發生意外的情況都是真的。他是警官，所以我們自然很相信他說的。」

「警——不對，我根本不認識他。他一定搞錯人了。」

「他的敘述非常詳細，說他扶您離開您受傷的地方，送你回家。」

「明明是在這裡，我是從該死的梯子上跌下來的！」

「您當時穿什麼服裝？」

「跟這有什麼關係？就我平常穿的衣服。」

「像是您現在穿的長褲嗎？」

「不是！我得把當時穿的長褲扔了。」

「因為上面沾滿鮮血嗎？」

「不是，不是，你說的話都把我弄糊塗了。不是這樣的。只有我跟吉米・特納在場，沒有別人。」

「那第三個人呢？」

「沒有其他人了！」

「可是派斯頓先生說得很清楚。他的敘述中沒有提到梯子。他說您們停下來閒聊，另一個人攻擊您，您的腿部才會遭受嚴重割傷。」

莫里斯抬起兩手抹了把臉。「聽著，」他說：「我沒有要啥理賠金，我不拿也沒差。都是誤會。這個派斯頓，他把我誤認成別人了。他說的我完全不知道。都是騙人的。」

「好吧，我想就讓法院去弄清楚。」

「什麼法院？」

「刑事傷害委員會。現在只需要您在表格上簽名，我們就可以繼續了。」

「沒關係，算了。我不要什麼理賠金，還要回答這些蠢問題的話就不用了，我從來就不想弄這些。」

「沒錯，您不想，我同意。」麥爾肯以極盡平和的語氣勸慰。「但是理賠程序一旦啟動，恐怕就無法回頭取消。我們就弄清楚拿刀的第三個人解決這事吧。您認識他嗎？」

「我從來沒——沒有什麼第三個人——」

「派斯頓巡佐說你們很驚訝他竟然反擊。」

「才不是巡佐！他是警——」莫里斯陷入沉默。

「逮到你了。」麥爾肯說。

莫里斯從脖子到臉頰緩緩漲成暗紅色。他緊握拳頭狠狠按在桌上，力道之大連雙臂都在顫抖。

他的精靈發出震耳欲聾的咆哮聲，但是阿斯塔看得出來她絕不會發動攻擊：她嚇得要死。

「你不是──」莫里斯粗聲說：「你根本不是皇家郵政派來的。」

「你只有一次機會。」麥爾肯說：「將所有事情坦白，我就幫你說句好話。不從實招來，就等著面臨謀殺罪起訴。」

「你又不是警察。」莫里斯說。

「不是。是其他單位，不過別管這個。我掌握的證據已足夠送你上被告席。告訴我喬治．派斯頓的事。」

莫里斯不再堅持頑抗，他的精靈向後退，盡可能離阿斯塔遠遠的，阿斯塔只是站在原地監看。

「他……他貪汙。他是警官沒錯，但是變態得要命。他什麼都幹，什麼都能幫你弄到手，什麼東西都偷，什麼人都殺。我早知道他是殺手，但我沒親眼看過他下手，直到……」

「是派斯頓殺了另一個人？」

「對！差點就換我被幹掉了，那傢伙天殺的砍了我的腿。我倒在地上，動都動不了。」

「死者是誰？」

「不知道。不需要知道。他是誰關我屁事。」

「派斯頓為什麼要襲擊他？」

「命令吧，我想。」

「誰的命令？哪邊下的命令？」

「派斯頓……他上頭有人會告訴他要幹什麼差事，沒錯──我不知道是什麼人。」

「派斯頓從來沒有向你透露過什麼嗎？」

「沒有，他講什麼我就聽什麼，很多事情他口風很緊。我無所謂。我什麼都不想知道，免得惹禍上身。」

「你已經惹禍上身了。」

「可是人不是我殺的！絕對不是！計畫不是那樣，我們本來應該只要稍微修理他一下，再拿走他的袋子或背包，總之是他帶的東西。」

「那你們拿了嗎？」

「沒有，他根本什麼都沒帶。我跟喬治說他一定帶了東西，一定是留在車站裡或是交給別人了。」

「你什麼時候說這句話的？殺人之前還是之後？」

「我記不得了。那是意外。我們根本不打算殺他。」

麥爾肯低頭寫字，一分鐘過去，兩分鐘，三分鐘。莫里斯癱坐著，一動也不動，彷彿氣力全失，他的精靈坐在他腳邊嗚咽。阿斯塔小心翼翼坐下但仍然監看保持警戒，以防犬精靈突然發難。

接著麥爾肯說：「支使派斯頓做事的人。」

「你要問什麼？」

「派斯頓談到過他嗎？比如提到他叫什麼名字？」

「他是學者。我只知道這麼多。」

「不對。你知道的不只這些。」

莫里斯默不吭聲。他的精靈趴平在地板上，雙眼緊閉，但是阿斯塔一朝她踏出一步，她就驚跳起來，一步步退到男人坐的椅子後面。

「不要！」莫里斯說，和精靈同樣瑟縮。

「他叫什麼名字？」麥爾肯問。

「塔博。」

「只知道姓塔博？」

「賽門．塔博。」

「哪所學院？」

「主教學院。」

「你怎麼知道的？」

「派斯頓告訴我的，說手上有他的把柄。」

「派斯頓知道塔博的祕密？」

「對。」

「他有告訴你是什麼嗎？」

「沒有。很可能只是在吹噓。」

「把你知道的全告訴我。」

「我不能說。他會殺了我。派斯頓——你不知道他是怎樣的人。除了我以外沒人知道這件事，如果他發現你知道，他就會知道是我洩露的，那就——我已經說太多了。剛剛都是騙你的，我什麼都沒告訴你。」

「這樣啊，那我只好自己去問派斯頓了。我保證會讓他知道你幫了很大的忙。」

「不，不要，拜託你，別這麼做。他很殘忍，他的手段你根本無法想像。殺人對他來說不算什麼，河邊那個人——他就像捏死蒼蠅一樣殺死他。他才不把人命當一回事。」

「關於主教學院這個姓塔博的人，你說得還不夠多。你見過他嗎？」

「沒有。我怎麼會見過？」

「好吧，派斯頓跟他怎麼認識的？」

「他是負責居中聯絡那些學院的警官，如果學院需要和警方聯絡，不管什麼事，找他就對了。」

麥爾肯聽了覺得言之成理。所有學院都會作出類似安排。大多數與學院紀律有關的事務由類似大學警察的學監處理，但是大學校方和牛津市都認為，與警方定期保持非正式的聯繫有助維持彼此之間的關係融洽。

麥爾肯站了起來。莫里斯驚懼不已，整個人向後縮在椅子上。麥爾肯看得一清二楚，莫里斯也看出他全都看在眼裡。

「你敢向派斯頓告密的話，我會知道。」麥爾肯說：「你就完了。」

莫里斯軟弱無力地拉住麥爾肯的袖子。「求求你，」他說：「不要讓他知道是我說的。他——」

「放手。」

莫里斯鬆開手。

「不想惹火派斯頓的話就閉嘴，懂吧？」麥爾肯說。

「你到底是誰？名片是假的。你不是皇家郵政派來的。」

麥爾肯置若罔聞，逕自走了出去。莫里斯的精靈悲泣出聲。

「賽門·塔博？」麥爾肯關上房門離去時對阿斯塔說。「嗯哼。」

# 第十三章 飛行船

潘拉蒙心知自己白天必須躲起來，夜裡才能出來行動——想都不用想。而且他必須沿著河岸走，因為河流會流向倫敦市中心再到船塢區，沿岸會有很多地方可以藏匿，如果沿著主要道路走就沒有什麼地方可以躲藏。進入城市之後就只能臨機應變了。

獨自行動的難度比他原本想像的還要高。月夜裡在牛津溜達晃蕩是一回事，因為他對牛津的每個角落瞭若指掌，但是他很快就發現自己有多麼想念萊拉的能力，想念她能夠查找資訊，發問打聽，在屬於人類的世界中順利運作。他起初對於這一點的懷念之深，甚至更勝於對她的柔軟肌膚、洗頭時溫暖髮絲的味道和她雙手的撫觸，這一切都令他無比思念。離開的第一晚，他無法入睡，即使蜷縮起身體窩在老橡樹生滿青苔的樹杈上無比舒適。

但之前實在太難受了。他們沒辦法一起生活。她最近這陣子的固執、武斷、自以為是，和聽到他講一些從前她急著想聽的事，或出言批評那本讓她思想變得扭曲的可憎小說時，忍不住嘴角上揚半譏笑的表情，在在讓他覺得忍無可忍。

而《越呼似密人》就是他外出追尋的核心目標，至少目前為止。他知道作者的姓名：格弗理・布蘭德。他知道布蘭德在威登堡當哲學教授，或者曾經當過。在事實和理性的層面，他只知道這些，也只能靠這些了。但在夢、意念和記憶的範疇他很有把握，也無比確信：有人偷走了萊拉的想像力，不管那是什麼，他都要去把它找回來，再帶回家還給萊拉。

「我們對賽門・塔博知道多少？」葛倫妮絲・戈德溫問道。

奧克立街局長坐在查爾斯・凱普思於威克罕學院的辦公室，室內還有凱普思、漢娜・瑞芙和麥爾肯。當天早晨天空晴朗、空氣清新，戈德溫癱瘓的精靈躺在凱普思的書桌上，陽光從打開的窗戶灑落在他豐美的斑點皮毛。戈德溫和凱普思已讀過麥爾肯拍下的所有文件複本，也抱持高度興趣專注聆聽他轉述從貝尼・莫里斯那裡得到的消息。

「塔博是哲學家。」凱普思說：「所謂的哲學家，不相信客觀真實，這種態度在時下那些要寫報告的大學生之中很流行。很高調賣弄的作家，喜歡這種調調的人會覺得他很風趣機智，演講非常受歡迎。聽清楚了，他在年輕一輩的學者群裡可是吸引了一些追隨者。」

「不只一些，我想。」漢娜說：「他算得上是偶像人物。」

「我們知不知道他跟日內瓦那邊有什麼關聯？」麥爾肯問。

「不知道。」戈德溫的精靈輕聲說：「雙方幾乎沒有任何交集，前提是他表裡如一。」

「我想重點在於，他宣稱任何事物沒有太大的意義。」凱普思說：「對他來說，要假裝支持教誨權威也滿容易的，不過我不確定他們會不會信任他。」

「關於警方聯絡人這件事，」葛倫妮絲・戈德溫開口：「塔博是在主教學院，對嗎？」

「沒錯。」漢娜說：「所有學院分成幾個群組來處理這類事務，同一群組裡還有福克斯、百老門和奧里爾三個學院。」

「我推想每個學院都會有一位學者，負責在必要時與警方聯絡？」

「是的。」凱普思說：「通常是駐校輔導員或類似的人員。」

「查爾斯，麻煩你查一下。看能不能查出塔博和這個派斯頓之間有什麼往來。麥爾肯，我要你把全副心力放在玫瑰油，我要知道所有相關資訊。中亞的研究站是做什麼的？裡頭有誰？他們研究這種油有無新發現？有的話，是什麼？為什麼這種玫瑰在其他地方種不活？沙漠中央的特殊紅色建築物，講拉丁文的守衛，玫瑰的來源，究竟是指什麼？是某種精神錯亂造成的幻想？我要你盡快獨自走一趟。據我所知，你知道那地方，也會說當地的語言？」

麥爾肯回答：「是的。」

他只能如此回答。接到這樣一道命令，表示他沒有機會去找萊拉，即使他知道要從哪裡找起。

「還有黎凡特及以東地區的動亂，查出背後的成因。是從羅布泊地區開始再向西傳的嗎？和玫瑰貿易究竟有無關聯？」

「這件事有點古怪。」麥爾肯說：「史特勞斯的日誌裡提到，離研究站不遠的一些地方遭到攻擊，玫瑰園遭人縱火之類的事故，他寫說他很驚訝，因為他原本以為這種事只會發生在小亞細亞——基本上是指土耳其和黎凡特。也許動亂的發源地根本不是中亞，要再往西。離歐洲更近的地方。」

葛倫妮絲．戈德溫點頭，作了筆記。「看看你能查出什麼。」她說，接著又問：「漢娜，那個女孩，蓮花舌萊拉，知道她去哪了嗎？」

「不清楚，還在查。但是用真理探測儀也急不得。我想她很安全，但除此之外就說不準了。我會繼續探詢。」

「我需要一份關於她的背景和重要性的簡報。我不知道她是處於核心位置或只在邊緣。妳能盡快整理給我嗎？」

「沒問題。」

「陵墓裡有一份她的檔案。」戈德溫的精靈說。

他指的是奧克立街檔案庫中存放結案封存檔案的區域。麥爾肯和阿斯塔都清楚這點，但聽到「陵墓」二字還是不由得一陣心驚，憶起他們為了救萊拉而殺死傑若德．波奈維爾的那個潮溼腐朽的墓園。

「很好。」戈德溫說：「回去我就先看。另外，在日內瓦有些動靜。有什麼眉目嗎，查爾斯？」

「要開一場會議，或者他們說是大會。教誨權威底下所有組織單位即將齊聚一堂，這會是幾百年來第一次。我不知道背後有什麼在推動，但聽起來不太妙。此時對付他們最有利的武器，就是他們各自為政。如果他們找到一個理由聚在一起，以某種方式體制化，就會成為有史以來最強大難纏的對手。」

「你能想辦法混進去嗎？」

「是沒問題，但已經有人在懷疑我了，至少據我得到的消息是這樣。他們會確保不讓我知道太多。我確實認識一、兩個人，他們可能得知更多消息，也願意向我透露。這類場合，總是會有記者和其他地方的學者來參加，聽聽會議內容，寫些報導。」

「好吧，你就盡力而為。我們要謹記最核心的關鍵。這些玫瑰和生產出的油，是教誨權威迫切想要掌控的。一切背後的主謀，似乎是一個叫做居正館的組織，和主事者馬瑟爾．狄拉莫。查爾斯，你聽說過他們嗎？知不知道這個名字怎麼來的？」

「居正館是指他們總部所在的建築物。組織的全名是神聖旨意振揚聯盟。」

「『振揚』？」葛倫妮絲．戈德溫問。「不記得這詞是什麼意思，也許我根本沒聽過。」

「是振興或復興的意思。」

「『神聖旨意』又是指什麼？其實不用糾結也猜得出來，他們想重振那種自以為是的正義感，想要發動戰爭，而這種玫瑰出於某個原因會讓他們得利。總之，我們需要知道是什麼樣的利益，不讓他們得手，有可能的話納為我方所用。請大家記清楚這點。」

「奧克立街幾乎沒有作戰的本錢。」漢娜表示。

「其實我並不主戰。」戈德溫說：「如果我們步步為營，行動皆有所斬獲，或許可以避免戰爭。你知道我為什麼特別派你去那個地方，麥爾肯。我絕不會派其他人去。」

麥爾肯確實知道，漢娜也知道，但凱普思不知情，他好奇地望向麥爾肯。

「因為我和我的精靈能夠分離。」麥爾肯說。

「原來啊。」凱普思說。他望著麥爾肯，點了點頭。

眾人陷入沉默。

書桌上有什麼閃閃發光，是陽光照在銀色裁紙刀刀刃上的反光，麥爾肯感覺到熟悉的閃爍光點，從原本和一粒原子差不多微渺，逐漸變大到肉眼可見，再變大成一圈熠熠發亮的燦爛光環。阿斯塔看著他，她雖然看不到，但也感覺到了。他知道在接下來幾分鐘努力讓眼睛聚焦只是徒勞，因為光環需要再幾分鐘才會變大到讓視線可以穿透；於是他讓雙眼放鬆下來，思忖著房間裡的四個人是如此開明包容，如此深富涵養，以及他們所組成的組織。

從更寬廣的視角來看，奧克立街似乎很荒謬。它的成立是為了保衛國家，但不能讓國家知道它本身的存在，組織成員如今大多已邁入中年甚至老年，人數也遠遠少於從前，可用資源極度匱乏，局長從倫敦去外地出差只能坐火車慢車的三等艙，而他，麥爾肯，還必須自費前往喀拉瑪干。這個垂垂老矣、經費捉襟見肘、人力嚴重不足的組織竟然要對抗整個教誨權威，到底是在想什麼？

其他三人正低聲交談。不斷閃爍的燦爛光環慢慢飄向麥爾肯，接著在麥爾肯看向其他人時逐一將各人圍繞其中：查爾斯．凱普思，瘦削，禿頭，一身深色西裝無懈可擊，胸前口袋露出紅色巾帕，雙眼展現深刻精妙的智慧；葛倫妮絲．戈德溫，帶暖意的深灰色眼眸，一頭灰髮剪得整齊俐落，一手溫柔輕撫受傷的精靈從不疲倦；漢娜．瑞芙，麥爾肯對她的愛僅次於對自己母親的愛，纖瘦脆弱，滿頭灰白，她的心智卻盛滿無窮知識。在光環之中，從如此特異的視角觀看，這些人顯得無比珍貴。

於是他安坐聆聽，任憑光環飄過他之後隱沒。

如查爾斯．凱普思曾說的，這是教誨權威各階級組織數百年來首度召開全體大會。

就資歷和地位而言確有階級之分，有些團體和個人較資淺，有些較資深，有位高權重者，也有位低力弱者；但由於當年教宗約翰．喀爾文並未任憑教會沿襲舊制，因此階級體系不如從前嚴明僵固。約翰．喀爾文否決了教宗享有的首席權，將權力下放給數個機關組織。教宗一職在他死後再也無人繼任，而伴隨教宗頭銜而來的最高權力也分別由許多不同管道掌握，如同在山中狹窄河道中的湍急河水進入山下的平坦地域之後流速漸緩，擴散分流切出許多新的河道。

因此並無明確的指揮系統，而是發展出形形色色的組織單位——理事會、委員會、主教團和宗教法院——若有雄才大略的領導者，則興旺強盛；主事者若眼光短淺或有勇無謀，則衰微凋零。所謂的教誨權威，實質上涵括了大批蠢蠢欲動、相互猜忌競爭的組織單位，唯一的共通點只有爭權奪勢和攬權弄權的野心。

代表們紛紛來到，各個派系組織的主事者——教會風紀法庭庭長，教宗大學校長，傳揚真信委員會主席，貞潔美德弘揚協會祕書長，紅樓修道院院長，教條邏輯學校校長，公禱規程法庭主席，神聖服從修女會院長，恩典修道院掌院修士，還有很多其他團體的領導者——他們前來，因為他們不敢不出席，深怕缺席會被解讀成反叛。他們來自歐洲各地，從四面八方遠道而來，有些人面對衝突迫不及待，有些人思及衝突惶恐不安；有人像是嗅著了獵物氣味的獵犬般急著追緝異端分子，有人滿心不願離開平靜的修道院或學校，知道接下來注定只能面對紛爭怒火和危險。

總共五十三名男女齊聚於飾有橡木壁板的神聖臨在祕書處會議室，祕書長占了主場優勢，有權擔任會議主席。

「各位弟兄姊妹，」祕書長開口道：「以至高無上的主之名及主之權威，吾等今日蒙召齊聚一堂，共同商議十萬火急之要事。近年來，我們的信仰遭受前所未有的挑戰和威脅。異端分子活躍，褻瀆不敬者未受懲處，兩千年來引領我們的信條在各處受到公開嘲諷。此時此刻，吾輩信人自當齊心協力，以確切不疑的力道大鳴大放。

「同時在東方有一個等待我們把握的大好機會，如此優渥且前景看好，足以令最灰心喪志者抖擻精神。我們有機會朝東方擴展影響力和勢力，讓那些從以前到現在持續抗拒神聖教誨權威良善影響的人民心悅誠服。

「帶來這個消息的同時——諸位之後將聽到更多相關內容——我也必須極力呼求在座諸位，以無比的熱切虔誠向主祈禱，求祂賜予我們應對新局勢所需的大智慧。我必須向諸位提出的第一個問題是，我們的古老體制現由五十三位最誠實虔信的男男女女代表，是否太過龐大？人數是否太多以致無法明快有魄力地作出決策和付諸行動？我們是否應考慮，若將原本由各方代表處理的事務，交由人數較少、決斷更為迅速有效的理事會，且由理事會於此諸事龐雜紛亂之非常時期出任最高領導可能帶來的種種效益？」

代表居正館出席大會的馬瑟爾．狄拉莫十分滿意地聆聽祕書長發言。其他人絕不會知道，祕書長的講稿是由狄拉莫親自撰寫；而狄拉莫也已透過私下請求、勒索、賄賂、威脅等種種手段，確保在場者會通過投票選出少數幾人組成理事會的動議，他也已經決定好應選上理事的人員名單以及主席人選。

他安適地靠在椅背上交疊雙臂，場內開始辯論。

在沼澤區外緣，隨著夜色漸沉，雨也開始落下。裘吉歐．巴班特通常是在一天裡的這個時候開始物色可能停泊的地點，但由於已經很靠近故鄉水澤，他有意繼續向前行駛。他熟悉如迷宮般錯綜的水道中每一彎每一拐，不必點燈也熟門熟路，而他叫萊拉在船頭和船尾點起燈來，只是為了向其他行船人禮貌上打招呼。

「巴班特先生，我們什麼時候會到沼澤區？」萊拉問。

「已經到了。」他說：「差不多了。沒啥邊境或海關，沒那種東西。可能前一分鐘還沒到，下一分鐘就已經在沼澤區裡。」

「那您是怎麼知道的？」

「憑感覺。如果是吉普賽人，就跟回到家一樣。如果不是吉普賽人，就會覺得緊張，渾身不對勁，會覺得那些獰格妖啊，恐怖的怪物啊，全都躲在水裡盯著你看。妳沒有感覺到嗎？」

「沒有。」

「噢。那我們肯定還沒到，不然就是我講給妳聽的故事不夠多。」

他站在舵柄旁，頭戴防雨帽，身穿防水油布衣，萊拉坐在船艙艙門裡側，身上裹著一件跟他借的舊外套。船尾燈光投在他的魁梧身軀上形成一圈黃色輪廓，照亮空氣中連綿不斷的雨滴。萊拉記著身後廚房裡的石腦油爐子上還有馬鈴薯在煮；她很快就得進去，要切幾片培根來煎。

「您覺得我們什麼時候會到札爾？」她問。萊拉指的是舉行集會的大廳，吉普賽人群體生活的中心。

「喔，有一個方法可以知道。」

「什麼方法？」

「如果已經近得可以看到，那妳就差不多到啦。」

「呃，很有幫助，我得——」

巴班特忽然舉起一手示意她噤聲，同時他的精靈將頭轉向天空。他將防雨帽帽簷拉起避免雨水打進眼裡，也抬頭向上看，萊拉也照著做。她什麼都看不見，只聽見從雲層傳來遠處的隆隆聲。

「萊拉，快跑前頭去，把燈捻熄了。」巴班特說，一手緩緩收油門減速，另一手探出去熄掉船尾的燈。

船頭的燈光照在整個船艙艙頂上，萊拉很容易就能看清路線，沿著船艙艙頂向前跑再一躍跳進船頭。等她伸手向上按住燈芯捻熄燈焰時，隆隆聲聽起來更清楚了，片刻過後她看清聲音是從何而來：飛船灰白如蛋的形體就在雲層下方，在他們右舷後方隔一段距離處緩緩航行，沒有亮起任何燈光。

她摸索著回到駕駛艙。巴班特駕駛少女號朝河岸靠近，並將引擎動力減弱至只發出微弱聲響，萊拉在船身碰到河岸草叢時陡然感覺一震。

「看到了？」他低聲問。

「我看得到一艘。還有別艘嗎？」

「一艘就夠了。它在跟蹤我們嗎？」

「沒有。我想他們應該還沒看到船上的燈，這麼大的雨不可能看得見。而且飛船引擎這麼大聲，他們絕不可能聽見我們。」

「那我就要繼續向前行駛了。」他說。

他將油門調節器往前推，引擎發出和緩的轟隆聲響回應。船向前航行。

「您怎麼看得見？」萊拉問。

「本能。閉嘴別多話，我得仔細聽。」

萊拉想起爐子上的馬鈴薯，跑進船艙裡將馬鈴薯撈起瀝乾。溫暖舒適的老船艙，乾淨的廚房，水煮馬鈴薯的熱氣和香味——感覺像是足以抵禦上頭危險的壁壘；但是她知道它們根本什麼都擋不住，只要一顆炸彈命中葡萄牙少女號，船頃刻間就會沉沒，而她和巴班特也會喪命。

她在船上來回奔跑，檢查所有百葉窗。沒有一絲隙縫。最後她熄了廚房的燈，回到駕駛艙。飛船引擎聲此時已震耳欲聾，聽起來像是就在頭頂正上方。萊拉冒著傾盆大雨瞇眼朝上窺看，但什麼都看不見。

「噓。」巴班特悄聲道：「從右舷往外看。」

萊拉站著死命向外盯著看，不理會落在眼中的雨水，這次看到一個不停閃爍的微小泛綠光點。光點忽明忽滅，但消失一、兩秒鐘之後又會亮起，而且還在移動。

「是另一艘船嗎？」她問。

「是迷魂火。鬼火精。」

「又來一個！」

在距離第一個光點不遠處又出現了第二個，泛紅的光點忽隱忽現。萊拉看著它們接近彼此，互相碰觸，忽而隱沒，忽然又在相隔一小段距離處分別亮起。

葡萄牙少女號繼續緩慢穩定地向前航行，同時巴班特不時左右眺望確認，側耳細聽，費力盯視，甚至偶爾抬頭面向半空嗅聞一番。雨水澆淋之勢愈加猛烈。沼火的步調似乎與船一致，緊接著萊拉也意識到上方的飛船稍微朝他們的方向更靠近了一點，似乎有意探查。引擎聲聽起來非常大聲離得極近，她揣想飛船駕駛在一片昏暗中是否能看到什麼東西。葡萄牙少女號航行時並未在水面上激起任何尾波，船上所有燈都熄了。

「又出現一個了。」萊拉說。

第三個光點和前兩個光點湊在一起，它們一起跳起停止、暫歇、急轉的怪異舞蹈。忽明忽滅的閃爍冷光讓萊拉心神不寧。外面那些棲息於黑暗中的東西超出理性能夠解釋的範圍，令萊拉感受到一股病態的恐懼，只有腳下堅實的甲板和巴班特高大壯碩的身影讓她感到安心。

「朝那邊過去了。」巴班特說。

他說對了。飛船彷彿受到牽引般朝右舷方向移動，朝著沼火而去。

巴班特將油門再往前推，狹長的運河船開始加速。就著沼火發出的微弱光芒，萊拉可以看見他奮力催動每種感官，他的精靈安妮珂跳到艙頂搖頭晃腦努力想嗅出任何一絲氣味，希望有助於避開泥濘河岸或順利繞過彎道。

萊拉想問：「我能幫忙嗎？」但話到嘴邊又嚥下，明白如果巴班特有任務要交代她的話，自然會開口。於是她在艙門口內側坐下不動，朝著右舷方向瞭望，沼火的閃爍光芒比先前更加耀眼。滂沱大雨中，忽然有一發炸彈從天而降，拖著長長的尾焰朝沼火直射而去。炸彈擊中水面炸了開來，綻出橘色和黃色的火光，片刻後萊拉聽見炸彈飛掠的短促哨音和爆炸時的扎實轟隆聲。

沼火一瞬間全數熄滅。

「這下可好。」巴班特說：「他們破壞約定了，可以飛越上空，但是不可以那麼做。」

安妮珂四腳站得穩穩的，喉中咆哮，盯著火箭推進器正迅速減弱的火光。

過了一會兒，十數個沼火光點再次亮起，它們動作迅捷，四處飛掠，甚至快速升起後又落下。地面噴冒出小小幾簇火焰，發出耀眼閃光後復又熄滅。

「沼火發怒了。」巴班特說：「麻煩的是，把我們也暴露出來了。」

船仍在低沉嗡嗡聲中駛入前方的黑暗，但他說得沒錯：如今沼火發出的光芒無比強烈明亮，雖然光點很微小，但照亮了整艘船，葡萄牙少女號在雨水澆淋和沼火照耀下反光熠熠。

「它們對我們沒好感，這些迷魂火，不過它們對那些飛船更沒好感。」巴班特說：「不過它們還是對我們沒好感。就算我們沉船溺水，或是船被打成碎片，它們完全不會在意。」

安妮珂忽然吠叫起來，以短促的吠聲示警。她正抬頭向上看，萊拉也順著她的視線向上，看到一小團形影正從飛船上向下落並快速張開降落傘。形影幾乎是一下子就被風吹往後方，但片刻過後，降落傘篷蓋下方的黑色形影炸開成了一團耀眼火光。

「照明彈。」巴班特說，同時又有一顆落下，綻開傘布，燃燒放光。沼火的反應立即且猛烈。愈來愈多沼火發光現身，朝著落下的照明彈舞動飛躍，在照明彈落到水面時一擁而上，以冰冷火焰掩蓋它的熱度，最後將它淹沒在一陣煙霧和此起彼落的溼答答尖細叫聲和吸吮聲之中。

萊拉忽然一躍而起跑進船艙，摸索著從船尾走到船頭她住的小艙房，摸遍床鋪和床頭小桌、書和燈，終於找到裝著真理探測儀的天鵝絨袋子。她用雙手穩穩捧住袋子回到船尾，清楚察覺巴班特操縱舵柄和調節油門的微小動作，上方某處飛船引擎的轟隆聲，以及風的尖嘯聲。她從廚房看到巴班特在閃爍沼火映照下的身影輪廓，接著她又回到艙門門口內側，在抬頭往上可以看到天空的長板凳上坐下。

「妳沒事吧？」巴班特問。

「沒事。我看看能查出什麼。」

她已經開始轉動真理探測儀上的小轉軸，在間歇的微光中湊近細看，想辨清符號圖案。但沒有用。幾乎完全看不到圖案。她雙手合掌握住探測儀，凝神望向船外不斷閃爍的鬼火精，意識到幾乎將她的心智撕扯成兩半的強烈矛盾。她想做的與巴班特所謂的祕密聯邦有關，但她又告訴自己這只是迷信、無稽之談，不過是毫無意義的幻想。

飛船在他們前方掉過頭來，探照燈的光芒穿透雨幕和下方晦暗陰沉的沼澤。在一、兩分鐘之內，飛船就會和他們面對面，葡萄牙少女號一旦暴露在探照燈的強光下，他們就真的在劫難逃。

潘，潘，潘，萊拉想著，我現在需要你，你這小混蛋，叛徒。

她試著想像自己如驅趕羊群一般讓所有鬼火精聚攏，但是太困難了，畢竟正如潘說過的，她已經失去想像力了。這麼做感覺會像什麼？她絞盡腦汁拚命地想。她試著想像自己是光形成的牧群，而不在場的潘是牧光犬，在沼澤上東奔西跑，忽而伏臥，忽而躍起，尖聲急吠發號施令，朝著她想要的方向奔跑。

真是愚蠢，她想，真是幼稚。只是沼氣之類的，不過是自然現象，毫無意義。原本專注的心神動搖了。

她聽見自己喉間發出的啜泣聲。

巴班特問：「妳在做啥，丫頭？」

她不理不睬，咬緊牙根心不甘情不願地再次召喚不在場的潘，他現在是一隻地獄犬，雙眼放光，口涎噴飛，她看見飛船冷冷的光束逐漸逼近，而沼火驚恐地繞圈打轉聚攏逃竄，雨滴猛力擊打在飛船如巨大鼻吻般的船頭上發出震天價響，甚至蓋過風聲和引擎轟隆聲。

她感覺到體內有什麼正油然上湧，如一股潮水，一波接著一波，升漲又消退復又升漲，是憤怒，是欲望，發自肺腑。

「他們在做啥？老天——妳看那邊……」巴班特口中說著。

沼火正在加速爬升，一次又一次衝撞飛船探照燈前方水面上的一個點，緊接著傳來一聲尖鳴，某個不是鬼火精也不是迷魂火的東西從沼澤裡冒了出來，竟是一隻大鳥，一隻鷺鳥或甚至一隻鸛鳥，沉重的白色身體受到飛撲而來的綠色光點襲擊，驚駭得愈竄愈高直撞進探照燈的光束，光點頻頻咬噬大鳥雙腳，還如馬蜂般圍撲笨重的鳥身，大鳥恐懼之下吃力飛升，狠狠撞上飛船——

巴班特粗聲道：「丫頭抓緊了。」探照燈光束幾乎要打在他們身上。

接著鷺鳥直直衝進飛船的左舷引擎，在爆炸火光中，鮮血和白色鳥羽四散紛飛。

飛船重重震了一下，立刻向左急晃，接著陡然下墜，同時右舷引擎發出尖銳聲響，巨大蛞蝓般的形體東倒西歪向下飄落。由於左舷引擎失效無法保持平衡，船尾被風吹襲得重重甩了一下，飛船逐漸飄落，愈來愈接近沼澤，愈來愈靠近葡萄牙少女號，彷彿準備要躺倒在床上。風中出現零碎片斷的聲響，尖叫聲和呼喊聲隨風打轉，忽而又被吹颳殆盡。在舞動的沼火和飛船冒出的失控火舌照耀下，萊拉和巴班特驚駭地望著一個人影，兩個，三個，從船艙一躍而出落入黑暗。片刻過後，殘破的巨大船殼崩落在距離他們僅五十碼之遙的水面上，陣陣水氣、煙霧和火焰繚繞，周圍還有成百上千的沼火光點歡欣雀躍慶祝勝利。襲來的熱氣讓萊拉感覺臉上一陣灼燙，巴班特拉低雨帽帽簷抵擋。

場面慘不忍睹，但萊拉沒辦法別開視線。飛船骨架在熊熊火光中已燒得烏黑，接著整個骨架粉碎崩塌，只餘火花和煙霧如瀑布般傾瀉四散。

「他們逃不出來的，沒人逃得掉。」巴班特說：「飛船上的人現在應該死光了。」

「好可怕。」

「是呀。」

他推動油門桿，船駛入水道中央，慢慢開始加速。

「那隻鷺。」萊拉顫聲說：「牠是被沼火驅趕的。它們逼牠向上飛進引擎裡，它們知道自己在做什麼。」

我也知道，她心想。是我讓事情發生的。

「鷺鳥是嗎？也有可能。我還以為是會飛的猼格妖。它們確實會飛，有的會，會發出呼呼聲響吵得要命。只是這年頭外面發生太多事，我們就再也聽不見了。大概就這麼回事吧，有隻會飛的妖精或精怪從水裡飛出來。從祕密聯邦召喚來的，我跟妳說過的。妳看那些鬼火精。」

數十簇沼火全都聚在起火的飛船殘骸周圍，朝著火堆衝進又衝出，不停閃爍飛舞。

「它們在做什麼？」

「在看有沒有生還者，有的話就會把他們拉進水裡解決掉。馬鈴薯煮好了嗎？」

「噢——煮好了。」

「那別放涼了。妳猜怎麼著，儲物櫃裡有個醃牛肉罐頭。把牛肉跟馬鈴薯一起炒一下。我有點餓啦。」

萊拉覺得很難受。她不由自主回想著飛船上的人全死光了，燒死，溺死，或者更慘，還有那隻美麗的白色大鳥，在沼火殘忍無情的逼迫下一頭撞上引擎的銳利葉片。她當下最不想做的就是吃東西，但是炒牛肉馬鈴薯時她發現，不吃實在是太浪費了，畢竟聞起來真的很香；於是她盛好兩盤端到駕駛艙，巴班特在開動前先用叉子從盤中鏟起一些拋到船外。

「敬迷魂火。」他說。

她也照樣從自己盤中舀一些拋出去，接著他們邊手遮餐盤擋雨，邊吃晚餐。

# 第十四章 大都會咖啡館

同一天晚上，狄克·歐瓊德推開鱒魚旅店的門走入旅店酒吧。牛津好幾間酒吧他都去過，但他跟一般人一樣，有自己最愛光顧的店家，而鱒魚旅店不順路，不是他常去的地方。不過店裡啤酒的味道還是挺不賴的。

他點了一品脫啤酒，謹慎地觀察四周。顧客裡沒人看起來像是學者：壁爐附近有一群老人在玩牌，兩個面無表情談論牲口防護圍籬問題東拉西扯個沒完的男人看起來像農場工人，兩對年輕男女在點餐；無非是傳統河岸酒吧平靜的晚間場景。

兩對男女點好餐拿著飲料回到座位後，狄克開口向酒保打聽，酒保是個大塊頭，大約六十幾歲，頭上紅髮已開始稀疏，一臉親切和氣。

「老哥，不好意思，」狄克說：「我想找一個叫麥爾肯·波斯戴的人。你認識他嗎？」

「是我兒子。」酒保說：「他在廚房裡吃晚飯。你有事找他？」

「等他吃完飯吧。我不急。」

「說實在的，你來得正好。他等會兒就要出發去國外了。」

「噢，是這樣？還好我這時候過來。」

「對……他得去學校收拾一下東西，然後就要趕著搭火車去了。我想他的時間大概很趕——最晚明天晚上就要離開了，我猜啦。你不如端著啤酒去角落那桌坐下，我會跟他說一聲你在這裡，他離開前可以過來跟你打聲招呼。你的名字是？」

「狄克．歐瓊德。不過他不認識我。我找他是為了……是為了萊拉。」

酒保瞪大了雙眼。他彎身向狄克湊近些，低聲問：「你知道她在哪裡？」

「不知道，但是她跟我說了麥爾肯．波斯戴這個名字，所以……」

「我現在就去叫他。」

狄克端著他的啤酒，到角落的桌子旁坐下。看到酒保的反應，他暗想自己真應該早點過來。還不到一分鐘，一個高大的男人在狄克這桌旁邊坐下。旅店老闆的兒子不像父親那樣大塊頭，但仍是狄克覺得最好別隨意招惹的人物。男人一手拿著裝了茶的馬克杯，身穿褐色燈心絨西裝。他的精靈是一隻大橘貓，客氣地和狄克的雌狐精靈賓蒂輕觸鼻子打招呼。

狄克伸出手來，波斯戴和他握了握手，手勁很沉穩。

「你有萊拉的消息？」他問。

他說話聲音很輕，但咬字清晰，聲音深沉洪亮，或許有點像歌手的嗓音。狄克有點困惑。男人確實看起來一臉聰慧，但對方令他訝異的不是學者身分，而是周身散發一股世故練達的氣質。

「對。」狄克說：「她……我們是朋友。那天早上她來我家找我，因為她遇上麻煩了，她這麼說，然後問我能不能幫她。她想去沼澤區，是這樣的，我外公是吉普賽人，他跟他的船那時剛好在牛津，我就給了她一個……我告訴她要怎麼告訴我阿公她是誰。我想她一定照做，然後上船跟他一起離開了。她跟我說了之前在牛欄市場附近的河邊發生的一些事，還有——」

「什麼事？」

「她看到有人被殺。」

麥爾肯喜歡這男孩的表現。男孩很緊張，但講話時不因緊張而受影響，還是很清楚坦白。

「你怎麼知道我的名字？」麥爾肯問：「萊拉跟你說的？」

「她說你知道河邊發生的事，說她原本借住鱒魚旅店，但是不得不離開，因為……」

狄克發現自己難以啟齒。麥爾肯耐心等待。狄克左右張望了一下，傾身朝麥爾肯湊近，總算近乎耳語般輕聲說：

「她覺得……就是，她的精靈潘……跑掉了。他沒有跟萊拉在一起，他不見了。」

麥爾肯聽了後心想：當然了。當然是這樣了……一切也都跟著不同了。

「我從來沒看過有誰跟她一樣。」狄克繼續說：「你知道，和精靈分離。她嚇壞了，覺得每個人都會盯著她看，或者更糟。她在沼澤區有認識的人，一位吉普賽老人，她知道跟他在一起會很安全，她覺得我外公可能可以帶她去那裡。」

「他叫什麼名字？」

「我外公嗎？裘吉歐．巴班特。」

「沼澤區的那個人呢？」

「不知耶。她沒說過。」

「她帶了什麼東西？」

「只有一個背包。」

「什麼時候的事？」

「一大早。那時我剛回到家，我在皇家郵政上夜班。」

「是你告訴萊拉貝尼．莫里斯的事？」

「對。是我。」

狄克想問麥爾肯有沒有追查到那個人的什麼消息，但是他按捺著沒開口。麥爾肯正拿出記事本和鉛筆，在本子裡寫了些字，將紙頁撕下。

「這兩個人你可以信任。」他說：「她們都是萊拉的熟人，很急著知道她的下落。如果你能將剛剛告訴我的事跟她們說，我會萬分感激。要是萊拉和你聯絡，很希望你能抽空來這裡通知一聲，我父母會非常高興。但是別告訴其他人。」

他遞出紙條，上面寫了艾莉絲和漢娜兩人的姓名和地址。

「所以你要出國？」狄克問。

「對。但願不必跑這一趟。聽著，她的精靈潘有可能會出現。到時他會跟萊拉一樣處於危險。如果潘認識你，他可能會跟萊拉一樣來向你求助。」

「我一直以為人跟精靈分離的話會死掉。看到她的時候，我真是不敢置信。」

「其實未必。我問你，你聽說過一個叫賽門・塔博的人嗎？」

「從來沒聽過。他和這些事有啥關係嗎？」

「很有可能。對了，你家的地址是？」

狄克說了，麥爾肯記了下來。

「你要離開很久嗎？」狄克問。

「目前一切都說不準。噢對，紙上列出的其中一個人，瑞芙博士，你可以告訴她所有和貝尼・莫里斯有關的消息，她會很有興趣。他很快就會回去工作了。」

「所以你見過他了？」

「對。」

「是他幹的嗎？」

「他說不是他。」

「你是不是……？你該不會是警察吧？」

「不是。只是學者。聽著，我得走了——離開前還有很多事要忙。狄克，謝謝你過來找我。等我回來再請你喝一杯。」

他站起來，兩人握手道別。

「那麼再會了。」狄克說，看著麥爾肯穿過酒吧桌間離去。他塊頭雖大，行動倒是很敏捷，狄克暗想。

大約同一時間，潘拉蒙正趴伏在泰晤士河河口一處碼頭附近的荒廢倉庫陰影中，盯著三個在偷船上螺旋槳的水手。

夜空幾乎無光，參差的雲層中偶有幾顆星星閃爍，月亮身處他方。倉庫牆壁上的琥珀電氣艙壁燈發出微弱的光芒，幾乎是僅有的光源，此外就只剩下一艘漂盪橫越河口小灣的小划艇船頭的石腦油提燈，這艘划艇是由繫泊於碼頭另一頭一艘破舊雙桅帆船放下的。雙桅帆船名為愛莎號，船長整天啤酒一瓶接一瓶，不斷說服大副陪他去偷一艘沿海船甲板上用螺栓鎖住的螺旋槳。沿海船看起來和帆船差不多髒亂，似乎已經沒有船員，整艘船除了前甲板上四英擔重的磷青銅螺旋槳之外已鏽蝕殆盡。他們拿著船長有裂縫的雙筒望遠鏡，花了好幾個小時觀望，揣想把螺旋槳拿去好講話的修船廠能賣多少錢，同時兩名甲板水手懶洋洋地將斷裂的木板殘片和繩段丟下船，是一批未經妥善堆存的甲板貨物，這些殘餘物，這些殘餘物在帆船於英吉利海峽航行遭遇暴風雨之後，再也不會有人來提貨付款。

潮水滾滾湧入，從船上拋入水裡的東西隨水漂起，越過沉在污泥中的一艘平底駁船的腐壞骨架和破酒瓶空罐頭朝上游緩緩漂去，河水寂靜無聲地將沿海船推升至豎直。潘拉蒙專心地觀察。自從前一晚來到這個骯髒的小港口，聽見愛莎號甲板上有人用德語對話後，他就對愛莎號高度關注。從能聽懂的字句判斷，他們打算乘著潮水離開，橫越英吉利海峽後，朝北航向漢堡附近的庫克斯港。潘聽到之後，知道自己必須跟他們一起走：庫克斯港位在易北河出海口，而格弗理．布蘭德住的威登堡市就位在這條河再往上游深入內陸處。這樣再好不過。

愛莎號全體船員在等一批貨送到，但是有人失約，或根據潘的推斷，更有可能單純是船長記錯日期了。船長和大副整天在甲板上吵架、喝啤酒、朝船外扔酒瓶，最後船長同意贓款五五分帳，大副妥協說他會幫忙拆卸螺旋槳。

潘終於抓到登上愛莎號的機會，他等划艇開始橫越小灣朝沿海船移動時，悄無聲息地沿著碼頭潛行，然後縱身一躍從跳板竄上帆船。全船除了船長和大副之外，還有四名船員，其中一人在划小艇，另外兩人在甲板下方熟睡，第四個人靠在船舷欄杆觀看任務進行。愛莎號的破舊程度超乎潘的想像，船上各處經過重重修補，船帆破爛不堪，甲板骯髒不已，滿布鐵鏽油污。

無論如何，有不少地方可躲，潘心想，他坐在舵手室的陰影處，看著一幫小賊手腳並用爬上沿海船。在船長嘗試兩次都失敗之後，至少大副成功爬上去了。大副年紀比較輕，身材細瘦，手長腳長，而船長頂著大肚腩，生著一雙弓形腿，喝得三分醒七分醉，年紀肯定超過六十歲。

但船長意志堅定。他在搖晃不穩的小船上站起來，一手攀在沿海船船身，怒吼著朝大副發號施令，大副正拚命想從大片鐵鏽中放出最近的吊艇架，讓吊艇架向外盪到水面上。船長口中爆出一長串粗話咒罵，直到大副從船邊探頭出來朝他吼回去。大副的黑脊鷗精靈補上一聲粗啞嗚叫以示嘲諷。潘的德文程度無疑和萊拉相差無幾，但要理解這些人對話大略的意思並不難。

大副總算讓吊艇架開始下降，接著將注意力轉向螺旋槳。同時船長用蘭姆酒提神，鸚鵡精靈半昏沉地緊攀住船舷上緣。漂著油漬的水一聲不響流入河口小灣，帶來參差凹凸的浮渣塊和一隻死透到快爛光的動物屍體。

潘看著在愛莎號上觀望的船員，看著他的精靈，一隻身上生了瘡痂的老鼠，她坐在他腳邊，抬高前腳清理鬍鬚。回頭看河口小灣另一邊小小的場面，水手歪倒在槳上幾乎睡著，大副在上方的沿海船甲板上使著扳手，船長一手抓著從吊艇架垂下的繩索，另一手再次舉起酒瓶朝嘴裡灌。潘腦海中浮現印象中某一晚在社區菜圃裡的景象，原野另一邊的皇家郵政站，自鐵軌側線冉冉升起的陣陣蒸氣，河邊光禿的樹木，遠處繫船柱上纜繩嘎嘎作響的聲音，銀白色的一切寧靜優美；他靜止不動，為了這些事物如此美好可愛，在宇宙中如此充盈滿布而興奮激動，欣喜若狂。他想著自己是多麼深愛萊拉，多麼思念她，思念她的體溫，她的雙手，還有她會多想在這裡和他一起觀看，他們會如何悄聲說話對著各個細節指指點點，她呼出的氣如何輕柔拂過他雙耳的細緻毛皮。

他在做什麼？沒有他在的時候，她又在做什麼？

這個小小的問題鑽入他心裡，他將念頭揮出腦海。他知道自己在做什麼。有些東西讓萊拉對於如此夜色的迷人魅力無動於衷，奪走了她觀賞的能力，他會找回來，把它帶回去給她，然後他們再也不會分開，一輩子相守相依。

大副已經卸下了螺旋槳，用繩索在上面繞了一圈又一圈，無視船長的叫囂指揮，而划槳手在昏昏欲睡中搖槳讓小艇保持在吊艇架正下方。潘拉蒙想要看清楚他們將螺旋槳運進下方小艇時發生了什麼事，想知道小艇會不會沉船；但是他好累，不只是累，疲憊得幾乎神智不清；於是他沿著甲板躡足潛行，找到一座艙梯，接著向下爬進愛莎號船腹中，找到一個陰暗角落窩著，不一會兒就沉沉入睡。

侃侃而談或簡短發言，提案贊成或提案反對，提出異議，提出條件，提出修正，提出抗議，信任投票，請下一位發言，再下一位發言，教誨權威全體大會的第一天，就在空氣暖熱凝滯的神聖臨在祕書處會議室裡的爭論不休中度過。

馬瑟爾．狄拉莫專心聽著每字每句，捺著性子，不動聲色。他的貓頭鷹精靈有一、兩次閉上雙眼，但不是要閉目養神，而是在沉思。

晚間七點會議暫停，先進行晚禱儀式，接著是晚餐時間。席上並未正式分配座位；拉幫結派的代表們聚在一起坐下，而不認識其他人，或體認到自己組織能發揮的影響力微乎其微的代表，則隨機找位子就座。狄拉莫全都看在眼裡，觀察、點數、計算，同時四處招呼致意，這邊閒聊幾句，那邊說個笑話，在他的精靈細聲提點之下，知道何時要巧妙地拍撫誰的肩頭或手臂表示友好，何時不需言傳只要眨眼就能意會的效果更佳。他特別不著痕跡地留意幾家大企業團體的代表，這幾家企業都為大會（以最講究道德責任而且同樣不著痕跡的方式）提供了某些方面的贊助：醫療保險之類的。

當他就座用餐時，座位兩旁分別是全場最為勢單力薄、害羞膽怯的兩位代表，年邁的君士坦丁堡高門宗主教以及聖儒利安女修會院長，該修會的一小群修女由於歷史上的因緣際會，握有價值連城的股票、持份和政府債券。

「您對今天的討論有什麼看法，狄拉莫先生？」女修會院長問。

「我認為大家的意見都很好。」他說：「字字句句發自內心，真摯誠懇令人信服。」

「貴單位對此事務的立場如何？」眾人尊稱為聖西緬的帕帕達基斯宗主教問。

「我們與多數人的立場一致。」

「您覺得多數人會如何投票呢？」

「希望他們投票時跟我同一陣營。」

有需要時他也能說話討喜，而微帶幽默詼諧的表情讓兩位鄰座代表清楚知道他是在說笑。他們客氣地微笑。

橡木長桌上燭光搖曳，烤鹿肉的香氣四溢，刀叉和精緻瓷餐盤相碰時發出清脆聲響，深紅色和金色酒液散發醉人色澤，服務的僕侍伶俐體貼——一切無比美好宜人。就連平日生活節儉的女修會院長也不由得出言贊許種種安排。

「神聖臨在祕書處真的很照顧我們。」她說。

「您儘管放心——」

「狄拉莫，你在這兒啊。」有個聲音大嚷起來，加上重重一掌在他肩上拍落。狄拉莫還沒轉過頭就知道是誰。只有一個人會這麼粗魯任意地打斷別人。

「皮耶。」狄拉莫的口氣淡然。「有什麼事嗎？」

「沒人告訴我們最後的全體會議是怎麼安排。」教會風紀法庭首席大法官皮耶．畢諾說：「為什麼沒放在議程表裡？」

「沒這回事。去問儀典辦公室的人，他們會向你說明。」

「嗯哼。」畢諾應了一聲，皺著眉頭走開。

「對您真是不好意思，還請原諒。」狄拉莫對女修會院長說：「是的，說到祕書處：我們儘管放心將一切交給鄔德貝祕書長先生，對於如何讓這類活動進行得順暢又不失莊嚴，他可說是得心應手。」

「我倒想請教先生，」宗主教問：「您對於我們近來在黎凡特地區碰上的麻煩有何高見？」

「我想您用麻煩兩字來描述真的是非常有智慧。」狄拉莫說，幫老人在水杯中斟滿水。「不只是惱人小事，但又不至於引發警戒，對嗎？」

「唔，從日內瓦的觀點來看，也許……」

「不是的，我無意低估他們的重要性，主教閣下。他們確實造成麻煩，只是這類麻煩正好凸顯了我們統一管道發聲，統一意旨行事的重要性。」

「但也是一直以來難以達成的目標。」宗主教說：「對我們在東部的教會來說，如果背後有整個教誨權威最高權力在支持我們，肯定是神的賜福。但你也知道，先生，這年頭愈來愈艱困。從城市到市集到村莊，人民心中有諸多不滿，是我以前從沒看過的。似乎出現了非常吸引他們的新教義，我們很努力對抗，但是……」他無助地將老邁雙手一攤。

「這最適合由新成立的委員會來負責處理。」狄拉莫說，語氣溫暖誠懇。「相信我，教誨權威日後行事將更加果斷有魄力。我們的真理當然是恆久不變的，但是我們的方法，幾百年來由於有種種諮詢、建議、聆聽、安撫的需求而滯礙不前……您面對的狀況最迫切需要的是行動，而新的委員就將採取行動。」

宗主教一臉肅穆，點了點頭。狄拉莫轉向女修會院長。

「院長嬤嬤，修會中的姊妹對於貴修會在階級體制中的地位有什麼感想？」他問：「我能幫您再倒些酒嗎？」

「您人真好，謝謝。唔，其實我們沒有什麼想法，狄拉莫先生。我們沒有資格提出什麼想法，服事才是我們的本分。」

「您服事真的是十分忠誠。但是女士，您聽我說，我說的不是想法，我是說感想。您可以說服一個人改變想法，但是感想更加深刻，所表露的也更加真誠。」

「噢，確實如此，先生。我們在階級體制中的地位嗎？我想我們的感想會是謙遜，還有——還有感恩。謙卑。我們絕不會妄自尊大不滿於自己的命運。」

「您說得極是。我確實希望聽到您這麼說，不——我早知道您會這麼說。真正善良的女人絕不會說其他的話。現在——」他稍稍降低音量，傾身朝她湊近——「假設這次全體大會要投票成立一個委員會，而您神聖的姊妹們若是知道她們的院長將在委員會有一個席次，您說她們會不會十分歡欣呢？」

善良的女士一時難以言語。她兩度張開嘴巴又閉了起來，眨了眨眼，臉泛紅潮；她搖頭，停住，點了頭。

「是這樣的，」狄拉莫繼續說：「我認為在教誨權威體制中，有一種神聖性並未獲得充分的代表，就是虔心服事的那種神聖性，正如貴修會那些神聖的姊妹們在做的。以真正謙遜的心來服事，絕不是虛情假意，偽裝出來的謙遜就太過誇張賣弄了，您不覺得嗎？偽裝謙遜者表面上刻意推辭任何公開的聲望地位和頭銜職位，私底下卻到處遊說爭權奪位，讓自己身陷其中的同時，再大聲抗議名聲職位根本毫無價值。我相信您一定曾見過懷著這種心思的人。但是真正的謙遜會接受自己能夠勝任的職位，會接受自己確實具有才能並非假象，會認為如能勝任卻不接下任務是不對的。您不覺得嗎？」

女修會院長一臉熱切。她啜了一口葡萄酒，因為一次嚥太大口而嗆咳起來。狄拉莫很有技巧地轉開視線，等她緩過氣來。

「先生，您講這話真是太慷慨大度了。」她的聲音輕得幾如耳語。

「並非慷慨大度，院長嬤嬤，我只不過是秉公居正。」

她的精靈是一隻披著漂亮銀色毛皮的小老鼠。他原本躲在院長的肩頭上，避開狄拉莫的貓頭鷹精靈的視線，狄拉莫的精靈感覺到他們很緊張，一眼都未瞥向老鼠精靈。但鼠精靈此時現身了，只露出一張臉和鬍鬚，貓頭鷹精靈緩緩地轉頭朝他點頭致意。鼠精靈只是瞪大晶亮如鈕釦的眼珠看著，但並未躲回去，不一會兒他爬到院長另一邊肩頭上，向狄拉莫的精靈微微鞠躬。

狄拉莫再次和宗主教談起話來，向對方再三保證，說明解釋，奉承討好，勸慰安撫，同時心裡默默計算：再加兩票。

教誨權威全體大會第一天即將進入尾聲，一些代表回到各自的房間，或閱讀，或寫信，或祈禱，或只是上床就寢。還有一些代表三五成群聚在一起聊起當天的活動。他們有些是舊識故交，有些則是結識了或看來好相處，或志同道合，或對大會背後的政治角力了解較深的新朋友。

其中一群人端著布蘭提溫酒，在外賓休息室的巨大壁爐附近坐了下來。座椅十分舒適，酒飲格外順口，室內燈光經過巧妙設計，圍成一圈的座位都在光線籠罩之下，其它區域則較為昏暗，讓在座的各個小團體顯得自成一格，置身團體中又很舒適自在。神聖臨在祕書處不僅財力雄厚，旗下也有極富才華和經驗的設計師。

坐在壁爐旁的一群代表是碰巧湊在一起的，但他們很快就發現彼此志同道合，幾乎算得上是同道中人。他們在討論當天最具影響力的幾名人物，其中一位自然是身為東道主的祕書長。

「此人冷靜又有威望，在我看來。」特許權授予法院法官表示。

「也很懂俗世的人情世故。你知道祕書處擁有多少資產嗎？」聖殿醫院騎士團分團長說。

「不知道。很多嗎？」

「據我所知，他們手裡的資產價值高達數兆。多虧了祕書長在銀行界的高明手腕。」

小團體裡的眾人交頭接耳，莫不欽羨。

「我認為還有一位代表也讓人印象深刻，」執事聖議會司鐸說：「也許方式不太一樣，是聖、聖……就是那個，君、君士坦丁堡的宗主教。他非常神聖。」

「確實。」法官說：「是聖西緬。有他在，我們真的非常幸運。」

「他擔任組織領導人至少五十年了。」一名周圍其他人都不認識的男人開口。他是英國人，身穿剪裁合身的粗花呢西裝，領間繫著蝴蝶領結。「最近幾年愈見睿智，毋庸置疑，但也許體力慢慢有些不濟。當然了，道德權威上絕無一絲一毫減損。」

眾人紛紛點頭表示贊同。法官說：「說得極是。先生，想請教，您是哪個單位的代表？」

「噢，我不是代表。」英國人說：「我目前在幫《道德哲學期刊》寫一篇關於大會的報導，在下賽門・塔博。」

「我記得曾讀過你寫的文章。」司鐸說：「是篇妙語如珠的好文，呃，在講，呃……在講相對主義。」

「謝謝您的美言。」塔博說。

「未來就看年輕一輩的了。」身穿深色西裝的男人說，他是其中一家贊助商、大藥廠圖林根鉀鹼公司的經理。「像是居正館的祕書長。」

「馬瑟爾・狄拉莫。」

「正是。能力格外出眾的一個人。」

「是的，狄拉莫先生非常出色。他似乎很贊成籌組委員會的想法。」分團長說。

「老實說，我們也是。」圖林根鉀鹼公司經理表示。「而且我認為將您說的狄拉莫先生也納入委員會成員想必會是好事。」

「思路清晰，見解獨到。」賽門・塔博喃喃道。

綜而觀之，馬瑟爾・狄拉莫對自己一整天的事工會感到相當滿意。

大都會咖啡館坐落於日內瓦火車站正對面，長方形的室內空間天花板低垂，光線昏暗，不甚乾淨，牆壁被煙氣燻成褐黃，僅有的裝飾是缺角的琺瑯告示牌和褪色的餐前酒、烈酒廣告單。店內一側是鍍鋅吧台，店內每位員工顯然都是依據最沒禮貌和最沒能力的標準聘雇。如果想要買醉，去哪裡都一樣；如果想要享用一頓有人殷勤伺候的高級燭光晚餐，那就走錯地方。

但這間咖啡館有一個莫大好處，在情報交換中樞這方面，可說是無出其右。咖啡館方圓數百公尺內除了一家新聞通訊社，還有政府機關和大教堂，當然還有火車站，意謂無論記者、間諜或警方探員在大都會咖啡館都能輕鬆方便地各司其職。教誨權威全體大會舉行期間，店內萬頭攢動。

奧維耶．波奈維爾坐在吧台前，點了一杯黑啤酒。他的鷹精靈附耳悄聲問：「我們在找什麼人？」

「馬蒂亞斯．席貝博。他跟狄拉莫在學生時代同校。」

「那樣的人應該不會到這種地方來吧？」

「不會，但是他的同事會。」波奈維爾啜了口啤酒，朝四周張望。

「那邊那個男人不就是席貝博的同事？」他的精靈問：「剛進門那個蓄著灰色八字鬍的胖子。」

男人正將帽子和大衣掛在鏡子旁的衣帽架上，接著轉身和坐在一側桌子旁的兩個人打招呼。

「我們以前在哪裡看過他？」波奈維爾問。

「在田尼爾藝廊的羅維里特展開幕酒會。」

「沒錯！」

波奈維爾轉身背對吧台，兩手手肘向後撐在吧台上，看著禿頭男子在另外兩個男人那桌坐下。新來的男人朝其中一名臉最臭的服務生打了個響指，服務生點頭示意後一陣風似地走開。

「另外兩個人是誰？」波奈維爾喃喃自問。

「不記得見過這兩個人。除非背對我們那個人是伯欽斯基。」

「搞藝術的伯欽斯基？」

「藝評家，對。」

「我猜他可能……噢對，你說得對。」

男人轉身挪動椅子，臉孔在鏡子中一閃即逝。

「那個胖子叫做拉坦。」

「好記性！」

「很難攀上什麼關係。」

「這是目前為止最好的機會了。」

「所以我們要怎麼做？」

「當然是自我介紹囉。」

波奈維爾將啤酒一飲而盡，把啤酒杯朝吧台上一擱，自信滿滿地穿越擁擠的咖啡館朝另一頭移動，此時臭臉服務生正好靠近幾個男人坐的這一桌。波奈維爾假意不小心在挪動椅子時絆倒，朝著服務生身上大力歪倒，服務生一鬆手，差點摔落手上的托盤，所幸波奈維爾以敏捷身手及時托住。

三個男人大喊出聲，即驚嘆又欽佩——服務生氣得口中嚷嚷——而挪動椅子的始作俑者一陣揮臂聳肩。

「是幾位先生點的飲料吧？」波奈維爾說，他無視服務生，逕自將托盤放在桌上，服務生的蜥蜴精靈從他的圍裙口袋探出身大聲抗議。

「身手不凡呀。」拉坦說：「您應該去當守門員才對，先生！您該不會真的是守門員？」

「不是。」波奈維爾微笑著說。他將空托盤還給服務生，拉坦接著說：「為了謝謝你挽救了我們的飲料，你一定要跟我們喝一杯。」

「有道理，要喝一杯。」第三個男人說。

「噢，各位太客氣了……來杯黑啤酒。」波奈維爾對服務生說，對方怒容滿面走開了。

波奈維爾正要拉開椅子時，再次細看蓄著灰色八字鬍的男人，裝作認出他的樣子。

「您該不會是……拉坦先生？」他問。

「是，我是，不過……」

「我們幾週前在田尼爾藝廊的羅維里特展開幕酒會見過。您大概不記得我，但我覺得您對藝術家的評論相當精采。」

波奈維爾在人生中留意到的其中一件事，就是年長的男人無論性向為何，都會覺得年紀比自己小的男人發自內心的恭維奉承十分中聽。精髓就在於極力肯定年長者的看法，表達年輕人希望有朝一日能入門拜師，滿懷單純真摯的崇慕之情。波奈維爾的雀鷹精靈彷彿急於接著表達恭維，立刻跳到拉坦的椅背上，和他正盤繞在椅背頂端的蛇精靈說話。

同時，波奈維爾轉向伯欽斯基。「咦，這位先生——我想我應該沒認錯——您想必是亞歷山大·伯欽斯基先生？您在《公報》的專欄我拜讀了好多年。」

「沒錯，正是本人。」藝評家回答：「你也對視覺藝術界有所涉獵？」

「只是業餘愛好者，微不足道，讀一讀頂尖藝評家寫的評論就心滿意足了。」

「你幫馬瑟爾·狄拉莫做事。」之前一直沒開口的第三個男人說話了。「我記得在居正館見過你，沒錯吧？」

「正是，先生，幫狄拉莫先生做事是我的榮幸。」波奈維爾說，同時向對方伸出手。「在下是奧維耶·波奈維爾。」

男人也伸出手回握。「幸會。」他說：「我剛好有幾次因公事需要前往居正館拜會。在下是艾瑞克·施洛瑟。」

他是銀行家，波奈維爾終於知道他是誰了。「幸會。」他說：「我的雇主是很了不起的人。各位想必都知道教誨權威全體大會的事？」

「狄拉莫先生也參與籌辦大會嗎？」拉坦問。

「是的，沒錯，而且扮演舉足輕重的角色。」波奈維爾說：「我敬諸位先生一杯，祝各位身體康健！」

他喝了口酒，其他人也端起酒杯回敬。

「是的，」波奈維爾接著說：「每天工作都要和如此傑出耀眼的大人物聯繫——唔，各位也知道，真的讓人不由得心生膽怯。」

「居正館的主要業務是什麼？」伯欽斯基問。

「我們致力於尋找一種讓俗世生活與精神生活相符的方式。」波奈維爾一派輕鬆地回答。

「這場大會對你們有幫助嗎？」

「我真的覺得會有幫助。大會的召開會讓教誨權威的事工方向更清晰明確，旨意更清楚犀利。」

拉坦問：「居正館是指什麼？是司法體制中的單位嗎？」

「是一世紀前成立的——正式名稱是『神聖旨意振揚聯盟』——有很長一段時間都在努力開展事工。不過是到近幾年在狄拉莫先生的領導之下，才在教誨權威體制中成為真正有勢力的一個永久單位。當然我們真的應該一律以組織的正式名稱來稱呼，但是作為我們工作場所的建築物實在太優美了，我想以建築物之名來稱呼也是一種致敬的方式。居正館在幾百年前是審訊異端和異教分子的場地，建築物的名稱由此而來。」

波奈維爾察覺他的精靈發現了什麼重要的事，但他表面上不動聲色，而是轉向藝評家。

「伯欽斯基先生，我想請教您，」他說：「您覺得精神性靈在視覺藝術中的地位為何？」

談到這個話題，伯欽斯基可以滔滔不絕講上好幾個小時。波奈維爾向後靠在椅背上，慢悠悠地啜飲啤酒，在聚精會神聆聽的同時等待撤退的最佳時機，時機一到，他便向其他三人無比精采的言談表達感謝後離開，讓他們留下年輕一輩謙遜有禮、才幹出眾又迷人討喜的鮮明印象。

一走出咖啡館，波奈維爾的精靈就飛到他的肩頭。在回到住宿的閣樓公寓路上，他仔細聆聽。

「如何？」

「你沒記錯，拉坦和席貝博是同事。席貝博跟狄拉莫以前同校，現在還有聯絡。拉坦的精靈說狄拉莫有一個姊姊，狄拉莫很崇拜她。她是教誨權威裡有頭有臉的人物——創立了一個組織，拉坦記不起來是以什麼為宗旨，但是她很有影響力。顯然是一個很美麗的女人，她嫁給一個英國人，好像是姓考特尼還是考爾森什麼的，但是鬧出跟另一個男人外遇生子的醜聞。她大概十年前下落不明，狄拉莫當時受到很大的打擊，覺得全都是那個孩子的錯，至於狄拉莫為什麼這麼想，拉坦也不清楚。」

「孩子！兒子還是女兒？」

「女兒。」

「幾年前出生的？」

「大約二十年前。萊拉．貝拉克。就是她。」

# 第十五章 信件

萊拉和裘吉歐．巴班特在上午十時許抵達吉普賽人位在沼澤區裡的鎮區，船隻簇擁在拜恩高地上札爾大屋周圍如迷宮般錯綜複雜的停泊處和水道中，萊拉侷促不安，意識到其他人可能不會像巴班特一樣包容她這種沒有精靈的狀況。

「用不著焦慮。」他說：「自從北方那場大戰之後，最近幾年三不五時會有女巫來拜訪我們。我們知道她們是怎麼樣。妳只要看起來像她們就好了。」

「我想我可以試試看。」她說：「克朗爺爺的船在哪裡？您知道嗎？」

「在瑞蘭德支流上，在那一頭。不過禮貌上，妳最好先拜訪奧蘭多．法那小伙子。」

「小伙子」奧蘭多至少五十幾歲了。多年前曾領導遠征隊前往北地那位偉大的約翰．法是他的父親。他的個子比父親矮小，但多少繼承了老人的壯碩身材，他神情莊嚴地歡迎萊拉。

「我聽過很多妳的故事，萊拉。」吉普賽人的領導者說：「我老爹成天掛在嘴上。那趟旅程，那場戰役，妳如何解救一群孩子——每次聽他講，我都恨不得自己也能在場。」

「一切多虧了吉普賽人。」萊拉說：「法王是偉大的領袖，也是偉大的戰士。」

她在會議桌旁坐下時，他的眼神在她周身掃視，無從掩飾是在搜尋什麼。「妳遇上麻煩了，女士。」他溫和地說。

客氣有禮的用詞讓萊拉大為感動，她喉頭一緊，有好一會兒說不出話來。她點頭，很艱難地嚥了口口水。「這就是為什麼我需要去見克朗爺爺。」她好不容易將話說完。

「老克朗現在身體有一點虛弱。」法說：「他哪裡都不去，但是他耳聽八方，無所不知。」

「我不知道還能去哪裡。」

「確實無處可去。在準備好去下一站之前，妳就先待在我們這裡，歡迎妳。我知道可斯塔媽媽見到妳一定會很開心。」

她開心極了。萊拉接著就前去見她，以船為家的可斯塔媽媽毫不猶豫給了萊拉一個溫暖的擁抱，在灑滿陽光的船上廚房裡攬著她來回搖晃。

「妳這孩子怎麼把自己搞成這樣？」她終於放開萊拉時問道。

「他……潘……我不知道。他很不快樂。我們都不快樂。然後他就這麼走了。」

「從沒聽過這種事。可憐的孩子。」

「我會再告訴您發生什麼事，我保證。但我得先去見克朗爺爺。」

「見過奧蘭多．法那小伙子了嗎？」

「我第一個拜訪的就是他。我今天早上剛到，是裘吉歐．巴班特帶我來的。」

「老裘吉歐？噢，這個老無賴，我可沒亂說。別忘了，要一五一十說給我聽。可妳是怎麼了呀，孩子？從沒見過誰這樣一臉茫然。妳要住哪？」

萊拉答不上來。她第一次意識到自己之前從來沒想過這個問題。

可斯塔媽媽看到她的樣子就接著說：「妳要來這裡跟我住，傻瓜。妳以為我會讓妳睡河邊嗎？」

「我會不會擋路？」

「妳還沒肥到能擋路。快去吧。」

「可斯塔媽媽，不知道妳還記不記得，妳曾經說過——好久以前的事了——妳說我的靈魂裡藏著巫火。那是什麼意思？」

「孩子，我完全不知道，但看起來我說對了。」她說這話時一臉凝重。她接著打開餐具櫥，拿出一個裝餅乾的小錫罐。「拿著。」她說：「去找法德．克朗時帶給他，我昨天烤的。他最愛吃薑汁餅乾了。」

「我會的。謝謝妳。」

萊拉親了親她的臉頰，出發去找瑞蘭德支流。這條運河比其他運河更為狹窄，只有幾艘船沿著南岸長久停泊。與萊拉擦身而過的人好奇地打量她，但並無敵意，她心想；盡量低調，低眉垂目，努力想著威爾，努力讓自己隱形。

法德．克朗在吉普賽人部族中似乎地位崇高，通往他的船隻停泊處一路經人妥善打理，兩側還以石塊砌起路堤，路邊種了金盞花，瀕臨水岸處則種了白楊樹。楊樹枝枒此時光禿禿的，但夏季時會在這塊水域上方投下宜人的綠蔭。

克朗的船就在岸邊，打理得整潔妥當，漆色亮眼，整艘船顯得很清新有活力。萊拉敲了敲船艙艙頂，向下走進駕駛艙，朝艙門上的窗口向內窺看。她的老朋友膝上蓋著一條小毯子，正坐在一把搖椅上打盹，體型龐大、毛色如繽紛秋色的貓精靈索芙納克斯窩在他雙腳邊幫忙保暖。

萊拉在窗玻璃上輕叩，克朗眨了眨眼醒了過來，他舉手遮光朝門口望去，認出她來，招手示意她進去，蒼老臉龐上堆滿笑容。

「萊拉，孩子！我在說什麼吶？哪是什麼孩子，妳是年輕小姐了。歡迎妳，萊拉——妳怎麼了？潘拉蒙呢？」

「他離開我了。某天早上，不過幾天前的事，我早上起床，他就不見了。」

她的聲音發顫，心緊接著潰堤，她從不曾如此泣不成聲。她雙膝落地跪在克朗椅旁，老人傾身輕撫她的頭髮，溫柔地環抱她。而她緊攀著他依偎在他胸口不停啜泣，如水壩潰堤。

克朗輕柔地低聲安撫，索芙納克斯跳到他懷裡朝萊拉靠近一些，發出同情的呼嚕聲。

風暴終於逐漸平息。淚水已然流盡，萊拉在老人鬆開環抱她的雙手時抽開身。她抹了抹眼睛，搖搖晃晃地站起身。

「妳在這兒坐好，全都講給我聽。」他說。

萊拉彎腰親了他一下。老人聞起來有蜂蜜的味道。「可斯塔媽媽要我帶這些薑汁餅乾給你。」她說：「克朗爺爺，我真希望自己能事先想到，準備適合的禮物送你——兩手空空地來拜訪真是太沒禮貌了……不過我找到一些菸草葉，是我們，我跟巴班特先生，最後一次停船那邊的郵局裡僅剩的了。我想我沒記錯，你愛抽這種的。」

「沒錯，老盧德門，是我愛抽的。謝謝妳呀！所以妳是搭葡萄牙少女號過來的？」

「對。噢，克朗爺爺，已經隔了好久好久！感覺好像是上輩子的事……」

「感覺像是昨天的事。感覺只是一瞬間的事。但在妳開始之前，先把壺放到爐子上燒個水，孩子。」他說：「我自己來還可以，不過我也知道自個兒力氣有限。」

她沖了咖啡，裝好後將克朗的馬克杯放在他右手邊的小桌子上，自己則在搖椅對面的高背長椅坐下。

她說了好多自從他們上次見面之後發生的事。她告訴他河邊的謀殺案，講到麥爾肯，講到如何得知自己小時候的事，講到她現在是多麼惶惑迷茫，幾乎走投無路。

克朗聽著萊拉的經歷不發一語，直到她講到當下的事和前來吉普賽人鎮區的事。

「小伙子奧蘭多．法，」他說：「他沒辦法跟我們去北地，萬一約翰回不來，還有他留下坐鎮。他一直覺得很遺憾。很好的一個小伙子。好得很吶。他的父親約翰——他啊，是很偉大的人。很單純，很真誠，很強壯，就跟橡木一樣。偉大的人。我想現在找不到像他這樣的人了，但奧蘭多是個好小子，這倒不用懷疑。不過時代變了，萊拉。以前安全的，現在也不再安全了。」

「確實有這種感覺。」

「不過啊，說到麥爾肯那小伙子。他告訴過妳他把獨木舟借給艾塞列公爵的事嗎？」

「他稍微提到過，但是我……那時其他的事讓我太震撼了，我就沒有認真聽。」

「很堅強可靠，麥爾肯這孩子。他還小的時候就是這樣。很慷慨——毫不猶豫把獨木舟借給艾塞列公爵，也不知道船拿不拿得回來。所以艾塞列委託我將獨木舟送回去的時候，還付我一些錢要我將船好好打理一下——麥爾肯跟妳說過嗎？」

「沒有。我們有太多事來不及好好聊了。」

「沒得挑剔的一條小船，野美人號。不這麼棒也不行。我對那場洪水的印象還很深刻，躲藏了幾百年……也許更久的東西，都在洪水中現身了。」

克朗說起麥爾肯時的語氣，像是早在洪水發生之前許久就認識他了；萊拉想追問，但忍住了，彷彿深怕洩露太多。有太多事都讓她覺得難以確定。

於是她問：「您知道『祕密聯邦』這個詞嗎？」

「妳從哪兒聽來的？」

「巴班特先生告訴我的。他那時在講迷魂火那一類的東西。」

「噢對，祕密聯邦……這年頭不太常聽人提起了。想當年我年輕的時候，什麼樹啊花啊石頭啊，都會有自己的精啊靈啊什麼的。在它們身邊妳得很有禮貌，請求它們的原諒、請求它們的准許，或向它們表達感謝……只是要承認它們的確存在，而且它們也有權受到人們認可，和以禮相待。」

「麥爾肯告訴我，說我小時候被一個妖精抓走，差點被她留下回不來，只是他耍了那個妖精，讓她把我還回來。」

「妖精就是會做這種事。它們不壞，也不邪惡，不是真的邪惡，但也不怎麼善良。它們就只是在那裡，而且我們應該要以禮相待。」

「克朗爺爺，您聽說過一個叫做藍色旅館的城市嗎？據說那裡是廢墟，只有守護精靈住在那裡。」

「什麼，只有守護精靈？他們的人類不在嗎？」

「對。」

「沒有，從來沒聽過。妳覺得潘去了這個地方？」

「我不知道該怎麼想，但是有可能。您知道還有誰可以和自己的精靈分離的嗎？當然，除了女巫以外。」

「沒錯，女巫可以做到。像我的席拉芬娜。」

「但其他人呢？您認識任何可以和精靈分離的吉普賽人嗎？」

「噢，有一個男人——」

克朗還未說完，這時船晃動一下，像是有人上了船，接著傳來輕敲聲。萊拉抬起頭，看到一個年紀大約十四歲的少女，一隻手臂撐著托盤保持平衡，另一手伸手開門，她趕緊上前扶少女走下台階。

「您還好嗎，克朗爺爺？」她小心地看向萊拉。

「是我的姪孫女羅瑟拉。」克朗說：「羅瑟拉，她是蓮花舌萊拉，妳聽我提過幾百次了。」

羅瑟拉將托盤放在克朗爺爺腿上，怯生生地和萊拉握手，表現得既害羞又好奇。她很漂亮，精靈是隻野兔，一直躲在她腿後。

「這是克朗爺爺的晚餐。」她說：「但有一些是要給妳吃的，小姐。可斯塔媽媽說妳肚子應該餓了。」

托盤上有幾塊新鮮麵包、奶油和醃鯡魚，還有一瓶啤酒和兩個玻璃杯。

「謝謝妳。」萊拉說，羅瑟拉露出微笑並離開。萊拉等少女離開後才開口：「您剛剛告訴我有一個男人能夠分離……」

「沒錯。在俄國。他去過西伯利亞，去過那個女巫會去的地方，做了跟她們一樣的事。他差點死掉。他曾和一個女巫相愛，認為如果他可以跟她們一樣和精靈分離，也許他會和她們一樣長壽。不過沒用。他愛的女巫在他這麼做之後再也不和他來往，無論如何，後來沒多久他就死了。他是我唯一知道可以或想要和精靈分離的人。萊拉，妳為什麼問起這個？」

她告訴他在河邊被殺的男人背包裡的日誌內容。克朗仔細聆聽，一動也不動，手中的叉子還叉著一塊醃鯡魚。

「麥爾肯知道嗎？」他聽她說完之後問。

「知道。」

「他向妳提起過奧克立街嗎？」克朗繼續問。

「奧克立街？在哪裡？」

「別問『在哪裡』，要問『是什麼』。他從來沒提過嗎？他跟漢娜．瑞芙都從沒提過？」

「沒有。要是我沒有忽然離開，也許他們會說……我不知道。我幾乎一無所知，克朗爺爺。什麼是奧克立街？」

老人放下叉子，啜了口啤酒。「二十年前，」他說：「我算是小小冒了點險，要小麥爾肯去跟漢娜．瑞芙說『奧克立街』這幾個字，讓她安心，知道麥爾肯跟我之間的任何往來都很安全。我希望她能告訴麥爾肯那是什麼，她也的確告訴他了，如果麥爾肯從沒提過，那是因為他很值得信任。奧克立街可以說是一個特務單位的名稱，不是真正的名稱，只是代碼之類的，因為總部在切爾西，根本不在奧克立街附近。設立的年代，我是說這個部門，是在理查王時期，國王對教誨權威的立場很強硬，教誨權威那時就已經在各方面造成威脅。奧克立街一直是獨立的單位，直屬內閣辦公廳，不歸戰爭部管，有國王和樞密院的全力支持，資金來自國庫黃金儲備，直接向國會議員組成的委員會負責。但是愛德華王登基以後，政治氛圍有所轉變，風向開始變了。倫敦和日內瓦之間開始互派大使，還有什麼高級專員啊，特使啊之類的。

「CCD就是在那時候在這個國家站穩腳跟。現在看到的一切都是從那時候慢慢變成的——不相信人民的政府，害怕政府的人民，兩邊互相監視。CCD沒辦法逮捕所有討厭它的人，人民也沒法子組織起來對抗CCD，兩邊有點算是扯平了。但情況愈來愈糟。另一邊有一股力量是我們這邊沒有的，那就是他們確信自己是對的。誰有了這種信心，為達到目的，可以不擇手段。這是人類面對最古老的問題，萊拉，是良善和邪惡之間的差異。邪惡可以不講道德，良善不行。邪惡想做什麼都能為所欲為，良善做什麼事都綁手綁腳。想要獲勝需要有所作為，而良善必須變邪惡才能做那些事。」

「可是……」萊拉想要反駁，卻不知從何說起。「那吉普賽人和女巫和史科比先生和歐瑞克．拜尼森摧毀波伐格呢？難道不是良善戰勝邪惡的例子？」

「對，沒錯。小小的勝利——好吧，大大的勝利，想到所有我們解救之後送回家的孩子，那是一場很大的勝利，但不是最後的勝利。CCD比從前更加強大，教誨權威蓬勃興盛；而奧克立街這樣的小單位資金嚴重不足，人員也只剩下只能回味當年勇的老人。」

他小口喝乾杯中的啤酒。

「但是妳想做什麼，萊拉？」他接著問：「妳腦袋瓜裡在想什麼？」

「我本來不知道，直到我做了一個夢，就在不久之前。我夢見我和一個精靈在玩，她不是我的精靈，可是我們好愛彼此……抱歉。」她不得不嚥好幾次口水，抹了抹雙眼。「醒來時我就知道我得做什麼了。我必須去喀拉瑪干的沙漠，進入沙漠裡的那棟建築，因為在那裡我可能會再遇到那個精靈，而且……我也不知道為什麼。可是我得先找到潘，因為一定要跟精靈一起進去，還有……」

她開始理不清自己這段故事的脈絡，畢竟在開口向克朗爺爺解釋之前，她幾乎不曾自己完整想過一遍。而這時，她看得出來他累了。

「我該走了。」她說。

「是的，我現在不比從前，沒辦法整天保持清醒了。晚上再回來，我休息過後精神會好些，我會幫妳出些主意。」

她再次親吻老人，端著托盤回到可斯塔媽媽的船上。

可斯塔媽媽近年來不太到處遊歷；可斯塔家在拜恩高地的札爾大屋附近有一個停泊處，而可斯塔媽媽告訴萊拉，這裡可能是她最終的停泊點。她很開心地在停泊處附近的一小塊地種起蔬菜花卉，也告訴萊拉，她很樂意留給萊拉一個床位，她想住多久都沒問題，願意的話也可以自己煮飯。

「老裘吉歐跟我說，妳的廚藝還不賴。」可斯塔媽媽說：「只有燉鰻魚的功夫差了點，他這麼說。」

「我的燉鰻魚有什麼問題？」萊拉問，有些忿忿不平。「他從來沒跟我說過。」

「唔，下次我煮的時候妳在旁邊看著，好好學學。聽清楚了啊，得練大半輩子才知道怎麼煮得好吃。」

「祕訣是什麼？」

「妳得從對角斜切才行。別以為怎麼切都沒差，真的有差。」

她拎著提籃出去了。萊拉坐在船艙艙頂上，看著可斯塔媽媽沿著河岸，朝鋪著茅草屋頂的拜恩高地札爾大屋和旁邊的市集廣場走去。冬季日光逐漸減弱，放眼望去一片灰暗，只能依稀猜想地平線的位置，市場攤位的篷頂五顏六色是周遭環境中最明亮的物事。

但是就算我在這裡待一輩子，學會怎麼煮燉鰻魚，這裡不是我家，永遠不會是我家，她想。很久以前我就知道了。

不知道會在這裡待多久，也不知道什麼時候離開才安全，只知道自己不屬於這裡，讓她感到無比疲憊。她倦怠地站起身，想著也許應該進去船艙闔眼休息；但她還未及走開，一艘小船從運河那頭駛來，一個大約十四歲的少年撐著篙，他的鴨精靈在一旁使勁打水。他撐篙駕船起來靈巧有力，一看到萊拉，他就將船篙抵在水底拖曳讓船減速，再讓船向左一拐與可斯塔家的船並排。鴨精靈撲拍雙翅跳上船。

「妳是蓮花舌小姐？」少年大喊。

「沒錯。」她說。

他在青綠色外套的前胸內層掏摸著。「有封給妳的信。」他說，遞過來一封信。

「謝謝。」

她接過信，翻過來看到地址寫著：「蓮花舌小姐，請克朗．范．特塞爾轉交」。不知是克朗或其他人將克朗的姓名劃掉，又寫上「可斯塔女士，波斯皇后號」。信封是用昂貴的高磅數紙張製成，地址是用打字的。

她意識到少年在等候，接著明白過來他在等什麼，給了他一枚小小的硬幣。

「跟妳擲硬幣對賭，贏的兩倍，輸的全輸。」他說。

「來不及啦。」她說：「我拿到信了。」

「還是值得一試嘛。」他說，將硬幣放進口袋後就加速駛離，他撐篙的動作之快，甚至在船首激起陣陣波浪。

信封美得讓人捨不得撕開，於是萊拉進到船艙裡，用廚房切菜的刀子將信封裁開。她坐在廚房餐桌前讀信。

信紙最上面印著「牛津杜倫學院」，但印好的地址被劃掉了。她不知道劃掉地址可能是什麼意思，但是信末署名「麥爾肯．P」。見到他的筆跡，她覺得很新奇，很高興他的字跡相當優雅有力而且工整好讀。信是用裝填了藍黑色墨水的鋼筆寫的。

親愛的萊拉：

我從狄克．歐瓊德那裡得知妳目前所處的困境和妳的下落。在沼澤區避難再好不過，如果需要關於下一步的建議，克朗．范．特塞爾是最佳人選。問他奧克立街的事，我跟漢娜本來打算告訴妳，但情勢變化讓我們措手不及。

約旦學院門房比爾告訴我，學院裡謠傳妳被CCD的人抓走，送進監獄裡之後下落不明。學院裡的僕人氣壞了，認為是院長的錯。他們在醞釀發起罷工，可能是約旦學院史上頭一次，不過這麼做也沒辦法把妳找回來，我想應該是不會發生；但是院長會發現，他和員工之間的關係已經不只是稍微緊繃可以形容。

在這時候，妳最好盡量向老克朗．范．特塞爾多學一些關於奧克立街的事務，妳了解得愈多愈好。我們才剛開始談起重要的事，妳跟我，但是我感覺得出來妳也許可以透過真理探測儀，也許是從其他的經驗得知，世界上觀看事物和察知意義的方式不只有一種，也不只有兩種。

可憐的羅德里克．赫索的死與連帶相關在中亞發生的事之所以重要，似乎主要取決於這一點。

請代我向克朗致意，如果妳需要提到任何和赫索、和喀拉瑪干有關的事，儘管告訴他。那裡會是我接下來的目的地。

最後，如果信中的語氣讓妳覺得我做作賣弄，請妳原諒。我知道我會留給人這種印象，真希望不會如此。漢娜也會寫信給妳，她很希望得知妳的近況。

交由吉普賽人傳遞的信件總能安全快速送抵目的地，但我不清楚他們是如何做到。

妳誠摯的朋友

麥爾肯・P

她很快將信看完，又慢慢地重看一遍。讀到關於做作賣弄的評論時，她不禁臉紅，因為她之前確實這麼想——應該說在更久之前，但在發生河邊謀殺案之後就不再這麼想了。她最近才慢慢認識的這個麥爾肯一點都不做作賣弄。

可斯塔媽媽去市場買菜，整艘波斯皇后號上只有萊拉一個人。她從筆記本上撕下一頁開始回信。

親愛的麥爾肯：

謝謝你的來信。我目前在這裡很安全，不過

筆停住了。她想不出接下來要說什麼，其實她根本不知道要怎麼跟他說話。她站起身，走出艙外來到船尾，雙手撫過舵柄，深吸一口氣讓寒冷的空氣進到肺裡，又回到船艙裡。

她接著寫：

我知道我必須盡快上路。我必須找到潘。我會把握每一條線索，不管再怎麼荒謬或不可能。史特勞斯博士日誌中提到的那個叫做藍色旅館的地方。類似避難所吧，我想。我決定要去那裡，

看看會怎麼樣。我必須找到他，要不然

她劃掉那句後再次停筆，趴下來將頭靠在緊握的拳頭上。好像對著虛空說話。一分鐘後，她再次拿起筆。

如果我在那裡找到他，我們會去喀拉瑪干，想辦法橫越沙漠，去找那棟紅色建築。坦白說，我第一次讀到史特勞斯博士的記述時就反覆思索，日誌內容對我影響很大，就像那些醒來之後還留在腦海中縈繞不去的夢境。很熟悉，但我完全不知道為什麼。我想我知道些什麼，但是失落了，無法企及。我很可能需要再夢到那個地方。

也許我會在那裡見到你。

萬一我沒回來，我只想先說，謝謝你在我還是小嬰兒時遇到的那場洪水中照顧我。真希望能回溯更早以前的記憶，這樣我就能全都記住，因為我唯一有印象的只有一些上面有燈的矮樹，還有當時與高采烈的感覺。但當然，那也可能只是一場夢。真希望有一天我們能好好聊聊，就能向你解釋我為什麼最後會來到這裡。我自己也不太明白。只是潘認為有什麼偷走了我的想像力。所以他離開了，要去把它找回來。也許你能了解他的意思，還有這為何讓人幾乎無法承受。

麥爾肯，請代我問候漢娜和艾莉絲。也請代我問候狄克．歐瓊德。噢對，也請向令尊、令堂問候。我跟他們只認識很短的一段時間，但是我好喜歡他們。要是可以

她劃掉這幾個字，改成：

我希望

很高興我們能成為朋友。

你的朋友

萊拉

然後又劃掉。最後她寫：

趕在自己後悔寫了回信之前，她將信紙放進在廚房抽屜裡找的一個信封袋裡封好，在信封上寫下「致牛津杜倫學院麥爾肯．波斯戴博士」。她將回信立在鹽罐旁，再次步出船艙。

萊拉坐立難安。無可依憑，無事可行；她好累，但是靜不下來。她漫無目標地走在運河河岸，明白感覺到船上人家好奇注視的眼神，和年輕男子特別打量她的眼光。運河和拜恩高地熙攘忙碌一如往常，很快她就開始覺得被這麼多人盯著看十分難受。那些年輕男人——如果潘跟她一起，她就可以像以前做過上百次那樣，大膽地反瞪回去，甚至做得更好，完全無視他們。她知道他們沒有表面上看起來那麼自信滿滿，她有得是辦法可以讓他們亂了手腳，但是知道可以做什麼並不等同當下能夠付諸實行。一點風吹草動就能讓她大驚失色，很可怕。她只想躲起來。

大受挫折之下，她轉身返回波斯皇后號，躺倒在床鋪上，很快就沉沉入睡。

潘拉蒙此時也在睡覺，但是睡睡醒醒；他會忽然醒來，想起自己身在何處，趴躺著傾聽引擎的砰砰聲和老帆船船桅的吱嘎呻吟聲，以及隔著船身僅寸許遠傳來的浪花拍打聲，接著再次陷入淺眠。

他從夢境中醒來，聽見附近傳來類似刮擦的竊竊私語聲，立刻就知道是鬼魂的聲音。他將雙眼閉得更緊，全身縮進漆黑貨艙的更深處，但低語聲不斷。不只一個聲音，有好幾個聲音，它們想要他的什麼東西，但是沒辦法清楚說出來。

「只是作夢。」潘悄聲說：「走開，走開。」

鬼魂圍在他身邊愈貼愈近，拍打不休的波浪聲之下傳來它們的呼咻刮擦聲。

「別靠那麼近。」他說：「退開。」

接著他明白了，它們沒什麼惡意：只是無比渴望能從他的身體感受到些微的溫暖。對這些可憐兮兮的冰冷幽魂，他心中的同情忽然如海浪澎湃激盪，他從闔起雙眼的縫隙中覷探，想看清它們的臉龐；但是全都混沌不清。海水早已將它們沖刷得平滑模糊。潘還是不知道自己是醒著還是睡著。

接著他聽到門閂滑開的聲音。鬼魂全都立刻抬起蒼白空茫的臉龐向上看，當一道琥珀電氣燈光束向下射穿黑暗中，它們一下子消失得無影無蹤，彷彿不曾存在過。潘朝陰暗處窩得更深，屏住呼吸。現在他醒了，毫無疑問；他必須張開眼睛。

出現一道梯子，有一個男人正手腳並用向下爬——總共兩個男人。他們下來時，雨水也不停潑灑進來，水珠在他們的雨衣雨鞋上噴濺匯流。第一個男人拿著手電筒，第二個男人將手向上伸，將上方的艙口蓋拉起關上。其中一個男人是他前一晚看到在船長和大副偷螺旋槳時在欄杆旁觀望的水手。

第一個男人將手電筒掛在艙壁的釘子上。電量很低，投射出的光很昏暗，忽明忽滅，但是潘可以看出兩個人在貨艙裡扔得亂七八糟的箱袋堆中東翻西找。大部分的箱子似乎是空的，但接著他們找到一箱晃動時會傳出玻璃瓶相撞的鏗鏘聲。

「啊呀。」第一個男人說，一下子撕開紙箱箱蓋。「可惡，你看這個。老套。」他拿起一罐番茄醬。

「這裡有些馬鈴薯。」另一個男人打開一個麻袋時說：「至少可以讓他幫我們做成薯條。不過我不知道……」他拿出來的馬鈴薯全都長出長長的白芽，有些已經腐爛。

「可以吃啦。」第一個男人說：「丟進機油裡煎一煎，包準你吃不出有啥不一樣。這裡還有酸菜，你看。還有香腸罐頭。大餐啊，老兄。」

「咱們先別上去。」另一個男人說：「讓他們等著。在這裡避個雨，抽口菸吧。」

「好主意。」第一個男人說。他們將幾袋麵粉靠著艙壁堆起來，在上面坐下，掏出菸斗和菸葉。兩人的精靈分別是大老鼠和麻雀，從雨衣領口鑽了出來，在兩人腳邊到處翻找任何可口的殘渣碎屑。

「老頭要拿那個該死的螺旋槳怎麼辦？」其中一個男人點燃菸斗後說：「港務長看到鐵定會報警。」

「庫克斯港的港務長是誰？」

「老黑森穆勒。愛管閒事的臭老頭。」

「弗林特大概會想辦法在波爾昆先把東西卸下。就是燈塔對面那間拆船廠。」

「他以為我們在庫克斯港會載到什麼貨？」

「不是載貨。是載乘客。」

「少來！誰會付錢搭這艘又髒又臭的破銅爛鐵？」

「我聽他說的，聽到他跟赫曼講話。是一群特別的乘客。」

「有什麼特別的？」

「他們沒有護照，沒有身分證明，啥文件都沒有。」

「錢呢？他們有錢嗎？」

「沒，他們也沒錢。」

「那老頭能拿到什麼好處？」

「他和艾塞克斯某個農場大地主作了交易。有愈來愈多人沿水路從南邊過來，不知道，土耳其還哪裡。他們在德國找不到工作，這個地主覺得運一批免錢工人過去這點子還不賴。我想他得供他們吃住，不過不發工資，去他的。說穿了，就是奴隸。他們沒有身分，根本就跑不掉……」

「我們現在變運奴船了？」

「我也不喜歡。但是不管怎樣，他都會硬幹。漢斯．弗林特啊，就是這種人。」

「發瘋的歪腿老混蛋。」

他們沉默地再抽了幾分鐘菸斗，接著第一個男人敲敲菸斗，將倒出的菸灰用力踩進艙底盪來盪去的積水深處。

「走吧，」他說：「帶上幾顆馬鈴薯，我看看能不能挖出幾瓶啤酒，還有剩的話。」

「我告訴你啊，」另一個人說：「我真是受夠了。等領到錢我就要閃人。」

「也不能怪你。當然了，弗林特會死撐著不付錢，除非他賣了螺旋槳，再從農場地主那裡收到錢，然後他還是會一直找理由拖欠。記得老古斯塔夫嗎？他最後沒拿錢就閃了，乾脆放棄直接走人。」

他將艙口蓋大力向上推，兩個人冒雨爬出貨艙，只剩下潘孤伶伶地待在寒冷黑暗之中。就連鬼魂都不理他。也許它們終究只是夢。

# 第十六章 癒瘡木

萊拉在天黑後不久醒轉，只覺得腦袋昏沉，憂慮焦急，一點都沒有睡醒後神清氣爽的感覺。她和可斯塔媽媽一起吃了淡菜和馬鈴薯泥當晚餐，聊了聊中學和大學時的生活，之後就照著法德·克朗的建議再去見他。她發現燈光下的老人雙眼炯炯有神，有很多話想說，好像有什麼祕密要告訴她，但他吩咐萊拉在聽他講話之前先在小鐵爐裡多放一塊木柴，再幫兩人各倒好一杯珍妮維酒。

她在另一張扶手椅上坐下，啜了一口冷冽清澈的烈酒。

「好吧，」他說：「也許是妳說過的什麼話，或是我自己說過的什麼話，也或許根本都不是，總之有什麼讓我思索起妳要踏上的這趟旅程。還有女巫。」

「沒錯！」她說：「我們想的會是同一件事嗎？如果大家以為我是女巫，他們就不會——」

「正是！如果是一個從北方千里迢迢南下的女巫，像我的席拉芬娜——」

「她的雲松枝不見了，或是被人偷走，或什麼的——」

「對啦。她就只能待在陸地上，想辦法回到北方。孩子，我們想的確實是同一件事。但不會那麼容易。別人也許可以接受妳是女巫，這樣就能解釋為什麼潘不在妳身邊，但是別忘了一般人畏懼女巫，也有人痛恨她們。」

「那我就必須很小心。但是我能做到小心行事。」

「妳的運氣也要很好。但是妳知道，萊拉，這招可能行得通。除非……嗯，這招唬得了普通人，但妳要是碰上一個真正的女巫呢？」

「女巫到中亞要做什麼？」

「妳要去的那些地區，中亞一帶，那裡的人對女巫並不陌生。女巫有時會前往非常遙遠的地方，可能是為了進行貿易、外交或學習。妳得想好一套說詞，特別是碰到真正的女巫時要怎麼應對。」

「我會說我還很年輕。才剛跟我的精靈在西伯利亞那個地方分離……」

「通古斯克。」

「沒錯。很多女巫的事我都還在學習。問題是，我看起來不像女巫。」

「我不知道。我們在北地的時候，妳看過幾位女巫？」

「幾百位。」

「對，但是她們全都來自席拉芬娜的部落，或是有關聯的部落。她們當然看起來都很相似，但也不是全都一模一樣。有些是金髮，眼睛看起來像來自斯堪地那維亞，有些是黑髮，眼睛形狀又不一樣。如果只是外表問題，我想妳要假扮女巫應該很容易。」

「而且可斯塔媽媽曾經說過在我的靈魂裡有巫火。」

「那就對了！」儘管點子很瘋狂，他卻開始十分熱中。

「但還有語言的問題。」她說：「她們的語言我完全不會。」

「船到橋頭自然直。先幫我拿書架上那本地圖集來。」

地圖集久經翻閱相當老舊，還好有最後殘存的縫線才不致全部掉頁。法德．克朗將地圖集擱在腿上打開，一下就翻到呈現極北地區的頁面。

「這裡。」他說，手指點在其中一幅北極海地圖上。

「那是哪裡？」她問，走到老人身後，視線越過他的肩頭看去。

「新基輔茨克。妳可以說自己是從這裡來的。是一個小島，島上是真的有個女巫部族，她們非常凶悍，以部族很小為傲。妳就編個故事，說自己是為了什麼崇高目的才被派到遙遠的南方。記得妳小時候可以編故事說得天花亂墜講上好幾個小時，所有人都聽得入神信以為真。」

「是啊，我以前做得到。」她說，說起故事口若懸河的暢快在心中油然而生，而老人在她憶起過往時看見她眼中散發的光芒；「但是我失去那種能力了。」她接著說：「我再也做不到了。都只是在幻想。那些只不過是我憑空編造的故事，全都空洞虛無。也許潘說得對，我根本沒有真正的想像力。我只是在說屁話。」

「什麼？」

「是史科比先生教我的。他告訴我有一些人只講真話，他們需要知道真相是什麼，才能講真話。還有講假話的騙子，他們需要知道真相是什麼，這樣他們才能扭曲事實或隱瞞真相。還有講屁話的人，他們根本就不在意真相是什麼，他們根本不關心事實。他們說出來的不是真話也不是假話，全是屁話，他們唯一關心的就是他們自己的表現。我記得他是這麼告訴我的，但是當時我不知道這段話在我身上也適用，一直到很久以後，直到我去了死者的世界。我在那裡講給小孩亡魂聽的故事不是屁話，是真的。所以人首鳥妖才會聽我說……但是所有其他我說過的故事，都是屁話。我再也辦不到了。」

「噢，我還真想不到。屁話！」老人和藹地笑出聲。「聽著，孩子，管他屁不屁話，妳得和漢娜．瑞芙和麥爾肯小子保持聯繫。妳出發前會通知他們一聲嗎？」

「會。稍早我離開這裡時收到一封信……」

她說了麥爾肯的來信內容，也說了她回信中寫了什麼。

「他說他要去中亞？」他說：「那原因只有一個，奧克立街派他去的。一定有很好的理由，不過……總之他會想辦法和妳聯絡的。我還有話要告訴妳：在妳可能料想不到的地方有些奧克立街特務和朋友，麥爾肯會讓他們知道妳的處境，會有人幫忙照看妳。」

「我怎麼知道他們是誰呢？」

「交給麥爾肯小子吧。他會想到辦法的。」

萊拉沒有答話，試著想像這趟長達幾千英里的旅程，孤身一人，真正的形單影隻，要是她的女巫偽裝遭到揭穿，更會引人側目。

法德．克朗從椅子一側彎身向下探，在身旁一個小櫥櫃底層抽屜中翻找。他費了好大力氣才再次坐直。

「拿著。」他說：「我以前不曾命令妳做過什麼，因為從不覺得自己有那個膽子。但現在我說什麼，妳就照做，不要有意見。這妳拿著。」他遞給她一個用拉繩束起的皮革小袋。

她遲疑。

老人喝斥：「拿著。別跟我爭。」他的眼神一暗。

萊拉這輩子頭一次對老人感到畏懼。她接過小袋子，感覺裡頭沉甸甸的錢幣一定是金幣。

「這是——」

「聽我說。我在告訴妳要怎麼做。就算妳不聽克朗爺爺的話，總可以聽奧克立街資深特務的話。給妳這個是因為我看重妳，看重漢娜．瑞芙，看重麥爾肯小子。現在把袋子打開。」

她照做了，將錢幣倒在手裡。有來自至少十幾個國家的貨幣，形狀五花八門：大多數自然是圓的，也有四角削圓的方形，八邊形，七邊或十一邊形，有些中央處有孔洞，有些磨得平滑，也有些缺了角或彎折；但是每一枚硬幣都很沉，光采熠熠，散發純金的光澤。

「可是我不能——」

「噓。手攤開來。」

萊拉照做，克朗伸出手指顫巍巍地將硬幣挑起翻面，挑出四枚，放進自己的背心口袋。

「我留這些夠了。不管發生什麼事，再多我也用不著了。剩下是給妳的。自己好好保管，別放在同一個口袋裡。還有一件事：妳如果記得以前看過的那些女巫，應該也記得她們頭上戴的小花環。小得不得了的極地花朵。記得嗎？」

「有些女巫有戴，不是全部。席拉芬娜就有。」

「女王一定會戴花環，有時候其他女巫也會這麼做。妳不妨自己編個小花環，簡單的，甚至用綿繩編的一小段也可以。會讓妳散發一種氣勢。別管花環是不是不值一文，女巫很貧窮，但是她們一舉手一投足都像女王和尊貴的夫人。我的意思不是傲慢自負趾高氣昂，絕對不是那個意思，而是一種高貴氣度，一種自尊自信，脫俗不凡的氣質。我想不到適當的字詞來形容。雖然乍看之下很古怪，但這種氣勢可以和簡樸並存。她們打扮簡樸，卻散發像豹一般的氣勢。妳也能做到。妳已經做到了，只是妳自己不知道。」

萊拉請他多講一些奧克立街的事，他說了一些可能派上用場的資訊，像是可以判斷對方是否可靠的暗語切口；她問起女巫的種種——生活中的小細節，行事方式，習慣，她想得到的都問了，覺得很滿足，因為她做了決定。她又拿回主控權了。

「克朗爺爺，我不知道該說什麼好，只能向您說謝謝。」

「還沒結束呢。看到書架上面那個保險櫃了嗎？去瞧瞧裡頭。」

她照著做了，找到一疊筆記本，用軟皮革裹住沉甸甸的一捲東西，一條花紋繁複的皮帶，和一些只有拿出來才能細看的零碎物事。

「要找什麼？」

「一根很重的短棍。現在應該幾乎變全黑了。不是圓的——它有七個面。」

她伸出雙手掏摸，在筆記本下方找到後取了出來。棍子幾乎是全黑色的，令人意想不到地沉重——重得像是黃銅製的；但從溫暖的手感和略微油潤的表面可以確知是木頭。

「這是什麼？」

「是格鬥棍，它叫『貝格諾』。」

「什麼意思？」

「大概是『一小根』的意思。小短棍。」

短棍靠近握把的部分內側較細，握把用某種硬繩線緊緊纏繞。棍子最粗的部分約有她的三根手指併攏那麼寬，握把則只比她的拇指略粗。它的長度大約等同她的手肘內側到她手掌間的距離。她握住短棍，掂量它的重量，輕輕來回揮動。平衡感絕佳，幾乎像是她身體的一部分。

「這是什麼木頭？」她問。

「是瘉瘡木。世界上最堅硬的木頭。」

「裡頭有灌鉛或什麼嗎？」

「沒有，木頭本身就這麼重。是我在——在哪兒拿到的呢？——在巴西高地。一個奴隸販子用它攻擊我。他的問題是速度不夠快。他的精靈是隻老猴子，她發胖了。我們從他手中搶走短棍，之後我就一直用來防身。」

萊拉想像短棍由一條強壯手臂揮甩而出的重擊力道，足以擊碎一個人的頭顱。

「貝格諾？」她說：「好吧。那就是貝格諾了。」有個名字讓她覺得短棍更像是有生命一般。她用兩手拿著短棍掂量重量。「呃，謝謝你，克朗爺爺。」她說：「我會收下，雖然它讓我有點害怕。我本來不覺得我會需要打鬥。我還沒什麼心理準備。」

「是啊，本來看似是沒必要用到了，自從妳從另一個世界回來之後。」

「我還以為再也不會有危險了……所有一切，不管好的壞的，都結束了。只剩下念書求學和……嗯，也只剩下那樣。」

她垂下頭。

老人慈藹地看著她。「那個年輕男孩。」他說。

「威爾。」

「我記得席拉芬娜跟我說過，是我們最後一次談話，她說那個男孩具有比女巫更強大的隱身能力，連他自己都不知道。模仿他，萊拉，可以的話。小心周遭。當心男孩和男人，尤其是年長的男人。有時候要展現妳自己的力量，有時候要看起來微不足道，讓他們根本不會注意到，就算他們注意到，也一下子就會忘記妳。威爾就是這樣做到的，這也是為什麼席拉芬娜會對他印象這麼深刻。」

「您說得對，我會記住的。謝謝您，克朗爺爺。」

「妳從沒真正放下威爾，對嗎？」

「我每天，也許每個小時，都會想到他。我的人生還是繞著他轉。」

「我們看得出來，我和約翰。當時我們就看出來了。那時我們面臨一個問題，我們應該讓妳跟他睡在一起嗎？妳們那時才幾歲來著，才十二還十三歲……我們討論過這個問題，讓我們很煩惱。」

「但你們沒有試著將我們分開。」

「沒有。」

「我們從來沒有……似乎從來不……我們只有親吻。我們只是一直親吻彼此，好像永遠停不下來。好像永遠不需要停下來。那就夠了。要是我們年紀再大一點，我不知道，我們會覺得還不夠。但對當時的我們來說，已經夠了。」

「我想我們清楚這點，所以什麼都沒說。」

「你們已經做得很好了。」

「但是妳有一天終究得放下，萊拉。」

「你這麼認為嗎？」

「我是這麼認為沒錯。是席拉芬娜教我的。」

他們靜靜坐著，半晌無話。萊拉想著：如果我沒有了潘，如果連威爾我都必須放棄……但她知道那不是真的威爾——只是一段回憶。都一樣，她想，那是她擁有的最美好的東西。她真的有可能放下嗎？

她感覺船輕輕一震，認出是羅瑟拉上船的腳步。一會兒過後，艙門開了，女孩走了進來。

「喝熱飲的時間到囉，克朗爺爺。」她說。

老人看起來很疲憊。萊拉站起身，親他一下道了晚安。「羅瑟拉，」她問：「妳知道怎麼燉鰻魚嗎？」

「知道啊。」少女答道。「是小時候我媽教我煮的第一道菜。」

「燉鰻魚煮得好吃的祕訣是什麼？」

「祕訣……嗯，我不知道該不該跟妳說。」

「說吧，孩子。」法德．克朗說：「妳跟她說。」

「噢，我媽媽她是這樣做的，祖母也這麼做，就是……妳知道讓湯汁變稠的麵粉嗎？」

「知道。」萊拉說。

「嗯，妳把它先炒一下，放平底鍋裡乾炒。炒到有點上色就行了，不用太久。我媽說這樣吃起來就會很不一樣。」

「全世界最美味的燉鰻魚。」老人說。

「謝謝妳。」萊拉說：「祕訣一定是這個沒錯。那我先離開了，克朗爺爺。謝謝你教我的一切。我明天再來。」

夜色籠罩大地，在她四周的吉普賽船隻窗口透出亮光，燒柴火的炊煙自煙囪冉冉升起。萊拉行經一家酒鋪，店門外有一群年紀和她相仿的吉普賽男孩在抽菸，他們在她走近時全都靜下來直盯著她看。等她走過之後，其中一個人說了些什麼，其他人紛紛竊笑。她不予理會，但是不停想著帶在身邊的短棍，想像如果真的在盛怒之下將短棍握在手裡揮甩會是什麼感覺。

此時上床就寢尚早，她仍然覺得躁動難安；於是她前去拜訪裘吉歐．巴班特，在他離開前最後一次打聲招呼。前往葡萄牙少女號停泊處途中下起了小雨，路徑上滿是泥濘。

她看到巴班特就著提燈燈光在清理攔截雜草污物的捕集阱，拉起一把把纏在船槳上的淌水雜草割斷清除。船裡傳來有人走動忙活的聲音，廚房的燈亮著，她聽到陶製器皿相叩的響聲。

巴班特在她走近時抬起頭。「丫頭妳好呀。」他說：「要來割個草嗎？」

「對我來說似乎太難了。」她說：「我寧可在旁邊看然後作筆記。」

「這倒是沒開放。去廚房跟貝蒂打個招呼，再幫我端杯茶來。」

「貝蒂是誰？」話聲未落，巴班特已經又埋頭探進捕集阱，右手臂在水裡勤奮打撈。

萊拉走進駕駛艙，打開艙門。蒸氣、暖意和香味迎面而來，萊拉就知道貝蒂（萊拉已經猜到她是巴班特最新一任情人兼廚娘）正在煮馬鈴薯來配爐子旁的那鍋燉菜。

「嗨。」她說：「我是萊拉，妳想必是貝蒂。」

貝蒂身材豐潤，大約四十幾歲，當下臉頰微微透紅，一頭金髮有點凌亂。她立刻露出笑容，伸出溫暖的手來，萊拉很高興地回握。

「裘吉歐跟我說了妳的事。」貝蒂說。

「我敢打賭他肯定說我煮的燉鰻魚難吃得要命。祕訣是什麼？」

「啊，也沒啥祕訣。不過妳煮的時候有放蘋果嗎？」

「從沒想過要放蘋果。」

「放一顆煮熟吃的那種蘋果。可以中和掉油膩感，蘋果會煮爛，所以不會吃到蘋果，但是湯汁會很滑順，還帶一點微酸。」

「噢，我會記住的。謝謝妳。」

「我的茶呢？」裘吉歐大喊。

「老天。」貝蒂說。

「我端出去給他。」萊拉說。

貝蒂在大馬克杯的茶裡加了三茶匙的糖，萊拉將茶端出廚房送到駕駛艙。裘吉歐正在蓋回捕集阱的蓋子。

「所以妳去忙了些什麼？」他問。

「學習新知。貝蒂剛剛教我怎麼煮出好吃的燉鰻魚。」

「早該學啦。」

「可斯塔媽媽說只有真正的吉普賽人知道怎麼燉鰻魚。不過我想應該另有內情。」

「當然有囉。一定要是月圓鰻魚才行，她跟妳說了嗎？」

「月圓鰻魚？」

「滿月下捕的鰻魚。不然還會是什麼意思？最頂級的。沒什麼比得上月圓鰻魚。」

「噢，你之前從沒跟我說過。現在我學到了。還有祕密聯邦——也是你教我的。」

他的表情嚴肅了起來，探頭看看小路，然後壓低音量說：「慎言吶，丫頭。有些事妳可以說說，有些事最好閉嘴別提。鰻魚屬於前者，祕密聯邦屬於後者。」

「我想我明白。」

「那妳得牢記在心。在陸地上妳會聽到各種各樣不同的看法。有些人聽到別人談起祕密聯邦，會把字面上的意思當真，認為妳也是，覺得妳愚不可及。也有些人只是嘲笑一番，好像他們早知道只是瘋言瘋語。都是蠢蛋。離那些只看字面的人遠一點，別理會那些嘲笑妳的人。」

「那什麼才是思考祕密聯邦最好的方式呢，巴班特先生？」

「怎麼樣能看到，妳就得那樣去思考。妳得別開視線，從眼角餘光去看。所以妳也得從心思餘隙去思考。它在那裡，同時也不在那裡。如果妳想看到那些鬼火精，最最差勁的方式就是去沼澤上打著探照燈到處找。妳把燈打得亮得不得了，所有迷魂火和一閃一閃的小妖精，它們全都躲進水底了。如果妳想去思考它們的事，只是列表啊分類啊分析啊都沒啥子用，只會得到一大堆沒有生命、沒有意義的垃圾。思考祕密聯邦唯一的方式是透過故事，只有故事行得通。」

他呵氣將茶吹涼。

「就這麼回事。」他說：「不管怎麼說，妳知道這些要做啥？」

「我跟您說過喀拉瑪干嗎？」

「從沒聽過這名字。那是啥？」

「是中亞的一座沙漠。是這樣的……呃，那裡守護精靈進不去。」

「誰會想去精靈進不去的地方？」

「想查出裡頭有什麼。有人在那裡種玫瑰花。」

「什麼？在沙漠裡？」

「那裡一定有什麼隱祕的地方可以種玫瑰花。特殊的玫瑰。」

「那倒是，肯定很特殊。」他咕嘟咕嘟喝了一口茶，抽出一根泛黑的老菸斗。

「巴班特先生，祕密聯邦只有在英國有嗎，或是全世界都有呢？」

「噢，自然是全世界都有。但我想它們在不同地方會有不同的名字。像是鬼火精在荷蘭的名字就不一樣，荷蘭人叫它們『遊光』，法國人叫它們『瘋火』。」

萊拉尋思著。「我還小的時候，」她說：「跟吉普賽家族一起去北地那次，我記得湯尼．可斯塔跟我說過北地森林的鬼魂，有『斷氣人』和『吸風人』……我想他們一定屬於北方的祕密聯邦。」

「滿合理的。」

「後來我又在另一個地方看到幽靈……他們又不太一樣，而且那是在一個完全不同的世界。所以也許每個地方都有一個祕密聯邦。」

「我一點都不覺得驚訝。」他說。

他們靜靜地坐著一、兩分鐘，吉普賽人朝菸斗裡填菸葉，萊拉很自動地拿他的馬克杯啜了一口茶。

「您接下來要去哪裡，巴班特先生？」她問。

「北上。悠閒得不得了的好工作，去載石頭磚塊和水泥蓋那座鐵道橋，等橋蓋好我們就全部等著失業嘍。」

「那您之後要做什麼？」

「回來這裡抓鰻魚。也差不多該定下來啦。妳看我也一把年紀啦。」

「噢。我倒沒注意呢。」

「沒錯，我知道還看不出來。」

她笑了。

「妳笑什麼？」他問。

「您跟您孫子好像。」

「對對，我從狄克小子那裡學了不少，還是倒過來呀？我記不得了。他有好好待妳嗎？」

「他待我非常好。」

「那就好。再會了，萊拉。祝妳好運。」

他們握手道別，萊拉探頭進船艙向貝蒂道了晚安，然後離開。

可斯塔媽媽已經在波斯皇后號前艙睡著了，萊拉小心翼翼地上船，輕手輕腳鋪床準備就寢。她在溫暖的床鋪躺好，在床邊層架上的石腦油燈溫暖燈光下，無比清醒。她想到要再寫信給麥爾肯；想到要寫信給漢娜；然後想到一件她先前從未想過的事——為什麼自己非常喜歡和老人家如裘吉歐．巴班特和克朗爺爺在一起？

這個問題引起她的注意，她開始認真思索。她非常喜歡他們，也很喜歡約旦學院的老院長凱恩博士，和總管卡森先生，還有煉金師塞巴斯蒂安．梅可平斯。比起她認識的大多數年輕男性，她更喜歡他們。不是因為他們年紀太大，不會對她有什麼男女之情的興趣，因此不會讓她覺得受到威脅：卡森先生是大家眼中的大情聖，裘吉歐．巴班特對於交女友的事很坦白，不過他說過萊拉歷練不足，不是他要找的對象。

跟那方面的感覺有一點關係。接著她想通了：她喜歡和他們在一起，不是因為他們不可能受她吸引，而是因為不用擔心自己會受他們吸引。她不想要背叛和威爾一起的回憶。

那麼狄克．歐瓊德呢？為什麼她跟他的短暫戀情不算是背叛呢？很可能是因為他們兩個人都不曾說過「愛」這個字。狄克對於想要什麼相當坦白，他知道的也夠多，能夠確保萊拉跟他一樣享受。他喜歡萊拉，也表明得很清楚。她也喜歡狄克的唇碰觸自己肌膚的感覺。和狄克在一起時，沒有她和威爾在一起時感受到的那種排山倒海吞沒一切、澎湃強烈的熱情，兩人都是第一次經歷；她和狄克的那一段，只是兩個健康的年輕人中了夏日美好時光的魔咒，那樣就足夠了。

不過，還有那場夢：夢裡她和威爾的精靈在月光下在草地上玩，她撫摸精靈，他們喁喁細語，完全臣服於彼此。對夢境的印象猶深，足以令她渾身震顫欲融，渴求那不可能，無可名狀，無從企及之物，像是威爾，或是沙漠中的紅色建築。她刻意讓自己隨著一波緩慢的渴欲漂流，但是渴欲並不持久，她沒辦法將它帶回來。她清醒地躺著，所有渴欲都大受挫敗，對那場愛意洋溢的夢的印象逐漸消褪，睡意從不曾這麼遙不可及。

最後，在疲倦惱怒之下，她拿出那本賽門．塔博寫的《不變的欺騙者》。

她讀的那一章開頭寫著：論守護精靈的不存在

守護精靈並不存在。

我們可能認為他們存在；我們可能會對他們說話，將他們擁在懷中，悄聲訴說我們的祕密；我們可能會依據我們以為自己眼中看到的其他人的精靈來評斷對方，根據精靈看似擁有的形體和他們所體現出來迷人可愛或討厭可憎的特質，但是他們不存在。

人類不曾在生活中其他的領域展現如此強大的自欺能力。從我們還非常年幼的時期，大人就鼓勵我們假裝在我們自身之外還有一個實體存在，但這個實體仍然是我們的一部分。這些纖弱的玩伴是目前為止我們的心智為了將不具實體的加以實體化，所創造出最精美的裝置。來自社會的各種壓力向我們確保要相信真的有守護精靈：風俗習慣如鐘乳洞中叢生的石筍，在日常行為的石灰岩洞中讓柔軟的毛皮、褐色大眼睛和逗人開心的伎倆定形。

而這個虛妄幻想所化成的各式各樣的形體，不過是大腦裡細胞的隨機突變……

萊拉發現自己接著讀下去，雖然她心裡想要反駁書中每個字。塔博對任何事都有一套解釋。例如孩童的守護精靈看似能夠改變形體，不過是代表兒童和少年人心智具有較大的可塑性。守護精靈的性別通常與人類的性別相反，但也偶有例外，只是人類主體感受到的不完全感的無意識投射：渴望與自身相反者，心智透過在性層面不具威脅的生物具體呈現了互補的性別角色，具現的生物能夠擔任這個角色但又不會引發性欲或嫉妒。守護精靈無法與人類相距太遠，單純是一種統一感和整體感的心理表現。如此這般。

萊拉好想說給潘聽，和他討論一個心智聰明的人如何提出獨到看法，差點就否認一件顯而易見的事實；但是太遲了。她擱下書本，試著像塔博一樣思考。他的策略基本上是說「甲（不過是，只是，單純是，莫過於，純粹是……）乙」；因此很容易就能架構出例如：「我們所稱的事實不過是由習慣所凝聚的虛無縹緲相似性集合而成」的句子。

這樣一點幫助都沒有，雖然塔博的解釋無疑會附帶大量舉例、引經據典和論證，每一項都似乎完全合理無懈可擊，到最後讀者會朝向他的主要論點，也就是「守護精靈並不存在」這個荒謬想法，再近一步。

讀了他的論調讓她只覺天旋地轉，某方面來說就像用新方法解讀真理探測儀。曾經穩固的如今全都不再牢靠；最根本的基礎搖搖欲墜；她渾身顫抖，幾欲暈眩。

她放下《不變的欺騙者》，想到另一本惹潘發怒的書：格弗理．布蘭德的小說《越呼似密人》。她第一次意識到兩個作者之間的共通點比她之前以為的還多。《越呼似密人》最後收尾的名句──「別無他義，僅此而已」──構句方式和塔博書中的一句話完全相同。為什麼她之前沒看出來？接著她記起潘之前一直想告訴她這點。

她想要和人聊聊，便拿出一張紙，開始寫信給麥爾肯。但她肯定是累了，總結塔博論點的摘要拙劣無力，關於《越呼似密人》的敘述寫得糊里糊塗，讀起來也糊里糊塗；她喚不回一丁點的自信從容，躺在紙上的句子無精打采。甚至寫不完一個段落，她就覺得大受打擊。

她尋思著：要是真有幽靈之類的東西，這就是受幽靈宰制的感覺。她想到的幽靈，是那些以吞噬喜咯則居民精神生命為生的可怕寄生蟲。現在她是大人了，潘的形體也固定下來，要是去喜咯則也會跟那裡的成人一樣無力抵抗幽靈。賽門．塔博肯定沒去過喜咯則，所以《不變的欺騙者》裡沒提到幽靈。不然他無疑會提出一套說服力十足的流暢論證，完全否認幽靈的存在。

她擱開筆，將紙撕破。問題是，她想著，宇宙是活的或死的？

從沼澤上遙遠的某處，傳來貓頭鷹的號叫聲。

萊拉發現自己開始思索：「那有什麼意義？」同時又想到塔博必然會回答：「毫無意義。」幾年前在牛津，她遇到了一名女巫的精靈，那次短暫經歷致使她相信任何事物皆有意義，只要她能夠解讀。宇宙當時看起來是活的，待解讀的訊息無所不在，沼澤上傳來的一聲貓頭鷹號叫可能滿溢無窮涵義。

像她剛剛那樣心有所感，**錯了嗎？**或是不成熟，天真幼稚，理盲濫情？賽門．塔博一定會說都是，但是說得迷人風趣，優雅巧妙，狠厲無情。

她無法回答。自身意識只是浩瀚黑夜中的渺小星火，而她的精靈無論現今身在何方，只不過是她心智無意識的投射，不曾真實存在，萊拉只覺得這輩子從來不曾如此孤寂憂傷。

「所以她人在哪裡？」

馬瑟爾．狄拉莫追問，毫不掩飾自己極力捺住性子。在他肩頭後方檯燈的刺眼燈光直射下，奧維耶．波奈維爾的臉孔一覽無遺，年輕人的面容透出一絲蒼白溼黏，顯得身體難受不適。狄拉莫看了很得意：他是刻意要在會談結束前讓波奈維爾更加難受。

「我查不出她的確切下落。」波奈維爾立刻回嘴。「真理探測儀不是這樣運作的。我知道她在旅行，也知道她朝東走。除此之外的細節，任誰都無法解讀。」

「為什麼無法解讀？」提問者確實很有耐心。

「因為老方法，就是你要我用的方法，狄拉莫先生，是靜態的。要根據一組可能非常複雜但是固定的關係來解讀。」他住口不語，站起身來。

「你要去哪裡？」狄拉莫問。

「讓那盞燈照著眼睛聽你盤問，真是要我的命。我要坐過來這裡。」他癱坐在壁爐旁的沙發上。「如果你願意讓我使用新方法，我馬上就能找到她。」他接著說，抬起兩腳放在織錦覆面的凳子上。「新方法是動態的，容許移動，得到的結果完全不同。」

「腳別放凳子上。轉過來面對我，我要看看你是不是在說真話。」

波奈維爾的反應是乾脆躺在沙發上，頭枕在一邊的扶手，雙腳架在另一邊的扶手。他盯著狄拉莫看了一會兒，然後立刻躺回沙發盯著天花板，不停咬著手指甲。

「你看來身體欠佳。」祕書長說：「看起來好像宿醉，最近喝酒喝過頭了？」

「真是感謝您的關心。」波奈維爾說。

「所以？」

「所以什麼？」

狄拉莫深吸一口氣，再長長呼出。「重點是，」他說：「你的成果非常稀少。上次提出的報告幾乎沒有任何有用的內容。我們的協議就到這週五為止，除非到那時你能有什麼實際且非常相關的發現。」

「你這話什麼意思，我們的協議？什麼協議？」

「讓你使用真理探測儀的協議。這種特權我可以——」

「你要把它拿走？那有你好看的了。沒有人解讀的速度有我的一半快，就算用老方法也一樣。你要是——」

「已經不只是速度快慢的問題。我不信任你，波奈維爾。之前有一陣子，你似乎承諾說你會取得優勢。如今由於你的任性妄為愛擺架子，先前的優勢已經不在。那個姓貝拉克的女孩從我們眼皮下溜走，你似乎連一點頭緒——」

「那好吧。」波奈維爾說，接著站了起來。他的臉孔慘白更甚以往。「隨便你。真理探測儀還給你，早上派人來拿回去。你會後悔的。你會說對不起，會苦苦哀求我，但是我連一根小指頭都懶得動。我受夠了。」

他拿起沙發上的一個靠枕作勢要扔，很可能是想朝爐火裡扔去，但他只是將靠枕丟在地板上，狀似悠閒地走了出去。

狄拉莫在書桌上輕叩手指。事態發展出乎預期，他有些自責。波奈維爾又再次在機智方面勝出，或者說得更精確些，在傲慢無禮方面勝出。不幸的是，這小子說得很對：其他的真理探測儀解讀者無論在速度或準確度上和他相比都望塵莫及，也沒有其他人熟悉新方法。即使心懷顧忌，他不得不承認新方法獲致的一些成果相當驚人。他懷疑波奈維爾不顧他的禁令私下使用了新方法。

也許，祕書長尋思著，之前太過依賴真理探測儀是個錯誤。祕密探查的方法雖然老了一點，但幾百年來直到現在依舊有用，而教誨權威的情報網絡既強大且無遠弗屆，在歐洲各地甚至小亞細亞以及遠東都派有特務。也許是時候喚醒他們了。黎凡特地區的事態發展不久就會加快；讓所有特務提高警覺會是相當明智的預防措施。

他喚了祕書進來，口述幾件事讓祕書記下。接著他穿戴好大衣和帽子後離去。

馬瑟爾．狄拉莫的私生活極為低調隱密。據知他單身未婚，據認並非同性戀，但僅止於此。他的朋友屈指可數，沒有興趣嗜好，不蒐集瓷器，不打橋牌，也不上歌劇院看戲。像他這種年紀且身體健康正常的男人，一般可以預期會有個情婦，或偶爾會去一趟妓院，但他的名字從未與任何相關的流言蜚語沾上邊。事實上，他在記者心目中並非什麼具發展潛力的題材。他只是在教誨權威一個鮮為人知的部門裡工作的無趣公務人員，如此而已。報社老早就放棄希望，不再奢想以狄拉莫先生為主角的報導會吸引什麼讀者。

因此當他晚間出門散步，不會有人尾隨跟監，也不會有人看到他在安靜郊區裡的一棟大宅邸前拉響門鈴，或看到一身修女打扮的女子開門讓他進去。女子開門前，門上亮起的燈光格外昏暗。

修女說：「晚安，狄拉莫先生。夫人在等候您。」

「她好嗎？」

「還在適應新的藥物，希望如此，先生。疼痛有稍微減輕了。」

「很好。」狄拉莫說，將大衣和帽子交給她。「我直接上樓去。」

他走上鋪著地毯的樓梯，在燈光柔和的走廊上某一扇門敲了敲。裡頭有個聲音要他進去。

「媽媽。」他用法文說，彎腰湊近臥床的老婦人。

她側過頭讓他親吻臉頰。她渾身皺紋的蜥蜴精靈在枕頭上向後退縮，好像狄拉莫真有可能一不小心也吻到他。密閉的房間裡很悶熱，瀰漫著窒人的鈴蘭花香，刺鼻的藥油氣味，以及隱隱約約的肉體衰敗之氣。為了迎合時尚，狄拉莫夫人瘦成了皮包骨，看得出來從前容貌十分標緻。稀疏的金黃色頭髮梳理成僵硬的髮型，臉上的妝容一絲不苟，不過有極細微的一點鮮紅色口紅滲入自嘴唇向四周延伸的緊繃線條，再厚重的妝也遮掩不了她眼神中的野蠻凶殘。

狄拉莫在床邊的椅子上坐下。

「如何？」他的母親開口。

「還沒。」

「哦，上次有人見到她是在哪裡？什麼時候的事？」

「幾天前在牛津。」

「你的表現大大不如預期啊，馬瑟爾。你花太多時間在這個大會上了。什麼時候會結束？」

「等我得到我想要的。」他冷靜地說。他早就不會受母親的話干擾，也早就不再懼怕母親。他知道和母親討論他的種種謀畫十分安全，因為沒有任何人信任他母親，即使她說了也沒有人會相信。此外，她的意見無用又殘忍。

「你們今天討論什麼？」她說，一手輕輕撣掉鴿灰色絲質睡袍上只存在於想像中的塵粒。

「『體現』的教義。物質和精神之間的界線何在？差異為何？」

良好的教養讓她無法真的撇嘴冷笑；她的雙唇依然噘起，但眼神中滿是輕蔑不屑。

「我還以為界線一清二楚。」她說：「如果你和你的同事需要沉溺在這種屬於青少年的揣測猜想，那你是在浪費時間，馬瑟爾。」

「毫無疑問。如果妳覺得一清二楚，媽媽，那麼差異是什麼？」

「當然是物質已死。只有精神賦予生命。沒有了精神，或靈魂，宇宙只會是空虛無聲的荒原。但是你跟我一樣清楚得很。你為何要問？難道你受了那些玫瑰看似能揭露的意義引誘？」

「引誘？不，我不認為我受到引誘。但我確實認為我們需要予以應對。」

「予以應對？那是什麼意思？」

她受惡毒心腸激勵時最有活力。如今她年邁臥病，他挑釁她，樂此不疲，像是隔著玻璃安全地逗弄蠍子。

「表示我們必須考慮如何處理。」他接著說：「有幾件事可做。首先，我們可以阻斷知識流通，大動作調查，毫不留情地控管鎮壓。會有一段時間有效，但知識就像水，總能找到隙縫滲透。已經有太多人，太多新聞報刊，太多教育機構，都多少得到了一些消息。」

「你早就應該封鎖消息了。」

「妳是對的。第二個可能是找到問題的根源，斬草除根。在中亞的沙漠發生了一些無法解釋的事。那些玫瑰除了那裡之外，到其他地方都無法種活，原因我們不得而知。總之不管原因是什麼，我們可以派一支部隊過去，將那個地方摧毀。能夠傳到那裡的玫瑰油非常小量；供給會逐漸短缺，最後完全終止，問題也就迎刃而解。這個解決方案比前一個更費時，成本也更高，但是我們可以就這麼辦，一切就大事底定。」

「我想那才是你最不該做的。你姊姊就絕不會遲疑。」

「要是瑪莉莎還活著，很多事都會好很多。但是事已至此。還有第三個選項。」

「是什麼呢？」

「我們可以擁抱事實。」

「那到底是什麼意思？什麼事實？」

「玫瑰確實存在；它們向我們展現出我們一直否認的，與無上權威和祂的造物有關最深刻的真理相互牴觸，這一點毋庸置疑。所以我們可以大膽承認，推翻數千年來的教誨，宣告有一種新的真理。」

老婦人因憎惡反感而渾身顫抖。她的蜥蜴精靈開始悲泣，發出恐懼和絕望的細小叫聲。

「馬瑟爾，立刻收回那些話。」他的母親厲聲喝斥。「我不想要它們傳進我耳裡，將那些話收回去。我拒絕聽這種異端言論。」

他靜靜瞧著，一言不發，陶醉在她的苦痛之中。她的呼吸愈來愈急促短淺。她舉起一隻手顫抖著示意，睡袍的袖子落了下來，露出來的前臂上滿是針扎痕跡，皮膚宛如鬆垮裹覆骨頭的紙巾。她眼中閃著凌厲惡意。

「護理師。」她喃喃道：「叫護理師來。」

「護理師對異端也是愛莫能助。冷靜點。妳還沒退化到真要返老還童。無論如何，我還沒告訴妳第四個選項。」

「哦？」

「照我描述的那種方式揭露真理不會有用。有太多習氣、思考模式和體制，都遵循事物一直以來的方式。真理一下子就會遭到抹滅。我們應該做的反而是打從一開始，就細緻巧妙不著痕跡地，讓可能存在真理和事實這個想法瓦解。等到大眾對任何真理都抱持懷疑，各式各樣的機會都將對我們敞開大門。」

「還真是細緻巧妙不著痕跡。」她語帶嘲弄。「瑪莉莎會知道怎麼展現魄力，有個性多了。她比你更像男人，你永遠都比不上她。」

「我姊姊死了。我還活著，而且處於能夠左右事態發展的地位。我之所以告訴妳我打算做什麼，是因為妳有生之年是看不到了。」

他的母親開始抽抽噎噎。「你為何要這麼對我講話？」她泣訴：「殘忍極了。」

「我這輩子就盼著有一天能這樣對待妳。」

「只顧陷溺在幼稚的怨恨裡。」她顫聲說道，用一條蕾絲手巾拭著眼鼻。「我有一些朋友很有勢力，馬瑟爾。皮耶．畢諾上週才來看我。注意你的言行舉止。」

「我現在聽妳講話，就好像聽到畢諾的聲音。妳在我小的時候跟那個老色鬼上床。當年你們湊成一對想必大大丟人現眼。」

她不停啜泣，掙扎著要坐起來。狄拉莫並未伸手幫忙。她的蜥蜴精靈趴在枕頭上喘著粗氣。

「我要護理師。」老婦人說：「我好痛苦。你讓我難受得無法形容。你來這裡只是想折磨我。」

「我不會待很久的。我會請護理師給妳一劑安眠藥水。」

「噢不——不要——會作好可怕的噩夢！」

她的精靈輕聲尖喊，想用鼻吻輕蹭她的胸脯，但她將他撥開。狄拉莫站起來，環顧四周。

「妳真的應該讓房間裡空氣流通一下。」他說。

「別惹人討厭。」

「等我幫妳抓到那女孩，妳打算怎麼做？」

「逼她說出真相。懲罰她。讓她真心懺悔。接著，在摧毀她的意志之後，我會好好教育她。讓她清楚知道自己是誰，應該以什麼為優先。將她改造成她母親若還在世會成為的女人。」

「那畢諾呢？他在這項教育大計中會扮演什麼角色？」

「我累了，馬瑟爾。你不知道我有多麼痛苦。」

「我想知道畢諾打算對那女孩做什麼。」

「和他無關。」

「當然有關。那個墮落的男人，全身散發偷腥的腐臭味。」

「皮耶．畢諾是個男人，你不會知道那是什麼意思。而且他愛我。」

狄拉莫笑出聲來。對他來說頗不尋常。他的母親枯瘦的兩手握起拳頭搥著床鋪，嚇得她的精靈逃到床邊桌上。

「所以我們要見證一場臨終前的婚禮了嗎？」他說：「那他就能繼承妳的財產，還有那個女孩。我恐怕事務繁忙不克出席。」

他將其中一扇窗戶大開，夜晚的刺骨寒意湧入。

「不要，馬瑟爾！求求你！噢，別待我這麼惡毒！會冷死我的！」

他彎下腰要親吻她的臉頰道別。她別過頭去。

「再見，媽媽。」狄拉莫說：「畢諾最好別拖太久。」

奧維耶．波奈維爾並未坦誠相告，但也不是什麼新鮮事。他找不到萊拉其實是因為新方法基於某種原因不讓他如願。她不知用了什麼方法，成功擋下他的搜尋。又找到一個理由對她發怒，而他的好奇心也隨著怒氣與日俱增。

天性多疑加上習慣使然，他並未將真理探測儀放在公寓；任何慣竊，特別是由居正館委託的竊賊，不費吹灰之力就能闖入狹小的兩個房間再加小半間偷走他的任何東西。所以他養成將真理探測儀鎖在薩瓦銀行一個私人保險箱的習慣，這間銀行極為低調，近乎隱形。在伯恩路上的大門外黃銅名牌僅刻著「B. Sav.」，而且牌面刻意不擦亮。

隔天一大早，波奈維爾前往銀行，向職員通報了姓名（假名）和密碼，對方打開通往私人保險箱區的門之後離去。波奈維爾取出真理探測儀放入口袋，再取出厚厚一捲鈔票放進另一個口袋。他在保險箱裡只留下一把沒有標記的鑰匙，是用來開啟另一間銀行的保險箱。

二十分鐘後，他在國家火車站購買車票。他自然沒有理會狄拉莫禁止他使用新方法的指令，無論如何當然他還是用了。在上一次以需要查閱書籍的傳統方法解讀時，他得知萊拉是向東走，而且就他所知是孤身一人。新方法並未向他揭露任何關於萊拉的消息，而且他也跟萊拉一樣，覺得新方法帶來暈眩噁心的不適感幾乎到了無法忍受的程度。他打算下次使用真理探測儀時，要縮短時間並拉長間隔，也許能減輕不適。

但再怎麼說，還是有老方法可用，而且毋須付出身體不適的代價。火車一到慕尼黑，他就要在便宜旅館找個房間住下來，開始徹底搜尋萊拉的下落。如果他手邊的書籍齊全，無疑能加快速度，不過還是比不上新方法那麼快；但是他確實擁有其中兩本——安德里亞斯．倫欽格《象徵符號之鑰》手稿的全像拍攝照片，以及僅存孤本的史彼蒂雍．特雷普加《解讀真理探測儀》。該書直到先前不久仍由日內瓦的聖傑羅姆小修道院圖書館保管，如今已經失去原本的優美皮革封皮。封皮仍留在圖書館架上，包夾在裡頭的卻變成很難讀懂但大小相仿的拿破崙麾下某位將軍的回憶錄，是波奈維爾在一個二手書攤買的。書籍失竊一事終究會東窗事發，也許不用太久，但波奈維爾相信，到了那時候他已然大獲全勝回到日內瓦。

有人在搖晃她。

「萊拉！萊拉！」

是可斯塔媽媽的聲音，在敞開的門口透進來的廚房燈光下，她正彎腰探向床鋪。在她身邊有別人，是克朗爺爺，萊拉也聽見他的聲音：「丫頭趕快！快醒醒！」

「怎麼了？發生什麼事？」

「CCD。」可斯塔媽媽說：「他們破壞約定，開了至少十幾艘船進到沼澤區，而且——」

「我們得把妳送走，萊拉。」法德．克朗說：「趕快換好衣服。動作愈快愈好。」

她鑽出床鋪，可斯塔媽媽退到一旁，此時法德．克朗返回船上廚房。

「什麼——他們怎麼知道——」

「丫頭來，趕快穿上這件，就套在睡衣外面沒關係。」老婦人說，將一件洋裝塞進萊拉手裡。萊拉套上洋裝，半睡半醒間，將所有散落的家當塞進背包裡。

可斯塔媽媽說：「克朗派人開快船帶妳走。他叫泰瑞．貝尼克，可以信任的人。」

萊拉睡眼惺忪環顧四周，看看有沒有東西忘了帶。沒有：東西不多，全都帶了。潘？潘在哪裡？她記起來時胸中一沉，邊眨眼搖頭邊說：「我這輩子什麼不會，只會帶給吉普賽人麻煩。」粗啞的嗓音還帶著濃濃睡意。「真的很對不起……」

「別說了。」可斯塔媽媽說，緊抱著她讓她幾乎呼吸困難。「現在就到外頭去吧，一秒都別耽擱。」

廚房裡法德．克朗倚著兩支枴杖，也是一副剛從睡夢中被叫醒的模樣。萊拉聽見船引擎在水面上的低沉震動聲。

「泰瑞．貝尼克是好人。」克朗說：「情況他曉得。他會帶妳去金斯林——所有排水渠和旁通水道他都知道——從那裡可以搭渡船，但是動作要快，萊拉，動作快。我給的東西妳都帶齊了？」

「有——帶了——噢，克朗爺爺……」她緊緊擁抱老人，感覺到雙手底下的身子骨無比脆弱。

「快走。」可斯塔媽媽說：「聽得到那邊的槍聲了。」

「謝謝，謝謝。」萊拉邊說邊衝出船艙，窄船船邊有一艘完全不同類型的船艇，駕駛艙有一隻手朝上伸出來扶她下船，深色木頭打造的小艇漆黑無光。

「貝尼克先生？」她說。

「抓穩了。」他只回了這幾個字。

她看不太清楚他的臉孔。他的個子魁梧，戴一頂深色羊毛帽，身穿厚重的夾克。他催動油門，引擎咆哮有如虎吼，小艇應聲向前破浪直衝。

# 第十七章 礦工

在庫克斯港，潘拉蒙趁著愛莎號船員分神時下了船。正如甲板水手預測的，弗林特船長把螺旋槳賣給波爾昆島上的一家造船廠，之後拒絕和大副平分贓款，因為，他認為自己身為船長要冒更大的風險。大副的反應是偷走船長的威士忌，躲回自己的吊鋪生悶氣。愛莎號駛離波爾昆島一小時後，船的螺旋槳槳軸襯套破損脫落，海水湧入引擎室，船在兩個人滿腹怨氣使勁抽水之下走走停停，好不容易駛進庫克斯港，大副則在一旁喃喃抱怨。潘看得著迷不已。在愛莎號這樣一條船上要避人耳目太容易了。

船於晚間在一處碼頭繫泊，碼頭後方是一間傾頹的石砌倉庫。在換好螺槳襯套之前，目前躲藏在倉庫裡的「乘客」還無法上船，因為整場載運「乘客」的交易都必須隱祕且悄無聲息地進行。不過需要多久才能修好也很難說；弗林特認識一個人手邊有必要的備用零件，但他目前不在城裡，其實就是去坐牢了，而他的助手對弗林特積怨已深，必然會索要高價。天一黑，潘就從舷梯飛奔下船，竄入主要港口的陰影深處。

現在只差找到河流，只要沿河往上游走就能抵達威登堡。

同時，萊拉坐在一艘擁擠渡船的前艙裡，渡船正駛向荷蘭的夫勒辛港。她寧願坐在艙外以便避開其他乘客，但是外頭寒風刺骨；她只好忍受窒人的熱氣、機油、久放的食物、菸草、啤酒和骯髒衣物的味道，以及揮之不去的作嘔感。琥珀電氣燈管閃爍得令人難受，艙內每個角落在慘白燈光下都無所遁形。她好不容易穿越擠在門口的人群，推擠半天終於在角落找到一個位子坐下。

無精靈的狀態起初並未如她所恐懼的引發眾人驚慌。大部分乘客和船員都專注於自己的事務，忙著安撫號啕大哭的小孩，或只是疲憊冷漠。確實有少數幾個人看出她的異樣，但他們只是偷瞟一眼，口中喃喃自語，或做個驅趕惡運的手勢就不再追究。她假裝沒注意到，努力看來毫不起眼。

前艙的乘客裡，有五、六名男子明顯是結伴同行。他們的衣著很類似，都穿著非正式但材質考究的禦寒衣物，彼此之間以威爾斯語交談，一派從容自信。萊拉小心翼翼地觀察他們，因為其中一、兩個人曾在她穿越門口的擁擠人群擠進前艙時上下打量她，交頭接耳之後又轉頭盯著她看。他們的同伴在點酒飲，要價高昂的酒飲，還放聲大笑。要是潘也在，他和萊拉可以一起扮演偵探，試著猜想這群男子的職業；但是他們得先言歸於好才行，而他們的關係可能再也無法回到從前。

好吧，她還是辦得到，她心想，就算只有她自己。她假裝半睡半醒，邊觀察這群男子。

他們是朋友或同事：他們是一起的，年紀估計大概三十幾或四十出頭，看起來像從事體力勞動的工人，不像整天坐辦公室的人，因為他們體態勻稱，在搖晃的船上輕輕鬆鬆就能保持平衡，像是運動員甚至體操選手。他們是士兵嗎？有可能，但她又想到他們的頭髮太長，而且臉色太過蒼白——他們不是在戶外工作。他們的薪資優渥，衣著打扮和點的酒飲可以證明。他們的身材都偏矮小，士兵通常比較高大，她思索著……

她還不及細想，一個塊頭很大的中年男人在她旁邊坐下。她試著挪動，留給對方更大的位子，但在她左邊的長椅上睡著一名身形龐大的女子，萊拉輕推她時，她一動也不動。

「別擔心。」男人說：「剛好擠得下，不用在意。要去很遠的地方嗎？」

「不遠。」她淡漠回答，沒有看向男人。

男人的精靈是一隻棕白相間的活潑小狗，她好奇地在萊拉放在地板上的背包周圍打轉嗅聞。萊拉拎起背包放在懷中，緊緊抱住。

「妳的精靈呢？」男人問。

萊拉轉頭，露出不屑的表情。

「不用這麼拒人於千里之外。」他說。

九年前遠行北地時還與潘形影不離的萊拉，不費吹灰之力就能編出一個故事解釋男人為什麼不應該打擾她：她罹患一種傳染病，或她正要去參加母親的喪禮，或她的殺手父親隨時會回來找她——有一回搬出這則故事的效果奇佳。

但如今的她缺乏創造力，或精力，或大無畏的精神。她孤單疲倦又驚慌不已，連這個自以為是的男人和愚蠢的小狗精靈都讓她害怕，精靈此時吠叫著躍上男人膝頭。

「怎麼啦，貝西？」男人說，將精靈抱起來安撫，還側耳聽她講悄悄話。萊拉將頭轉開，但還是可以瞥見男人在做什麼。他邊和自己的精靈低聲說話邊盯著她看。

精靈發出半壓抑的嗚咽聲，她拚命想躲得離萊拉遠遠的，將自己埋進男人的大衣裡。萊拉看到精靈這樣懦弱膽怯博取注意力的表現只覺得噁心，她閉上雙眼裝睡。吧台附近傳來爭吵聲——講威爾斯語的人拉高了嗓子，似乎有人扭打起來——但紛爭一下就發生，也很快就平息。

「這裡有點不對勁。」大塊頭男人大聲道，說話時並未對著萊拉。「很不對勁。」

萊拉睜開眼睛，看見一、兩個人轉過頭來。所有長椅上都擠滿了人，乘客或坐或臥，或吃喝東西，地板下方持續響起渡船引擎的轟隆噪音，船外的海浪拍擊聲和呼嘯風聲又形成另一層聲響，附近的交談聲和稍遠一點吧台旁酒客的笑聲也清清楚楚；但男人的聲音蓋過一切，他堅稱：「這裡很不對勁。這個年輕女人——很不對勁。」

他的精靈適時嚎叫起來，尖利抖顫的叫聲讓萊拉背脊竄起一股寒意。有更多人在看了，她左邊睡著的女人動了動身體，咂著嘴巴逐漸醒轉。

萊拉說：「我的精靈在我的大衣裡頭。他不舒服。不關你的事。」

「沒用的。我不覺得妳身邊有精靈。我的貝西從來不會搞錯這種事。」

「你錯了。我的精靈不舒服。我不會因為你迷信就打擾他。」

「別用這種語氣跟我說話，小姐，我可不買帳。妳現在這種狀態不應該出現在公共場合。妳有問題。有什麼很不對勁。」

「發生什麼事？」坐在對面長椅上的一個男人開口：「你在嚷嚷什麼？」

「她沒有精靈！我一直想告訴她，她不該就這樣跑到公共場所，非常不對勁——」

「是真的嗎？」另一個男人問，他的禿鼻鴉精靈在他肩頭上撲騰雙翅，發出響亮的嘎嘎聲。萊拉意識到男人是在問她。

「當然不是真的。」她盡可能冷靜回答：「沒有精靈的話，我能去哪？」

「噢，那他在哪呢？」先前那個男人質問。

「不關你的事。」萊拉說，因為荒謬的突發事件引來旁人注意而心生警惕。

「這麼畸形的人不應該在外面亂跑。」他說，他的精靈再次嚎叫。「妳看看妳嚇人的樣子，根本不該出現在公共場所。像妳這種人就要去妳們該去的地方待著……」

一個孩子開始哭叫，他的母親裝模作樣地將他抱起來，將孩子的外套拉高遠離萊拉的背包，好像怕被污染。孩子的精靈從小老鼠變成鳥再變成小狗再變回小老鼠，不停從他身上跌落，孩子和精靈的哭喊聲更響亮了，直到孩子母親的獒犬精靈叼起孩子的精靈晃了一晃。

萊拉緊抱自己的背包打算站起來，卻發現大塊頭男人拉著自己的袖子不放。

「放手！」她說。

「不行，妳不能想去哪就去哪。」男人說，環顧四周尋求認同，愈來愈多乘客臉上露出贊同的表情。顯然他自以為在幫所有人代言。「妳不能這樣子到處走。」他繼續說：「妳嚇到小孩子了。妳會對大眾造成威脅。妳要跟我走，而我要把妳交給——」

「沒事的。」有人發話，是帶著威爾斯口音的男聲。萊拉抬頭，看到是吧台旁那群男子中的兩人，一派從容自信，臉上酡紅，也許有點醉意。「我們會照顧她。把她交給我們吧，省得你操心。」

男人不甘心放棄身處全場注意力焦點的地位，但是兩名威爾斯人比他更年輕，更強壯。他放開萊拉的袖子。

「妳跟我們走。」第一個威爾斯人說。他一副打從出生起就從不曾遭人拒絕或違抗的模樣。猶疑之下，萊拉待在原地不動，他又說了：「走吧。」

另一名男子上下打量她。附近沒有任何人幫她說話。周圍一張張臉龐或冷漠戒懼，或明擺著厭憎恨；視線所及之處所有精靈或攀或飛或爬，躲進人類安全的懷抱裡，避開這個恐怖駭人、沒有精靈卻明目張膽來到眾人之間的傢伙。萊拉避開他們的腿腳和行李繞道而行，跟在威爾斯人身後離開。

她尋思著：所以一切這麼快就要結束了嗎？我不會屈服的。一走到外面，我就發動攻擊。貝格諾短棍藏在左手袖子裡，她準備用右手隨時抽出，也已經決定第一擊要瞄準哪裡：第二個男子的腦袋側面，現在只等身後的門關上。

他們走近船艙艙門，坐著的乘客之間一陣竊竊私語，吧台旁其他幾名威爾斯人合謀般點頭表示贊同。所有人都知道這兩個男人要對她做什麼，但是沒有人出聲反對。萊拉將短棍的握把再朝掌中挪進去一點，緊接著他們已置身寒風之中，門在他們身後砰一聲關閉。

甲板上雨水和噴濺的海浪泡沫橫流，渡船前俯後仰猛力搖晃，強風吹打萊拉的臉頰，她抽出短棍——但接著停住。

兩名男子向後一站，兩手舉起，掌心朝前攤開。他們的精靈，一隻獾和一隻金絲雀，分別在甲板和人類肩頭上平靜地站定不動。

「沒事，小姐。」個子較高的男人說：「只是要幫妳離開那裡而已。」

「為什麼？」她說，慶幸自己至少保持語調平穩。

另一名男子拿出某個東西，是裝真理探測儀的黑色天鵝絨袋子。萊拉一下子無法站穩，彷彿遭到重擊。

「你幹什麼——你是怎麼——」

「妳進船艙的時候，我們看到一個男人伸手進妳的背包，摸了個東西出來。動作非常快。我們留意妳往哪裡走，也留意那個男人，在他開溜之前抓住他。他爭執了一秒鐘就放棄。我們把這個從他手裡拿回來，然後看到那個蠢蛋跟他那頭亂吠的小狗精靈找妳麻煩，想說那不如來個一石二鳥。」

她接過天鵝絨袋打開來，從金色的光澤和熟悉的份量，她知道它很安全。

「謝謝你們。」她說：「實在太感謝你們了。」

站在高個子肩頭上的金絲雀精靈開口了。她說：「Duw mawr, dydi hi ddim yn ddewines, ydi hi?」男子點點頭，問萊拉說：「妳是女巫，對吧？抱歉問得這麼無禮，妳了解的，只是——」

「你怎麼知道？」萊拉問，這次聲調忍不住顫抖起來。

「我們以前見過妳們同族的人。」另一個人說。

艙壁燈投出的黃光照在他們臉上，他們跟她一樣受風浪劈頭蓋面吹打。他們又向後退。

「風全往這邊吹啊。」第一個男子說：「我猜另一頭比較能擋風雨。」

他們朝另一側走去，她跟在他們後面橫越開放的前甲板，努力保持平衡走向船的另一側。在那裡，旁邊的船艙和掛在上方吊艇架的救生艇可以擋掉最強勁的風雨，稍遠一點的微弱燈光下有一張還算乾的長椅。

男子們坐下來。萊拉將袖子裡的短棍向內推進去，跟他們一起坐下。他們一起坐在其中一端，留給她相當充足的空間，再將各自的外套領子豎起來擋風。其中一人把口袋裡的羊毛帽拿出來戴上。

萊拉將大衣帽兜撥開，將頭轉向燈光的方向，露出整張臉來。

「我是葛溫，」第一個男人說：「這位是達菲。」

「我是塔季亞娜．艾塞列芙娜。」萊拉說，取了一個從父名的化名。

「妳是女巫，對吧？」達菲說。

「對。我不得不這樣行動。可以選擇的話我絕不會這麼做。」

「當然，看得出來。」葛溫說：「沒必要的話，妳當然不會選擇跟一群蠢蛋擠在要命的船艙裡。」

她忽然靈光一閃。「你們是礦工嗎？」她問。

「妳怎會知道？」達菲說。

「我推測的。你們要去哪裡？」

「回薩拉去。」葛溫說：「瑞典有銀礦坑。」

「我們之前就是在那裡遇到女巫。」達菲說：「她從空中飛下來買白銀，困在地面了。她的，妳知道，樹枝——松樹枝——」

「雲松枝。」

「對。被偷走了。我們幫她拿回來。」

「她先幫了我們的忙。」葛溫說：「我們欠她一次。換我們幫她忙咧。聽說了很多關於她們的生活啊有的沒的事情。」

「妳去哪裡，塔季亞娜？」達菲問。

「我要去東邊很遙遠的地方。我在找一種只在中亞生長的植物。」

「是在找咒語的材料或什麼咧？」

「是要找藥材。我的女王病了。要是我沒有找到那種植物帶回去，她就活不成了。」

「為什麼妳走海路？這樣在地面移動，對妳來說很危險咧。」

「運氣不好。」她說：「我在火災中失去了雲松枝。」

他們點頭。

「搭頭等艙的話，會比較好。」葛溫說。

「為什麼？」

「沒人問東問西，沒人那麼好奇。有錢人不像我們。剛剛船艙裡那些人，像那個蠢斃了的胖子，走到哪都會遇上這種渾帳東西，抱歉了。還有那個扒手。搭頭等艙的話，擺出不搭理人的樣子，妳知道，怎麼說——」

「冷漠。」達菲說。

「類似。傲慢，高高在上。大家會怕妳，不敢亂問問題或打擾到妳，妳懂的。」

「你真這麼覺得？」

「真的。聽我的勸吧。」

「中亞。」葛溫說：「還要好長一段路。」

「我會到那裡的。話說，威爾斯礦工為什麼要去瑞典工作？」

「因為我們是全世界最厲害的。」達菲說。「Coleg Mwyngloddiaeth，我倆都是。」

「什麼意思？」

「布來奈費斯提尼奧格的採礦學校。」

「你們挖銀礦？」

「在薩拉，對。」葛溫說：「我們最了解的就是貴金屬。」

「我們幫妳拿回來的那東西，」達菲說：「是啥玩意，我能問嗎？拿起來很沉，像黃金。」

「是黃金。」她說：「你們想看看嗎？」

「噢，非常想。」葛溫說。

萊拉打開她的背包。她瘋了嗎？她究竟為什麼要相信兩個陌生人？因為他們幫助過她，這就是理由。

她打開黑色天鵝絨袋子讓真理探測儀沉甸甸地落在掌心裡，他們湊近細看。它捕捉了艙壁燈投落在其上的每粒光子，反射出更加耀眼的光芒。

「老天咧，」達菲說：「那是什麼來著？」

「是真理探測儀。我不知道，也許是三百年前製造的。你們看得出用的是哪裡的黃金嗎？」

「那我得摸摸看。」葛溫說：「現在看著它，我可以立刻說出點什麼，但是得摸到它感覺一下才能確認。」

「你能立刻看出什麼來？」

「不是純金，但我想也不會是。如果是製造操作用的儀器，純金太軟了，必須加入另一種金屬製成合金。我看不出來是什麼，在這個燈光下沒辦法。但是很古怪。幾乎是純金，又不太像。我以前從來沒看過。」

「有時候可以舔舔看味道。」達菲說。

「我能摸摸看嗎？」葛溫問。

萊拉將探測儀遞給他。他從她手中拿起來，一手拇指沿著金邊撫摸。

「不是銅，也不是銀。」他說：「是別種金屬。」

他將探測儀拿高到臉旁，輕柔地將它貼住顴骨肌膚。

「你在做什麼？」

「感覺它。妳看，不同部位的皮膚有不同的神經，分別對不同的刺激敏感。非常古怪。我不敢相信會是……」

「讓我試試。」達菲說。

他取過探測儀拿到嘴邊，伸出舌尖舔了舔黃金外殼。

「幾乎是純金。剩下的……不，我不信。」

「是真的。」金絲雀精靈在他手腕旁說：「我分辨出來了。是鈦。」

「欸對，我也這麼認為。但是不可能啊。」葛溫說：「鈦是大約兩百年前才發現的，而且我從沒聽說過有鈦跟金的合金。」

「非常難操作。」達菲說：「但感覺起來是這樣……這些指針是用什麼做的？」

萊拉可以利用轉輪來轉動的三根指針是用某種黑色金屬製成的，會自動轉動的指針顏色比較淺，彷彿暴風雨般的灰色。之前她和威爾曾注意到它的顏色和奧祕匕首刀刃的顏色很相像，但除此之外仍舊一無所知；就連曾重鑄破碎刀刃的歐瑞克．拜尼森，也不得不承認他完全不知道那是什麼材料。

萊拉知道一旦說起來就必須花上很長的時間解釋來龍去脈，所以只是簡短回答：「我想沒有人知道。」

達菲將真理探測儀遞還給她，她收了起來。

「妳知道嗎？」葛溫告訴她：「在採礦學院的博物館有一塊金屬，看起來很像是一片刀刃，原本在一把刀上之類的。一直沒有人研究出那是用什麼金屬做的。」

「那好像藏著什麼祕密。」達菲說。

「但是看起來跟那根指針一模一樣。妳那東西是從哪來的？」

「波希米亞。」

「噢，那裡有很優秀的金屬工匠。」葛溫說：「如果外殼是鈦金合金做的，那可不容易。在進入現代之前，我敢說是不可能的。但有那東西，就不用懷疑了，就是這樣。所以，是女巫的東西嗎？」

「不是。我是唯一接觸過這種東西的女巫。據我們所知，全世界只有六個。」

「妳拿它做什麼用？」

「問問題，然後讀出答案。麻煩的是，需要查閱一大堆古書才知道如何解讀象徵圖案，理解它傳達的意思。需要花很長的時間學習如何解讀。我的書全都在新基輔茨克。沒有書我就沒辦法解讀。」

「那妳為什麼把它帶在身上呢？留在家鄉不會比較安全嗎？」

「以前被人偷走過，我不得不費盡千辛萬苦才把它拿回來。它……」她猶疑著。

「怎樣？」達菲問。

「它似乎會引來小偷，就像剛剛那樣。以前曾經好幾次失竊。有人把它送給我的時候，我以為再也不會被人偷走了，但很明顯並非如此，我以後會特別小心。你們真的幫了我很大的忙。」

「我們就是，回報恩情。」葛溫說：「我們跟妳說過的那位女巫——她在我們生病的時候幫了我們。那時候發生傳染病，從薩拉更北邊的礦坑傳到我們這邊，像是一種肺病。我們倆那時都得了病。女巫找來一些藥草讓我們好過些，但當地有些白痴偷了她的雲松枝，所以我們幫她拿回來。」

他的精靈是一隻體型嬌小的獾，原本沿著甲板焦躁不安地來回逡巡，忽然停住不動，死死盯著船尾。葛溫輕聲說了幾句威爾斯話，她以同樣語言回應。

「有人正朝這邊過來。」達菲幫忙翻譯。

萊拉看不出有任何人，但是那一頭更暗，而且視線全被強風吹往臉前的頭髮擋住。她將背包小心地塞到長椅下方，暗暗地摸索短棍。她看得出來另外兩人已經準備好躍起迎戰，而且看起來好似樂在其中；但在發展到大打出手的地步之前，朝他們靠近的兩個男人走到艙門門口旁一汪燈光下。

萊拉沒看過他們身上穿著的制服：黑色，剪裁合身，鴨舌帽上別著的符號標誌她也認不出來。他們看起來絕不像船員，像是軍人。

其中一人說：「拿出你們的旅行文件。」

葛溫和達菲將手伸進外套口袋。兩名穿制服男人的精靈都是像狼一樣的大狗，凶惡專注地瞪著萊拉。

看起來帶頭的男人戴著長手套，他朝葛溫伸手要拿他的船票，但是葛溫不為所動。

「首先，」他說：「你們不是北荷渡船公司的員工，我沒看過你們身上的制服。先告訴我你們是誰，我再決定要不要給你看我的船票。」

制服男人的精靈咆哮起來。葛溫垂下一手摸著他的貛精靈脖頸。

「看好了。」制服男人說，脫下鴨舌帽展示帽上的徽章。萊拉看到徽章圖案是一盞燈焰朝四周散發紅色光芒的金色油燈。「以後你們會愈來愈常見到這個徽章，很快你們就不用再問了。這是確正義務公署的徽章。我們是公署的治安官，負責檢查所有入境歐洲大陸人士的通行文件，這是我們的職責之一。」

此時有些事物在萊拉的腦海中浮現，麥爾肯跟她說過的某件事……她說：「聖亞歷山大聯盟。做得很好，你現在可以把帽子戴上了。」

男人張開口想說什麼，但又閉上，接著只開口說：「您剛剛說什麼，小姐？」

「只是想阻止你犯下錯誤。」萊拉接著說：「你們組織才成立沒多久，對嗎？」

「呃，對。」他說：「但是——」

她舉起一隻手。「沒關係，」她說：「我了解。你還來不及熟讀所有新規定。不如我現在給你看這個，也許你下次就知道該怎麼做。」

她掏出狄克．歐瓊德給她的手巾，狄克繫的結還在。她亮出手巾，讓他們看了一下之後立刻收起來。

「那到底是——」

「是我們單位的徽記。表示我跟我的旅伴在為教誨權威處理事務。你應該要知道的。如果你見到這個結，我能給你最好的建議就是轉過頭去，忘了拿給你看的人。目前這個情況，表示你也應該忘了我的旅伴。」

兩個男人看來一頭霧水。其中一人兩手一攤。「但是我們沒聽說……妳剛剛說妳是哪個單位？」他說。

「我剛剛沒說，但我會告訴你，之後我們就不要再提起。居正館。」

他們聽說過，而且多少知道一些，懂得該點頭並露出嚴肅的表情。萊拉伸出一隻手指抵住嘴唇。

「就當作從來沒看過我們。」她說。

其中一人點頭。另一人輕碰帽緣敬了個禮。他們的精靈變得安靜順從，兩個人走開了。

「我的老天爺。」片刻過後葛溫開口。「真有妳的。」

「熟能生巧。」她說：「不過我已經很久都不需要做這種事了。很高興還是有用。」

「所以他們會忘了這回事？」達菲問。他聽起來跟葛溫一樣大為驚嘆。

「大概不會。但是他們會煩惱一陣子要不要提起這件事，擔心可能真的是他們應該知道卻疏忽了。無論如何，船靠岸之前我們都不會有事。」

「真是嚇了我一大跳。」

「妳剛剛說了什麼？」葛溫問。

「居正館。是教誨權威的一個分支單位。我只知道這些。我得在他們問起我的精靈之前轉移他們的注意力。」

「我之前不太敢問，覺得可能不太禮貌，但是……他去哪了？」

「飛回我的家鄉告訴她們說我到哪裡了。在至少一千英里以外的地方。」

「我沒辦法想像精靈不在身旁會是什麼感覺。」達菲說。

「很辛苦，一點都不好受。但有些時候就是不得不。」萊拉拉高大衣領子，將兜帽向前拉。

「天啊，好冷。」葛溫說：「妳要不要試試再回船艙裡？我們會跟妳一起。」

「我們可以去另一間船艙。」達菲說：「那邊比較安靜，也溫暖點咧。」

「好。」她說：「謝謝你們。」

她站起來跟在他們身後，一起沿著甲板朝後艙走去，裡頭似乎大多是睡著的年長乘客。後艙比前艙更昏暗，吧台已經打烊，只有幾個人還醒著；一小群人在玩牌，其他人在看書。

吧台上的時鐘顯示一點三十分。渡船會在八點鐘靠岸。

「我們可以坐這兒。」葛溫說，他在牆邊座椅旁停下腳步，還有坐得下他們三人的空位。「妳可以睡一下。」他對萊拉說：「別擔心，我們會幫妳留意四周。」

「謝謝你們的好意。」她說。她坐下來，將背包牢牢抱在懷裡。「我不會忘記的。」

「沒事。」葛溫說：「要下船時我們會叫妳。」

她閉上雙眼，一下子就精疲力竭。沉沉入睡時，她聽到坐在她左邊的葛溫和達菲輕聲用威爾斯語交談，在他們腳邊的精靈也一樣。

在慕尼黑的鐵道旅舍裡，奧維耶．波奈維爾吃了豬肉和麵餃當晚餐，之後立刻回到昏暗的狹小客房，想找出萊拉的下落。他留意到新方法有些異樣……很難形諸文字……重點是他沒辦法找出一絲萊拉的蹤跡，但先前他卻輕而易舉就能看見她。一定發生了什麼事。她想到躲藏起來的方法嗎？最好不要。他死也不會放棄的。

他一直有種感覺……像是被輕推一下，彷彿真理探測儀在向他暗示著什麼。他先前沒想到會是用暗示的方式。但是有什麼……

由於頭頂上方那顆房中唯一的燈泡光線太過昏暗，偷來的書字又太小，也由於太熟悉轉盤上的圖案，他並未嘗試傳統方法。他坐在座墊填充過滿的扶手椅上，再次試著集中心神想著女孩。他試著召喚她的面貌，徒勞無功，只出現一個面容空白的女孩，頭髮是金色或接近金色。也許不是金色。淺棕色？他什麼都看不見。連她的精靈都看不見。

她的精靈是什麼樣子？某種鼬或貂？類似的動物。他之前只瞥見一眼，但記得精靈的頭臉很寬，紅棕色的，在喉頭上有一塊淺色毛皮——

一陣枝葉摩擦的窸窣聲響起。

波奈維爾坐直起來。他閉上雙眼集中注意力。很黑，當然了，因為是晚上，但有個地方亮起光輝——矮樹叢，葉片落盡的懸鉤子，水……波奈維爾揉揉眼睛，還是一樣。他要自己放鬆下來，試圖克制想嘔吐的感覺，晚餐的麵餃只是愈幫愈忙。下次少吃點，他想。

又出現了，窸窣聲，看得到有些動靜——他瞬間反胃欲嘔，忍著衝到洗手台旁才吐出來。但他差點就看到了！就差一點點！他倒了一杯水漱了漱口，再次坐下。

麻煩的是……這是從誰的視角出發呢？是誰的雙眼在那裡觀看一切？不是任何人的。視點並未固定下來，結果就是不斷遊移，如果固定下來就不會害他嘔吐了……但是那裡沒有人在看。沒有攝影鏡頭。沒道理視點就在此處而非彼處。

好吧，試著不看。試著用聽的，或用聞的，或都試試看。這兩種方式不同於從單一視點用看的。波奈維爾讓自己凝神望入黑暗之中，轉而專注在聽覺和嗅覺。

情況一下子變好很多。他可以聽到微風吹拂灌木叢，偶爾響起動物四足踩在落葉堆上的沙沙聲響，但不是乾燥的落葉；他可以聞到溼氣，聞到遠處有一條較大的河流，以及船的尾波沿河岸激起陣陣漣漪的水語呢喃。

接著又感覺到別的。他可以聽見開闊無垠的夜。水面上傳來隔了一段距離的聲響：大型燃油引擎，船首波激起的浪花，遠處的人聲。貓頭鷹的呼嗚嗚叫。矮樹叢中響起更多窸窸窣窣聲。

他穩坐不動，閉著雙眼，望入深邃的黑暗之中。貓頭鷹又呼喊了一聲，更近了。船朝他的右手方向逐漸駛離。接著是一種類似動物的氣味，非常接近。

驚愕之下，他試圖探看，電光石火之間，他看見女孩的精靈的身形輪廓，在寬闊幽暗的河流旁，但沒看見女孩。四下都不見女孩的蹤影。只有她的精靈獨自在那裡。在噁心不適感襲捲之前，他很快在心中再次閉上雙眼，但他志得意滿。他讓一切消褪，坐在原地眨眼微笑，內心雀躍歡騰。

這就是為什麼他看不見萊拉！她和她的精靈分離了！還有，他現在知道新方法是怎麼運作了。使用新方法時，吸引探測儀的不是人，是守護精靈。好多新發現！

他之前能夠看到狄拉莫公寓裡萊拉的黑影照片，是因為每張照片裡她的精靈都在。現在他知道萊拉的精靈正獨自旅行，而且是沿著一條大河。只要知道是哪一條河就行，不用花太久就能查出來。

總之，可圈可點的一晚。

## 第十八章

# 麥爾肯於日內瓦

麥爾肯的雙眼不太舒服。他原先個人獨享的、北極光的燦爛光環，在視野餘光裡震顫了好幾天；不是一直都在，但是比平常盤桓得更久，始終不曾完全出現在視線中。眼前的世界彷彿是由幻燈機投在不太牢固的布幕上的成像。阿斯塔雖然不像他能看見光環，也感受得到他們的視野中有什麼不太對勁。

他們在下午稍晚抵達日內瓦，當地風很大，陰暗的天空意謂夜晚將臨，也警示著即將颳起暴風雨。市區一片繁忙，教誨權威全體大會剛剛落幕。麥爾肯其實不需要行經日內瓦，這麼做甚至可稱為魯莽；但若能得知大會上討論了什麼會很有幫助。此外，他知道賽門·塔博也出席了大會，可以的話他想找到塔博。

他打算搭火車離開日內瓦，但他是搭客運來的，因為當局派去監看客運站的人員比派去火車站的少。他和阿斯塔在一個平凡乏味的郊區下車，該區坐落著小工廠、供售市場蔬果的園圃和木材堆置場。道路沿著湖濱延伸了一小段，在迅速籠罩的夜幕中，可以瞧見湖的另一側城市時髦繁華的一區，稍遠一點山頭白雪皚皚，在無月的夜空下顯得鬼氣森森。前頭有一處類似遊艇俱樂部的地方，在狂風大作中，他們聽見纜繩拍擊桅杆，宛如千座瑞士鐘鏘然齊響。

他們在一條小路上前行。麥爾肯停下腳步搓揉雙眼。

「我也感覺到了。」阿斯塔說。

「感覺好像這該死的東西啪一聲斷了，亮晃晃的碎片被吹得到處都是。如果它繼續這樣下去，我們就得躺下來了，但我寧可不要。」

「塔博。」

「沒錯。我想……等等。」他瞄著石牆後一棟偌大宅邸用生鏽掛鎖鎖上的柵門。

「是什麼？」她說，躍上他的肩頭。

「那裡有東西……」

天色幾乎全黑。柵門上有什麼在遊移或振動。起先他以為是一片黏在蛛網上的葉子，轉念又覺得可能是螢火蟲，但接著熟悉的東西現身了：正是完整的燦爛光環本尊。它在半明半暗中熠熠閃爍，越過沉重的掛鎖，像是拉回釣線取魚一般吸引麥爾肯來到跟前。他心甘情願地跟著走。阿斯塔看不見，但感覺得出麥爾肯再次感受到久違的激動亢奮。

他伸出手想觸碰盤繞發光的異象，想要拾起它捧在掌心裡，心知自己當然做不到；但是他碰到掛鎖時，鎖扣咔答一聲自鎖頭順暢滑開，彷彿最近才上過油。解開的掛鎖搭扣懸垂著。

「噢。」阿斯塔說：「這下子非進去不可了。」

他們東張西望，不見任何人影。麥爾肯拿開掛鎖，打開柵門，光環仍在視野中央處持續閃動。柵門發出咿呀聲，很輕易就掠過礫石地上長滿的雜草叢打開來。高大的宅邸一片漆黑，窗戶釘上木板封起，牆面上爬滿常春藤。主要的出入口朝向湖泊。麥爾肯關上柵門，朝著建築物前進。

「無人聞問的，很不瑞士。」麥爾肯說：「看得到嗎？」

他指著宅邸再過去庭園深處的林子，就在湖畔。

「是船庫嗎？」麥爾肯說。

「是我也這麼想。沒錯。」

肉眼看來只是一個黑色的長方體，但麥爾肯眼前環繞的光環耀眼篤定。他們沿著通往船庫的小徑走，礫石地上長滿厚厚一層青草和其他雜草。至少他們行走其上時不會發出聲響。

船庫的門也用掛鎖鎖住，但是搭釦扣入的木塊已經腐朽。麥爾肯輕而易舉推開門，他們踏了進去，阿斯塔領頭以防萬一，因為麥爾肯的視線現在幾乎全被閃耀發亮的盲點占滿。

「別動。」阿斯塔說：「待在門邊就好。我幫你察看周遭。裡頭有一艘船，某種救生艇或小型遊艇……有船槳……也有船槳。船有名字……米妞兒號。」

麥爾肯順著牆面摸索慢慢屈膝跪在木頭條板上，再朝黑暗中伸出手，直到碰到小船的舷緣。他感覺到小船在漣漪穿過柵門漾起時輕晃一下，接著感覺到些微的動靜，是阿斯塔跳上船。

「妳在做什麼？」他問。

「只是查探一下。裡頭很乾燥。沒有漏水。你現在視力如何？」

「變清楚一點了。船桅和索具的狀況怎麼樣？」

「看不出有什麼或缺什麼……不過看起來保存良好。」

光環此時愈變愈大，像從前一樣直朝著他飄浮而來。餘下的視線範圍開始恢復正常。逆著外頭湖水透進來的光線，他可以隱約看出小船的樣子。

「好。」他說：「幸會了，米妞兒號。」

他一手撫過舷緣，站起身來讓阿斯塔帶路走出去。固定搭釦的木塊已經朽爛，所以他關上門後在地上放了一塊石頭抵住。阿斯塔再次跳到他肩頭上，朝四周張望。

「它引我們到這裡。」她在他們沿小徑走回道路時說。

「當然是了。」

「我的意思是，它很明目張膽。」

「粗魯得讓人無法忽略。」他說。

他背起背包，拎著小行李箱，朝城市出發，阿斯塔毫無倦意地在前頭踏著步子。

此刻教誨權威全體大會正舉行最後一場全體會議。討論內容嚴謹且鉅細靡遺，場內洋溢著一股團結一致的精神，選舉過程十分平和圓滿，推選出了新的委員會成員。就如幾位代表不約而同評論的，一切進行得如此順利，完全沒有一絲積怨或爭權互鬥或嫌隙猜忌的耳語，幾乎是奇蹟。整場聚會彷彿有聖靈親臨。神聖臨在祕書處的祕書長的手下以高超效率統籌一切，受到各方讚揚。

委員會即將定名高級諮議會，首任主席選舉結果公布，大出眾人意料之外。經過極嚴格維安下舉行的一連串投票，主席人選在莊嚴的氣氛中揭曉，是高門宗主教聖西緬．帕帕達基斯。

結果令人吃驚，因為宗主教是如此……年邁。但是所有人都同意，他是如此神聖、充滿靈性的一個人；他背後似乎有聖光照耀；經過審慎沖洗的黑影照片可以證實此點。沒有人比他更能代表整個教誨權威的神聖不可侵犯，他是如此謙遜仁慈，如此睿智，如此學養豐富，如此……充滿靈性。

選舉結果在一場記者會上宣布後，就在各處引發廣泛討論，包括大都會咖啡館在內。麥爾肯先前造訪時得知，這裡是打聽政治和外交八卦的首選場地。抵達咖啡館時，裡頭擠滿了遊客、神職人員、駐外通訊記者、大使館官員、學者以及出席大會的各方代表和其隨扈。有些人在等火車；有些人自午餐時間就開始和報社媒體的代表甚至間諜聊起出差報帳話題，雙方相談甚歡，談興仍濃。此次大會將對國際關係造成深遠影響，肯定也會影響歐洲各方勢力的平衡。全世界自然都想掌握消息。

麥爾肯曾在先前幾次任務中假扮記者，表現十分出色。若在大都會咖啡館裡環顧四周，他看來和其他十幾個人無甚分別。他沒多久就看到要找的人，對方在和一男一女交談：他認得這兩張臉孔，他們是巴黎來的文藝新聞記者。

麥爾肯朝他們那桌走去，在桌旁停下腳步，假裝十分驚訝。「是塔博教授，對嗎？」他說。

賽門．塔博抬起頭。麥爾肯冒著被塔博認出來的風險，畢竟他們是同一所大學的教授；但是他決定賭賭看，無論如何，他知道自己沒有任何作為、言論或刊出的文章可能引起塔博注意。

「是的，正是在下。」塔博和顏悅色地回答：「恐怕我認不得您，先生。」

「我是馬修．彼得森，《巴爾的摩觀察家》記者。」麥爾肯說：「我不希望打擾到您，只是……」

「我想我們聊得差不多了。」法國男記者說。他的同事點點頭，闔上筆記本。塔博傾身越過餐桌分別和兩人握手，臉上堆滿熱絡笑容，遞給他們一人一張名片。

「我可以坐這嗎？」麥爾肯指著空出來的一張椅子問。

「請坐。」塔博說：「我沒聽過你們家報刊，彼得森先生。『巴爾的摩……』？」

「『觀察家』。我們是專門報導藝文主題的月刊，大約有八萬名訂戶，讀者主要分布在大西洋兩岸。我是駐歐洲的特派記者，很好奇教授您怎麼看這次大會的結果。」

「很有意思。」塔博說，臉上適時揚起笑容。他身形瘦削，衣著考究，大約四十來歲，雙眼似乎可以隨他的意思閃爍光芒。他的聲音輕柔悅耳，麥爾肯看得出來他在講堂上想必大受青睞。他的精靈是一隻藍色的金剛鸚鵡。他接著說：「我敢說很多人聽到宗主教榮升到這個，嗯，掌握終極權力的新職位，會很驚訝，但是我和宗主教談過話，可以作證他本人確實是單純良善的化身。選出一位聖人而非有官職的人來擔任教誨權威的領袖，在我看來是很睿智的決定。」

「聖人？我聽到大家稱他為聖西緬，是禮貌上的尊稱嗎？」

「歷任高門宗主教依職權當然獲封聖人。」

「新的委員會主席真的會成為繼喀爾文教宗辭職之後的首位教會領袖嗎？」

「毫無疑問，新的委員會正是為此籌組。」

塔博說話時，麥爾肯看似在動筆速記，其實只是在紙上隨意塗寫塔吉克字母。

塔博舉起見底的酒杯，又放了下來。

「噢，實在失禮。」麥爾肯說：「我能請您喝點什麼嗎？」

「一杯櫻桃酒，謝謝。」

麥爾肯朝服務生招手，口中問：「您覺得單一領導者模式是教誨權威所能採取最好的政治體制嗎？」

「在歷史長河中，有各種不同的領導模式興起然後又式微，我不會假定哪一種比其他的更好。我們或許可以這麼說，這些名詞只在新聞界流通，並非學術界通用。」

他臉上的笑容變得格外迷人。一名臭著臉的服務生前來接受麥爾肯點單，塔博點燃一根方頭雪茄。

「我最近拜讀了《不變的欺騙者》。」麥爾說：「您的大作非常暢銷，您先前就預期書市反應會這麼熱烈嗎？」

「噢不，並沒有，我先前完全沒想到。但我想也許引發了某種共鳴，特別是打動了年輕讀者群。」

「書中關於普遍懷疑論的闡述可謂擲地有聲，您覺得本書是因此大獲成功嗎？」

「噢，我想這就不好說了。」

「是這樣的，我很好奇，和那個至高地位關係如此密切的人，最為讚揚推崇的竟然是『單純良善』。」

「宗主教是好人，只要見過他就曉得。」

「難道不應該有某種買方自慎說明？」

服務生送來他們的酒飲。塔博愜意地向後靠，擎著方頭雪茄吞雲吐霧。「買方自慎？」他問。

「舉例來說，可以說他是善良純潔表裡如一的好人，但『善良』或『好』本身卻令人存疑。」

擴音器忽然劈啪作響，以三種語言廣播開往巴黎的火車將在十五分鐘內發車。有些人喝乾杯中飲料，站起來穿上大衣，環顧周圍尋找行李。塔博啜了口櫻桃酒，望著麥爾肯的神情像是看著未來大有可為的小學生。

「我想我的讀者能夠看出其中的諷刺意味。」他說：「此外，我為《道德哲學期刊》撰寫文章時，用字遣詞上會盡量講究精確細微，但如果是幫《巴爾的摩觀察家》寫文章就不會了。」

他眼中原本閃爍著屬於準學者的一絲風趣機智的光芒，一下子變得庸俗不堪。麥爾肯見塔博自己並未察覺，只覺饒富興味。

「您覺得大會上的論辯深度如何？」他問。

「和預期大致相同。大多數代表都是聖職人員，自然最為關注聖職相關事務——諸如教會法、禮拜儀式等等。不過確實有幾位發言者相當高瞻遠矚，令我印象深刻。例如艾伯多·迪拉曼尼博士，我想他是代表某個單位出席大會的主事者。學識淵博、見解獨到，而且說話條理分明，相信你也注意到了，兩者往往不能兼顧。」

麥爾肯振筆疾書了一會兒。「我最近讀到一篇文章，」他終於寫好後開口：「將您對於語言的真實性和本質上任意性的評論，以及在法庭宣誓只說真話的作了很有趣的對比。」

「真的？」塔博說：「太妙了。」他的語調讓這幾個字聽起來像是在示範何為反諷，專門演給蠢蛋看的。「文章的作者是誰呢？」

「喬治·派斯頓。」

「我從來沒聽過這個人。」塔博說。

麥爾肯仔細觀察。塔博的回應無懈可擊。他舒舒服服地向椅背一靠，從容不迫，略帶興味地享受他的雪茄菸。只有他的金剛鸚鵡精靈有所反應，不停換腳踩在塔博肩頭，轉過頭來看一下麥爾肯，又別過頭去。

麥爾肯再次作了筆記後又問：「您覺得人有可能說真話嗎？」

塔博雙眼一亮。「噢，很好，該從哪裡說起呢？有太多——」

「想像您在對《巴爾的摩觀察家》的讀者說話。他們是直來直往的人，喜歡直來直往的答案。」

「是這樣嗎？真令人喪氣。你剛剛的問題是？」

「人有可能說真話嗎？」

「沒有。」塔博露出微笑，接著說：「你最好解釋一下這個回答如何自相矛盾。如果能用簡單的字句說明，我相信你的讀者會樂在其中。」

「所以說，在法庭上，您不會認為自己受誓言約束而必須說真話？」

「噢，我自當盡力遵守法律。」

「您在《不變的欺騙者》中有一章寫到守護精靈，我覺得非常有意思。」麥爾肯接著說。

「真是太好了。」

「您聽過格弗理．布蘭德寫的《越呼似密人》嗎？」

「聽說過。不是當紅的暢銷書嗎？我想我還應付不來。」

金剛鸚鵡精靈顯然很不自在。坐在麥爾肯懷中的阿斯塔一動也不動，她兩眼牢牢盯著金剛鸚鵡。麥爾肯可以感受到她渾身緊繃。

塔博喝乾杯裡的酒，看看手錶。「聊得真是愉快，可惜我得走了，不想錯過我那班車。晚安，彼得森先生。」

他伸出手。麥爾肯站起來和他握手，直直望向金剛鸚鵡，精靈回望他一會兒，但之後又轉開頭。

「謝謝您，教授。」麥爾肯說：「旅途愉快。」

塔博將一件鏽褐色的粗花呢斗篷甩上雙肩披好，提起一只大公事包，匆匆點個頭之後離去。

「不分勝負。」阿斯塔說。

「我不太確定，我覺得他贏了。來看看他到底去哪裡。」

在衣帽間停留片刻，戴上厚重眼鏡和黑色貝雷帽，麥爾肯帶著肩上的阿斯塔悄悄離開，踏上雨水沖刷的街道。路上細雨紛飛，大多數行人快步疾行，將頭埋在帽子或帽兜之下。麥爾肯一眼望去，只見十數朵蘑菇般的黑傘，不過金剛鸚鵡精靈的一身藍羽無從遮掩。

「她在那兒。」阿斯塔說。

「和火車站是反方向。跟我們想的一樣。」

精靈的身影在商店櫥窗投出的燈光下鮮活靈動，但塔博走得很快，麥爾肯必須加緊跟上才不會讓他離開視線範圍。男人的舉動正是麥爾肯自己知道被人跟蹤時會做的，檢查商店櫥窗是否映出身後尾隨者的倒影，步伐突然放慢又忽而加快，等到交通號誌即將變換燈號時才橫越馬路。

「讓我去跟蹤他。」阿斯塔說。

跟蹤一個人時分工合作會比較容易，但是麥爾肯搖頭。街道上熙來攘往，分開來太引人注目了。

「他在那兒。」他說。

塔博正拐入一條狹窄街道，麥爾肯知道那裡是居正館的所在地。過了一會兒，塔博已不見人影。麥爾肯並未尾隨。

「你真的覺得他贏了？」阿斯塔問。

「他比貝尼．莫里斯聰明多了。我不該試著引他上鉤。」

「不過她洩了他的底。」

「好吧，也許算是平手。但我還是覺得他技高一籌。我們最好去看看能不能搭上火車。我想這裡很快就不再安全。」

「他叫馬修．波斯戴。」塔博說：「是杜倫學院的學者，歷史學家。一看到他我就認出來了。幾乎可以肯定是他們的特務。他知道我和警方那個在河邊，呃，處理事情，結果搞砸了的蠢貨之間的關係，這表示另一邊目前應已掌握赫索的筆記和其他東西。」

馬瑟爾．狄拉莫面無表情地聽著，盯著光滑發亮的書桌對面的塔博。

「你洩露了什麼消息嗎？」他說。

「我想沒有。他還滿聰明的，但基本上是個鄉巴佬。」

「怎麼說？」

「就是個愚蠢的村夫。」

狄拉莫知道塔博哲學是基本上沒有東西會「是」任何東西，但並未質疑這位牛津學人的話。如果他們的世界裡存在「有用的白痴」一詞，就能精確表達他對塔博的看法。金剛鸚鵡精靈望著狄拉莫的白色貓頭鷹精靈，一會兒梳理羽毛，一會兒前後點頭，兩隻腳爪輪番踩地。貓頭鷹閉著雙眼，不理不睬。

狄拉莫抽出一本記事本，拿出他的銀色鉛筆。「你能不能描述一下他的樣子？」他說。

塔博做得到也照做了，描述得很詳細，大多正確無誤。狄拉莫很快記下，鉅細靡遺。

「他怎麼知道你和那個無能警察的關係？」他寫完後發問。

「還有待調查。」

「要嘛他是個鄉巴佬，而你的安排很可能不夠保密。要嘛你的安排相當保密，而他不是個鄉巴佬。是哪一種情況？」

「也許我過度強調他的——」

「不要緊。謝謝你來一趟，教授。我還有事要忙。」

他站起身和塔博握手道別，塔博取了斗篷和公事包之後離開，心中隱隱覺得失了面子，不過不太確定是怎麼一回事。無論如何，他奉行的哲學很快就讓這種感覺消失無蹤。

來到火車站，麥爾肯發現一群滿頭霧水的旅客沮喪地在等車，一名鐵路公司主管努力解釋為什麼他們不能坐上原本預訂往威尼斯和君士坦丁堡的班次，剛好也是麥爾肯要搭的班次。火車站裡已經相當擁擠，顯然有一節車廂臨時遭到徵用，作為新任高級諮議會主席的專車，而預訂該節車廂座位的乘客必須等到隔天才能搭車。鐵路公司原本打算加掛車廂，但是找不到可用的車廂，所以改為代訂旅館，讓失望的旅客能夠入住過夜。

麥爾肯周圍的人大聲埋怨。

「竟然要整節車廂！」

「他應該是很謙卑低調的人。怎麼給了他一個頭銜，忽然就變成傲慢的惡霸。」

「不對，你不該怪他。是他的隨扈堅持要享有新的特權。」

「顯然是祕書長下的命令。」

「真是想不到，其他的事明明都規畫得很好……」

「荒謬！很不為大家著想。」

「我明天在威尼斯有一場非常重要的會要開！你知道我是誰嗎？」

「他們老早就應該想到的。」

「老天，他究竟為什麼需要一整節車廂？」

如此這般。麥爾肯瀏覽了一下列車時刻告示牌，當天晚上除了幾班開往鄰近小鎮的區間火車，和一班將近午夜時發車往巴黎的火車，已經沒有其他班次可搭；他並不打算去巴黎。

阿斯塔環顧周圍。「看不出有誰不懷好意。」她說：「塔博不是要搭這班車吧？」

「我那時應該想到他會朝跟火車站相反的方向走。他想必要搭晚一班的火車去巴黎。」

「要等他們幫我們安排旅館嗎？」

「當然不要。」麥爾肯說，他看著至少三名人員捧著手冊、書寫板和紙張匆匆走向旅客。「他們會整理出所有乘客姓名和安排入住旅館的清單。我想我們還是保持匿名比較好。」

麥爾肯提起行李箱，背上背包，跟一旁腳步輕巧無聲的阿斯塔安靜地步出火車站，準備去找旅館房間過夜。

教誨權威高級諮議會主席暨高門宗主教聖西緬．帕帕達基斯意識到火車站的一團混亂正是自己所造成，在專車座位上深感不安。

「我一點都不喜歡這樣，你知道的，米迦勒。」他告訴隨侍神父。「並不公平。我抗議了，但他們就是不聽我的。」

「我知道，閣下。但這也是為了您的安全和便利著想。」

「不需這麼費事的。我真的很不願意造成其他這些旅客的不便。他們都是可敬的人士，都有著神聖的事務待辦，都需要赴約或轉車……我覺得這樣是不對的。」

「但您身為新任主席……」

「唔，我也不知道。我真的應該再堅決一點，米迦勒。從一開始就應該採取我希望的方式，簡單就好，不要什麼排場。我們的親愛救主會不與同行的旅人同席嗎？你知道嗎，在造成這麼大的麻煩之前，他們應該先問過我的。我想我早該把腳放下來了。」

隨侍神父不經意地垂眼看了一下宗主教的兩腳，然後又別開視線。老人在天天穿著滿是補丁的黑色鞋子外還套了一雙防雨鞋套，似乎有什麼令他不適：他似乎找不到能讓兩腿舒適的姿勢。

「您不舒服嗎，宗主教閣下？」

「這些鞋套讓我很難受……我想就不用……」

但不是鞋套的問題，隨侍神父和其他隨從都知道，宗主教其中一側的腿腳疼痛不堪。老人行走時竭力不露出一跛一跛的樣子，而且從未提起，但疲憊時就沒辦法再忍痛。隨行神父在想他應不應該向醫生提起這件事。

「當然。讓我幫您脫下鞋套吧。」他說：「您下車之前都不會用到。」

「你對我真是太好了，真是謝謝你。」

隨侍神父動作輕緩地脫下橡膠鞋套時邊說：「但是，閣下您也知道，特別保留給高級諮議會主席的專用車廂，很類似神聖教會本身的祭禮儀式，顯示和其他人之間自然會有的距離——」

「噢不，不，完全不同。教會的祭禮儀式，禮拜儀式、音樂、袍服、聖像——都是本質神聖之物。它們體現了神聖，維繫著歷來世世代代的信仰，是聖物，米迦勒。和強徵整節火車車廂讓其他可憐人淋雨完全不同。很糟糕，你懂嗎？不該發生的。」

一名身穿深色西裝、頭髮柔順的年輕隨扈滿懷敬意地在近處盤桓。看到宗主教平安脫下鞋套，他踏一步上前欠身行禮。

「尚．沃特爾見過閣下。在下無比榮幸，獲指派成為諮議會新任祕書。您若安頓妥當，請容在下與您討論主席當選慶祝儀式籌備事宜。另外還需討論——」

「慶祝儀式？怎麼回事？」

「人民由衷表達喜樂歡欣之情的活動，閣下。會非常適合——」

「噢老天。我真沒想到還有這些事。」

聖西緬可以看見在新祕書身後還有其他人，面孔都很陌生，全都忙著將箱子、文件資料和手提行李箱搬上行李架，所有人都和沃特爾先生別無二致，全身上下每個毛孔散發狂熱幹練的氣息。

「這些人是誰？」他問。

「您的隨侍人員，宗主教閣下。等列車開動之後，我會帶他們前來覲見，一一向您介紹。我們盡了最大努力召集各方人才組成團隊。」

「可是我已經有隨侍人員了……」老人說，無助地望向隨侍神父。隨侍神父雙手一攤，一言不發，火車開始駛離車站。月台上依舊擠滿旅客。

麥爾肯在距離湖岸不遠處找到一間叫林布蘭特飯店的便宜住宿。他用其中一個假名登記入住，找到位在四樓的客房放下行李箱，然後出去覓食。行李箱裡沒有什麼可能陷他入罪的物品，但他還是拔下一根頭髮夾在門板和門框側柱之間，以便確認自己不在時是否有人進過房間。

他發現旅館隔壁是一間小酒館，便進去點了一鍋法式蔬菜燉肉。

「真希望……」他說。

「我也這麼希望。」阿斯塔說：「但她走了。」

「『我去找妳的想像力』，讓人難受卻不得不讀的一句話。妳覺得潘是什麼意思？」

「正是他字面上的意思。他覺得他倆都……我不知道，也許可以說衰微了，因為萊拉思考的方式，好像她的某個部分消失不見了。也許她不再相信她自己的想像力，因為塔博，至少是部分的原因。所以潘決定去找回來。」

「她不可能聽信那個招搖撞騙的傢伙吧？不可能吧？」

「看來她信了不少。他的思考方式會侵蝕人心，甚至讓人腐朽。對任何事都一概不負責任。他有特別說過什麼和想像力有關的話嗎？」

「沒有。有時候他會用『有想像力』這個詞來表達輕蔑不屑，就像在這個詞前後加了上下引號，這樣《巴爾的摩觀察家》的讀者才看得出來他是刻意反諷。妳在牛津跟潘拉蒙談話時有什麼感覺？」

「Le soleil noir de la Mélancholie，憂鬱的黑太陽。他沒有直說什麼，但確實很憂鬱。」

「跟我們再次見到她時我對她的感覺一樣。」麥爾肯說：「她年紀再小一點的時候脾氣火爆，桀驁不馴，甚至粗魯傲慢，但那時候就帶了一點憂鬱氣息，妳不覺得嗎？」

服務生送餐來時，他靠向椅背。他注意到獨自坐在用餐室角落一張小桌旁的男子，一個看起來很瘦弱的中年人，可能來自中亞，衣衫襤褸，戴著修理好幾次的金屬線框眼鏡。他注意到麥爾肯的視線，便轉過頭去。

阿斯塔喃喃道：「有意思。他用塔吉克語跟他的精靈說話。」

「來出席大會的代表？」

「也許。如果他是的話，那他看起來對結果不是很滿意。不過說到塔博……我猜想他受大學生歡迎的另一個原因，是他的風格在寫報告時很容易模仿。」

「在講台上的風格也很好模仿。我想他讀過《越呼似密人》，只是不想承認。」

「這本暢銷的原因又更難理解了。」

「我不這麼認為。」麥爾肯說：「故事很引人入勝，又鼓勵大家不用因為自私自利而覺得難受。這種觀點有很多人買單。」

「萊拉肯定不是這麼想的吧？」

「我無法想像她竟然會信以為真。但這兩個人加在一起，對她造成某種傷害，傷害了她和潘拉蒙。」

「一定還有別的原因。」

阿斯塔如人面獅身獸般趴在桌面上，雙眼半閉。她和麥爾肯正以半呢喃半思考的方式交流，彼此都難以分辨任一個想法究竟是源自哪一方。法式蔬菜燉肉很美味，葡萄酒還過得去，用餐室裡溫暖舒適。氣氛讓人忍不住想鬆懈，但他和阿斯塔互相提醒彼此要保持清醒。

「他又在看我們了。」她低喃。

「他之前也在看我們嗎？我們之前留意過他。」

「對，他很好奇。但也很緊張。要跟他搭話嗎？」

「不了。我的身分是正直可敬的瑞士生意人，離開家鄉來拜訪當地零售商，給他們看一些產品樣本。我不太可能有興趣認識他。繼續觀察，但別讓他發現。」

塔吉克男子盡可能放慢速度吃著很寒酸的一餐，或至少看在阿斯塔眼裡是如此。

「也許他是想待在室內取暖。」麥爾肯說。

麥爾肯用餐完畢結帳時他還在，他目送他們離開。麥爾肯在關上門時瞥了他一眼，四目相望時，男子一臉嚴肅。

麥爾肯又冷又累。房門沒人開過。他們上床準備就寢，阿斯塔在他旁邊的枕頭上打瞌睡，他在睡前讀了一下《賈罕與珞珊娜》。

凌晨兩點鐘，響起敲門聲。雖然聲音很輕，他跟阿斯塔還是立刻醒來。

麥爾肯火速跳下床。他隔著門板輕聲問：「什麼人？」

「先生，我有話要跟你說。」

毫無疑問，是那個塔吉克男子的聲音。他和麥爾肯對話時是講法文，但他的口音很耳熟好記，即使隔著門板悄聲說話也能聽出來。

「等等。」麥爾肯說，套上襯衫和長褲。

他盡可能悄無聲息地解開門鎖。那名塔吉克男子看起來驚慌失措，盤繞在他頸間的蛇精靈回頭凝望著昏暗的走廊盡頭。麥爾肯請他坐在室內唯一一把椅子上，自己在床邊坐下。

「你是什麼人？」他問。

「我叫梅赫札．卡里默夫。您是波斯戴先生嗎？」

「是的。你為什麼來這裡？」

「我要來提醒你小心馬瑟爾．狄拉莫。」

「你怎麼認識馬瑟爾．狄拉莫？」

「我和他有一些交易。他還沒付錢給我，我得等他付錢才能離開。」

「你剛剛說要來提醒我。是什麼事？」

「他已經知道你在市區，在每條道路、火車站和渡船站都派人把守。他想逮住你。我是聽我在居正館認識的一個朋友說的，他很同情我的處境。先生，我想你現在最好趕快離開，因為我從我那間的窗戶看到警察正在附近挨家挨戶盤查。我不知道該怎麼辦。」

麥爾肯走到窗邊，他站在一側，將磨損薄舊的窗簾從牆邊輕輕拉開，露出一絲足供窺視的隙縫。在街道另一頭有些動靜，三名身著制服的男人在街燈下交談。

他放下窗簾，回過頭來。

「嗯，卡里默夫先生，」他說：「我是在想——現在幾點了？——凌晨兩點半，離開日內瓦的絕佳時間。我要去偷一艘船。要不要一起來？」

# 第十九章
# 確定大師

除了在冥界湖岸與萊拉剛分離的最初幾個小時，潘拉蒙還不曾感到如此赤裸裸、無從遮掩。但即使在湖岸，他也不曾落單，因為當時威爾的精靈跟他一起，儘管她對自身一無所知，直到從威爾心中被硬生生拉扯出來才知道自己的存在。當載著威爾和萊拉的小船沒入黑暗之中，兩個精靈在霧氣瀰漫的岸邊瑟瑟發抖，相擁取暖，潘試著向那嚇壞了的生物解釋一切，她不知道自己的名字，不知道自己化身成什麼形狀，甚至不知道自己可以變形。

在溯易北河而上的旅程中，穿越城市、森林和精心呵護的田地時，他常常回想起那段悽慘絕望的時期，他們因為有彼此相伴而變得溫暖，而如今他最希望得到的就是旅伴。他甚至希望萊拉也能找到旅伴。要是這趟旅程是他倆一起展開就好了！會是一場精采刺激的大冒險，途中他們相親相愛……但他對她做了什麼？她現在會怎麼想？她還待在格斯陶的鱒魚旅店嗎？或是她在到處找他？她安全嗎？

念頭至此，讓他差點停下腳步回頭。但他這麼做都是為了萊拉。她變得不完整了，她身上有什麼東西被偷走了，他要去找回來。所以他躡足沿河而行，經過發電廠，一會兒悄無聲息竄上滿載米或糖或板岩或蝙蝠糞的平底駁船，一會兒穿過造船廠沿碼頭和河堤飛奔，沿途待在陰影處或置身矮樹叢，避開白天，保持警覺提防來自四面八方的威脅。貓不敢來惹他，但有幾次遇到狗他必須躲開，還有一次必須逃離狼群；無論什麼時候，無論身在何處，他必須躲躲藏藏避開人類和他們的精靈。

終於抵達威登堡之後，接下來就是更棘手的問題：找到格弗理·布蘭德住的屋子。

萊拉會怎麼做？首先，很可能是去圖書館查詢記載當地資料的參考書，或是全鎮的黃頁電話簿或類似清單，如果都失敗了，她就會直接問人。名人的地址很難完全保密——郵政當局會知道，當地報社也會知道。就算是街道上或市場裡的路人，也可能曉得全市最知名的市民住在哪裡，而萊拉很擅長向人打聽消息。

但對落單的精靈來說，這些方法都不可行。

載他抵達的平底駁船繫泊於河面上的一個浮標，因為最近的碼頭停滿了。潘一直等到天全黑，才溜到船邊躍入冰冷的河水，游到幾棵樹下的一小塊空地。結霜的泥地無比堅硬，沉滯的空氣中充滿煤、木材和糖蜜之類甜滋滋的氣味。先前在較下游處靠近城牆外時，平底駁船行經一個搭了帳篷和簡陋小屋的區域，那裡的人就著火堆煮飯，或縮在帆布權充的毯子或紙板搭起的遮棚下睡覺。潘仍然可以看見火堆餘光，聞到燒柴的煙味，他還一度好奇心大起想回去查探；但最後只是甩乾身上的水珠，從河邊奔入城市，沿著城牆走，將一切盡收眼底。

煤氣燈點亮了狹窄的街道，柔和的燈光投射出暗影。潘移動時謹慎得近乎偏執，只在確定周遭無人看到時，才離開漆黑的巷弄或小禮拜堂門廊，沿著開闊的廣場或市場邊緣繞行。市內幾乎無人走動：顯然這是一座自律早睡的城市，不看好尋歡作樂之舉。各處一塵不染，就連廚房門外的廚餘都分類妥當，置於市政府設立、附精確標示的垃圾桶。

潘暗想自己根本不可能做到。他怎麼可能不開口問任何人就知道布蘭德住在哪裡？但沒有和人類在一起的精靈要怎麼和人說話，又不讓自己暴露在可怕的處境之中？疑問愈來愈多，接著他發現自己腦中還轉著其他問題：假設真的有機會和《越呼似密人》的作者面對面，他到底打算怎麼做？他為什麼從沒想到這一點？

三條道路交會處有一塊種了樹木和草地的三角形空間，潘蜷縮在草地上一叢黃楊樹籬下方。這裡是住宅區，高大的房屋整齊有致，一座有尖塔聳立的小禮拜堂，還有幾棟其他類型的建築物分布在一處偌大的庭園裡。樹木枝枒光禿禿的，再過一段時間才會在春意中甦醒。潘覺得好冷，好累，飽受挫折，他從未像此刻如此渴望萊拉的臂彎，她的胸膛，她的懷抱。他竟然如此魯莽輕率，愚蠢得無可救藥、任性、自私、狂妄自大。他痛恨自己的所作所為。他恨自己。

環繞對街庭園的圍牆上方有一面招牌，立在一棵高壯的針葉樹下，附近沒有路燈；但剛好有一輛地面電車駛過，在車頭燈和車廂內部燈光的照耀下，潘看到招牌上寫著德文：

聖露西亞啟明學校

一所盲人學校！

等電車在轉角拐彎，潘縱身奔越街道、躍上圍牆，再從牆頭竄上松樹，一分鐘後他已窩在枝葉間一處舒適的樹枒，很快就沉沉入睡。

曙光初露時，潘到學校校園和附屬建築物偵察了一番。地方不大，但是有人細心照料，和城市裡其他地方一樣整潔。學校的主建築物用磚砌造，樸素無華到近乎嚴苛，很像聖蘇菲亞學院，在熹微晨光中的景象讓潘忍不住因思鄉而一陣心酸。在主建築物另一側有一座整齊有序的庭園，此時一片光禿，但池子裡的小噴泉仍嘩嘩湧流，有一條通往大門的碎石車道。

潘不確定下一步該怎麼做，沒人看得見的話就跟隱形了一樣，到時他再臨機應變。他在一片修剪得很短的草坪一側發現濃密的灌木叢，從這裡可以看見整棟主建築物，於是棲身其中觀望。

這裡是專收女生的寄宿學校。潘非常熟悉這類場所奉行的日常作息，他聽著提醒學生起床和吃早餐的鐘聲響起、女性交談的聲音、刀叉輕叩瓷盤的鏗鏘聲，他也聞到吐司和咖啡的香味，然後看到宿舍窗戶外蓋起的護窗板敞開，燈光亮起，成人身影在室內來回移動。早餐時間結束後，從建築物內另一處響起稚嫩女聲誦唱的聖歌。一切他都再熟悉不過。

學生們會在上午某個時間點出來透透氣活動筋骨，那時他就可以伺機而動。同時他在校園裡四處探索。灌木叢後方有一道石牆，與他先前進入校園時爬過的是同一道牆。可以聽到牆外是一條車水馬龍的街道，真有必要的話可以從這裡逃走，但是他不想要跳下牆時在人潮車流中著地，最好找一個不會那麼顯眼的僻靜角落，他發現放置園藝工具的棚屋後方正適合。

不過灌木叢還是目前最好的藏身地，他回到那裡，有了新發現。在松樹粗壯樹幹面向學校那一側，有人用樹枝和葉子搭了一座倚著樹幹立起的小遮棚。來到遮棚必須穿過濃密的灌木叢，對成人很難，但身材纖細的少女很容易就能做到。在遮棚裡，潘在一堆枯葉底下找到一個錫盒。盒子鎖住了，沉甸甸的差不多是一本厚書的重量。是某個人的祕密日記？但是看不到的話要怎麼寫字？

他聽見鈴聲響起，將一切恢復原樣。接著他沿樹幹向上爬了一小段等待著。

沒過多久，她就出現了。少女大約十四歲，身形苗條，深色頭髮。她穿著藍色棉質襯衫、裙子和一件沾到顏料的白色圍裙，光裸的膝頭刮痕累累，無疑是在鑽過樹叢藏起盒子時刮到的。她的精靈是一隻絨鼠。

潘看著她摸索著找到枯葉堆，抽出錫盒，用附在腕上手鍊的一把小鑰匙打開盒子，取出一本破損不堪、如潘料想十分厚重的書，背靠在樹幹上讀了起來。潘沒想通的是，書當然很厚，因為是一本讓盲人用觸摸方式閱讀的點字書。女孩的手在頁面上移動，低聲念出來給肩頭上小小的精靈聽。他倆一下子就完全陶醉在故事中。

潘監看他們，覺得心裡很過意不去，於是爬下樹幹，刻意用腳爪刮磨樹皮讓他們可以聽見他出現。他們都聽到了，一起抬起頭來，滿臉戒備。

「很抱歉打擾你們。」潘用德文說，從前他和萊拉一起跟德文纏鬥多年，終於能夠背誦德文詩篇。

「你是誰？」女孩低聲道。

「只是個精靈。」他說：「我的人類在附近把風，看有沒有人朝這邊來。」

「所以你看得見？你在這裡做什麼？」

「只是在到處探索。我的名字是潘拉蒙。你們呢？」

「安娜．韋伯。跟古斯塔佛。」

「我可以在你們旁邊待一會兒嗎？」

「可以，只要你告訴我你是什麼樣子。」

「我是……」他不知道用德文要怎麼講。

絨鼠精靈和女孩一樣看不見，但是其他感官異常靈敏。他和潘互碰鼻子，嗅了嗅味道，雙耳抽動了一下，然後悄聲跟安娜說話。安娜點頭。

「Marder。」她說。

「噢。用我們的語言是叫『松貂』。妳在看什麼書？」

她臉紅了。潘好奇對方知不知道他能注意到這點。「是一個愛情故事，」她說：「但不是我們該看的，因為……多少有些給大人看的內容。所以我把書藏在這裡。我朋友借我的。」

「我們看很多書，我跟萊拉。」

「好奇怪的名字。」

「妳讀過《越呼似密人》嗎？」

「沒有！噢，不過我們好想看。我們非常想讀這本書，但是學校不准。有一個年紀比我大一點的女孩帶書來學校，結果惹出很大的麻煩。你知道作者就住在這個城市嗎？」

潘打了個哆嗦，只覺得運氣真好。「真的？妳知道在哪裡嗎？」

「知道。很有名。世界各地的人都來拜訪他。」

「他家在哪裡？」

「在城市教堂後面那條街上。據說他一直待在那——我是說從不離開家門——因為他太有名了，隨時都有人攔住他跟他講話。」

「學校為什麼不准妳們看那本書？」

「因為危險。」她說：「很多人都這麼認為。但是感覺非常精采。你們讀過了嗎？你和……萊拉？」

「讀過了。我們對這本書的看法不同。」

「真想聽聽她讀完的感想。像大家說的一樣精采嗎？」

「對，很精采，但是——」

鈴響了。安娜立刻闔上書，摸索著要找錫盒。「得回去了。」她說：「下課時間不是很長。你會再回來跟我們講話嗎？」

「可以的話，我很樂意。妳知道布蘭德家長什麼樣子嗎？對不起。我問了蠢問題。」

「嗯，我不知道，不過他家的房子叫做『商賈之家』，很有名。」她將盒子鎖上塞回枯葉堆裡，動作靈活迅速。「再見！」她說，手腳並用鑽出了樹叢。

撒謊瞞騙女孩讓潘覺得良心不安。如果能和萊拉和好，他們一定會一起來拜訪安娜，帶幾本書給她。但可真走運！他覺得就像在北極城鎮特洛塞德，遇見熱氣球飛行員李．史科比和武裝熊歐瑞克．拜尼森，再也不可能找到比他們更棒的盟友了。彷彿他和萊拉很有福氣，好像有什麼力量照看著他們，就像這次。

他躡足沿著校園邊角移動，來到門房小屋後躍上屋頂，再橫越屋頂來到圍牆牆頭。另一側的狹窄街道寂靜無人，但可以聽見學校外面主要道路上人車往來的聲音。應該等到天黑再行動以防萬一，他再清楚不過；但他實在忍耐不住，很想一躍而下使盡力氣飛奔……

不過，要往哪個方向呢？她提到城市教堂。潘環顧四周，周圍林立的房屋擋住他的視線。他盡量貼著地面快步移動，回到前一晚進入校園的位置。透過小塊三角形草地上光禿樹幹枝枒間的空隙，可以看見兩座淺色的方形石砌塔樓，兩座塔樓各有一個上有燈籠式天窗的黑色圓頂。可能是他要找的。

他還來不及制止自己，就從牆頭縱身一跳，剛好在兩輛電車於街道中央交會後衝到街上。有一、兩個路人看到他，或眨眨眼或晃了晃腦袋，但他在有人看清楚之前迅速橫越街道，沿一棵蒼老雪松的樹幹一溜煙向上竄，一下子消失得無影無蹤。他小心翼翼朝地面張望，行人照樣來來去去，彷彿什麼都不曾發生。也許他們以為自己只是一時眼花。

他繞著樹幹爬了一小段，尋找城市教堂的塔樓，很快就再看到了。

也許他可以經由各家各戶的屋頂一路奔躍過去。高大的房屋相當瘦窄，屋子之間沒有縫隙，門口就是人行道，不像英國的連棟透天住宅大門和人行道之間往往還有一小塊供人進出地下室的區域。他拔足飛奔橫越道路，進入一條小巷，爬上排水管，溜進排水管連接的排水溝槽，再攀上鋪滿屋瓦的屋頂站上屋脊。此刻在白花花的陽光下，可以看到教堂塔樓，還有旁邊許多其他高聳的建築物，但沒有人看得到他，像是好久以前在約旦學院屋頂上的感覺。他窩在一根溫暖的煙囪旁睡去，在睡夢中見到了萊拉。

「威登堡！」奧維耶．波奈維爾歡天喜地大喊。他實在忍不住，但不要緊，因為河上老舊汽船的艙房裡只有他一個人，艙房就在引擎室正上方。即使隔牆有耳，引擎的鏗鏘呼哧砰砰聲也足以蓋過他的喊聲。

自從第一次看到在河岸的潘拉蒙，他就透過真理探測儀持續監看，每次只匆匆瞥一眼以免作嘔感加劇。不用多久，他就明白萊拉的精靈正溯易北河而上。波奈維爾立刻搭火車到了德勒斯登，沿河的上游找到上次看到潘拉蒙現身的地方，向一艘一望即知即將退役的蒸汽船訂了艙位，搭著船在布拉格和漢堡之間的河段顛顛晃晃吃力航行。船開到麥森時，他看到潘爬上一棟建築物，視線越過錯落的屋頂望向一座有雙塔的教堂。很熟悉的景象——在馬瑟爾．狄拉莫的辦公室牆上，掛著一幅描繪著名威登堡城市教堂的雕版畫。

波奈維爾很快在艙房鋪位上散落的紙張中，找出船公司的時刻表。從麥森到威登堡需行駛六小時。說實在的，不遠了。

從這家屋頂跳到下一家屋頂……潘暗想自己早該想到這招的。老房子從前建造時蓋成棟棟相連，或兩棟間僅留下非常狹窄的巷子，市民很少抬頭，因為他們的注意力都放在平地上來往的人車、咖啡館和商品櫥窗。潘天性喜歡高處，步履也很穩健，那就決定走屋頂了。

他在整個區域進行搜查，下方人群無人得見，無人起疑。中午過後不久他找到一棟房子，很有可能是布蘭德家，如女孩所說的就在城市教堂後方；沿一根排水管偷溜到地面，朝對街望去，可以依稀看出前門上有一塊黃銅門牌，上面以哥德體字母刻著德文的「商賈之家」。幾乎沒有人車經過，十分靜謐的一條街道。他冒險奔越街道，轉進再隔三、四棟屋宅旁的一條巷子，再向上攀爬一回，就來到格弗理．布蘭德家的屋頂上。

屋頂比周圍其他家的更陡斜，但有瓦片讓潘可以抓牢站穩。他走過屋脊，經過數根高立的磚砌煙囪，向下來到房屋後側。

有人在庭園裡玩耍。

光是房子裡有庭園就出乎潘的意料，因為他視線所及的其他房屋頂多只有一個小小的鋪石中庭。但是商賈之家有一片草坪，兩、三棵小樹，和一間避暑小屋，有個女孩正朝著小屋的木牆丟球，丟出去之後原地轉圈再接住球。潘可以聽到球落在地面的規律砰砰聲，女孩接到球時滿意輕喊，和沒接到球的失望噓聲。她的精靈體型很小，潘還看不出是什麼樣子：一隻在草坪上輕快蹦跳的小動物。也許是一隻小老鼠。

潘從排水溝槽向下望，看到屋子的後牆爬滿常春藤後十分滿意。片刻過後，他已經靜悄無聲地穿過藤葉向下移動，途中持續觀察女孩。她毫無所覺。潘落在牆腳的碎石小徑上時，女孩剛好再次丟球，轉圈，但這次轉了半圈就停住，因為她看見潘了。

球彈回來砸中她的肩膀，掉在草地上。她惱怒地罵了一聲，撿起球，轉頭繼續丟球，對潘視若無睹。

潘在牆腳定住不動，他上方是一扇挑高窗。他看著女孩反覆丟球，對他不理不睬，便踱著無聲的步子橫越小徑，再越過草坪朝女孩的方向走去，在房屋的陰影處坐下，離女孩只有幾英尺遠。女孩甚至不用轉頭就可以看見潘，但她只是繼續玩球，好像潘根本不存在。

女孩約莫十五歲，金髮，身材纖瘦，擺著似乎這輩子永遠定形不變的臭臉，前額上已經出現兩條短短的皺紋。她穿著一件正式的白色泡泡袖連身裙，梳著繁複的髮型，她身上的服裝太稚氣，髮型卻太老氣，看起來似乎全身上下沒一樣弄對，而她心知肚明。

丟球，砰砰，轉圈，接球。

她的老鼠精靈看見潘，動了動想要靠近，但女孩一看到就發聲制止。精靈停住，又溜回去。

丟球，砰砰，轉圈，漏接。

潘開口：「這裡是格弗理．布蘭德家嗎？」

「是又怎樣？」她說，撿起地上的球。

「我從很遠的地方來找他。」

「他不會跟你說話的。」

「妳怎麼知道？」

她聳了聳肩，再次將球丟出去然後接住。

「妳為什麼在玩小朋友的遊戲？」潘問。

「他付錢叫我做的。」

「什麼？為什麼？」

「會帶給他樂趣吧，我猜。他從窗戶看我丟球。他現在在工作，但還是喜歡聽到丟球聲。」

潘望向房屋。看不出一絲動靜，但是朝向庭園的一樓窗戶開了一個小縫。

「他聽得到我們講話嗎？」

女孩又聳肩，再次接球。

潘問：「為什麼他不會跟我說話？」

「他連看都不會看你一眼。你到底自個兒在這裡做什麼？很不正常。你的人類呢？」

「我在找她的想像力。」

「你覺得在他手上？」

「我覺得是他偷走的。」

「他要那個有什麼用？」

「我不知道。但我來是要找他問清楚。」

女孩終於正眼看潘，一臉鄙夷。最後一抹稀薄陽光落在庭園中兩棵樹的樹頂，在房屋陰影籠罩下，庭園中的寒意漸濃。

「妳叫什麼名字？」潘問。

「關你什麼事。噢，我覺得實在太莫名其妙了。」她將球扔在地上，雙肩一垮，轉身走開。她在避暑小屋前的階梯坐下，她的精靈沿著她的手臂爬上去，將臉埋在她的髮間。

「他付錢要妳從早到晚丟球嗎？」潘問。

「其他的事他已經全都放棄了。」

他試著去想這句話是什麼意思，而女孩看來不打算給他一個明確的答案。「他在屋裡嗎？」

「不然在哪？他從來不出門。」

「他會在哪個房間？」

女孩不耐煩地坐直起來。「老天，當然是書房。窗戶開著的那間。」

「屋裡除了他還有別人嗎？」

「當然有僕人在。你知道嗎？這對你沒好處的。」

「妳為什麼這麼肯定？」

她重重嘆了口氣，彷彿潘的問題蠢到不值得回答。她背過身去趴下來，頭枕在交疊的手臂上。如要塞障壁般的頭髮中，晶亮的一雙黑色小眼睛盯著潘看。

「走開。」她說，聲音悶悶的。「太多鬼魂了。你以為你是第一個嗎？鬼一直回來，但他一個字都不會說的。」

潘不確定自己究竟聽到什麼。他想更了解這個憤懣不滿的女孩。萊拉也會，他想，但萊拉會知道怎麼和女孩談話，而他不知道。

「謝謝。」他低聲說。

潘從女孩身旁走開，奔越草坪。現在看得到書房窗戶透出亮光，也或許是因為下午接近傍晚時的天光很快暗去，所以他到現在才發現。書房樓上有一扇窗敞開著，於是他沿著常春藤向上竄爬，從窗口一閃身進了屋子。

他闖進了一間臥室，簡樸如同隱修士的小房間——光禿的地板，沒有畫像，沒有書架，一張窄床上薄床單繃得緊緊的，床頭小桌上除了一杯水以外別無他物。門並未完全闔上。潘溜過門縫，從陡斜的樓梯下樓進入漆黑一片的大廳，附近有一扇門（根據甘藍菜的味道判斷）通往廚房，從另一扇門後飄出濃烈的菸草味。他沿著牆邊躡足而行，努力讓腳爪踩過擦亮的木頭地板時不發出任何聲音，在門外停下腳步。

布蘭德的聲音（只可能是他的，清晰精準、鏗鏘有力）聽起來像是在講課。

「……很明顯地毋需更多例子。愚蠢之主宰在此進入最後階段，特徵為初萌發的沉淪墮落，繼之則是諸般毫無節制、怯懦驚懼和渾沌不明的虔敬。目前——」

「抱歉，教授。」一個女人的話聲響起。「是什麼樣的虔敬？」

「毫無節制、怯懦驚懼和渾沌不明。」

「謝謝您。抱歉。」

「妳以前沒有替我工作過？」

「沒有，教授。介紹所是說——」

「繼續。目前一切皆已就位，等待強人領袖的到來，將會是下一章的主題。」

話聲停住。室內有幾秒鐘陷入沉默。

「先到此為止。」他說：「麻煩轉告介紹所，明天如能派另一位速記員前來，我會非常感激。」

「很抱歉，教授。除了我沒有別人了——」

「妳很抱歉？如果是妳的錯，妳就應該覺得抱歉。如果不是，就沒有什麼要覺得抱歉。犯下錯誤是妳的錯。能力不足不是。」

「我知道我還不習慣——我是受商業和貿易相關的速記訓練，不太熟悉您使用的詞彙——我知道您希望確保內容正確……」

「內容是正確的。」

「當然。抱歉。」

「再會。」他說，潘聽見椅子移動、堆疊紙張和劃亮火柴的聲音。

過了一會兒，一個年輕女人從房間裡走出來，縮著肩頭努力穿上一件破舊大衣，同時手忙腳亂想抱好一疊文件和鉛筆盒以免灑落在地。終究是徒勞無功：紙張和鉛筆盒從她的臂彎中滑落，她的鸚鵡精靈飛到樓梯扶手末端支柱上說了幾句罵人的話。

女人不理睬精靈，彎腰撿起掉落的東西，視線同時落在無處可躲的潘身上。潘努力緊貼牆面站立。女人瞪大雙眼。她急促地吸了一口氣，她的精靈警覺地低鳴一聲。

潘和她四目交接。潘搖了搖頭。

「怎麼可能。」她悄聲說。

「沒錯。」他也悄聲回答：「是不可能。」

鸚鵡精靈已經嗚咽出聲。從房間門口飄出濃烈的菸草味。年輕女人將文件抱在懷裡，匆匆打開前門離去，連身上的大衣都沒完全套上肩頭。鸚鵡精靈飛在她前頭，門砰一聲關上。

多等無益。潘從門口走進書房，室內書盈四壁，散發濃重的雪茄味，格弗理．布蘭德正坐在一張偌大的書桌後面，注視著他。

布蘭德骨架粗大，瘦削嚴肅，一頭灰髮很短，眼珠是很淺的藍色。他穿著正式服裝，好像準備上台發表學術演講，臉上露出驚恐至極的表情。

潘張望著，看見他的精靈，一隻體型龐大的德國狼犬，趴在布蘭德腳邊的地毯上，顯然是睡著了，或是在裝睡。她看起來好像在將自己的龐大身軀盡可能縮到最小。

布蘭德一動也不動，但他將視線從潘身上別開，死盯著書房角落。除非他臉上平常就是那副表情，否則看來依舊處在驚恐之中。潘焦躁不安，他設想過對方可能會有的所有反應，卻沒想到會是這種。

他大步橫越書房，一躍跳上書桌。

布蘭德閉上雙眼，轉過身去。

「你偷走了萊拉的想像力。」潘說。

布蘭德一動不動，一語不發。

「被你偷走了。」潘說：「或是被你敗壞，或被你下毒。你讓她的想像力變得微小又殘忍。我是來這裡要求你消除你造成的傷害。」

布蘭德伸出手，顫抖著摸索到菸灰缸，擱下雪茄。他還是閉著雙眼。

「你剛剛口述的是什麼？」

沒有回應。

「聽起來不太像小說。你不再寫虛構故事了嗎？」

布蘭德的眼皮翻了一下，微微張開一點，潘看到他試著斜眼瞄旁邊。後後兩眼又閉上了。

「外面的女孩是誰？你為什麼付錢叫她玩愚蠢的遊戲？」潘說這句話時才意識到，他從女孩身邊走開之後，就不再聽到球砸在避暑小屋牆上的砰砰聲。「她叫什麼名字？你付她多少錢？」

布蘭德嘆了口氣，但是偷偷摸摸的，好像努力不表現出來。潘聽見他的精靈在地板上有些動靜，也許是翻了個身，接著傳來悶悶的嗚咽聲。

潘大搖大擺走到書桌邊緣，探頭向下看狼犬精靈。她將頭埋得低低的，一爪遮住兩眼。對方的精靈透著古怪，不只是因為她體型這麼龐大又強壯，卻表現出如此恐懼畏怯的樣子。感覺十分詭異，潘想起女孩說過的話。

他回頭朝男人發問：「她告訴我這裡有鬼，『太多鬼了』。她說它們一直回來。你真的覺得我是鬼嗎？」

布蘭德緊閉雙眼，看起來好像認為只要保持靜止不動就能讓自己隱形。

「我沒想到你會相信鬼。」潘接著說：「我原本以為你會對這種想法嗤之以鼻，以為你會瞧不起任何真的相信有鬼的人。《越呼似密人》裡就有一頁在談這個主題。你連自己寫過什麼都忘了嗎？」

還是沒有回應。

「你的精靈。她是鬼嗎？她有什麼地方怪怪的。噢，我差點忘了：你不相信真的有精靈。她努力假裝她不在那裡，跟你一樣。太多鬼了，那女孩說的是精靈嗎？像我一樣？他們是晚上來還是白天來？如果你現在張開眼睛，看得到任何鬼嗎？它們會做什麼？它們跟你講話嗎？它們會摸索你的眼睛然後撐開你的眼皮嗎？或者直接進到你的眼皮底下緊貼在你的眼球上？被它們整晚盯著看，你睡得著嗎？」

布蘭德終於有點動靜。他睜開雙眼，將身下的椅子轉了個方向，低頭看他的精靈，表情凶狠，潘第一次感到對他有些畏懼。

但他什麼都沒說，只是開口叫喚精靈：「柯希瑪！柯希瑪！跟我走。」

精靈不情願地站起來，低垂著頭，夾著尾巴，貼著書房邊緣繞路走向門口。布蘭德站起來要跟她一起走，但門接著砰一聲甩開。

是剛剛在庭園裡的女孩。德國狼犬精靈嚇得後退，全身縮成一團，布蘭德動也不動地瞪著女孩，潘在書桌上坐定觀看。

「唉呀！」女孩說，她作了個鬼臉，用力搖頭。「房間裡全都是！你應該要它們全都離開，不應該讓它們——」

「住口！」布蘭德咆哮：「不准再說這種事。妳的大腦生病了——」

「不是！不是！我真是受夠了！」

「莎賓，妳沒有能力進行理性判斷。回妳的房間去。」

「不要！我不要回去，我不要！我過來是因為我以為你會愛我關心我，但是我做什麼都不能讓你開心，只能在那裡玩那個丟球的蠢遊戲。討厭，討厭，討厭死了。」

所以她叫做莎賓，而她認為布蘭德會愛她。她為什麼會這麼認為？她會是他的女兒嗎？潘清楚記得萊拉和艾塞列公爵在熊族建造的豪華監獄裡那番激烈爭執，腦海中迴響起萊拉當時說的話。

女孩渾身劇烈顫抖，眼淚急湧而出的同時，她將髮間的髮夾全都拔下，瘋狂搖起頭來，華麗繁複的髮型崩解成金色的一團狂暴混亂。

「莎賓，妳克制一點。不許這樣亂發脾氣。照我說的去做——」

「你看著他！」她大喊，指著潘拉蒙。「又一個從黑暗裡跑出來的鬼！我猜你也假裝沒看到，就像假裝沒看到其他的鬼一樣。我痛恨這裡的生活。我不要過這種日子。我過不下去！」

她的精靈變成一隻鷦鷯，繞著她的頭盤旋，發出同情的鳴叫聲。潘又望向布蘭德的精靈，看到她背對女孩趴著，將頭埋在一隻腳掌下面。布蘭德本人看起來無比痛苦。

「莎賓，」他說：「妳冷靜點。這些都是妄想，把它們從腦中趕走。妳這樣子，我沒辦法和妳講道理。」

「我不要你的大道理！我才不要！我想要有人愛我，疼惜我，我想要一點溫情！難道你完全沒有能力——」

「我受夠了。」布蘭德說：「柯希瑪！柯希瑪！跟我走。」

狼犬精靈站起來，鶬鶊立刻振翅朝她衝去。狗精靈嚎叫著逃離房間，莎賓大哭出聲。潘非常清楚為什麼——她感受到鶬鶊精靈為了追狗精靈而遠離她的那種心底深處的痛苦。布蘭德站在一旁，無助地看著她緊揪胸口，身子向下滑落暈倒在地毯上，而潘訝異地站了起來，因為布蘭德和他的精靈可以分離！莎賓痛苦得大哭，朝著小鳥的方向伸手彷彿要憑空抓回精靈，男人看來卻沒有絲毫受苦的跡象。

最後小鳥精靈回到女孩身邊，飛落在她雙掌中。同時布蘭德從她身旁走過，跟著狼犬精靈走出書房朝樓梯走去，潘也離開在地板上啜泣的莎賓走了出去。

布蘭德能夠分離！潘跟在布蘭德身後奔跳上樓時再次思索，滿心疑惑。所以教授跟狼犬精靈就萊拉和他一樣嗎？他們也痛恨彼此嗎？但是看起來並非如此。事情另有蹊蹺。布蘭德走進簡樸狹小的臥室，還來不及關上門，潘已經一個箭步衝進門內。狼犬精靈在空空如也的壁爐前光禿的地板上哀嚎，布蘭德站在她身旁，轉過來面對潘。他現在一臉心神不寧，甚至顯得悲涼。

「我想知道塵的事。」潘說。

布蘭德聽到後吃了一驚。他張開嘴巴好像要說什麼，但想起自己努力對潘視而不見，就又別開視線。

「告訴我你知道的。」潘說：「我知道你聽得見我說什麼。」

「沒有這種東西。」布蘭德喃喃道，眼神投向地板。

「沒有塵這種東西？」

「沒——有——這——種——東——西。」

「唔，至少你現在會開口說話。」潘說。

布蘭德看看床鋪，又看看窗戶，再看看臥室房門，門還開著。「柯希瑪。」他說。

狼犬精靈不理不睬。

「柯希瑪，拜託。」他說。他喊話時幾乎破音。

精靈原本用腳掌埋住的頭臉埋得更深了。布蘭德呻吟出聲，聽起來像是承受了極度苦痛。他再次看著潘，幾乎像是哀求酷刑的施加者大發慈悲。

潘說：「你可以假裝自己看得到我，假裝自己聽得到我說話，假裝可以跟我講話。這樣或許可行。」

布蘭德閉上雙眼，深深地嘆了口氣。他接著朝門邊移動，從臥室走出去。狼犬精靈留在原地，潘跟在布蘭德身後穿越樓梯平台，爬上另一道比主樓梯更昏暗陡斜的樓梯，布蘭德打開門上的門鎖，門後是空蕩蕩的閣樓。潘緊追在他的腳跟後頭。

他走進閣樓，潘再次在他關上門之前搶先衝進去。

「你怕我嗎？」潘問。

布蘭德轉身說：「我什麼都不怕。我不承認恐懼，恐懼並非可貴的情感，而是寄生於人類的能量之中。」

閣樓有三面小窗，夕陽餘暉從窗口透入。光禿的地板，光禿的椽條，厚厚的蛛網懸垂，還有塵，平凡俗常的塵埃無所不在。

潘說：「既然你能開口說話，告訴我塵的事。」

「這就是塵。」布蘭德說，他伸手沿著椽條摸了一把，朝五指呵了口氣將塵埃吹散。塵埃在空氣中打轉飛散，如過篩般散落在地板上。

「你知道我在說什麼。」潘說：「你只是拒絕相信。」

「它不存在。信和不信都無關緊要。」

「那發現它的科學家呢？魯薩可夫？還有魯薩可夫電場，那又怎麼解釋？」

「一場騙局。那些聲稱有這種東西的人若不是被騙，就是造假。」

男人的輕蔑彷彿能凍結一切。潘有些懼怕這股威力，但毫不動搖，他在為萊拉奮戰。

「那想像力呢？」

「想像力怎麼樣？」

「你相信嗎？」

「有沒有人相信又有什麼關係？事實無關信或不信。」

「《越呼似密人》的故事是你想像的。」

「是我根據第一原理建構出來的。我建構一則敘事來呈現迷信和愚昧的合理結果。書中每一段都以理性不帶個人主見的方式，在意識完全清楚的狀態下撰寫而成，不是在什麼病態夢境中寫的。」

「這就是為什麼角色都很不像真實的人物嗎？」

「我對人的了解比你更加透徹。大多數的人軟弱愚昧，一味盲從。只有一些人有能力做出具有原創性的事。」

「他們看起來根本不像真實人物。人之所以有趣的因素，在書裡根本……完全不存在。」

「你在期望太陽描述陰影。太陽從來沒有看過陰影。」

「但這個世界充滿陰影。」

「那一點都不有趣。」

「莎賓是你女兒嗎？」

布蘭德並未回答。在對話過程中，布蘭德只看了潘不到三次，此時他整個人背過身，面對閣樓另一端正逐漸變得更為深暗的昏暗處。

「那就是了。」潘說：「你是怎麼學會和你的精靈——她叫什麼來著——柯希瑪分離的？」

哲學家緩緩將頭垂到胸前，不予回應。

「我來這裡，」潘說：「是因為我的萊拉讀了你的小說之後被你說服，認為她從前相信的一切都是虛假的。害得她鬱悶不樂。就好像你偷走了她的想像力，連帶也偷走了她的希望。我想把它們找回來還給她，所以我來找你談話。你有什麼話可以讓我帶回去告訴她嗎？」

「別無他義，僅此而已。」布蘭德說。

「就這樣？你就只有這句話要說？」

布蘭德恍如木雕泥塑。昏暗光線中的他，看起來就像博物館遭洗劫後被人棄置的一尊雕像。

「你愛你女兒嗎？」潘問。

不響，不動。

「她剛剛說她過來這裡。」潘接著問：「那她之前住在哪裡？」

沒有回應。

「她什麼時候過來的？在這裡待多久了？」

也許男人的雙肩極輕極微地動了一下，但還稱不上聳肩。

「她原本跟她母親住在一起嗎？也許住在另一個城市？」

布蘭德深吸了一口氣，伴隨著極輕微的一下哆嗦。

「她的衣服是誰挑的？髮型是誰幫她梳的？是你想要她打扮成這樣子嗎？」

靜默。

「她對這些事都沒有意見嗎？你有問過她嗎？她有去上學嗎？她要怎麼接受教育？她有朋友嗎？你准她走出房子和庭園嗎？」

布蘭德開始移動，宛如身負千斤重擔。他拖著步子緩緩走到閣樓深處，那個角落幾乎完全陷入漆黑，在地板上坐下來屈起雙膝，將臉埋進雙掌裡。他就像是小孩子，以為矇起雙眼就沒有人看得見自己。潘感覺自己心頭開始湧現憐憫之情，努力想要抗拒，因為這個男人的想法對萊拉造成嚴重影響；但接著他明白了，假如萊拉在場，她也會同樣憐憫對方，而布蘭德的理論也會失效。

閣樓的門還開著。潘靜靜離去，走下樓梯。在大廳裡，女孩坐在主樓梯盡頭，將一張紙撕成細小碎片拋灑，讓紙片像雪花一樣散落。

潘經過時她抬起頭說：「你殺了他嗎？」

「沒有，當然沒有。他的精靈為什麼那個樣子？」

「不知道。他們都很蠢，所有人都很蠢。真是可恨。」

「妳為什麼不離開？」

「沒地方可去。」

「妳媽媽在哪？」

「死了，還用問嗎？」

「妳沒有其他親戚了嗎？」

「不用你多管閒事。我不知道我為什麼要理你。你幹麼不滾開？」

「如果妳開門，我就會離開。」

她照做了，同時發出不屑的哼聲。他走下台階到了街道上，漸濃的霧氣中透出煤氣燈的燈光。即使有人走過，他們的腳步聲也會被悶住，身影輪廓模糊不清，投下的影子裡有各種可能性——有威脅，也有承諾，但一切當然都見不得陽光。

潘不知道接下來要去哪裡。

同時，在幾條街之外，奧維耶．波奈維爾正從渡船上岸。

# 第二十章　熔爐人

同時，萊拉正在行駛於布拉格市郊的一列火車上。她發現在巴黎還滿容易就能在不引人猜疑的情況下買到車票，模仿威爾的方法似乎奏效了。或者是因為她經過的幾個歐洲城鎮市民特別缺乏好奇心，或是特別客氣。又或者是無暇分心：街道上瀰漫緊張的氣氛，她看到更多類似在渡船上碰到的制服人員——一身黑的男人成群在建築物外看守，或站在街角交頭接耳，或從地下車庫駕著裝有氣冷式引擎的巡邏車飛速駛上馬路。

可能是因為身旁看不出有精靈跟著的人也沒那麼奇怪。她在阿姆斯特丹看到一名沒有精靈的美麗女子，穿著打扮極為時髦，自信滿滿甚至傲慢，遇上路人好奇打量也無動於衷；在布魯日看到一名男子也沒有精靈，而他在繁忙街道上只敢沿著陰影處移動，羞慚又不自然的樣子只是讓自己陷入更糟的局面。萊拉從兩人的例子吸取教訓，保持謙遜又從容自信的姿態。要做到絕非易事，有些時候，當她獨自一人，會忍不住落淚；但是沒有人知道。

會來到布拉格，是因為她在火車時刻表上看到城市名字時，腦海中閃過一個印象。她和潘在數年前，曾經花了整晚一起研究布拉格的古老街道圖，在心裡想像一棟接一棟的建築物，仔細建構出城市的樣貌。畢竟這裡是真理探測儀的發明地；再次看到城市名時，她記起了在祕密聯邦運作下如火花迸發的記憶片段。她開始對那些半似喁喁話聲的暗示變得敏感，辨認出不是憑空臆想的種種暗示。

不過在布拉格，她得做出決定。布拉格是中歐鐵路公司的轉乘站所在地，由此往北和往東到基輔和俄國的列車採用一種軌距，往南經由奧匈帝國和保加利亞抵達君士坦丁堡的列車則採用另一種較寬的軌距。如果要直接去中亞和喀拉瑪干，顯然要搭往北的列車；但這樣並無益處，因為在想辦法前往種植玫瑰的地方之前，她需要先找到潘。

潘在哪裡呢？藍色旅館是她唯一的線索，阿拉伯文地名表示它應該位在俄國往南許多的地方。如果走往北的路線，可以在基輔換車，從其他路線往南到敖德薩，搭渡船橫越黑海到特拉比松，再從那裡向南前往阿拉伯語區；但若沒有更有力的線索，就跟在地圖上隨機釘一根大頭針當目的地差不多。往南經君士坦丁堡的路線比較單純，但可能更費時——或可能更快；無論如何，她不知道確切的目的地在何處，只知道一個阿拉伯文地名：亞坎亞蒼勒克。

再者，真理探測儀幾乎幫不上忙。由於新方法會造成身體嚴重不適，在第一次成功之後她只再試過一次，但一無所獲。以她目前所學關於探測儀圖案的知識，使用經典方法會有一點進展，但在不查閱書籍的情況下解讀，就像戴著拳擊手套想穿針引線。

假如真的想辦法找到潘，她對於下一步要做的事唯一的想法，全和古代駱駝商隊進入中亞所走的「絲路」有關。但絲路不是一條鐵路。絲路甚至不是單一的道路：而是許多條不同路線的總稱。沒有什麼便利快捷的方式，她行動的速度只能依據當地馱獸的腳程，也就是駱駝。旅程會很漫長，除非她和潘能以某種方式和解，否則會非常艱辛難熬。

她已經思索琢磨了一段時間。自從在布魯日向威爾斯礦工道別後，就不曾和任何人交談過——不包括服務生和鐵路運輸人員。她無比思念她的精靈，就算是最近幾個月態度很不友善的潘，至少是另一種聲音，提供另一種觀點。在一半的自己失蹤時思考事情簡直無比困難！

火車駛入布拉格市中心的火車站時，天已經黑了。萊拉心裡暗自慶幸，她也認為獨自旅行的年輕女性在布拉格也許不是那麼罕見，因為布拉格藝文氣息濃厚，市內有許多來自中歐各地甚至更遠方的音樂系和其他藝術科系學生。

她在驗票閘口遞出車票，混在尖峰時間的大批乘客中走過，想找旅遊服務中心看能不能拿到火車時刻表，運氣好的話還能拿到地圖。火車站的穿堂層建築和裝飾採豪奢的巴洛克風格，每扇窗框和每盞煤氣燈下方皆有呈撐托姿勢的裸體男神和女神雕像，每根柱子上都飾有花葉造型石刻。每面牆皆設有半露的壁柱和壁龕。周遭幾乎看不到任何乾淨的素面，萊拉心中慶幸，因為置身一片眼花撩亂之中讓她比較有安全感。

她讓自己牢牢盯著前方的一點，滿懷決心和自信向前走去。前方是咖啡鋪還是通往車站辦公室的台階都無所謂，走到哪裡都可以；她只是需要裝出熟門熟路的樣子。

她很成功。沒有人停下腳步盯著她看，沒有人驚恐憤怒地大叫大嚷斥責這個年輕女人是沒有精靈的怪胎，似乎完全沒有人注意到她。當她走到穿堂層盡頭，四處張望想找售票處，希望能找到會說英文的人。

但在她看見售票處之前，感覺到有人握住她的手臂。

她警覺之下驚跳起來，但腦中立刻閃過：不對！不該表現出害怕的樣子。那人向後退了一步，對於她這樣的反應也滿心戒備。對方是一個戴眼鏡的中年男人，穿深色西裝，繫著不起眼的領帶，一手提著公事包：活脫脫是一名奉公守法的正直公民。

他用捷克文說了些話。

萊拉聳聳肩，努力露出深感遺憾的表情，搖了搖頭。

「英文？」他說。

萊拉不情願地點頭。接著，比片刻之前更令人震驚，她意識到男人跟她一樣，沒有精靈。她瞪大雙眼，張口想說什麼，她的眼神飄向男人的肩頭，再飄向左右兩側，然後閉上嘴，不確定該說什麼。

「沒錯。」男人低聲說：「我們沒有精靈。安靜地跟我走，就不會有人注意到我們。假裝妳認識我。假裝我們在閒聊。」

她點點頭，邁開步子走在男人身旁，隨男人一起穿越尖峰時刻的人潮走向火車站大門。

「你叫什麼名字？」她低聲問。

「瓦茨拉夫．庫比切克。」

名字裡有什麼讓她有股似曾相識的熟悉感，但這個印象稍縱即逝。

「妳呢？」

「蓮花舌萊拉。你怎麼知道我……你是無意中看到我，臨時決定走過來跟我說話嗎？」

「我在等妳出現。我不知道妳的名字，或其他任何關於妳的事，只知道妳是我們的一員。」

「你們……什麼的一員？你是怎麼知道要等我出現？」

「有一個人需要妳的幫助。他告訴我妳會來這裡。」

「我——不管我們等下要做什麼，我需要先拿一份火車時刻表。」

「妳會捷克文嗎？」

「完全不會。」

「那我幫妳問吧。妳想去哪裡？」

「我需要知道去俄國的火車班次時間，還有另一條到君士坦丁堡路線的班次。」

「請跟我來。我去幫妳要時刻表。在那扇門後面有一間旅遊服務中心。」他說，指著偌大穿堂層的角落。

她跟在男人身後。到了旅遊服務中心，男人語速飛快詢問櫃台後面的人員，對方也問了一些問題。庫比切克回頭問萊拉：「妳想要一路搭到君士坦丁堡嗎？走那條路線的話？」

「對，一路搭到底。」

「去莫斯科的話也一路搭到底嗎？」

「要搭到比莫斯科更遠的地方。火車最遠會到哪裡？會繼續橫越西伯利亞嗎？」

他轉頭將答覆翻譯成捷克文。人員聆聽了一會兒，接著連人帶椅向後轉，從身後的架子取出兩本小冊子。

庫比切克說：「他不怎麼想幫忙。不過我確定往俄國的路線最遠會到貝加爾湖旁的伊爾庫茨克。」

「了解。」萊拉說。

車站人員將小冊子推送到櫃台這一側，雙眼疲態盡露，對眼前事物視而不見，回頭繼續做他本來在做的工作。萊拉將小冊子放進背包裡，跟著庫比切克轉身離去，心想這個男人顯然很擅長威爾那一套；也許她可以向男人學習。

她說：「我們要去哪裡，庫比切克先生？」

「去我家，在老城區。我們一邊走，我一邊向妳解釋。」

他們走出火車站佇立片刻，眼前是一個人車川流不息的熱鬧廣場。店鋪燈光明亮，咖啡館和餐廳高朋滿座，路面電車駛過時，上方的琥珀電氣纜發出平和的嗡嗡聲。

「在講其他事之前，」萊拉問：「你剛剛說我是你們的一員是什麼意思？你們是誰？」

「被自己的精靈拋棄的人。」

「我從來都不知道——」萊拉才剛開口，但是紅綠燈變換號誌，庫比切克很快跨步穿越馬路，她只得打住先跟著過馬路，才再次開口：「我一直到最近才知道，原來真的有人會遇到這種事。我是說除了我以外的人。」

「妳覺得孤單嗎？」

「孤單極了。我們可以分離，但當然我們盡可能保密。然後最近幾個月……我不知道要怎麼跟你說。畢竟我們完全不認識。」

「在布拉格有一些我們的成員，一小群人。我們可能是偶然相遇，或是從不害怕我們的人——我們確實還有一些朋友——口中間接聽說彼此，我們也發現其他地方有類似的人際網絡。妳可以想成是祕密社團。如果妳告訴我妳接下來要去哪裡，我可以透露那裡跟我們一樣的人的姓名住址。有需要的話，他們會理解跟提供幫助。容我建議……我們最好走遠點，別站在燈下。」

萊拉點頭，跟在他身旁走開，對他剛剛說的大感驚奇。

「我真的不知道。」她再次表明。「我完全不知道還有這樣的方式。我原本確信別人一下就能看出來，然後因此仇視我。有些人確實這麼做了。」

「我們全都經歷過同樣的事。」

「你的精靈什麼時候離開的？這麼問會不會很不禮貌？有太多事我都不清楚。」

「噢，我們自己人之間可以很大方地討論。有件事我想要說，在我的精靈離開之前，我們就知道我們可以分離。」

他瞥了萊拉一眼，萊拉看到後點了點頭。

「這在我們之中算是很常見。」他接著說：「可能是忽然陷入危險，或突發的緊急情況，因為某些無可避免的緣故，逼不得已之下你們第一次分離。苦不堪言，當然了。但妳們撐過去了，不是嗎？之後就容易多了。至於我跟我的精靈，我們對很多事情意見不合，發現我們在一起很不快樂。」

「是的……」

「然後有一天她肯定是想通了，和我分開的話，我們就不至於那麼不快樂。」他接著說：「也許就她的情況來說，她是對的。無論如何，她離開了。或許也有一個精靈的祕密社團，就跟我們一樣。也許他們窺看我們的一舉一動。也許他們把我們全忘了。總之，我們想辦法活下去，安靜低調，很少引起別人注意，也不會傷害到任何人。」

「你有沒有試著去找她？」

「每次我睜開眼，心裡都希望她會在眼前出現。我走過大街小巷，每間公園，每座花園，每座教堂，甚至每間咖啡館我都找過，這種事我們全都做過，一開始我們都是這麼做的。我多麼害怕，有一天會看到她和一個男人一起，那個男人就是我，是我的替身。但目前為止……什麼都沒發生。

「但是我來找妳不是要告訴妳我的故事。這週稍早發生了另一件事。有一個男人來到這個城市，到了我家，他……我想向妳描述他的樣子，但是我想不出適合的字眼，用捷克文或英文或拉丁文都想不出來。他是我這輩子見過最怪異的人，而他的處境簡直恐怖駭人。他知道妳，他說妳可以幫他。我答應他去請妳來見他，聽聽他要說什麼。」

「他說我——但是他怎麼知道我的？」

她還以為自己可以神不知鬼不覺橫越歐洲進入亞洲。

「我不知道。關於他，有太多事都很神祕。他也失去他的精靈，但是是以一種不同的方式……很難形容，但妳一見到他馬上就會明白。妳會明白，但也許妳不會相信眼前所見。也許比起其他地方，布拉格的人會比較容易相信這種事。看不見的祕密世界確實存在，有它自己的情感和關注的事物，有時候那個世界的事會洩露到我們可見的世界裡。也許兩個世界之間的紗幕在布拉格比在其他地方更薄透一些——我不知道。」

「祕密聯邦。」萊拉說。

「妳是說真的？我沒聽過這種說法。」

「唔，如果我幫得上忙，我會幫的。當然了。但我最重要的任務是往東走。」

他們繼續朝流經布拉格的伏爾塔瓦河走。庫比切克解釋，大部分人進出布拉格都走水路，但搭乘火車的旅客人數也逐漸增加。他自己住的地方就位在河對岸的小城區。

「妳聽說過黃金巷嗎？」他問。

「沒有。那是什麼？」

「大家都說以前煉金師就在那條街上煉製黃金。離我住的公寓很近。」

「現在大家還相信煉金術嗎？」

「不信了。受過教育的人不信。所以他們認為煉金師全都是蠢蛋，追求一個虛無縹緲的目標，就不會去注意他們，也不會關心他們到底在做什麼。」

有什麼在她腦海中閃現：塞巴斯蒂安．梅可平斯，牛津的煉金師！他在四年前對萊拉說過一模一樣的話。

他們來到河邊。庫比切克小心地四下張望，之後才向前走上大橋，古老寬闊的橋梁結構兩側胸牆上聳立著國王和聖人的雕像。河對岸的屋子十分老舊，挨擠在狹窄街道和曲折巷弄之間，後方高處一座由泛光燈照亮的城堡巍然而立。戶外十分寒冷，但橋上人來人往，街道上人群熙攘；店鋪櫥窗和小酒館透出燈光，大橋上雕像間的煤氣燈熠熠閃爍。

大橋盡頭鄰近小城區的河畔有一處棧橋，旁邊有一艘明輪船正小心翼翼地停靠。萊拉和庫比切克繼續向前走過時，可以看到甲板上有幾名乘客等著舷梯放下要上岸。不是來度假的遊客；他們手裡提著大包小包，有行李箱、背包、用繩子捆起的箱子，和裝得滿滿的籃筐和提袋。看起來像是在逃難。

「你說的怪人也是像這樣搭船來的嗎？」萊拉問。

「沒錯。」

「這些人是從哪裡來的？」

「從南邊；最遠有從黑海或更南的地方過來。船從那裡向北航行到這條河和易北河交會處，再從那裡開往漢堡和日耳曼海。」

「在這裡停靠的每艘船上都載了跟他們一樣的乘客嗎？他們看起來像難民。」

「到這裡來的人每天都在增加。教誨權威開始鼓勵轄下各個省分採取更強硬的入境管制措施。波希米亞的做法還沒有其他地方那麼蠻橫，還是會提供難民庇護。但不可能毫無止境持續下去。再過不久我們就得開始拒絕讓他們入境了。」

走在市區短短的路途中，萊拉已經注意到有一些人蜷縮著臥在住家門口或睡在長椅上。她原本以為他們是乞丐，很遺憾看到一個如此高雅的城市對窮人疏於照顧。此刻她看著一家人從舷梯下到棧橋：拄著枴杖的老婦人，抱著嬰兒的母親和另外四個小孩，小孩看起來全都不到十歲。每個孩子各抱著一個盒子或袋子或行李箱，看起來很吃力。在他們後面下船的是一個老人和一個十來歲的少年，兩人合力抬著一捆捲起的墊子。

「他們會去哪裡？」萊拉問。

「先去庇護事務局。之後，沒有錢的話就流落街頭。走吧。這邊。」

萊拉加快腳步跟上庫比切克。過河之後走進城堡下方蜿蜒有如迷宮的窄小巷弄。庫比切克拐了好幾次彎，萊拉很快就記不住路，分不清他們可能身在何處。

「你會帶我走回火車站嗎？」她問。

「當然。再一下就到了。」

「你能稍微介紹一下要我去見的這個人嗎？」

「他叫科內里斯．凡東耿。妳可能猜得出他是荷蘭人。其他的，我想就讓他自己告訴妳。」

「要是我沒辦法幫他呢？那他要怎麼辦？」

「那我就麻煩大了，還有小城區的所有居民，甚至小城區以外的人也會遭殃。」

「你這麼說讓我覺得責任很重大，庫比切克先生。」

「我知道妳會擔下來的。」

她一語不發，但終於覺得自己就這樣跟著陌生人走進錯綜複雜的老屋群和巷弄裡，實在愚不可及。潮溼的街道上各處都亮著以托架支撐的煤氣燈，照亮了礫石路面，照亮了遮蓋窗口的護窗板。他們愈往巷弄深處走去，人車往來的嘈雜喧鬧、鐵製車輪輾過礫石的喀啦聲響、地面電車琥珀電氣纜線的嗡嗡聲，全都漸漸消退隱沒。路上的人跡也愈漸稀少，不過有時候會經過在某戶門前靠牆而臥的男人，或在燈下佇立的女人。他們看著庫比切克和萊拉，嘴裡喃喃評論，或輕蔑地乾咳一聲，或只是嘆氣。

「快到了。」庫比切克說。

「我完全認不得路了。」萊拉說。

「我會帶妳離開的，別擔心。」

再轉一個彎之後，庫比切克從口袋取出鑰匙，打開一間高大樓房的沉重橡木大門。他先走進屋內，劃亮火柴點燃一盞石腦油燈，再提起燈讓萊拉可以看清從狹窄門廊兩側的書堆之中進屋的路。屋裡也有高至天花板的書架，但庫比切克顯然老早就已經把書架塞滿，只能往地板上堆書。有一道朝上方暗處延伸的樓梯，每層梯階兩側也堆滿了書。屋裡空氣溼冷，皮革書封和古舊紙頁的味道中，還透出一點甘藍菜和培根的味道。

「請往這邊走。」庫比切克說：「我的訪客其實不在屋子裡。我是書商，所以……再一下子妳就會明白了。」

他提起燈領著萊拉走進一間小廚房，裡頭乾淨整齊，唯一出現的書堆只有餐桌上的三小疊。庫比切克放下燈，打開後門的門鎖。

「能麻煩妳來這邊嗎？」他說。

萊拉忐忑不安地跟了過去。庫比切克將燈留在屋內，屋子後方的小院子幾乎一片漆黑，除了照亮整個城市上空的光輝。除了這個以外，還有——

萊拉屏住呼吸。

狹小的後院中庭裡站著一個衣著破爛的男人，他身上發出的炙灼熱氣讓萊拉無法靠近。他就像一座熔爐。萊拉看見他瘦削的臉上苦痛掙扎的表情，當他眼皮下噴出兩小簇火焰，而他伸手憤怒地像抹眼淚般揮開火焰時，萊拉忍不住驚喊一聲。他的雙眼如燒紅的煤塊，漆黑裡透出熾熱耀眼、鮮活翕動的赤紅。萊拉看不出他的精靈在哪裡。

男人對庫比切克說話，火焰自他嘴中噴洩而出。他的聲音就像很小的壁爐中燒得過旺的爐火劈哩啪啦的低沉咆哮，像是威脅要讓整根煙囪都燒起來的那種火。

庫比切克用英文說：「這位是蓮花舌萊拉。蓮花舌小姐，請容我向妳介紹，這位是科內里斯．凡東耿。」

凡東耿說：「我不能跟妳握手。我向妳行禮。拜託妳，求妳幫幫我。」

「做得到的話，我會的，但是——要怎麼做？我能幫你什麼忙？」

「找到我的精靈。她就在附近。她在布拉格。幫我找到她。」

萊拉猜想他指的是用真理探測儀。如此一來她就必須用新方法，但會讓她噁心不適到連站都站不起來。

「我需要知道——」她開口，但又無助地搖了搖頭。

如熔爐般燃燒的焦黑男人依舊佇立，他攤開兩手，掌心向上懇求著。一排細小火焰從他左手五指的指甲縫噴發出來，他用右手手掌按熄火焰。

「妳需要知道什麼？」他說，話聲聽起來像煤氣火焰呼哧作響。

「噢，所有的事——我不知道！她——跟你一樣嗎？」

「不。我全是火，而她全是水。我渴求她。她也渴求著我……」

一簇簇火焰如淚珠般從他雙眼噴冒，他彎腰從地上掬起一把土不停抹在眼裡，直到火焰熄滅。萊拉心中滿是同情，又無比驚駭。雙眼適應黑暗之後，她可以將他的身形輪廓再看清楚一點，他的表情看起來像是受傷的動物，知道自己在受苦卻不知痛苦從何來，因而視整個宇宙為令他驚怖的共犯。她不經意注意到，男人的衣服是用石棉布做的。

男人肯定看得到她的表情，因此而自慚形穢不停瑟縮，讓萊拉自己心裡也更加羞愧。她能怎麼辦？她到底能怎麼辦？

但她必須想點辦法。

「我需要知道更多她的事。」她說：「例如她的名字、你們為什麼會分離、你們是從哪裡來的。」

「她的名字是蒂妮莎。我們是從荷蘭共和國來的。我父親是自然哲學家，我母親在我們年紀還小時就去世了。我和我的精靈都喜歡在我父親的工作室，在他的實驗室裡幫忙，他在裡頭致力於他的偉大事業，就是將最根本的物質原則加以分離……」

他說話時，身上冒出的熱氣溫度開始升高，萊拉不由自主向後退了一小步。庫比切克站在門口，一臉敬意地仔細聆聽他們的對話。他們身處的後院似乎是與房屋後方其他建築物共用，從建築物的窗子可以俯瞰院子，萊拉將臉別開一秒鐘稍微避開熱氣時，看到窗口透出燈光，有一、兩個人影在建築物內走動；但是沒有人朝窗外看。

「請說下去。」她說。

「我剛剛說我跟蒂妮莎喜歡在我父親工作的地方幫忙。我們覺得那很偉大，很重要，但只知道他和永生不死的靈在對話、交流，至於他們要說什麼，就不是我們能聽懂的了。有一天我父親跟我們說起有火和水兩種元素——」他停住好一會兒，無助地啜泣起來，眼中迸冒出大簇的火焰。

庫比切克說：「凡東耿，拜託你——別這樣……」他焦慮地抬頭望向可俯瞰狹小後院的建築物窗口。

「我是人！」熔爐人大吼：「就算是現在這樣，我仍然是人！」

他伸出雙掌按住眼睛，身體前後搖晃。他最需要的莫過於一個擁抱，但再也沒有人能夠與他相觸。

「發生什麼事？」萊拉追問，憐憫卻又無能為力。

「我父親喜歡研究各種變化。」凡東耿沉默半晌才開口。「像是有些東西能變成別種東西，而有些東西卻不會變化。我們當然很信任他，不覺得他做的事會對我們造成什麼傷害。可以幫忙他進行這麼偉大的任務，我們都引以為榮。所以當他說想要和我們合作，趁蒂妮莎還可以改變形體之前，研究我們之間的連結，我們立刻就答應了。

「過程很漫長，我們，我和我的精靈，都累壞了而且覺得很難受，但是我們堅持下去，不管他要我們做什麼都照做。我父親很擔心我們的安危，他是真心愛我們，就跟他對知識的愛一樣。有一次進行實驗的時候，他把我們最根本的自我同化成元素，把我同化成火元素，把我的精靈同化成水元素。然後他發現，他沒辦法讓我們恢復原狀——永遠變不回來了。我成了這個樣子，我的精靈沒辦法呼吸空氣，只能住在水裡呼吸水。」他的一邊眉毛上冒出火焰，他抬起一手將它壓熄。

「你們為什麼會分離？」萊拉問。

「變成這樣子之後，我們是彼此唯一的慰藉，但是我們再也沒辦法互相觸摸或擁抱。我們受盡折磨，必須躲在屋裡和院子裡，我的精靈待在水池裡，我自己躲在鐵皮蓋的小屋裡。僕人都收了賄賂，對我們的事守口如瓶。我父親為了把我們藏起來，能做的他都做了，但是要花很多錢；他把能賣的東西都變賣了來支付所有費用。我們不知道。我們怎麼會知道？我們什麼都不知道。最後他跟我們說：『真的很對不起，孩子，我沒錢了，沒辦法再把你們藏起來。教誨權威已經聽到風聲，如果他們發現你們，他們會把我抓起來，然後殺了你們。我實在不得已，只好求教一位偉大的魔法師。他明天會來看你們。也許他能幫忙。』

「全是騙人的話！噢，希望也是騙人的，說什麼都是騙人的！」

火焰如瀑布般從他的臉頰傾瀉而下，照亮了周圍所有建築物背側，在牆面投下搖曳不定的幢幢暗影。萊拉站在一旁無助地看著。凡東耿用石棉布衣袖抹了把臉，幾簇小火花落在地上，彈動閃耀之後很快熄滅。

庫比切克向前走了幾步說：「拜託你，凡東耿，請你盡量避免讓自己那麼激動。為了不要對建築物造成危害，我們只能在這裡談話，但是隨時都可能有人朝外探看，要是──」

「我知道。我知道。請原諒我。」

他嘆了口氣，一團火焰帶著煙氣從他口中冒出，在空氣中散逸無蹤。

凡東耿雙膝跪地，勉強扭擺著在地上盤腿坐下。他低著頭，雙手垂在懷中。

「魔法師來了。他叫做約翰尼斯．阿格里帕，他看著我們，我和蒂妮莎，然後跟我父親到他的書房私下會談。他向我父親提議，願意付一大筆錢帶走我的精靈，但是他不打算把我也帶走。我父親接受了。他好像把我的精靈當成動物還是一塊大理石，就這樣把她，把我唯一的伴，世上唯一完全了解我們活著是多麼苦不堪言的存在，交給那個人。我的精靈苦苦懇求，我流淚哀求，但是他比我們強壯，他一直都比我們強壯，就這樣完成了他的交易。我親愛的精靈被賣給魔法師，他們安排將她運送到他居住的城市布拉格。分別的苦痛難以言喻。他們強行把我關押起來，直到他們遠走高飛才放我出來，我一恢復自由就出發來找她。但她還在這裡的某個地方，我可以拆毀每面牆，燒毀每棟房子，我可以放一把史上所有大火都比不上的漫天大火，但是她可能也會在火災中死去，我可能來不及再見她一面就魂飛魄散。

「我必須知道她在哪裡，蓮花舌小姐。我相信妳可以告訴我。請妳告訴我要去哪裡找我的精靈。」

萊拉問：「你是怎麼知道我的？」

「在精神靈異的世界裡，妳的名字耳熟能詳。」

「什麼是精神靈異的世界？我對這個世界一無所知。我不知道精神靈異是指什麼。」

「精神就是物質所為。」

萊拉聽了只覺惶惑不安。她不知道該怎麼回答，此時庫比切克說：「也許是妳說的祕密聯邦。」

萊拉回頭問凡東耿：「你知道真理探測儀是怎麼運作嗎？知道我是怎麼使用探測儀？」

他看起來大惑不解。他兩手一攤，掌心中央立刻迸發出火焰。他雙手拍地將火焰撲滅。

「真理——」他搖頭。「沒聽過這個詞。那是什麼？」

「我原本以為你希望我使用這個儀器，真理探測儀。它會顯示出真相，但是很難解讀。難道你要問的不是這個？」

他搖搖頭。小簇小簇的火焰淚花如熔岩般滾落他的臉頰。「我不知道！我不知道！」他大喊。

「可是妳會知道！妳會知道的！」

「但我身上只有這個……不對，等等。我還帶了這個。」是潘那張殘忍無情的字條，還有遇害的赫索生前從中亞一路帶在身上的破舊筆記本。她終於想起自己正是在筆記本裡看過庫比切克的名字，也恍然大悟為何腦海中會有印象一閃而過。她從背包裡掏出筆記本，急忙寫著在布拉格的地址那一頁。

由於漆黑中看不清字跡，她跪在熔爐人旁邊，藉著他雙眼冒出的猛烈火光來照明。她找到庫比切克的姓名了，還有他在小城區的地址。包括庫比切克在內，總共有五組在布拉格的姓名地址，分別由不同人用不同的墨水筆寫下。但還有一組姓名地址，有人將本子橫擺，在紙頁側邊空白處用鉛筆寫下：**約翰尼斯·阿格里帕博士**。

「找到了！」萊拉說，她試著湊近細看，但凡東耿雙眼中的火光已經熾熱得讓她受不了。她一骨碌爬起來說：「庫比切克先生，你能看懂嗎？我看不太懂地址寫了什麼。」

凡東耿也站了起來，急著想看。他不停拍手，每次擊出的火花在半空中旋轉，宛如縮小的轉輪煙火。其中一簇火花一路飛到萊拉手上，她感覺像是被針猛的一扎，輕喊出聲，拍滅火花，倉皇地站遠一些。

「噢——對不起——對不起……」荷蘭人說：「就念出來，念出來。」

「拜託，小聲點！」庫比切克說：「求求你，凡東耿，別那麼大聲！地址是……啊。我懂了。」

「怎麼樣？他住哪裡？」凡東耿的喉頭冒出火焰熊熊燃燒聲。

「舊鐵道橋四十三號。離這裡不遠。那個地方……我想是有很多作坊的區域，在一座老鐵道橋下方。我真沒想到——」

「帶我去！」凡東耿說：「我們現在就去。」

「要是我告訴你在哪裡——要是我給你一張地圖——」

「不行！免談。你一定要幫忙。妳，小姐，妳也要一起來。至少他會尊重妳。」

萊拉很懷疑，但她如果想要庫比切克之後幫忙帶路回火車站，就必須跟他們一起走。她點點頭。無論如何，她很好奇，也因為不需再試一次新方法而如獲大赦。

庫比切克說：「拜託你，凡東耿，走路安靜一點，盡量別開口。就當我們只是三個人要走路回家，沒別的事。」

「好，好的。走吧。」

庫比切克帶頭穿越屋內走到門外，荷蘭人小心翼翼避開書堆走出來，跟在後頭的萊拉則隨時注意和前面的荷蘭人保持距離。

小城區的幽暗巷弄和蜿蜒街道已經幾乎杳無人跡，偶有一、兩隻貓躡足溜過或一隻老鼠竄進巷裡。他們一直走到一座工廠高牆旁的崎嶇空地才看到有人活動。是一群圍著火盆取暖的男人，他們坐在成堆的箱子或布袋上，在三人走過時叼著菸盯著他們看。庫比切克低聲客氣打了招呼，這群男人不予理會，而萊拉跌跌撞撞走過崎嶇地面努力避開坑洞和泛著油漬的水窪時，感覺到他們轉過頭來興致高昂目送她走開的熱切眼神。凡東耿看起來甚至像是對這群男人視而不見，他們看起來也對他不感興趣；他一心一意只想找到他們要找的老鐵道橋的石頭橋拱。

「是那個地方嗎？到了嗎？」他問，一根火柱從他口中噴出，沖到他頭上像氣球般鼓脹膨起之後才消散無蹤。萊拉聽到火盆旁那群男人發出警戒的悶哼聲。

在三人眼前，老鐵道橋在荒地上方巍然矗立。每座橋拱下方都有一扇門，有木門，有生鏽的鋼門，也有些不過是用硬紙板充當門板。大多數的門都用掛鎖鎖住。有兩扇門是開著的，裡頭的石腦油燈在門外地面投下一汪黃光。其中一扇門內，有一名技師在組裝引擎，他的猴子精靈幫忙遞零件給他，另一扇門內有一名年長婦人在賣小包藥草給一名年紀較輕的女子，她看起來悽慘落魄，可能懷了身孕。

凡東耿踏著大步在整排門前來回走著，尋找四十三號門牌。

「不在這裡！」他說：「沒有四十三號！」

他邊說邊咳出陣陣火焰。技師停下手中操作的化油器，探頭看向門外的三人。

「凡東耿。」庫比切克懇求，荷蘭人閉起嘴巴。他喘著粗氣。兩眼亮晃晃有如探照燈。

「門牌號碼不是照順序排的。」萊拉說。

「在布拉格，門牌號碼是依照房子蓋成的先後次序編號。」庫比切克悄聲道：「這些作坊也一樣。你得一間一間找。」

他不停回頭窺看圍在火盆旁的那群男人。萊拉也回頭瞥了一眼，看見其中兩個男人站起來朝他們這邊看。凡東耿著急地從荒地這頭走到另一頭，在每扇門前匆匆探看，在身後草地留下一道滿是灰燼的燒焦軌跡。萊拉跟在他後面仔細檢查，發現有些門牌號碼很好辨認，是用白色顏料粗略塗寫或用粉筆潦草寫下，但也有些號碼已經褪色剝落，幾乎無法辨識。

但她接著看到一扇門比其他大多數門板更加堅固扎實，是一扇連著沉重鐵鉸鏈的深色橡木門。在門旁的橋拱磚石上固定著一只青銅獅臉面具。門板中央刻著四十三號，看起來像是用指甲刮刻寫下的。

她退後一步，輕聲喚道：「庫比切克先生！凡東耿先生！是這一間！」

兩人同時來到，庫比切克輕手輕腳踩過水窪，凡東耿急急忙忙奔來。這時似乎是由萊拉領頭了，不過她不知道為什麼。她沉穩地敲了敲門。

青銅獅臉立刻發出聲音。「來者何人？」它說。

「旅人。」萊拉回答：「我們聽聞約翰尼斯．阿格里帕大師的智慧卓絕，想要向大師尋求指引。」話說完她才察覺這個聲音說的是英文，而她也直覺地用同樣的語言回答。

「大師事務繁忙。」獅臉面具說：「下週再來。」

「不行，等到那時我們早已離開。我們現在就需要面見大師。而且……我帶了來自荷蘭共和國的訊息。」

庫比切克緊抓著萊拉的手臂，凡東耿忙著擦去嘴角周圍迸冒的小簇火焰。他們等了一下子，面具再次發聲：「阿格里帕大師給你們五分鐘。入內等候。」

門自動開啟，一陣夾雜著草藥、辛香料和礦物塵封氣味的輕煙飄出來，將三人圍裹其中。凡東耿立刻想要擠開萊拉衝上前去，但她伸手拉住他——然後立刻後悔：感覺就像想用手掌和手指拿起燙得發紅的鐵塊。

她將手攢在胸前帶頭走進作坊，努力不因吃痛而喊出聲來。門在他們進入後立刻關閉，裡頭光線昏暗，磚牆和混凝土地板只靠一顆以絲線繫住自天花板垂掛於半空的珍珠照亮，珍珠散發的光芒漸強復又漸弱，如同呼吸一般具有韻律。珠光下空無一物。

「我們應該往哪走？」萊拉說。

「往下。」空氣中傳來細語。

凡東耿指著角落。「那裡！」自他口中噴出的火焰朝天花板噴散開來之後復又消失。

聽到他一喊，他們看出有一扇暗門。凡東耿衝過去想拉起暗門一側的鐵環，但萊拉說：「別動！你什麼都別碰。你甚至也別跟下來。待在上面，等我叫你再下來。庫比切克先生，請你確保他會照做。」

「快了，再一下就好。」庫比切克告訴荷蘭人，他們退到遠處的角落，而萊拉將暗門拉開。

出現一道向下的木頭階梯，幾乎是直接連到通往地窖的入口，地窖裡閃著明亮刺眼的強光。萊拉走下木梯，到了盡頭時停下腳步朝裡頭張望。地窖的拱頂天花板已經被幾百年來的煙氣燻得漆黑。正中央立著一個巨大熔爐，上方的銅製排氣罩穿過天花板當作煙囪。有上千種東西布滿周圍牆面，或吊掛在天花板，或佇立於地板：蒸餾罐、坩堝、陶土瓶罐、裝著鹽或色料或乾燥藥草的無蓋箱盒，還有大小不一、年代各異的書籍，有的攤開，有的塞在書架上，以及自然哲學儀器、圓規、光能風車、投影描繪器、整架萊頓瓶、范德格拉夫起電機，然後是橫七豎八擺放的骨頭，其中可能有一些人骨，一旁是幾種養在灰撲撲玻璃罩裡的植物等林林總總不及備載的雜物。萊拉心想：梅可平斯！眼前景象在在讓她想起牛津煉金師的實驗室。

熔爐中熊熊燃燒的煤塊映出的赤紅火光中，站著一個身穿粗糙工作服的男人，他正在一口滾沸的大鍋旁攪拌，鍋中冒出刺鼻的氣味。他口裡喃喃誦念，可能是用希伯來文在念咒語。萊拉從他臉孔露在外面的部分推測他大概中年，很自傲，性急，意志堅強，是具有超群智力的大師。對方似乎沒看見萊拉。

片刻間，她憶起自己的父親，但她立刻將這個念頭拋諸腦後，看向地窖裡另一個龐然大物，是一個大約長十英尺、寬六英尺的石槽，側壁高度大約到她的腰部。

石槽裡蓄滿了水，水裡往復來回游動不斷扭攪身軀，如樹枝上的忍冬藤糾纏盤繞永不停歇卻無損優雅迷人的，正是科內里斯·凡東耿的精靈：形如人魚的水精蒂妮莎。

美麗的她渾身赤裸，背上披散的黑髮如最精巧的海藻。她在水槽較遠的一端轉身時瞥見萊拉，就如一尾最迅捷的魚兒飛快朝萊拉的方向游去。

但不等精靈浮出水面，萊拉伸出手指抵著唇，指著完全沉浸於施咒的魔法師示意。水精明白了，她在水裡待著不動，向上望著萊拉，眼神中滿是祈求。萊拉點點頭，努力想擠出微笑，接著注意到立在水槽旁的東西：鐵製活塞、閥門、連桿、曲軸，和她叫不出名字也想不出有什麼功能的其他零件組成龐大複雜的裝置。

萊拉聽到身後傳來一聲呼喊，噴湧出的火舌灼燒她的髮尾。她轉頭看見凡東耿已經下到木梯一半處，庫比切克努力想拉住他，又因吃痛而頻頻縮手。萊拉感同身受，燒灼過的手掌陣陣搏動。

接著他們就下來了，站在地窖的地板上——

緊接著爆發一陣混亂。吊掛在天花板、身上綁縛鎖鏈的填充鱷魚開始搖頭擺尾，不停掙扎咆哮；一排積滿灰塵、容量至少一加侖的玻璃瓶發出亮光，裡面裝著的怪異樣本，包括死亡的胚胎、人造小人和頭足類動物或掄起拳頭搥打瓶身，或悲憤啜泣，或在瓶中甩來撞去；滿是灰塵的鳥籠中，一隻金屬鳥開始以粗嘎嗚聲高歌；蒂妮莎待的水槽裡，水先是朝著與凡東耿相反的方向退去，繼而掀起一股大浪，水精靈就在湧升至半空中震顫不已的波浪裡，彷彿陷困在琥珀裡的昆蟲，看到她的人類後，便將雙臂從水中伸出，呼喚著：「科內里斯！科內里斯！」

事情就在電光石火之間發生，猝不及防。凡東耿高喊：「蒂妮莎！」接著縱身投向高高湧起的水浪，而蒂妮莎破浪而出衝進他懷裡。

他們在翻騰的水氣和烈焰中相聚。片刻間，萊拉可以看到他們的臉龐，鮮活，狂喜，在最後的擁抱中相互依偎。接著他們就消失無蹤，而水槽上方的機械開始有些動靜。過熱蒸氣形成的噴射氣流沖入汽缸，大力撞擊活塞來回移動，於是連桿前後擺動，帶動一個巨大輪子旋轉，所有部件在經潤滑的機械裝置特有的平順滴答聲中運轉了起來。

萊拉和庫比切克只能退後幾步，震驚不已。接著萊拉轉向魔法師，他正闔上手邊的書，臉上神情彷彿終於完成一件漫長艱辛的任務。

「你做了什麼？」她不自覺開口說道。

「啟動我的引擎。」他說。

「但是怎麼做的？他們去哪了，男人和他的精靈？」

「他們都完成了受造誕生就被賦予的使命。」

「他們不是為了這個而生的！」

「妳什麼都不知道。是我安排他們誕生，我帶精靈來這裡完成任務，但她的男孩逃跑了。不要緊。我安排你們找到他，帶他來這裡。現在任務結束，你們可以離開了。」

「他們的父親出賣他們，你還這樣對待他們！」

「我正是他們的父親。」

萊拉一時愣住。機械運作的速度更快了。她可以感覺到整座地窖因機械的力量而震顫。鱷魚已經平靜下來，只是緩慢地甩著尾巴；瓶子裡的人造小人不再尖叫搥玻璃，滿足地在瓶裡漂浮，瓶子裡的液體中此刻發出微弱穩定的紅光；籠子裡金屬鳥的黃金羽毛上富麗堂皇的瓷釉和寶石閃閃發亮，鳴聲甜美悅耳足以媲美夜鶯。

阿格里帕沉著地站起身，書還拿在手上，似乎在等萊拉發問。

「為什麼？」她問：「為什麼這麼做？為什麼要犧牲兩條生命？你不能用一般的方式生火嗎？」

「這不是一般的火。」

「告訴我為什麼。」萊拉又說了一遍。

「這不是一般的引擎。不是一般的火。不是一般的蒸氣。」

「就只是這樣？只是一種不同的蒸氣？蒸氣就是蒸氣。」

「萬事萬物皆不只是其本身。」

「才不是。凡事別無他義，僅此而已。」萊拉引用格弗理．布蘭德的話，同時自己也暗自覺得彆扭。

「妳也聽信了那番謊言是嗎？」

「你認為這是謊言？」

「有史以來最大的謊言。我還以為妳有足夠的想像力，不會信這一套。」

萊拉吃了一驚。「我的事你知道多少？」她問。

「該知道的我都知道。」

「我會找到我的精靈嗎？」

「會，但不是妳以為的方式。」

「那是什麼意思？」

「萬事萬物相互連結。」

萊拉思索了一會兒。「那麼，我和這件事的連結是什麼？」她說。

「它帶妳來見一個可以告訴妳旅程下個階段要往東走還是往南走的人。」

萊拉只覺一陣暈眩。全都不可能的事，卻一一發生。「所以？」她說：「我該往哪邊走？」

「查看妳的『鎖鑰』。」他擺手示意她看筆記本。

她翻到有人用鉛筆補寫一行那一頁，發現在阿格里帕的姓名住址下方還有幾個她先前漏看的字：

**告訴她往南走。**

「這是誰寫的？」她問。

「寫下我姓名住址的人：塞巴斯蒂安・梅可平斯大師。」

萊拉得扶著石槽的邊沿才能站穩。「但他是怎麼——」

「時間到了，妳自然會知道。我現在告訴妳並無意義。妳不會明白的。」

她感覺有人輕觸她的臂膀，回頭一看，是庫比切克，他臉色蒼白，十分緊張。

「馬上就好。」萊拉說，她轉頭對阿格里帕說：「告訴我塵的事。你知道我說的塵是指什麼吧？」

「我聽過塵，聽過魯薩可夫電場，我當然聽說過，妳以為我還活在十七世紀嗎？所有科學期刊我都讀，有些委實令人發笑。讓我跟妳說點別的。妳有一個真理探測儀，對吧？」

「對。」

「真理探測儀不是唯一解讀塵的方法，甚至不是最好的方法。」

「還有什麼其他方法？」

「我可以告訴妳一種方法，也只能說到這裡。一副紙牌。」

「你是說塔羅牌？」

「不，不是。那是專門設計來騙那些天真的浪漫主義者掏錢的現代詐術，令人髮指。我說的是一副上面有圖畫的紙牌。簡單的圖畫。等妳看到，就知道那是什麼了。」

「關於所謂的祕密聯邦，你可以告訴我什麼？」

「那是用來稱呼我打交道的這個世界，屬於隱藏的事物和隱藏的關係的世界。萬事萬物之所以皆非其本身，道理就在於此。」

「再問兩個問題。我想去一個叫做藍色旅館的地方，也叫亞坎亞蒼勒克，去那裡找我的精靈。你聽說過這個地方嗎？」

「聽過。它還有另一個名字，有時候也叫做麥地那阿卡瑪，意思是『月之城』。」

「它在哪裡？」

「在西流基和阿勒坡之間。從任一個城市出發都可以抵達。但是妳唯有經歷莫大的苦痛和艱辛才能找到妳的精靈，而且除非妳作出極大犧牲，否則他無法跟妳一起離開。妳準備好面對了嗎？」

「是的。我的第二個問題是：『厄坷途旅』是什麼意思？」

「妳從哪裡聽到這個說法？」

「和一個叫做喀拉瑪干的地方有關。似乎是一種交通方式，或類似的意思，像是：你必須經歷『厄坷途旅』。」

「是拉丁文。」

「什麼？真的嗎？」

「Aqua terraque。」

「水與陸地……」

「走水路和走陸路。」

「噢，所以究竟是什麼意思？」

「有一些特殊的地方，妳和妳的精靈必須分別以不同方式前往。一個必須走水路，另一個走陸路。」

「但那個地方是在沙漠中央！那裡根本沒有水。」

「不是這樣的。妳說的地方位在沙漠和游移湖之間。在羅布泊的鹽沼和淺流一帶，那裡的水道漂移不定。」

「原來如此，我懂了。」她說

她豁然明白了在赫索的背包裡找到那些破損紙頁上史特勞斯寫的字句。好多事一下子變得清楚明白！他們為了進入紅色建築，不得不和他們的精靈分離，而史特勞斯和他的精靈順利抵達，所以他們能夠進入；但赫索的精靈最後並未抵達，他們想必是之後才又團聚。所以是這樣進行的：唯有潘同意在她穿越沙漠的同時也隻身穿越羅布泊，他們才有可能抵達那裡，接著才能進入紅色建築。想通這一點之後，萊拉只覺心思益發澄明，所有迷霧惶惑吹散一空。她記起第一次閱讀史特勞斯日誌時的感覺，她確信自己知道建築裡有什麼。這點篤定如蜃樓幻景般閃耀許諾，但仍在她剛好無法企及的範圍之外顫動。

她站在煙霧瀰漫的地窖裡，聽著上方見證科內里斯和蒂妮莎的最終合一的活塞、連桿和閥門發出沉穩自信的撞擊聲響，努力將注意力轉回阿格里帕身上。

「你怎麼知道的？」她說：「你也親自走過這段旅程？」

「別再發問。妳該上路了。」

庫比切克拉了拉她的袖子，於是萊拉跟著走向木梯。她回望地窖，裡頭的一切生氣蓬勃，隱而不顯的偉大意圖正在運作。阿格里帕正伸手搬來一箱藥草，在工作檯上清出空間，取出一組天秤。蒸汽引擎的聲響已經逐漸緩和成規律有力的輕響，接著萊拉看見魔法師手一伸，接住一個看起來像是自動飄到他手中的小盒子。架子周圍和偌大桃花心木櫥櫃的兩個抽屜旁，有幾個瓶罐和盒子上方亮起小小的光芒。魔法師從每個上方亮起的容器取了一些內容物，在他這麼做時，負責發光的燈精（萊拉想不出還有什麼其他字眼）飛到地窖另一側和工作檯上的同伴聚在一起。地窖裡的一切看起來如此活躍，而阿格里帕十分忙碌，無比冷靜沉著，很清楚自己在做什麼，看來心滿意足，渴望著展開下一階段的工作。

萊拉跟著庫比切克走上階梯，出了門來到空曠的荒地。那群男人已經走了，火盆裡只餘一點殘火。她的肺部感恩地接收洶湧注入的冷空氣，彷彿來自無盡繁星的一陣風，將她與夜空相互結合。

「好吧，顯然我需要搭往南的火車。」她說：「我來得及趕到火車站嗎？」

從附近的大教堂傳來兩下鐘響。

「立刻出發的話就能趕上。」庫比切克說。

她跟著他穿越古老城區，來到河畔，跨過大橋。水面幾艘船上亮起燈光，一艘平底貨船順水駛過，載運一批粗長的松樹原木前往易北河、漢堡和日耳曼海。在大橋盡頭，路面電車沿著軌道緩緩行過，燈光明亮的車廂裡有三名晚歸的旅客。

前往火車站途中，兩人都一語不發。到了車站後庫比切克才開口：「我來幫妳買車票。但買票之前，先讓我看一下妳的『鎖鑰』。」

他翻看小筆記本。

「啊哈。」語氣相當滿意。

「你在找什麼？」

「看看上面有沒有哪組姓名地址在士麥那。君士坦丁堡沒有跟我們一樣的人，但是到士麥那的話，妳就能找一位女士幫忙。」

萊拉收起小筆記本，和庫比切克握了握手，才記起自己的手也被灼燙到發痛。

「妳在布拉格經歷了奇異的一晚。」庫比切克跟她一起走向售票處其中一個亮著燈的窗口時說。

「但是很寶貴。謝謝你幫忙。」

五分鐘後，她已經在一節臥鋪車廂中，獨自一人，疲憊不已，灼傷的手還有些疼痛，但因為終於有了目的地和清楚的目標而振奮歡欣。火車開動五分鐘後，她已沉沉入睡。

# 第二十一章 捉與逃

馬瑟爾．狄拉莫極少發怒。他表達不滿的方式，是對那些惹惱他的人施加冰冷無聲、拿捏精準的懲罰。懲罰的施行方式無比巧妙，受罰者一開始甚至會受寵若驚，以為自己博得狄拉莫青睞，直到嘗到不太美妙的後果。

但是奧維耶．波奈維爾的所作所為，遠遠超過惱人的程度。對他這樣明目張膽直接抗命的行為，必須施行懲罰以儆效尤。教會風紀法庭是處理這類違紀行為最得心應手的單位，狄拉莫確保他們掌握了所有找到波奈維爾並加以逮捕訊問所需的細節，包括一些連波奈維爾本人都不知情的背景資訊。

年輕的波奈維爾不如他自以為的精明狡詐，行蹤並不難追查。他在德勒斯登購買的船票可以一直搭到下游的漢堡，於是派駐在易北河沿岸各城市的ＣＣＤ特務前往所有停船站點監看。波奈維爾在威登堡碼頭一下船，就遭當地唯一一名特務跟監盯梢，特務人員也立即聯絡下游相距幾小時船程的馬格德堡請求支援。

他們追捕的對象渾然不知自己已遭跟監。波奈維爾只是業餘，而他的對手畢竟是專業特務，看到他入住破爛的小民宿，便坐在對面的咖啡館等待馬格德堡的同事前來接應。他們已經雇了一艘速度快的汽艇，不用多久就會趕到。

波奈維爾一整天大多在使用真理探測儀，他窩在悶窒的艙房裡監視潘拉蒙在市區裡的一舉一動，看著他與盲人學校的女孩交談，在屋頂上奔跳，接著和比前一個女孩更漂亮的少女對話。此時，累積的作嘔感已經超出波奈維爾所能忍受的程度，他必須到甲板上坐著讓腦袋放空一下，等他恢復後再次監看，萊拉的精靈已經和一個老頭子談起哲學。實在太困難了：用看的會讓他噁心不適，但是只用聽的就沒辦法得知精靈身在何處。他不得不偶爾看一下，否則就什麼都無法得知。

他住的民宿客房通風不良，與船上艙房不相上下，唯一的差異是機油味換成了甘藍菜味。為了避免再次引發嘔吐，他決定晚上出門到街上散散步，讓腦袋清醒一下。要是他張大眼仔細留意，說不定可以看到那精靈。

在咖啡館盯梢的CCD特務看著波奈維爾出門溜達，他的精靈立在他肩頭上，是某種鷹隼。他帶了一個小提包，但行李箱還留在民宿，所以特務推測他還會回到民宿。特務人員在咖啡館桌上留下幾枚硬幣後尾隨而去。

至於潘拉蒙，他正在聖露西亞啟明學校校園裡，蜷縮在當天早上藏身的那棵樹上。他還醒著，從透出燈光的窗口觀察所有晚間活動，希望名叫安娜的女孩會再出來找書看。但女孩當然不會再出來。外頭寒冷潮溼，她會在暖和的室內和朋友一起吃晚餐。潘可以聽見幽暗的草坪另一側傳來她們的聲音。

他想著格弗理．布蘭德和莎賓。或許他們還在那裡，還在爭吵，在那棟有著荒涼閣樓的高大樓房裡。潘很自責，他應該要換一個方式質問布蘭德，應該要想辦法跟那個神神祕祕的精靈柯希瑪攀談。最重要的是，他應該要對那個女孩更有耐心。有一些方面她和萊拉實在好像——這個念頭讓他的心因思念而疼痛起來。他猜想萊拉還待在鱒魚旅店，想像她和麥爾肯對話，還有毛色橘紅泛金的貓精靈阿斯塔也在。他想像萊拉試探般地伸出手要觸摸阿斯塔，心裡完全明白這個舉動的意義。但是不會發生，不可能的。他立刻將這個念頭拋開。

他不能回去見萊拉，他還沒有找到他要找的。他焦躁難安。潘拉蒙第一次開始思索，自己說要找回萊拉的想像力，究竟是什麼意思。他不知道，只知道自己沒找到的話絕不會回去。一點用都沒有：他根本沒辦法入睡。想到自己的所作所為，只覺得心煩意亂。他站起來伸個懶腰，跳上牆頭離開校園，縱身躍入昏暗的街道。

波奈維爾信步朝城市教堂的方向走去，沿途察看每處門口、每條巷弄，抬頭探看每戶屋頂。為了不要引來旁人注意，裝成觀光客或建築系學生的樣子。他在想拿著速寫本和鉛筆會不會有幫助，但四周霧氣漸濃，不會有人在這種天氣到戶外寫生。

他攜帶的小提包裡除了真理探測儀，還有一張輕薄強韌的煤絲網，他打算用這張網捉住萊拉的精靈，再帶到某個地方私下審問。整個過程已經可以在腦海中預見，因為他練習了許多次——他撒網的動作如此迅捷，手法如此高超，現場沒有觀眾親睹他的表現實在是莫大的遺憾。

波奈維爾在主廣場上一間咖啡館停留，喝了一杯啤酒，不停四下張望，聽周遭的人對話，然後和他的精靈低聲交談。

「那個老頭子。」他說：「閣樓裡那個老頭。」

「我們以前聽過類似的論點。他說的那些話。他很可能是名人。」

「我只是想找出他人在哪裡。」

「你認為那精靈還跟他在一起？」

「不。他們對彼此的態度並不友善。那精靈還指控他做了某件事。」

「和她有關的某件事。」

「對……」

「你覺得他會回去嗎？」

「可能吧。要是我們知道那棟屋子在哪裡，也許可行。」

「我們可以問那老頭精靈的去向。」

「這個我不確定。」他說：「如果精靈走掉了，老頭未必會知道他在哪。他們還不到那種交情。」

「另一個女孩可能知道些什麼。」他的精靈說：「她可能是老頭的女兒。」

波奈維爾覺得這個建議比較有吸引力，而且他很擅長跟女孩子打交道。但他搖了搖頭說：「都只是沒憑沒據的推測。我們需要將注意力全都放在他身上。我要來試試……」

他將手伸進提包。和他同樣飽受噁心不適感之苦的鷹精靈著急地說：「不，不要，現在先不要。」

「我不會看。用聽的就好。」

鷹精靈搖搖頭，轉過身去。咖啡館裡有五、六名顧客，大多是打算待整晚的中年人，或抽菸閒聊或玩紙牌。沒人對坐在角落那張桌子旁的年輕人有興趣。

他將真理探測儀放在懷裡，用兩手捧著。鷹精靈撲拍翅膀從椅背上跳到桌上。波奈維爾閉起雙眼想著潘拉蒙，一開始只能召喚出潘拉蒙的樣貌，而鷹精靈喃喃道：「不要。不要。」

波奈維爾深呼吸之後再次嘗試。這次他沒有閉眼，而是睜眼看著半空水杯，專心一致想聽到腳爪刮擦礫石地的聲音，和繁忙市區街道上人來人往、車水馬龍的喧囂嘈雜；但他只聽見哀悽的霧笛響聲。

接著他意識到那是真實傳入耳裡的聲音，因為他看見其他桌有兩個男人轉頭望向河的方向，交頭接耳之後又頻頻點頭。同樣的聲音再次響起，但接著傳入波奈維爾心神裡的聲音完全屬於另一個地方，腳爪刮擦，男人對話，水花噴濺，龐然大物撞在某個定住不動的巨大物體上發出沉重悶響，繩索摩擦潮溼木頭的吱嘎聲。是一艘繫泊在碼頭的汽船嗎？

所以萊拉的精靈再次動身了。

「找到他了。」波奈維爾說，他站起身並將真理探測儀收進提包裡。「要是我們現在趕去，也許可以看到他上船，這下就能逮著他了。」

他很快付好帳便離開了。

潘拉蒙躲在售票處旁的陰影處觀望。根據牆上貼的告示，這艘船會一直往上游行駛到布拉格。姑且能搭上這艘船繼續接下來的旅程。

不過碼頭十分明亮，上下舷梯的人為數不少，即使此時所有可見物體的輪廓線都因霧氣籠罩而顯得模糊，他也不可能從舷梯上船。

但總是可以游過河水上船。未及細想，潘就縱身從售票處旁朝碼頭邊緣奔去。但還不到半途，就有東西從天而降落在他身上——是網子——

潘落入網中，猛然摔倒在地，接著在石板路上被拖行，他掙扎，扭絞，衝撞，撕扯，啃咬，但是網子堅韌牢固，而拉住網子的年輕人毫不留情。潘感覺自己被甩到半空，瞥見追捕他的人，深色眼睛，暴戾凶狠，周遭路人如泥雕木塑般愕然注視，接著好幾件事同時發生。他聽見一艘較小的汽艇駛近碼頭時倒俥的引擎怒吼聲、路人的驚叫聲、甩動網子的年輕人厲聲咒罵，接著是有人在石板路上奔跑的腳步聲，然後一個低沉男聲說：「奧維耶．波奈維爾，你被捕了。」

網子落在地上，潘更用力地掙扎，卻發現身上的網子只是愈纏愈緊。

他不停撕咬網子同時留意觀察，察覺有人下了汽艇跑過來，聽見年輕人（波奈維爾！波奈維爾！）高聲抗議，不同的聲音以震驚恐懼的語調喊著「精靈」，接著是不知誰的手圈住他的頸部——最駭人的碰觸。那隻手將他抬高湊近一個男人的臉，迎面而來的是啤酒、菸草葉和廉價古龍水的氣味，以及滿是血絲、鼓突得可怕的雙眼。

網子仍然纏在他身上。他想要隔著網子啃咬，但圈住他頸部的手如鐵箍一般收緊。他隱約聽見年輕人氣憤地說：「我得說我的雇主居正館馬瑟爾．狄拉莫先生知道的話大概不會很高興。帶我去安靜的地方，我可以解釋——」

那是潘昏倒前最後聽到的一句話。

米妞兒號船體就如麥爾肯童年時的獨木舟野美人號一樣輕盈優雅，但是麥爾肯找到後本想掛起的船帆卻已脆弱腐朽。在伸手不見五指的情況下，船帆在他手中碎成片片。

「那得靠船槳了。」麥爾肯說，心知好的帆船用划的可能很難駕馭。但是他別無選擇，而且無論如何，船帆是（或曾經是）白色的，在黑夜裡掛上會太過顯眼。

他劃亮火柴，借著火光看清楚船庫柵門上用另一個掛鎖鎖住，比之前外頭那扇門上的掛鎖更難推開。好不容易扯下掛鎖之後，湖泊就在他們眼前。

「準備好了嗎，先生？」他說，在棧橋旁穩住小船讓另一人上船。

「若主允許。是的，準備好了。」

麥爾肯將小船推入水中，讓它漂離岸邊一小段，直到船下的水深足夠他搖槳划船。船庫位在一處有岩岬遮蔽的小灣，他預期湖水只有在小灣裡會比較平靜，出了小灣之後波濤就會變得洶湧；但出乎意料的是，小船划入開闊水面後，放眼望去，只見呈弧形開展的大湖湖面平滑如鏡。

空氣似乎沉悶得難以穿越，而且極為溼黏，一切靜滯得詭異。麥爾肯很高興能在旅行數天後再次活動筋骨，但此時的感覺幾乎無異於待在室內。和卡里默夫說話時，他不自覺地壓低音量。

「你說你和馬瑟爾．狄拉莫有一些交易。」他說：「是什麼樣的生意？」

「他委託我幫他帶一些在喀拉瑪干沙漠生產的玫瑰油，但他還沒有付我錢，我怕他扣住錢不付是為了讓我待在日內瓦，因為他想對我不利。我早就應該離開，但是我身上沒錢了。」

「告訴我這個油是怎麼回事。」

卡里默夫將之前告訴狄拉莫的事一五一十告知，接著補充說：「但有一件事很奇怪。我告訴他塔什布拉克的研究站遭到摧毀時，他似乎並不訝異，不過他裝出很驚訝的樣子。接著他問我一些關於山區來的人的問題，就是那些攻擊研究站的人，我很老實地回答，但還是覺得他已經知道會聽到什麼答案。所以有一件事我沒有告訴他。」

「你沒告訴他的是什麼事？」

「山區來的人沒有將研究站完全摧毀。後來他們被趕跑了，是被——說到這裡就令人難以置信了，先生，他們被一隻恐怖的巨鳥趕跑了。」

「西牟鳥？」

「你怎麼知道？我本來沒有要說出那個名字，可是——」

「我在一首詩裡讀到的。」

他說的是實話。在塔吉克長詩中引領賈罕與珞珊娜進入玫瑰園的正是一隻巨鳥。但也不是完全吐實，麥爾肯記得自己曾在史特勞斯博士的日誌裡看過這個名字，正是遇害的赫索從塔什布拉克帶回的。駱駝夫小陳告訴他們，在沙漠裡看到的幻象全是西牟鳥的面相。

「你知道《賈罕與珞珊娜》？」卡里默夫說，顯然十分驚訝。

「對，我讀過。當然啦，我是當成寓言來讀。你是說西牟鳥之類的東西真的存在嗎？」

「存在有很多種形式，先生。我不會說它是這種或那種，或任何一種存在。也許是我們一無所知的那種存在。」

「明白了。你沒有跟狄拉莫提到這點？」

「沒錯。根據我拜訪他時觀察所得，我相信他很了解山區來的人的事，而他不希望我知道這一點。我怕他可能派人來抓我，把我關進牢裡，甚至更糟，這也是為什麼他想把我困在日內瓦。聽說你的情況之後，先生，我覺得我有義務把我知道的告訴你。」

「真高興你這麼做了。」

「我能不能問你跟狄拉莫先生有什麼過節？」

「他認為我是他的敵人。」

「他的想法是對的嗎？」

「是的。特別是就塔什布拉克和玫瑰油的事情而言。我想他是想加以利用來達成某種邪惡目的，如果可以，我會阻止他。但首先我需要更進一步了解。比如你發現有人在買賣玫瑰油。有很多人在買賣這種油嗎？」

「不怎麼多。這種油非常昂貴。以前比較多人在用，那時候民眾相信巫醫能夠通靈，進入精神靈異的世界。但是現在相信的人已經不多了。」

「油還有別的用途嗎？像是用來找樂子？」

「沒有什麼太大的樂子，波斯戴先生。用這種油要忍受劇痛，但是那些幻象用其他的藥也很容易就能看到。我想有些醫生會用來減緩各種身體和心靈的慢性症狀，但是玫瑰油價格非常高昂，只有非常有錢的人才買得起。只有塔什布拉克那些有學問的研究人員對玫瑰油有興趣，不過他們的研究工作大多是祕密。」

「你去過塔什布拉克的研究站嗎？」

「沒去過，先生。」

麥爾肯繼續划船前行。湖面籠罩在深沉的靜寂之中，空氣窒人，彷彿所有氧氣都被抽除殆盡。過了一會兒，卡里默夫說：「我們要去哪裡？」

「看到那座城堡了嗎？」麥爾肯說，指著他們前方不遠的湖岸上一處險崖。崖頂矗立著一座建築，由於星月皆暗淡無光，天際線上僅有碩大無朋的塔樓輪廓依稀突露。

「應該是看見了。」卡里默夫說。

「那是與法國的邊界地標。過了那裡，我們應該就安全了，因為日內瓦當局在那裡沒有管轄權。不過——」

「不」字才說完，「過」字話音未落，整片天空倏地亮起，一下又復歸黑暗。接著又是另一道閃光，更加耀眼，這次麥爾肯和卡里默夫都看見了，閃電岔分如枝驀地劈向地面，打頭陣的豆大雨滴重重砸落在他們臉上。等兩人都翻起大衣領子拉緊帽子，雷聲才隆隆響起，震耳欲聾的劈裂聲響似乎足以轟破兩人的腦袋。雷聲在環繞湖泊的群山間反覆迴盪，強勁力道震得麥爾肯腦袋也跟著嗡嗡作響。

已經颳起風了。湖水掀起波濤，捲湧起的浪花比雨滴更大力地抽打麥爾肯的臉頰。麥爾肯以前曾在湖中駕船，知道暴風雨可能轉眼間說來就來，但這一回非比尋常。此時想划船駛過險崖上的城堡已經不切實際，他使勁讓船向右轉，賣力搖槳划往最近的岸邊，靠著如巨大白熾光鞭直抽地面的閃電來辨別方向，湖畔群山籠罩在刺眼光芒中。閃電之後的響雷一聲緊接一聲，足以晃動小船，或他們感覺如此。阿斯塔爬進麥爾肯的大衣裡側，溫暖放鬆地窩在裡頭，將沉著自信的氣息傳遞到麥爾肯身上，他知道阿斯塔的用意在此，心底暗自稱許。

米妞兒號在風雨混沌中搖擺晃盪，船身開始大量進水。卡里默夫用他的皮帽拚命將水舀到船外。麥爾肯豁盡雙臂和背部的所有力氣，將船槳深深插入水中，動員每一條肌肉撐住，不讓小船被風浪打回湖中。

他轉頭望向身後，除了黑暗幾乎什麼都看不見，但此時在他們身後有一片更深濃的黑暗居高臨下。是瀕臨湖岸的一片森林。瓢潑如瀑的大雨，轟隆炸裂的驚天響雷中，此刻他甚至已聽得見松林間的風聲。

「不遠了。」卡里默夫大喊。

「我直接划過去。看你能不能抓住一根樹枝。」

麥爾肯感覺小船傳來一下劇震，米妞兒號的木造船體撞上了岩石。根本避無可避，因為周圍幾乎伸手不見五指，也沒有沙灘可以讓小船平順靠岸。只有數不盡的岩石，在最後一下搖晃刮擦之後，小船已經動彈不得。卡里默夫努力站起身想抓住一根樹枝，但始終無法保持平衡。

麥爾肯扶著舷緣，將兩腳跨到船外，直到水深及大腿才找到堅實的踏腳處。岩石在湖水反覆沖刷下形狀嶙峋，但至少都很大塊，不會施力一踩就鬆脫滾動害他扭傷腳踝。

「你在哪？」卡里默夫大喊。

「快上岸了。待著別動。我盡快繫好纜繩讓我們能拉著上岸。」

他朝船首的方向摸索，找到繫泊纜索。在船庫解開纜索時，他就注意到纜索已經很老舊且嚴重磨損，但當初是用品質優良的馬尼拉麻製作的，也許還有一點韌性。阿斯塔爬上他的肩頭說：「往你的右上方。」

他朝那個方向伸手，搆到一根低垂的樹枝，感覺相當牢固可靠，但離繫泊纜索還是太遠。

「卡里默夫！」他大喊：「我穩住船讓你下來。我們得摸黑爬上岸，反正也全身溼透了。拿好你要的東西，走的時候小心些。」

一道閃電劈過，很近，像探照燈般突如其來照在他們身上。湖岸距離船首只有一、兩碼遠，岸上矮樹叢十分茂密，高起的斜坡相當陡峭。卡里默夫小心翼翼地將左腿跨出船，踩來踩去想找堅實的踏腳處。

「我踩不到地……我找不到岩石——」

「抓著船身，把兩腳都踩進水裡。」

又一道閃電劈落。麥爾肯暗忖：在森林裡碰上暴風雨的求生演習都在做些什麼？首要之務，避開高大的樹木，但要是什麼都看不見……閃電讓他視野中的光環經驗再開新篇。發亮的小點在漆黑夜幕中閃爍盤繞起來，就在同一刻，他抓住了一根位置很低可供繫住繩索的樹枝。

「這裡！」他大喊：「往這邊。到這邊上岸。」

卡里默夫手忙腳亂跌跌撞撞朝他靠近。麥爾肯碰到他的手後緊緊抓住，將年紀比他稍大的對方朝矮樹叢的方向拉，再將他拉上岸。

「你的東西帶齊了嗎？」

「應該都帶了。現在怎麼辦？」

「別走散，從岸邊往上爬。運氣好的話，可以找到地方躲一下。」

麥爾肯使力將背包和行李箱拎出船外，將它們拖過岩石堆向上拉進矮樹叢。感覺他們似乎置身一處陡坡坡腳，也許是在懸崖的崖底……幸運的話可能可以找到懸突的岩石。

只向上爬了一分鐘，他們就找到更好的落腳處。

「我想——這裡有個……就在這塊大岩石後面……」

麥爾肯將行李箱先向前方推進去，然後向下伸出手拉著卡里默夫上來。

「是什麼？」塔吉克人問。

「山洞。」麥爾肯說：「乾爽的山洞！我剛剛是不是才跟你說過！」

特務人員將奧維耶．波奈維爾押到最近的警察局，徵用了審訊室。嚴格來說，ＣＣＤ與威登堡或德國任何一地的警方並無正式合作關係，但是ＣＣＤ徽章的效用就如一把魔法鑰匙。

「你們竟敢這樣對待我？」波奈維爾老大不客氣地質問。

兩名特務慢悠悠地在桌子另一側的椅子上坐下。他們的精靈（雌狐和貓頭鷹）盯著他的精靈看，戒備中隱含不悅。

「你們怎麼處理那個精靈？」波奈維爾接著問：「我接到居正館發出的特別命令，為了逮到他從英格蘭一路追到這裡。你們最好不要讓他給跑了。要是被我發現——」

「說出你的全名。」第一個看到他的特務人員說。另一個人在作筆錄。

「奧維耶．德．呂西尼昂．波奈維爾。你們究竟把他——」

「你在威登堡什麼地方住宿？」

「不關你們——」

審訊者的手臂夠長。波奈維爾還來不及閃躲，其中一人就伸手重重搧了他一巴掌。鷹精靈尖聲鳴叫。波奈維爾自從上小學之後就不曾挨過打，他很小的時候就學會除了暴力還有更好的方法可以讓敵人難過，而震驚和疼痛對他來說還很陌生。他往後坐，驚愕得倒抽一口氣。

「回答問題。」特務說。

波奈維爾用力眨眼。他的兩眼不停流淚。一邊臉頰熱辣漲紅，另一邊臉色慘白。「什麼問題？」他好不容易才說完。

「你住在哪裡？」

「一間民宿。」

「地址？」

波奈維爾必須絞盡腦汁回憶才想起來。「腓特烈大街十七號。」他說：「但是容我建議兩位——」

那條長手臂再次突伸，一把抓住他的頭髮。波奈維爾還不及反抗，砰地一聲被臉朝下按在桌上。

他的精靈再次尖叫，拍著翅膀狂亂飛上半空又狼狽跌落。

特務鬆開手。波奈維爾抬頭坐起來，鼻梁斷了，鼻血直流。肯定有人按鈴呼叫，因為門開了，一名警員走進來。作筆錄的人站起來，低聲吩咐幾句話。警員點點頭，走了出去。

「輪不到你來給建議。」審訊者說：「我希望真理探測儀仍完好無損。」

「我怎麼可能毀損探測儀？」波奈維爾粗聲說：「我的解讀技巧比任何人都好，我了解探測儀的一切，對它呵護備至。如果探測儀毀壞，也絕不是我弄壞的。探測儀是居正館的所有物，我是遵照祕書長馬瑟爾．狄拉莫先生的特別指示進行解讀。」

令他煩躁的是，他竟然沒辦法保持語調沉穩或克制雙手不再顫抖。他從口袋裡抽出一條手巾捂在臉上。鼻子痛得要命，襯衫前襟血跡斑斑。

「這就怪了。」審訊者說：「因為是狄拉莫先生親自報案說真理探測儀失蹤，並告訴我們你的長相特徵。」

「拿出證明來。」波奈維爾說。原本混亂失序的心神開始重整，他在劇痛、震驚、頭暈腦脹之下，只能勉強勾勒出計策的輪廓。

「我想你還是沒搞懂正確的進行方式。」審訊者微笑著說：「我問，你回答。提醒你一下，我隨時可能動手揍人。你也不會知道哪時候會挨揍。馬修．波斯戴在哪裡？」

波奈維爾被問得一頭霧水。「什麼？馬修．波斯戴是打哪冒出來的啊？」

「別惹我動手。就是殺死你父親的人。他在哪裡？」

波奈維爾覺得自己的心神好像正要脫離軀殼。他的精靈此時已經回到他肩上，腳爪緊緊抓住他的肩頭，他立刻明白她的意思。

「我之前不知道他的名字。」他說：「你說得對。我一直在找他。你們怎麼處理我抓到的那個精靈？他會帶我找到那個姓波斯戴的男人。」

「那隻雪貂還管他是啥的精靈，現在綁得緊緊的，關在隔壁。我想他不會是波斯戴的精靈。那是誰的精靈呢？」

「拿走我父親的真理探測儀那女孩——是那女孩的精靈。要是日內瓦的解讀者已經查出這麼多，那我得說我很驚訝。他的速度通常沒那麼快。」

「解讀者？你說的解讀者是什麼意思？」

「真理探測儀解讀者。聽我說，這樣一直流血害我沒辦法專心。我需要看醫生。先幫我把傷治好，我再來跟你談。」

「現在是要談條件嗎？我是你的話就不會這麼做。女孩的精靈跟波斯戴有什麼關係？她的精靈怎麼會沒跟她一起還獨自亂跑？很詭異，那樣子。不正常。」

「拜託，有些牽涉到機密事項。你們的安全許可等級有多高？」

「你又在問我問題了。我已經警告過你，你可能馬上就要再挨一頓揍，搞不好就是下一秒。」

「那也無濟於事。」波奈維爾說，這次他終於成功克制住不讓自己的聲音發抖。「既然我們都在同一邊，告訴你我在做什麼也無所謂，但就像我剛剛說的，我需要知道你們的安全許可等級。如果你們告訴我，說不定我還可以幫你們一把。」

「幫我們什麼？你以為我們在做什麼？我們在找你，小子。現在我們逮住你了。我們去他的幹麼要幫你？」

「要看大局。知道你們為什麼要一直找我嗎？」

「知道啊。老大交代我們辦的。這就是為什麼，你這膿包。」

波奈維爾的雙眼開始睜不太開。剛剛那一撞肯定將他的顴骨，或眼窩，或哪個地方撞得瘀青，他心想，但是別露出吃痛的樣子，別分心。保持冷靜。

他鎮定地說：「我父親生前做的事，他的死，和這個姓波斯戴的男人，還有這個女孩萊拉．貝拉克是環環相扣的，對吧？狄拉莫先生雇用我來深入調查，因為我能解讀真理探測儀，而且我已經發現許多線索。首先，這之間的連結跟塵有關。懂了吧？你們明白嗎？你們知道那是什麼意思嗎？我父親是科學家，大家現在是這麼稱呼他們的。實驗神學家。他在研究塵，它從哪裡來？它是什麼？牽涉了那些千絲萬縷的關係。有人殺了他，偷走他所有的筆記資料，還有他的真理探測儀。那個姓貝拉克的女孩知道些什麼，還有姓波斯戴的男人。所以我會在這裡。我就是在忙這個。這也就是為什麼我會建議你們幫我的忙，不要在這類事上浪費你我的時間比較好。」

「那為什麼狄拉莫先生告訴CCD說希望我們逮捕你呢？」

「你確定他是這麼說的嗎？」

審問者眨了眨眼。他第一次露出不太確定的表情。「我知道我們接收了什麼命令，從來沒有出錯過。」

「最近在日內瓦剛發生什麼事？」波奈維爾反問。

「你指的是？」

「我指的是，為什麼市內擠滿了教士、主教和修士之類的人？全體大會，我指的就是這個。不用想也知道，這是教誨權威幾百年來發展中最重要的一步，保全維安當然要做到滴水不漏。」

「所以？」

「所以訊息經過加密。指令經由不同管道傳遞，用了暗號密語。有時候傳遞的資訊會刻意混淆。就說波斯戴這傢伙好了，你們有收到關於他的特徵描述嗎？」

審問者轉頭看正在作筆錄的同事。

「收到了。」作筆錄的人說：「大個子。紅髮。」

「我要說的就是這個。」波奈維爾說：「消息僅供內部流通。我知道他的真名，也知道他的長相身材和敘述不符。紅髮和身材高矮——我從這些細節可以得知關於他的其他事。」

「什麼事？」

「顯然我無可奉告，除非我知道你們的安全許可等級。但也可能要保密，就看你們的等級多高。」

「第三級。」作筆錄者說。

「你們兩個都是嗎？」

審問者點頭。

「好吧，那我沒辦法透露。」波奈維爾說：「聽我說，這樣吧，讓我跟那精靈說話。你們可以旁聽，就聽得到他跟我說什麼。」

門上響起敲門聲，門接著開了。被派去搜查民宿的警員走進來，手裡拎著波奈維爾的背包。

「東西在裡頭嗎？」審問者說。

「不在。」警員說：「我搜過客房，但沒別的東西了。」

「你們如果是在找真理探測儀，」波奈維爾說：「開口問一聲就行了。我當然是把它帶在身上。」

他從口袋裡取出真理探測儀，放在身前的桌面上。審問者伸手要拿，但波奈維爾將探測儀朝自己推近。

「只能看，不能摸。」他說：「在探測儀跟解讀者之間會建立起一種連結。一不小心就會受到干擾。」

審問者仔細審視探測儀，他的同事也一樣。波奈維爾心想：他的眼睛現在痛得像是有刀子插在裡頭——他會記取教訓的。

「那你是怎麼解讀儀器？」

「它靠符號運作。必須知道每個符號圖案的所有意義。有些具有超過一百種意義，不是隨隨便便就能現學現賣。這個探測儀是教誨權威的，等我完成他們指派的任務，就會立刻歸還。所以我要跟你們再說一遍：讓我跟那精靈說話，免得他待會就編好一套天衣無縫的說詞。」

審問者看看他的同事。他們站起來，走到角落交頭接耳，音量輕得波奈維爾無法聽清楚。短暫的停頓中，原本幫助波奈維爾保持冷靜克制兩手不發抖的緊繃感逐漸流失。他的精靈感覺到了，緊緊抓住他肩頭的勁力之猛，甚至抓出血來。這正是他需要的。兩人轉過身來的時候，波奈維爾儘管鼻子處血跡斑斑，表面上仍一派鎮靜從容。

「那好吧。」審問者說，另一人打開門。

波奈維爾收起真理探測儀，拎起背包跟在他們身後。兩名特務與警員談話，警員轉過身，從口袋裡取出一串鑰匙挑揀著。

「我們會從旁監視。」審問者說：「而且我們會將你說的話，還有他的回答一字一句全都記錄下來。」

「沒問題。」波奈維爾說。

警員打開門，當場愣住了。

「怎麼回事？」審問者說。

波奈維爾推開他，從警員身旁搶先衝了進去。那是一間和隔壁偵訊室一模一樣的房間，擺了一張桌子和三張椅子。煤絲網落在桌上，被咬成碎片，窗戶洞開。潘拉蒙早已逃跑。

波奈維爾勃然大怒轉向CCD人員，怒氣絕無半分摻假作偽。鼻血沾得他滿嘴和下巴血跡斑斑，他痛得幾乎什麼都看不見，依然大罵CCD人員和警方愚蠢無腦怠忽職守，恐嚇他們此生必將承受教誨權威全體的怒火，而來生肯定會在地獄中度過。

表演精采，唱作俱佳。幾分鐘後，波奈維爾在一張舒適的椅子就座，由警方安排的醫師照料傷口，不久便趾高氣昂地離去前往火車站，所攜物品完好無缺，他意氣風發，包紮住鼻子的繃帶是象徵光榮受傷的徽記；潘拉蒙脫逃也已無關緊要。他現在有了新目標，如此饒富興味，如此出乎預料，幾乎像是靈光乍現，天啟神示。

目標在他的腦海中如鐘響迴盪：他的殺父仇人，就是這個紅髮大個子，叫做馬修．波斯戴的男人。

# 第二十二章 宗主教遇刺

萊拉拖著一身疲憊和滿心焦慮抵達君士坦丁堡，完全無法將在布拉格的經歷拋諸腦後，也完全不明白整件事的涵義。原本以為有了目標的篤定感轉瞬即逝。她覺得自己好像被某種神祕力量利用了，彷彿旅程中以及更久以前發生的所有事，都是為了一個目的而精心進行的縝密鋪排；而這個目的與她毫無關係，她即便知道，也永遠不可能理解。還是說出現這種想法就是陷入瘋狂的開端？

唯一能讓她覺得稍微滿意的，是她終於讓自己顯得低調不起眼。她在心中默默逐項確認：我看著哪個方向？我走動的方式如何？我是否表現出任何情緒？她檢視任何可能引起旁人注意的表現，然後克制壓抑。她現在可以走在熙來攘往的街道上，幾乎不會引起任何人注意。她也不由得在悲涼中帶點自嘲意味地憶起，只不過幾個月之前，有時會引來欣賞或渴慕的眼光，而她還故意高傲漠然地毫不理睬，同時享受著那些眼光賦予自己的支配力量。如今她卻不得不為了被人忽視而欣喜。

更艱辛難熬的，是潘拉蒙不在身邊。

她可以察覺出關於自己的守護精靈的幾件事。他目前安全無虞；他在移動；他很積極想找到什麼；但也只有這樣。雖然獨自待在旅館房間或火車臥鋪裡時，她好幾次拿起真理探測儀，但很快又將它收了起來。使用新方法帶來的噁心不適令她難以忍受。她確實試過傳統方法，看著圖案沉思冥想，試著回想每個圖案的十幾種甚至更多的意義，並且構思出一個問題，但是她得到的答案或神祕難解，或自相矛盾，或單純晦暗不明。有時候會有一股感覺陡然襲來，可能是恐懼激動，或憐憫，或憤怒，她心知他也同時經歷同樣的感覺；但她並不知道為什麼。她唯一能做的只有保持希望，儘管孤單又害怕，她努力試著不失去希望。

萊拉花了一些時間寫信給麥爾肯，一五一十寫下所見所聞。在信中她記述了全身是火的荷蘭人和煉金師的事，也提到阿格里帕對於她的旅程所給的建議，她將信寄到格斯陶的鱒魚旅店請旅店代轉給麥爾肯。但麥爾肯到底收不收得到信，或她到底收不收得到回信，她毫無頭緒。

萊拉無比孤寂。她覺得自己的人生好像進入某種冬眠狀態，彷彿有一部分的她睡著了，而其他部分也許全是夢境。她讓自己陷入被動，認命接受一切。當她發現往士麥那的渡船剛剛駛離，而下一班要等到兩天後，她心平氣和地聽完說明，找了一間廉價旅館，在古老的君士坦丁堡市區低調地漫步遊逛，觀賞小教堂、博物館和沿岸華美的商人宅邸，在諸多公園中的一座裡，坐在枝枒仍光禿的樹下。她買了一份英文報紙，逐字逐句讀完每篇報導，來到聖智教堂附近，在煙霧繚繞的溫暖咖啡館裡逗留，一口一口啜飲咖啡。

她在報紙上看到鄉間發生燒殺擄掠事件的新聞，報導中寫到玫瑰園遭到縱火焚毀或搗毀，花農和家人因為挺身保護工作的地方而遭屠殺。南自安塔利亞，東至葉里溫，各地短期內發生一連串類似的攻擊事件。沒有人知道這股大肆摧毀玫瑰園的狂潮肇因為何。大家只知道攻擊者被稱為「山區來的人」，有些報導提到這些人要求受害者揚棄原本的宗教，但是詳情不得而知。也有些報導完全沒提到宗教信仰，只提到劫掠財物和摧毀花園，以及攻擊者對於玫瑰花和花香味懷有難以解釋的深仇大恨。

另外還有些報導是關於即將舉行的慶典活動，慶祝宗主教聖西緬．帕帕達基斯當選新近成立的教誨權威高級諮議會主席。到時在聖智教堂將會舉行極長的禮拜儀式，出席者包括來自全區各地上百位高級聖職人員，之後將有繞行整個市區的遊行活動。慶祝活動也包括新的聖母瑪利亞聖像的祝聖儀式，新聖像是最近在一座四世紀殉道者的墳墓出現，出現時伴隨著墳上長出忍冬花、周圍瀰漫多種甜美馨香、空中響起笛音等異兆，證明新聖像確實神奇非凡，堪稱奇蹟。甜美馨香，萊拉暗想……對於山區來的人而言，無疑是極惡受詛之物。對於階級嚴明的教會體制，卻是天恩神惠的吉兆。要是宗教界真的鬧分裂，也可能只是為了玫瑰香味這種區區小事。

麥爾肯一定知道這些事的來龍去脈。她下次寫信給他會問起這件事。噢，但真是太孤單了。

她勉強自己多讀幾篇新成立的高級諮議會的報導。慶賀宗主教榮任主席的活動就在當天上午舉行——她在君士坦丁堡的第二天——她決定跟著人群去看看。總算有件事可做。

事實上，萊拉思忖著要去看宗主教的同時，聖西緬正在大理石浴池裡不安地動來動去，思索著道成肉身的奧祕。他的精靈，聲音悅耳的夜鶯菲洛蜜拉，站在他身旁的黃金棲枝上輕點著頭。聖人的身軀在滿是浮渣的池水中激起的水流已經冷得令人不適，他高聲呼喚：「小僮！小僮！」

他從來記不住任何僮僕的名字，但無所謂。所有的小僮都很相似。然而，應聲前來的腳步聲卻不是小僮的步伐，沉重緩慢，拖拖拉拉，而非輕盈似箭。

「是誰？來的是誰？」聖人說，他的精靈回答：「是卡盧簡。」

宗主教顫巍巍地伸出一隻手，抬眼覷著閹臣的龐然身軀。「扶我起來，卡盧簡。」他說：「小僮呢？」

「他的惡魔主人昨晚把他帶走了。我怎麼會知道小僮去哪了？這裡一個小僮也沒看到。」

在燈籠的昏暗光線下只見一個巨大的身影，很難看清是不是卡盧簡，但細緻綿軟的聲音絕對錯不了。聖人感覺自己被拎了起來放到木頭踏墊上讓身上水滴淌落，身體接著被一條乾淨的厚重棉布裹住。

「別這麼大力。」他說：「你這麼搖晃我，我會摔倒的。小僮就很溫柔。他去哪兒了？」

「沒人知道，大人。」閹臣說，揩抹的力道放輕了點。「很快就會有另一個了。」

「是的，當然了。那水啊，你知道，比以前更快涼掉。我確定有什麼不太對勁。油——你覺得水很快就不熱了是因為油嗎？也許是換了一種新的油？氣味不一樣了。聞起來比較刺鼻。要是化學成分有一點不同，可能會讓熱氣分子更容易透過油的薄膜散掉。我確定會發生類似這種情況。一定要讓聖梅默特查一查。」

在他身後，卡盧簡的鵝精靈將頭湊近浴池，聞了聞洗澡水。閹臣說：「油跟之前的不一樣，因為原本供應油的商人被傳喚到三窗法庭了。」

「真的嗎？那無賴！他做了什麼事？」

「回閣下，他債台高築。所以沒辦法再跟供應商賒帳，此外那些供應商也遇上麻煩，可能會倒閉停業。」

「那我的玫瑰油怎麼辦？」

「現在用的是摩洛哥產的次級品。目前只能買到這種。」

聖西緬輕輕埋怨一聲表達失望。卡盧簡雙膝重重沉落地面，替聖人抹乾小腿，宗主教瘦弱的手扶著他的肩膀。

「沒有小僮，沒有玫瑰油……這世界都成什麼樣子了，卡盧簡？無論如何，希望小僮安全。我很喜歡這小鬼頭。你覺得他逃跑了嗎？」

「誰知道呢，大人？也許他以為他們要閹了他。」

「我想他可能會想到這一點。可憐的小傢伙。希望他安全無事。我說卡盧簡啊，你要確保水以後賣得便宜些。如果讓大家以為買到的水品質跟以前一樣，那就不對了。這一點我很堅持。」

聖人的洗澡水由於蒙聖人接觸過而成為聖水，在裝瓶後於宮殿大門前販售。全宮殿上上下大概只有聖西緬一人不知道，宮內人員以類似順勢療法的概念看待聖水的效果，會先稀釋許多倍。但聖人想當然爾毋需在此等事務上太過務實從俗。先前某一任宗主教發現竟有無數加侖的聖水可供販售時大為驚訝，而手下人員再三向他保證，聖水極為神聖，所以會增加體積，每次都會有數個瓶子因為聖靈滿溢而爆開。

「我的內褲，卡盧簡，請你幫忙了。」宗主教說，一手仍扶著閹臣柔軟圓大的肩頭，顫抖著伸腳套上絲質底褲，讓閹臣幫他將小小圓肚腩上的絲帶繫好。卡盧簡仔細地檢視聖人右脛上已化膿的潰瘍，這處傷口想必會讓聖人疼痛得死去活來，但他絕口不提。再六個月就會致他於死，卡盧簡心想，同時輕輕幫老人伸開手臂穿入貼身襯衣的袖筒，再幫他還略溼的枯瘦雙腳套上拖鞋。

至於聖西緬，畢竟還是很感恩來伺候他更衣的是卡盧簡而非小僮，因為小僮很多事常常搞不清楚，例如幫他穿上禮拜祝禱長袍時分不清正反面，有一次幫他穿貼身襯衣時扣完三十五顆鈕子才發現最後一顆鈕子沒有鈕眼可扣，只好全部解開重頭扣起；所以聖人必須專心引導，十分費神。卡盧簡不需任何引導，宗主教可以將注意力收回來，再次開始思索道成肉身的奧祕，同樣費神，不過方式不同。

所以他不再思索這件事，開口道：「卡盧簡，跟我說說，這些大家傳聞中的山區來的人——你聽說過他們的任何事嗎？」

「我有個遠房表親在葉里溫，大人，聽說他們家被一群男人逼著要棄絕教會，特別是道成肉身的教義，全都遭到殺害。」

「實在太可怕了。」老人說：「有人去抓他們、去懲罰他們嗎？這些異端分子？」

「很不幸的，沒有。」

「他們全家都遇害了？」

「幾乎全家，除了我的表親薩席恩，事發時他在市場，還有一個年輕女孩，是女僕，她承諾那些男人要她信什麼她就信什麼，撿回一條小命。」

「可憐的孩子！」聖人眼神一黯，因為憐憫女孩而眼眶泛淚，如今她得下地獄了。「卡盧簡，你說小僮是不是也被這些山區來的人除掉了？」

「完全有可能，大人。抓著我的手吧。」

聖人順從地抓住眼前的柔軟大手，在卡盧簡的幫忙之下，奮力承擔掙扎著爬上他肩頭的嬌小夜鶯精靈，即便她的體重其實無異於一掬花瓣。卡盧簡的鵜精靈搖頭晃腦帶頭，他們一行走出浴室進入法衣室，室內已備妥宗主教的外袍。整個過程與其說是穿上外袍，不如說是爬進外袍，最外層的袍服確實很像梯皮帳篷或蒙古包，整副由棍桿和板條構成的支架可供聖人在漫長嚴肅的禮拜儀式中穩妥倚靠。其中甚至巧妙擺設了充當聖人尿盆的容器，如此一來就毋需中斷儀式或勞動宗主教，畢竟他和許多老人家一樣，覺得自個兒的膀胱愈來愈不聽使喚。

卡盧簡將宗主教交由三名副助祭接手照顧。聖西緬有些不情願地放開他的手：「謝謝你，親愛的卡盧簡。關於我們剛剛討論的事，你知道的，請你看看能不能查到更多消息。我會非常感激。」

閹臣看見了宗主教並未看到的：年輕弟兄墨丘利蓬亂迷人頭髮下方帶著探詢和同情的明亮雙眼，飛快瞥向宗主教的臉，再瞥向閹臣的臉，再轉回來看向宗主教。卡盧簡低垂著雙眼，落在墨丘利弟兄身上的目光多停留了一秒鐘，讓年輕人略感不快，但年輕人明白對方眼神中的訊息，雙手交握滿懷謙卑，將注意力轉回聖人身上。

老人說出第一句禱詞，聖袍在他身上披落。墨丘利弟兄很快雙膝跪地，兩手飛快扣起鈕釦，並輕撫裹覆宗主教雙腿的厚絲布作勢要調整垂墜角度，但在手掃過老人右腿脛骨時，暗自將老人忍不住瑟縮的動作看在眼裡。比上次更嚴重了！倒是很寶貴的情報。

另一句禱詞響起時，宗主教戴上了無邊帽，下一句禱詞伴隨著披肩垂落，再一句禱詞披上白色法衣，再一句繫上聖帶，再一句繫上腰帶，再接下來兩句中，分別套上完全蓋住白色法衣上，樸素臂膀部分的左手和右手袖筒。每件服飾都繡上密麻沉重的金線和珠寶，宗主教在披披掛掛之下，儼然從人變成了古代馬賽克鑲嵌畫，蒼老身軀被服飾壓得不停抖顫。

「快好了，聖人閣下，就快好了。」墨丘利弟兄喃喃道，再次跪下來調整下身服飾正面，同時在聖人肩頭周圍的禮拜祝禱長袍，以及由堅韌撐架和十字構件組成的附屬結構也排布就位。

「弟兄。」資深副助祭話聲中帶著警告意味，墨丘利弟兄卑微地閃避到一旁，努力不著痕跡地展現自己希望服侍長上的謙卑渴望和悔恨自貶：他竟然蠢到忘了這是依納爵弟兄的差事！他的小跳鼠精靈很想幫忙，蹦跳著往旁邊一讓。

「弟兄……弟兄……年輕弟兄，」老人喚道：「請你好心些，修剪一下往會議室走廊沿途燈台的燈芯。我已經兩次在途中幾乎踩空絆倒。」

「樂意之至，大人。」墨丘利弟兄說，他彎身鞠躬掩飾心裡的失落。這下只能讓另外兩人扶著聖人進場了。

副助祭悄悄溜出法衣室，發現閹臣等在走廊上——似乎在等候什麼，或只是站著，但十分慌張不安。那張臉，滿月一般的大餅臉！墨丘利弟兄很快朝他露出謙遜微笑，開始調整他心知肚明完全不需要調整的燈芯。走廊另一頭靠近會議室那端的燈台設置在較高處，墨丘利弟兄於是得以在刻意裝成笨手笨腳修剪燈芯同時，隔著門偷聽任何可能傳出的隻字片語。

但是，這些主教、大主教和修道院院長精明得很。兩千年來爾虞我詐養出的手段，可不會輕易輸給一個年輕俊俏、姿態討喜的副助祭。在墨丘利弟兄藉故盤桓其外的那扇門內，三名來自敘利亞的教長正在討論葡萄乾。其他出席聖議會的成員共計一百四十七人，圍坐在會議室圓桌旁閒聊類似的無意義話題。他們要等到全殿淨空的鐘聲響起才會開始辦正事，鐘響表示整個宮殿裡除了他們之外的所有人都已由人護送離宮。

一聽見法衣室的門開啟，原本在燈台旁東摸西摸的墨丘利弟兄轉過身，雙手在纖瘦腹脅上抹了抹後才謙遜地站到一旁，準備隨時一個箭步向前打開通往偌大會議室的門。

「退下，蠢材，退下。」一個耳熟的聲音細聲說。首席助祭費拉里昂從法衣室走了出來，他是整場儀式的總監，而開門一事無疑由他執掌。墨丘利弟兄鞠了個躬，沿著走廊躡足退開，他行走時背部緊貼著牆面以至於得向側邊而非向前走。正因為他是向側邊走，也因為他只走到半途，他得以從最佳視角將接下來發生的一切盡收眼底。

一開始，閹臣的鵝精靈在法衣室門口陡然嘎嘎大叫起來，響亮的鵝叫聲中滿是驚恐自危。卡盧簡轉頭去看她被什麼嚇著了，下一刻，一把彎刀劃過，將他的頭顱自雙肩上削下。頭顱落在地上發出沉重悶響，經過漫長的一、兩秒後，他的身軀隨之倒落，鮮血噴湧而出。他的精靈早已消散無蹤。

首席助祭費拉里昂縱身擠向從法衣室推擠著湧出的人群，當場呆立動彈不得。由兩名副助祭扶持的宗主教渾身僵硬得無法回頭看，茫然無措間說不出話來，而兩名副助祭在極度恐懼和保護長上之心之間拉鋸，也傻住不動，但在轉頭去看時雙雙遇害。他們倒落在地，彷彿剛剛用來澆鑄完成青銅塑像的模具：不過是僵直死物，只為了成就內在那件第一次誕生現於世間的藝術品。

而那件藝術品，宗主教本人，在光芒萬丈的禮拜祝禱長袍撐持之下依然佇立。他的表情被墨丘利弟兄在燈台光照下看得一清二楚，就像豁然明白要如何解決一個深刻複雜的問題——也說不定，就是道成肉身的奧祕。但聖人不如閹臣和副助祭那麼好運，他們都在第一擊時就氣絕身亡。凶手——總共三人——朝著宗主教砍劈鋸刺，而他的精靈驚恐已極，她撲騰翅膀飛到半空復又跌落，全速衝撞牆面又在地板不停打轉，宛轉鳴聲隨血滴四下流瀉。

聖西緬如肚皮朝上的甲蟲一般緩緩揮動手臂，儘管其中一隻臂膀末端已缺了手掌；夜鶯精靈的歌聲戛然而止，老人軟癱在將他撐持住的禮袍裡，始終無法倒地。

墨丘利弟兄看到三名身穿白衣的刺客，身上衣袍比幾秒鐘前更加色彩鮮活，他們推倒老人，確定他已氣絕身亡。他看見他們前後左右張望一番，後方此時已經可以聽見追兵的尖喊怒吼，腿腳奔過地板，長矛相碰鏗然；而他們五官深邃如鷹隼般的面孔轉向他，投向他的幾雙眼眸美得令人駭異，看著他們朝他直奔而來時幾乎暈厥，接著他想起自己身後的門，這扇門——

是朝他這邊開啟的，要是他用背死命抵住門，等著被他們亂刀砍死，或許可以拖延一點時間，就能等宮殿衛兵趕到。電光石火之間，墨丘利弟兄意會到這點。他也意會到做這種事並非他的天性，他的天性是親切隨和，讓所有事情更輕鬆方便，而這是當初神賦予他的個性，眼下已不可能改變。

因此就在同一刻，在刺客奔至走廊半途時，墨丘利弟兄轉動門把，抓著門把將大門一下子拉開。裡頭的教長聽見從走廊傳來尖叫掙扎的聲響之後驚慌失措，像羊群般聚在會議室中央，讓刺客得以從敞開的大門口全速衝向他們展開大屠殺。在五、六個人斃命之後，追擊的衛兵終於趕到，由後方一湧而上壓制刺客。

墨丘利弟兄不想看宗主教的遺體，但他知道讓人發現自己在死去的聖人身旁祈禱會是好事，因此在會議室內殺戮、哭喊、濺血、倒地，及撓抓哀鳴撞擊聲不絕於耳的當下，他輕手輕腳回到裡頭只餘聖人殘軀的倒塌結構旁雙膝跪地，在還夠忍受的情況下小心翼翼地多弄些鮮血抹在自己身上，讓淚水自臉頰恣意流淌。

若要說墨丘利弟兄此時腦海中已在刻畫日後將出現的聖西緬．帕帕達基斯殉道聖像，而他打算確保殉道場景中一個不可或缺的元素，也許甚至可說是為場景定義的元素，就是有一名虔誠的年輕副助祭在場，臉上滿濺殉道聖人的鮮血，一雙大眼朝天祈禱，此言差矣。

應該是說，這幅畫面確實在他腦海中浮現，但並非當務之急。他主要掛心的是遊行，還有接下來幾週的政治角力，以及浴場另外兩名副助祭遇害後自己可望獲得晉升等等令他全神貫注的問題。他也為了刺客在走廊上朝他奔來時投向他的美麗眼眸而迷醉。他這輩子從未看過任何東西是如此懾人心魄。

同時，在大教堂主殿中，聽得見聖西緬遇刺風聲的範圍之外，數百名會眾——萊拉也在其中——站在宏偉穹頂之下等待禮拜儀式正式開始，唱詩班吟唱讚美詩的低沉男聲綿長緩慢，在聽者腦海中烙下永恆不朽的深刻印象。

萊拉實行的保持低調不起眼策略，也包括不問任何問題或和任何人攀談，所以她必須盡量靠著留意周圍發生的事來了解情況。她被會眾的耐心和恍惚失神般的靜定感染，聽著聖樂又更加沉浸其中，直到其中一名唱詩班成員的嗓音發顫那一刻。

聽起來好像他在唱高音時，心窩遭到重重一擊。音樂旋律被類似咳嗽或倒抽一口氣的聲音打斷，接著又傳來其他人惶惶不安的嘆息聲。約莫一分鐘後，他們似乎重新振作繼續誦唱，只是唱了大概一句之後又停住，很明顯還沒唱到讚美詩的結尾。

唱詩班席位是隱藏起來的，所以沒有人看得到他們是被什麼打斷。沉浸於禮拜儀式的氣氛霎時消失無蹤，原本的一群會眾分崩離析，成了數百名焦慮的個人。所有人四處張望，試圖越過前方人群頭頂窺看更前頭，片刻過後，唱詩班席位傳來其他聲響：哭喊、尖叫、鋼鐵撞擊聲，甚至傳來一聲槍響。所有會眾齊齊驚跳，看來就像忽然颳起的強風吹襲下的一片麥田。

人群起初遠離牆壁，朝偌大建築的中央處聚攏。萊拉隨著人群移動，她沒辦法看出什麼，只能極力細聽從聖幛後方傳來的激烈打鬥和混亂騷動聲響。嘈雜鬧聲中，又加入了一些人以絕望聲調高聲祈禱的聲音。

萊拉轉頭要對潘悄聲說話，但是潘當然不在身邊，她再次體會錐心刺骨的遺棄感。她努力讓自己平靜下來，在腦中暗自確認，逐一排除所有可能會讓自己顯眼的表現，等到再度掌控情況時，她看起來只會是最為溫和被動、毫無主見的路人，不值得旁人留意的無名小卒。

在謙遜低調的面具之下，萊拉朝寬闊地板的邊緣前進，沿著牆朝門口走去。已經有幾個人急著離開，萊拉可以預見出口若遭堵住肯定會很麻煩。她沒有困在裡頭等待，而是穿過混亂的人群，用力推搡直到出了教堂到大理石階梯上，在陽光下不斷眨眼，有愈來愈多人從門口湧出，在教堂建築正前方散開來，她被迫往更低的階梯移動。

廣場上人人惶惑不安，關於刺客、大屠殺和血案的謠言有如野火燎原。萊拉只能猜想大家在謠傳著什麼，但她接著聽到有人說了幾個英文字，轉頭看向說話者。是一名頭頂剃光、身穿神職人員服裝的瘦削男子，帶著嚴肅苦修的氣質，他語速飛快地向一群英國男女說話，他們大多是中老年人，一臉驚懼悲悽。

這個團體外圍有一個看來很和善的女人滿臉憂愁，她的金翅雀精靈同情地看著萊拉。

「發生什麼事了？有人知道嗎？」萊拉說，打破自己訂定的規則。

女人聽見她說英文，轉頭告訴她：「他們認為他被殺了——宗主教——沒人能確定情況——」

團體中的另一名成員大聲問修士：「你到底看到什麼？」

修士絕望無助地抬起一手橫擱在額頭上，拉高嗓門回答：「我看見拿劍的男人——穿白衣服他們殺了所有聖職人員——宗主教閣下最先倒地——」

「他們還在裡頭嗎？」

「我不清楚——我逃出來了——承認真的好可恥——我逃出來，沒有跟其他人一樣留下來等死……」淚水自他的臉龐滑落，他的聲音高亢破碎，雙唇不停顫抖。

「活下來的證人也很重要。」有人說。

「不！」修士大喊：「我應該留在那裡！我蒙受召喚成為殉道烈士，卻像懦夫一般只顧逃命！」

和萊拉說過話的女人不住搖頭，絕望中喃喃說道：「不會的，不會的。」

修士的精靈很像猴子，體型嬌小，沿著他的手臂跑上竄下，兩手握拳揉著眼，發出自哀自憐的悲鳴。女人皺起眉頭轉過身去，但她的精靈接著在她耳邊悄聲說了些話，於是她又回頭看向萊拉。

「妳——抱歉——我真的不敢相信妳竟然——我看錯了嗎？妳的精靈……」

「不，妳沒看錯。」萊拉說：「我的精靈不……他離開了。」

「可憐的孩子。」女人說，由衷感到同情。

她的反應與萊拉預期的差異太大，萊拉一時竟不知如何回應。「妳，嗯……妳跟這群人是一起的嗎？」

「不，不是。我只是聽到他們講英文，我就……妳剛剛也在大教堂裡嗎？妳知道發生什麼事了嗎？」

「不知道……唱詩班的歌聲忽然停住，然後……妳看，有人走出來了。」

大門外最高一級台階上起了一陣騷動，人群被推開，接著有四、五個身穿宗主教衛兵禮服的士兵走出來。他們圍在一名身穿教士服裝的年輕人四周形成正方形保護圈，年輕人臉上血跡斑斑，一雙閃亮的大眼即使在晴朗晨間似乎也像是有聚光燈照亮，所有細微的表情變化都清晰無比，先是哀痛悲憫，變為堅忍奮勇，再變為接受已故聖人壯烈殉教的慷慨激昂。他口中半說半誦念著顯然是大眾耳熟能詳的禱詞，因為人群似乎會不自覺又變回會眾的一分子，在他每次停頓時呢喃回應。

女人悄聲說：「沒想到會看到這麼無恥的投機分子，他會從這樁慘劇大大受益。」

萊拉也這麼覺得。虛榮的年輕人看起來好像快要暈厥，他抓住衛兵中最英俊一位的臂膀，衛兵紅著臉扶住他。教士的精靈說了些什麼，引得周圍眾人不約而同發出溫馨憐惜的嘆息。萊拉轉過身，女人也跟著轉身。

「先別走。」女人說，萊拉終於和她正面相對。在萊拉眼前是一位保養得宜的中年女子，平凡的面孔親切和藹，紅通通的兩頰看來不全是被當天的陽光曬紅的。

「我不能待在這裡。」萊拉說，雖然她並無非走不可的理由，而既然現場是（從奧克立街的觀點來看）最重大事件的事發地，她無疑應該留下來作紀錄。

「五分鐘就好。」女子說：「跟我一起去喝杯咖啡。」

「好吧，」萊拉說：「也好，我跟妳一起去。謝謝妳。」

救護車的警笛呼嘯聲傳遍廣場，隨著愈來愈多人從大教堂擁出，加上從在大教堂前方交會的四條大道趕來的人潮，廣場上逐漸人滿為患。另一輛救護車也駛抵現場，試圖在人群中擠出一條路。台階上的年輕教士仍緊攀著衛兵不放，此時正在對三、四個埋頭在本子裡振筆疾書的人講話。

「已經有記者來採訪。」女子說：「他人生中最輝煌的時刻到了。」

她轉過身，活力十足地邁開大步穿越人群。萊拉跟在她身後。她們離開廣場後聽見另一種警笛聲，是第一批趕到的警車。

五分鐘後，她們在遠離主要道路的街巷裡一家小咖啡館外頭坐下。萊拉很慶幸有這名女子陪她同桌而坐。

女子告訴萊拉，她叫做愛莉森．魏樂斐，在阿勒坡的英語學校教書，到君士坦丁堡來度假。

「不過我不確定學校還能再撐多久。」她說：「在城市裡還能盡力抵抗，但在鄉村地區大家都非常緊張。」

「我覺得我應該要知道發生了什麼事。」萊拉說：「大家現在為什麼緊張？」

「到處都發生動亂。今天早上的可怕事件只是其中一部分。大家覺得法律不公不義，遭到雇主剝削，處在階級不平等的社會結構中，想要改變卻無能為力。這種情況已經持續好幾年，不是什麼新鮮事。但卻是讓玫瑰大恐慌蓬勃發展的沃土……」

「玫瑰大恐慌？」

「新出現的一種狂熱主義。種玫瑰的花農受到迫害，所謂『山區來的人』縱火焚毀他們的花田，或將花叢連根鏟除，這些人說玫瑰褻瀆了無上權威。我沒想到會傳播到這麼遠的地方。」

「在牛津已經能感受這些事件的影響了。」萊拉說，告訴對方約旦學院碰到的玫瑰水短缺問題。她也許事後會懊悔透露自己的來處，畢竟那違反了她自己努力遵循的所有守則，但是卸下防備與同情她的人交談，那種單純的快樂令她難以抗拒。

「但是妳大老遠跑到這裡來要做什麼呢？」愛莉森．魏樂斐問：「妳是來工作的嗎？」

「我只是路過。我要去中亞。只是在這裡等渡輪。」

「那還有好長一段路要走呢。妳到了那裡要做什麼？」

「我在寫論文，要蒐集一些研究資料。」

「論文主題是什麼？」

「基本上是歷史，但我想親眼看看在圖書館裡找不到的東西。」

「然後……妳……我注意到妳……」

「沒有精靈。」

「對。妳會出門遠行，也和他有關嗎？」

萊拉點頭。

「主要和他有關？」

萊拉嘆氣，別開視線。

「妳要去麥地那阿卡瑪。」愛莉森說。

「嗯……」

「不用想隱瞞。我不覺得震驚或訝異。我知道有別人也啟程前去那裡，但不知道他後來怎麼了。我會勸妳要小心，但妳看來很明智，不用我提醒。知道怎麼找到那個地方嗎？」

「不知道。」

「沙漠那一區有非常多死城和荒村。可能找好幾年都找不到對的地方，妳需要找一名嚮導。」

「所以它真的存在？」

「就我所知是的。我第一次聽到的時候，也覺得只是傳說或鬼故事。老實說，我覺得講那些怪力亂神的——呃，我不知道——很沒說服力。真的無關緊要。這個世界的苦難已經夠多了，要照顧的病人夠多了，要教的小孩子夠多了，要對抗的貧窮和壓迫也夠多了，實在沒空去煩惱超自然啊靈異啊什麼的。但話說回來，我很幸運。我在這個世界活得很自在，對我的精靈和我的工作都非常滿意。我明白也有其他人沒那麼幸運。妳的精靈為什麼離開妳？」

「我們吵架了。我真的沒想到會演變成這樣。我還以為不可能發生這種事。但是我們冷戰了很長一段時間，有一天他就不知去向了。」

「妳一定很痛苦！」

「噢，痛苦……對，但最讓人難受的就是失去談話的對象，他不再給我忠告。」

「妳覺得他在的話，會跟妳說什麼呢？」

「也許說我出遠門的事，或說今天發生的事？」

「今天的事。」

「唔，他一定會懷疑那個年輕教士。」

「說得對極了。」

「他還會叫我將所有的事記錄下來。」

「看來他會是個好記者。」

「他一定會馬上和妳的精靈成為朋友，我真的很想念以前那樣。」

愛莉森的金翅雀精靈專注地聆聽，此時他憐憫地鳴唱了幾聲。萊拉心想應該在自己吐露太多心聲之前換個話題。

「聽說過那個新成立的高級諮議會嗎？」她說：「妳覺得它代表什麼？」

「我想目前沒有人會知道。它就這樣憑空冒出來，希望不是表示宗教正統更趨嚴厲。過去幾百年的體系有些瑕疵，沒人說它很完美，但至少有一個優點，就是某種程度上還容許不同意見存在。如果真的變成單一意志凌駕我們所有人的一言堂……我想前景恐怕不怎麼樂觀。」

喧鬧的背景雜音中，警笛聲連續不斷。此時又加入另一種聲音，附近鐘塔傳出叮叮噹噹的宏亮鐘響。幾秒鐘後，另一座鐘也響應加入。萊拉片刻之間想起牛津的鐘聲，心中泛起濃烈的鄉愁，但隨即消退。同一區更多其他建築的大鐘開始敲響，忽而又有另一種聲音強勢壓倒其他聲響：旋翼機刺耳的轟然鳴響。

萊拉和愛莉森抬起頭，看見第一架旋翼機繞著聖智大教堂穹頂周圍打轉，接著又出現另外兩架。

「這種景象很有可能，」愛莉森說：「是恐慌正式開始的第一個徵兆。很快——事實上，我想隨時會發生——就會有警察到處巡邏要求所有人出示證件，拘捕任何他們看不順眼的人。例如妳，親愛的。我的建議是直接回妳住的旅館，去搭渡輪之前都別再出門。」

萊拉感覺一股莫大的無力感襲捲而來。噢，潘，她想著。她勉強自己站起來，和女子握了手。

「謝謝妳和我說話。」她說：「我會記著妳的。」

萊拉離開，回到下榻的旅館。途中她看見一隊巡警正在逮捕一名奮力反抗的年輕人，在另一條街上，另一隊巡警正在撤退，因為不敵一群怒氣沖沖拆毀馬路、撿起鋪路礫石扔向巡警的男人。她小心翼翼擇路而行，盡可能不引人注目；連昏暗旅館櫃台後的接待人員都沒注意到她躡足經過。

一進房間，她就將門鎖上。

宗主教遭到暗殺的消息迅速傳開。幾家新聞媒體的報導也留意到：殉道的宗主教如此神聖，如此年高德劭，也是新成立的教誨權威高級諮議會主席。

消息傳到日內瓦。高級諮議會——或者說在日內瓦居住和工作，且天命福佑之下恰好滿足法定人數的幾位諮議會成員——立刻召開會議，在震驚中為任期如此短暫的已故聖西緬主席祈禱。

接著他們馬上開始討論接任人選。在如此動盪不安的時期，應該盡速解決主席由誰接任的問題，而唯一有可能的候選人顯然是馬瑟爾．狄拉莫。不只一位諮議會成員認為一切出於天意安排。

所有成員一致通過由他接任高級諮議會主席。哀傷的他勉為其難扛起重責大任，一番自愧才庸忝任主席的發言，起承轉合無比完美，幾乎可說是在君士坦丁堡的可怕事件發生之前就擬稿完畢。

但新任主席即使抱持再明顯不過的謙遜猶豫，仍然以冷靜心思和澄澈洞見，提議對諮議會章程進行些微修正，一切都是為了確保行事的果斷、魄力與效率，特別正值如前所稱動盪不安的時期。為了不讓諮議會的神聖運作受到不必要的選舉程序干擾，主席的任期由五年延長為七年，可連選連任，且無連任次數限制。此外，主席也獲諮議會授予行政權，以便在此動盪不安的時期快速採取各種應變措施云云。

於是教誨權威成立六百年來，首次有了一名最高領導者，獨攬先前分散成許多管道運作的權力。

教會權柄從此不再下放分掌，而是集中在身為主席的馬瑟爾．狄拉莫一人之手。

第一位親身感受到新的特許權運作之迅速、作法之可惡的人，是教會風紀法庭首席大法官皮耶．畢諾。他在一小時之內就遭到撤職，此後再也不會打斷任何人說話。

馬瑟爾．狄拉莫簽署命令時，想起他最欽慕的姊姊，也想起母親，心裡萬分期待下次與她會面。

## 第二十三章

# 往士麥那的渡輪

在旅館房間待了一整晚，警笛聲、尖叫聲、窗玻璃破碎聲、旋翼機在空中的轟鳴聲不絕於耳，加上偶爾幾聲槍響，萊拉渾身疲憊，感受到莫大壓力。但是往士麥那的渡輪當天就會駛離，她不可能在旅館裡躲一輩子。

她下樓吃早餐，然後回房裡等待退房。根據櫃台接待人員的說法，他在早報上讀到，刺客全都在衛兵攻堅大教堂時遭到擊斃。之後發生的暴動是一些山區來的人幹的，可能是為了引起大眾恐慌，他只知道那麼多。一切都結束了，他告訴萊拉。現在由市警局統籌指揮。

旅館員工很高興能送走萊拉，他們都很怕她。她感覺得出他們心懷戒懼，既然試圖在旅館裡讓自己隱而不顯不太可能，她努力表現得友善想讓他們放下心防，但再怎麼努力也不可能變出一個精靈。她很慶幸能夠離開旅館出發前往港口。

渡輪當天下午開船，預計在出發後的第二天上午駛抵士麥那。萊拉大可付錢包下一間艙房，但是在旅館客房關禁閉一陣子之後，她想要盡量待在室外。在船上的第一晚，她獨自坐在昏暗的餐廳裡吃飯，然後裹著毛毯臥在甲板上一張舒適的藤編躺椅上，看著岸上燈光在眼前掠過，還有夜裡捕魚的漁船和繁星點點的夜空。

她在想那名女子，愛莉森．魏樂斐。一位老師，正直明理而且意志堅定的女子，會是她想當成模範的對象……她讓萊拉想起漢娜．瑞芙。對於愛莉森提到高級諮議會時表達的擔憂，萊拉也有同感，不過她還來不及想清楚來龍去脈。自從潘離開之後，她將注意力全都放在她自身的困境，還有……不對，早在那之前就是這樣了。從他們疏遠彼此的時候就開始了嗎？很有可能。換做是其他人這樣眼裡只有自己，萊拉肯定不以為然，但她卻變成這樣的人，無心關注其他事物。像漢娜和愛莉森這樣的好女人，會為其他的事煩心，或者做得更好，完全不去煩心。好女人……

實在太複雜了。麥爾肯曾說格斯陶小修道院的修女對待年幼的他如何慈愛，她們也接納了還是嬰兒的萊拉，在洪水來臨前照顧她。她們的所作所為很顯然是良善的，而教誨權威的所作所為則顯然不是；但她們因為信仰所以屬於教誨權威的一部分嗎？或者該因為行為所以劃為截然不同的歸屬？她以為從北方回來之後的自己對於一切都確定無疑，但在那些冒險經歷中學到的事物如今看來已經無比遙遠，只剩下一些零散的印象。她還記得一些人，像是李．史科比和瑪麗．瑪隆，還記得一些事，像是武裝熊之間的對決，以及最重要的，在謬爾發的世界那片小樹林裡她和威爾親吻的那一刻。她對「天堂共和國」一詞十分自豪，但從未分析過它的意思。當她思索整件事，一直以為理性是天堂共和國最根本的基石。

那是寫論文和應考得分的萊拉。那個萊拉很享受與學者爭辯，找出他人論述中的漏洞，再大作文章將其中隱藏的先入為主、自相矛盾和虛偽不實公諸於世。是那個萊拉讀了格弗理．布蘭德的作品之後著迷沉醉，讀了賽門．塔博的作品之後心神不寧。

她還沒準備好面對裘吉歐．巴班特和他講的「祕密聯邦」故事在她思想中引發的革命。從前的她會對這類事物嗤之以鼻。但如今，裹著毛毯坐在甲板上，看著漆黑夜空和幽暗海岸上所有細小光點，感覺渡輪在平靜海面上向南航行時，引擎的細微震動和船身的持續輕晃，她思索著自己是不是全都弄錯了。

接著一個念頭自然而然浮現：潘是因此才離開她的嗎？

在海面上的那個夜晚，時間似乎停止流逝。她平心靜氣，很有系統地回想她第一次和潘疏離的時候。回憶自黑暗中浮現，如一條長鏈上相扣的環節。她在學校裡一反本性，罔顧潘的各種暗示，對待一個學妹態度惡劣，嘲笑她分不清考試範圍中，一部小說的作者和敘事者，潘憤怒不已。她在聖蘇菲亞學院不耐煩地對一名僕人說話。她拒絕去看朋友雙親開的宗教主題畫展，態度輕蔑不屑。她讀到格弗理．布蘭德在書中將許多哲學論述大卸八塊批判踐踏而樂不可支。她的言行舉止，對待還只是波斯戴博士的麥爾肯的言行態度——如今全都在腦海中浮現，令她無地自容。或許都是小事，但是日積月累，持續不停地發生。她的精靈將一切都看在眼裡，並不苟同，然後他受夠了。

在自行召開的法庭上，她試圖為自己辯護。但辯詞軟弱無力，她很快就放棄了。她打從心底感到羞愧。她先前錯了，而那些錯事不知怎麼的，與那種將祕密聯邦排除在外的世界觀密不可分。

群星以極點為中心緩緩轉動。渡輪沿著海岸穩穩地向前航行。航程中不時會看見一處村落的燈火亮起，倒影在水波盪漾中抖撒成一片流金碎銀。有那麼一、兩回，她看見不同的光，是漁船上打亮的燈光，每艘船頭都掛起燈籠、備好漁網準備抓扁鰺或魷魚。它們讓她想到另一個意象：她正在從自我深處的黑暗中誘出心魔。接著憶起她最要好的朋友羅傑在世時曾告訴她的：冥界裡的人首鳥妖，她們知道妳做過的所有壞事，她們隨時隨地在向妳低聲講述每一件壞事。如今她提前嘗到這種滋味了。

她揣想著：人首鳥妖也屬於祕密聯邦嗎？她們居住的冥界也是其中的一部分嗎？或者只是她的想像，而她的想像只是虛假的浮沫泡影呢？

好吧，她想，那祕密聯邦究竟是什麼？那是一種無論在賽門．塔博，或者格弗理．布蘭德的世界裡，都無處容身的存在狀態。在平凡日常的視野中是看不見的。如果它真的存在，無論它是什麼，用邏輯是看不見的，只有用想像力才能看見。這個世界裡有鬼魂、妖精、男神女神、寧芙仙女、夜氣、鬼火精、魑魅魍魎，和其他諸如此類的實體。它們天性對人類既不友好，但也沒有惡意，但有時候它們的意圖會和人類的意圖碰巧有部分或全部相符。它們有某種力量能影響人類生活，但也有不敵人類的時候，像是泰晤士河的妖精想要留住萊拉不讓她離開時，被麥爾肯使計愚弄……

一名服務生來到甲板上，告知還在外頭的所有乘客（只剩屈指可數的幾個人）船上酒吧很快就要打烊。兩個男人從折疊躺椅上起身，回到船艙裡。萊拉說了她會的唯一一句安那托利亞語：「謝謝。」服務生點點頭，繼續向前走。

她再次陷入沉思。夜氣、妖精、鬼火精和其他祕密聯邦的公民只存在於她的想像裡嗎？關於這類事物，會有一個理性、科學、合乎邏輯的解釋嗎？或者它們對於理性而言困惑難解，而科學也無從企及？它們真的存在嗎？

「這類事物」當然也包括守護精靈。如果布蘭德和塔博對於精靈的論述沒錯，那麼精靈肯定包括在內。這兩位學者絕不會認為一名沒有精靈的年輕女子有什麼問題。愛莉森．魏樂斐則不同，她和大多數人一樣立刻看出萊拉有什麼異樣，但是她的反應不像大多數人，反而滿懷熱心和同情。在英吉利海峽的渡船上大吵大嚷的男人也看出來了，對她滿懷仇恨和恐懼。對大多數人來說，守護精靈的存在千真萬確。

思及此點，她就沒辦法再往下想。繁星遍布的蒼穹看來冰冷死寂，世間的萬事萬物都只是分子和原子漠然無感的機械式交互作用，無論萊拉是生是死，無論人類有無意識，都永無止境：寂靜浩瀚的空虛漠然，一切毫無意義。

理性將她帶到如斯狀態。她已經讓理性凌駕於其他的心靈能力。結果是——從先前直到現今——她陷入有生以來最深沉的抑鬱不樂。

但是我們不應該只為了圖個開心快活就相信某些事物，她心想。我們應該要因為那些事物是真實的才去相信，如果相信反而讓我們變得不快樂是很不幸，但不該怪罪理性。我們要如何看出事物是真實的？真實的事物很合理。真實的事物比虛假的事物更為精簡，奧坎剃刀原則：事物比較有可能是單純而非複雜的，如果有一種解釋排除了想像和情感等事物，那麼當然比起涵納此類事物的解釋更有可能是真的。

但她接著記起吉普賽人說過的話。不要將事物排除在外，要涵納在內。將事物放入它們的脈絡中來看待。涵納一切。

想起這一點時，她感覺心中湧出一股細小的希望泉源。她繼續思忖：我相信有鬼火精的時候，就看到更多。是幻象嗎？是我虛構捏造還是真的看見它們？在那片陽光灑落的樹林裡，她將小小的紅色水果送到威爾唇邊，重新搬演了瑪麗·瑪隆描述過令她墜入愛河的場景，那是理性的嗎？理性可曾創作出一首詩、一首交響曲或一幅畫？如果理性無法看見諸如祕密聯邦的事物，那是因為理性的視野有所侷限。祕密聯邦確實存在。我們沒辦法用理性看見它，就像我們沒辦法用顯微鏡秤出東西的重量：用錯了儀器。我們需要想像，也需要測量……

但她接著憶起潘怎麼批評她的想像力，和鱒魚旅店客房裡那張無情的字條。潘離開她去尋找她不曾擁有的特質。

還有塵！塵和這一切有什麼關係？是隱喻嗎？是祕密聯邦的一部分嗎？還有全身熊熊燃燒的荷蘭人！理性會怎麼解釋他的事？他不可能存在。他是幻象。全都是她作夢夢到的。從來不曾發生過——

她還未及細想這些問題，渡輪就撞上了某個東西。萊拉在聽見轟然碰撞聲和尖銳的金屬撕裂聲之前就感受到震動，隨著舵手急忙發出全速後退的訊號，引擎開始怒聲咆哮。渡輪船身一晃，像一頭拒絕跳躍的馬笨拙晃動，螺旋槳槳葉拍擊水面時，萊拉聽到其他聲音：出於痛苦或驚慌的人員呼喊聲。

她拋開毯子跑到欄杆旁。從她所在之處——船的中間部分——什麼都看不太到，於是她趕忙向船頭的方向走，由於船身開始歪斜搖晃，她沿路都必須抓緊欄杆。

很多人紛紛出來一探究竟，有人從酒吧出來，有人從艙房出來，也有人跟她一樣從甲板上過夜的位子起身。周圍七嘴八舌議論紛紛起來，無論說什麼語言，意思都很清楚：

「發生什麼事了？」

「我們是不是擱淺了？」

「我聽見有嬰兒——」

「誰來打亮一下探照燈！」

「快看——在水裡——」

船的衝力仍然大於扭力，向前的衝勢還未消停。萊拉低頭朝最後一個說話者指的方向看去，木板、碎木頭、救生圈，和遭撞毀的船隻所遺留難以辨認的殘骸碎片。還有人——在水中載浮載沉——頭，臉，手臂，尖叫，揮手，下沉之後又掙扎著浮上來。他們漂啊漂的，似乎離渡輪愈來愈遠，但其實只是渡輪仍在前進。

高速旋轉切水的螺旋槳葉終於止住向前的衝力，將渡輪煞停。引擎轟鳴陡然靜止。

接著傳來更多人聲——甲板上、艦橋裡都有人呼喊吆喝——男人的聲音，說安那托利亞語——水手急忙趕來朝船外拋出繩索和救生圈，也從甲板上方的吊艇架降下一艘懸吊著的小艇。

在前甲板上倉促裝上的聚光燈，以及左舷側每扇舷窗透出的光線照亮之下，水上的景象顯現眼前。渡輪撞翻了較小的這艘船，船上肯定沒有燈光，而且載了大批乘客，人數遠超過以這艘船的大小所能容許的載客量；因為整艘船已經翻覆，如死去一般漂浮在水面上，有十幾個男女攀抓著船身。

一個女人一直努力想將一個嬰孩推送到船身上，但每次施力時她自己就再往水裡下沉一點，嬰孩拚命尖叫掙扎，沒有人伸出援手。

萊拉忍不住大喊出聲：「幫幫她！幫幫她！」

緊攀翻覆船隻的幾個男人害怕自己也會喪命，沒有餘力幫忙女人。在好幾次努力想保護嬰孩都失敗後，女人自己沉進水裡，留下嬰孩不斷掙扎，哭鬧聲中夾雜著嗆咳吐水聲。萊拉和其他旁觀的旅客只能驚恐大喊，手指不停指著，終於有一個男人放開手，他伸長一隻手撈起嬰孩甩到晃盪的木板上，自己卻沉落水裡漂入黑暗之中。

此時甲板水手已經放下救生艇，兩人雙手操槳，另一人從船尾探身將水裡的人拉上小艇。同時其他人在渡輪船側一處開口裝設了跳板，燈光投在水面上照亮翻覆的小船，水裡的乘客仍在撲騰掙扎，有些人已經溺斃，癱倒在水面上隨波浪起伏漂動，頭臉朝下。

萊拉心想，如果渡輪將船撞成兩半，在渡輪右舷側一定跟在左舷側一樣有人落水。甲板上已經擠滿想看清楚發生什麼事的乘客，她跑過甲板到另一側，發現自己想得沒錯：這一側的水裡也有人，人數沒那麼多，但同樣絕望無助，而且沒人看見他們。落水者只有漂在水上的幾塊碎木板可供攀附，他們不斷呼救，但是沒人聽見。

萊拉看見一名船副從艦橋沿艙梯跑下來，便拉住他的衣袖。「你看！這邊也有人！他們也需要救生艇！」

他搖搖頭，聽不懂萊拉的話，但萊拉一手拉他的臂膀，一手指著船下。他氣急敗壞說了幾個字，將萊拉拉住自己衣袖的手用力撥開。他的精靈是某種狐猴，畏懼地在他耳邊嘰喳喊叫，瞪著萊拉朝她指指點點。男人一臉嫌惡望向萊拉，看見她沒有精靈，氣沖沖地說了些什麼。

「救生艇！」萊拉大喊：「在這邊放一艘救生艇！他們快溺死了！」

一名水手聽到她大喊，抬頭望向她指的方向，很快對船副說了些話，船副很快點個頭之後離開。甲板水手跑到救生艇旁，開始操作吊艇架準備降下小艇。另一個人也加入行列。

萊拉跑進船艙裡，三步併作兩步衝下階梯，朝舷梯跑去。她發現已經有一些人獲救登上渡輪，他們縮成一團不停發抖，渡輪乘客和船員忙著分發毛毯和照料傷者。她從只是在旁圍觀的人群中擠過，走到搖晃的舷梯上幫忙將其他落海的船難受害者拉上船。大部分是年輕男子，但也有婦女和小孩，什麼年紀的人都有。他們看起來像是來自北非或黎凡特地區的國家，衣衫襤褸，雖然有一、兩個人抱著背包或提袋，但完全沒有其他家當。也許他們僅有的幾件家當都跟著船一起沉沒了。

右舷的救生艇已經下水，救起愈來愈多溺水者。萊拉幫忙將兩個年輕人和五個小孩拉上甲板平台，最後一個拉上來的是一名很老的婦人，她嚇得渾身僵硬，一個約莫十二歲的男孩攀抱在她身上，可能是她的孫子。萊拉先將小男孩拉上船，兩人再合力將老婦人連拉帶拖上船。

老婦人冷得直打顫——他們全都渾身冰冷——萊拉雖然有外套保暖加上賣力忙活，但很快也冷得發抖。她瞥向船外浪花翻騰撲拍，水面上漂散著船骸碎片和零星衣物，還有一些不明物體，它們曾經是人們認為無比重要，逃難時也要帶走的寶貴物品。他們逃難是為了躲避什麼嗎？看起來像是如此。

「萊拉？」

她滿懷戒心地轉過身。是愛莉森．魏樂斐，滿臉憂慮關心。萊拉沒想到她也在渡輪上。

「我想這邊落水的人全都被救上船了。」萊拉說。

「過來幫忙吧。把人救上船以後，這些水手就不知道該怎麼辦了。」

萊拉跟在她身後。「妳覺得這些人是從哪裡來的？」她說：「他們看起來像難民。」

「他們是難民沒錯。很可能是農民或種植玫瑰的花農，要逃離那些從山區來的人。」

萊拉想起在布拉格看到的那些從汽船上岸的人：他們也來自同一個地區嗎？歐洲各地都發生了同樣的事嗎？

但現在沒空想這些。她們在船艙裡發現有六十、也許七十個人，全都渾身溼透凍僵，孩童哭鬧不停，老人無助癱倒，他們的精靈虛弱地緊攀著人類溼透的衣服；隨著最後一批生還者被救上船，持續有更多人腳步蹣跚或跌跌撞撞走進來。不只是生還者，船員也從海上打撈起幾具罹難者遺體，死者親屬在認出這個孩子或那個婦人時的號啕哭喊，讓萊拉難過揪心。

但愛莉森無所不在，這頭向船員發號施令，那頭安撫一位驚慌失措的母親，一會兒從某個乘客手裡搶過毛毯裹住嬰孩，一會兒呼叫渡輪廚師要求為生還者準備熱飲、熱湯、麵餅和乳酪，其中一些人看來像是快要餓死。萊拉跟在她後面，幫忙傳達指令，分發毛毯，將一個似乎沒有跟著任何人、害怕或驚嚇到甚至忘記要哭的嬰孩抱到胸前輕搖。

混亂一點一滴凝聚出大略秩序。秩序的源頭是愛莉森。她很唐突，很粗魯，很沒耐心，但是她說的每句話清楚明確，給的每個指令合情合理，她也分派渡輪乘客去做一些能幫上忙的事，整個人顯得冷靜沉著、經驗老到。

「妳在幫孩子找乾的衣物替換嗎？」她問，看到萊拉面對眼前重責手足無措的樣子。

「呃，對。」

「那邊那位穿綠色大衣的女人有一些。妳得幫孩子換尿布。做過嗎？」

「沒有。」

「好吧，這是常識，想辦法搞定。先幫孩子打理好，裹得乾淨溫暖，再去忙別的事。」

萊拉很樂意從命，自認表現還算值得嘉許。等到幫孩子（原來是個男孩）清理乾淨，裹得嚴實溫暖，她想他會需要有人餵他東西吃，開始尋找他能吃的東西，卻被一個眼神狂亂的女人攔住，她還沒換掉落海後浸溼的衣物，指著寶寶和她自己，欣慰地不停落淚。萊拉將男嬰交還給她，女人立刻將孩子抱到胸前，即使她的胸脯溼答冰涼。片刻過後，孩子已津津有味地吸吮起來。

愛莉森喚她過去幫忙處理另一種狀況。一個五、六歲的小女孩孤伶伶的，目前至少換上了別的年紀較大孩子的乾燥衣物，身體也暖和起來，但看起來似乎有些恍惚失神或嚇得傻住了。她幾乎一動也不動；她的小老鼠精靈緊攀她的脖子，渾身直打哆嗦。無論前方出現什麼，她的眼神始終渙散失焦。

「她的家人都溺斃了。」愛莉森說：「她叫做阿伊莎，只會阿拉伯語。現在交給妳照顧了。」

她說完就轉身去顧一個不停啜泣的小男孩。萊拉幾乎膽怯退縮，但女孩冰冷茫然的目光和小小精靈眼中的恐懼讓她下定決心。她在女孩身旁蹲下，握住她冰冷無力的手。

「阿伊莎。」她輕聲說。

精靈爬進女孩身上那件過大毛衣的領子裡，萊拉心想：潘，你真的應該在這兒的。這個精靈需要你。你真不該離開我的。

「阿伊莎，ta'aali。」她說，努力回想約旦學院的學者許多年前灌輸給她的阿拉伯文詞語。「Ta'aali。」她再說了一遍，希望這句是表示「來」。

她站起身，牽著女孩毫無生氣的手，輕輕拉了拉。女孩既不反抗，也不順從，似乎只是隨波逐流般跟著她飄動，好像身體已經完全不存在。萊拉迫切希望能帶女孩遠離哭泣聲，遠離因悲傷或絕望而發出的高喊聲，遠離一列又一列半蓋上毛毯或床單的遺體，遠離一切痛苦混亂。

走出船艙途中，她在自助快餐部拿了一片圓形土耳其麵餅和一小盒紙盒裝牛奶。她領著女孩回到渡輪撞上另一艘船之前，她半醒半睡的藤編躺椅旁。躺椅的寬度足以容納兩人一起躺下，毛毯也還在。她將麵餅和牛奶放在身旁甲板上，拉起毛毯裹住自己和女孩。過程中她格外小心不碰到在女孩頸間發抖低語的小小精靈，精靈看起來比阿伊莎本人還有活力。

萊拉拿起麵餅。「阿伊莎，khubz。」她說：「Inti ja'aana？」

她掰下一塊麵餅遞過去。阿伊莎聽若罔聞，視而不見。萊拉自己小口吃起麵餅，希望讓女孩了解食物很安全，但對方仍舊毫無反應。

「好吧，我就抱著妳，麵包放在這兒，妳想吃的話隨時可以吃。」她輕聲說：「我應該要跟妳說阿拉伯文，但是我小時候上課時不怎麼專心。我知道妳無法理解，因為今晚發生的事已經超出妳能承受的了，所以我不會考妳聽懂了沒。只是希望能讓妳暖和起來。」

萊拉伸長左手臂圈住躺在她身側的女孩，女孩脆弱的身軀似乎散發無比森冷的寒氣。萊拉將毛毯在女孩周身再裹緊些，將毯子蓋得嚴嚴實實。

「唔，妳身上真的好冷，阿伊莎，不過這張毯子很大，妳很快就會暖和起來。我們可以彼此取暖。妳想睡的話就睡吧。如果聽不懂我在說什麼，也別擔心。妳當然可以跟我說話，雖然我也聽不懂妳說什麼。我們只能揮揮手跟擠眉弄眼了。還可以比手畫腳。最後很有可能還是可以弄懂對方的意思。」

她再小口咬下一塊麵餅。

「妳看，要是妳不趕快來吃，就會被我吃光了，那還真是有好戲看了，不是嗎？我把他們幫妳和跟妳同船的人準備的的食物狼吞虎嚥全掃光了。那可是天大的醜聞。馬上就會出現很多新聞報導，說我是小偷，剝削失去一切的可憐人，還會放一張照片，裡頭的我滿臉罪惡感而妳露出譴責神情……我想說這些一點用也沒有。只是想說要是一直跟妳說悄悄話……我想到了！我唱首歌給妳聽吧。」

從記憶中遙遠的某處，浮現一首又一首童謠歌詞，是還是小嬰兒的萊拉完全聽不懂卻由衷喜愛，一些有著不同韻腳和旋律曲調的無俚頭片段。那時的她在某個溫暖的膝上或臂彎懷抱中，哄睡的歌詞和簡單的曲調也是溫暖和安全感的來源。她語調輕柔地唱起歌來，假裝阿伊莎是萊拉，而萊拉是……會是誰呢？一定是艾莉絲，尖酸刻薄嘴上不饒人，卻有著柔軟胸脯和溫暖臂彎的艾莉絲。

幾分鐘後，她發現頸間冒出一團冰涼。女孩的精靈依偎著她，這是他能想到最好的法子，萊拉唯一能做的是保持語調平穩繼續輕聲唱歌，因為她自己也非常、非常懷念那種感覺。沒多久她們全都沉沉睡去。

她再次夢到那隻貓精靈。他們站在月光下的草地上，貓精靈在萊拉雙腿間繾綣徘徊，愛和極致喜樂的氣氛猶存，但這次摻入了緊繃焦慮。她必須去做某件事。她必須前往某個地方。貓精靈示意她跟上，走開幾步，回過頭看她，走了回來，又再走開幾步，這下子她不確定貓精靈到底是不是威爾的精靈了。月光將所有顏色漂洗殆盡：這是一個只有黑與白的世界。

她想跟著貓走，但雙腿不聽使喚。在樹林邊緣，貓精靈再次回望，接著走開，身影沒入黑暗。洶湧而來的愛與失落與哀傷將萊拉淹沒，淚水自她的睡顏淌落。

她們醒來時已經天亮。太陽還未升至山頭，但空氣乾淨清新，海面平靜如鏡。唯一的聲響只有引擎穩定的低沉轟鳴聲，直到萊拉耳裡也傳入海鳥鳴叫和附近人聲。

「阿伊莎。」她輕喊：「妳醒了嗎？Sahya？」

她感覺身邊的生物一陣驚恐。女孩的精靈原本睡在她倆之間，醒來時發現旁邊有陌生人，立刻提高警覺。他衝回阿伊莎胸口，女孩感覺到他的恐懼，也害怕了起來，在嗚咽聲中不住瑟縮。

萊拉動作輕緩地坐起身，將毛毯蓋在女孩身上裹緊。一拿掉毛毯便感到嚴寒刺骨。阿伊莎死盯著她的一舉一動，彷彿一個不注意就會遭萊拉殺害。

「阿伊莎，妳別怕我。」萊拉輕聲說：「我們睡著了，現在是早上。這裡——妳看——吃一點麵餅。放了有點久但還可以吃。」

她把剩下的麵餅遞給女孩。阿伊莎接過從邊邊小口咬了起來，盯著萊拉的視線一刻也不敢稍離，萊拉露出笑容。女孩並未報以微笑，但萊拉很高興能看到她不再因為前一晚的恐怖經歷而麻木僵滯。

「還有一點牛奶。」她說。

她扭開盒蓋，撕去封膜。阿伊莎接過去開始喝，喝夠了之後將紙盒還給萊拉。即使只是很小的反應，也令她大為振奮。阿伊莎再吃一點麵餅時，萊拉幫忙拿著牛奶紙盒。

萊拉心想：在不久的將來，她會想起發生了什麼事，明白她失去了所有親人。然後呢？她思索著幾種可能性：阿伊莎在其他人的陪伴下，辛苦地向西移動，希望尋得庇護，途中挨餓受凍，所剩無幾的所有物也遭奪去。或者被不同語言的家庭收養，他們把她當成奴隸，對她拳打腳踢還不給她飯吃，將她賣給會恣意對待她那幼小身軀的男人。或者在冬夜裡挨家挨戶乞求人收留她，但都被拒於門外。但大家其實會更好心一點，對吧？人類沒有這麼惡劣吧？

萊拉將小女孩身上的毛毯再仔細地裹緊些，圈著女孩靠緊自己，她別過頭，不希望眼淚落在阿伊莎臉上。

在她們四周，全船的人正緩緩甦醒。其他裹著毛毯或相互依偎在甲板上睡著的人開始有些動靜，或低聲交談，或僵硬地坐直起來。

阿伊莎說了些什麼。聲音低得幾不可聞，萊拉無論如何也無法聽懂，但從女孩想爬起來的樣子就能明白，萊拉站起身，也扶女孩站起來，拉過毛毯讓她披著保暖，然後帶她去洗手間。她在外頭等著，半帶睡意，聽著周圍傳來的人聲，希望能聽見一、兩個她懂意思的字詞。細小零碎的意義片段，如飛魚般倏忽躍出水面復又消失無蹤：僅此而已。

引擎聲緩和下來，船身原本的輕微搖晃隨著渡輪似乎開始急轉彎而驟然生變。「別又來了。」萊拉心想，但一會兒過後，船微微縱搖起來，開始斜傾轉向。看不見海水的艙內通道窄仄悶熱，萊拉開始覺得有點想吐，阿伊莎出來後，她牽著女孩的手出了船艙到甲板上呼吸新鮮空氣。阿伊莎很自然地牽住她的手，她的精靈似乎比前一晚更活潑，也不再那麼驚慌恐懼。他的目光始終沒離開過萊拉，湊到女孩耳邊悄聲說了些什麼。阿伊莎喃喃回了一、兩個字。

萊拉看見甲板上已有一些人在排隊，便帶著阿伊莎加入，希望是要排隊領早餐。結果確實是在發放早餐：新鮮麵餅和少許乳酪。萊拉拿了一些回到躺椅旁，阿伊莎裹著毛毯坐在椅上，一手拿麵餅一手拿乳酪，安穩地小口小口吃著。

接著萊拉注意到渡輪確實轉向了，正慢慢減速駛向一座島嶼岩丘下方的港口。

「不知道這是哪裡。」她對阿伊莎說。

女孩只是望著她，再望向山丘，小鎮上漆成白色的房屋林立，港口裡停泊著一艘艘漁船。

「所以她還好嗎？」忽然出現在她們身後的愛莉森．魏樂斐問。

「至少在吃東西了。」萊拉說。

「妳呢？妳有吃點東西嗎？」

「我以為那些食物是為難民準備的。」

「那就去餐廳買點東西吃吧。我在這裡等。空著肚子妳就幫不上忙了。」

萊拉照做了，帶著自己要吃的麵包和乳酪回來，還買了一塊香料蛋糕要給女孩吃。唯一可買的飲料是甜薄荷茶，但至少是熱的。船上到處擁擠嘈雜，恐懼、好奇、憤怒或哀傷的人聲此起彼落；萊拉心中萬分感恩，因為所有人當下的處境絕對比她更值得關注，即使在人群中走動，也完全不會引來注意。

回到女孩身旁時，她發現女孩很自在地對著愛莉森說話。雖說自在，但她仍垂著眼，音量壓得低低的，語調十分平板。萊拉努力想聽懂她的話，但只能辨認出極少的字句。或許是因為阿伊莎說的是某種阿拉伯語方言，和約旦學院教的正統阿拉伯語不太一樣。又或許單純是因為萊拉自己上課不認真。

她遞上香料蛋糕，女孩只抬眼看一下就接過去，之後又繼續低垂雙眼；萊拉很快就明白了，前一晚建立的信任感已蕩然無存，如今阿伊莎懷著任何人面對一個沒有精靈的殘缺之人都會感到的恐懼。

「我去洗把臉。」她對愛莉森說，沒注意到對方早已將阿伊莎的恐懼和萊拉立即的難過反應都看在眼裡。

回來時，萊拉暗暗希望自己看起來神清氣爽，她說：「我們在哪裡？這是什麼地方？」

「希臘的某一座小島，我不知道是哪個島。他們無疑是要讓難民在這裡下船。我想希臘人不會拒絕讓他們上岸，他們最後會把難民送抵歐陸，讓他們在某個地方落腳。」

「那她怎麼辦？」

「我跟一位女士談過，她會照顧她。我們能做的就那麼多，萊拉。有些時候我們必須接受其他人可以做得更多。」

阿伊莎正在吃最後一口香料蛋糕，她依舊垂眼定定地望著地面。萊拉想伸手輕撫她的頭，但忍住了，不想嚇到小女孩。

渡輪停靠在一處碼頭旁，甲板水手快手快腳分頭奔向船首和船尾處的繫泊杆。放下舷梯時，鎖鏈哐鎯哐鎯響聲大作，已經有一小群人聚在岸邊看渡輪載了什麼到他們的港口。

萊拉站在欄杆旁看著眼前熙來攘往，慢慢出神陷入恍惚。也許她沒有睡好，又或者她精力耗盡，但她發現自己一點一點退入白日夢和臆想交織的迷宮之中，全都與守護精靈有關。

前一晚那小小的老鼠精靈依偎在她頸間的時刻，是真的發生過嗎？她能夠肯定，正如她能夠肯定其他事也真的發生過，但是（如今已是常有之事）其意義卻深奧難解。

也許根本毫無意義可言。賽門．塔博就會這麼說。一股厭惡感油然而生，她接著又想起另一件事：她本來以為當時那個可憐的小小精靈會到她身邊，是被她的體溫、已是大人的她的沉著篤定，和她掌控局勢提供慰藉的事實吸引。但她忽然想到，也可以有另一種解讀方式。也許是那小小的精靈感受到萊拉的孤寂哀悽，反倒為她帶來慰藉——情況完全相反。而且確實有效。這念頭令她一震，但很有說服力。她想要表達謝意，但回頭再望向女孩時，才想到根本是不可能的事。她們不會有機會再次相遇並互相了解。前夜裡的那一刻是終點，而非起點。

「我能幫什麼忙嗎？」她在愛莉森站起身拉起女孩時發問。

「我決定要上岸看看他們是否獲得妥善照顧。我不是權威人士；我只會使喚別人做事，不過似乎很有效。我再等下一班船就好——船長能開船的時候絕對會想盡速啟程。妳就待在船上，打起精神來繼續前進，去找妳的精靈。那是妳該做的事。如果妳經過阿勒坡，記得要去找英語學校的約瑟神父。很容易就能找到他，而且他人很好。再會了，親愛的。」

兩人匆匆親了親臉頰道別，愛莉森帶著阿伊莎離開了。女孩不曾回頭。她的精靈變成了一隻小鳥，是萊拉不認識的種類，他很可能已經忘了前一晚的事，不過萊拉心知自己絕不會忘記。

她在藤椅上坐下。在上午溫暖的愛琴海海面上很快就睡著了。

# 第二十四章
# 市集

麥爾肯和梅赫札．卡里默夫在乾燥山洞裡待了一晚，醒來時已經是晴朗暖和的早晨。由於藏身森林之中，他們得以避人耳目越過邊境。走在海拔較高的樹林裡，沿途可以望見在邊境檢查哨兩邊的人車都排成長龍，兩人默默交換如釋重負的眼神。過了邊境之後，旅程一路平順。麥爾肯幫卡里默夫也買了車票，他們在宗主教遇刺後兩天抵達君士坦丁堡。

整座城市陷入恐慌狂熱的狀態。他們還沒走出火車站，旅行文件就被檢查了三次，麥爾肯的身分更遭到徹查，他偽裝成要前往該市圖書館研究數份文件的學者。身分並未穿幫，因為是真的，聯絡人、贊助方和招待方等資料細節在他離開倫敦前就已經過嚴格審查；但是檢查文件的士兵抱有敵意且滿懷猜疑。

麥爾肯向卡里默夫道別，他非常喜歡這位旅伴。卡里默夫將他所知關於塔什布拉克和那裡的科學研究、喀拉瑪干沙漠，以及其中好幾大段他都能倒背如流的長詩《賈罕與珞珊娜》，一五一十全都告訴麥爾肯。他說打算在君士坦丁堡作些生意，並加入前往更遠方的絲路商隊。

「麥爾肯，感謝你一路相伴。」他在兩人於火車站外握手時說：「願主護你平安。」

「希望祂也護你平安，朋友。」麥爾肯說：「一路順風。」

找到一家廉價旅館入住後，他出發去拜會一位舊識，是私下與奧克立街交好的一名土耳其督察。但前往警政總部途中，他發現自己被人跟蹤了。

從商店櫥窗與銀行和辦公大樓的玻璃門，不難瞧見有一名年輕人尾隨在他身後。要成功跟蹤一個人又不被發現，唯一的方法是由全員皆受過訓練且有經驗的三人小組進行；但這個年輕人單槍匹馬，必須跟得很緊。麥爾肯不需直接看向對方就有足夠的時間仔細觀察：深色皮膚，俊俏容貌，纖細身材，緊張兮兮一驚一咋的舉止在麥爾肯周遭難以計數的倒影中一覽無遺。看起來不像土耳其人，可能是義大利人；事實上，對方也有可能是英國人。他身穿綠色襯衫、深色長褲和一件淺色亞麻外套。他臉上有嚴重瘀血，鼻梁打了石膏，精靈是一頭小鷹。

麥爾肯慢慢朝比較擁擠的街道走去，人潮一多，跟蹤者就必須靠得更近。他尋思著年輕人在這個城市是否熟門熟路：他推測是不熟。他們身在大市集所在的社區，麥爾肯有意引年輕人走進市集裡摩肩擦踵的巷道，到時他就必須跟得更緊。

來到通往大市集的宏偉石砌拱廊入口，麥爾肯停下腳步抬頭看了看石拱，讓跟蹤者來得及看見他要往哪裡走，然後信步走入拱廊。趁著年輕人沒看見，他飛快閃身進了一間賣毯墊織品的小店。大市集裡的巷道超過六十條，店鋪多達數百間。要甩掉跟蹤者並不難，但麥爾肯另有打算：他要**反客為主**跟蹤對方。

數秒鐘後，年輕人從拱門匆匆走入，他四下張望，希望能一眼望穿市集熙來攘往的巷道，飛快地向左右兩側各瞥一眼——快到什麼都看不清。他倉惶不安。麥爾肯隱身於懸掛起來的毯墊之後，雖然背向巷道，卻能利用腕錶錶背的鏡子監視背後動靜。毯墊店老闆忙著招呼一名顧客，很快瞥了麥爾肯一眼後就不再理會。

年輕人沿著巷道匆匆走過，麥爾肯踏出小店尾隨在他身後。他口袋裡有一頂亞麻材質便帽，此時他取了出來戴上遮掩自己的紅髮。兩人身處的巷道是市集內較寬敞的一條，但兩側擠滿店鋪攤位，整條巷道上方掛了琳瑯滿目的衣服、鞋子、地毯、刷子、掃帚、行李箱、燈具、銅製鍋具等上千種物事。

麥爾肯低調行走其中，他跟在年輕人身後，但眼神絕不直視，以免對方忽然回頭。年輕人全身散發出緊張的氣息。他的鷹精靈停棲在他肩頭，將頭扭來扭去，偶爾如貓頭鷹一般整個轉過來看向背後。麥爾肯將對方的一舉一動悉數看在眼裡，將兩人的距離拉得愈來愈近。

男孩——幾乎稱不上是成年男人——對他的精靈說了些什麼，麥爾肯將他的臉孔看得更清楚了。那容貌在麥爾肯心中召喚出一縷幽魂，僅僅是回憶中另一張臉孔的鬼魂，他彷彿回到那個冬夜，傑若德·波奈維爾和他的土狼精靈坐在壁爐旁，朝著麥爾肯露出暗示彼此有所同謀的溫暖笑容——

波奈維爾！

年輕人是他兒子！他就是教誨權威稱頌的真理探測儀解讀者。

「阿斯塔。」麥爾肯輕喚，他的精靈跳上他的臂彎，再爬到他的肩頭。「是他，沒錯吧？」他喃喃道。

「沒錯。毫無疑問。」

巷道裡人潮洶湧，波奈維爾猶豫不決；他看起來如此年輕，少不更事。麥爾肯跟在男孩身後走進市集中心，跟近一點，再近一點，如鬼魂般穿過人群，無人看見，無人起疑，無人發覺，抹除個人的特質，觀而不看，目光逡巡而不停駐。從波奈維爾的姿態表現判斷，他開始灰心喪志；他跟丟了獵物，此時舉棋不定。

他們來到類似十字路口的地方，高聳拱頂下方立著一座華麗的噴泉。麥爾肯猜想波奈維爾會在這裡停下來東張西望一番，年輕人的行動如他所料，麥爾肯轉開頭，從銾背將一切盡收眼底。

「他在喝水。」阿斯塔說。

麥爾肯的動作迅捷，趁男孩還彎腰埋頭喝水時欺身站到他正後方。鷹精靈左顧右盼，接著就如麥爾肯所預期的，她一轉頭，就看到麥爾肯和他們僅一臂之隔。

波奈維爾大吃一驚。他渾身一震，抬頭抽身退離泉水，飛快轉過身——右手亮出一把刀。阿斯塔立刻縱身撲向男孩的精靈，將她壓進泉水流注的石槽裡。麥爾肯也在同一刻發難，同時外套的左臂袖筒和下方皮膚被銳利如剃刀的刀刃劃破。波奈維爾甩臂揮刀時用力過猛，一瞬間重心不穩，麥爾肯覷空，使盡渾身力氣一記右拳擊中男孩的太陽神經叢，是足以讓拳擊賽立刻分出勝負的一擊；波奈維爾一下氣力全失，弓身後退摔入石槽，刀從手中落下。

麥爾肯將刀踢開，一手抓住男孩襯衫前襟將人拎起。

「我的刀。」波奈維爾用法語驚喊。

「刀子沒了。跟我走，我們談談。」麥爾肯以相同語言回應。

「我死也不去。」

阿斯塔的爪子牢牢掐住鷹精靈的喉頭。她加重力道，鷹精靈尖鳴起來。兩頭精靈都渾身溼透，波奈維爾自己也一身溼，人和精靈在驚懼中死命頑抗。

「你別無選擇。」麥爾肯說：「跟我走，我們一起坐下來，喝杯咖啡聊聊天。轉角就有一家咖啡店。如果我要你的命，剛剛的十五分鐘裡我隨時可以動手。現在是我說了算，我說什麼你做什麼。」

波奈維爾頭暈腦脹，渾身顫抖，彎腰駝背好像肋骨被人打斷了似的，他的肋骨有可能真的斷了。他試過甩開麥爾肯緊抓住他手臂的手，但徒勞無功。一切發生得太快，幾乎沒有人注意。麥爾肯將他帶到咖啡館，強迫他坐在角落，讓他背對貼滿摔角選手和電影明星黑影照片的一面牆。

麥爾肯幫自己和對方都點了咖啡。波奈維爾拱背坐著，顫抖著手指撫摸他的精靈，幫她撥去羽毛上的水珠。

「去你的。」他低聲咒罵：「你打斷我的骨頭了，一根肋骨吧，我不知道，胸腔裡某根骨頭。混蛋。」

「你才剛跟人打架掛彩，不是嗎？你鼻子怎麼斷的？」

「滾開。」

「宗主教被暗殺的事你知道多少？」麥爾肯問：「是狄拉莫先生派你來看看是否成事嗎？」

波奈維爾努力掩飾訝異之情。「你怎麼知道——」他才開口又閉上嘴。

「我問話，你回答。你的真理探測儀現在在哪？不在你身上，不然我一定會知道。」

「你別想拿到。」

「我不會拿到，因為狄拉莫會。你未經允許就拿走探測儀，不是嗎？」

「去你的。」

「看來我想得沒錯。」

「你沒有你以為的那麼聰明。」

「你說得沒錯，但比你想得還聰明一點。例如，我知道狄拉莫在君士坦丁堡特務的姓名地址，現在你既然知道我可以跟蹤你，就會知道我很快就能查到你住哪裡。十分鐘後，他們也會知道。」

「那你說他們叫什麼名字？」

「奧里略．梅諾第。賈克．帕斯卡。哈米德．薩坦。」

波奈維爾咬著下嘴唇，恨恨地瞪著麥爾肯。服務生送來兩杯咖啡，看到男孩身上襯衫全溼，鼻子上貼了繃帶，而麥爾肯衣袖不停滲血，忍不住多看兩眼。

「你想怎樣？」波奈維爾等服務生走開之後說。

麥爾肯將他的問題當成耳邊風，啜了口熱燙的咖啡。「我不會向梅諾第和其他人告密，」他說：「只要你現在跟我說實話。」

波奈維爾聳了聳肩。「我說的是不是實話，你也不會知道。」他說。

「你為什麼來君士坦丁堡？」

「和你無關。」

「你為什麼跟蹤我？」

「這是我的事。」

「在你抽出刀子砍我以後，也是我的事了。」

又一個聳肩。

「萊拉現在在哪裡？」麥爾肯問。

波奈維爾眨了眨眼。他張口欲言，又改變主意，想喝口咖啡，卻燙到嘴，便放下杯子。

「所以你不知道？」男孩最後說。

「噢，我知道她人在那裡。我知道你為什麼追蹤她。我知道你想從她那裡得到什麼。我知道你怎麼使用真理探測儀。知道我是怎麼知道的嗎？會留下蹤跡，你沒想到嗎？」

波奈維爾望著他，瞇起眼睛。

「她一下子就發現了。」麥爾肯繼續說：「你在全歐洲都留下蹤跡，他們正在追蹤，最後會逮到你的。」

男孩眨了眨眼，擠出一個他希望是笑容的表情。他知道些什麼，阿斯塔將心念傳遞給麥爾肯。

「聽得出來你知道多少。」波奈維爾說：「總之，是什麼蹤跡？你說的是什麼意思？」

「我不會告訴你。狄拉莫想要什麼？」

「他想抓到那女孩。」

「除了這個之外。他想對新成立的高級諮議會做什麼？」

為什麼狄拉莫想抓萊拉？這是麥爾肯最想問的問題，但他知道直接問絕不可能得到答案。

「他一直都想得到權力。」波奈維爾說：「就這麼回事。現在他得到了。」

「告訴我和玫瑰有關的事。」

「我什麼都不知道。」

「你知道。告訴我你知道什麼。」

「我對那沒興趣，沒去注意。」

「你對任何可以帶來權力的東西都有興趣，所以我知道你一定會聽說玫瑰的事。告訴我狄拉莫知道什麼消息。」

「不管告訴你什麼，我都得不到好處。」

「正合我意。短視近利的傢伙，眼光放遠點，看看大局吧。不要和我為敵，對你是大大的好處。告訴我狄拉莫知道什麼關於玫瑰的消息。」

「我能得到什麼回報？」

「我答應不扭斷你的脖子。」

「我要知道這個蹤跡是怎麼回事。」

「你自己可以推敲出來。快說——玫瑰。」

波奈維爾又啜了口咖啡。拿杯子的手現在比較穩了。「幾星期前有個男人來見他。」他說：「希臘人，或敘利亞人，我不知道，也許是從更東邊來的。他帶了一份從哈薩克還哪裡來的玫瑰油樣本。羅布泊。他們提到羅布泊。狄拉莫派人拿樣本去分析。」

「然後？」

「我只知道這些。」

「還不夠。」

「我就只知道這些！」

「那在牛津搞砸的那件事呢？」

「那不關我的事。」

「所以你知道這事。很有幫助。顯而易見，幕後還有狄拉莫。」

波奈維爾聳了聳肩，他開始慢慢重拾自信。是時候再敲打他一下了。

「你母親知道你父親是怎麼死的嗎？」麥爾肯說。

男孩眨眼，張口想說什麼又閉上，搖搖頭，拿起咖啡杯，但看到自己的手在抖，幾乎是一拿起杯子就立刻放回桌上。

「你知道我父親什麼事？」

「顯然知道得比你多。」

鷹精靈甩開波奈維爾的手躍上桌面，腳爪緊扣桌布拉出一條條褶皺。她惡狠狠瞪著麥爾肯，而阿斯塔站在麥爾肯旁邊的椅子上，牢牢盯著她。

「我知道你殺了他。」波奈維爾說：「你殺了我父親。」

「別傻了。我那時候大概才十、十一歲。」

「我知道你叫什麼名字。我知道是你殺了他。」

「那你說我叫什麼名字？」

「馬修．波斯戴。」波奈維爾很不屑地說。

麥爾肯拿出他的護照，真正的那本，讓男孩看他的姓名。「我叫麥爾肯，看到了吧。不是馬修。再看看我的出生年月日，是在你父親去世的十一年前。發生了一場大洪水，他淹死了。至於馬修，那是我哥哥。他在牛津附近泰晤士河裡發現你父親的遺體，和你父親的死無關。」

他收回護照。男孩看起來叛逆乖張，同時也顯出慌張不安。

「如果遺體是他發現的，那一定是他偷走我父親的真理探測儀。」他恨恨地說：「我要拿回來。」

「我聽說過有個真理探測儀。我還聽說過你父親對他的精靈做的事。你聽說過嗎？我想也許會在家族中代代相傳。」

波奈維爾的手移到他的精靈頸部，想安撫她讓她鎮定下來，但精靈不耐煩地撲拍翅膀躲開了，朝桌面中央移動。阿斯塔將前腳搭在桌面上立了起來，眼神專注。

「什麼事？」波奈維爾說：「告訴我。」

「你先告訴我我想知道的事。玫瑰。牛津。真理探測儀。女孩。宗主教的死。所有的事。然後我會告訴你你父親的事。」

男孩跟他的精靈一同朝麥爾肯怒目而視。他渾身緊繃坐在椅子前緣，兩手按在桌面，麥爾肯毫不留情地回瞪。數秒鐘後，波奈維爾垂下雙眼，他向後靠到椅背上，開始咬手指甲。

麥爾肯等待著。

「你要先問什麼？」波奈維爾說。

「真理探測儀。」

「怎麼樣？」

「你是怎麼學會解讀的？」

「小時候我媽告訴我，真理探測儀是波希米亞還是哪裡的修士送給我父親的。他們保管了幾百年之久，但是認為我父親是解讀探測儀的天才，因此必須交給他。我聽了以後就知道，總有一天它會是我的，所以開始讀所有關於符號意義和如何解讀的書。我第一次碰到教誨權威擁有的那只，就發現解讀起來輕鬆容易。所以他們開始很依賴我。我解讀得比他們看過的任何人更快、更好，也更準確，所以成了他們的首席解讀者。我用真理探測儀問了我父親發生什麼事、他怎麼死的、他的真理探測儀下落等等一大堆問題。答案指引我去找那女孩。就在那賤女人手上。他們殺了他，女孩偷走了真理探測儀。」

「誰殺了他？」

「牛津的人。搞不好是你哥。」

「他是溺死的。」

「你又知道個屁，你當時不是才十歲嗎？」

「告訴我新方法的事。」

「我就是發現了。」

「怎麼發現的？」

波奈維爾的虛榮讓他很難不回答。「你不會懂的。沒有人能懂，除非受過完整的傳統方法訓練。你得推翻傳統，找出新方法，我就是這麼做的。一開始用新方法會嘔吐，什麼都看不到，只覺得噁心不適。但是我堅持不放棄，一次又一次嘗試。我絕對不會被任何事打敗。雖然會噁心想吐，但是可以更快建立連結。後來愈來愈有名，我的新方法，其他解讀者也來嘗試。但是他們只能很軟弱不確定地進行，他們駕馭不了。全歐洲都在討論新方法，但是沒人能好好使用，只有我可以。」

「那女孩呢？我以為她會用新方法。」

「她比大多數人都優秀，這點我同意。但是她缺乏魄力。你需要一種力量，意志力、行動力，我想女生沒有。」

「你為什麼認為本來在你父親手上的真理探測儀現在在她手上？」

「連想都不用想，我就是知道。這個問題蠢斃了，就跟問我怎麼知道桌布是白色的一樣。不用想也知道。」

「好吧。現在告訴我帕帕達基斯宗主教為什麼會被殺。」

「這件事注定會發生。狄拉莫安排讓他選上高級諮議會主席的時候，可憐的老混蛋就倒大楣了。我說啊，狄拉莫打從一開始就全都設計好了。想在沒有任何人質疑之下獨攬大權，唯一的方式就是打造出一個已有領袖在位的結構。教誨權威多久沒有最高領導者了，我不知道，幾百年吧，但只要有一位領導者，狄拉莫剩下要做的，就只要讓他在能夠引發恐慌的情況下死於非命，然後插手祭出緊急規範穩定局勢，再恭敬不如從命接任就好。現在他終身掌權，權力無限擴張。你得欽佩他這種決心。其他人沒辦法，不過我應付得了他。」

「既然是這樣，那你為什麼逃亡？」

「你說什麼鬼話？我哪有逃亡。」波奈維爾大聲反駁。「我是在執行狄拉莫親自交辦的祕密任務。」

「他們在找你。還有獎金懸賞，你不知道嗎？」

「懸賞多少？」

「超過你的身價。到頭來總會有人出賣你的。現在告訴我玫瑰的事。他們拿玫瑰油樣本做了什麼？」

「拿去分析。在那地方產的油有很多種特性，他們還沒研究出個所以然來。他們需要分量更大的樣本。我弄了一點點到手——我認識一個日內瓦實驗室裡的女孩，我們交換……唔，她給我一張沾到幾滴油的吸墨紙。我立刻就發現一件事。使用新方法時，用這種油可以減低噁心感。如果有足夠的油，使用新方法就再也不會有可怕的副作用。但我只有那一點點。」

「說下去。還有呢？」

「你知道他們說的塵是什麼嗎？」

「當然。」

「有了玫瑰油，就可以看到塵。還有力線，或電場。也許是電場，實驗室那女孩說是電場。他們不只觀察到化學物質和不同種類的光，還有與人的互動。如果佐茨基教授碰過這份樣本但沒碰過另一份，觀察樣本時會不知怎麼的顯現出來，因為他們可以比對他碰過的其他東西。佐茨基教授如果碰過其他東西，就會留下他個人的印記。如果佐茨基想到過那東西，或者指示過如何設計實驗，在電場裡也會顯現出來。」

「狄拉莫知道以後有什麼反應？」

「你得搞清楚一點，這人很不簡單。他老奸巨猾，城府很深，披著一層又一層的偽裝，你以為他自相矛盾，然後才發現他只是深謀遠慮，預留後著……新成立的那個高級諮議會，讓他能做以前做不到的事。他要派一支遠征隊去這個種玫瑰的地方，羅布泊還什麼的。總之不是去作生意。我的意思是要派武裝部隊。他們會攻占這個地方，他要將一切納入掌控。他不會讓其他人得到玫瑰油的。」

「你對這支武裝遠征隊知道多少？由誰指揮？」

「去你的，我哪知道。」波奈維爾說。他聽起來很不耐煩，百無聊賴，麥爾肯看得出來，對方需要有人一直專注聆聽，才能克制自己不分心煩躁。

「要再來點咖啡嗎？」

「好吧。」

麥爾肯向服務生招手示意。波奈維爾的精靈已經閉上雙眼，讓波奈維爾抱回肩頭上。

「日內瓦實驗室。」麥爾肯說：「那女孩是什麼人？」

「身材不賴。不過太情緒化了。」

「你跟她還有聯絡嗎？」

波奈維爾將右手食指戳進握起的左手拳頭，來回抽插了幾次。麥爾肯於是知道男孩想要什麼：引起年長的男人欽羨他的性能力。他揚起嘴角讓自己微微一笑。

「她會為你查明一些事？」

「她什麼都肯做。但是那油已經一滴都不剩，我說過了。」

「他們試過合成出同樣的油嗎？」

波奈維爾瞇起眼。「你聽起來好像在吸收我當臥底。」他說：「我為何要把消息透露給你？」

服務生端著兩杯咖啡回來。麥爾肯等到服務生走開之後才說：「情況依然不變。」

他臉上已無一絲笑意。波奈維爾刻意誇大地聳了聳肩。

「我已經告訴你不少事了。現在換你告訴我。那個姓貝拉克的女孩是怎麼拿到我父親的真理探測儀？」

「就我所知，是她父親所屬的牛津學院院長給她的。約旦學院。」

「哦，那他又怎麼拿到的？」

「我不知道。」

「所以為什麼他要把探測儀給她？」

「我對這件事毫無頭緒。」

「那你又是怎麼認識她的？」

「我以前教過她。」

「什麼時候？那時她多大？真理探測儀那時就在她手上了嗎？」

「那時她大概十四、十五歲，我教她歷史。她從沒提過真理探測儀，我肯定從來沒看過。直到最近我才知道她有真理探測儀。狄拉莫就是為了這個才想抓她嗎？」

「他當然想得到真理探測儀，他會很高興能再得到第二個。這樣他就能從我和其他解讀者的競爭中得利。但這不是他想抓她的原因。」

「哦，那原因是什麼？」

麥爾肯看出波奈維爾臉上露出欲言又止的表情。他知道某件麥爾肯不知道的事，說出口的莫大樂趣令人難以忽視。

「你是說你不知道？」他說。

「我不知道的事還多著。就這事來說是為什麼？」

「我不知道你怎麼會沒得到消息。顯然你的情報來源頗為不足。」

麥爾肯啜了口咖啡，看著波奈維爾嘴角愈加上揚，露出得意的蔑笑。「顯然是這樣，」他說：「所以？」

「狄拉莫是她的舅舅。他認為他姊姊，也就是女孩的母親，是女孩害死的。他肯定是愛上他姊姊了，對她著迷。他想要懲罰她，姓蓮花舌還是貝拉克，管她叫什麼名字的女孩。要她付出代價。」

麥爾肯著實吃了一驚。他完全沒想到他在大洪水前的冬日午後，在漢娜．瑞芙的小屋曾見過一次面的考爾特夫人會有兄弟姊妹。但是有何不可呢？人都會有兄弟姊妹。萊拉知道母親這個弟弟，這個舅舅嗎？此時此刻，就在當下，他等不及想和萊拉說話。但他必須裝成無動於衷。他必須完全無感。他只能表現出稍微有點感興趣。

「狄拉莫知道她現在人在哪裡嗎？」他問：「你跟他說過嗎？」

「換你了。」波奈維爾說：「告訴我我父親的事。是誰殺死他的？」

「我說過了。沒有人殺死他。他是自己溺死的。」

「我不信。他是被人殺死的。等我查出凶手是誰，我會宰了他。」

「你有那膽子下手嗎？」

「那還用問嗎？告訴我他的精靈是怎樣，你提到他的精靈。」

「她是一隻土狼，少了一條腿，因為你父親虐待她。他曾經狠狠毆打她，我聽一個看過他這麼做的人說的，說那幅景象讓他想吐。」

「你以為我會相信？」

「你信也好，不信也好，我都沒興趣。」

「你見過他嗎？」

「只見過一次。我看到他的精靈，被她給嚇壞了。她從黑漆漆的矮樹叢裡走出來瞪著我，然後在我走的那條小路上就地撒尿。接著你父親走出來，看到她在做的事就笑了起來。之後他們一起向前走進樹林裡。我等了很久才敢繼續向前走。後來我再也沒見過他們。」

「你怎麼知道他的名字？」

「我聽到別人談起他。」

「在哪裡聽到的？」

「在牛津，發生大洪水的時候。」

「你說謊。」

「而你在說大話，你對真理探測儀的掌控比你自以為的還弱很多。你的解讀是在迷惑暈眩的狀態下亂猜一通。我連一丁點都不信你說的話，因為你是個奸詐狡猾的壞胚子。不過我說話算話。我不會把你的下落告訴梅諾第或其他人。要是你想對我不利，我也不會麻煩他們——我會找到你然後親自動手宰了你。」

「說得倒輕鬆。」

「考古學家。我能給你最好的建議，是爬回去找狄拉莫卑躬屈膝向他賠罪，然後安分守己。」

「你到底是什麼人？」

「要做也不難。」

波奈維爾冷笑。

「令堂還健在嗎？」麥爾肯說。

男孩雙頰頓時漲紅。「關你屁事。」他說：「和你一點關係都沒有。」

麥爾肯望著他，一言不發。一分鐘後，波奈維爾站起來。

「我受夠了。」他說。

他拎起他的精靈，從兩桌之間的空隙擠了出去。麥爾肯聞到他身上噴的古龍水味道，認出是時下似乎很受一眾年輕男子青睞的香味：一款名為「蓋倫帆船」的柑橘調產品。所以波奈維爾很注重流行時尚，希望變得時髦迷人，也許確實頗有魅力，這是另一項可能有用的事實。年輕人小心翼翼地護著胸腹，似乎肋骨處仍然疼痛。麥爾肯目送他離開咖啡館走過噴泉，他的身影消失在熙攘人群中。

「你覺得他知道萊拉和潘不在一起嗎？」阿斯塔說。

「難說。如果他知道這種消息，肯定會大肆吹噓。」

「他找到萊拉的話會殺了她。」

「那麼我們就必須搶先找到她。」

# 第二十五章 坎塔庫吉諾公主

直到翌日下午稍晚，渡輪才駛抵士麥那。萊拉整個白天幾乎都臥在藤椅上沒怎麼動，僅偶爾起身去取了點咖啡和麵餅，她思索著接下來該怎麼辦，不停翻看名為「襄贊鎖鑰」的小筆記本。庫比切克在本子裡寫下的名字是羅莎玫．坎塔庫吉諾公主，萊拉看到她的名字裡有玫瑰的「玫」字之後便下定決心。她一下船就出發前往公主家。

公主住在沿著海邊一直走會經過的其中一棟豪華宅邸。士麥那城是遠近馳名的貿易重鎮，早期曾有商人買賣地毯、果乾、穀物、香料和珍稀礦物而賺進了大筆財富。濱海大道上的棕櫚樹蔭下林立著豪華宅邸，許久之前就有最富裕的家族入住，在夏季時前來避暑，享受清涼微風和眺望群山美景。坎塔庫吉諾家族宅邸主屋遠離大道，前庭花園裡修剪齊整、種類繁複的植栽彰顯雄厚的財力。萊拉心想要是有誰失去精靈，擁有雄厚財力就會非常有利，付錢就可以保障高度隱私。

思及此點，她懷疑自己是否真能進入宅邸裡面見公主。她幾乎打退堂鼓。畢竟，她為什麼會想見公主？顯而易見，是為了尋求關於往後行程的建議。而且庫比切克既然將公主列入名單裡，表示她至少曾有一度答應要幫助與她處境相同的人。鼓起勇氣！萊拉心想。

她從大門進入，沿著對稱的玫瑰花圃之間的一條礫石徑道向前走，修剪頻繁的玫瑰叢剛剛開始綻出蓓蕾。遠處角落一名在工作的園丁抬頭看到萊拉，直起腰來目送她，而她盡己所能擺出自信的姿態一步步跨上門口的大理石台階。

一名年長男僕前來應門。他的烏鴉精靈一看見萊拉就發出粗啞嘎聲，老人耷拉眼皮下的雙眸中閃過一絲理解。

「希望你會說英文，」萊拉說：「因為我幾乎不會希臘語，更是完全不懂安那托利亞語。我前來求見坎塔庫吉諾公主殿下。」

男僕將她全身上上下下打量一番。萊拉知道自己衣著寒酸，但也記得克朗爺爺的建議，努力模仿女巫的儀態：即使身上只有幾片襤褸的黑絲布仍然無比從容自在，彷彿身上穿的是最優雅的高級時裝。

男管家微一頷首說：「待我前去稟報公主，請教貴姓大名？」

「我叫做蓮花舌萊拉。」

他向旁邊一讓，請她進入大廳等待。萊拉環顧四周：沉實的深色木頭家具，作工繁複華麗的階梯，枝形水晶吊燈，種在赤陶花盆裡的高大棕櫚樹，也嗅到了打蠟用的蜂蠟氣味。室內十分涼爽且靜謐。濱海大道上的繁忙車聲，外頭世界的紛紛擾擾，在厚重簾幕般的層層華貴豪奢和繁文縟節隔絕之下，全都緘默噤聲。

男管家回來後說：「公主殿下現在可以接見妳，蓮花舌小姐。請跟我來。」

他是從一樓的一扇門走出來的，但此時開始走上階梯，他動作緩慢，有些氣喘吁吁，但背脊挺得很直，頗有軍人的架勢。上到二樓之後，他打開一扇門通報了萊拉的姓名，萊拉走進一間灑滿光線的房間，由室內可眺望海灣、港口和遠山。偌大的房間顯得生氣蓬勃：一架象牙白的平台鋼琴上擺滿至少十幾張加了銀框的黑影照片，牆面上掛滿現代畫作，漆成白色的書架上滿是書籍，優雅的淺色家具，全都讓萊拉心中好感油然而生。一名老邁婦人坐在大片窗戶旁一把織錦扶手椅上，全身黑色打扮。

萊拉朝她走近。她考慮了片刻是否應該行屈膝禮，但立刻覺得看起來會很荒謬，於是只說：「公主午安。很感謝您願意見我。」

「妳受的教育是教妳這樣對公主說話嗎？」老婦人乾澀的聲調中透出盎然興味。

「不是的，我受的教育不包括這部分。不過其他的事我都可以做得很好。」

「很高興聽妳這麼說。把那把椅子拉前面一點，然後坐下來。讓我瞧瞧妳。」

萊拉照著她的吩咐做了，在老婦人審視她時靜定沉著地回望。老婦人既強悍又羸弱，萊拉暗忖不知道她的精靈是什麼樣子，而開口探問是否不太禮貌。

「令先君和令先堂是什麼人？」公主問。

「先父姓艾塞列，他是艾塞列公爵，先母不是他的妻子，大家稱她考爾特夫人。您怎麼知道——我是說，您為什麼這樣問？您怎麼知道他們都已不在人世？」

「見到孤兒時，我自然認得出來。我與令先君曾有一面之緣。」

「您見過他？」

「是在柏林的埃及大使館舉行的一場酒會，三十年前的事嘍。非常英俊的年輕人，非常富有。」

「他在我出生時失去全部的財產。」

「怎會這樣呢？」

「他和我母親沒有婚姻關係，有一場官司——」

「噢！律師！妳有沒有錢啊？孩子？」

「完全沒有。」

「那律師就不會對妳有興趣了，倒是件好事。是誰告訴妳我的名字？」

「在布拉格遇到的一個男人。他叫做瓦茨拉夫·庫比切克。」

「啊，很有趣的男人。有一點兒名望的學者。很謙虛，不擺架子。妳去布拉格之前就認識他了？」

「不，完全不認識。我沒想到竟然會有人——我是說，沒有……他幫了我很大的忙。」

「妳為什麼遠行？妳又要去哪兒呢？」

「我要去中亞。去一個叫做塔什布拉克的地方，那個有一個研究植物的研究站。我要去那裡解開一個謎題，其實應該說，查清楚一件神祕的事。」

「聊聊妳的精靈。」

「潘拉蒙……」

「很棒的希臘名字。」

「他定形成松貂的樣子。大概十二歲的時候，我跟他發現我們可以分離。我們必須這麼做，至少我必須實現諾言，所以不得不拋下他，進入一個他不能去的地方，再也找不到……幾乎找不到比這更讓人難以承受的事。但後來我們找到彼此，我以為他原諒我了。從此我們又在一起了，不過我們必須對可以分離的事守口如瓶。我們以為沒有其他人可以分離，除了女巫以外。但過去這一年來，我們一直在爭執。我們無法忍受彼此。太可怕了。有一天早上我起床，發現他就這樣離開了。所以我其實是在找他。我依循一些線索……理性上看來完全不合理的蛛絲馬跡……在布拉格遇見的一名魔法師給了我一條線索，我現在只能碰碰運氣。我也是機緣湊巧才會遇到庫比切克先生。」

「有很多事妳沒說出口。」

「我不知道您會有興趣聽我講多久的話。」

「妳該不會認為我的生活多采多姿高潮迭起，用不著把握聽一個和我同是天涯淪落人的陌生訪客說話的機會？」

「呃，不無可能啊。我是說多采多姿這部分。我想肯定少不了想來拜會的訪客或過來坐坐閒話家常的朋友。也許您有家庭。」

「我沒有子孫，如果妳說的是這個。沒有丈夫。但是換個角度來看，可以說家庭悶得我喘不過氣；這個城市，這個國家，到處都是坎塔庫吉諾家族的人。我沒有家庭，但我有朋友——是的，屈指可數，但我讓她們尷尬困窘，她們睜隻眼閉隻眼，避開令人難受的話題，滿心同情體諒，因此和她們談話彷彿置身煉獄。庫比切克先生來拜訪我那會兒，我幾乎無聊絕望至死。現在經由他和其他地方兩、三個與我們同類的人介紹來到這裡的訪客，是我最歡迎的嘉賓。妳願意陪我喝杯茶嗎？」

「樂意之至。」

公主搖響置於身旁桌上的一只小巧銀鈴。「妳是什麼時候抵達士麥那的？」她問。

「今天下午。我在港口一下船就直接過來。公主，您的精靈為什麼離開您？」

老婦人抬起一隻手。她聽見開門聲。男管家走進來時，她說：「上茶，哈密德。」他深深一頷首後再次走出房間。

公主側耳細聽，確定僕人離開後，她回頭看向萊拉。

「他是一隻美得不得了的黑貓。他離開我是因為愛上了別人。他痴戀一名舞者，一名夜總會舞孃。」

她的語調清楚表示言下之意即「只比妓女好不了多少」。萊拉靜靜聆聽，深感好奇。

「妳一定會想，」公主繼續說：「他怎麼可能結識這樣一名女子？我的社交圈和她的一般來說不會有交集。但我有位兄長，他的生理欲望永難饜足，尋花問柳的本事更是讓全家族蒙羞。他在某一天晚會上介紹這名女子——大方公開毫不遮掩——『這個年輕的女人是我的情婦』，他逢人就這麼介紹——說句公道話，女子確實花容月貌，儀態優雅。她的模樣我見猶憐，而我那可憐的精靈立時為之傾倒。」

「您那可憐的精靈？」

「噢，我為他感到遺憾，為了那種女人死心塌地如此作踐自己，算是發狂吧。我當然也感受到他的每一分悸動，我試著和他講道理，但是他不聽，不肯控制自己的情感。好吧，我敢說那是無法控制的。」

「那她的精靈呢？」

「是一頭猻猴之類的，很懶惰，虛榮，對什麼都不感興趣，不管周圍發生什麼事都漠不關心。我哥哥去哪都堅持帶那女孩一同出席，上歌劇院，看賽馬，參加酒會，只要我也在場，就因為我的精靈對那女孩的著迷，我也被迫陪著那女孩，親身感受我的精靈對女孩的澎湃情感。後來我愈來愈難以忍受，他會盡可能地貼近女孩悄聲和她說話，在她耳邊喁喁細語，而女孩自己的精靈卻在附近理毛打呵欠。到最後——」

門開了，公主在男管家端著托盤進來時停頓不語，男管家將托盤放在公主右手邊的一張小桌上。他彎身鞠躬後離開，公主接著說完講到一半的句子：

「到最後傳得沸沸揚揚，所有人都知道了。我從來沒有那麼抑鬱不樂過。」

「妳那時候幾歲？」

「十九、二十，我記不得了。我原本可以順理成章從一眾年輕男士中挑一位我父母覺得合適的人選，和他結婚成家什麼的。但發生如此荒謬絕倫的事之後就不可能了，我成了眾人口中的笑柄。」

她平靜地講述，說起二十歲的經歷時彷彿事不關己。她轉向托盤，在兩只精美茶杯裡倒了茶。

「最後是怎麼結束的？」萊拉問。

「我拜託他，懇求他，但是他已經陷入瘋狂了。我說他如果再不停止，我們都會死，但是無論怎樣都沒辦法讓他待在我身邊。我甚至——聽了妳就知道一個人可以淪落到什麼程度——我甚至離開我的父母，自己去和她同居。」

「和那舞孃？您去和她同居？」

「很輕率莽撞。我假裝愛上她，她也樂得接受。我和她同居，拋下我對家族的責任，我和她同床共寢，同桌用餐，甚至同台共舞，因為我也會跳舞，我的身姿同樣優雅，容貌絕不比她遜色。她有一點天分，但僅此而已。我倆一起，就能吸引更多觀眾；我們的表演大獲成功。從亞歷山卓到雅典的夜總會都曾是我們的演出場地，有人捧著鉅額酬勞請我們去摩洛哥跳舞，還有人付更多的錢請我們去南美洲表演。但是我的精靈還不滿足，他永遠不會滿足。他想要成為她的精靈，不想當我的精靈。她的精靈染上鴉片癮，而她沒有受到影響；但她轉而找上我的精靈，當我的精靈覺得他的痴戀獲得回報，我知道自己離開的時候到了。

「我準備一死了之。有一晚——那時我們在貝魯特——那一晚我將自己從他們身邊硬生生扯離開來。我的精靈緊攀在她身上，她緊緊抱著他，將他用力按在自己胸前，我們三個都既痛苦又恐懼，不斷嗚咽，但是我不願停下；我將自己從他身邊扯離，讓他留在她身邊。從那天開始，我就此孤身一人。我回到我的家人身邊，整件事在他們心中不過是再添一則略富趣味的家族奇聞。以我形單影隻的狀態，當然沒辦法結婚。沒有人會要我。」

萊拉輕啜了一口茶。茶湯散發著清雅的茉莉花香。

「您是什麼時候遇見我父親？」

「整件事發生的前一年。」

萊拉心想：但那不可能啊。他那時候年紀不可能那麼大。

「和舞孃在一起那段時間，什麼事讓您印象最深刻？」她說。

「噢，很簡單。熱情火辣的夜晚，狹窄的床鋪，她纖細苗條的身體，她肌膚的氣味。我永遠都不會忘記。」

「您是真的愛上她，或還在假裝？」

「妳知道嗎？這種事妳可以假裝再假裝，直到弄假成真。」老婦人滿布深刻皺紋的臉龐平靜如常。層疊皺紋之中的雙眼很小，但明亮靜定。

「那妳的精靈……」

「再也沒有回來。她死了，那舞孃，噢，好久以前的事了。但是他再也沒有回來找我。我想他有可能去了亞坎亞蒼勒克。」

「藍色旅館——那不就是……是真的嗎？那則傳說？說有一個沒有人類、只有精靈可以在其中生活的荒城？」

「我相信是真的。有一些訪客——我是說庫比切克先生介紹來拜訪我的——啟程去了那裡。據我所知，沒有人再回來。」

萊拉的心思飛掠過沙漠和群山，抵達一座月光下寂靜荒涼的城市廢墟。

「好了，我已經告訴妳我的故事，」公主說：「現在換妳說些精采的給我聽了。妳在旅途中有沒有遇到什麼事，可能讓一個沒有精靈相伴的老太婆感興趣的呢？」

萊拉說：「我在布拉格的時候……感覺好像很久以前了，但其實上週才發生而已。我下了火車，還沒研究出要去哪裡看時刻表，庫比切克先生跟我說話。他似乎是特地來等我，後來我才知道，原來他……」

她將熔爐人的故事從頭到尾娓娓道來，公主報以聚精會神專注聆聽。待她說畢，公主發出心滿意足的嘆息聲。

「所以他是魔法師的兒子？」她問。

「唔，阿格里帕是這麼宣稱的。科內里斯和蒂妮莎……」

「這樣玩弄他和他的精靈，真是殘忍的把戲。」

「我也這麼覺得。但他一心一意要找到蒂妮莎，他也做到了。」

「愛啊……」公主說。

「我想知道更多藍色旅館的事。」萊拉說：「還有其他名字是什麼來著——麥地那阿卡瑪——月之城。為什麼是叫這個名字？」

「噢，沒有人知道。是流傳很久的古老名稱。小時候我的保姆會講鬼故事給我聽，藍色旅館就是她告訴我的。妳接下來要去哪裡？」

「阿勒坡。」

「那我應該告訴妳幾個和我們處境相同的人的姓名，其中一人可能知道一點。當然，這是會讓迷信的人驚慌恐懼的可怕話題，千萬不可在完整又容易受到驚嚇的人面前提起。」

「當然。」萊拉說，喝乾杯裡的茶。「好美麗的房間。您彈鋼琴嗎？」

「它自個兒會彈。」公主說：「去把琴鍵右邊那只象牙球形把手向外拉。」

萊拉照做了，鋼琴內部的機械裝置立刻開始彈動琴鍵，琴鍵起起落落，好像有一雙隱形的手在彈奏。一首五十年前的悽美情歌樂聲傳遍整個房間。萊拉十分欣喜，朝公主露出笑容。

「〈藍色時光〉。」老婦人說：「我們以前會隨著歌聲翩翩起舞。」

萊拉回頭看向鋼琴上無數幀銀框中的黑影照片，忽然全身一僵。

「怎麼回事？」公主說，見到萊拉的表情也吃了一驚。

萊拉將球形把手往回推停住琴音，顫抖著手拿起其中一張黑影照片。「這是誰？」她問。

「拿來給我。」

老婦人接過照片，透過一副夾鼻眼鏡瞇眼瞧著。「是我的外甥奧維耶。」她說：「應該是外甥孫才對。妳認識他？奧維耶．波奈維爾？」

「對，應該說我沒有真的遇過他，但是他……他認為我拿走了應該屬於他的東西，他一直想拿回去。」

「是妳拿走的嗎？」

「那是我的。我父親……是我父親給我的。波奈維爾先生搞錯了，但是他不肯接受這件事。」

「從小就是個固執的孩子啊。他老爹一事無成，似乎也死得滿慘的。奧維耶的母親跟我是親戚，她也去世了。他還指望著我吶，要不是為了那些個阿堵物，我大概永遠也不會見到他。」

「他現在在土麥那嗎？」

「希望不在。如果他來這兒，我絕不會提到妳，如果他問起，我會面不改色地扯謊。我可是個高明的騙子。」

「我小時候也很會說謊。」萊拉說。她覺得稍微鎮定一點了。「這幾年我發現比較難做到了。」

「來這兒親我一下，親愛的。」公主說，並伸出雙手。

萊拉欣然從命。老婦人薄如紙片的雙頰帶著薰衣草香。

「如果妳真的到了亞坎亞蒼勒克，」公主說：「如果真的有一座精靈居住的城市廢墟，如果妳看見一隻黑貓，而他叫做法努里歐，告訴他我死前很樂意再見到他，但是他最好別耽擱太久。」

「我會的。」

「希望妳的尋索之路一切順利，為妳的神祕事件找到解答。我假定是和一個年輕人有關係。」

萊拉眨了眨眼。公主說的一定是麥爾肯，他在公主眼中當然算是年輕人。「呃，」她說：「不是——」

「不，不，不是說我的外甥孫，當然不是。要是妳再打這兒經過，千萬記得要再來看我啊，不然老人家跟妳沒完沒了。」

她轉向身旁的小張鎏金書桌，取出紙和鋼筆，花了一分鐘左右寫了些字。接著她朝紙張呵氣，吹乾墨跡後才對摺好遞給萊拉。

「其中肯定有一個人可以幫妳的忙。」她說。

「再會了。真的非常感謝妳，我會牢牢記住妳告訴我的事。」

萊拉轉身離開，輕輕關上房門。男管家在大廳等候送客。離開庭園後，她再往前走了一小段路，直到看不見宅邸，才靠在牆上讓自己恢復冷靜。

剛剛她受到的驚嚇幾乎像是見到波奈維爾本人直接走入房間。即使只是一張照片，他都有本事擾亂她的心神。這件事充分具備祕密聯邦所發出之警訊的特質，它說：「提高警覺！妳永遠不知道他何時會現身。」

即使是在士麥那，她暗想，他也有可能找到她。

# 第二十六章
# 唯此神聖旨意兄弟會

遇見奧維耶．波奈維爾當天晚上，麥爾肯身在君士坦丁堡往南三百英里的一座城市裡。這座城市位於曾是古羅馬帝國行省的彼西底，是玫瑰花栽種區域的首府，他去那裡找一位名叫布萊恩．帕克的英國記者，對方是專門報導國防安全事務的駐外記者，兩人因奧克立街的任務而結識。麥爾肯和他稍微聊了些往中亞旅途上發生的事，以及這次任務的因由，帕克聽了立刻接話：「那你一定要跟我去今晚的公開集會，我想可以讓你看一些有意思的東西。」

他們步行前往舉行集會的劇院路上，帕克解釋說玫瑰花栽種和加工產業對於該區經濟至關緊要，但是目前面臨很大的壓力。

「問題的根源是什麼？」麥爾肯在他們走進老劇院時發問。

「有一群人——沒有人知道他們是從哪裡來的，但是大家都稱他們為『山區來的人』。他們焚毀玫瑰園，攻擊花農，搗毀加工廠……政府當局似乎拿他們一點辦法都沒有。」

觀眾席上已經擠滿了人，但他們在後排找到幾個空位。席上有多名穿西裝打領帶衣著體面的中年或老年男子，麥爾肯猜想他們是花卉農場的主人。席上也有幾名女子，臉龐是久經日曬的古銅色。麥爾肯歸納帕克的說明，得知花卉產業非常保守，男性和女性負責的工作完全不同，所以這幾名女子或許是負責採摘花卉的女工，而蒸餾玫瑰花水和製造玫瑰油的工作則由男性勞工負責。除了他們之外，觀眾席上其他人看來像是當地居民，其中幾人可能是記者或當地政治人物。

男人在舞台上來來去去，有些人忙著豎起一面大旗，帕克說是贊助這次集會的產業協會旗幟。最後全場座無虛席，還有人站在後邊和走道上。場內人數過多，違反了麥爾肯熟知的所有消防安全法規，但也許這裡的人對這方面要求沒那麼嚴格。不過在每個出入口都有武裝警察守著，個個神色緊張，麥爾肯暗想。當晚如果出任何狀況，可能很容易就會造成多人受傷。

主辦團隊終於決定可以準備開始。一群穿西裝的男人走上舞台，或攜著公事包或抱著大疊文件，觀眾認出其中一些人後鼓起掌或歡呼起來。其中四人坐在一張桌子旁，第五個人走到講台前開始發言。一開始擴音器傳出刺耳回聲，他微微驚詫地退後一步，輕敲麥克風，一名技師匆匆走出來協助調整。麥爾肯不動聲色觀察周遭，將一切都看在眼裡，講者再次開口時，他注意到一件事——武裝警察全都靜悄悄地撤離了。原本在六個出入口各有一名員警把守，此時全都走得精光。

帕克輕聲告知講者說話內容的大要：「歡迎所有人前來——產業此刻面臨危機——很快會聽到來自各個玫瑰產區的報告。現在他念的是一些數字——這人絕不是全世界最優秀的演講者……基本上，產量下滑，營收下滑——他現在要介紹第一位講者——來自巴里斯的玫瑰花農。」

下一位講者離開桌旁走上講台時，觀眾席響起零零落落的掌聲。前一名講者一副官僚氣息，致詞令人昏昏欲睡，接下來上台這位較年長的男子卻一開始就字字鏗鏘，慷慨激昂。

帕克說：「他在講他家工廠發生的事。有一天清晨有些山區來的人找上門，將所有工人集中起來，拿槍指著他們逼他們放火燒毀工廠，將所有珍貴的玫瑰油全都丟進烈焰裡。他們還帶來一輛推土機，把花田每個角落全都挖開來，在土裡倒毒藥——我不知道是什麼藥——讓這塊地從此寸草不生。你看——他激動得都掉眼淚了——這是他高曾祖父傳下來的土地，一百多年來都由他們家族照料，所有子孫都投入產業，還雇用了三十八名工人……」

觀眾席間私語竊竊，表達憤怒，或同情，或贊同。顯然還有很多人都遇上類似的情況。

「他在說，警察呢？軍隊呢？誰來保護像他和他家人這樣的老實公民？似乎發生了小規模的打鬥，他兒子被殺了，而那些人就這樣消失無蹤——沒人被捕，沒人受罰——正義在哪裡？他是在說這個。」

男人悲憤交加之下拉高聲音，觀眾也紛紛附和，鼓掌，大喊，頓足。花農搖頭落淚，離開講台後回座。

「這裡有任何政府派來的人嗎？」麥爾肯問。

「現場只有地方政府官員，沒有中央政府的人。」

「中央政府目前怎麼回應？」

「噢，當然是表達關切——深感遺憾——嚴正警告——不過戰戰兢兢的語氣很耐人尋味，好像他們很害怕批評這些殺人放火的土匪。」

「如你所說，耐人尋味。」

「對，讓民眾很憤怒。下一位上台的是批發貿易協會代表……」

又一名沉悶乏味的講者。帕克低聲轉述台上演講內容要點，但麥爾肯對於台下發生的事更感興趣。帕克注意到後問：「怎麼了？你在看什麼？」

「兩件事。第一，警察全走光了，第二，他們把出入口全都關起來了。」

他們坐在倒數第二排右手側，離那一側的出入口很近。從出入口傳來的聲響讓麥爾肯有所警覺：聽起來像是門閂滑動鎖起的聲音。

「你要我繼續翻譯這個乏味講者的話嗎？」

「不了。但作好準備，必要時跟我一起撞開那扇門。」

「那些門是朝裡開的。」

「謝謝你指出這一點，但還不算堅固厚重。要出事了，布萊恩。」

他們不用等待太久。

講者還未說完，三名男子在他身後的平台上現身，手持槍械，兩人持步槍，一人持手槍。

台下觀眾倒抽一口氣，全場鴉雀無聲，講者轉頭看到發生什麼事之後，兩手緊抓講台邊緣，面色蒼白。麥爾肯從眼角餘光瞥見表演廳另一側有些動靜。他稍稍側過頭去看，看見那一側的門很快打開，一名持步槍的男子走了進來。門很快又關上了。麥爾肯眼觀四面：在六個出入口都發生了同樣情況。

拿手槍的年輕人推開講者，自己對著觀眾講起話來。他的雙眼顏色很淺，但黑髮和黑鬚都蓄得又濃又長。他發言時咬字清楚，聲音輕軟嚴酷，態度冷靜而且充滿堅定信念。

麥爾肯微微側過頭，帕克悄聲說：

「他在說各位知道的一切都將改變。各位熟悉的事物將會變得怪異陌生，而各位意想不到的事物將會變得司空見慣。全世界很多地方都在發生改變，不只是在彼西底……」

和他一起進入場內的男子走上舞台兩側，面朝觀眾站著。所有人一動也不動，麥爾肯幾乎可以感覺到大家全都屏住呼吸。

帕克在男子繼續說話時接著道：「你和你們的家人、你們的工人已經照料你們的花園太久了。無上權威不要玫瑰，你們種了如此之多，已經惹祂不悅。玫瑰的氣味讓祂作嘔，就像魔鬼的排泄物。種玫瑰的人、製造精油和香水的人都是在取悅魔鬼，褻瀆真神。我們來這裡就是要告知各位這件事。」

他停頓片刻，此時先前慷慨陳詞的花農再也忍不住。他將椅子向後一推，站起身來。舞台上的三名槍手一下子全都轉向他，舉起槍口對準他的心臟。男子發言時沒有用麥克風，但聲音宏亮清晰，所有人都聽得一清二楚。

帕克悄聲道：「他說這是新的教誨，他以前從未聽過。他的父祖輩，他的家庭，他在鄰村種玫瑰花的親戚，他們全都相信，自己照料神創造的鮮花，保留花朵的甜美香氣是在實踐神的旨意。這個新教義很怪異，所有他認識的人和在場所有人都會覺得很怪異。」

槍手說話了，帕克幫忙翻譯：「這個教義取代其他所有教義，因為這就是神之道，以後不再需要其他教義。」

花農從桌子旁走出來，直接和槍手面對面。他的魁梧體格、紅通通的臉龐和眼神中流露出憤慨激動，與拿著手槍、冷酷纖細的年輕人形成鮮明對比。

花農再次開口，音量大到幾乎像是咆哮：「我的家人和工人要怎麼辦？那些依賴我們種的玫瑰花維生的商人和工匠怎麼辦？他們全都貧困挨餓，就能討神的喜悅嗎？」

槍手回答，麥爾肯朝帕克湊近聽他悄聲翻譯：「他們不再涉身那邪惡行當，就能討神的喜悅。等他們背棄假偽的花園，將目光落在唯一的真花園，即天堂，就能討祂的喜悅。」

麥爾肯頭不動，但偷眼向左右兩側瞧去，看見站在舞台兩側的男子慢慢掃視觀眾，目光從後往前再往後，手中步槍隨著他們與觀眾頭部同高的視線，毫不拖泥帶水地從一側甩往另一側朝向觀眾。

花農說：「所以你們要做什麼？」

槍手回答：「問題不是我們要做什麼。毋需向我們提出任何疑問，因為我們全心服從神的旨意，而神的旨意不容質疑。」

「我看不出什麼神的旨意！我看到我的玫瑰，我的孩子，我的工人！」

「毋需擔心。我們會告訴你神的旨意是什麼。我們理解你的人生是如何複雜，事物似乎自相矛盾，一切都充滿疑問。我們是來將事物講得清楚明白。」

花農將頭一甩，如公牛般低下頭，似乎在蓄積力量。他分開雙腳站著，彷彿要在地上找到更穩固的立足點，即便腳下只是木造舞台；最後他開口說：「那神的旨意是什麼？」

年輕槍手開口，帕克接著悄聲說：「是你將你的每一株玫瑰叢連根挖起焚燒殆盡，砸毀每一台蒸餾裝置。是將裝著你稱為香水和精油，但其實是撒旦糞便的容器全部摧毀。這就是神的旨意。無盡仁慈的神派我和我的同伴來告訴你這件事，並確保祂的旨意貫徹執行，如此你的女人和工人們才能過著討神的喜悅的生活，而不是讓空氣中充滿來自地獄深處的噁心惡臭。」

花農想再說些什麼，但是槍手舉起手槍，槍口距離老人的頭顱只有一英尺遠。

「當你點燃那把火，」他說：「那把火將燒盡你的花園和工廠，成為真理和純潔的燈塔，照亮整個世界。你應當為了獲賜這個機會而歡欣喜悅。我們唯此神聖旨意兄弟會的同伴有數百萬人之多，神之道的傳播迅速如野火燎原，而且會持續傳播，無遠弗屆，直到整個世界都在神的慈愛和眾人完全服從其旨意的喜悅中熊熊燃燒。」

在他說這番話時，農人的老厚嘴渡鴉精靈抬高雙翅，在農人肩頭上不停咂著她的粗厚嘴喙，而槍手的精靈，一頭體型龐大、披著美麗沙色毛皮的沙漠貓，則緊繃戒備地站在槍手身側。

接著花農大吼：「我絕不會燒掉我的玫瑰！我絕不會否定自己的感官所感受到的真理！鮮花如此美麗，它們的芳香正是天堂的氣息！你說的大錯特錯！」

而渡鴉朝貓俯衝，貓縱身朝渡鴉撲去，但兩頭精靈還未及相觸，槍手已扣下扳機，子彈打穿了老人頭顱。渡鴉在半空中消失無蹤，花農倒在地上氣絕身亡，頭顱上的彈孔仍突突冒血。

觀眾尖喊連連，但看到一眾槍手的動作後陡然噤聲，所有槍手全都踏步向前，將步槍扛上肩頭。所有人沉默不語，觀眾席上傳來抽泣聲。

年輕人再次開口，帕克悄聲翻譯：「這就是榜樣，告訴你們從現在開始有什麼事絕不該做，也告訴你們反抗我們的人會有什麼下場……」

他接下來說的仍是同一套論調。麥爾肯一手按在帕克衣袖上：他聽夠了。他悄聲說：「後台出入口通往哪裡？」

「通往主建物右側的一條巷子裡。」

「從巷子有別條路出去嗎？還是那是條死巷？」

「出去一定會經過劇院正門口。」

槍手演說完畢後，下達另一條指令。

「人質。」帕克悄聲道。

槍手要求還在舞台上的幾名講者面朝下趴著，雙手抱頭。其中一、兩個人年事已高，或因為關節炎而腿腳不靈光，槍手依舊強迫他們照做。年輕人再次發號施令，守在六個出入口的男人向前走，分別示意最近的一名觀眾站起來跟他走。

坐在麥爾肯前面的女人準備要跟著走，但是麥爾肯率先站了起來。他看向槍手，用手指著自己。槍手聳了聳肩，女人在椅座上重重坐倒。

「你在做什麼？」帕克說。

「等著瞧。」

麥爾肯離開座位到了走道上，依照槍手的指示雙手抱頭。其他人質，其中包括兩名女性，全都照做，並聽命朝舞台走去。麥爾肯看著他們的動作照做。

他走向舞台途中，一直有人用步槍槍口戳著他的背。舞台兩邊都有台階，他學著其他人走台階上去。人質中的第一個女人必須從老農的屍體旁走過，屍體下的血泊仍不斷擴大，她的犬精靈忽然嚎叫起來，不願踩進血泊裡。女人想將精靈抱起，但是在她身後的槍手用步槍大力推她一下，女人跟精靈一起跌在血泊中。她驚恐地尖叫起來，另一名人質幫忙拉她站起，伸出雙臂圈扶著她，女人啜泣起來，幾乎暈厥。

麥爾肯專注地觀察一切。帶頭的年輕人犯了個大錯。他應該讓自己的貓精靈搞定渡鴉，完全不用開槍。情況每分每秒都變得更加複雜，這群槍手並無應對之策。一人死亡，多名人質，所有觀眾都困在劇院裡——但此時沒有人拿槍對著觀眾席上的人，所有入侵者都在舞台上看守人質。隨時可能有人跑向出口試圖脫困，接著其他人可能陷入恐慌急著逃竄，到時候任何事都有可能發生。麥爾肯看出年輕人將一切看在眼裡，心中飛快盤算思量，接著口氣嚴厲地下達一串命令。

三名從觀眾席走上舞台的槍手轉過身，舉起步槍對著所有觀眾。另外三名槍手朝著包括麥爾肯在內的六名人質比手勢，示意要他們跟著帶頭的年輕人進入舞台左翼。麥爾肯確信帶頭者此舉是臨機應變，脅持人質不在計畫之中，但他得承認年輕人確實很有威嚴和魄力。如果有任何人想成功制伏他，就必須動作快。

而得盡快採取行動的人是麥爾肯。他童年時沒打過幾場架，因為他的個子高壯，也很討大多數人的喜歡，而在身不由己捲入的幾回打鬧中，他因為受到某種俠義精神感召而綁手綁腳。奧克立街讓他擺脫了這種束縛。一踏進舞台側翼區，他就發現自己非常走運。奧克立街也教過他好運當頭時如何應對：把握良機，絕不耽擱。

他身處層層疊疊令人眼花的黑色長布幕之中，布幕擺盪時不停灑下薄薄一層灰塵。而走在他前頭的正是那名持手槍射殺花農的年輕人，他正準備要打噴嚏。

麥爾肯見機不可失，立刻大力晃動最近的布幕，落下更多更厚的灰塵。不過短短幾秒鐘之內，布幕將他倆與其他人完全隔絕，年輕人在瀉落的灰塵中搖頭晃腦張口眨眼，努力忍住不打出噴嚏時，麥爾肯朝他的鼠蹊狠狠踢了一腳。

同時噴嚏聲響起。年輕人不由自主鬆開手，手槍落地，發出一聲悶哼。麥爾肯一個箭步向前，兩手揪住年輕人的頭髮，將他的腦袋用力朝下一摜，同時抬高膝蓋重重撞上他的臉。接著他鬆開一手，轉而揪住對方的大鬍子狠狠朝一側拽去，同時另一手揪著頭髮朝反方向一拉。一下響亮的喀啦聲後，槍手的精靈在他倒地之前就灰飛煙滅。

「這邊！」阿斯塔輕喚道，置身與麥爾肯的頭同高處。

他看見她攀在一道梯子上，一道道漆成黑色的鐵製梯階嵌在磚牆裡頭，他屏住氣無聲無息地運臂拉著梯階向上爬，直到來到底下眾人頭頂之上的高度。他身穿深色衣服；即使有人朝他們這方向看來，也很難看出什麼來。四周全都懸掛著深暗布幕，幕影幢幢令人難辨方向，槍手和人質跌跌撞撞摸索著前進。

阿斯塔已經爬到更高處的頂棚鋼架上，透過底層的鋼架網格俯瞰下方的紛擾，有些人停下腳步，有些人質害怕得失聲尖叫，而帶頭者的屍體躺在地上，半掩於布幕之下。片刻過後，麥爾肯再次沿著梯階向上爬，跟著移動到頂棚鋼架上等待。

阿斯塔悄聲問：「現在怎辦？」

「他們再過一分鐘就會找到他的屍體，然後——」

還不到一分鐘。其中一名槍手被屍體絆倒，先是驚詫惱怒地大喊，等到發現自己絆到什麼之後，提高警覺嚷叫起來。

麥爾肯觀察其他幾名槍手各自不同的反應：一開始沒人看到是什麼造成驚慌，有人高聲發問，離得比較近的幾個人則摸索著走過布幕之間，被帶頭者的屍體和驚嚇得仍然趴倒在屍體旁的那名槍手絆倒。

在場的人質既驚慌失措又困惑，讓現場更形混亂。有一、兩個人把握槍手分心的好機會，逃進如迷宮般的重重布幕和舞台左翼的昏暗深處。其他人聚攏在一起，驚嚇到動彈不得，造成更多推擠碰撞，引發更多驚慌尖叫。

「他們的計畫不怎麼周全。」阿斯塔說。

「我們也沒好到哪裡去。」

槍手群陷入激烈爭論。麥爾肯並不奢望所有人質都能從現場安全地消失無蹤：現況就是如此。槍手終究會想通，唯一有可能殺了他們頭子的人就是其中一名消失不見的人質，他們會開始搜索，然後會發現梯階，然後他們抬頭向上看，然後他們就會朝他開槍。

但他們腳下是一座橫跨舞台兩端的門型頂棚鋼架，在另一邊肯定有另一道梯階，阿斯塔飛奔過去查探後又回來：沒錯，有另一道梯階。一會兒之後，麥爾肯已經爬了下來，身在舞台右翼裡一個同樣掛滿黑色布幕的空間。

此時他因心中猶疑而裹足不前。有一件事他不該做，就是讓無辜的人被他連累而死於槍下：但是怎麼做會最好呢？他有可能神不知鬼不覺溜出劇院建築，但難道不應該留下來想辦法解救他們嗎？

「就走吧。」阿斯塔悄聲說：「別逞英雄。如果沒辦法和他們談判，我們就沒辦法阻止他們，而我們跟他們又語言不通。出去會有更大的用處。如果在這裡被擊斃，又能幫上萊拉什麼忙呢？他們一看到你就會開槍的。**走吧**，麥爾。」

她說得對。他朝後牆移動：這裡某處一定有一扇門……找到了，門沒有鎖。他小心翼翼轉動門把打開門，跨出去之後再輕輕將門關上。此時他置身一片黑暗中，伸手幾乎不見五指，但在琥珀電氣火警警報器發出的微弱燈光下，依稀可以看到一道狹窄樓梯的輪廓。在走上樓梯前，他回頭看向那扇門，有一道門閂。他可以聽見爭吵聲愈來愈大聲；有人在高喊，還有跑過舞台的腳步聲。觀眾席上有更多人出聲加入爭論。

他盡可能小聲地將門閂鎖上。

在樓梯底端的阿斯塔望向他，十分懷疑的樣子。

「不能走這兒。」他說：「往那頭走還有另一扇門。」

他從樓梯旁經過，走進一條短短的走廊，幾乎看不清前方，但信心滿滿：阿斯塔的貓眼捕捉了現有的每一粒光子。

這扇門沒有門把，而是像消防逃生門一樣設有推桿。

「開這種門會發出響聲。」麥爾肯說：「我在想有什麼辦法能不用撞開門……」

左手抵住豎直的鎖簧，右手按住推桿。停下細聽。遠處傳來嘈雜聲響，是說話聲而非槍聲。他鬆開按住的推桿，感覺鎖簧向下滑動。

推開門時，一絲冷風自暗處撲面吹來，夾帶著顏料和松節油和膠料的味道。感覺是一處天花板挑高的偌大空間。

「畫布景的地方。」阿斯塔說。

「表示會有一扇可以從外面把布景送進來的門。看得到嗎？很大的一扇門？」

「在你前方右手邊有一個桌台——工作台——往左走一點——對了。現在可以向前直走……再走五步——到後牆了。」

麥爾肯邊摸索感覺牆面邊朝右移動。他的雙手幾乎是立刻就碰觸到拉下的鐵捲門關閉住的大出入口，旁邊有一扇正常大小的門。門鎖住了。

「麥爾，」阿斯塔說：「門旁的釘子上掛了一把鑰匙。」

是用來開門的鑰匙。片刻過後，他們已經在劇院建築外頭一個連通附近巷子的小院子裡。

麥爾肯豎起耳朵細聽，但除了再平常不過的市區人車往來聲，並沒有任何異狀：沒有警車，沒有衝出來的人群，沒有槍聲，沒有尖叫聲。他們走出去，向右轉繞回劇院入口。

「目前為止一切安好。」阿斯塔說。

劇院大廳一片光亮，裡頭空無一人——麥爾肯猜想員工全都逃走了。他踏進大廳，豎耳凝聽，而阿斯塔衝向樓梯直奔二樓座位區。麥爾肯可以聽見觀眾席上有人高聲說話，有好幾個人的聲音，但不帶火氣，也不是在譴責或懇求。他們聽起來像是在人數眾多的委員會上討論程序問題。

過了一分鐘，麥爾肯正要往裡頭移動時，一個小小的黑影自樓梯處現身。阿斯塔跳上售票處櫃台輕聲對他說話。

「沒辦法看清楚。」她說：「持槍的男人在舞台上，他們在和觀眾席裡的一些人爭執——也許是農人，很難分辨，也有一些女性——有人找來一張毯子蓋住被射殺的老人遺體，他們把槍手頭兒的屍體也搬到舞台上了，有人正動手拆布幕要把他蓋住。」

「觀眾在做什麼？」

「看不清楚，不過他們大多坐在座位上，似乎在聽別人討論。噢，布萊恩也在！我是說在舞台上。他看起來好像在作會議紀錄。」

「所以安全了？他們沒拿槍？」

「他們還是拿著槍，但沒有用槍口到處對著人。」

「我在想我是不是應該回去裡頭。」

「回去做什麼呢？」

好問題，既然目前情況演變至此。似乎沒什麼他能使得上力的。

「那就回去卡維吧。」他說。

卡維酒吧是他和布萊恩．帕克約定好當晚稍早碰頭的地方。

「也好。」阿斯塔說。

三十分鐘後，麥爾肯坐在桌前，桌上放著一杯葡萄酒和一份烤羔羊肉。接著彷彿早就計畫好似的，帕克走了進來。他拉開一張椅子，抬手請服務生前來。

「怎麼樣，後來發生什麼事？」麥爾肯說。

「他們嚇傻了，催著所有人質回到舞台上。我們看得出來他們的計畫有什麼地方出錯，但我們當然不知道是哪裡出錯。請給我和這位先生一樣的餐點。」帕克對服務生說，對方點個頭後走開。

「然後呢？」

「然後我們就碰上好運了。原來恩瓦爾·狄米瑞也在觀眾席。聽說過這人嗎？沒聽過？地方議會的保守黨議員，滿年輕的，非常聰明。他站起來向他們喊話——得有點膽量，因為那些槍手嚇壞了，緊張兮兮的——他提議由他幫忙主持，讓各方來討論協商。我們其他人到那時才意識到，槍手的頭兒不在了，因為照他之前說話的方式看來，可不是會和誰討論任何事的人。

「總之，他們接受狄米瑞的提議，我得說——我以前從沒把他當偶像——他真是高明極了。安撫各方讓大家平靜下來，邊向觀眾說明一切。然後我們聽見槍手是被什麼嚇壞了：他們的頭兒被殺了，沒人看見是怎麼發生的，殺手消失無蹤。」

「很不尋常。」

「然後我決定加入。最佳的新聞素材啊。我自告奮勇當祕書，在大家討論時作紀錄。狄米瑞認出我來，敦促槍手同意，他們也照做了。你看，就這樣一點一點將整個局勢導向和談，避免再有人使用暴力。」

「很聰明。」

「還有更聰明的。是誰殺了槍手頭頭？他們在舞台側翼發現他時，他脖子已經斷了。是失足跌倒？遭人襲擊？是的話，是被誰襲擊呢？附近沒有其他人出沒的跡象，所有人質都跟槍手一樣迷茫困惑，也一樣驚慌失措。狄米瑞就是這時候提出神聖正義的概念。至少——我再說得清楚點——他是從其中一名人質口裡聽到的，很有技巧地帶風向，自己不明說任何想法，只是讓這個念頭隨著時間過去醞釀發酵。死去的槍手頭頭是殺死花農的凶手，這麼快就惡有惡報，似乎很可能是遭天譴。」

「很有可能。」

「然後有人問說是不是所有上舞台的人質都還在現場。有人點數人頭，但是眾說紛紜，他是、他不是、他剛剛有、他剛剛沒有，莫衷一是，最後他們同意既然其他解釋都說不通，那麼一定是人質之中有一名天使，他擊斃槍手頭頭作為射殺農人的懲罰，然後消失無蹤，很可能飛回天堂了。」

「無疑是這樣。」

「或飛到卡維酒吧。」

「不太可能。」麥爾肯的語氣毫無起伏。

服務生送來帕克點的餐，麥爾肯再點了一杯葡萄酒。

「無論如何，」帕克接著說：「狄米瑞說服他們放下槍枝交由他來保管，交換條件是讓他們離開劇院各自解散。他們討論一陣之後，槍手都同意。所以他們就這麼做了。我必須說我對這人完全改觀。這一手太高明了。他改變了整件事的氛圍、整個複雜的局面，讓大家從激動憤慨邁向理性平和，一旦眾人冷靜下來，就會想通，讓槍手離開不予追究，總比發生大屠殺來得好。所以最後結果對所有人來說還算是公平公正，顯然可憐的花農除外。」

「確實。布萊恩，那個年輕人提到一個詞——『唯此神聖旨意兄弟會』。你聽說過嗎？」

帕克搖頭。「第一次聽到。」他說：「為什麼特別問起？聽起來就像任何一個狂熱分子會用的口號。」

「大概是吧。總之，你的承諾兌現了。」

「什麼承諾？」

「讓我看一些有意思的東西。再喝一杯？」

# 第二十七章 安塔利亞咖啡館

下午近晚時分，太陽已沉落至群山之後，空氣很快開始變得寒意沁人。萊拉必須繼續移動，找一個地方過夜。她朝市中心前進，行經公寓樓房、辦公大樓、政府機關和銀行機構，日光很快就完全消逝，她靠著店鋪門口吊掛的石腦油燈光、家戶窗口，和敞開門口透出更明亮的煤氣燈光照亮才得以繼續前行。空氣中傳來陣陣烤肉和香料鷹嘴豆的香氣，萊拉意識到自己飢腸轆轆。

她詢問第一間旅館能否讓她入住，立刻遭到回絕：櫃台人員迷信恐懼的表情清楚表明原因為何。第二間旅館同樣拒她於門外，外加致歉和深表遺憾的做作表情。兩間都是位在安靜街道上由家族經營的小旅館，不是富麗堂皇招待政治人物、富豪和有錢觀光客的大飯店。也許去這種飯店得到的待遇會好一點，她想，但一思及高昂的住宿費用就頭皮發麻。

她問到的第三間旅館比較願意接待她入住，理由單純是比較漠不關心。櫃台的年輕女子一臉淡漠，等萊拉辦好入住手續，給了客房鑰匙之後，馬上低頭繼續看她那本滿是圖片的雜誌。只有她的犬精靈似乎有些擔憂，輕輕吠了幾聲，在萊拉走過時躲到女子坐的椅子後面。

客房狹小破舊，暖氣開得過大，但是照明良好，床鋪整潔，還有一個可以俯瞰街道的小陽台。萊拉發現可以將椅子擺在半跨室內半跨陽台的位置，就能坐在椅子上眺望街道。

她將房門鎖上後暫離一會兒，回來時帶了裝著烤肉、甜椒和一些麵包的防油紙袋，還有一瓶呈恐怖亮橘色的飲料。她坐在椅子上進食，油膩烤肉和噁心飲料讓她完全開心不起來，但至少能維持體力，她抑鬱地想著。

下方的街道很狹窄，但是路面乾淨，光線充足。陽台對面有一間咖啡館，擺在人行道上的座席空無一人，裡面則熱鬧明亮。左右兩側店家林立，販售五金、皮鞋、報紙和菸草，或廉價衣物、蜜餞。街道上忙碌活絡；看起來各處的店家都會營業到很晚。民眾在路上慢悠悠地晃蕩，或和朋友閒聊打發時間，或一起圍坐在水菸筒旁抽菸，或和店鋪主人討價還價。

萊拉從床上取來一條毛毯，熄了房裡的燈，在椅上舒適坐定靜觀一切。她想看大家和他們的精靈，迫切渴望感受他們的完整性。有一名胖男子，個子矮，禿頭，蓄著小鬍子，穿一件特大號藍色襯衫，他從萊拉一開始觀看時就站在自家店門口，完全沒有要走開的跡象，只有在一名顧客上門時挪開讓對方走過。他的精靈是隻猴子，拿著一包花生，吱吱叫聲十分宏亮，不停與男子和任何佇足閒聊打發時間的友人鬥嘴歡鬧。停下腳步的友人似乎為數不少。街道上原地不動的還有一名乞丐，他坐在人行道上，腿上放了把魯特琴之類的樂器，偶爾到幾家酒吧前彈奏一小段悽美樂曲，接著停下來向路過的人乞討。站定不動的還有一名纏著黑色頭巾的女子，她和兩名友人正在進行漫長的討論，她們的小孩在旁吵吵鬧鬧，從她們身後的攤位偷拿糖果。

萊拉留意細看：小孩的精靈暗地裡觀察店家老闆，抓準老闆轉開頭的時機催他們的人類如蛇一般猝然出擊。小孩的母親心知肚明，她們不著痕跡接過孩子小手遞來的糖果，嘴上仍聊個沒完。

偶爾會有幾名警員出現，腰間佩槍，帽盔壓得低低的讓人看不到雙眼，沿街巡察所有動靜。民眾全都避免和他們對視。他們的精靈全是威猛的巨犬，躡步緊跟在他們後頭。

萊拉想起公主的故事。她尋思著那名舞者不知道叫什麼名字，在黎凡特地區報刊的資料庫裡不知能不能找到她的照片。當一個人墜入愛河時，究竟發生了什麼事？她從朋友那裡聽說過不少戀愛故事，知道守護精靈會讓事情更複雜，但是看對眼時也能讓雙方更加濃情蜜意。有些女生自己似乎受到這個或那個男生吸引，但她們的精靈卻很冷淡，甚至對男生懷抱敵意。情況有時候剛好相反：精靈受到吸引，神魂顛倒，他們的人類卻因不喜歡對方而心生隔閡。而公主的故事又向她展現了人的另一種可能性。不過，真的有可能如老太太所說，假裝愛上對方，最後弄假成真嗎？

她再次低頭望向街道，將披在肩頭的毛毯再裹緊些。穿著藍色襯衫的胖男子正在抽一根方頭雪茄，不時遞給肩頭上的猴子精靈共享，他和另外兩名男子高談闊論，兩人的精靈正在分食一袋堅果，將堅果放入齒間咬開，再將果殼扔進水溝。魯特琴手演奏起另一段曲調，甚至吸引兩名小觀眾手牽手盯著他看，小男孩和他的精靈一起和著旋律點頭打出每個拍子。帶著偷糖果小孩的幾名婦女已經離開，蜜餞店老闆忙著拉伸捲繞一束紅褐色的拔絲糖糊。

觀看過程中，萊拉覺得自己漸漸振作起精神。先前她幾乎不曾察覺到自己滿心焦慮，但那是因為焦慮無所不在，內建於構成世界的分子之中，或至少看似如此。但焦慮之情此時正在消褪，宛如黑壓壓的烏雲逐漸飄散，原本層層堆疊的漫天水氣化為縷縷雲絮消弭於無形，留下天空一片晴朗澄淨。她感覺整個自己，包括不在場的潘，都變得輕盈自在。他一定遇上什麼好事了，她心想。

她腦海中浮現關於玫瑰和塵的念頭。房間下方的街道上，「塵」充盈滿溢。人類生活產出塵，受到塵的維繫滋養；塵讓一切如觸到黃金般閃閃發亮。她幾乎可以看見塵。塵帶來一種睽違已久幾乎令她感到陌生的心緒，她幾乎是在擔憂中迎接這種心緒：那是一種靜定的信念，相信在所有情況之下，一切都安好，而這個世界是她真正的家鄉，彷彿冥冥中有些宏大的神祕力量會護她平安。

她沉浸在新穎奇妙的心緒之中，不曾留意到時間流逝，在椅上坐了一個小時之後才上床就寢，一下子就沉沉入睡。

潘拉蒙正在前進，朝著南方，以及東方。他只能辨別出大概方位。他盡可能待在水邊：河濱，湖畔或海岸，都無所謂，只要附近有水域讓他可以潛入游水離開就行。他避開城鎮和村莊。隨著行經的鄉間野地愈加荒僻陌異，他覺得自己也變得愈加原始粗野，好像成了一隻真的松貂，不是人類。

但他是人類，或人的一部分，他的感受和萊拉的毫無二致：抑鬱不快，懷著罪惡感，孤單淒涼得無以復加。要是他再見到萊拉，會朝她奔去，他想像她彎下腰敞開雙臂迎接他，他們會發誓永遠愛著彼此，許諾再也不要分離，一切都會恢復如常。同時他也心底雪亮，不會是這樣的，但在無數黑夜裡他必須抓住什麼作為依靠，而他只有想像力。

他終於見著她了，那時是炎熱的午後，她坐在一棵橄欖樹的樹蔭下，看起來好像睡著了。他的心怦然騰躍，他奔跳起來衝向她——

但她當然不是萊拉，是一名比萊拉小幾歲的少女，看來約莫十六歲，用披肩罩住頭，身上胡亂穿著不屬於她的衣服，有昂貴的有破爛的，有新有舊，有太大的有太小的。她看起來筋疲力竭，又餓又髒。她是哭著入睡的，或許是在睡著時哭了出來，臉頰上還有淚滴。她看起來像是從北非某個地方來的，而且她沒有精靈。

潘小心翼翼悄無聲息地察看四周，從不同角度觀察少女，但他並未誤認：只有她孤身一人。沒有精靈躲在她身邊，或在她靠著布滿塵污、層層苔蘚的頭部旁蜷縮著，就連一頭身形最為嬌小的小老鼠精靈也沒見著。

所以說，她身陷險境。他一躍跳上上方的橄欖樹梢，無聲無息地爬到可以眺望四周的高處：湛藍海面上波光粼粼，山上近乎全白的岩石丘坡上樹木林立，被幾頭瘦巴巴綿羊啃吃得短短的枯綠色草地……

綿羊，所以附近可能有牧羊人。但是潘什麼人都沒看見，沒有牧羊人，也沒有其他人。他和少女似乎是世間唯一存活的人類。那麼他可以照顧她，假裝成她的精靈，至少可以保護她不受旁人猜疑。

他從樹上爬下，臥在她腳邊打起盹來。

少女不久後就醒轉，她痛苦地緩緩坐起來，揉著眼睛，接著，一見到潘，她嚇得跳了起來，向後退開。

她說了些什麼，但潘聽不懂。她自然知道他是頭精靈，她在看他的人類在哪裡，滿臉驚恐。

他站起來，頷首向她致意。「我叫做潘拉蒙。」他一字一字很清楚地說：「妳會講英文嗎？」

她聽懂了，再次環顧四周，兩眼瞪得大大的，但還帶著朦朧睡意，彷彿一切只是個夢。「你的人類在……」她說。

「我不知道。我在找她，她很可能也在找我。妳的精靈呢？」

「發生船難，我們的船沉了。我本來以為他死了，但是不可能啊，因為我還活著，只是我怎麼也找不到他。你剛剛說你叫什麼名字？」

「潘拉蒙。妳呢？」

「努胡妲．瓦哈比。」她仍然疲憊得頭昏眼花，慢慢坐下來。「實在太奇怪了。」她說。

「是很怪沒錯。但我可能有比較長一點的時間去適應，我們已經分離……呃，我記不得了，似乎是很久以前的事。妳們的船什麼時候遇難的？」

「大前天晚上——還是再前一天晚上——我不知道。我家人——我媽媽，妹妹，奶奶——我們都在一艘小船上，只能搭很小的船，因為那些山區來的人會發現——一艘大船把我們撞沉了。我們全都掉進海裡，所有人，大船上的船員試著救起我們，但是我跟其中一些人被海浪沖走了。我一直喊一直喊，喊到喉嚨都痛了，我的精靈沒有跟我在一起，我真的嚇壞了，一切都讓我好痛苦，海上黑漆漆的，什麼人什麼東西都看不見，我相信我會溺死，傑邁也會死，不管他在哪裡——這是我這輩子經歷過最可怕的感受。但是天亮以後，我看到幾座山，所以努力游過去，看到有一片海灘，我游上岸以後就在沙灘上睡著了。醒來以後，我就得躲躲藏藏，不能被別人看見以免……你懂的。」

「我懂。妳當然得這麼做。我想萊拉一定也在做同樣的事。」

「她叫做萊拉嗎？……我得偷些衣服之類的，還有偷東西吃。我真的好餓。」

「妳英文怎麼講得那麼好？」

「我父親是外交官。我還小的時候，我們全家在倫敦住了一陣子，後來他被派去巴格達。我們的生活本來很安全，直到山區來的人出現。很多人不得不逃走，但是我父親必須留下來。他把我們送走。」

「這些山區來的人是什麼人？」

「沒人知道，就是從山區來的人，而且……」她聳了聳肩。「大家想辦法逃離他們。他們到了歐洲，但是要去哪裡……我不知道。我本來會哭，但是我已經哭太久，眼淚都哭乾了。我不知道媽媽是不是還活著，還有爸爸，還有阿伊莎，還有吉妲……」

「但是妳知道妳的精靈還活著。」

「對。還活在某個地方。」

「我們也許可以找到他。妳聽說過藍色旅館嗎？亞坎亞蒼勒克？」

「沒有。那是什麼？」

「是守護精靈去的地方，沒有和人類在一起的精靈。我要自己去那裡。」

「如果你的女孩在別的地方，你為什麼還要去呢？」

「我不知道還有什麼地方可去。妳的精靈可能會在那裡。」

「你說那裡叫做什麼？藍色的亞坎？」

「亞坎亞蒼勒克。我認為是大家都很害怕的地方。」

「聽起來有點像是月鎮，或是月城。我不知道用英文要怎麼說。」

「妳知道那在哪裡嗎？」潘心急地問。

「不知道。在沙漠裡的某個地方。我在巴格達上學的時候，其他同學會說有這麼一個地方，裡頭有夜氣和食屍鬼，還有頭被砍掉的人，很多可怕的妖魔鬼怪。所以我很害怕。但後來我想想，可能根本就沒有這個地方。真的有這個地方嗎？」

「我不知道。不過我要找出這個地方。」

「你真的覺得我的精靈可能在那裡？」

少女讓他想到幾年前還未和他疏離的萊拉：熱切，好奇，心胸開闊，還是個大孩子，但曾經受苦的陰影揮之不去。

「對，我覺得他在。」他說。

「我能不能——」

「我們何不——」

他們同時開口說話，然後頓住。

接著，「我可以假裝成妳的精靈。」他說：「我們可以一起去那個地方。只要我們表現得很正常，沒有人會發現。」

「真的嗎？」

「對我也會有幫助，很大的幫助。我是說真的。」

在他們所在的坡丘下方某處，有人正在吹奏牧笛。隨著綿羊群開始移動，開始響起稀稀落落的悅耳鈴鐺聲。

「那我們就這麼辦。」努胡妲說。

翌日早晨，萊拉憶起前一晚如夢似幻般平靜篤定的心緒，不完整，但仍然強而有力。她希望自己可以長久保留這樣的心緒，在需要的時候可以隨時回顧。

這天的天氣會很暖和。春天的腳步近了，由於某些緣故，她記起在遇害的赫索博士皮夾裡找到的其中一份文件，是一家郵輪公司的宣傳小冊，裡頭列出芝諾比雅號郵輪停靠的所有港口，其中就包括士麥那；有人在預定停靠士麥那的日期旁寫下「**蘇萊曼廣場安塔利亞咖啡館、上午十一點**」幾個字。距離那一天還有幾週之久，但她還是可以去見識一下安塔利亞咖啡館，或許可以在那裡吃早餐。

她先出門買了一些新衣物：一條有花卉圖案的裙子，一件白襯衫和幾件貼身衣物。她也謹記當地禮儀，不忘和店主人議價，殺到一個她認為得體的價格。店主人就是那名穿著藍色襯衫的男子，他對於萊拉沒有精靈一事漠不關心，但他的猴子精靈跳到一個架子上，盡可能離得遠遠的；萊拉努力擺出鎮定自若就事論事的模樣，只當是猴子自己大驚小怪。

之後她回到旅館洗了頭髮，用毛巾大致擦乾之後，甩了甩頭讓頭髮自然披落；接著她換上新衣服，結清住房費用，出發去找蘇萊曼廣場。

空氣乾淨清新。萊拉在市中心買了一份市區觀光地圖，步行約半英里來到廣場，四周提供遮蔭的樹木剛開始冒出綠葉，有一尊身上掛滿琳瑯獎章的土耳其將軍雕像俯瞰廣場。

安塔利亞咖啡館是個安靜老派的地方，四壁是深色木頭鑲板，桌上鋪著漿得硬挺的白色桌巾。這是一個即使年輕女子單獨進入都有可能感覺不受歡迎的地方，更何況萊拉沒有精靈，整間咖啡館瀰漫著拘謹老派的陽剛氣息；但是年長服務生帶她至一張桌子旁入座，待客十分禮貌周到。她點了咖啡和糕點，留意著周圍的其他顧客：有幾位可能是生意人，一對攜著年幼兒女的父母，有一、兩名年紀較大的男子打扮得格外優雅講究，其中一人戴著土耳其傳統氈帽。有一個男人獨自坐一桌，他忙著在筆記本上寫字。萊拉等咖啡送來時，玩了一個類似奧克立街任務的遊戲——用眼角餘光暗中觀察男子。他身穿亞麻西裝搭藍色襯衫，繫綠色領帶，身旁的椅子上擱著一頂巴拿馬帽。男人看上去四十幾歲或五十開外，金髮，精瘦強壯，看起來活力十足。也許是記者。

服務生送來咖啡、一盤花稍的糕點和一小壺水。她心想：潘看到糕點會說，我最好別吃超過一個。在咖啡館另一側，那名記者正闔上筆記本。萊拉沒有正眼去瞧，但知道他的精靈——一頭嬌小的白色貓頭鷹，黑眼眶裡有一雙大大的黃眼——正盯著她看。她啜了口咖啡，燙得很也甜得很。記者站起來，戴上帽子，朝她直直走來，作勢要朝門口走去；但他在她前方停下腳步，舉了舉帽子，低聲說：「萊拉．貝拉克小姐？」

萊拉抬起頭來，結結實實吃了一驚。男人肩頭上貓頭鷹精靈的目光凶狠，但是男人的表情友善，帶著困惑、好奇和一點擔憂，但最多的是驚訝。他說話帶著新丹麥口音。

「你是誰？」萊拉問。

「敝姓雪倫森哲。巴德．雪倫森哲。我若是說奧克立街這幾個字……」

萊拉記起克朗爺爺在他那艘溫暖整潔的船上指導她的話聲，便說道：「你若是這麼說，我就必須說奧克立街在哪裡？」

「奧克立街並不在切爾西。」

「就其本身而言確實無疑。」

「無疑確實一直遠到河堤。」

「我也是聽人如此提及……雪倫森哲先生，這究竟是怎麼一回事？」

他們對話時音量壓得極低。

「我能和妳同桌坐一會兒嗎？」他說。

「請坐。」

他的態度很親切友善，從容隨意。對於這次不期而遇，他心中的訝異可能更勝萊拉。

「請問妳——」

「你是怎麼——」

他們同時開口說話，又因為仍然十分驚訝，一時之間竟笑不出來。

「你請先說。」她說。

「妳的姓是貝拉克，還是蓮花舌？」

「以前是姓貝拉克，但我現在用另一個姓了，我的朋友都這麼叫我。但是——噢，實在一言難盡。你是怎麼知道我的？」

「妳有危險了。我已經找妳找了超過一週。有一則通報要大家追查妳的下落，是發給奧克立街特務的，因為教誨權威高級諮議會——妳聽說過這個新機構了嗎？——下令要逮捕妳。妳知道這件事嗎？」

她一時間只覺得天旋地轉。「不知道。」她說：「我第一次聽說。」

「我們最近一次收到的情報說妳在布達佩斯。有人看到妳，但是沒辦法靠近接觸。接著有報告傳來說看到妳出現在君士坦丁堡，但不是很確定。」

「我很努力不要暴露行蹤。什麼時候——為什麼——教誨權威是為了什麼要逮捕我？」

「其中一條罪行是瀆神。」

「但我又沒有犯法……」

「在英國不犯法，還不算。這件事還未公諸於世——沒有公開懸賞通緝妳，不是這樣。高級諮議會只是祕密放出風聲，說是逮捕妳就可以讓無上權威喜悅。照這些事目前運作的方式，光是這樣的風聲就足以將逮捕妳的行動合理化。」

「你剛剛是怎麼認出我來的？」

他拿出一本袖珍書，從中抽出一張印出來的黑影照片。是一張萊拉臉部的放大照片，原始照片是萊拉在聖蘇菲亞學院第一學期和同學在始業典禮上的合照。

「有幾百份像這樣的複本到處流傳。」他說：「附注的姓氏是貝拉克。我算是特地四處找妳，倒不是因為我預期妳會路過士麥那，是因為我認識麥爾肯．波斯戴，而且──」

「你認識麥爾肯？」她問：「怎麼認識的？」

「我以前在牛津念博士班，噢，我想大概是二十年前的事了。差不多是發生大洪水那時候。我是那時候第一次見到他，但當然，他那時只是個小孩子。」

「你知道他現在在哪裡嗎？」

「什麼，現在嗎？不，我不知道。但他不久之前才寄信給我，附上一封要給妳的信，收件人寫的是蓮花舌小姐。信收在我公寓中的保險箱裡。他要我幫忙照看妳。」

「有信……你家在附近嗎？」

「不遠，走沒幾分鐘就會到。麥爾肯顯然在朝東走的路上。有個牽涉中亞地區的大規模行動──他只說了這麼多──跟我們從當地線人打聽到的消息一致。」

「沒錯。我想我知道是什麼事。跟新疆的一座沙漠有關，在羅布泊附近，那裡……呃，是精靈進不去的地方。」

雪倫森哲的精靈開口了：「通古斯克。」她說。

「類似，」萊拉說：「但是在更南邊。」

「通古斯克，女巫去的地方？」雪倫森哲問。

「對，但不是那裡。有點像，不過是另一個地方。」

「我忍不住會去注意……」他說。

「沒錯。沒有人能忍住不去注意。」

「抱歉。」

「不用覺得抱歉，是有關聯的。我可以做到跟女巫一樣的事，和我的精靈分離。但是他不見了，我的精靈，我目前最優先得做的就是找到他。所以我要去一個地方，叫做……藍色旅館。或有時候叫做月之城，麥地那阿卡瑪。」

「名字聽起來有點耳熟……那是什麼地方？」

「噢，有一則故事，也許只是旅人的傳說……他們說有一座城市廢墟，只有精靈住在裡頭。也許是無稽之談，但我總得試試看。」

「噢，小心吶。」貓頭鷹精靈說。

「我不知道。也許只是鬼魂，不是精靈。我甚至不知道它在哪裡，不知道確切的地點。」她將整盤糕點推到他前面，他取了一塊。「雪倫森哲先生，」她接著說：「如果你要經由絲路去新疆，去羅布泊，你會怎麼走？」

「妳打算朝這個方向走，而不考慮例如搭火車到俄國，再經西伯利亞過去嗎？」

「對。我想朝這個方向走。因為覺得在路上可以聽到很多新消息、故事、流言蜚語和情報。」

「妳的考量是正確的。唔，最好的選擇是阿勒坡。要我形容的話，我會說那裡是絲路其中一條主要路線的西方終點站，在那裡加入商隊，看看最遠能跟他們一起走到哪裡。我可以告訴妳該找什麼人。」

「要找誰？」

「他叫做穆斯塔法貝伊，『貝伊』是尊稱。他是商人，現在不常親自出遠門了，但是整個絲路上從商隊、城市到資金、工廠和公司企業都有他的分。絲路不是一條路——但我想妳早就知道了——包含了眾多路線、公路和徑道。有些往南繞過沙漠或山脈，有些往更北走，實際會走的路線就看商隊的領隊如何決定。」

「如果我去見這位穆斯塔法貝伊，他會覺得我很可疑嗎？依我現在這樣子？」

「大概不會。我和他並不熟識，但我想他只關心利益。如果妳想加入他的其中一支商隊，只要讓他知道妳付得出錢。」

「我去哪裡可以找到他？他在當地很有名嗎？」

「大名鼎鼎。要找他的話最好去一家叫做瑪雷托的咖啡館，他每天上午都在那裡。」

「謝謝你，我會記住的。你知道我今天為什麼會來這間咖啡館嗎？」

「不知道。為什麼？」

萊拉告訴他郵輪宣傳小冊的事，還有寫在小冊上約在這間咖啡館見面的備注。「是在一個剛從塔什布拉克來到牛津的男人遺體上找到的，塔什布拉克是奧克立街關注的地點。男人是植物學家，研究玫瑰，我們覺得他是因為研究玫瑰才被殺的。但是我們不知道誰會來赴約，是他還是別人，或他跟別的人本來都會來。」

雪倫森哲在日記上記下來。「我會記得在那一天到這裡來。」他說。

「雪倫森哲先生，你是全職為奧克立街工作嗎？」

「不是，我是外交人員。但我與奧克立街有深厚的交情，此外我也由衷相信他們所代表的價值。士麥那有點類似一個十字路口；總有些什麼可以留意，有些人物可以盯梢，而三不五時，也有些事情可以忙活。現在，告訴我，奧克立街對於妳目前的情況了解多少？他們知道妳在哪裡嗎？知道妳計畫要去這個藍色旅館嗎？如果真有其地？」

她思索了一會兒。「我不知道。有一個叫做克朗．范．特塞爾的人知道，他是沼澤區的吉普賽人，退休的奧克立街特務；他是我的老朋友，我知道可以信任他。只是……現在大白天的，我實在不確定到底有沒有藍色旅館這地方了。一切聽起來都很不可能，所有和祕密聯邦有關的事。」

她特地說出這個詞語，想看看他有沒有聽說過，但他只是一臉迷惑。「既然妳跟我說了，我就必須回報。」他說。

「我明白。要去阿勒坡最好怎麼走？」

「火車路線算是滿可靠的，每週有兩班，記得明天就有一班車。聽我說，蓮花舌小姐，我真的很擔心妳的安危。妳看起來跟照片上太像了。妳想過要喬裝改扮一下嗎？」

「沒有。」她說：「我以為沒有精靈或許可以當成一種喬裝。大家不喜歡看著我，因為他們很害怕或覺得憎惡噁心，他們會別開視線。我已經慢慢習慣了。試著讓自己低調不起眼，或隱形，跟女巫一樣。有時候有效。」

「我可以給個建議嗎？」

「當然。是什麼呢？」

「我太太以前上台演出過。她以前做過好幾次——改變一個人的外觀。不是什麼劇烈改變，只是一些小細節，讓其他人看到時認不出妳來。妳願意現在跟我去我家公寓，讓她幫妳喬裝一下嗎？可以順便拿麥爾肯寄來的信。」

「她現在在家嗎？」

「她是記者，今天在家裡工作。」

「好啊，」萊拉說：「我想會是個好主意。」

為什麼她會信任這位巴德．雪倫森哲？他知道奧克立街，也知道麥爾肯正朝這個方向過來，但敵方也可能知情，並利用這些消息設下陷阱想誘捕她。一部分的原因是她的心情。早晨閃閃發亮；事物真切篤實，就連石頭基座上的土耳其將軍眼裡都散發淘氣的光芒。她覺得自己可以信任這個世界。

所以二十分鐘後，她從雪倫森哲家住的公寓大樓那台抖顫吱嘎的古老電梯踏出來，等候雪倫森哲打開家門。

「屋裡頭寒酸得很，還請見諒。」他說。

屋裡無疑色彩繽紛，每面牆上都掛著壁毯和其他織品、幾十幅畫和好幾架藏書。雪倫森哲的妻子阿妮塔也一身色彩繽紛，深色頭髮的她身材纖細，穿一襲緋紅色罩衫，腳上趿著波斯拖鞋。她的精靈是頭松鼠。

雪倫森哲向阿妮塔說明情況時，她好奇地打量萊拉，但是是出於專業，眼神靈動且滿懷理解。萊拉在一張大沙發上坐下，努力不要覺得侷促彆扭。

「好。」阿妮塔．雪倫森哲說。她也是新丹麥人，口音沒有她的丈夫那麼明顯。「萊拉，我現在要建議妳做三件事。第一件很簡單：戴一副眼鏡。平光的鏡片，我有幾副。第二是把妳的頭髮再剪短一點。第三件事是染髮。妳覺得如何？」

「很困惑。」萊拉小心翼翼回答：「做這些會有很大的差異嗎？」

「妳不是要瞞過妳的朋友或跟妳很熟的人，沒辦法做到那樣。妳要努力的目標，是讓想著要找一名沒戴眼鏡的金髮女孩的人瞥見妳時，不會想再看第二眼。他們要找的會是一個樣子和妳不一樣的人。很膚淺，但是大多數人際互動也就只停留在膚淺的程度。他們知道妳跟妳的精靈不在一起嗎？」

「我不太確定。」

「因為那會讓妳大大露餡。」

「我知道。但是我一直很努力讓自己隱形……」

「嘿！我還滿想做到的，妳一定要教我。但首先，我能幫妳剪頭髮嗎？」

「可以。還有幫我染髮。我了解妳的考量——妳說的都很有道理。謝謝妳。」

巴德將麥爾肯的信交給萊拉之後就必須出門，他和萊拉握了握手後說：「我是認真的，妳的處境真的很危險，別忘了這點。待在土麥那等麥爾過來可能會比較安全，我們可以幫忙妳躲起來。」

「謝謝你。我會認真考慮。」

萊拉迫不及待想讀信，但是她先將信收了起來，專心回應阿妮塔，阿妮塔對於女巫的事和她們隱形的方法非常有興趣。萊拉將自己所知的一五一十都說給她聽；順帶也講到威爾，講到他如何不知不覺施行了同樣的法術；不知怎麼的又講到麥爾肯，以及他跟她說過關於大洪水的事，和她以前當他的學生時從未聽說過這些往事，而她現在對他的看法和以前如何不同。

她已經好久沒有和其他人這樣談天說地，也沒發覺自己有多麼懷念這樣輕鬆愉快的閒聊。她心想：如果讓這個女人負責審問，根本無人能夠抗拒，所有人都會忍不住對她掏心掏肺。她揣想著阿妮塔是否常協助丈夫處理奧克立街事務。

同時阿妮塔在幫萊拉剪頭髮，一次只剪短一點點，退後一步以挑剔的眼光打量，不時看向鏡中倒影確認。

「我們的目標是要改變妳的頭形。」她說。

「聽起來滿嚇人的。」

「不用動手術。妳的頭髮很濃密又有自然捲，即使不是很長，看起來還是很蓬鬆。我們只是要稍稍自我抹煞一下。染成不同顏色也會有很大的不同。但要做到妳所謂的隱形，主要還是取決於妳擺出的姿態。我深有體會，我以前曾經跟席薇亞．瑪廷同台演出。」

「真的？我看過她演的馬克白夫人。讓我毛骨悚然。」

「她可以隨心所欲地操控。有一天我跟她一起走在路上。我們剛排演完，那條路就是城市裡很平常的一條繁忙街道，人來人往，大家什麼都沒注意到。然後她說——妳知道她的本名其實是愛琳．巴特勒——她說：『我們叫席薇亞出來。』

「我不知道她是什麼意思。但是我們本來在聊觀眾、戲迷和支持者的事，她就說了這麼一句，我根本想不到會發生什麼事。

「哦，她的精靈是一隻貓，妳看過她演出的話很可能還記得。完全平凡無奇的貓。但在他身上發生了什麼事，或者說他做了什麼事，他一下子就變成——噢，我不知道該怎麼形容。他變得更顯眼了。就好像有聚光燈亮起，直直照在他身上。同樣的情況也發生在她身上。前一秒她還是愛琳．巴特勒，長得漂亮，但只是普通路人。下一秒她就成了席薇亞．瑪廷，街上所有人突然間都知道了。大家看到她，圍過來和她說話，他們跨過街道來請她簽名，一分鐘內她身邊就圍得水洩不通。當時我們在一家旅館外頭——我想她完全清楚會發生什麼事，特別挑了一個我們可以撤退的地方施展。旅館門房讓我們進去，將其他人全擋在門外。接著她又成了愛琳．巴特勒。我的演技不差，但她是明星，其間差異無比巨大，太神奇了。頗有一點超自然的味道。我太害羞，不好意思問她怎麼辦到的，就那樣變成席薇亞，但是和她的精靈肯定有關係。他很沉默寡言；他就只是——我不知道——就變更顯眼了。非常神奇。」

「我相信。」萊拉說：「妳說的每個字我都信。我只是在想這學得來嗎？還是只有一些人有可能做到？」

「我不知道。但我常常在想，如果有那樣的能力卻沒辦法開關自如，一定很可怕。席薇亞能夠控制那種力量，她非常明智，但換成其他虛榮或愚昧的人……他們會被逼到發狂，變成怪物。唔，我可以想到幾個像這樣的明星。」

「我想做到的恰恰相反。可以讓我看看我現在的樣子嗎？」

阿妮塔站到一旁，萊拉朝鏡中一望。她的頭髮從來不曾剪這麼短。她很喜歡，喜歡那種輕盈感，喜歡短髮賦予她警覺如飛鳥般的氣質。

「我們才剛開始而已。」阿妮塔說：「等著看染了之後的樣子。」

「妳建議染什麼顏色呢？」

「深色吧。不是濃黑色——和妳整個人的色調不搭。就染成偏深的栗棕色。」

萊拉很樂意聽從。打從出生到現在她從沒想過要染髮；將自己交到擅長且熱中此道又見多識廣的高手手裡，感覺非常有意思。

上好染髮劑之後，阿妮塔張羅了些麵包、乳酪、椰棗和咖啡當午餐，隨後跟萊拉聊起她的記者工作。她目前在幫君士坦丁堡一家英文報社撰寫土耳其劇場現況的文章。記者工作有時會和雪倫森哲的外交工作有些重疊之處，她對於玫瑰園和精油香水的世界面臨的危機也略知一二。她告訴萊拉就她所知已遭摧毀的玫瑰園數量，以及哪些商人從事相關生意，哪些生意人親眼目睹自家工廠和倉庫化為焦土。

「更東邊的地方也發生了同樣的事，」她說：「顯然遠到哈薩克都發生過。算是一種狂熱行為。」

萊拉告訴她關於朋友米莉安的父親破產的事。「那是我第一次聽說這類事件，才過了幾週而已——如今回想卻覺得像是隔了一輩子。我真的會變成棕髮女孩嗎？米莉安看了絕對認不出我來，她一直叫我多花點心思整理我的頭髮。」

「那我們就來看看吧。」阿妮塔說。

她們洗去染髮劑，將頭髮沖洗乾淨，萊拉在阿妮塔幫她吹乾時坐立難安。

「我覺得效果很好。」她說：「讓我稍微……」她的十指探入萊拉髮間，梳理成稍微不同的髮型，然後向後退一步。「成功了！」她說。

「讓我看看！哪裡有鏡子？」

鏡中回望她的是一張全新臉孔。萊拉心裡冒出的最主要想法，也幾乎是當下唯一的念頭是：潘會喜歡嗎？但在她心底還藏著另一個念頭：等奧維耶．波奈維爾用真理探測儀再次找到我，他就會知道我看起來像這樣，然後教誨權威也會知道。

「還沒完呢。」阿妮塔說：「戴上這個。」

是一副牛角框眼鏡。這下子萊拉完全變了個人。

「妳得繼續施展所有女巫隱身的方法。」阿妮塔提醒她。「重點還是不變。妳得變得俗氣，庸俗無趣，無精打采。妳需要顏色暗沉的衣服，不要亮色。我還有別的要告訴妳，」她補充，伸手梳理了一下萊拉的新髮型，「妳得改變自己的身姿體態，因為妳舉手投足天生比較靈巧活潑。妳要想像自己變得笨重，遲緩。」

接著她的精靈開口了。他一直觀察著一切，幾乎沒出聲，偶爾贊同地點點頭，但他現在停佇在椅背上直接對萊拉說：「讓妳的身體變得笨重遲緩，但是別忘了妳的心靈。妳需要看起來像是因抑鬱而飽受折磨，如此就能讓人們別開視線，他們不喜歡直視苦難。但是假裝抑鬱很容易弄假成真，千萬別陷下去。妳的精靈如果在這裡，他就會告訴妳。妳的身體會影響妳的心理。妳需要扮演，但不要成為。」

「正是如此。」阿妮塔說：「這是特勒馬科斯給妳的忠告。」

「很棒的建議。」萊拉說：「謝謝你。我和愛琳．巴特勒變成席薇亞．瑪廷時所做的剛好相反，但不讓內心受到影響。」

「那妳現在要做什麼？」阿妮塔問。

「去買一張到阿勒坡的火車票。買一些樸素俗氣的衣服。」

「往阿勒坡的火車明天才開。妳今晚要在哪裡過夜？」

「不會住同一家旅館，我會再找另一家。」

「別另外找了，妳今晚就住我們家吧。不管怎麼說，那副眼鏡需要調整一下，一直從妳的鼻梁上滑下來。」

「妳確定嗎？我是說，讓我借住？」

「確定。我知道巴德會希望多跟妳聊聊。」

「那……謝謝妳。」

眼鏡調整好之後，萊拉以全新的形象出了門。她買了一件暗褐色裙子，和一件她能找到最俗氣過時的套頭毛衣；她買了一張去阿勒坡的火車票，接著找一間小咖啡廳，坐下來點了熱巧克力。熱巧克力送上桌後放在她前方，一坨鮮奶油緩緩消溶在液狀巧克力裡，她看著信封上自己的名字，是麥爾肯以工整字跡寫下的。信封不是厚實的學院專用款，紙質偏薄泛黃，上面蓋了保加利亞郵戳。撕開信時雙手竟然在顫抖，真是荒謬！

親愛的萊拉：

真希望妳能在某處停留，讓我能趕上。在世界的這個區域，情勢一天比一天更不穩，信件送到妳手中之前就被人拆開過的可能性愈來愈高，我在信裡能寫的事情也愈來愈少。

如果妳在士麥那遇見奧克立街的友人，可以完全信賴對方。事實上，如果妳在讀這封信，表示妳已經知道這點了。

妳目前遭人盯梢和跟蹤，不過妳很可能還未注意到。那些盯梢的人這下子知道妳已接到提醒有所警覺。

我明白妳選擇走這條路線的理由，也知道妳為什麼想要行經特定地區。如果在此之前我們所走的路徑並未交會，我會在那裡尋找妳的蹤影。

我有很多話想跟妳說，但不想讓信件遞送途中可能先拆信來讀的其他人窺得。我得知了許多事想跟妳說：特別是哲學課題。很想聽妳說說妳一路上的所見所聞和所感。

我渾身上下的每一條肌肉纖維都希望妳平安。別忘了克朗告訴過妳的所有事，保持警覺。

致上最溫暖的問候

麥爾肯

萊拉很少如此大感挫折。信中字字句句全是警告！但麥爾肯說的沒錯。她仔細地再檢查了一次信封，看到信封的封口部分黏貼過兩次，第二次的黏貼痕跡和第一次的沒有完全重合。她決定手邊有紙筆時要立刻回信，而回信時她得用上和麥爾肯信中一模一樣的措詞。

她將信從頭到尾再讀了兩遍，然後喝完涼掉的熱巧克力，（小心翼翼擺出俗氣無趣的樣子，同時暗自留意周遭所有人事物）走回雪倫森哲家的公寓。

但還未及在轉角處拐彎走進公寓所在的安靜街道，她耳中就傳來警笛聲，還有警車引擎或消防設備的刺耳轟鳴聲，她看見一縷污濁濃煙自屋頂飄上空中。有人在奔跑；引擎聲和警笛聲愈來愈近。她走到街角四處張望。是雪倫森哲家住的那棟公寓——建築陷入熊熊火海。

# 第二十八章 萬景牌卡

萊拉立刻轉身背對失火的建築，（俗氣笨重地）朝市中心走去。她心裡頭著急又害怕，在腦海中半像是與潘對話，但是面部表情和舉止上不露一絲痕跡。

「我應該停下來——我應該查看他們是不是安全無事——我知道我不能這麼做——其他姑且不論，這麼做只會讓他們的處境更危險——是因為我才出事的——縱火的人很可能在一旁監視看有沒有人逃出來或是……我一有機會就立刻寫信給他們——我不能再待在士麥那了。得想辦法盡快離開。我是什麼人？我的女巫名是什麼？塔季亞娜……還有借用父姓的化名——塔季亞娜．艾塞列芙娜。也許會洩露太多細節。裘吉歐……裘吉歐芙娜。要是我有一本用這個姓名的護照就好了——但是女巫不需要護照——我是女巫。女巫偽裝成一個——偽裝成什麼呢？——俗不可耐的女孩——抑鬱俗氣——大家的目光才不會落在我身上。天啊！真希望阿妮塔和巴德沒事。也許他還在辦公室裡，還沒得到消息——我可以過去告訴他——但是我不知道他的辦公室在哪裡……我必須採取奧克立街的行事方式。如果對方的目標是我，那麼我出現對他們來說反而危險。我該怎麼做？離開。但是火車要等到明天——噢，搭另一班車。最近一班火車開到哪裡？沒有去阿勒坡的火車。有一班去西流基的火車——阿格里帕提到過這個地方！今天就去那裡還有……藍色旅館。月之城。在西流基和阿勒坡之間。就這麼辦。也許先找個安靜的地方，再試試看新方法……有人搭船出海會暈船，但過一陣子就沒事了……也許我應該試試看。我還可以和麥爾肯會合。對！但是我不知道他在哪裡——信是從保加利亞寄出的，但是他現在可能在任何地方——他也有可能被抓了——關在牢裡——他有可能已經死了——別這樣想。噢，潘，如果你不在藍色旅館，我真的不知道我還能不能再前進……守護精靈究竟為什麼去那裡？——但是我有公主給我在阿勒坡的人的名單——還有巴德·雪倫森哲早上跟我說的那個商人——他叫什麼名字來著？——穆斯塔法貝伊。噢，太可怕了。到處都不安全……到處都有人想要我的命——就連約旦學院院長也只要我搬進比較小的房間——沒有**要我的命**——不知道艾莉絲現在怎麼樣了？潘，我們可能沒那麼喜歡彼此，但我們至少站在同一邊——要是他們殺了我，那你……你也沒辦法活下去，不管你是在藍色旅館還是其他地方——自保求生，潘，就算是為了活下去好了——你為什麼要去那裡？為什麼是**那裡**？有人綁架你嗎？是某種集中營嗎？我必須去救你出來嗎？是誰俘擄了你？祕密聯邦得幫幫我們——如果我到了那裡——如果我找到潘——如果……」

僅有單方的對話支撐著萊拉走完到火車站的部分路途。不過要刻意表現出呆滯抑鬱的樣子緩慢移動，實在太難了；她身上的每顆粒子都想要拔腿飛奔，衝過廣場和開放空間，隨時轉頭探看四周，但她卻必須堅定地維繫她想要投射出的形象。隱形是苦勞，毫無回報，而且足以碾碎靈魂。

她走過一個紮了數座臨時營帳的區域，營帳是供家園在更東方、流離失所的人群暫住。也許，這些人在接下來幾天會想辦法搭船去希臘，也許途中，有些人會遇到船難葬身大海。小孩子在碎石地上跑來跑去，父親們三五成群談話，或坐在塵土中抽菸，母親們在馬口鐵水桶裡洗衣服，或在柴火堆上煮飯，在他們和土麥那公民之間有一道無狀無形的障壁，因為他們無家可歸；他們就像沒有精靈的人，失去了重要不可或缺之物的人。

萊拉想停下來探問他們的生活，問他們是什麼原因導致現在的處境，但她必須隱形，或至少讓旁人過目即忘。有些年輕男人瞥了她一眼，但目光並未停留；她感覺到他們的注意力飄移不定，像是蛇吐信之後又縮回。她很成功地讓自己一點都不吸引人。

在火車站，她輾轉問了幾個不同的售票窗口，終於找到會講法文的人，心想講法文也許會比講英文安全。開往西流基的火車是慢車，似乎沿途每站都會停靠，但很符合她的需求。她買了車票後，在向晚餘暉下的月台上等車，希望自己變得透明。

還要等一個半小時。她在車站的自助餐館附近找到一張沒人坐的長椅，坐下來後極力讓自己低調不顯眼，同時暗中觀察四周。走向長椅途中，她看見自己在餐館櫥窗裡的倒影時大吃一驚：這個深色頭髮、戴眼鏡的陌生人是誰？

**謝謝妳，阿妮塔**，她在心裡想著。

她買好一些預備在路上吃喝的餐食飲料，在長椅上坐下來。她的思緒不由自主一直繞回雪倫森哲家的公寓。要是阿妮塔沒能早點發現失火……要是她來不及逃出來……讓她連想都不敢再想下去的念頭紛至沓來，排擠著她強迫自己被動遲緩的意念。

一列火車進站，吐送出的乘客將月台擠得水洩不通。其中有幾家人看起來只比她剛剛在營地和街上看到的人景況好一點：母親披裹厚重衣物和頭巾，孩子抱著玩具或破爛購物袋，也有些孩子抱著弟弟或妹妹，老人驚惶疲憊，拎著行李箱或甚至裝衣物的紙箱。她想到在布拉格時看見於河上停泊的渡船和下船的難民。這群人之中，誰能順利抵達那麼遠的地方？

為什麼在英國完全沒有造成大批人群移動原因的新聞報導？她不記得曾看過任何相關報導。新聞界和政客覺得這對她的國家不會造成任何影響嗎？無論如何，這些絕望的人希望抵達哪裡呢？

她不該發問。不該表現出一丁點的興趣。她若想抵達精靈居住的城市找到潘，唯一的希望就繫於自己閉緊的嘴巴，克制住每一丁點的好奇本能。

於是她看著新到的人帶好各自的家當，緩緩四散開來。也許他們會前往港口，也許他們會在其中一處營地找到落腳處。他們可能比她遇到的船難受害者更有錢一點，可以買票搭火車；他們可能找得到負擔得起的住處。不久之後他們全都離開了車站，接著月台上愈來愈繁忙，擠滿了工作一整天之後要通勤回家的士麥那當地居民。往西流基的火車進站後，這群通勤族很快湧入車廂。萊拉意識到如果想找到座位，她可得動作快些，於是匆忙上了車，及時找到一個空位。

座位在車廂角落。她極力將自己縮得小小的，變得微不足道。第一個在她旁邊坐下的是一名身材臃腫、戴捲邊硬毛氈材質洪堡帽的男人，他將鼓脹的公事包在身旁擱下，同時好奇地看著她。他的貓鼬精靈附耳過去說了些話，蜷曲起身體攀在男人頸間瞇起眼覷著萊拉，此時男人才意識到有什麼不對勁。他用土耳其語厲聲說了些什麼。

「抱歉。」萊拉喃喃道，堅持只講法文。「請見諒。」

如果她是小孩子，她的精靈會變成一隻小狗，卑微地搖著尾巴，想要討好這個年紀、體型、權力和地位都更大更高的男人。這是她想要表現出的情緒。男人很不高興，但是從她身旁移開唯一的結果就是得站著，於是他坐著不動，帶著刻意浮誇的厭惡轉身不看萊拉。

似乎沒有人注意到，或者他們全都累得無力在意。火車噴著白煙緩緩從市郊的一站駛往下一站，接著離開城市，進入一連串鄉間城鎮和村莊，車廂隨著列車行進也愈來愈空蕩。帶著鼓脹公事包的臃腫男人在站起來下車前說了些話，半對著萊拉，半對著周圍其他人，但還是沒有人理睬。

約莫一小時之後，城鎮和村莊顯得益發疏落，火車稍稍加快速度。夜色漸濃，太陽已於群山後方隱沒，車廂裡的氣溫開始下降，車掌前來查票時得先點亮煤氣燈才看得清楚。

車廂裡劃分成數個隔間，所有隔間的同一側有走道相連。在萊拉坐的隔間裡，等通勤族全都下車後，只剩下另外三名乘客，在與日光全然不同的煤氣燈光線下，她從眼角餘光觀察他們。其中兩人是三十幾歲的女人帶著臉色蒼白、大約六歲的孩子，另一人是蓄著八字鬍、眼皮耷垂的年長男子，他身上的淺灰色西裝一絲不苟，頭戴土耳其傳統氈帽。男子的精靈是一隻嬌小優雅的雪貂。

男子原本在讀一份安那托利亞文報紙，但車掌點燈之後不久，他就仔仔細細地摺好報紙，放在他和萊拉之間的空位上。小男孩一臉嚴肅地盯著男子，一根大拇指放在嘴裡頭，歪頭靠著母親的肩膀。男子將兩手交疊置於腿上並閉起雙眼後，男孩轉而盯著萊拉，睡眼惺忪的他一臉困惑不安。他的老鼠精靈不斷和母親的鴿子精靈竊竊私語，兩頭精靈不時瞥萊拉一下又轉開頭。女人身形單薄，臉色憔悴，衣著寒酸，看似焦慮擔憂飽受折磨。他們只帶了一只小行李箱，放在母子頭上行李架上的箱子外觀破爛，經過拙劣修補。

時間一點一滴過去。車窗外完全漆黑無光，車廂隔間之外的世界縮成狹小空間內部投在窗上的倒影。萊拉覺得肚子開始餓了，打開在車站買的一袋蜂蜜蛋糕。她看見孩子眼巴巴盯著蛋糕，目光裡藏不住的渴望，她將袋子朝他遞去，再朝他母親遞去，對方彷彿很懼怕般瑟縮了一下，但是他們都飢腸轆轆，當萊拉露出微笑並打手勢示意：請你們吃，男孩和母親先後緩緩伸手進袋裡拿了一塊出來。

女人喃喃道謝，聲音低得幾不可聞，她用手肘輕推了一下男孩，男孩也悄聲說了同樣的話。

母子倆一下子就把蜂蜜蛋糕吃光了，萊拉看得出來這是他們好一陣子以來吃到的第一口食物。年長男子睜開眼，看著眼前這場小小的交流，面上表情帶著贊許和肅然起敬的意味。萊拉將袋子也朝他遞過去，他驚訝地愣了一會兒，然後拿了一塊蛋糕，接著在大腿上攤開一方雪白的手帕。

男子對萊拉說了一、兩句安那托利亞語，顯然是表示稱讚，但萊拉唯一能回應的方式是用法文說：「抱歉，先生，但我不懂您的語言。」

他微微側頭，露出莊重有禮的笑容，一小口一小口吃完蛋糕。「非常美味可口的蜂蜜蛋糕。」他用法文說：「妳真好心。」

袋子裡還剩兩塊蛋糕。萊拉還是很餓，但她有麵包和乳酪可吃，於是將蛋糕遞給那對母子。男孩想接受但很緊張，他的母親起初想拒絕，但萊拉用法文說：「請收下吧。我買太多了，一個人吃不完。請收下！」

男子幫忙翻譯她說的話，最後女人點點頭，讓男孩拿了一塊，她自己卻不肯拿最後一塊。

男子帶了一個棕色皮革製硬殼公事包，他打開來取出一個保溫瓶。保溫瓶瓶頂附有兩只杯子，他將兩只杯子旋開取下，放在身旁的公事包上，他的雪貂精靈在他倒咖啡時幫忙扶著杯子。他將一杯遞向男孩的母親，她拒絕了，不過露出似乎想接受的表情；再遞向男孩，孩子滿心疑惑地搖頭；接著遞向萊拉，她感激地接過杯子。咖啡非常甜。

萊拉想到在火車站買的那瓶橘子汽水，她找出來之後遞向男孩。他露出笑容，但抬頭看看母親，母親也微笑起來，點頭表示感謝；萊拉旋開瓶蓋之後遞給男孩。

「妳要去很遠的地方嗎？小姐？」老人說。他說起法文字正腔圓。

「很遠的地方，」萊拉說：「但我搭這班火車是到西流基就下車。」

「妳熟悉那個城市嗎？」

「不熟悉。我不會在那裡待很久。」

「那樣也許明智些。據我了解，當地社會治安目前有些混亂。小姐不是法國人吧，我想？」

「你說對了。我來自更遙遠的北方。」

「從妳的家鄉到這裡的旅程十分漫長啊。」

「是的。但我必須踏上這趟旅程。」

「我不知是否該開口詢問，還請小姐恕我冒昧，但在我看來，妳似乎是來自遙遠北地的女子，所謂的女巫。」

他提到女巫時說的是法文「sorcières」。萊拉陡然提高警覺，她直勾勾盯著他，但只看見對方很有禮貌地表現出好奇。

「沒錯，先生。」她說。

「我很欽佩妳的勇氣，毫不猶豫就來到南方的土地。我斗膽說這樣的話，因為我自己也曾四處遊歷，多年前更有幸與一位來自遙遠北方的女巫墜入愛河。當時我們非常幸福，而我還非常年輕。」

「確實會發生此類邂逅之緣，」她說：「但基於事物的本質，卻無法長久。」

「儘管如此，我學到很多。對於自身有了更多認識，無疑受惠良多。我的女巫，容我如此稱呼她，來自位在俄羅斯極東的薩哈林島。我能請教妳來自何地嗎？」

「俄文裡稱為新基輔茨克。我們自有稱呼方式，但請原諒我不能在距離家鄉如此遙遠之地直呼其名。是一座很小的島，我們全心熱愛之地。」

「我可否請問妳是因何緣故才與我等同行？」

「我們部族的女王患病，唯一能治好她的藥材是一種生長在裏海附近的植物。也許你在揣想我為什麼不直接飛去那裡。事實是我在聖彼得堡遭遇襲擊，我的雲松枝意外燒毀了。我的精靈飛回家鄉告訴姊妹們我在途中的遭遇，而我改為取道陸路，很緩慢地前進。」

「原來如此。」他說：「希望妳的旅程一路順利，能夠攜回藥材治好妳的女王。」

「謝謝你的祝福，先生。你要搭到這條路線的終點站嗎？」

「只到安塔利亞，我住在那裡。我已經退休了，但在士麥那還投資了幾筆生意。」

男孩盯著他們看，帶著一種不只是睏倦的疲憊乏力。萊拉這才意識到孩子生病了：她先前怎麼會沒看出來？他的臉頰消瘦，面色蒼白，眼圈周圍的皮膚深暗枯槁。他最需要的莫過於睡眠，但他的身體卻不讓他睡。他手裡還拿著喝剩半瓶的橘子汽水，他的母親從他軟弱無力的指間取走汽水瓶，將瓶蓋旋緊。

老人說：「我來跟這位小朋友講個故事。」他伸手進絲質外套的內襯口袋掏出一副牌卡。牌卡比一般的撲克牌更瘦窄，他在置於膝上的硬殼公事包上朝著孩子的方向放了一張牌卡，萊拉看見牌卡上是一張風景圖。

有什麼勾動了她的記憶，她又回到布拉格那個煙霧瀰漫的地窖，而魔法師正跟她說起牌卡和圖案……

牌卡圖案中有一條道路從一側延伸至另一側，道路以外有一片可能是河流或湖泊的開闊水域，水上有一艘小帆船。水域之外可以看到一座小島的一部分，島上林木茂密的山丘上屹立著一座城堡。道路上有兩名士兵，他們身穿鮮紅色制服，騎著駿馬。

老人開始說話，描述了風景，幫士兵取了名字，也解釋了他們要去哪裡。小男孩靠向母親那一側，睜著一雙疲憊的眼看著。

老人在一開始放上的牌卡旁邊放了第二張牌卡。兩張牌卡圖案中的風景銜接得天衣無縫：道路繼續延伸，第二張牌卡有一條小路岔出來，通往一棟位在水邊樹林之間的屋子。看得出來士兵拐上了小路，前去敲那棟屋子的門，一名農婦從小路旁的水井汲了一些水給他們。在述及每件事或每樣小東西時，老人會用一枝銀色鉛筆指著牌卡，精確點明該件事物的位置。小男孩伸長脖子覷著，不時眨著眼，似乎很難看清楚。

接著老人將手中剩下的牌卡攤開來，正面朝下遞向男孩，請他選出一張。男孩選了，老人將選中的牌卡接在第二張牌卡旁放下。牌卡圖案的風景仍和先前一樣，與前一張牌卡上的風景完美銜接，萊拉看出整副牌卡的圖案肯定都是這樣，而整副牌卡肯定也有無數多種排列方式。這次的牌卡裡有一座荒廢的塔樓，橫跨圖案兩側道路自塔樓前方延伸而過，河湖則在塔樓後方綿延。士兵很累，所以他們走進塔樓，繫好馬匹之後躺在地上睡覺。塔樓上空有一頭大鳥飛過——就在那兒——一隻巨鳥——這隻鳥身形如此龐大，牠飛了下來，兩隻腳爪各攫住一匹馬將牠們抓到空中。

依據老人模仿巨鳥飛行的動作，和馬匹被抓走後的驚慌嘶鳴聲，萊拉判斷是發生了這麼一回事。

就連孩子的母親也聚精會神聆聽，和兒子一樣聽得目瞪口呆。士兵醒來了。一人拿起步槍準備朝巨鳥開槍，另一人制止了他，因為如果巨鳥鬆開腳爪，兩匹馬肯定會摔死。兩人徒步上路追蹤巨鳥，故事繼續發展。

萊拉向後靠，聽著老人的話聲，完全不解其意，但很開心地猜想情節，並看著那對母子臉上的表情變幻不定，兩人慢慢地放鬆下來，凹陷雙頰帶了絲暖意，目光中也多了股光采。

老人的聲音柔和悅耳。萊拉沉沉入眠，沉入童年時期的安適睡夢裡，耳邊傳來艾莉絲不怎麼動聽但輕柔低沉的聲音，娓娓講訴著這個娃娃或那張圖畫的故事，而她聽著聽著，眼皮愈來愈沉，輕輕地闔上雙眼。

她醒來時，已經是數小時之後的事。車廂隔間裡只剩她獨自一人，火車正在群山間吐著蒸氣穩穩向上爬坡，而她望向窗外只見滿天星光之下，蒼涼的巉岩、崖壁和深谷一覽無遺。

片刻迷茫之後，她陡然想起：**真理探測儀**！她大力翻開背包，一把將手伸進去，透過天鵝絨外袋摸到了熟悉的沉甸渾圓。但還有別的東西在她的懷裡：是一只小小的硬紙盒子，上面的鮮豔標籤寫著：**萬景牌卡**。是老人的那副圖畫牌卡。他把牌卡留給她了。

煤氣燈光閃爍不定，忽而熾亮又忽而轉弱成昏暗微光又忽而復亮。萊拉站起來細看煤氣燈，似乎沒辦法調整亮暗。後勤供給肯定出了問題。她坐回座位上取出牌卡，在燈光熾亮時注意到，其中一張牌卡背面寫了幾句話，是很優雅的鉛筆字跡。留言是用法文寫成的：

親愛的年輕女士：

請聽我的建議，抵達西流基時千萬小心。如今時局動盪。最好連一丁點影子都別留下。

謹獻上最誠摯的祝福，願妳安好。

末尾沒有署名，但她記得老人用來在圖畫上指點細節的那枝銀色鉛筆。她坐在忽明忽暗的煤氣燈光裡，孤單憂煩，再無一絲睡意。她找出麵包和乳酪，吃了一些，想著也許能補充些體力。接著她拿出最近收到的那封麥爾肯的信重讀一遍，但幾乎無法帶來任何撫慰。

她將信收起來，再次伸手去取真理探測儀。她並不打算解讀或使用新方法，只是想要握著熟悉的物事，從中找到一些安慰。無論如何，在晦暗的燈光下也看不清楚符號圖案。她握著懷中的探測儀，思索著新方法。一直以來，她不斷抗拒著嘗試新方法的誘惑。她當然可以尋找麥爾肯的下落，但是她對於要從何找起毫無頭緒，最後只會一無所獲，還弄得自己想吐無力。所以她不應該這麼做。而且說到底，她到底是在想什麼才會考慮麥爾肯在哪裡？她應該尋找的是潘。

她的一隻手自動將小小張的牌卡收攏。在她腦中浮現出這個句子，彷彿她的手不是活人的手，純粹是機械化運作，彷彿由皮膚和神經傳遞的訊息是沿著銅線傳遞的琥珀電氣流變化，完全不具有意識。從將自身視為某種機械化死物的觀想中，油然冒出一股無止無盡的絕望感。她的感受不只是她當下已死，而是她從未活過，她只不過是夢到自己活著，而在夢中也沒有人生可言：全都只是她腦中的粒子漠然無情、毫無意義的推擠碰撞，僅此而已。

但是短短一連串想法刺激下，她突然有所反應，心中想著：**不！那是謊言！那是造謠！我不信！**只不過就在剛剛，她確實信以為真，而這番想法正將她送上死路。

她的雙手動了動，顯得無助——那雙自動的手——弄亂了她懷中的小小牌卡，幾張牌卡落在車廂地板上。她彎下腰撿起牌卡。拾起的第一張牌卡圖案中是一名女人，她正獨自走過一座橋。她手裡挽著籃子，圍著冷天裡保暖的披肩。女人望向畫面之外，彷彿直直望著萊拉，萊拉看著圖中的她，彷彿看到了自己而暗暗吃驚。她將牌卡放在沾滿塵土的座位上，再隨意拾起另一張牌卡放在第一張旁邊。

這張牌卡的圖畫裡有幾名走在馱馬旁的旅人。他們和女人朝同一個方向前進，由左到右，馱馬背上的大捆物品看起來沉甸甸的。將馱馬換成駱駝，移去樹木換成沙漠，一行人也許就成了絲路上的駱駝商隊。

微弱如夏夜中一英里外響起的一記鐘聲，稀薄如從窗口飄入一朵鮮花的芳香，萊拉腦中隱約浮現出祕密聯邦涉入其中的想法。

她再拾起一張牌卡。是老人在說故事過程中加入的其中一張牌卡，樹林間有一戶農家和水井的那張。她看見先前未曾看到的細節：屋子門外的拱廊上有玫瑰花綻放。

她心想：我可以選擇相信祕密聯邦。我不用抱持懷疑。如果自由意志真的存在，而且我也有，我可以選擇相信。我會再試一張。

她洗了一次牌卡，切牌後將牌卡堆最上面的一張翻開來。她將牌卡放在先前的最後一張旁邊。牌卡圖案中是一個背著行囊的年輕男人，他正走向馱馬隊伍和挽著籃子的女人。在眼見為憑的人眼中，男人看起來很可能一點都不像麥爾肯，就如同挽著籃子的女人也一點都不像萊拉，但無所謂。

火車開始慢慢減速。汽笛聲響起，聽在萊拉耳中只覺得無比孤寂，似乎在群山中不停迴盪。她以前讀過一首法文詩，描寫在森林中吹響的號角聲……上坡沿途的燈光稀稀落落，接著愈來愈多燈光亮起，照亮了建築物和街道：火車進站了。

萊拉收好所有牌卡，和真理探測儀一起放進背包裡。

火車煞住了。一塊牌子上漆著停靠站的站名，但她認不出來。無論如何不是西流基，似乎不是一個大站，但月台上擠滿了人。月台上全是士兵。

她往座位角落再挪了挪，將背包抱在懷裡。

## 第二十九章
# 來自塔什布拉克的消息

內閣辦公廳信差送交給葛倫妮絲・戈德溫的訊息簡短扼要：

戈德溫太太如能在今日上午十點二十分前來會晤，英國王室私庫總管大臣將萬分感激。

末尾署名看來像是幾筆輕蔑不屑、難以辨認的塗鴉，戈德溫認出是總管大臣艾略特・紐曼的簽名。訊息於早上九點三十分送抵奧克立街辦公室，她有充裕時間穿越倫敦抵達總管大臣於白廳的辦公室，但完全來不及與同事商量，頂多交代她的祕書：「吉兒，時間到了。他們要裁撤我們。通知所有分部主管，克莉絲塔貝行動正式展開。」

「克莉絲塔貝」是一項存在已久計畫的代號，計畫內容是將現行檔案資料中最重要者全數註銷隱藏。計畫經過持續審核評估，只有各分部主管知情。如果消息能夠盡快傳出去，在戈德溫走進白廳辦公室接受召見時，與奧克立街現行計畫有關的大部分文件資料就會分別送往不同地點——有一些送往皮姆利科地區一家洗衣店後方上鎖的房間，另一些送往哈頓花園某鑽石商的保險箱，還有一些送往赫麥亨斯提德市一座教堂法衣室的櫥櫃。

在門口接待她的私人祕書助理是個毛頭小伙子，可能近一年內才開始刮鬍子，她心想。對方以講究禮數、紆尊降貴的姿態接待她，但她只將這名資淺公務員當成自己疼愛的子姪輩，甚至想辦法獲得了一些與她預料之事有關的情報。

「老實說，戈德溫太太，全都是因為教誨權威高級諮議會新上任的主席即將來訪——當然囉，絕不是我透露給您的。」年輕人說。

「有智慧的人知道何時要諱莫如深，而更有智慧的人知道何時要打開天窗說亮話。」葛倫妮絲．戈德溫在他們走上階梯時嚴肅地表示。這是她頭一回聽說狄拉莫要到倫敦拜會。

私人祕書助理深深得意於自己的智慧，帶著戈德溫進入辦公室外間後，輕輕敲了敲裡間的門，畢恭畢敬地稟報訪客姓名。

英國王室私庫總管大臣艾略特．紐曼人高馬大，一頭黑髮光滑油亮，戴著沉甸甸的黑邊眼鏡，他的精靈是隻黑色兔子。他上任未滿一年。葛倫妮絲．戈德溫先前只見過他一次，當時她必須強自忍耐，聽他無知地高談闊論奧克立街為何無用、所費不貲且反現代——那是王室政府用來描述任何不討喜人事物的最新方式。紐曼並未站起身歡迎訪客，也沒有伸出手要和她握手的意思。一切都在戈德溫意料之中。

「妳那個小部門，叫什麼來著，什麼……」總管大臣清楚得很，但他拿起一張紙垂眼覷看，似乎是要提醒自己那個部門的名稱。「王室私庫辦公室情報部門。」他刻意一個字一個字念出來。

他向椅背一靠，好像已講完整句話似的。由於他並未講完，戈德溫一語不發，繼續心平氣和地望著他。

「嗯哼？」紐曼說。話聲裡的每種音調都刻意要表達幾乎無法抑制的厭煩不耐。

「是的，那是部門的全名。」

「我們要裁撤這個部門。它現在遭到『撤銷認可』，是異類，反現代。無用的燒錢大坑。此外，政治傾向有失公允。」

「您得再說明一下您這句話的意思，總理大臣。」

「它對我們所處的新世界表現出敵意。現在有新的做事方式、新的想法，由新的人作主。」

「您是指日內瓦新成立的高級諮議會，就我理解。」

「沒錯，正是，我當然是在說這個。要向前看。不要受到常規慣例和行為規範束縛。國王陛下政府認為這才是我們的未來，才是正確的前進方向。我們必須向未來伸出友誼之手，戈德溫太太。那些老方法，懷疑猜忌，爾虞我詐，間諜活動，蒐集幾百幾千頁無用也無關緊要的所謂情報，都必須結束了。也包括妳過去幾年來一直在修補加強但早已瀕臨分崩離析的組織。我們絕不苛待妳們。員工都將重新派任至國內公務部門，而妳會獲得優渥的退休金，妳想要的話，也可以送妳一個小玩意兒作紀念。好聚好散，大家都輕鬆愉快。在一、兩年內奧克立街——對，我知道妳們如此自稱——奧克立街就會永遠消失。連一點蹤跡也不剩。」

「我明白了。」

「由內閣辦公廳派出的小組今天下午會來處理交接事宜。小組負責人是羅賓・普雷斯寇，最優秀的人才。妳將所有事務交接給他，週末就可以撤出辦公室，回去修剪妳家的玫瑰花。細節全部都由普雷斯寇處理。」

戈德溫說：「好的，總管大臣。此次交接完全由這個辦公室授權進行，是這樣嗎？」

「妳這話是什麼意思？」

「你視之為朝現代邁進、拋開過去慣例的行為。」

「沒錯。」

「而能做出邁向高效率的轉型動作，你會成為民眾心目中的幕後功臣。」

「確實如此，我很高興。」總理大臣說，開始慢慢心生狐疑。「為什麼這麼說？」

「因為除非你在發出公告時戒慎小心，否則看起來就會像是安撫的手段。」

「老天，安撫誰？」

「安撫高級諮議會。我推想新任的主席即將來訪。翦除這個比任何其他政府部門更努力遏制日內瓦對我國事務影響的單位，在知情的人眼裡，即使不至於像是卑屈自殘，也像是特別釋出善意的討好舉動。」

紐曼的臉漲成了暗紅色。「出去，去收拾妳的東西。」他說。

戈德溫點頭，轉身離去。私人祕書助理替她開門，陪她走下大理石階梯到了出口，一路上都欲言又止，卻又找不到話來說。

走到通往白廳的桃花心木大門前，年輕人終於想到可以說些什麼。「要不要——呃——我能不能幫妳叫一輛計程車，戈德溫太太？」

「謝謝你，但我想我走路就可以了。」她說，和年輕人握了握手。「如果我是你，絕不會讓自己和王室私庫辦公室綁在一起。」她又說。

「當真？」

「你們的首長在砍斷他自己坐著的那根樹枝，他會帶著整間辦公室和他一起陪葬。這是我的合理推測。發掘一下其他有力靠山備用，未雨綢繆總是明智些。祝你度過愉快的一天。」

她離開後在白廳中走了一小段路，接著轉進戰爭部請門房送信給卡伯里先生。她在一張自己的名片上寫了幾行字交給門房後離開，逕自走向泰晤士河河堤上面向河水的花園。天空澄澈晴朗，耀目的大片雲朵在空中忙碌飛飄，感覺空氣都幾乎閃閃發光。葛倫妮絲在某位亡故已久的政治家雕像附近找到一張長椅，坐下來欣賞河景。潮水高漲，一艘堅固牢靠的小拖船拖著連成一串的平底駁船朝上游駛去，駁船上載滿煤塊。

「我們要怎麼辦？」她的精靈說。

「噢，我們會蓬勃壯大。會跟當年一樣。」

「當年我們年輕又充滿活力。」

「現在我們更加老謀深算。」

「更緩慢。」

「更精明。」

「更容易受傷。」

「這點我們只能接受。馬丁來了。」

馬丁．卡伯里任職戰爭部常務次長，是奧克立街的老朋友。葛倫妮絲站起身迎接他，兩人早有默契也已養成習慣，開始沿著河堤邊走邊談。

「沒辦法待很久。」卡伯里說：「十二點鐘要和俄國的駐外海軍武官見面。發生什麼事？」

「他們要裁撤我們了。我剛剛見過紐曼，顯然我們現在很『反現代』。當然，我們會繼續存在，不過得化明為暗轉到檯面下了。現在我最急著知道的，是新的日內瓦高級諮議會在打什麼主意？據我所知，他們的主席這幾天要來訪。」

「顯然如此。目前正在準備簽署了解備忘錄，將會改變我們和他們的合作方式。他們在打的主意──唔，他們正在東歐集結一支大型特遣部隊。俄國那傢伙來就是要談這個，我一點都不意外？這陣子在黎凡特的外交活動很頻繁活絡──還有波斯──還有更遠東的地區。」

「我們知情，但我們自己的資源已經相當吃緊，你大概也能想像。要賭五英鎊的話，你覺得成立這支特遣部隊是要做什麼用？」

「侵略中亞。消息指出在某處荒瘠不毛之地中央的沙漠，藏有寶貴化學物質或礦物或什麼的，教誨權威認為具有重要戰略意義，必須搶在各方人馬之前占為己有。其中也牽涉很龐大的商業利益，主要是製藥業。老實說，全都模糊不清。傳來的報告太依賴謠言、小道消息，和鄉野間的口耳相傳。我們目前的利益來自與日內瓦和平共處。對方還未要求我們派出衛兵旅的兵力支援，或甚至提供二手水砲，不過對此我們無疑抱持樂觀態度。」

「不管他們侵略哪裡，總不能師出無名。你覺得會用什麼藉口？」

「這就是外交事務在處理的了。我聽說在剛剛講到的沙漠邊緣，有某個進行科學研究的地方，或者該說曾經有——是一個研究機構之類的。有來自各國的科學家在裡頭工作，其中也包括我國，他們受到當地狂熱分子迫害，狂熱分子的人數還不少，宣戰理由很可能是無辜科學家遭到盜匪或恐怖分子的殘酷對待，而教誨權威就可以正氣凜然地前往援救。」

「當地政治局勢如何？」

「混沌不清。沙漠和游移湖——」

「游移湖？」

「它叫羅布泊。其實是一片有鹽沼和淺湖的廣大區域，水土和氣候變化都會對地理造成極大擾動。無論如何，那裡的國界是有彈性的，或者說可變更的，或者說可以談的。有人聲稱自己是統治該地的國王，但他其實是中國華夏天朝的藩屬國國主，換句話說，北京方面會依據皇帝目前的健康狀況來決定是否直接管理該地。奧克立街為何對此有興趣？」

「那裡有些活動，我們需要了解情況。不過既然我們已經遭官方撤銷認可——」

「美妙的字眼。」

「紐曼自己發明的，我想。無論如何，既然我們不再存在，我想趁早盡量兼顧所有視角。」

「當然。但妳有一套應變計畫吧？這一次想來是在妳預料之中？」

「噢，當然。只是增加了點困難度。但這個政府終究會淪亡的。」

「妳真樂觀。葛倫妮絲，如果我某天需要聯絡妳——」

「留個字條請伊莎貝代轉，我就能收到。」

「好。唔，祝好運。」

他們握手之後各走各路。伊莎貝已經年邁，從前曾擔任特務，後來因患了關節炎被迫退休，而情報人員不時將她於蘇活區經營的餐廳當成非正式郵局傳遞消息。

葛倫妮絲沿著河堤步行。有一艘觀光船緩緩駛過，船上的廣播正在介紹沿河的景點。陽光照亮河面、滑鐵盧橋的橋拱，以及遠方聖保羅大教堂的圓頂。

她心中的猜疑大部分都從卡伯里口中獲得證實。教誨權威在新任主席指揮下，意在攻占並掌控這個玫瑰油的來源，甚至不惜動員軍隊跋涉千里。可以預期任何想擋路的人都會遭到毫不留情地碾壓。

「藥廠。」戈德溫說。

「圖林根鉀肥公司。」她的精靈說。

「肯定是。」

「業界巨頭。」

「波斯戴會知道怎麼做。」戈德溫說，不認識她的人從她的語氣中只會聽見滿滿的自信和篤定。

在士麥那的新丹麥領事館，門衛說：「雪倫森哲先生事務繁忙，現在無法見您。」

麥爾肯知道規矩。他從口袋拿出一張小額鈔票，再從櫃台上取了一根迴紋針。

「這是我的名片。」他說。

他用迴紋針將名片和鈔票固定在一起，鈔票一下就消失在門衛的口袋裡。

「兩分鐘，先生。」門衛說，開始爬樓梯。

這是位在古老市集附近一條狹窄街道上的樓房。麥爾肯來過兩次，但這名門衛是他先前沒見過的。周遭區域的氣氛有點變化，民眾現在防備心很重，先前隨興的生活氣氛消失無蹤。咖啡館大多空蕩蕩的。

他聽見樓梯上傳來腳步聲，轉身迎接領事，卻看到巴德搖搖頭，伸出一根手指抵著唇邊，下樓來和他碰頭。

在溫暖的握手致意後，雪倫森哲朝門口擺了擺頭示意。

「不安全嗎？」麥爾肯在他們走在街道上時低聲問。

「到處都是竊聽器。你好嗎，麥爾？」

「我沒事。但你看來一團糟。發生什麼事了？」

「家裡公寓被炸彈炸了。」

「天啊！阿妮塔還好嗎？」

「好險及時逃出來。但她好多工作資料都燒光了，還剩——唔，沒剩下多少。你找到萊拉了嗎？」

「你見到她了嗎？」

雪倫森哲告訴他一開始是怎麼在咖啡館看到萊拉，從黑影照片認出她來。

「阿妮塔幫她改扮了一下外貌。但是……她在公寓爆炸之前離開，之後我們就沒有再見到她了。我說**我們**沒有再見到她，但是我四處打聽過，她似乎去了附近一家咖啡館讀了封信，應該是你寄來由我轉交的那封信，之後去車站搭上一班往東的火車，但不是到阿勒坡的快車。是每站都停的慢車……我想終點站是西流基，靠近邊界。這是我能查到的她最後的行蹤。」

「她還沒有找到她的精靈？」

「沒有。她認為他在阿勒坡城外某個荒廢的死城裡。不過聽我說，剛剛發生了別的事，很緊急。我要帶你去見一個叫做泰德．卡萊特的人。就在前面。」麥爾肯意識到巴德正四下張望，他也照做，一個人影也沒看到。雪倫森哲拐進巷子裡，打開一扇上鎖的破舊綠門。兩人進門後，他將門再次鎖上並說：「他情況不太妙，我想撐不了多久了。人在樓上。」

麥爾肯跟在他身後，尋思著在哪裡聽過泰德．卡萊特這個名字。他知道自己曾聽到過：有人說過這個姓名，帶著瑞典口音，還有破爛紙張上凌亂的鉛筆筆跡……然後他想起來了。

「塔什布拉克？」他說：「研究站的主任？」

「對了。他昨天抵達的，天知道他先前經歷了什麼樣的旅程。這裡是藏身處所，我們安排了一名護理師和一名速記員……但你得聽他親口說。我們到了。」

再過一扇門，再開一道鎖，接著他們就置身一個小而整潔的套房式公寓。一名身穿深藍色制服的年輕女子正幫躺在單人床上的男人量體溫。男人全身光裸，只蓋了條床單。他閉著雙眼，汗流浹背，憔悴消瘦，臉上因曬傷起了水泡。他的鶇鳥精靈攀抓著有襯墊的床頭板，滿身塵土，十分疲倦。阿斯塔跳到她身旁，兩個精靈開始低聲交談。

「他好點了嗎？」巴德輕聲問。

護理師搖搖頭。

「卡萊特博士？」麥爾肯說。

男人睜開眼，他的眼角泛紅，布滿血絲的雙眼眨個不停，眼神無法聚焦。麥爾肯不確定卡萊特究竟看不看得見自己。

護理師放下溫度計，在表格上作紀錄，站起來將椅子讓給麥爾肯。她走到房間另一側的桌子旁，桌上整齊地堆疊著藥盒和其他醫療用品。麥爾肯坐下後說：「卡萊特博士，我是你在牛津的同事露西．亞諾的朋友。我叫麥爾肯．波斯戴。你聽得到我說話嗎？」

「可以。」沙啞微弱的聲音響起。「但我看不太到。」

「你是塔什布拉克研究站的主任，對嗎？」

「曾經是……它被摧毀了……必須逃走。」

「你能告訴我你的同事史特勞斯博士和羅德里克．赫索的事嗎？」

深沉的嘆息聲，最後是令人悚然心驚的呻吟。卡萊特再吸了一口氣後說：「他回來了？赫索？」

「是的，帶著他的筆記資料，非常有幫助。他們在調查的是什麼地方？那座紅色的建築？」

「不知道。玫瑰是從那來的。他們堅持要進沙漠。我不該讓他們去的。但是他們走投無路，我們全都走投無路。山區來的人……我派赫索回國以後不久……西牟鳥……」

他的聲音逐漸微弱。站在麥爾肯後面的雪倫森哲悄聲問：「最後幾個字是說什麼？」

「待會兒告訴你——卡萊特博士？你還醒著嗎？」

「山區來的人……他們用的是現代武器。」

「什麼樣的武器？」

「最新型的機關槍，貨卡車，都是新的，供應充足。」

「誰在金援他們？你知道嗎？」

卡萊特想要咳嗽，但連清喉嚨清乾淨都使不上力。麥爾肯看得出來對他來說十分吃力，便說：

「慢慢來。」

他察覺在他身後的巴德已經轉過去和護理師說話，但他仍將注意力放在卡萊特身上，對方比著手勢示意要人幫忙扶他坐起來。麥爾肯伸出一臂環住男人的背部扶他坐起，感覺到他渾身熱燙而且輕飄虛浮，卡萊特試著想咳出來，氣喘吁吁，斷斷續續幾番折騰，似乎費盡了渾身力氣。

麥爾肯半轉過身，想請巴德或護理師再拿個枕頭或靠枕過來。

但他身後空無一人。

「巴德？」他喊。

接著他意識到巴德還在，他躺在地板上不省人事，貓頭鷹精靈躺在他的胸口。護理師已消失無蹤。他輕輕讓卡萊特躺下，一個箭步奔到巴德身邊，看見他身旁的地毯上有一個針筒。桌上躺著一個空的小藥瓶。

麥爾肯大力甩開門後衝下樓梯。護理師已經走到樓梯底，她轉過身抬頭看著麥爾肯，手裡握著一把手槍。他先前不曾注意到護理師還如此年輕。

「麥爾——」阿斯塔開口，但對方開槍了。

麥爾肯感覺受到重擊之後腳陡然一跛，但沒辦法分辨是哪裡中彈，他一下子跌倒從樓梯滾落，半癱倒在護理師片刻前佇足的樓梯底。他將自己上半身推起來，看見護理師的舉動。

「不要！快住手！」他大喊，跌跌撞撞奮力想爬到對方跟前。

她站在前門內側，將手槍槍口抵著自己的下巴。她的夜鶯精靈驚恐地尖叫，拍著翅膀飛撲她的臉，但她目光澄淨，圓睜的雙眼中燃燒著正義的光芒。接著她扣下扳機。鮮血、碎骨和腦漿炸開，噴得滿門，滿牆，滿天花板。

麥爾肯身子一沉倒在地板上。無數感覺紛湧襲捲而來，其中他可以聞到昨日某家煮菜的味道，看到褪色的綠色門板上血跡在陽光下的熠熠光澤，聽到槍響造成的耳鳴，遠方野狗群的咆哮，護理師心臟的最後一下搏動將血液從她支離破碎的腦袋裡逼出時汩汩流淌的聲音，以及他的精靈在他身旁的輕聲細語。

還有疼痛。原來在這裡。一下搏動，接著一下又一下，然後是他的右髖上一記深長集中的凶殘猛襲。

他摸到了，發現自己整隻手血淋淋的。很快就會變更痛，但還得照看著巴德。他能回到樓上嗎？他沒有試著站起來，只是拖著自己的身體橫越木地板，然後靠著雙臂和左腿一階一階向上爬。

「麥爾，別勉強。」阿斯塔的聲音很微弱。「你流了很多血。」

「我看看巴德有沒有事，就這樣。」

爬到樓梯平台，他勉強支撐著站起來，走進病人的房間。巴德仍然倒在地上不省人事，但很明顯還在呼吸。麥爾肯轉而去找卡萊特，他必須在床邊坐下，受傷的一腿很快就無法動彈。

「扶我起來。」卡萊特輕聲說，麥爾肯有些費力地勉強拉他直起身，讓他靠在床頭板上。他的精靈笨拙地飛落到他肩頭。

「那護理師——」麥爾肯話聲未落，卡萊特就搖了搖頭，接著又是一陣嗆咳。

「太遲了。」他吃力地說：「她也收了他們的錢。她一直在給我下藥。逼我說話。剛剛，毒藥……」

「他們的錢——你是說山區來的人？」麥爾肯一頭霧水。

「不，不是。不是。他們也是。全都是大藥廠——」他咳得更兇，也開始乾嘔。一絲膽汁從他的嘴角溢出，沿著下巴滴落。

麥爾肯用床單替他揩淨嘴角，急切地悄聲問道：「大藥廠……？」

「TP。」

聽在麥爾肯耳中毫無意義。「TP？」他重複。

「藥廠……資金。TP。卡車上的公司名縮寫……」

卡萊特闔上雙眼。他的胸口劇烈起伏，喉頭呼呼作響。接著他渾身一緊之後放鬆下來，氣絕身亡。他的精靈化為看不見的粒子，飄散消融於空氣之中。

隨著髖部的疼痛加劇，麥爾肯感覺身體裡的力氣流失殆盡。他應該要檢查傷口，他應該要照顧雪倫森哲，他應該要向奧克立街回報。他從來不曾感覺過如此強大濃烈又迫在眉睫的睡意。

「阿斯塔，幫我保持清醒。」他說。

「麥爾肯？是你嗎？」地板上響起口齒不清的說話聲。

「巴德！還好嗎？」

「怎麼回事？」

雪倫森哲的精靈搖搖晃晃地站起身伸展雙翅，同時他掙扎著要坐起來。

「護理師下藥迷昏你。卡萊特死了。他之前也被下藥了。」

「搞什麼……麥爾肯，你在流血。待在原地別動。」

「她趁我背對你們的時候在你身上注射了東西。然後她跑下樓，我追在她後面，蠢得要命，她朝我開槍之後就舉槍自殺。」

巴德緊抓著床尾。無論他被注射了什麼，藥效都很短，因為麥爾肯從朋友的表情看得出來他神志愈來愈清楚。他望著麥爾肯浸滿鮮血的長褲褲管。

「好吧。」他說：「當務之急是把你弄出去再找醫生來看。我們從後門經由市集離開。你還走得動嗎？」

「腿很僵硬，走很慢。你得幫我。」

巴德站起來，甩了甩頭讓腦袋清醒些。「來吧。」他說：「噢對：穿上這個。可以蓋住血跡。」他打開衣櫃取出一件長雨衣，幫忙麥爾肯穿上。

「我準備好了。」麥爾肯說。

數小時後，在巴德信賴的一名醫生前來替麥爾肯診療並包紮傷口後，他們和阿妮塔一起在領事館喝茶——雪倫森哲夫婦在公寓重建完成之前暫居領事館。

「醫生怎麼說？」阿妮塔問。

「髖骨中彈後裂開，不過骨頭沒碎。不幸中的大幸。」

「會痛嗎？」

「會，很痛。但他給我吃了幾顆止痛藥。先告訴我萊拉的事。」

「我不確定你現在見到她還認不認得出來。她現在留一頭深色短髮，戴著眼鏡。」

麥爾肯努力想像這麼一個戴眼鏡的深色頭髮女孩，但是徒勞無功。「會不會是有誰跟蹤她到你們家公寓？」他說。

「你的意思是，他們是因為這樣才炸掉公寓？」巴德說：「因為覺得她在裡頭？我是存疑。首先，我們離開咖啡館時並未遭到跟蹤。再者，他們也知道我住那裡，不是什麼祕密。情報單位通常互不干擾，除了例行性的關注彼此動靜。放炸彈啊，縱火啊，都不符合當地人的行事風格。我比較擔心她搭火車到西流基以後會不會出什麼事。」

「她去那裡要做什麼？她跟你們說了嗎？」

「唔，她有個奇怪的念頭……任何人聽到都可能覺得很瘋狂，但是不知怎麼的她講起來……在阿勒坡和西流基之間的沙漠裡有數十個，也許數百個空城荒村。死城，他們是這麼稱呼的。城鎮裡除了石頭、蜥蜴和蛇之外什麼都沒有。

「而在其中一座死城裡，呃，他們是這麼說的：守護精靈住在那裡。只有精靈。萊拉聽說了這樣的故事，噢，是之前在英格蘭，從某個船上的老頭那兒聽來的。她來士麥那見到一位老婦人，她叫坎塔庫吉諾公主，從她那兒也聽說了同樣的事。萊拉打算去那裡找她的精靈。」

「聽你的口氣似乎半信半疑。」

雪倫森哲喝了幾口茶後說：「其實我毫無頭緒。但是公主是個有趣的女人；數年前鬧出很大的醜聞。如果她哪一天寫本回憶錄，肯定會大賣的。總之，她的精靈離開她了，跟萊拉的精靈一樣。要是萊拉真能到得了西流基——」

「要是她真能到得了，這麼說是什麼意思？」

「我的意思是目前情況不樂觀，麥爾。你看到有多少人在逃離更東方的動亂地區嗎？土耳其人已經在動員軍隊因應情勢。他們預期會有麻煩，我也作如是想。那女孩正直衝麻煩核心而去。就像我剛剛說的，要是她真能到得了西流基，她還是得想辦法前往這個藍色旅館。你找到她以後會怎麼做？」

「和她同行。我們會朝更東方前進，去那些玫瑰的發源地。」

「代表奧克立街？」

「呃，對。當然。」

「別想告訴我們說就這麼簡單。」阿妮塔說：「你愛上她了。」

麥爾肯感覺漫無邊際的疲倦壓得他心頭一沉。他臉上肯定有些異樣，因為她接著說：「抱歉。當我沒說。我不該多嘴的。」

「哪天再換我來寫個回憶錄。但先聽我說：卡萊特死前說了一件和山區來的人有關的事，就是那些攻擊研究站的人。他說他們的資金來自某個叫TP的單位。聽說過嗎？」

巴德鼓起腮幫子呼了口氣。「圖林根石油。」他說：「無良商人。」

「是鉀肥。」阿妮塔說：「不是石油。」

「可惡，是鉀肥才對。阿妮塔寫了一篇相關報導。」

「後來沒有刊登。」阿妮塔接著說：「編輯覺得不放心。是家歷史很悠久的公司，好幾世紀以前就開始在圖林根挖鉀肥，為製造肥料、炸藥和化學品的公司供應原料。但這家公司在大概二十年前開始多角化經營，將觸角伸入製造業，因為那裡才是利潤所在。主要製造武器和藥劑。他們勢力非常龐大，麥爾肯，而且他們以前對於宣傳曝光深惡痛絕。但是市場不是這樣運作的，他們必須適應新的做事方式。他們出的一款止痛藥『鎮提安』大受歡迎，賺了很多錢，錢全都又投入研究。他們是私人公司，不用向大眾投資人發股息紅利，而且旗下網羅了一流的科學家。你在找什麼？」

麥爾肯很費力地伸手進口袋取出一小瓶藥片。「鎮提安。」他念出聲。

「看吧。」巴德說：「他們生產的所有產品上面都標了字母T和P。卡萊特認為他們在金援恐怖分子？那些山區來的人？」

「他在他們進研究站時看到卡車上的字母縮寫。」

「他們的目標是玫瑰。」

「當然了，這樣很多事都說得通了。阿妮塔，能讓我讀妳寫的那篇報導嗎？我想多了解一下背景。」

她搖搖頭。「我大部分的檔案資料都跟公寓一起燒了。」她說：「和那篇相關的資料都沒了。」

「那他們可能是為了這個理由才炸毀公寓嗎？」

她望向巴德。他不情願地點了點頭。「可能是理由之一。」他說。

「真的很遺憾。現在開始我最好還是跟著萊拉的足跡。」

「我告訴萊拉去阿勒坡找一個叫做穆斯塔法貝伊的人，是個商人，人脈很廣，耳目眾多。如果萊拉到那裡，第一件事很可能就是去找他。是我的話就會這麼做。總之，你去瑪雷托咖啡館就能找到他。」

巴德幫麥爾肯買了新衣物讓他能換掉浸滿鮮血的衣褲，還買了一根枴杖，再陪他到火車站搭乘往阿勒坡的快車。

「藏身處所那裡怎麼處理？」麥爾肯問。

「警方已經在現場了，有人聽到槍響後報案。還好我們及時離開，不過那地方以後沒辦法再用了。我都會寫在給奧克立街的報告裡。」

「謝了，巴德。多虧有你幫忙。」

「幫我問候萊拉一聲，如果你……」

「我會的。」

火車離站時，麥爾肯在舒適的空調車廂裡痛苦地坐穩，拿出原本在赫索背包裡那本破舊不堪的《賈罕與珞珊娜》來讀，希望能讓自己分神不去注意髖部的劇痛。

長詩講述這對戀人的故事，講述他們如何努力打敗珞珊娜的舅舅庫勒希法師，進而得到一座種了珍貴玫瑰的花園。故事情節鬆散，包含大量片段插曲；其中有許多轉折和支線情節，出現了形形色色的傳說生物和古怪離奇的情境。賈罕曾有一回必須駕馭一匹生有雙翅的飛馬，飛到月亮上拯救遭到夜女王囚禁的珞珊娜，還有一次珞珊娜為了抵抗火魔拉茲瓦尼的威脅而使用了禁忌的護身符，而自每趟冒險經歷延伸發展出的影響和結果，就宛如自主線情節旋動分流而出的小小漩渦。在麥爾肯看來，故事幾乎令人無法忍受，讓他釋懷的是詩人對於玫瑰園本身，對於整個實體世界，以及對於人物角色透過知識接觸實體世界時所沉浸的各種感官享受，皆描述得淋漓盡致，陶然極樂。

「若不是有某種意義，」麥爾肯對阿斯塔說：「不然就是毫無意義。」

「我打賭有某種意義。」她說。

車廂隔間裡沒有旁人。火車預計在一小時內到站。

「為什麼？」他道。

「除非有什麼特別意義，否則赫索何必不辭辛勞帶上這本書。」

「也許只是代表對他個人來說私密有意義的事物，但並沒有別的意義。」

「但是我們需要了解他，必需知道他為什麼重視這部作品。」

「也許重點不在這部作品，反而是在這本書。這個版本。甚至我們手上這一本。」

「當成密碼本……」

「類似。」

如果兩人各有一本同樣的書，就能在書裡找到想用的字，記下第幾頁第幾行第幾個字，以這種方式編寫成密碼彼此傳訊，如果其他人無法得知兩人究竟是根據哪一本書，那麼這套密碼基本上無從破解。

還有一種方式，是特定的一本書裡本身就夾帶了訊息，而用來組成訊息的字母或字，是以用鉛筆在旁邊點一下或類似的方法標記出來。這種方式的缺陷在於，如果書本落入敵方手裡，敵方同樣可以解讀訊息，幾乎完全無法保密。麥爾肯花了點時間在書中搜尋類似的標記，有幾次他以為自己找到了，但最後判定只是便宜粗糙紙頁本身的污點瑕疵，不是任何人刻意為之。

「狄拉莫是萊拉的舅舅。」阿斯塔。

「那又怎樣？」

他的反應有時候真的非常慢。「庫勒希是珞珊娜的舅舅。他想搶走一座玫瑰園。」

「噢！我懂了。但誰是賈罕？」

「噢，得了吧麥爾。」

「他們是一對戀人。」

「重點是整個情境的精髓。」

「是巧合。」

「好吧，」她說：「你說是就是。但是你在找一個理由解釋這本書為什麼重要。」

「不，我已經認定它很重要。我只是在找一個好理由。只是一、兩次偶然的巧合，還不夠有說服力。」

「一次巧合本身是不夠有說服力，但是有很多巧合的時候……」

「妳在故意唱反調。」

「唱反調有其道理。你得對一切保持懷疑。」

「我還以為妳毫不懷疑，什麼都信。」

他們針鋒相對互相攻防。他們常常這麼做，他主張是此而她主張是彼，他們會忽然換邊改為支持先前反對的主張，最後就能得出他們都覺得合理的結論。

「她在找的那地方，」阿斯塔說：「那個死城，你覺得精靈為什麼會住在那裡？詩裡有提到類似的地方嗎？」

「該死，還真的有。珞珊娜的影子被偷了，她必須從噬影妖之境找回她的影子。」

「吃影子的妖魔。」

「那是什麼？」

「她找回影子了嗎？」

「找回來了，但她不得不犧牲別的東西……」

他們默然靜坐半晌。

「我想還有……」他開口。

「什麼？」

「有一段是在講珞珊娜被妖女莎札達抓走，就是夜女王，賈罕救了她……」

「說下去。」

「賈罕愚弄了她，將她的絲綢腰帶很巧妙地綁成一個她解不開的結，在妖女努力想解開的時候，他跟珞珊娜就趁機逃走。」

他等著。然後她說：「噢！泰晤士河的妖精和那個她打不開的盒子！」

「黛安妮亞。對，異曲同工。」

「麥爾，這實在……」

「太像了。不可否認。」

「但諸如此類的事接二連三浮現，究竟意義為何？覺得有意義或沒意義，可能就看個人性情。」

「那就失去意義了。」他點明道：「如果為真，難道不是無論你信或不信都為真嗎？」

「也許錯的是拒絕看見。也許我們應該專心致志，下定決心。那首詩最後的結局是什麼？」

「他們發現那座花園，打敗法師，然後結婚。」

「從此過著幸福快樂的日子……麥爾，我們該怎麼做？信？還是不信？它的意義就是表面上看起來的意義嗎？所謂意義究竟有什麼意義？」

「唔，這題比較簡單。」他說：「事物的意義就是與其他事物的連結。對我們來說尤其如此。」

火車駛經海岸旁一座城鎮的外圍，車速正在放慢。

「該不會要在這裡停下吧？會嗎？」阿斯塔說。

「不會。可能只是因為隔壁軌道在施工或什麼的才減速。」

但實情並非如此。車速愈來愈慢，最後火車以龜速緩緩駛進車站。在向晚的斜陽餘暉中，麥爾肯和阿斯塔可以看見十幾名男女圍在一個講台四周，講台上有一個人在演講，或是在致送別詞。一名身穿深色西裝和和翼型領襯衫的男人走下講台，輪流握手，挨個擁抱。顯然是位大人物，重要到足以讓鐵路公司為他更動車班時間。後方有一名行李搬運員提起兩只行李箱送上火車。

麥爾肯試著挪動身體，因為他的腿愈來愈僵硬，疼痛卻未曾消滅。他連站都站不起來了。

「躺下來。」阿斯塔說。

火車再次開動，麥爾肯感覺一陣強烈的屈從感如飄落的白雪般覆蓋全身。他身體裡的力氣一點一滴流失。也許他再也動彈不得。他只覺得心有餘而力不足，這種感覺將他帶回二十年前大洪水時在那個可怕的陵墓裡，他不得不拚盡全身上下每一分力氣，從傑若德・波奈維爾手下救出艾莉絲……艾莉絲會知道現在該怎麼辦。麥爾肯悄聲喚著阿斯塔的名字，她聽見了，想要回應，但同樣痛得頭暈目眩，在麥爾肯昏倒時也跟著昏厥過去。查票員發現他們時，精靈趴在麥爾肯的胸口上不省人事。地板上積了一灘血泊。

第三十章

# 諾曼和貝瑞

艾莉絲．羅斯黛正在整理一些亞麻布品，將還能縫補的床單和枕頭套分成一堆，將回天乏術只能撕開來當抹布的分成另一堆，這時總管卡森先生打開門走了進來。

「艾莉絲，」他說：「院長想見妳。」他一臉嚴肅，不過話說回來，他也從不曾眉開眼笑過。

「他找我做什麼？」艾莉絲說。

「他要召見我們所有人。給僕人的期末考評，我猜。」

「期末考評」是指牛津大學各學院學生和導師每年進行的一次會談，由導師評估學生的學業進度。

「他召見你了嗎？」艾莉絲說，脫下圍裙掛起來。

「還沒有。有任何萊拉那孩子的消息嗎？」

「沒有，老實說，我擔心得要死。」

「她似乎從地球表面消失了。院長在財務主管的辦公室，因為院長辦公室現在正重新裝修。」

艾莉絲對於要面見院長一事並不特別緊張，不過她對院長從來沒有好感，自從聽說他怎麼對待萊拉之後，更是打從心底感到厭惡。她知道自己很稱職，也將原本負責的職權範圍延伸擴大，以至於從財務主管以及總管的角度看來，還有老院長也絕對會贊同：學院能夠順暢運作，她功不可沒。事實上已有另外兩、三間學院仿效約旦學院，指派學院專屬的女管家，前所未有的作法打破了牛津數百年來只雇用男性為高級僕人的慣例。

因此艾莉絲很有自信，不論哈蒙德博士召見她的原因為何，絕不會是對她的工作表現有任何不滿。即便如此，這也會由總務主管來管轄，而非院長。真是耐人尋味。

她敲了敲財務主管祕書珍奈的門，走了進去。珍奈的松鼠精靈飛快蹦跳，前來迎接艾莉絲的精靈班，艾莉絲只覺得一陣悚慄不安，卻不明所以。珍奈年約三十多歲，個子嬌小，臉蛋漂亮，她一臉焦慮，不時瞄一眼財務主管辦公室的門。她伸出手指抵唇示意。

艾莉絲湊近。「怎麼回事？」她輕聲說。

珍奈悄聲說：「裡頭有幾個男人跟他在一起，CCD派來的。他沒說他們從哪裡來，但是看得出來。」

「他還見過誰？」

「都沒有。」

「我以為他要召見所有僕人。」

「不，是他要我這麼告訴卡森先生。艾莉絲，千萬要——」

辦公室的門開了。院長本人站在門口，臉上掛著招呼訪客的制式笑容。

「羅斯黛太太。」他說：「謝謝妳過來。珍奈，可以幫我們準備咖啡嗎？」

「當然，院長。」她答道，比艾莉絲更驚恐，更慌張。

「請進。」哈蒙德博士說：「希望沒有打擾到妳的工作，但我想我們或許可以聊一聊。」

院長拉著門等艾莉絲走進去。辦公室裡如珍奈所說，還有兩個男人在，兩人都坐著，既未站起身，也未露出微笑或伸出手來準備和她握手。艾莉絲可以隨心所欲發散出一道凜冽的寒冰之氣（她是這麼想像的），此時她就這麼做了。男人坐著不動，表情依舊不變，但她知道寒冰之氣已經擊中目標。

她在辦公桌前第三張椅子上坐下，夾在兩個陌生人中間。艾莉絲很苗條，她的舉手投足可以無比優雅，她的容貌並不美麗——她與美麗，或漂亮，或傳統定義上的迷人永遠無緣——但她能夠展現十足的性感風情，麥爾肯見識過。當下她施展出來，只是要擾亂他們的心神。院長走到辦公桌後方坐下來，發表了關於天氣的無謂評論。艾莉絲依舊一語不發。

「羅斯黛太太，」哈蒙德定了定神之後說：「這兩位男士是處理維安事務的政府單位派來的。他們有些問題想問妳，我想最好還是有我在場時安安靜靜地進行，對學院來說最為妥當周到。我想妳應該沒有意見吧？」

「卡森先生告訴我你要召見所有僕人，他說只是內部事務，學院內部。顯然他不知道有兩位警員在場。」

「不是警員，羅斯黛太太。也許該說公務員？如我所說，我想最好還是保持低調不要張揚。」

「是怕我聽說他們在就不來了嗎？」

「噢，我相信妳明白自己的職責所在，羅斯黛太太。曼頓先生，是否要開始了呢？」

兩個男人裡年紀較年長的坐在艾莉絲左邊。她只朝他看了一眼，好看但無甚特色的臉孔，整齊灰色西裝搭條紋領帶，看起來過度熱中舉重的體格。他的精靈是一頭狼。

「羅斯黛太太，」他說：「我是曼頓上尉。我——」

「不，不對。」她說：「上尉不是名字，是位階。究竟是什麼單位的上尉？你看起來像祕密警察。你是嗎？」

她對他說話時直直望向院長。院長面無表情地回望她。

「我國沒有祕密警察，羅斯黛太太。」男人回答：「上尉是我的軍階，如妳所指出。我是正規軍隊裡的軍官，借調來執行維安任務。這位是我的同事托帕姆中士。我們想多了解妳認識的一個女孩，萊拉．貝拉克。」

「她不姓貝拉克。」

「我了解她對外都用蓮花舌這個綽號，但這在法律上並不是她的正式姓氏。她在哪裡？羅斯黛太太？」

「去你的。」艾莉絲冷靜地說。她還是直直盯著院長的臉，對方的表情沒有一絲變化。然而，他的雙頰開始泛起細緻的淺紅。

「這樣的態度對妳一點好處也沒有。」曼頓說：「此時此刻，在這樣非正式的場合，只是粗魯無禮。但容我提醒妳——」

門開了，珍奈端著一個托盤進來。

「謝謝妳，珍奈。」院長說：「放在桌上就好了，麻煩妳。」

珍奈不由自主看向艾莉絲，她仍兩眼死盯著院長的臉。

艾莉絲對特務說：「是嗎？你是要向我提出什麼警告嗎？」

哈蒙德額間微微蹙了起來，他瞥了珍奈一眼。「盤子放下就好。」他說。

「我還在等，」艾莉絲說：「有人要向我提出什麼警告嗎？」

珍奈放下托盤，兩手抖個不停。她穿越辦公室走到門邊，幾乎踮著腳尖，然後走了出去。哈蒙德向前傾身開始倒咖啡。

「剛剛那樣真的不是明智之舉，羅斯黛太太。」曼頓開口。

「我還以為是機智之舉呢。」

「妳是在害妳的朋友陷入危險。」

「我不知道你是怎麼得出這個結論的。我陷入危險了嗎？」

院長端了一杯給曼頓，再端另一杯給他的同事。「我想妳如果乾脆一點回答我的問題，羅斯黛太太，」他說：「對事情才會有實質助益。」

「艾莉絲？我可以叫妳艾莉絲嗎？」曼頓說。

「不行。」

「很好。羅斯黛太太。我們很關心妳在約旦學院照顧過的一名女孩——年輕女士——是否安好。萊拉．貝拉克。」

他堅定地說出全名。艾莉絲不發一語。哈蒙德微微瞇起眼旁觀。

「她在哪裡？」另一個男人托帕姆問道。這是他第一次開口說話。

「我不知道。」艾莉絲說。

「妳和她有聯絡嗎？」

「沒有。」

「妳知道她離開是去哪裡嗎？」

「不知。」

「妳上次見到她是什麼時候？」

「一個月前，大概吧。我不知道。你們是CCD派來的，對不對？」

「這裡既不是——」

「我敢賭你們就是。我會這麼問是因為你們這些惡棍到這裡來，進到這個學院，進到她房間，就在我最近一次見到她那天。強行闖進一個應該很安全的地方，把裡頭搞得一團糟。所以你們紀錄裡會有那天的日期，那天就是我最後一次看到她。就我所知，也可能是你們當天就把人抓走了啊。搞不好她現在就被關在你們的某一間骯髒地牢裡頭。你們查過了嗎？」

她還是盯著哈蒙德。他的雙頰已經逐漸失去血色，開始變得蒼白。

「我相信妳還知道其他事，但沒有向我們交代，羅斯黛太太。」曼頓說。

「噢，你是這樣相信嗎？你相信，所以就真的是如此嗎？」

「我認為妳還知道其他事——」

「你先回答我的問題，那我或許也會回答你的。」

「我不是在玩遊戲，羅斯黛太太。我有權問妳問題，如果妳不回答，我會逮捕妳。」

「我還以為像約旦學院這樣的地方很安全，不會受這樣的干涉。原來我錯了嗎？哈蒙德博士？」

「過去曾有所謂學術庇護的概念，」院長說：「但早就已經過時了。無論如何，學術庇護也僅限保護學者。在這裡，學院僕人必須回答問題，就跟在外頭一樣。我誠心建議妳回答問題，羅斯黛太太。」

「為什麼？」

「和這兩位男士合作，學院會確保幫妳找委託律師。但妳若刁蠻不馴，滿懷敵意，我就愛莫能助了。」

「刁蠻不馴，滿懷敵意。」她說：「念起來真是好聽。」

「我再問妳一遍，羅斯黛太太。」曼頓說：「萊拉·貝拉克在哪裡？」

「我不知道她在哪裡。她在旅行。」

「她要去哪裡？」

「不知。她沒告訴我。」

「噢，妳看，這一點我就不信。妳和這個女孩的關係非常密切。據我所知，妳從她小時候就認識她了。我不相信她會突發奇想出遠門，卻沒有告訴妳她要去哪裡。」

「突發奇想？她是因為你們這些惡棍追著她跑才離開的。她很害怕，我一點都不怪她。以前曾經有一段時期，這個國家是有公理正義的。我不知道你記不記得，哈蒙德博士。也許你那時候在別的地方。但我活到這把年紀，還記得以前得要有理由才能抓人的，至於——你說什麼來著？——刁蠻不馴，滿懷敵意——還不構成理由。」

「但問題不在那裡。」曼頓說：「妳要怎麼刁蠻不馴都隨妳，對我來說無所謂。我一點都不關心。如果我逮捕妳，也不會是因為妳的情緒化態度，而是因為妳拒絕回答問題。我再問妳一次——」

「我回答過了。我剛剛已經告訴你，我不知道她在哪裡。」

「而我不相信妳說的。我認為妳知道，我他媽的保證讓妳從實招來。」

「所以你要怎麼他媽的保證這一點？把我關進牢裡？刑求？還是怎麼樣？」

曼頓笑了。托帕姆說：「我不知道妳讀了什麼恐怖故事，不過在我們這個國家是不刑求犯人的。」

「真的嗎？」艾莉絲問哈蒙德。

「當然。刑求犯人在英國是違法的。」

趁著其他人還來不及反應，艾莉絲霍然起身快步走向門口。她的精靈班平常沉靜自持，甚至一副懶洋洋的樣子，此時卻凶猛地朝兩名CCD人員的精靈齜牙咆哮，擋住她們，同時艾莉絲打開門走進珍奈的辦公室。

坐在辦公桌後的珍奈警覺地抬起頭來。先前就進來的財務主管史汀格先生正站在她身邊翻找一些信件。艾莉絲只來得及大喊：「珍奈——史汀格先生——幫我作證——」就遭托帕姆扣住左臂。

珍奈叫道：「艾莉絲！怎麼——」

財務主管嚇得目瞪口呆，他的精靈從他的一邊肩頭飛起，又落到另一邊肩頭。片刻過後，艾莉絲伸出右手狠狠搧了托帕姆一巴掌。珍奈驚得倒抽一口氣。班和另外兩頭精靈咆哮撕咬了起來，托帕姆緊緊抓住艾莉絲，推著她，一轉身將她的手臂大力扭到背後。

「告訴大家！」艾莉絲大吼：「告訴全學院的人。告訴外面的人！他們抓我是為了——」

「夠了。」曼頓說，上前和他的同事會合。儘管艾莉絲不停掙扎，托帕姆仍將她的另一臂也一併扣住。

「這就是現在在學院裡發生的事，」艾莉絲說：「在那個人的管理之下，是他允許的。這就是他想要的方式——」

曼頓大聲吆喝蓋過她的聲音。「艾莉絲．羅斯黛，我現在以妨礙軍官執行公務的罪名逮捕妳——」

「他們想找萊拉！」艾莉絲大喊：「那才是他們真正想抓的人！告訴所有人——」

她感覺兩條胳膊被人向後扯，仍奮不顧身向前走，但耳裡傳來上鎖的咔答聲，手腕上感覺被堅硬金屬條緊緊箍扣，她知道自己被銬住了。她站住了。和手銬對抗毫無意義。

「哈蒙德博士，我必須要抗議——」財務主管在院長從裡間辦公室走出來時開口。

托帕姆已經用鏈條套住班的頸項，鏈條連著一根裹著皮革的堅固長棍。對於精靈來說無比屈辱，但他憤怒地掙扎，不停咆哮撕咬。托帕姆精於此道，訓練有素，冷血無情。班不得不屈服。不過艾莉絲知道，等托帕姆要解開鏈條時，就有得他受的了。

哈蒙德對財務主管說：「雷蒙，這件事真的令人難過而且不怎麼必要，請你原諒。我本來以為我們可以很有技巧地處理，顯然我錯了。」

「但是何必如此使用蠻力？真的令我萬分震驚，院長。羅斯黛太太是非常資深的學院僕人。」

「這些人不是普通警察，史汀格先生。」艾莉絲說：「他們是——」

「把她帶出去。」曼頓說。

托帕姆開始拉扯，艾莉絲極力反抗。

「告訴大家！」她高喊：「告訴你們認識的每個人！珍奈，告訴諾曼和貝瑞——」

托帕姆更大力地一扯，她一下子站不穩，趴倒在地板上。鏈條末端的班怒吼著猛力一躍，犬牙在距離曼頓喉頭一英寸處咬了個空。

「雷蒙，跟我來一下。」是艾莉絲聽見院長說的最後一句話，同時她看見他伸手搭著財務主管的肩膀，將他帶進辦公室裡間。她最後看見的是珍奈驚恐的臉龐，接著她感到尖銳的針頭扎進肩膀，之後便不省人事。

當天中午過後不久，財務主管祕書珍奈一抓到外出的空檔，便奮力踩著腳踏車騎上伍斯塔克路，朝轉往吳爾夫寇特的拐彎處騎去。她的松鼠精靈亞賽坐在把手前的籃子裡，渾身冰冷，驚懼不已。

珍奈先前常常跟艾莉絲還有其他朋友一起去鱒魚旅店。她一聽艾莉絲說的最後一句話就明白意思：諾曼和貝瑞是旅店裡兩隻孔雀的名字。孔雀諾曼和貝瑞本尊在昔日的大洪水時淹死了，但牠們的後繼者仍沿用同樣的名字，因為麥爾肯的母親覺得這樣比較省事。

珍奈拚命踩著踏板騎過吳爾夫寇特往格斯陶的方向前進，接著轉進鱒魚旅店的庭園，渾身燥熱，上氣不接下氣。

「妳披頭散髮的。」亞賽說。

「噢，老天。就別計較了。」

她將蓬亂的頭髮撫平，走進旅店。下午時段生意清淡，酒吧裡只有兩名酒客在爐火旁閒磕牙。波斯戴太太在擦亮酒杯，看到她後微笑表示歡迎。

「很少在這時候看到妳。」她說：「下午休假？」

「我有急事要告訴妳。」珍奈將說話音量壓到最低。爐火邊的酒客並未注意。

波斯戴太太說：「跟我到露台室來。」接著帶路朝走廊盡頭走去。松鼠精靈和獾精靈緊緊跟在她們身後。

門一關上，珍奈就開口說：「艾莉絲．羅斯黛，她被捕了。」

「什麼？」

珍奈告訴她事情經過。「他們要帶走她時，她對我說：『告訴諾曼和貝瑞。』當然我知道她指的不是孔雀，我知道她指的是妳和瑞格。我不知道該怎麼辦。太可怕了。」

「妳覺得是CCD嗎？」

「正是他們。毫無疑問。」

「院長沒有想辦法阻止他們？」

「他跟他們是一國的！他在幫他們！不過現在顯然已經傳遍整個學院，艾莉絲的事，大家都氣得不得了。院長收回萊拉住的房間的時候大家也很氣，還有萊拉不見的時候。但是又能怎麼辦呢，對不對？他沒有違反任何規定，他完全有權力決定……但可憐的艾莉絲……不過算她厲害，她甩了其中一個惡棍重重一巴掌……」

「完全可以想像她的反應，艾莉絲可不是好惹的。不過財務主管呢？他怎麼說？」

「他跟院長一起走出辦公室之後就——我不知道該怎麼形容——俯首貼耳的。不像他了。甚至有點羞慚。這個地方現在變得好可怕，約旦學院。」珍奈激動地說完最後一句。

「那地方需要整頓一下了。」布蘭達說：「妳何不跟我一起去？」

「哪裡？」

「耶利哥。路上再跟妳解釋。」

兩個女人一起猛踩腳踏車急駛，沿著拉船路穿過渡口草原，經過修船廠，越過人行橋，再沿著沃爾頓威爾路駛入耶利哥。

麥爾肯的母親認識漢娜．瑞芙的時間幾乎和兒子一樣久，清楚漢娜會想第一時間知道這個消息。對於兒子和漢娜夫人所處、檯面之下不為人知的世界，布蘭達．波斯戴敏銳地察知一二，不過她從未開口問過他們任何一人。她明白漢娜．瑞芙會知道該找什麼人談，什麼人能幫忙，還有要提醒什麼人。

她們轉入奎瑞南街，但立刻又煞車停住。

「是她家。」布蘭達說。

在漢娜家門外停著一輛琥珀電氣廂型車，一個男人正將數箱東西放入後車廂。她們看著他進出屋子兩次，每次都抱了整落紙箱或文件資料。

「是早上來的其中一個人。」珍奈悄聲道。

她們推著腳踏車走在人行道上，朝廂型車靠近。托帕姆第三次抱著整落資料走出來時，轉身看到她們。他瞪著她們，但一句話都沒說，關上後車廂門之後又回到屋內。

「來吧。」布蘭達說。

「我們要做什麼？」

「我們只是要拜訪漢娜。再正常不過的事。」

珍奈跟在布蘭達後頭，兩人直接將腳踏車牽到屋子前，讓車斜靠著小花園圍牆。布蘭達的獾精靈伸著闊鼻，拱起厚實肩背，在她扣響敲門環時，緊跟在她腳跟旁。珍奈站在她後方幾英尺處等著。

屋內傳來人聲，有男性的聲音，也有漢娜的聲音。男聲音量拉得很大，而女聲音量並不大。布蘭達再次扣響門環。她望著珍奈，珍奈也回望這名塊頭壯碩的五十多歲婦人，身上的粗花呢大衣有一點太緊，一臉沉著堅定。珍奈此刻在麥爾肯的母親身上清楚看見了他的影子，她從好久以前就（默默地）對他滿心仰慕。

門開了，布蘭達回過頭，眼前是另一個男人，發號施令的長官。

「什麼事？」他說，語氣冷酷嚴厲。

「哦，你是誰啊？」布蘭達說：「我們來拜訪我的朋友漢娜。你在幫她做事嗎？」

「她現在在忙。妳們得晚點再來。」

「才怪，她現在就可以見我。她在等我。漢娜。」她喚道，聲音宏亮清楚。「是布蘭達。我能進去嗎？」

「布蘭達！」漢娜呼喚著，她的聲音聽起來尖銳緊繃，但喊聲戛然而止。

「發生什麼事？」布蘭達對著上尉說。

「和妳一點關係都沒有。瑞芙夫人在協助我們進行重要的調查。我要請兩位——」

「**瑞芙夫人協助你們**。」布蘭達的語氣帶著強烈不屑。「閃一邊去，無知流氓。漢娜！我們進去了。」

男人的狼精靈還來不及齜牙咆哮，布蘭達的貛精靈已經用強而有力的下顎咬住狼的一隻腳爪，用肩膀將她頂到一旁。上尉雙手按住布蘭達的胸口想將她向後推，但她右手大力一揮，重重打在他的腦袋側邊，力道之大，他踉蹌一下幾乎跌倒。

「托帕姆！」他大喊。

布蘭達已經擠過他身旁，趕到起居室門口。她看見漢娜在裡頭，坐得直挺挺的，看起來很不舒服，另一個男人將她的一隻胳膊扭到她背後。

「你以為你在幹麼？」布蘭達說。

她可以聽見身後傳來扭打聲，接著珍奈大喊：「不准碰我！」

漢娜說：「布蘭達——小心——」托帕姆將她的胳臂扭得更深，漢娜痛得面容扭曲。

「立刻放開她。」布蘭達要求說：「鬆開你的手，向後退，馬上走開。快啊。」

托帕姆的回應是扭得更用力。漢娜痛得不由得喘了一口粗氣。

忽然有什麼東西猛力擊中布蘭達的背部，她向前跌入小小間的起居室，正好趴倒在漢娜坐的椅子上。珍奈跌在她身上——曼頓為了擺脫死命抓著自己衣袖的珍奈，將她向前摔了出去——三個女人全都摔在壁爐前，距離火堆只有半臂之隔。

托帕姆一下子沒抓住漢娜的胳膊，在另外兩個女人撞過來的衝力之下，他向後撞上漢娜收藏瓷器的玻璃櫃，連人帶櫃摔倒在地。

布蘭達最先站起身來，手裡拿著原本放在壁爐用具架上的撥火棒。珍奈學著她的樣子，拾起了壁爐鏟。漢娜重重摔倒，似乎無法動彈，而布蘭達跨到她身前，頑強不屈地面對兩個男人。

「給我轉身，走出去，然後離開。」她說：「不許你們得寸進尺。我不知道你們以為自己是誰或認為自己在幹什麼，但是老天有眼，你們別以為可以逍遙法外。」

「放下那東西。」曼頓對布蘭達說：「我警告妳——」

他想要抓住撥火棒。布蘭達猛力一揮狠狠打中他的手腕，他退後一步。

托帕姆還在努力掙扎，想要從櫃架碎片和碎玻璃堆中站起來。布蘭達瞄了他一眼，很高興看到他的手掌因割傷而流血。

「還有你，」布蘭達說：「竟然敢對老太太動粗，你這個惡棍、懦夫。走啊，滾出去。」

「那幾箱東西——」珍奈說。

「對，你們還偷東西。走之前記得把箱子先搬下車。」

「我記得妳。」曼頓對珍奈說：「妳是約旦學院那個祕書。妳等著捲鋪蓋回家吧。」

「你們把艾莉絲．羅斯黛怎麼了？」布蘭達問：「你們把她抓去哪了？她犯了什麼法嗎？」

珍奈驚駭得渾身不停顫抖，但是布蘭達似乎一無所懼，當面質問兩名ＣＣＤ人員，彷彿在這個情況下，所有的公理正義都站在她這一邊，也確實如此。

「妳似乎不明白，我們有權力進行調查——」曼頓開口道，但是布蘭達的聲音壓過他的。

「你們才沒有，你們這些賊子，懦夫，惡棍。沒有人有權力在沒有搜索令的情況下闖入任何人家裡——你知道，我也知道。大家都知道。你們也沒有權力不問正當理由就逮捕任何人。你們為什麼逮捕艾莉絲．羅斯黛？」

「跟妳一點關係都——」

「跟我非常有關係。我從艾莉絲小時候就認識她了，她絕對不會為非作歹，而且她一直以來都是約旦學院最優秀的僕人。你們對院長做了什麼才讓他把人交給你們？」

「不關妳的——」

「你一個理由也說不出來，因為根本就沒有理由，你這個混蛋，下三濫，見不得光的惡棍。你把她怎麼了？快說啊！」

珍奈正在扶漢娜起身。老婦人的開襟羊毛衣袖灼損燒焦：她是真的摔倒在火堆上還倒了好一會兒，但連一聲都沒吭。散落的燒紅煤塊開始灼燒壁爐前的地毯，珍奈彎身用壁爐鏟將煤塊很快鏟起。同時托帕姆正從手掌中拔出一塊碎玻璃，曼頓轉過身，不去面對布蘭達的厲聲質問。

「我們走。」他對中士說。

「你該不會要放棄吧？」托帕姆說。

「浪費時間。現在就走。」

「我們會找到她的。」布蘭達說：「我們會把她從你們手裡救出來的，你們這些無法無天的鼠輩。總有一天，該死的ＣＣＤ會被轟出這個國家，你們就只能夾著尾巴滾出去。」

「我們才不——」托帕姆開口，但曼頓說：「夠了，中士。說夠了。我們走。」

「長官，我們可以拿下她。」

「不用那麼麻煩。我們認識妳，」他對珍奈說：「我們很快就會逮住妳，」他接著又看向漢娜說，「然後我們輕而易舉就能查出妳是誰，到時妳就真的大禍臨頭。」他轉向布蘭達說完整句話。

光是他的冷酷眼神就足以嚇壞珍奈，但她在幫上一點小小的忙之後，也覺得膽大氣壯了起來。能有一、兩分鐘那樣的感受，或許就算丟了工作也在所不惜。

兩個男人離開時，漢娜正在撥去袖子上最後的幾點火星。

「哪裡燙著了嗎？」布蘭達問：「我們幫妳看看。把袖子捲起來。」

「布蘭達，我真不知道該怎麼感謝妳。」漢娜說。

珍奈注意到老婦人完全沒有發抖，但她感覺得到自己仍不停打著哆嗦。她從壁爐用具架上取下小刷子，想盡量將爐灰和髒污清理乾淨，但是發抖的雙手有些不聽使喚。

「也很感激妳。」漢娜接著說：「抱歉，但我還不知道妳是誰。妳們倆真的非常勇敢。」

「珍奈是約旦學院財務主管的祕書。」布蘭達說：「他們早上來抓走艾莉絲的時候，她也在場，她一得空就趕來告訴我，我想我們最好來提醒妳。他們帶走了什麼貴重的東西嗎？」

「只有我的退稅文件和帳單之類的東西。說實在的，我還滿高興能送走它們。貴重的都在保險箱裡，但我得把它們移走了。妳們知道嗎？我現在真想喝杯茶。妳們呢？」

翌日早上，珍奈一如往常去上班，經過門房小屋時，覺得門房看著她的表情有些古怪。財務主管在辦公室裡等候，不時注意她到了沒。他一聽見她抵達，立刻開口喚她進去。

「早安。」她小心翼翼地說。

他坐在辦公桌後，手裡頭把玩著一塊紙板：一下用來輕敲吸墨紙，一下翻來摺去，一下撫平摺痕。他並未看向她。

「珍奈，我很抱歉，但我有不好的消息。」他說。

他說話的速度飛快，始終不曾看她一眼。珍奈覺得自己心下一沉，不發一語。

「我──嗯──被清楚告知說以後沒辦法──呃──繼續聘雇妳。」他說。

「為什麼？」

「昨天兩位軍官前來時，妳似乎很不幸地留給他們，呃，嗯，不好的印象。我必須說我個人完全不這麼認為──一直都很倚仗妳的專業能力──也許他們的態度有一點太超過──儘管如此，如今世道艱難，而且……」

「是院長逼你這麼做的嗎？」

「妳說什麼？」

「昨天。他們帶走艾莉絲之後，院長叫你跟他進去。他跟你說了什麼？」

「呃，這是機密，但他確實強調要讓我們這樣一所機構維持獨立極為不易，畢竟我們是整個國家社會的一部分，並非與世隔絕。我們全都承受種種不同的壓力……」

他愈說聲音愈微弱，彷彿再也提不起力氣。平心而論，她暗想，他看起來確實是一副再悲慘不過的模樣。

「所以院長叫你把我開除，然後你就照做了？」

「不，不，不是……是……這個要求是別處提出的。是一個更，該怎麼說呢，更有權威……」

「以前整個學院裡最有權威的人是院長。我不相信老院長會容忍任何人使喚他該怎麼做。」

「珍奈，妳這樣讓大家都不好做……」

「我不想讓大家好做。我想知道我為什麼會在認真工作十二年以後被解雇。你對我的表現從來沒有一句抱怨，不是嗎？」

「唔，是沒有，但妳昨天確實妨礙一些重要人士執行他們的任務。」

「但不是在這裡。不是在學院裡。昨天他們在這裡時，我妨礙他們了嗎？」

「在哪裡並不重要。」

「我還以為這一點非常重要。他們告訴過你他們當時在做什麼嗎？」

「我並未和他們直接對話。」

「那好，我來告訴你。他們盜取一位年長女士的東西，還對她動粗，我剛好看見他們在做什麼，就和我的朋友介入，幫忙那位女士。就是這樣，史汀格先生，這就是事情經過。我們現在就是生活在這樣的國家裡嗎？只因為礙著了那些CCD的惡棍無賴，就讓我們丟了原本做得好好的工作？學院也變成這樣的地方了嗎？」

財務主管垂下頭，雙手掩面。珍奈這輩子從不曾如此對任何一位雇主說話，但她直直站著，心中噗通狂跳，而他沉重地嘆口氣，三度開口想說些什麼，又嚥了回去。

「真的非常艱難。」他說。他抬起頭，但視線並未落在她身上。「有很多事我無法說明。局勢緊繃，有很多壓力……嗯……要妥善保護學院的教職員工，本院的員工。如今與從前已經大不相同……我必須保護所有員工……」

話聲愈漸微弱陷入靜默，她一言不發。

「好吧，就算你非得趕走我好了，」她終於開口：「他們為什麼要抓走艾莉絲？他們把她怎麼了？她現在人在哪裡？」

他能做的唯有嘆氣，垂下頭。

她開始收拾工作的辦公桌上僅有的幾件私人物品，只覺頭重腳輕，彷彿有一部分的自己抽離開來夢見了眼前的情景，而她很快就會醒來，發現一切如常。

接著她再次走進財務主管的辦公室。他整個人看起來萎縮渺小。

「如果你沒辦法以雇主的身分告訴我她在哪裡，」她說：「那可以以朋友的身分告訴我嗎？她是我的朋友。她是每個人的朋友。她是學院的一分子——她在這裡待了十幾年，比我待的時間還要更久。拜託你，史汀格先生，他們把她帶去哪兒了？」

他裝聾作啞，低垂著頭，坐著一動也不動；他假裝她不在那裡，假裝沒有人在問他問題，似乎認為自己如果能坐著不動，也不去看她，他假裝的一切就會成真。

珍奈覺得有些噁心厭惡。她將自己的東西收進一只購物袋裡之後離開。

數小時後，艾莉絲雙腳腳踝被鎖上了腳鐐，和另外十幾個同樣無法自由行動的人坐在一節封閉的火車車廂內。其中幾個人眼唇腫起，臉頰瘀青，鼻血流個不停。年紀最小的是一個約莫十一歲的男孩，驚恐不已的他面無血色，兩眼瞪得大大的；年紀最大的是一個與漢娜年紀差不多的男人，瘦削憔悴的他不停顫抖。車廂裡唯一的光線來自前後兩端各一盞昏暗的琥珀電氣燈泡。為了確保囚犯待著不亂動，車廂內還額外採用了巧妙的措施，在從車廂一端延伸至另一端的堅硬長板凳下方，設置了以某種閃亮的金屬製成並覆蓋著銀色絲網的籠子，囚犯的精靈分別被關在他們各自身下的籠子裡。

車廂內幾乎無人交談。看守他們的人將所有囚犯粗暴地推進車廂，用蠻力強迫他們的精靈進到籠子裡，在他們腳踝套上腳鐐，什麼都不告訴他們。囚犯被帶上這節停在空曠鄉間裡鐵路側線的車廂，約莫一小時之後，一輛火車頭駛來拉走車廂——帶往某處。

男孩坐在艾莉絲對面。在火車開動約半小時後，他開始騷動難安，艾莉絲問：「孩子，你還好嗎？」

# 第三十一章 短棍

四周一時之間充斥著吆喝叫嚷聲，靴子重重踩踏混凝土上的腳步聲，似乎載滿一箱箱彈藥的大型手推車經過車廂窗口旁，鐵輪摩擦地面吱嘎作響，加上蒸氣的猛烈嘶聲，萊拉竭力聆聽，想聽出有沒有她能懂的語言，或有什麼人聲不是在嚴厲地發號施令。她也聽見男人高聲大笑，和更多下達命令的呼喝聲。穿著沙漠迷彩軍服的男人朝車廂隔間裡頭盯著她看，對著她指點議論，接著從車廂門前走過。

**不顯眼**，她心想。**俗里俗氣。呆板無趣。**

車廂隔間的門砰一聲滑開。一名士兵向內張望，用土耳其語說了些話，她只能用搖頭聳肩來回應。他向身後的另一個人說了些什麼之後走進來，將沉重的行囊放上行李架，解下原本背在身上的步槍。另外四個人跟著他進入隔間，他們又擠又撞，高聲大笑，盯著她看，踩在彼此的腳上。

她將雙腳挪開，盡可能將自己縮成小小的。士兵的精靈全都是狗，凶猛的犬隻互相推擠齜牙咧嘴——其中一隻忽然停住，滿懷興趣地盯著萊拉，接著將頭朝後一仰，發出恐懼的嚎叫聲。

周圍一下子全都安靜下來。狗精靈的人類彎腰摸拍安撫她，但其他士兵的精靈全都意識到事出有因，也跟著開始嚎叫起來。

一名士兵對萊拉大聲斥喝，態度凶狠極不友善地問了一個問題。接著一名士官出現在門口，顯然是在質問發生什麼事，那名精靈最先開始嚎叫的士兵指著萊拉說了些話，語氣中帶著因迷信而生的憎惡。

士官咆哮著問了她一句話，但他自己也滿心驚駭。

她回以一句法文：「吾愛號角之聲，於夜深時分，於林中幽深。」

當下最先在她腦海中浮現的，是一句法文詩。一群男人呆立原地，等候一個信號，等候士官指示應該如何適切回應，而所有人看起來都一臉恐懼。

萊拉又開口說了一句法文：「主啊！號角之聲哀悽如斯，於林中幽深。」

「法國人？」士官用粗啞嗓音擠出法文。

所有人和所有精靈全都盯著她。她點頭，然後舉起雙手好像在說：我投降！別開槍！

在他們陽剛健壯的強大力量、隨身攜帶的武器和狗精靈的尖利獠牙，以及這個沒有精靈、俗里俗氣、衣服眼鏡都平庸呆板的怯弱女孩之間形成的對比之中，肯定有些滑稽喜感；因為先是士官嘴角上揚，接著大笑出聲，其他人看出了其間的對比，也報以大笑。萊拉微微一笑，聳了聳肩，再往裡挪了一些讓出更大的位子。士官又重複了一次：「法國人。」然後補充：「Voilà。」意思是「在這裡」。

唯一一個願意坐在她旁邊的士兵身材胖壯，皮膚顏色很深，有一雙大眼，帶著一股能夠自得其樂的氣質。他用還算友善的語氣對她說了幾句話，她只能再以其他法文詩句回應：

「自然為一聖殿，群柱生機盎然，時而吐逸話語朦朧。」

「啊。」他說，很肯定地點著頭。

接著士官對隔間裡所有士兵說話，下達了幾個命令，還朝她看了好幾眼，似乎命令中也包含應該如何對待她的指示。士官最後望向她一頷首之後就離開了，推擠著穿過仍持續擁入要擠上火車的其他士兵。

又過了數分鐘，所有士兵才全部上車，萊拉思忖著總共有多少士兵，而帶頭的軍官又在哪裡。她很快就得知了，因為一名身上制服比其他官兵更光鮮的高個年輕男子顯然是接到士官報告，從門口朝隔間裡探看並對她說話。

「妳是法國人，小姐？」他用口音很重的法文一字一字很小心地問。

「是的。」她用同樣語言回答。

「妳去哪裡？」

「西流基，先生。」

「妳為什麼沒有……？」他顯然不知道法文該怎麼講，便指著他自己的鷹精靈示意，他的鷹精靈棲息在他的肩章上，瞪著一雙黃色眼瞳。

「他不見了。」她說：「我在找他。」

「不可能。」

「有可能。真的發生了。就在你眼前。」

「妳去西流基找他？」

「所有地方。我會到處去找。」

他困惑地點了點頭。他似乎想要知道更多，或禁止什麼，或要求什麼，但不知所措。他掃視了一下隔間裡的士兵，然後抽身離去。更多男人從車廂走廊走過，車廂門一一砰的關上。月台上有人大喊一聲，警衛吹響哨子。

火車開動了。

等火車駛離車站，離開城鎮的燈火照明，再次進入深暗的山區，最靠近門口的士兵探身向外，朝走廊兩端張望一番。

他一臉滿意地朝坐在對面的士兵點頭，對面的人從行囊裡取出一個瓶子，拔掉軟木塞。萊拉聞到烈酒的刺鼻氣味，憶起上一次嗅到濃烈酒味的場景：北極的特洛塞德城鎮那家艾納森酒吧外頭，巨熊歐瑞克・拜尼森舉起一個陶土罐喝酒。要是這趟旅程能有他同行就好了！或是跟當時和她一起的克朗爺爺同行！

酒瓶在士兵之間傳遞。坐她隔壁的男人接到酒瓶後仰頭喝了好大一口，然後大聲呼出一口氣，噴得半空中都是水霧。對面的男人先擺出一臉作嘔狀揮去霧氣，才接下酒瓶。但他猶豫了一會兒，刻意露出笑容看著萊拉，將酒瓶朝她遞去。

她很快回以一絲微笑，搖了搖頭。士兵說了些話，再次將酒瓶朝她更大力地遞去，好像挑釁般地看她敢不敢拒絕。

另一個對他說了幾句話，顯然是有些不滿。士兵喝了一大口酒，厲聲對萊拉說了些不友善的話之後，才將酒瓶再傳下去。她努力讓自己不顯眼，但確認她的短棍就放在背包袋口處。

酒瓶在隔間裡又傳了一圈。談話愈來愈大聲，愈來愈大膽。他們在談論她，這一點毫無疑問：他們的目光在她身上掃來掃去，有一個人舔了舔嘴唇，另一個人伸手抓了抓褲襠。

萊拉用左手臂勾住背包，打算站起來離開，但坐在對面的男人卻將她推回座位上，還對坐門邊的人吩咐了一聲，坐門邊的士兵站起來，拉下朝向走廊的百葉窗。萊拉再次站起身，士兵又將她推回座位，這次還同時掐了她的胸部。她只覺得一股懼意侵入渾身血液。

好吧，她心想，終於來了。

她第三次站起來，右手緊握貝格諾短棍的把手，當士兵的手再次朝她伸來，她立刻從背包抽出短棍狠狠揮擊，力道之大，她甚至是在聽見骨頭碎裂聲片刻之後才聽見對方痛得大嚷。士兵的精靈朝她撲了上來，她握住短棍朝狗臉大力一掃，將精靈擊倒在地板上慘嚎。男人弓身護著自己的斷手，面無血色，一個字都說不出來，只能哆嗦著不停嗚咽。

她感覺到另一人的雙手抓住她的腰，立刻緊握短棍使勁朝後一揮，很幸運地以把手末端擊中對方的太陽穴。男人大叫著，試圖抓住她的胳膊，於是她霍然扭過身，狠狠咬住他的手，感覺心中有一股純粹凶戾之氣如烈焰般熊熊燃燒。她咬出血來：她讓牙齒陷得更深——一層皮膚在她齒間剝落，抓住她胳膊的那隻手鬆了開來。對方的臉朝她逼近，因暴怒而面無表情：她奮力將短棍由下向上戳入他下顎底部的柔軟處，趁他抬頭向後退開時，用盡生平最大的力氣，將短棍朝他的鼻子嘴巴重重揮擊。男人悶哼幾聲向後倒，鮮血噴湧而出，接著他的精靈朝萊拉的喉頭撲去。她抬起膝蓋大力一頂，將精靈撞飛到一旁，接著感覺到好幾隻手——兩個男人的手——扣住她的手腕，伸進她的裙底，在她貼身的衣褲上亂摸亂抓撕扯開來，手指強伸硬戳，還有好幾隻手抓著短棍，扭絞著，從她的指掌間攫搶，於是她用腳踢用牙咬用額撞用膝頂，她像從前曾見過歐瑞克．拜尼森戰鬥時那樣豁盡一切戰鬥，無所畏懼，不顧疼痛，但她寡不敵眾。即使是在擁擠的小隔間裡，他們仍然占了更大的空間，擁有更大的力氣，他們的手腳加起來比她多出太多；他們還有精靈，狗群低吼，咆哮，怒聲猛吠，露出森森利齒，口涎四散飛射，而她依舊拚命掙扎，戰鬥——精靈發出的吵嚷鬧聲救了她，因為隔間的門忽然打開，士官站在門口，將一切都看在眼裡，對自己的精靈吩咐一聲，碩大的巨獸立刻朝士兵的精靈一陣撕扯，咬住她們的脖頸，不費吹灰之力就將她們全都甩到一旁，士兵們東倒西歪落在座位上，血跡斑斑，骨頭折斷，而萊拉依然屹立，她的裙子撕裂了，十指扭曲滿是鮮血，滿臉割抓傷痕，鮮血從她兩腿淌落，她雙眼盈滿淚水，渾身上下每一條肌肉都在顫抖，她啜泣著，但仍站著，始終屹立，面對所有人。

她指著拿走她短棍的男人。她必須用左手腕撐著右手才能做到。

「還給我。」她說：「把它還給我。」

她的聲音因啜泣而渾濁，顫抖得幾乎無法清楚地咬字發音。男人想將短棍藏到自己身旁的座位上。她使出全身最後一分力氣，整個人朝他撲過去，用指甲用牙齒用怒氣，死命攻擊對方的臉和雙手，卻發現自己吊在半空中，士官只伸出左手臂輕輕鬆鬆就將她拎了起來。

他右手朝著士兵打了個響指，士兵的雙眼和鼻子都有鮮血汩汩冒出。士兵交出短棍。士官將短棍放進口袋裡，大吼一聲下達指令。另一名士兵拎起萊拉的背包交給他。

再次厲聲大喝一、兩句後，他拎著不停掙扎的萊拉出了隔間，在走道上將她放下。他歪了歪頭示意要她跟著走，但萊拉幾乎連站都無法站穩；士官接著大力推開穿過擠到走道上圍觀的人群。萊拉不得不跟著走，背包和短棍都在對方手上。她渾身劇烈顫抖，幾乎重心不穩，感覺嘴角血流不停和雙腿上的濡溼，她使盡力氣跟在後面。

全車士兵都直勾勾盯著看，將所有細節盡收眼底，貪婪地想知道更多。她踉蹌跌撞從他們之中走過，努力讓自己走得穩穩的，就只有這樣。火車駛上一段品管不良的軌道時猛然震動，她幾乎跌倒在地，但一隻手伸出來扶她站直；她抽開胳膊，繼續向前走。

士官在下一節車廂的最後一個隔間外頭等候。門口處站著剛剛那名軍官——少校，上尉，管他是什麼官，她走近時，士官將背包交還給她，竟變得前所未有地沉重。

「謝謝。」她無比艱難地開口，說了法文。「還有我的短棍。」

軍官開口詢問士官。士官從口袋裡取出短棍交給軍官，軍官好奇地打量著。士官正在說明事情經過。

「我的短棍。」萊拉說，盡可能讓自己的聲調平穩。「你是要讓我完全無法保護自己嗎？還給我。」

「據報告，妳已經打殘了我的三名手下。」

「我應該放任他們強暴我嗎？我會先殺死他們。」

她從來不曾覺得如此凶猛，又如此虛弱。其實她已幾乎要直接倒落在地板上，但同時也準備好要撕破對方的喉嚨搶回短棍。

士官說了些什麼。軍官開口回應並點了點頭，有些勉強地將短棍遞還給萊拉。她試圖打開她的背包，但失敗了，再次嘗試，又失敗了，她開始號啕大哭，愈哭愈是急怒攻心。軍官站到一旁，抬手指著他後方的座位示意。隔間裡空蕩蕩的，只有軍官的旅行袋、攤放在座位上的文件，和吃到一半的麵包和冷盤肉。

萊拉坐下來，第三次試著打開背包。這次她成功了，但她也意識到自己的手指傷勢嚴重：指甲撕裂，關節腫脹，拇指扭傷。她用左手手掌根揩去眼淚，深吸幾口氣，咬緊牙根——此時她發現其中一顆牙斷了，便伸舌頭去舔舔看。少了半顆。太糟了，她心想。她下定決心，伸出疼痛不堪的手指去解背包扣帶。左手無比腫痛且虛軟無力。她輕撫左手手背，暗忖摸得出有一根骨頭斷了。終於打開了背包，她找到真理探測儀、那副牌卡和她的一小袋錢。她讓短棍滑進背包裡，再次扣好袋口，然後向後一靠，闔上雙眼。

她渾身上下沒有一處不痛，似乎還能感覺到那些手伸進來撕扯著她的貼身衣褲，此刻，她最想做的一件事，莫過於將自己清洗乾淨。

噢，潘，她想著。**現在你滿意了嗎？**

軍官正低聲對士官交代些什麼。她聽到士官應答之後走開，軍官回到隔間裡，將門帶上。

「妳很痛嗎？」他說。

她睜開雙眼。其中一隻眼睛似乎睜不開來。她抬起右手摸了摸眼周的皮肉，已經腫起來了。

她望著眼前的年輕人。根本無需多言。她顫抖著伸出雙手，讓對方看自己的傷勢。

「請讓我幫忙。」他說。

他在對面座位坐下，打開一個用布包起的小盒子。在他翻看盒內物品時，他的鷹精靈跳下來一起檢視：數捲繃帶，一小瓶藥膏，數瓶藥丸，數個可能裝著不同種類藥粉的小紙袋。他攤開一片乾淨布片，打開一只褐色小瓶，在布上灑了幾滴。

「玫瑰水。」他說。

他將布遞給她，示意她可以拿來擦臉。這片布具有涼爽舒緩的奇效，她將布片敷在雙眼上，片刻後覺得可以睜眼看人時才取下。她將布片放下，他又灑了更多滴玫瑰水。

「我以為玫瑰水很難取得。」她說。

「對軍官來說並不難。」

「原來如此。那麼，謝謝你。」

在對面的座位上方有一面鏡子，萊拉搖搖晃晃地站起身望著自己的倒影，看見滿鼻滿嘴的血污時幾乎瑟縮。她的右眼幾乎完全無法張開。

不顯眼，她心中無比酸澀，開始自行清理傷口。溼敷玫瑰水很有效，小罐子裡的藥膏也很有用，剛搽上時一陣刺痛，接著帶來一股深沉的暖熱感，藥膏散發濃烈的草藥香。

最後她坐下來，深深吸了一口氣。傷得最重的，她暗忖，是左手。她試探性地再摸了一下。軍官靜靜旁觀。

「讓我來？」他說，非常輕柔地執起她的手。軍官的手柔軟滑膩。他將她的手輕輕來回移動，只是稍微挪動一下，但實在太痛了，她阻止他繼續。「可能是骨頭斷了。」他說：「如果妳要和一群士兵搭乘同一列火車，就必須預期會有一點小小的不舒服。」

「我買了車票，有權利搭乘這班車。車票上可沒寫說旅程中還包括暴力行為和強暴未遂。你期望你手下的士兵做這種事嗎？」

「不，他們會受到處分。但我要重申，在當前的局勢，年輕女性獨自旅行並不是明智之舉。可以請妳喝一點『生命之水』烈酒幫妳恢復精神嗎？」

她點頭。僅僅一動也讓她的頭疼痛無比。他將烈酒倒在一個金屬小杯裡，她謹慎地啜了一小口。嘗起來像最頂級的布蘭提溫酒。

「火車什麼時候會到西流基？」她問。

「兩小時內。」

萊拉閉上眼。她將背包抱在胸前，讓自己放鬆下來打起瞌睡。

似乎只不過是數秒鐘後，她發現軍官抓著她的肩頭。她的意識還沉甸甸的，遲遲不願離開夢鄉；她想要睡上一整個月。

但她可以看見窗外的城市燈火，火車正在減速。軍官正在收拾起文件，他在門滑開時抬起頭來。那名士官開口說話，也許是報告說士兵已經準備好要下車。他看了看萊拉，似乎在評估她的傷勢。萊拉垂著眼：是時候再次變得低調不起眼，微不足道，俗里俗氣。但是不起眼？頂著黑眼圈，耷拉著一隻斷手，還渾身是傷，她心想，而且沒有精靈，是要怎麼不起眼？

「小姐。」軍官開口。她抬起頭，看見士官伸出手要遞給她一個東西。是她的眼鏡，一邊鏡片已經破了，缺了其中一邊的鏡腳。她沉默地接了過來。

「跟我來，」軍官說：「我會幫妳先下火車。」

她沒有意見。強忍著疼痛，她吃力地站了起來，軍官提起背包幫忙她背上。士官站到一旁，讓他們走出隔間。沿著車廂走道，她察覺到車上的士兵收拾好武器和個人物品正推擠著擁向走道，但軍官高聲喝令，最靠近他們的一群士兵退開來，萊拉跟著軍官朝車廂門口走去。

「小小的建議。」他扶著渾身僵硬的她走下月台時說。

「建議是？」

「戴上尼卡布。」他說：「會有幫助的。」

「我懂了。謝謝你。如果你能好好管教你的士兵，對所有人都會更好。」

「妳已經親自管教他們了。」

「我是被逼著才這麼做，從一開始就不該發生。」

「不過妳成功地捍衛自己，他們下次要做不規矩的事前就會三思。」

「他們不會。你很清楚。」

「妳很可能說對了，他們全是人渣。西流基這個城市很不平靜，不要久待。會有更多士兵搭別列火車過來，最好趕快上路。」

接著他轉身走開，留下她獨自一人。他手下的士兵透過火車窗口盯著看，而她沿著月台一跛一跛走向售票大廳。接下來能怎麼辦，她毫無頭緒。

# 第三十二章
# 溫情

萊拉走出火車站，努力表現出她完全有權利置身該地，也完全清楚自己要去哪裡的樣子。她渾身上下無處不疼，身體每一分每一寸感覺都像被那幾隻侵犯她的髒手弄污了。背包成了駭人重擔：怎麼會變得如此沉重？她迫切渴望能夠安睡。

時值深夜。街道空無人跡，燈光晦暗，冷漠無情。沒有樹木，沒有灌木叢，沒有草地；沒有帶著一方綠意的公園或廣場，只有堅硬的人行道和石頭砌成的倉庫，或銀行，或辦公大樓；沒有任何地方讓她停憩歇腳。四周寂靜無聲，她不由得心想當地是否在實施宵禁？如果被人發現在街上遊蕩，她是否會遭到逮捕？她幾乎求之不得：至少可以在牢裡睡一覺。路上看不到任何旅館招牌，就連一家咖啡館都沒有，沒有任何可能會接待旅人歇腳或休息的地方。這個地方讓所有訪客都成了末路人。

她一度聽見有些人聲動靜，於是在被疲憊逼得幾乎發狂，就快無法忍受疼痛和不幸的情況下，冒險敲了一扇門。只能寄望這戶人家會大發慈悲，希望即使周遭一切證據都大相逕庭，但他們的文化裡終究還是有熱情好客款待陌生人的傳統。她用瘀青的指節怯怯地敲門，只有一個男人醒來，顯然是守夜人或正在門內值班的警衛人員。他的精靈跟著清醒後瘋狂咆哮，男人咒罵膽敢敲門的人，聲音充滿怨恨和恐懼。萊拉匆忙走開。她可以聽見他大聲怒吼咒罵了許久。

終於她一步也走不動了。在某棟建築物角落處有一小塊最近的街燈照不到的地方，她癱倒在地，抱著背包，蜷縮起身體闔眼睡下。她又痛又累，甚至無力啜泣，淚水只如斷線珍珠般自動滾落，她感覺冰冷的淚落在臉頰，落在眼皮，落在太陽穴；接著她沉沉入睡。

有人在搖她的肩膀。來人壓低聲音焦慮急切地說話，但她一個字都聽不懂。渾身都痛。天還是黑的，睜開眼時，並沒有光線照得她眼花。彎身看著她的男人也一身黑漆漆的，是一種更深沉的黑暗，而且他身上惡臭難當。附近還有一個人影，她可以看見他的臉，在夜裡顯得十分蒼白，正四下張望著。

她掙扎著在冰冷的石地上坐起來活動一下四肢，第一個男人退後一步。寒氣徹骨。他們推著一台手推車，帶著長柄鏟子。

男人又說了一番話，壓低的話聲依舊急切。他們打著手勢：起來，站起來，起來。惡臭味令人作嘔。她忍著痛活動手腳強迫自己站起來時明白過來：他們是倒夜香的糞夫，正巡迴清理全城的廁坑和糞池——是最卑微低賤的一種人做的工作。

她試著用法文問：「你要做什麼？我迷路了。我們在哪裡？」

但是他們只懂他們自己的語言，聽起來既不像安那托利亞語，也不像阿拉伯語。無論如何，她聽不懂，只看得出來他們很緊張擔憂，為她擔憂。

但她好冷，全身疼痛。她努力克制不讓身體打顫。第一個男人說了些什麼，似乎是在說：來，跟我們走。

即使推著發出濃烈惡臭的推車，他們行進的速度還是比她快，她注意到他們必須慢下來等她時，露出緊張的神色。他們不停東張西望。最後他們來到夾在兩棟宏偉石砌建築物之間的巷子，轉了進去。

天空中隱微露出一絲黑夜將盡的跡象：還稱不上是曙光，只是稍微稀釋的黑暗。她明白了，他們必須在天亮前完成這一輪清理工作，不希望她在天亮前被旁人看見。

巷子極為狹窄，兩旁的高聳建築物緊逼壓迫。她開始習慣那股臭味——不，她不習慣，永遠都不可能習慣，不過沒有先前那麼中人欲嘔。其中一個人移開一扇矮門上的掛鎖，悄無聲息地開了門。裡頭立刻傳來女性的說話聲，說話者仍帶著濃重睡意但一下就清醒過來，簡短的疑問句中滿懷驚懼。

男人的回答同樣簡短，他站到一旁讓屋裡的人看見萊拉。昏暗處隱約浮現一張女人的臉孔，驚恐緊繃，年紀很輕卻歷經滄桑。

萊拉向前一步，讓對方可以看清楚自己。女人上下打量她片刻，伸出一隻手牽住她的手。是骨頭斷掉的那隻手，萊拉痛得忍不住喊出聲來。女人一下子縮回黑暗中，男人再次開口，話聲急切。

「抱歉，真抱歉。」萊拉悄聲說，即便無盡的疼痛讓她只想放聲哀嚎。她感覺自己的那隻傷手熱燙腫脹。

女人再次露面並招手示意要她進屋，很小心地不觸碰到她。萊拉轉身想要以某種方式道謝，但兩個男人已經推著臭不可聞的推車匆匆離開。

她小心翼翼向前挪，避開低垂的過梁。女人關上門，無盡的黑暗包圍兩人；萊拉聽見窸窸窣窣的動作聲響，接著女人劃亮一根火柴，點燃一盞小油燈的燈芯。房間裡有寢鋪和煮熟食物的味道。在黃色燈光下，萊拉看得出招待她的女主人骨瘦如柴，實際年紀大概比外表看起來更年輕。

女人指了指床鋪，或者該說是堆著各種被子披布的一塊床墊，房間裡除地板之外唯一可以坐的地方。萊拉放下背包，在床墊一角坐下，她輪流用英文和法文道謝：「謝謝妳——妳真好心——謝謝，謝謝——」

直到此刻她才注意到，她沒看見女人的精靈。她心頭一震，又想到剛剛那兩個男人也沒有精靈。她問：「精靈？」並試著用手勢示意自己也沒有精靈，但女人顯然無法理解，萊拉只好搖搖頭。她束手無策。這些窮苦的人必須做倒夜香的工作，也許就是因為他們沒有精靈，就不被他們的社會當成人。他們是可以想像得到最低賤的階級。而她屬於這個階級。

女人望著她。萊拉指著自己的胸口說：「萊拉。」

「啊，」女人說，並指著她自己說：「尤絲妲。」

「尤絲妲。」萊拉謹慎地複述。

女人說：「萊—阿。」

「萊拉。」

「萊—拉。」

「對了。」

兩人都微笑起來。尤絲妲示意萊拉可以躺下來，萊拉照做之後感覺有一條重重的毯子被拉上來蓋住自己，她一下子就睡著了，是這一晚第三次入睡。

她一醒來就聽見有人低聲交談。天光透過掛在門口的串珠簾子篩落，但還灰濛濛的，沒有直射的陽光光輝。萊拉睜開眼，看見尤絲妲和一個男人坐在地板上，從放在兩人之間的一個大碗取食，猜想男人就是昨天帶她來的兩人其中一人。她先躺著不動，觀察兩人片刻；男人看起來比女人更年輕，衣裳襤褸，但她完全嗅不出一絲男人的職業帶來的惡臭。

她小心地坐起來，發現左手痛到無法完全張開。女人看她有了動靜，對男人說了些話，男人轉頭看到之後站起身來。

萊拉迫切需要去洗手間或類似的地方，她試圖傳達這個訊息時，男人別開視線，女人懂了，領著她經由另一扇門到外頭的一個小院子。廁坑位在遠處的角落，清理得乾淨整潔，一塵不染。

萊拉出來時，尤絲妲站在門口等候，手裡拎著一罐水。尤絲妲示範伸出雙手的動作，萊拉照著做了，在尤絲妲將水澆在她手上時護著左手不受冰冷的水沖擊。尤絲妲遞給萊拉一條薄毛巾，招手示意要她進屋裡去。

男人仍然站著等她回來，示意要她也坐在地毯上和他們一起從碗裡取食米飯。她照做了，學著他們用右手取食。

尤絲妲對男人說：「萊拉。」然後朝她指了指。

「萊—拉。」他說，然後指著自己說：「契兒杜。」

「契兒杜。」萊拉說。

米飯很黏，除了加一點鹽之外，幾乎沒有味道。但那是他們僅有的餐食，她盡可能地少吃，畢竟他們並未預期會有客人要招待。契兒杜和尤絲妲悄聲交談，萊拉暗想不知道他們說的是什麼語言；不像她聽過的任何一種。

但她必須試著和他們溝通。她對著兩人說話，輪流望向他們並且盡可能清楚地說：「我想找藍色旅館。你們聽說過藍色旅館嗎？亞坎亞蒼勒克？」

兩人都望著她。男人一臉迷惑但保持禮貌，女人一臉焦慮。

「或是麥地那阿卡瑪？」

他們聽懂了。兩人都向後退縮，連連搖頭，還舉起雙手好像要禁止她再提起這個名字。

「英文？你們知道有誰會講英文嗎？」

他們聽不懂。

萊拉改用法文問：「法文？有沒有人會說法文？」

同樣的反應。她笑了笑，聳了下肩，再吃了一小口米飯。

尤絲妲站起來，拿起火堆上的平底鍋，將煮沸的水倒入兩只陶土杯裡。她在兩個杯子裡各放了一小撮看似帶沙粒的深色粉末，再舀一坨可能是奶油或軟質乳酪的塊狀物放進杯子裡。接著她用一把很硬的刷子在杯裡攪拌，攪打出泡沫後給契兒杜和萊拉一人一杯。

「謝謝妳，」萊拉說：「可是……」她先指了指杯子，再指著尤絲妲。這麼做似乎是某種失禮的舉動，因為尤絲妲皺起眉頭看向別處，而契兒杜輕輕將萊拉的手推開。

「好吧，」萊拉說：「謝謝你們。我想等我喝完以後，妳就可以用這個杯子了。謝謝你們這麼慷慨。」

飲料燙得沒辦法啜飲，但契兒杜就著杯緣一邊吸吮一邊發出很吵的咻嚕聲。萊拉於是有樣學樣。飲料嘗起來既苦且澀，但裡頭有一味與茶頗有些雷同。大聲吸吮幾口後，她發現飲料的味道濃烈提神。

「很好喝。」她說：「謝謝你們。這叫做什麼？」

她指著手上的杯子，露出疑惑的表情。

「詫。」尤絲妲說。

「啊。那就是茶了。」

契兒杜對他的妻子說了大約一分鐘的話，或許是在提議什麼，也或許是在指示她做什麼事。她帶著批判態度聆聽，時而發出感嘆，時而提出問題，但最後回應的話顯然是表示贊同。兩人自始至終不斷瞥向萊拉。她提心吊膽地觀察，想抓出任何她可能聽懂的字詞，努力解讀兩人的表情。

對話結束後，尤絲妲站起身打開一個木箱，箱子看來像是用雪松木製成，是房間裡唯一一樣賞心悅目，看起來價值不菲的物品。她取出一條摺成一疊的黑色布片，抖了抖將布片攤開。這條布長得出人意料。

尤絲妲望著她示意要她上前來，於是萊拉站了起來。尤絲妲將布片用不同的方式重新摺疊，還示意要萊拉注意看，所以萊拉照做了，努力記住摺疊布片的順序。接著尤絲妲站到她身旁，開始將長長的布片裹繞住她的頭臉固定，先將一邊拉上蓋過萊拉的鼻梁讓布片垂下遮住她的下半臉，再將末端剩下的布繞過她的頭將頭臉全都遮蔽住，只露出雙眼。她將布片兩端在左右兩邊塞好固定住。

契兒杜在一旁觀看。他朝自己的頭比畫了一下，尤絲妲意會過來，將萊拉還露在外頭的一綹頭髮塞好。

契兒杜說了些話，顯然是在表達贊許。萊拉說：「謝謝。」聽起來悶聲悶氣。她心裡很厭惡，但明白其中道理。她迫不及待要上路，彷彿已經知道自己要走哪條路或前往何處，而此地已經留不住她，尤其她和他們沒有共通的語言。

於是她低下頭雙手合十，作出希望是表達道謝和道別的手勢，接著拿起背包離開。她心裡頭懊惱著除了錢以外沒有其他東西可以相贈，一度想要給他們一些硬幣，又打消念頭，深怕侮辱了他們的好客款待之情。

走出小巷子途中，她看見夜香車立在一側，推車看起來似乎很自卑自慚，完全沒有上鎖：誰會想偷這樣的東西？巷外街道上白花花的陽光令人目眩，萊拉在悶窒得可怕的頭巾面紗覆蓋下，很快就開始覺得懊熱難耐。

然而，沒有任何人看她一眼。她終於做到從旅程一開始就一直努力想做到的：不顯眼。面紗再加上阿妮塔．雪倫森哲建議她採用的平庸俗氣又抑鬱喪氣的行走方式，讓任何人看一眼就完全失去興趣。特別是男人更刻意越過她走在前頭，他們大剌剌地停在十字路口，對她不屑一顧，彷彿她就和一道影子一般無足輕重。在這種狀態下，她一點一滴油然生出一種自由的感覺。

然而天氣十分炎熱，隨著太陽逐漸升高更是益加酷熱。她朝著肯定是市中心的地方前進，朝著更多人車、更加嘈雜、商店更大間而且街道更熱鬧的方向一直走。她想著也許再走一下，就能在某處找到會說英文的人。

路上有大批武裝警察，有些坐在人行道上擲骰子，有些站在路旁監看所有行人，有些在檢查一名可憐小販行李箱裡想兜售的東西，還有些坐在非法擺設的路邊小吃攤吃吃喝喝。萊拉密切觀察他們的動靜，感覺他們自貶身分注意到她時投來的視線，在她掩藏的臉孔上完全不帶好奇地掃了一眼，接著無可避免自動瞥了一眼她的身體，然後就看向別處。即使身側沒有精靈，萊拉也未引起一絲注意。撇開悶熱難耐，感覺真的就像是獲得解放。

除了警察之外，也有坐在裝甲車上或身前橫背著槍枝巡邏的士兵。他們看起來好像在等待一場預知將會發生但還不知道何時發生的暴動。萊拉一度與一班士兵撞個正著，他們似乎在盤問幾個男孩，有些年紀還小的男孩的精靈不停變幻成不同的卑屈動物，努力想討好滿面怒火的帶槍士兵。其中一個男孩跪倒在地伸出雙手懇求著，卻只換來步槍槍托重重砸在他的腦袋上，將他擊倒在地。

萊拉幾乎大喊出聲：「住手！」她不得不努力克制，不讓自己衝上前去抗議。男孩的精靈變成一隻蛇，在塵土中有氣無力地蠕動，而士兵的精靈一腳重重踩在她身上，精靈和男孩都靜止不動。

這群士兵知道萊拉在看。對男孩動手的士兵抬起頭大聲呼喝，她轉身走開了。她痛恨孤立無援的感覺，但是一想到士兵的暴力舉動，火車上的攻擊留在身上的每塊瘀青、每道傷口的感受，和那些男人將手伸進她裙底的記憶立刻變得鮮明無比，她的五臟六腑都因深惡痛絕而陣陣發寒。她的首要任務是活著離開這個地方，而且要身強體健，也就意謂無論再怎麼艱難，她都要保持低調不起眼。

再往前行，她走入繁忙的街道，所在區域商店林立，還有一些修家具、賣二手腳踏車、縫製簾慣衣物等經營小生意的店鋪。警察的身影無所不在，士兵的蹤跡無處不現。她尋思著兩股力量之間的關係。在街上不得不擦肩而過時，雙方人員都保持表面上的客氣有禮，似乎是戒慎小心地避開彼此。她真希望巴德．雪倫森哲會忽然現身，冷靜從容地指引她度過迷宮般的重重難關，或者是阿妮塔，陪她說話幫她打氣讓她保持心情愉快；又或者是麥爾肯……

她讓念頭在腦海中縈繞迴盪，直到逐漸淡去。

愈靠近市中心，她愈覺得渾身不適，因為隨著流經斷骨附近血管的血液突突搏動，左手的疼痛開始加劇。她逐一檢視店鋪招牌、布告欄和建築物門口的黃銅牌版，尋找任何可能暗示該處有人說英文的蛛絲馬跡。

最後她在一間小禮拜堂上發現跡象。這座巴西利卡式教堂以石灰岩砌成，屋頂鋪著紅褐色的赤陶瓦片，周圍是一片滿覆塵土的墓園，墓園裡的礫石地上種了三棵橄欖樹，教堂門口的木牌上用英文、法文和阿拉伯文寫著：**聖法努里歐禮拜堂**，後面還列了禮拜時間和主持神父的姓名，是一位名叫傑羅姆·伯納比的神父。

坎塔庫吉諾公主……她是不是說過她的精靈名字是法努里歐？萊拉停下腳步，朝牆內張望著。禮拜堂旁有一座小屋，小屋周圍栽種了棕櫚植物的庭園綠蔭扶疏，一個身穿褪色藍襯衫和長褲的男人在裡頭澆花。他在她張望時抬起頭來，開心地揮了下手，萊拉受到鼓勵，謹慎地朝他走近。

他放下澆花水壺，以阿拉伯語向她問候：「**願主賜妳平安。**」

她再走近一些，進到庭園裡，園裡的綠葉形形色色，但只見到一種深紅色的花朵。

「**也願主賜你平安。**」她低聲說：「你會講英文嗎？」

「我會。我是伯納比，這裡的主持神父。我是英國人。妳是嗎？妳的口音聽起來像是英國人。」

他聽起來像是從約克郡來的。他的精靈是一隻知更鳥，她停棲在澆花水壺握把上，歪著腦袋望向萊拉。神父身材壯碩，一臉紅通通的，近看才會發現本人實際上更年長一些，老成練達的關懷之情溢於言表。他在萊拉絆到石頭踉蹌一下時伸出一隻手扶住她。

「謝謝你……」

「妳還好嗎？妳看起來不太好。倒不是說一下就能看出來……」

「我能找地方坐下來嗎？」

「跟我來。」

他帶她走進小屋裡，屋內比外頭稍微涼爽一些。等身後的門一掩上，萊拉立刻解開頭巾面紗，如釋重負地取了下來。

「妳怎麼會把自己弄成這樣？」他說，見到她臉上的傷口和瘀青後吃了一驚。

「有人攻擊我。但我只是想找——」

「妳需要看醫生。」

「不要，拜託。就讓我坐著休息一下子。我還是寧願不要——」

「總是能喝一杯水吧。待著別動。」

她站在一條狹小的走廊上，這裡只有一把看起來不太堅固的藤椅。等到神父端著水回來後，她說：「我其實不希望打擾——」

「不要緊。進來這裡。有些髒亂，但至少椅子坐起來比較舒適。」

他打開一扇門，門後的房間似乎是書房兼舊貨店鋪，到處都堆滿書籍，連地板上也有書堆。讓她聯想起庫比切克在布拉格的屋子：竟然覺得是許久以前的事了！

神父挪開一把扶手椅上的十幾本書。「妳坐這裡。」他說：「椅子彈簧還沒壞。」

她坐了下來，看著他將書堆成三落，猜想是依據他目前閱讀主題的三個不同層面來分類，閱讀的主題似乎是哲學。他的知更鳥精靈停棲在另一把扶手椅的椅背上，明亮的雙眼瞧著她。

伯納比坐下來後說：「妳顯然需要醫護治療，我們就當作已經確認過不用再討論，我知道一位很好的醫生，待會我就告訴妳他的住址。現在告訴我妳還需要什麼。除了精靈以外，這個我們也當作不用討論。我能怎麼幫妳？」

「我們在哪裡？我只知道這裡是西流基，但離阿勒坡很遠嗎？」

「坐車的話要數小時才會到，不過路況很好。妳為什麼想要去那裡？」

「我想去那裡見一個人。」

「我了解了。」他說：「我可以請問妳的名字嗎？」

「塔季亞娜．普羅寇夫斯卡婭。」

「妳找過俄國領事館嗎？」

「我的名字是俄文名字，但我不是俄國人。」

「妳是什麼時候到西流基的？」

「昨天深夜。太晚了，我找不到旅館。一些窮人很好心地收留我。」

「妳是什麼時候被人攻擊？」

「在從士麥那來的火車上。攻擊我的是幾個士兵。」

「妳沒看醫生嗎？」

「沒有。除了幫忙我的人以外，我沒有跟任何人說過話，無論如何，我跟他們語言不通。」

「他們叫什麼名字？」

「契兒杜，和尤絲妲。」

「是夜香人夫婦。」

「你認識他們？」

「不認識。但他們的名字不是安那托利亞文——而是塔吉克文。太太的名字意思是十一，而先生的名字是四十二。」

「塔吉克文？」她說。

「對。他們不被准許擁有姓名，所以改以數字為名，男人是偶數，女人是奇數。」

「太可怕了。他們是奴隸之類的嗎？」

「類似。他們只能選擇很有限的幾種工作：常見的是挖墓穴，還有清理夜香。」

「他們非常好心。給了我這個面紗，還是頭巾……是叫做尼卡布嗎？」

「戴面紗是明智之舉。」

「伯納比先生——神父——我應該怎麼稱呼你呢？」

「妳可以叫我傑羅姆。」

「傑羅姆，這裡發生了什麼事？為什麼街上和火車上都是士兵？」

「大家都很不安，擔驚受怕的，這陣子出了好多事，暴動，縱火，威逼迫害……自從聖西緬宗主教殉難之後，就開始實施某種教會戒嚴法。歸根究柢，癥結在於跟玫瑰園有關的騷動。」

萊拉暗自尋思。接著她說：「那些人——昨晚我遇到的——他們沒有精靈。跟我一樣。」

「我能不能請問妳怎麼會失去了妳的精靈？」

「他不見了。我只知道這麼多。」

「妳運氣很好，早上沒有被人攔下來。那些沒有精靈的人，多半是塔吉克人，白天不能在外頭走動。要是他們以為妳是塔吉克人，可能會將妳逮捕。」

萊拉默然靜坐半晌才說：「這個地方好可怕。」

「這我無法否認。」

她喝了一小口水。

「所以妳想去阿勒坡？」他問。

「現在去阿勒坡會很困難嗎？」

「這是一個商貿城市，只要有錢，什麼都買得到。但現在想去阿勒坡一趟，價格會比和平時期更高一點。」

「你聽說過這麼一個地方嗎？」她說：「藍色旅館？迷失的守護精靈會去的一個地方？」

他瞪大雙眼。「噢——拜託妳——說話千萬要小心。」他說，甚至站了起來在屋裡來回巡視，從房間分別朝向街道和屋旁狹長菜圃的兩扇窗探頭查看。他的知更鳥精靈警覺地啁啾鳴叫，先是朝萊拉飛去，一下又轉身飛回神父肩頭上尋求安全感。

「要小心什麼？」萊拉問。她一時有點摸不著頭腦。

「妳說的那個地方，那裡有一些不屬於這個世界的力量，靈異的力量，邪惡的力量。我誠心建議妳不要去那裡。」

「但我在找我的精靈，你明白的。如果真有這個地方，那他有可能就在那裡。我必須去那裡找找看。我——我並不完整。你應該能明白。」

「妳也不知道妳的精靈是不是在那裡。我看過一些人——我可以告訴妳好些例子，那些地方是真的有邪靈……那些人……不，不行，我真心建議妳千萬不要去那裡。就算真的有那個地方。」

「就算真的有？你是說那個地方也可能根本就不存在嗎？」

「如果真的有那樣一個地方，去那裡就是不對的。」

萊拉暗想：是另一個波伐格嗎？但她沒辦法浪費時間跟他解釋。「假設是這樣好了，」她說：「假設我只是——我不知道——是以記者之類的身分發問，假設我是問說，有什麼方式可以到那裡，你會告訴我嗎？」

「首先，我不知道要怎麼去那裡。全都是謠言，以訛傳訛，也許是迷信。但要是真有人知道怎麼去，我想妳的朋友夜香人可能會知道。妳怎麼不問他？」

「因為我們都不懂彼此的語言。聽我說，沒關係，畢竟我目前還沒有力氣去任何地方。謝謝你聽我說，也謝謝你給我水喝。」

「對不起，我不認為妳非去那裡不可。我只是擔心妳，為妳好，為妳的精神性靈……坐著休息吧，在這裡待一會兒。我真的覺得妳應該讓醫生看一下妳的傷勢。」

「我會沒事的。但我現在得走了。」

「真希望妳能讓我幫上一點忙。」

「好吧。」她說：「只要告訴我來往這裡和阿勒坡之間的交通方式就好。有火車嗎？」

「以前有，到前一陣子其實都還有，但被迫停駛了。我想還有客運，一週兩班，但是……」

「還有其他方法可以去那裡嗎？」

他深吸一口氣，手指輕輕叩著，搖了搖頭。「可以騎駱駝。」他說。

「去哪裡可以找到駱駝？還有幫我帶路的嚮導？」

「妳知道這個城市是眾多絲路路線的終點站嗎？大市集和倉庫都在阿勒坡，但有不少貨物會運送到這裡，預備再裝上船走海運。另外也有與內陸地區的貿易往來，商隊主人會帶著載滿貨物的駱駝向內陸走，最遠可以走到北京，阿勒坡只是其中一站。如果妳去港口——我是妳的話就會這麼做——去港口向人打聽駱駝商隊的主人——天底下所有的語言他們都懂。不過，就打消那個主意吧，我求求妳。都是瘋言瘋語，幻覺妄想，危險極了，真的。騎駱駝的話，大概兩天左右就會到阿勒坡，也可能要三天。妳在那裡有朋友嗎？」

「有。」她隨口回答：「到那裡我就安全了。」

「那好吧，我誠心地祝妳好運。要記住，至高無上的主從不希望祂的造物分離。祂創造的妳是和精靈一起，他現在一定在某個地方盼望著與妳重聚。妳們重聚的時候，大自然也會修復一點點，至高無上的主也會很歡欣。」

「那祂看到可憐的塔吉克人必須過那樣的生活也很歡欣嗎？」

「不，不是的。生活在這個世界並不容易，塔季亞娜。我們各自有各自的考驗要面對……」

她站起身，但費力的程度讓她很驚訝，她不得不扶著椅背。

「妳身體狀況不佳。」他說，但語氣很溫和。

「我很好。」

「我……」

他也站起來，扭絞著雙手。他神色變幻不定，看似心中五味雜陳，轉了無數念頭，身體甚至很怪異地扭動了一下，好像想要掙脫什麼鐵鏈或枷鎖。

「你要說什麼？」萊拉問。

他說：「請再坐下來。我還沒有全部告訴妳——我沒有告訴妳實話。拜託妳，坐下來。我會努力說出來。」

他的情緒明顯激動了起來，掙扎著想抵抗什麼，同時又羞於啟齒。

萊拉坐下來，瞧著神父臉上如走馬燈般的表情變化。

「妳的塔吉克朋友，」他低聲說：「他們的精靈會被賣掉。」

她不確定自己聽到了什麼。「什麼？你剛剛是說賣掉嗎？有人賣掉自己的精靈？」

「因為貧窮。」他說：「有一個買賣精靈的市場。這裡什麼都比較落後，但醫療技術很先進，因為背後有大公司，據說藥廠在進軍歐洲市場之前會先在這裡作實驗。會動一種手術……現在有很多人動手術之後還能活下來。有些父母為了謀生，會把小孩的精靈拿去賣錢。嚴格來說是違法的，但是鉅額金錢讓法律也得靠邊……等小孩長大以後，就無法成為一般正常的公民，因為他們不再完整。也因此他們的名字會變那樣，而且只能做特定的工作。

「經營這門生意的販子……我知道在哪裡——我甚至可以告訴妳去哪裡找他們。傳遞這種知識絕不是什麼令人驕傲的事，其實，我全身上下每一根骨頭都想反抗……我無法原諒自己竟然得知這樣的事。有一些人，他們可以為沒有精靈的人提供一個精靈。聽起來很恐怖，甚至很荒謬。我調職來此主持這間禮拜堂時才第一次聽說，我以為這種事只適合在告解時說出口，我承認我也飽受折磨——我掙扎了很久，不敢相信真有這種事。但是從好幾個人那裡都聽說了，大家會把這種事告訴神父。似乎是這樣的，要是有一個和妳處境相同的人，他也因為失去精靈而遭受同樣的痛苦折磨，如果這樣一個人有足夠的錢，就可以尋求販子的服務，販子會為他提供……會賣給他一個精靈讓他可以當成自己的。我見過一些這種情況的人。他們有精靈：人走到哪裡，精靈就跟到哪裡，他們看似親密，互相理解，但是——」

「妳看得出來。」他的知更鳥精靈說。她的聲音沉靜悅耳。「人和精靈看起來在某種深刻的層面並無連結，讓人很不安。」

「我心裡頭很掙扎。」神父接著說：「掙扎著想去理解，去接受，但是……我的主教並未給我任何指引。教誨權威否認有這種事，但我知道真有其事。」

「不可能的，」萊拉說：「真的不可能！怎麼會有精靈同意假裝成屬於另外一個人？他們就是我們。他們是我們的一部分。他們對我們的思念，就跟我們對他們的思念一樣深。你跟你的精靈曾經分離嗎？」

他搖搖頭。他的精靈輕聲說了些話，他雙手捧起精靈將她貼著自己的臉。

「精靈為什麼會跟陌生人待在一起？他們怎麼受得了？」

「也許比較好，比起留在原本的地方……他們和自己的人類分離的地方。」

「還有……販子？」萊拉緊接著問：「是合法獲准的嗎？他們有執照還是什麼嗎？」

「我聽說……」他欲言又止，接著又道：「都是道聽途說，妳知道的……總之，有些販子賣的精靈原本是塔吉克人的精靈。顯然大部分精靈在分離後都死了，但是——這些大多是黑市買賣，妳懂的，非法交易——當局睜一隻眼閉一隻眼，因為背後的公司財團現在勢力比政府還大。噢，塔季亞娜，妳先前說這個地方好可怕，真的是一語道破。」

「再多告訴我一點藍色旅館的事。」萊拉說。

神父看起來悶悶不樂。

「拜託你。」她又說：「我千里迢迢而來，就是為了找我的精靈。要是他就在這附近，我一定得讓他遠離那些販子。如果藍色旅館是精靈會去的地方，表示那裡對他們來說一定很安全。那個地方在哪裡？究竟是什麼樣的地方？你知道些什麼嗎？」

神父嘆了口氣。「大家避之唯恐不及，」他說：「因為恐懼……我相信那裡確實有一些邪惡的力量。就我所聽聞的——我的教區裡有一位教友出於好奇，曾經去尋找那個地方，他回來之後像是變了個人，整個人神經兮兮，消沉萎靡……那不是什麼旅館，只是一種委婉的說法。那是一座死城，是數百座荒廢死城中的一座。我不知道為什麼大家稱它為藍色旅館。但那裡受到什麼東西主宰，某種吸引守護精靈的東西，也許那些被切割分離的精靈逃走以後……那不是什麼好地方，塔季亞娜。這一點我深信不疑。求求妳不要……」

「去哪裡可以找到這些販子？」

他低頭將臉埋入雙掌之間，大喊道：「真希望我什麼都沒說！」

「我很高興你跟我說了。去哪裡可以找到他們？」

「我說的這一切全都是不合法，不道德的。涉入其中是以身犯險，可能犯法，更可能對妳的精神性靈造成危害。我的意思妳明白嗎？」

「我懂，但我還是想知道。我該去哪邊？該怎麼問人？這些販子還有這類交易有什麼特殊的稱呼嗎？」

「妳是下定決心要這麼做嗎？」

「這是我僅有的線索了。對，我自然已經下定決心，你也要下定決心。這些要買精靈的人——他們都怎麼找到販子？拜託你，伯納比先生——傑羅姆——如果你不把你知道的全都告訴我，我可能會面臨更大的風險。他們會去什麼特別的地方嗎？某個市場，咖啡館，有個類似這樣的地方嗎？」

他喃喃說了些什麼，萊拉正要開口請他再說一遍時，忽然意會過來他是在跟他的精靈說話。開口回答的是精靈。

「在碼頭附近有一間旅館。」她說：「叫做公園旅館，不過附近沒有公園。和妳處境相同的人會去那裡，在旅館住上數天。販子得到消息，就會去旅館拜訪他們。旅館的管理階層很低調隱密，住宿價格十分高昂。」

「公園旅館。」萊拉複述：「謝謝你，我要去那裡。在哪一條街上？」

「在大街後面一條叫奧斯曼索卡的巷弄裡，」伯納比說：「靠近旋開橋。」

「奧斯曼……」

「奧斯曼索卡，奧斯曼巷，就只是一條小巷子。」

萊拉站起身。這次她覺得站比較穩了。「真的很感謝你。」她說：「謝謝你，伯納比先生。」

「我可以想像置身像妳這樣的處境一定非常艱難——但我還是要請求妳，拜託妳回家去吧。」

「回家絕不是那麼簡單的事。」

「的確不是。」他說：「只是說起來太容易。」

「我不會真的買下一個精靈。那種交易實在太可怕了。」

「我絕對不會——」他搖了搖頭，緊接著又說：「妳如果哪天需要幫忙，請一定要來找我。」

「謝謝你的好心。我會記住的。但我現在得離開了，伯納比神父。」

想起要戴面紗，她哀嘆了一聲。她小心翼翼將面紗蓋住鼻梁，再繞到後方向上拉起覆蓋自己的整個頭，將布片兩端塞好固定。她對著走廊裡一張桌子上方的鏡子檢視自己：看來還算整齊、安全，而且令人退避三舍。

她和神父握了手之後，離開涼爽的小屋步入白日的酷熱之中，堅忍不拔地朝碼頭走去。遠處影影綽綽，隱約可見吊車拔高立起的長臂，或許還有帆船桅杆，顯然就是這個方向了。「奧斯曼索卡。」她暗自複誦。

即使先前還未發現這個地方比士麥那更不友善，步行一趟前往碼頭的路就足以讓她深有所感。似乎從來不曾有人想過要種一棵樹，栽幾叢灌木，甚至養一塊草地，或者讓社區變得更加舒適宜人，而不是只有一棟棟冷硬死板的商業建築。陽光直射在滿是塵土的街道上，光線炙灼刺眼，讓人無從躲避緩解。沒有長椅可供坐下歇腳，就連鮮少出現的公車站牌下也沒有座椅，放眼望去似乎也不見一家咖啡館。想休息只能就地坐下，盡可能在建築物之間找到陰影處，而周圍建築大多是外觀單調的工廠、倉庫，或昏暗的公寓樓房。僅有的幾家店鋪都是販售民生必需品的小店，商品在大太陽下隨隨便便攤列開來，蔬菜在熱氣中凋萎，麵餅沾滿人車揚起的塵灰。市民在街上走動時與其他人沒有任何眼神交會，他們低垂著頭，不想認出任何人或任何事物。到處都有人員在巡邏：警察開著藍色廂型車緩緩駛過；士兵在路上慢悠悠地踱步，身前橫背著槍枝。

走過了這一切，萊拉強忍著逐漸加劇的疲乏、疼痛和壓迫感，毅然決然一步一步朝碼頭走去。終於找到大街後面名為奧斯曼索卡的小巷時，她幾乎要落淚，但仍然力持鎮定，走進一座掛著「公　旅館」招牌的破舊建築物——「園」字已經剝落不存。

櫃台人員擺著臭臉，懶散遲鈍，但他的蜥蜴精靈注意到萊拉沒有精靈時，爬蟲類的眼瞳深處似乎閃過一絲興味。待他放出消息說有顧客上門時，無疑可以賺得一筆佣金。他遞給萊拉一間二樓客房的鑰匙，讓她自己找路上樓。

一進悶熱的小房間，萊拉立刻解開面紗拋到角落，然後小心翼翼在床上緩緩躺倒。小心翼翼，因為她身上的各處傷勢已經化成一股巨大的疼痛，感覺不是她身上疼痛，而是她身在疼痛之中。她只覺得渾身難受，孤寂絕望。哭了一會兒之後，她睡著了。

一小時後她醒來，發現頰上猶有淚痕，此時卻聽見有人在敲門。

「等一下。」她喊，匆匆戴上面紗。

她將門打開一個小縫。一名穿西裝的中年男子站在門外，手裡提了一個公事包。

「請說。」她說。

「小姐是英國人？」

「對。」

「我有辦法幫助妳。」

「你是誰？」

「在下是塞利姆．維里，其實應該說塞利姆．維里博士。」

「你能提供什麼給我？」

「妳缺了某種不可或缺的東西，我可以為妳提供妳所需要的。我可以進到房間裡向妳說明嗎？」

他的精靈是一隻鸚鵡，她站在男子肩頭上歪頭瞧著萊拉。萊拉暗自思忖她真的是男子自己的精靈，或者是他買來的，也知道平常她看一眼就可以辨別；但她所有的自信篤定如今都瓦解了。

「等一下。」她說完後關上門，確定短棍就放在手邊近處。

她再次開門，讓男子進入。男子的態度很認真鄭重，身上服裝乾淨且燙熨平整，皮鞋擦得十分光亮。

「請坐，維里博士。」她說。

他坐在房內唯一一把椅子上，萊拉坐在床鋪上。

「我不知道這麼做是否違背這裡的風俗習慣，」她說：「但我不習慣戴尼卡布，我現在要取下來。」

他嚴肅地點了點頭。看到她臉上的傷勢時，他稍微瞪大了眼，但什麼都沒說。

「告訴我你是來做什麼的。」她說。

「無論誰失去精靈，都會是人生中的重大變故，很多人甚至因此遭遇生命危險。沒有精靈的人有所匱乏，於是就有了為他們供應缺乏之物的需求，而我可以滿足這個需求。」

「我想要找回我的精靈。」

「當然了，我衷心希望妳能順利找到他。他是多久以前不見的？」

「大約一個月前。」

「而妳的身體狀況還很良好，除了……」他巧妙比畫著暗指她的臉。

「沒錯。」

「那麼妳的精靈非常有可能還很健康。他叫什麼名字，具有什麼樣的動物形體？」

「潘拉蒙。他是一頭松貂。你販賣的精靈是從哪裡得來的？」

「他們自己來找我的，這純粹是你情我願的交易。有一些販子，很遺憾，我必須說，他們買賣的是被人強迫或在非自願情況下分離的精靈。」

「你是說原本屬於那些可憐塔吉克人的精靈？」

「塔吉克人，對，也有其他人。他們因為出賣自己的精靈而受人輕視和厭惡，但是妳如果看過那些貧窮人家是被迫過著什麼樣的生活，妳一定會非常同情他們。那種生意跟我一點關係都沒有，我連碰都不會碰。」

「所以你提供的精靈都是自願來找你的。」

「我只代表那些自主決定切斷先前連結的精靈。」

「那你怎麼收費？」

「取決於年齡、外表、形體……其他特徵也有影響，像是通曉的語言、出身背景……妳看，我們的目標是找出條件最相近的配對。還是會有風險，精靈在被切割分離之前所屬的人類可能會死亡，如此一來精靈也會死去。我可以提供保險服務，加保就能免費換新。」

萊拉幾欲作嘔，但還是勉強自己詢問：「所以價格是多少？」

「如果是一個品質最為優良且配對條件相近的精靈，開價會是一萬美金。」

「那最便宜的呢？」

「品質不佳的精靈我是不經手的。其他販子收費無疑會比較低廉，妳得自己跟他們談。」

「要是我跟你講價呢？」

「啊，價格當然必須是我們雙方都同意的數字。」他的態度彷彿是一名上流社會的商人在洽談購買精緻的手工藝品。

「那大家都怎麼適應新的精靈呢？」她問。

「每個個案情況當然各有不同。客戶也承擔一定的風險。但在雙方都抱持善意的情況下，是可以妥善安排，做到皆大歡喜，目標是協調出一套讓雙方在日常社交場合中能夠過關的妥協方法。至於兩方分別失去的那種自出生開始就共享的完美合一和同情共感……假如我說一定可以達到，那就是騙人的。但可以達到某種讓雙方都滿意的忍讓包容，甚至長時間相處之下，也的確有可能日久生情。」

萊拉站起來走到窗邊。已是下午接近傍晚時分，她的疼痛未曾緩減半分，房間裡酷熱難耐。

「基於這種交易的本質，」販子接著說：「幾乎不可能打什麼廣告。但妳也許會有興趣聽聽看幾位對我的服務很滿意的客戶大名。」

「哦，你賣過精靈給什麼人？」

「賣給熱那亞銀行董事會主席艾梅德亞．齊普里亞尼先生。賣給歐洲經濟認知論壇祕書長法蘭絲瓦．吉耶博女士。賣給格弗理．布蘭德教授——」

「什麼？賣給布蘭德？」

「如我剛剛說的，格弗理．布蘭德教授，傑出的德國哲學家。」

「我看過他寫的書。他是徹頭徹尾的懷疑論者。」

「就算是懷疑論者，也需要在社會上活動，需要看起來很正常。我幫他找了一隻很棒的母德國狼犬精靈，跟他自己原本的精靈很像，他這麼告訴我。」

「但是他……他究竟是怎麼失去自己的精靈？」

「那是個人隱私，不是我要關心的。」

「但是他在其中一本著作裡寫說守護精靈不存在。」

「這是他要跟他的支持者討論的問題。我敢說他不會把自己做過這筆交易的事公諸於世。」

「沒錯。」她說，覺得頭有些發昏。「那麼那些精靈對於自己被人買來賣去的有什麼感覺？」

「他們處在孤寂絕望之中。能夠經人介紹認識會照顧他們的人，他們覺得非常感激。」

萊拉試著想像潘來找這個販子，被賣給某個孤單的女人，努力融入一個陌生人的生活，假裝相親相愛，傾聽對方心底祕密，而且每時每刻都必須忍受與一個永遠陌生的人之間的肢體接觸。她只覺得胸口一堵，淚盈於睫，轉過身去一會兒。

「我還有一個問題。」她頓了頓之後說：「要怎麼去藍色旅館？」

她轉回來，發現對方露出些微訝異之色。販子幾乎是立刻就恢復鎮定並說：「我不知道。我自己是從來沒有去過，我傾向相信根本沒有這麼一個地方。」

「但是你聽說過？」

「當然。謠言，迷信，道聽途說……」

「好吧，我知道這些就夠了。再見，維里博士。」

「若妳同意，我就留下幾張精選的黑影照片，還有我的名片。」他傾身向前，攤開幾張照片放在床上。

「謝謝你，慢走不送。」她說。

販子微微欠身之後離開。萊拉拿起其中一張黑影照片。照片裡是一頭貓精靈，他的毛皮斑駁稀疏，站在一個銀色的籠子裡。從照片上看來，精靈滿面怒容，表情桀驁不馴。

照片底部貼了一張標籤，上面印著打好的字：

名字：阿古勒斯

年齡：二十四

通曉語言：塔吉克文、俄文、安那托利亞文

價格：歡迎洽詢。

名片上列出販子的姓名和一個市區裡的地址，沒有其他資訊。她將名片和所有照片全都撕碎，扔進了字紙簍。

數分鐘後，敲門聲再次響起。這次她不再大費周章戴上面紗。上門的販子是一名上了年紀的希臘人，聽她問起藍色旅館也作出同樣的反應。他待了不到五分鐘就離開。

半小時之後來了第三位販子。她再次表明並不想買精靈，只想知道怎麼去藍色旅館。對方一無所知，於是萊拉送客後關上房門。

她渾身不適到了極點，悶熱難耐，又餓又渴；劇烈的頭痛更讓她備受煎熬。她的傷手腫脹發黑，搏動般突突發痛。她坐著等待。

一小時過去。她心想：我不想買精靈的消息已經傳得滿天飛，他們乾脆不再找上門來。

她心裡很想躺倒下來當場死去，但是她的身體渴望食物和水分，她也就當成是至少身體還想活下去的訊號。她戴上面紗，打算出門去買一些麵餅、乳酪和瓶裝水，還有一些止痛藥，能找到的話。

儘管她戴上了面紗，幾家店鋪商販一看到她仍舊滿懷敵意和猜忌。有一家店鋪主人什麼都不願意賣給她，還不斷比畫著辟邪保平安的手勢；但另一家店鋪主人收了錢，賣給她她想買的商品。

回到旅館後，她發現有個男人等在她的房門外頭。

先前三名登門的男人都打扮得很體面，談吐儀態就像是販售值錢物品的專業生意人。這個男人看起來卻像叫化子；他身上的衣衫比破布好不了多少，雙手滿是陳年污垢，曬痕斑斑的栗棕色臉上，有一道從左邊臉頰橫過鼻梁直到右耳的白色疤痕。他有可能才三十幾歲，也可能已五、六十歲，腦袋上只剩下稀疏零落的短粗灰髮，臉上卻光滑沒有一絲皺紋，表情豐富生動。男人的雙眼睿智靈活，說話輕柔飛快，帶著似乎混融整個黎凡特地區的口音。一隻壁虎精靈棲息在他的肩頭。

「小姐！見到妳我實在歡喜，我一直在這裡等候。我知道妳想要什麼，外頭傳得沸沸揚揚。年輕小姐想要買一個精靈嗎？不，她不想。她對參觀羅馬神廟遺跡有興趣嗎？也許改天。她在等賣黃金，賣象牙，賣香水或絲綢或果乾的商人嗎？都不對。我料想得到妳最深沉的渴望，女士。我知道妳想要什麼，難道不是嗎？」

萊拉說：「我想要打開房門，在我的房間裡坐下。我又累又餓。如果你有什麼東西想賣給我，等我吃飽休息過後再告訴我吧。」

「樂意之至。我會在此處等候，絕不會走開。妳要休息多久都沒問題。請讓自己好好放鬆，養足精神後再傳喚我，讓我用十足十的誠意為妳效勞。」

他欠了欠身，在她的房門對面靠著走廊牆壁沉身盤腿而坐。他將雙掌合攏擺出可能表示尊敬的手勢，但眼中卻微微閃現一抹譏嘲。萊拉打開鎖住的門後進了客房，再次鎖上門後才解開面紗，她拿著麵餅、乳酪和溫熱的水坐下來，吞下兩顆止痛藥。

吃喝過後她覺得稍微恢復力氣，去洗了把臉和雙手，理了理一頭短髮，才再次打開房門。男人還在原地盤腿而坐耐心等待，他的筋骨柔軟靈活，一骨碌就站起身來。

「很好。」她說：「請進，告訴我你要賣的是什麼。」

「妳喜歡剛剛那一餐嗎？女士？」他在她關上門後說。

「不喜歡。但是我不得不吃。你叫什麼名字？」

「女士，在下是阿卜戴．艾奧尼迪。」

「請坐。別叫我女士，你可以叫我蓮花舌小姐。」

「好極了。這個姓氏充分展現個人特質，容我斗膽猜想令尊令堂想必是很有意思的人物。」

「這個姓氏是一位國王賜給我的，不是我的父母。好了，你有什麼東西要賣？」

「很多東西。幾乎沒有什麼東西是我無法提供的。我加了『幾乎』兩字以茲證明我童叟無欺。這麼說吧，大多數來到這間旅館的人的處境都很令人遺憾，他們失去了精靈卻還活著。他們承受的苦痛令人憐憫不忍，我天生一副熱心腸，所以他們如果問我能不能幫忙再找一個精靈，我自然樂於從命。

至今我已多次完成使命。能不能讓我多嘴說幾句與妳的身體狀況有關的話呢，蓮小姐？」

「你想說什麼？」

「妳身上正挨疼受痛。我有一種真正神奇的藥膏，來自遙遠東方最神祕的地區，保證能夠緩解任何種類、任何原因的疼痛。只要付我十美金，我就賣給妳這罐神奇藥膏。」他從口袋裡取出一個小錫罐，很像是裝鞋油的容器，但是更小而且沒有標籤。「請試試看——只要一點點的量——妳就會相信它的療效，我向妳保證。」他說，同時打開罐蓋並朝萊拉遞過來。

藥膏呈淺紅色，看起來油膩膩的。她用右手食指指尖沾了小小一坨，塗在骨折的左手上。她感覺不出有什麼差異，但她懶得爭辯，而且價格並不高。

她付了錢，看到對方面露訝異之色，她才意會過來他原本預期她會跟他討價還價。真是遺憾。她將藥膏罐放在床邊小桌上後說：「你認識一個人嗎？他叫做——」她拾起最早登門的訪客留下的名片——「塞利姆．維里博士？」

「噢，當然認得。有錢有勢有名望的一個人。」

「他誠實嗎？」

「這麼問好比在問太陽是熱的嗎，維里博士的誠信在整個黎凡特堪稱典範。但蓮小姐不相信他嗎？」

「他告訴我他曾經賣過精靈給一個我知道名字的人，我很驚訝。我不知道該不該相信他。」

「噢，妳可以相信他，不需遲疑也毋需畏懼。」

「我懂了。怎麼來的——那些販賣精靈的人是怎麼找來精靈的？」

「方式五花八門。我看得出小姐妳心地善良，所以其中一些找來精靈的方式，我就不說給妳聽了。但是時不時會有精靈走失，過得不快樂，甚至遭到遺棄，如果妳能接受這個可怕的事實，我們會把他或她帶回來照顧，試著幫他們找到相互契合的人類伴侶，希望他們能夠建立起連結，最好是能夠持續一輩子的牽繫。進行順利的時候，我們感受到的幸福快樂，絲毫不亞於我們那些幸運的客戶。」

他的壁虎精靈在他的胳膊、肩膀和頭頂輕快地來回疾奔，她有著橘色和綠色混雜的身體。萊拉看見她伸出舌頭舔了舔自己的眼周，再湊到男人耳邊悄聲說了一、兩句話。

「嗯，」萊拉說：「我不想要換掉我的精靈。我想去阿勒坡。」

「我可以幫妳帶路，保證整趟旅途便利舒適，蓮小姐。」

「途中我想再去別處。我聽說有一個叫做藍色旅館的地方。」

「啊是的。我對那個地名也很熟悉，有時候我們會稱那裡為玉輪堡邑，或是麥地那阿卡瑪，意思是月之城或月之鎮。」

「你知道怎麼去那裡嗎？」

「我去過兩次。我從沒想過自己會再去一次，但我可以理解妳的思路，我敢說只要我們談定價錢，我就可以幫妳帶路。但那裡不是什麼宜人的地方。」

在他左肩上的壁虎精靈說話了。「可怕的地方。」她說，聲音輕細尖銳。「我將承受痛苦折磨，所以我們開價會很高。如果可以選擇，我們絕對不會再去那個地方。但妳若心意已決，我們自當效勞，我絕不會說我們非常樂意。」

「離這裡很遠嗎？」

「騎駱駝去大概一天，也許要走兩天。」艾奧尼迪說。

「我從來沒有騎過駱駝。」

「那麼我們就得教妳怎麼騎。沒有別的法子，沒有公路，沒有鐵路。全是沙漠。」

「很好，那就開價吧。」

「一百美金。」

「太高了。聽起來只值六十美金。」

「噢，蓮小姐誤會了，這趟旅程的性質絕非如妳所想，進入夜的世界不是旅遊觀光。我們要去的不是古羅馬神殿或劇場廢墟，有如詩如畫的宏偉列柱和斷垣殘壁，還有小攤子在賣檸檬水和紀念品。我們將踏上無形無狀之境的邊界，侵入靈異奇詭的境域。這難道不值得妳付出更高的價格嗎？妳剛剛的開價連一頭駱駝都快要雇不起了。算九十元吧。」

「還是太貴了。靈異奇詭的事物，我隨時想召喚多少就有多少。我人生中曾長達數週活在無形無狀和靈異奇詭之中，它們對我來說並不陌生。我需要的只是一名帶我到夜世界或夜之城或夜之村的嚮導。我願意付你七十元。」

「哎啊，妳想要一路上跟乞丐一樣窮酸吶，蓮小姐。對於這樣一趟危機四伏、後果自負的旅程，旅遊的方式充分表達了妳是否教養良好，又是否宅心仁厚，代表了妳對當地居民的尊重程度，妳對妳的謙卑嚮導的尊重程度，更重要的是，代表了妳對妳自己的精靈的尊重程度。八十元。」

她覺得疲憊。「好吧，八十元。」她說：「出發前先付二十五元，到藍色旅館時付二十五元，抵達阿勒坡時付剩下的三十元。」

他哀傷地搖頭。他的精靈停棲在他的腦袋上，在他搖頭時兩眼直盯著萊拉不放。「我是窮人。」他說：「結束這趟旅程回來，我依舊是窮人。我原本希望能從這次的費用裡攢一點兒起來，當成孤苦無依時的養老金，不過我看是沒指望嘍。話雖如此，我說到做到。就每次各付三十元吧。」

「不行。二十五元，二十五元，尾款三十元。」

他略一頷首。精靈跳起身躍進他張開的雙掌，再次伸出舌頭舔了下雙眼。

「小姐打算什麼時候出發？」艾奧尼迪說。

# 第三十三章 死城

翌日，萊拉在駱駝背上過了一整天，疼痛籠罩周身如一座密閉的小帳幕。艾奧尼迪親切和善又圓滑老練，將一切都打點妥貼；他知道什麼時候該安靜，什麼時候萊拉又不介意聽聽他的親切指點；中午時他找到可供休息的陰影處，還不時提醒她補充水分。

中午休息過後，他說：「我們現在真真切切、確確實實離那裡不遠了，蓮小姐。我估計我們大概在日落時就能抵達麥地那阿卡瑪鄰近的區域。」

「你進去過那個地方嗎？」她問。

「沒有。我要非常誠懇坦白地跟妳說，蓮小姐，我很害怕。妳不應該低估完整的人一想到成群結隊的守護精靈，或是他們必然曾經歷的分離過程時，心裡頭驚慌恐懼的程度。」

「我不會低估什麼。我自己也有過同樣的感受。在這段兩千五百英里的路途上，我也害得好多人驚慌恐懼。」

「是的，當然。我絕對不會誤認妳對這件事毫無深刻透徹的體認。但因為那樣的情緒反應，導致我心生驚恐，不敢跟著我的客戶進入毗鄰藍色旅館的區域。我對我的客戶坦誠相告。他們是自己進去的。我帶他們到那裡，但我從來不向他們保證最後會找到什麼。我只保證會帶他們到藍色旅館，我也說到做到。剩下的就看他們自己了。」

她點點頭，疲憊得幾乎說不出話。兩人騎著駱駝繼續前行。她口袋裡還有艾奧尼迪賣給她的小罐藥膏，她盡可能保持身體平衡，扭開蓋子沾了一點塗在痛到要人命的手背上，然後也抱著實驗精神塗一點在太陽穴上。數天未消的頭痛依然故我，四周沙地反射的刺眼強光毫無助益。但她的額頭很快就在一股神奇的清涼感安撫下舒緩放鬆，就連刺眼反光似乎也略顯柔和。

「艾奧尼迪先生，」她說：「聊聊這罐藥膏。」

「我是從剛自撒馬爾罕來的一位商隊主人手上買下的。我敢保證，藥膏的療效遠近馳名。」

「原本是從哪裡來的？」

「噢，誰知道呢，再過去更遙遠的東方，在全世界最高的山脈後方。沒有駱駝商隊越過那裡的山口，地勢太高太難走，連駱駝也上不去。無論是誰，想要將物品從山的那一邊送過來，或是從山的這一邊送過去，都必須和巴喀須騠交涉。」

「那是什麼？或者該問他們是什麼？」

「他們是很像人類的生物，像人類是因為他們也有語言，也會說話，但他們和我們不同的地方在於，即使他們有精靈，也是在他們身體裡頭或我們無從得見。他們就像小型駱駝，但沒有駝峰，脖子很長。他們接受雇用，替人載運貨物。脾氣暴躁，很不討人喜歡，噢，我不能再說了。傲慢的傢伙。但是他們可以馱著量大得無法想像的貨物爬上無比高聳的山口。」

「所以如果這個藥膏來自山脈的另一邊……」

「在運送過程中有一段路程會是巴喀須騠幫忙載運的。巴喀須騠還有另一項優勢。高山上盤據著一種食肉的殘暴巨鳥，叫做厄勾狼鷹，極端危險。只有巴喀須騠有辦法對抗這種巨鳥，他們會分泌自保用的有毒唾液，可以非常精準地將唾液吐到距離相當遠的地方。巨鳥對巴喀須騠的有毒口水敬而遠之，碰上他們往往會撤離。所以商隊主人付錢雇用巴喀須騠馱運貨物時，不僅能確保自己沒有生命危險，也能保障貨物的安全。但是妳應該可以理解，蓮小姐，成本自然也就提高了。敢問小姐的傷現在好點了嗎？」

「好一點了，謝謝你。告訴我，你本來就知道有這種藥膏嗎？還是特別指定要找這種藥膏？」

「是的，我確實知道，我也是因此才想辦法找上可能有貨源的商人。」

「它有特定的名稱嗎？」

「叫做琚薇香膏。也有很多賣得很便宜的類似產品，但是沒有任何療效。這罐可是真正的琚薇香膏。」

「我會記住的。謝謝你。」

左手的疼痛減緩到勉強可以忍受的程度，但除了渾身上下各種不適，她察覺下腹部深處緩緩傳來一股熟悉的疼痛感。是生理期。但她甚至因此感到些微安心：如果那部分運行如常，表示自己的身體狀況至少還算良好，她暗想。

儘管如此，身體還是會很不舒服，因此在太陽觸到地平線，而艾奧尼迪說要準備紮營時，她由衷感到慶幸。

「我們到了嗎？」她問：「這裡就是藍色旅館？」

環顧四周，只見右手邊有一排連綿延伸的低矮山丘——甚至稱不上山丘：頂多算是岩坡——左手邊則是廣闊無垠的平坦沙漠。向正前方看去，有一大片碎岩亂石，乍看之下幾乎看不出從前曾是城鎮所在，若非夕陽餘暉剛好照亮了一排飽經風蝕的淺色石灰岩柱子頂端，她可能完全不會留意。趁著艾奧尼迪忙前忙後，繫好駱駝堆柴生火時，萊拉爬上最近的一塊岩石，定定地望著一地凌亂的巨石。在迅速暗淡的天光下，她看出一些規則形狀：長方形的一片殘壁，一座微微斜傾將倒未倒的拱門，一塊地面鋪了石頭、可能曾作為市集或廣場的開放空間。

一片悄然死寂。要是有守護精靈在裡面，他們一定躲得很隱密，而且靜默無聲。

「你確定就是這裡嗎？」她說，走到艾奧尼迪身旁，他正在火堆旁炙烤某種肉。

「蓮小姐，」他以嚴厲的語氣譴責：「我沒想到妳是死忠的懷疑論者。」

「不是死忠，只是防人之心不可無。就是這個地方嗎？」

「保證沒錯。這些是城鎮的遺跡——那些石塊，從前全都曾是屋宇建築。即使時至今日，仍保留了些許斷垣殘壁。只要穿行其間，妳就知道此地從前曾是繁榮貿易和蓬勃文化的中心。」

她佇立靜看投在地上的影子逐漸拉長，而艾奧尼迪翻動肉串，另外將一些麵粉和了一點水拌成麵團，再甩打成扁平後放進一只經久使用已燒至焦黑的平底鍋裡煎熟。待餐食備好，天色已近乎全暗。

「好好睡一覺，蓮小姐，明天天一亮妳就可以起個大早，進到廢墟裡探索一番。」他說。

「我今晚就進去。」

「這麼做是十足十的明智之舉嗎？」

「我不知道。但是我就要這麼做。我的精靈在裡頭，我想要盡快找到他。」

「那是當然了。但裡頭除了精靈，也許還有些別的東西。」

「什麼東西？」

「魅影，幽魂，各種各樣的邪鬼，那惡者的眾多使者。」

「你相信嗎？」

「當然。否則就是智慮有失了。」

「有哲學家說，不信並不是失敗，相信才是。」

「請恕我直言，蓮小姐，但是他們將自己的智能與其他官能分離開來了。這種作法絕不明智。」

起初她不發一語，因為她同意他說的話——或許不是在思慮過後認同，卻是出於直覺地認同；她心中有一部分仍受制於塔博和布蘭德的思維。但在吞下最後一口柔嫩烤肉和熱麵餅時，她心底無比雪亮，明白將那套學院派懷疑論帶到藍色旅館是多麼矛盾扞格。

「艾奧尼迪先生，你聽說過『祕密聯邦』這個詞嗎？」

「沒有。是指什麼呢？」

「指的是看得見又好像看不見，聽得見又好像聽不見，影影幢幢窸窣細語的世界，指的是那些聰明人稱為迷信的事物，如妖魅精怪，屬於夜晚的東西，你剛剛說在藍色旅館裡充斥著的那些東西。」

「『祕密聯邦』……沒有，我從來沒有聽過這個說法。」

「也許有其他不同的稱呼。」

「我敢說多得不可勝數。」

他用最後剩的一小塊麵餅抹淨平底鍋後，慢慢吃著。萊拉覺得自己疲憊得彷彿將要陷入譫妄。她的睡意無比強烈，但如果屈服於睡意倒頭入眠，直到隔日一早大亮前絕不可能醒來。艾奧尼迪在小小的營地東摸西摸，一下走去滅了火堆，一下收拾毛毯，一下又捲著菸草做手捲菸。最後他在一塊和駱駝差不多大的岩石下方陰影裡停下蜷縮起身子，只有手捲菸菸頭冒出的一丁點火光透露出他置身何處。

萊拉站了起來，清楚地感覺到全身上下每一個發疼的傷口痛處。左手最痛；她用右手食指沾取了一點點玫瑰花製成的藥膏塗抹受傷的手，動作極輕極柔，如蝴蝶輕輕落在一根草葉。

接著她將藥膏放進背包和真理探測儀放在一起，從火堆旁往亂石廢墟走去。月亮冉冉升起，夜空中遼闊的銀河連綿迤邐，點點星斗本身自成星系，也許，是另一顆太陽為周圍行星提供光與熱，也許，更滋養孕育著眾生萬物，而在某一顆星上，也許，有某種奇妙生物，望著空中那顆在萊拉的世界是太陽的渺小星斗，望著萊拉。

在她前方，死城的遍地骸骨在月光下幾呈一片森然慘白。在此曾有人活過——曾有人相戀相愛，吃喝歡笑，背叛出賣，懼怕死亡——如今卻連一點碎片都沒有留下。石塊蒼白，暗影漆黑。在她周圍的物事喃喃低語，或許是夜行性昆蟲在竊竊私語。這裡是一座小型巴西利卡式教堂的坍毀遺址，曾有人在此敬拜。附近立著一座頂著古典三角楣飾的拱門，門前門後盡是虛無。拱門之下，曾有人徒步穿過，曾有人駕驢車通過，也曾有人在炎熱漫長死氣沉沉的日子裡待在門下陰影處談天說地。在此曾有一口井，一座噴泉，或一泓清泉。無論如何，曾有人覺得值得切鑿石塊築起一座蓄水池，在池上擺設一尊寧芙仙女雕像，雕像歷經歲月滄桑已然面目平滑模糊，水池乾枯，僅餘蟲鳴聲響猶然滴答流淌。

於是萊拉續向前行，一步一步踏入月之城，或藍色旅館的荒寂地景深處。

而奧維耶．波奈維爾全都看在眼裡。他趴在距離小小營地最近的一個斜坡上的岩石堆間，在萊拉和艾奧尼迪抵達不久後就守在那裡。他透過雙筒望遠鏡觀察萊拉在死城的亂石堆裡覓路而行，他身旁擱著一把上了膛的步槍。

波奈維爾並未生火，但盡可能讓自己待得舒適些。駱駝在他身後一小段距離處跪坐休息，口中嚼著某種堅韌耐嚼的東西，似乎陷入沉思。

這是波奈維爾生平第一次親眼看見萊拉本人。她蓄著一頭黑色短髮，表情僵硬緊繃，走動時苦痛和疲態盡顯，和黑影照片中的差異之大令他驚詫不已。兩個女孩是同一個人嗎？他會不會跟蹤錯人了？她有可能變化如此之大嗎？

他有點想直接尾隨她進入廢墟，然後和她近距離對峙。同時他又害怕這麼做，思索著從遠處開槍射殺一個背對自己的人，比起近距離面對面開槍會容易許多。跟她同行的那個男人、那個駱駝夫兼嚮導讓他有一點困擾，但也不過如此。付一點錢就能打發掉了。

萊拉的身影在月光下十分清晰，她緩緩穿行於石堆之間時就是個很好瞄準的活靶。波奈維爾是名神射手：瑞士人對於兵役、狩獵和槍法等十分熱中。但如果想乾淨俐落地將她一槍擊斃，最好在她走進藍色旅館更深處之前就下手。

他放下雙筒望遠鏡，拿起步槍，小心翼翼，悄無聲息，對於槍枝的重量、長度和槍托抵在肩窩的感覺無比熟悉。他低下頭沿著槍管望出去，將髖部微微挪動一下，讓身體趴得更穩妥。

下一刻，他駭然失色。

有一個男人趴在他身旁盯著他看，就在他左側不到三英尺處。

他喊出結結實實的一聲「啊」，不由自主地曲身滾開，他的精靈飛騰到半空中，驚慌地不停撲拍雙翅。

儘管步槍槍管在波奈維爾哆嗦的雙手中亂晃一氣，男人仍舊文風不動。他冷靜得可怕，冷靜得簡直不像人。他的壁虎精靈停棲在他身後的一塊岩石上，舔著自己的兩顆眼珠。

「你是誰——從哪兒來的？」波奈維爾的聲音粗啞。他的本能反應是說法文。他的精靈向下飛落在他肩頭。

駱駝夫兼萊拉的嚮導以同樣的語言回答：「你沒看見我，因為你不看整體大局。我觀察你兩天了。聽好了，你要是殺了她，就是犯了個大錯。別這麼做，把槍放下。」

「你是誰？」

「阿卜戴．艾奧尼迪。把槍放下，立刻放下來。」

波奈維爾的心臟怦怦狂跳，他覺得自己的心跳聲肯定清晰可聞。他雙手放鬆，將步槍推到一旁，感覺腦袋裡的血管突突搏動。

「你想怎樣？」他說。

艾奧尼迪說：「我要你暫時饒她一命。這裡有稀世寶藏，只有她一個人能拿到。現在殺了她，你就永遠都得不到，更重要的是，我也得不到。」

「什麼寶藏？你在說什麼？」

「你不知道？」

「你到底在說什麼？寶藏在哪裡？你該不會是指她的精靈吧？」

「當然不是。寶藏位在向東三千英里的地方，如我剛剛說過的，除了她沒有別人能夠拿到。」

「你想等她拿到寶藏再據為己有？」

「你覺得呢？」

「我何必管你想要什麼？我不想要什麼三千英里遠的寶藏，我想要的是她現在就有的。」

「要是你拿走，她就永遠不會找到寶藏了。聽我說，我對你說話很嚴厲，但不得不欽佩你。你勇敢堅毅，又足智多謀，這些特質我全都喜歡，我想要看到它們獲得獎勵。但同時你就像寓言故事裡的那些狼，為了抓住離自己最近的小羊羔吵醒了牧羊人。你把注意力放錯地方了。等著，看著，學著，然後殺死牧羊人，整群羊就全都是你的了。」

「你說話像在打啞謎。」

「我只是打比方。你是聰明人，能聽懂的。」

波奈維爾沉默了一會兒。接著他說：「所以究竟是什麼寶藏？」

艾奧尼迪娓娓道來，他輕聲細語，自信滿滿，神祕兮兮。波奈維爾讀過的寓言故事主角是一頭狐狸，但他喜歡被比擬成一頭狼，最重要的是，他樂於聽到年長男人對他的恭維。月亮升得更高時，遠處的萊拉孤身一人慢慢走入精靈出沒的死城，艾奧尼迪仍滔滔不絕，而波奈維爾在聆聽。當他再次望向死城，萊拉已然消失無蹤。

萊拉不見蹤影，因為她拐了個彎，避開曾是神殿一部分的亮閃閃大理石碎塊。她接著發現自己來到一道柱廊的盡頭，林立的列柱在雪白的廊道鋪石上投下條條黑影。

有一個女孩坐在落在地面的巨石上，看上去約莫十六歲，樣子像是來自北非，衣衫破爛不堪。她不是鬼魂，和萊拉一樣有影子，而且也跟萊拉一樣沒有精靈。她一看到萊拉就站起身來。在月光下，她看起來十分驚慌害怕。

「妳是蓮花舌小姐。」她說。

「我是。」萊拉說，心下驚詫。「妳是誰？」

「努胡妲．瓦哈比。走吧，快跟我走。我們一直在等妳。」

「你們？還有誰——？妳說的該不會是……？」

但是努胡妲急切地輕扯了一下萊拉的右手，於是兩人匆忙奔進柱廊，朝著廢墟中心而去。

是故她在彼處等候直至薄暮，
任何生人活物蹤影皆未得見：
深邃漆黑籠罩圍裹世間萬物，
憂悽暗影遮蔽掩蓋凡胎肉眼；
但她不欲卸下武裝，猶恐身陷
詭祕莫名的危機，亦不欲睡意
油然濃烈生起壓逼沉垂眼簾，
抽身退入一旁安全處所暫避，
銳利武器在手蓄勢伺機待起。

愛德蒙．史賓賽，《仙后》，第三卷，第十一章，第五十五節

（《塵之書》第二部完）

# 致謝

在故事撰寫過程中，我受惠於許多人士的幫助，我將在第三部書末一併答謝。但在此我想先向三位「債主」致意。第一，凱薩琳・布利格（Katharine Briggs）的傳世鉅著《不列顛民間故事》（*Folk Tales of Britain*），我是在這部故事集中第一次讀到「死月」的故事。第二，詩人暨畫家尼克・梅信傑（Nick Messenger），我從他記述駕駛雙桅帆船「窩瓦號」航程的詩作《海牛》（*Sea-Cow*）借用了磷青銅螺旋槳的故事。第三，羅伯特・柯克（Robert Kirk，一六四四年—一六九二年）神奇非凡的著作《祕密聯邦，或論有靈通、視異象者口述中，蘇格蘭低地人稱為牧神、妖精諸如此類之地下（大多無形）住民之天性與行為》（*The Secret Commonwealth or an Essay on the Nature and Actions of the Subterranean (and for the most part) Invisible People heretofore going under the names of Fauns and Fairies, or the like, among the Low Country Scots as described by those who have second sight*），這部作品不僅提醒我一個好書名的價值是何等寶貴，在很多層面上也是我的靈感泉源。所以我偷了它，或者說偷了其中一些部分。

小說中有三個角色的姓名取自真實人物，他們的親友希望透過文學作品紀念他們。第一位是巴德・雪倫森哲（Bud Schlesinger），他在《塵之書三部曲I：野美人號》中首次現身；第二位是愛莉森・魏樂斐（Alison Wetherfield），我們將在第三部中再次見到她；第三位是努胡妲・瓦哈比（Nur Huda el-Wahabi），她是格蘭菲塔大樓（Grenfell Tower）惡火的罹難者。能夠略盡綿薄之力，讓三位永誌人心，我感到十分榮幸。

塵之書三部曲 II

# 祕密聯邦

暢／小說

090

●原著書名：The Book of Dust: The Secret Commonwealth ●作者：菲力普．普曼（Philip Pullman）●翻譯：王翎 ●封面設計：許晉維 ●校對：聞若婷 ●責任編輯：李培瑜 ●國際版權：吳玲緯 ●行銷：何維民、吳宇軒、陳欣岑、林欣平 ●業務：李再星、陳紫晴、陳美燕、葉晉源 ●總編輯：巫維珍 ●編輯總監：劉麗真 ●總經理：陳逸瑛 ●發行人：涂玉雲 ●出版社：麥田出版／城邦文化事業股份有限公司／104台北市中山區民生東路二段141號5樓／電話：(02) 25007696／傳真：(02) 25001966 ●發行：英屬蓋曼群島商家庭傳媒股份有限公司城邦分公司／台北市中山區民生東路二段141號11樓／書虫客戶服務專線：(02) 25007718；25007719／24小時傳真服務：(02) 25001990；25001991／讀者服務信箱：service@readingclub.com.tw／劃撥帳號：19863813／戶名：書虫股份有限公司 ●香港發行所：城邦（香港）出版集團有限公司／香港灣仔駱克道193號東超商業中心1樓／電話：(852) 25086231／傳真：(852) 25789337 ●馬新發行所／城邦（馬新）出版集團【Cite(M) Sdn. Bhd.】／41-3, Jalan Radin Anum, Bandar Baru Sri Petaling, 57000 Kuala Lumpur, Malaysia.／電話：+603-9056-3833／傳真：+603-9057-6622／讀者服務信箱：services@cite.my ●印刷：漾格科技股份有限公司 ●2021年6月初版一刷 ●定價580元

國家圖書館出版品預行編目資料

塵之書三部曲II：祕密聯邦／菲力普．普曼（Philip Pullman）作；王翎譯. -- 初版. -- 臺北市：麥田出版, 城邦文化事業股份有限公司出版：英屬蓋曼群島商家庭傳媒股份有限公司城邦分公司發行, 2021.06
面； 公分. --（暢小說；RQ7090）
譯自：The Book of Dust: The Secret Commonwealth
ISBN 978-986-344-951-5（平裝）

873.57 110005752

城邦讀書花園
www.cite.com.tw

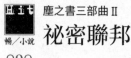